KB169480

개정증보판

김윤식 서문집

개정증보판

김윤식 서문집

2001년 5월 10일 초판 1쇄 발행
2017년 6월 28일 개정증보판 1쇄 인쇄
2017년 7월 10일 개정증보판 1쇄 발행

지은이 김윤식
펴낸이 윤철호·김천희
펴낸곳 (주)사회평론아카데미

편집 고하영·정세민
디자인 김진운
본문조판 토비트
마케팅 이승필·강상희·남궁경민·김세정

등록번호 2013-000247(2013년 8월 23일)
전화 02-326-1182(영업) 02-2191-1128(편집)
팩스 02-326-1626
주소 03978 서울특별시 마포구 월드컵북로12길17

ISBN 979-11-88108-17-6 03800

* 일러두기
 1. 책 제목의 경우, 한자 제목은 한글로 표기했으며 띄어쓰기는 원칙적으로 출간 당시의 것을 그대로 유지하였다.
 2. 각각의 책이 출간될 당시 서문의 맞춤법, 표기법, 띄어쓰기와 문장부호를 대부분 유지하고, 현재의 어문 규정과 크게 다르거나 최소한의 편집상 통일이 필요한 경우에만 수정하였다.

개정증보판

김윤식
서문집

사회평론

말하지 않아도 되는 말을 다시 모으면서

이 서문집을 처음 낸 것은 2001년이었습니다. 고맙게도 사회평론사에서 '말하지 않아도 되는 말들'을 정성껏 묶어 주셨고, 최일남 선생은 스스럼없이 발문까지 써 주셨지요. 그때 저는 '말하지 않아도 되는 말들' 앞에 또 하나의 '말하지 않아도 되는 말'을 이렇게 덧붙였지요.

사람의 일생이란 그 출발점에서 이미 그 본질이 남김없이 드러나는 것은 아닐까. 회고컨대 이런 의문을 줄곧 떨치기 어려웠습니다. 희랍 신화나 구약성서 속의 신전의 무녀들이나 예언자들이 한 인물의 운명에 대해 예언하는 장면들을 대했을 때 형언할 수 없는 모종의 충격을 받은 적이 있었습니다. 사람이 자기의 고유한 죽음(삶)을 받아들일 수 있는 것도 이 때문이 아니었을까요. 이런 목소리가 빚어낸 이런저런 빛깔들을 모아 본 것이 이 '서문집'입니다.

이때는 33년 6개월 동안 몸을 담았던 대학에서 정년을 맞이한 때였던 것으로 기억됩니다. 정년을 맞아 한 고별 강연에서는 또 이런 말도 제가 했었더군요.

감추어진 힘이란 무엇일까요. 제멋대로 해석해봅니다. 연구자로, 비평가로 제가 매 순간 최선을 다해 성실했다면 그것은 사라져 없어지는 것이 아니라 어딘가에 남아서 힘이 되어 시방 저녁놀 빛, 몽매함에 놓인 제게

4

되돌아오고 있지 않겠는가. 제가 그토록 갈망하는 표현자의 세계에로 나아가게끔 힘이 되어 밀어주고 있지 않겠는가. 여기까지 이르면 저는 말해야 합니다. 인간으로 태어나서 다행이었다고. 예언자가 없더라도 이제는 고유한 죽음을 죽을 수 있을 것도 같다고.

그 이후로 16년이라는 시간이 흘렀고, '말하지 않아도 되는 말들'을 쉰여섯 번 더 썼습니다. 그것들까지 모두 엮어 '서문집'을 다시 내면서 "참으로 두려운 것은 못 다한 욕망이 죽음 후에도 남지나 않을까에 있을 뿐"이라고 말했던 '출발'의 의미를 새삼 되새깁니다. 출발에서 죽음까지의 시간이 그리 길지 않음은, 또 그것이 고유한 빛깔을 갖고 있음은 이런 연유에서입니다.

제 목소리를 들어 주신 분들, 들어 주실 분들, 두 번씩이나 같은 책을 묶어 주신 사회평론사, 두루 고맙습니다.

2017년 5월 김윤식

차례

1 실증의 정신과 사상사의 시각

2 내적 형식을 찾아서

3 근대성의 구축과 해체

4 종언 이후의 글쓰기

5 말년의 양식

실증의 정신과 사상사의 시각

한국근대문예비평사연구

한얼문고, 1973

머리말

(1) 한국 신문학에 임할 때는 다음과 같은 모순 개념에서 아무도 자유로울 수가 없을 것이다. 그 하나는 신채호의 명제이며, 임화의 명제가 그 다른 하나이다. 단재의 명제에 의한다면 일제 시대의 일체의 합법적 문화 행위는 노예화에 귀착하게 된다. 즉 한국 신문학은 노예 문학의 일종인 것이다. 한편 만약 우리가 단재의 명제를 거부한다면, 임화의 명제에 부딪치게 될 것이다. 즉 한국 신문학은 일본의 메이지(明治)·다이쇼(大正) 문학의 이식사라는 명제가 그것이다.

이 두 명제를 추상적이며 관념적으로 규정, 선택할 수 없는 문제로 보는 것이 본 연구의 기본 입장이다.

(2) 한국 및 그 문학에 대한 터무니없는 애정으로 인하여 자기의 관념이 이미 경직화되어 있거나 반대로 외국 이론에 대한 자기비하증에 놓여 있는 사람들에게 본 연구의 내용 자체가 읽혀지기를 스스로 거부하고

있다. 체계 확립상 과거형이지만 그것이 다시 출발되어야 할 미래형이라는 것—그러한 역사 자체에의 회의와 방황으로 본 연구가 쓰였기 때문이다. 이 진술은 빌려 온 이론의 전개가 어떻게 역사 앞에 패배해 갔는가를 실증해 보임으로써 오늘날 한국 평단의 현장성을 돌아보게 한다는 의미를 내포한다. 앞으로 전개될 한국문학의 이론이 뒷날에 다시 돌이켜 볼 때 역사 앞에 또 하나의 패배가 되어서는 안 된다는 보장은 어떻게 하든 발견되어야 하기 때문이다.

(3) 본 연구는 1920년대 초기에 대두한 프로 문예 비평에서 1940년대 소위 신체제까지에 이르는 한국 문예 비평의 전개 과정을 서술한 것이다.

이 기간 이전에 이미 이광수·김동인·김억·염상섭·박월탄 등의 비평 활동이 있어 온 것은 사실이나 한국 신문학에서 문학 및 비평이 대중 개념을 의식하면서 하나의 커다란 사회적인 문제로 등장한 것은 프롤레타리아 문학 운동에서 비로소 선명해진 것이며, 또 하나의 커다란 문학사상의 실체인 민족주의 문학도 전자에 의해 대타의식화된 것으로 파악된다. 따라서 프로 문학 이전과는 보편성을 띤 사회적 역동성의 질과 양의 면에서 구분되는 반면, 프로 문학 퇴조 이후의 혼란된 전형기(轉形期) 모색 비평계와는 뚜렷한 사상적 연결을 가능케 하는 것이다.

(4) 비평사라 했을 때 부딪치는 방법론적 문제는 일반 문학사와 사상사 내지는 정신사의 접점에 놓이는 것으로 볼 것이나, 또한 비평이라는 한 분야로서의 그 나름의 정신 활동의 체계나 역량을 고려함이 원칙으로 판단된다. 이러한 총체적 구조 파악이라는 과제는 한 부분의 사관으로 재단되는 것이기보다는 오히려 그것은 면밀한 자료의 확인과 분석을 통한 '사실의 학'의 문제라 볼 것이다. 무엇보다 사실로서의 한국 문예 비평사의 구조는 일단 복원되어야 하기 때문이다. 본 연구가 역사의

직접적 서술의 형태를 취한 것은 바로 이 때문이며, 역사의식의 결여 및 도착으로 판단되는 비평 행위나 비평가를 탈락시키지 않은 것도 바로 이 때문이다.

(5) 원래 본 연구는 6부로 구성, 집필되었는데 분량의 과다로 그중 제3부와 제4부만을 따로 떼어 내어 묶은 것이 본고이다. 한편 본 연구의 자매편이라 할 수 있는 비평가에 대한 개별적 연구는 「회월 박영희 연구」(『학술원 논문집』 7집), 「눌인 김환태 연구」(『서울대 교양과정부 논문집』 1집), 「소천 이헌구 연구」(동 2집), 「용아 박용철 연구」(『학술원 논문집』 9집) 등이며 본 연구 중의 제1부와 제2부는 졸저 『근대 한국문학 연구』 (일지사) 속에 포함되어 있다.

(6) 본 연구는 그 전체적인 체계를 고려한 나머지 두 편의 부록을 포함한다. I. 임화 연구, II. 중요 평론 목록 등이 그것이다. 특히 중요 평론 목록은 이 방면 연구에 편의를 도모한 것이다. 여기서 「임화 연구」는 일제 시대의 식민지 문학과 을유 해방 이후 문학 전개의 연속성의 문제점을 제시하기 위함이다.

(7) 만일 이 자리에서 개인적 언급이 허용된다면 다음 두 가지 점을 말하고 싶다. 첫째, 본 연구가 1965년에서 1967년 사이에 집필되었으나 1970~1971년간의 체일을 통해 일본 측 자료 고증으로 부분적 수정이 가해졌다는 점, 둘째, 사실의 재구성에 대한 혐오감을 역사의식이라 착각하기 쉬운 유혹에서 벗어나기에 힘썼다는 점이다.

끝으로 이 책을 출판해 주신 황활원 사장, 임중빈 님 및 편집부 제위께 사의를 표하는 바이다.

1973년 2월

재판을 내면서

졸저가 간행된 지 6개월 만에 재판을 내게 되었다. 그동안 서평을 써 주신 여러 비평가나 독자들의 개인적 의견 제시가 의외로 많았으며, 또 한 그들의 탁월한 견해와 관심에 대해 이 자리를 빌려 깊은 감사의 뜻을 드리는 바이다. 그러나 그러한 비평이나 견해가 있음에도 불구하고 저자 는 졸저에 대해 수정할 용의가 아직까지는 없다.

그 이유는 다음 두 가지에 있다.

첫째, 사람들의 비판이 당시의 자료를 공정한 차원에서 섭렵한 후의 것이 아니라 어떤 일방적인 선입견이나 어떤 한쪽 자료의 편린만을 보고 비판에 임하고 있어 보이기 때문이다.

둘째, 이 저서의 의미는 이 저서의 내용 자체로 일단 끝나기 때문이다.

그것은 졸저가 속하는 세대의 기억이 지평 내에 속하는 역사적 실체 의 한 부분의 제시이지 해석의 차원이 아니기 때문이다.

만일 그 해석에 대한 문제라면 다른 졸저 『한국문학사논고』(법문사) 를 참고하시기 바란다.

재판에 즈음하여 그동안 송구스럽게 생각하던 활자의 오식과 용어 색인을 보충하였다.

1973년 10월

한국근대문예비평사연구(개정신판)

일지사, 1976

머리말

처음 이 책이 간행된 것은 1973년 2월이었다. 그러나 불행히도 이 책을 낸 출판사가 해체된 것 같고, 또한 이 책에 여러 가지 거친 점이 있었고, 뿐만 아니라 저자 자신이 이 책에 대해 부분적인 불만을 품고 있었기 때문에 이 기회에 철저한 재검토와 부분적인 수정을 가하여 이에 수정판을 펴내는 바이다.

원래 저자의 계획은 '한국근대문예비평사연구'라는 표제의 삼부작을 정리하는 일이었다. 제1부는 금세기 초에서 1920년대 초기까지이며, 제2부는 본 저서로서 1920년대에서 해방 전까지이며, 제3부는 을유 해방 이후부터 현재까지이다. 이 중 제1부는 졸저 『근대 한국문학 연구』(일지사, 1973) 속에 포함되어 있고, 제3부는 부분적 논문 이외는 아직 쓰지 못하고 있다.

이 책에서의 저자의 근본 태도는 사실 자체를 가능한 한도에서 정리하고 분류하여 기술하는 데 그치고, 비판이나 해석은 될 수 있는 한 보류

해 두는 입장을 취하였다. 일본 측 자료를 많이 취급한 것도 이 사실과 무관하지 않다. 그리고 두 개의 부록을 첨가하였다. 그중 「임화 연구」는 비판적 안목으로 다룬 것으로서, 일제 시대에서 해방 직후에 걸치는 해석의 한 단서를 다루어 본 것이며, 「평론 연보」는 이 방면의 연구자들에게 약간의 참고가 되게 하기 위해 마련한 것이다. 이 「평론 연보」는 이 책의 「참고문헌」과 함께 이 책의 내용에만 관계된 것이 아니고, 저자가 위에서 말한 제1부의 「평론 연보」와 「참고문헌」을 겸한 것임을 밝혀 두는 터이다.

이 수정판은 많은 선학, 동학 및 독자들의 비판과 견해를 수용하였다. 이에 깊은 사의를 표하며, 아울러 이 책에 대해서도 아낌없는 비판과 질정을 해 주신다면, 저자에겐 그 이상 다행한 일이 없을 것이다.

끝으로 영리를 돌보지 않고 이 책을 출판해 주신 일지사 김성재 사장 및 까다로운 교정에 오래도록 애쓰신 편집실 여러분의 노고에 깊이 감사하는 바이다.

1976년 12월

근대 한국문학 연구

일지사, 1973

머리말

(1) 여기에 수록된 논문 11편은 미발표된 것, 이미 발표된 것을 개고한 것, 그리고 발표된 것을 부분적으로 약간 수정한 것으로 되어 있다. 이를 구체적으로 보이면 다음과 같다.

1. 「한국 문예 비평사 연구의 방법론」(신고)
2. 「'소년'지고」(서울대 교양과정부 『향연』지 1호, 1968, 개고)
3. 「초창기 문학론과 비평의 성립」(『현대문학』 217-219호, 1973)
4. 「에스페란토 문학을 통해 본 김억의 역시고」(『국어교육』 14호, 1968)
5. 「한국 자연주의 문학론」(『국어국문학』 27호, 1964, 개고)
6. 「한국 신문학에 있어서의 타고르의 영향에 대하여」(『진단학보』 32호, 1970)
7. 「회월(懷月) 박영희 연구」(『학술원 논문집』 7집, 1968)

8. 「용아(龍兒) 박용철 연구」(『학술원 논문집』 9집, 1970, 개고)

9. 「눌인(訥人) 김환태 연구」(『서울대 교양과정부 논문집』 1집, 1969)

10. 「한국 신문학에 나타난 female-complex 에 대하여」(『아세아 여성 연구』 9집, 1970)

11. 「뉴크리티시즘에 대하여」(『숙대 논문집』 9집, 1969)

(2) 이와 같은 일련의 연구는 개별사로서의 한국 문예 비평사를 부분적으로 심화·확대한 것에 해당된다. 특히 박영희, 박용철, 김환태에 대한 집중적 연구는 이들이 처했던 시대적 의미와 평전의 의미를 동시에 내포한다. 한 개인이 시대에 처하는 그 접점에서 비로소 한 정신사의 공간이 드러날 수 있다고 판단되었기 때문이다.

(3) 본 연구는 표면상 각각 독립된 11편의 논문으로 보이지만, 그 내면에 있어서의 체계적 관련성이 놓여 있다. 20세기 초에서 비롯되는 한국 신문학사의 중요한 부분이 이 연구 속에 대부분 포괄되며, 나아가 을유 해방 이후의 문학사를 구명하기 위한 기초도 이 속에 놓여 있을 것이다.

(4) 필자의 비평사 관계 연구 논문은 이 외에도 「한국 문예 비평사에 대한 연구」(『학술원 논문집』 6집)」, 「최재서론」(『현대문학』 135호), 「김문집론」(『시문학』 15-16호), 「이헌구론」(『서울대 교양과정부 논문집』 2집), 「임화 연구」(『동상(同上)』 4집), 「해외문학파고」(『연포(蓮浦) 선생 화갑논문집』), 「한국 문예 비평의 형태론」(『해암(海巖) 박사 화갑논문집』), 「30년대 소설론의 양태」(『문학과 지성』 5호), 「비평의 임무」(『현대문학』 16호), 「한국 문예 비평의 특성」(『현대문학』 122호), 「작가론의 방법론」(『현대문학』 154-155호) 등등이 있으나 여기에 수록하지 않음은 서상(敍上) 11편 논문의 체계를 고려한 데서 연유한다.

(5) 본 연구는, 1920년대에서 1945년까지의 비평을 체계적으로 다룬 졸저『한국근대문예비평사연구』(한얼문고)의 자매편이라고 할 수 있다. 본 연구도 엄밀히 말하면 근대 한국 문예 비평의 연구에 속한다. 따라서 이들 두 졸저는 상보적 관계에 놓인다.

(6) 끝으로, 만일 이 자리에서 개인적 감회를 드러내는 것이 용서받을 수 있다면, 항시 필자를 격려해 주신 정진권 형과 이 책을 출판해 주신 일지사 김성재 사장 및 편집부 제씨께 깊은 감사를 드리는 바이다.

1972년 12월

한국문학사논고

법문사, 1973

머리말 | 살아 있는 정신에게(Dem lebendigen Geiste)

문학 연구의 최종 목표 중의 하나가 아마도 문학사 기술일 것이다. 그러나 이 목표는 현재의 학문 수준으로는 달성되기 어려운 상태인 듯하다. "호머에서 시작되는 유럽 문학 전체는 동시에 존재하고 동시적 질서를 구성하고 있다."(T. S. 엘리어트)라고 진술될 때 이 명제는 '역사적이며 과거의 것(historical and past)'과 '역사적이나 현존하는 것(historical and still somehow present)'의 구별을 강요하는 것으로 된다. 문학이 후자에 속하는 이상 그 역사적 체계화는 부정된다. 그럼에도 이 부정은 또한 전면적인 것이 아니다. 역사적이며 과거의 것은 남기 때문이다. 문학이 안고 있는 이 난관이 W. 카이저에게는 '문학상의 평가와 해석(Literarische Wertung und Interpretation)'의 갈등으로 나타나며, E. 슈타이거에 있어서는 '해석의 방법(Die Kunst der Interpretation)'으로 드러난다.

이러한 난점을 원칙적으로 승인한 자리에서 still somehow present에 접근시키려 할 때 다음과 같은 문학사 기술의 가능성이 생긴다. 그것은 구조의 역동성(dynamics)을 승인하는 것이며 여기서 가능한 방법은 (1) 구조의 변천을 기술하는 것, (2) 공통기반의 연속성 기술. (3) 보편적 문학의 도식(scheme)의 체계화 등으로 된다. 이 부분적 가능성 중에서 어느 정도 법칙성(엄밀성)으로 드러나는 것은, 오늘날의 학문 수준으로 는, 아마도 (1) 장르(genre, Gattung)의 문제, (2) 언어의 법칙성(문학이란 지각되는 것을 목적으로 하는 기호체계라는 명제), (3) 반영론(현실의 변증법 적 파악) 등으로 보인다. 그러나 이 세 가지 가능성을 기술의 방법론으로 고려할 때는 인접학문의 미발달로 말미암아 매우 난처한 처지에 놓이게 된다. 가령 장르의 문제만 하더라도 기록성 문학과 구비 문학의 장르 복 원 및 그 상호 관계의 파악이 아직도 전모를 드러내고 있지 않았으며, 장 르의 기본형(Gattung)과 그것의 역사적 제약성으로 드러나는 변종(Art) 에 대한 대응 관계가 아직도 애매한 추단의 영역에 머물고 있다(Emil Staiger, *Grundberiffe der Poetik*, 1951; Werner Kraus, *Grundprobleme der Literaturwissenschaft*, 1968). 특히 기호체계론에 있어서는 한국의 언 어철학이 거의 전무한 불모지에 놓여 있는 것 같다. 한문과 한글이 표상 하는 랑그(langue)와 빠롤(parole)의 측면이 체계화되어 파악되지 않는 마당에서는 문학사 기술의 상당한 부분이 해석학의 순환으로 계속 기울 게 될지도 모른다(Roland Barthes, *Le Degré zéro de l'écriture*, 1953). 그 다음으로는 반영론이 안고 있는 난점을 또한 들 수 있다.

예술의 발달이 사회 토대 구조와 엄밀한 대응 관계를 이루지 못한다 는 사실은 일찍이 「경제학수고」에서 마르크스 자신이 지적한 바 있다. 그러나 이 난점은 총체성을 고려하기 위한 중간항의 도입으로 다소 극 복될 수도 있을 것 같다. 이미 이 점에 대해서는 R. 지라르(René Girard, *Mensonge romantique et vérité romanesque*, 1961)와 L. 골드만의 업적 (Lucien Goldmann, *Pour une Sociologie du Roman*, 1964)이 있다. 한국 에 있어서의 이 문제는 먼저 사회학의 학문적 달성과 밀접히 관계된다.

가령 연암의 「양반전」이 반영론으로 문제되려면 18세기 당대의 신분이동에 대한 사회학적 뒷받침이 확인되어야 한다. 이 점은 시카타 히로시(四方博) 및 양안(量案) 연구에서 드러나는 김용섭의 연구에서 비로소 가능한 것으로 판단된다(김용섭,『조선후기농업사연구』, 1970).

이상에서 간략히 적은 문학사 기술의 문제점은 한갓 단서에 불과할지도 모른다. 고쳐 말해 인접 학문의 수준 향상과 문학 연구가 병행되지 않는다면 그 문학사는 일종의 픽션이 되기 쉽다. 사태가 이러할진댄 한국문학사의 기술은 아직도 많은 시일과 노력이 요청될 것으로 저자는 생각한다. 그 노력의 한 과정은 어차피 기존의 업적이라는 상식 개념에 대한 모험이 필요할 것이다.

이 졸저는 그러한 서투른 모험의 일종이라고 생각될 수가 있다. '한국문학사'라는 안정된 표제를 기피한 것은 바로 이 때문이다. 이 진술 속에 또한 저자의 개인적인 학문 태도가 내포되어 있다. 저자의 학문적 수업의 출발은 소위 근대문학의 비평 과정을 체계화하는 일이었고, 그 기본적인 태도는 실증적 방법론 위에 놓여 있었다.『근대 한국문학 연구』(일지사),『한국근대문예비평사연구』(한얼문고)가 서투르나마 그 결실이었다. 두 번째 단계는 비평사를 넘어서서 문학사 기술에 나아간다는 것과 그에 연하여 부딪치는 '국문학사'가 아닌 '한국문학사'라는 연속성과 현장성의 회복이었다. 이 연속성의 문제는 소위 개화기와 을유 해방의 처리 문제가 핵심적인 기본항으로 놓인다. 그 결실은 아직도 불투명한 상태이기는 하나 영정조에서 4·19에 이르는『한국문학사』(민음사, 김현씨와 공저)가 그것이다.

세 번째 단계가 바로 이 졸저이다. 그 기본 태도는 다음 네 가지로 요약할 수가 있다. 첫째는 기록된 문학(구비 문학과 대칭되는 개념)을 원칙적으로 취급한 점이다. 그 이유는 기록성의 확실성(흔히 항구성이라 하는 것)이라는 측면과 또 다른 이유, 즉 저자가 아직도 구비 문학에 대한 자료 처리의 능력이 미비하다는 데서 연유되었다. 따라서 구비 문학이 지니는 한 국적 특수성으로서의 중요성을 인정하지 않는다는 태도와는 전혀 다른 것이다. 둘째로, 한 작가의 개인적 편향성을 거의 고려에 넣지 않는 태도를 취했다. 장르의 선택 문제에 깊은 관심을 표명한 것, 문자의 사회적 기능면에 주력한 점 등이 하나의 보편적인 의미망의 포착이라고 판단되었기 때문이다. 셋째로 저자가 아직도 원전의 내재적 해석법(Interpretation die immanente Deutung der Texte)을 감당할 능력이 부족하기 때문에 다분히 역사주의라는 처지에 머물게 되었다는 점이다. 이 점의 극복이 가장 어려운 난관으로 저자 자신에게 놓여 있다. 이와 관련하여, 넷째로 엄밀한 실증성보다는 일인칭의 판단 서술을 많이 적용하였다. 이는 관점의 모험성과 비례한다.

끝으로 만일 이 자리에서 개인적인 감회를 드러내는 것이 허용될 수 있다면 다음 한 가지를 적어 두고 싶다. 그것은 한 개인의 능력엔 언제나 한계가 있다는 것, 그것을 슬퍼할 필요가 없다는 사실에의 인간다운 성찰에 관련된다. 이 사실에의 몰각은 비극을 초래하기보다는 비극 자체일 것이다. 다만 술이부작(述而不作)의 심정일 따름인 것이다.

이에 연(沿)하여, 졸저를 흔쾌히 간행해 주신 법문사 김성수 사장, 백준기 부장 및 편집부 제씨께 깊은 사의를 드리는 바이다.

1973년 9월

박용철 · 이헌구 연구

법문사, 1973

머리말

　「용아 박용철 연구」(1970)는『학술원 논문집』제9집에 발표된 것이
다. 한국 근대문학에서 한 작가의 연구로 분량이 큰 것은 김동인의「춘원
연구」(1938)라 할 수 있다. 우선 분량 면에서 이를 능가해 보려는 의도를
저자는 집요히 가진 바 있다. 그러나 연구 대상인 박용철 자체가 매우 단
명했고, 따라서 그 활동 범위가 한정되어 있기 때문에 그러한 저자의 욕
망은 채울 수가 없었다. 그럼에도 불구하고 700여 매에 달하는 박용철에
대한 집중적인 연구는 저자의 저돌적인 열정과 관계된다. 이 진술 속엔
다음 두 가지가 내포된다. 그 하나는 1930년대『시문학』지 중심의 소위
순수문학 운동이 한국문학사에 차지하는 비중이며, 다른 하나는『박용철
전집』(시문학사) 두 권이라는 풍부한 자료가 남아 있다는 점이다. 특히
이 후자의 측면에서 볼 때 박용철은 식민지 시대 다른 어느 작가보다 문
학적으로 행복했다고 할 만하다. 그의 전기적 사실은 따라서 거의 완벽
하게 복원할 수 있게 된다.

이 박용철과 밀접히 관련된 문인 연구로 「소천 이헌구 연구」(1970)를 들 수 있다. 이 논문은 『서울대 교양과정부 논문집』 2집에 발표된 것이다. 1930년대 한국문학을 해명하려면 이헌구의 활동을 결코 빠뜨릴 수 없게 되어 있다. 소위 해외문학파를 대표하는 이론가가 바로 이헌구이기 때문이다. 특히 박용철과 이헌구는 1930년대 한국의 문화적 풍토를 이해하는 데 빠뜨릴 수 없는 존재인 것이다. 이 진술 속엔 문학면을 제하더라도 (1) 외국 문학과의 관계, (2) 극예술의 측면 등 소위 식민지 지식인의 문화적 자세가 무엇인가를 묻게 되는 의미가 내포된다. 끝으로 박용철 연구 중 비평가 항목은 졸저 『근대 한국문학 연구』(일지사) 속에 포함되었음을 밝혀 두는 터이다.

1973년 9월

한국근대문학의 이해

일지사, 1973

책머리에 부쳐 | 출발의 의미와 회귀의 의미

K군, 군과 나와의 이러한 기호적 지평 내에서의 만남이 바람직한 일이라고는 할 수 없다. 그러나 그것은 최소한의 가능성이라고 생각해 주길 바란다. 문자로서의 이러한 기호란 너의 것도 아니지만 더구나 나의 것은 아니다. 동시에 그것은 우리의 것이 될 수 있다. 이 신념 때문에 이 자리를 빌려 두 가지 이야기를 해 두기로 하였다.

첫째 번 이야기는 출발에 관한 것이다. 출발이란 무릎이다. 무릎의 메타포가 출발인 것이다. K군, 군은 상처 없는 무릎을 보았는가. 우리가 미지를 향할 때, 우리가 보다 멀리 손을 뻗치려 할 때, 그리고 우리가 일어서려 할 때, 피를 흘려야 하는 곳은 바로 이 무릎이었다. 그러나 우리가 이미 뜀박질을 할 수 있게 되었을 때, 산과 대지와 강의 흐름과 칸트의 성공(星空, Sternenhimmel)은 사정없이 우리를 막아선다. 그것은 가정이고 네 이웃이고 친구이며 사회이다. 너를 에워싸는 이 감옥에서 너는 탈출해 나와야 한다. 이미 날 때부터 너는 그 탈출의 욕망의 씨를 안고 있었기 때문이다. 하늘의 구름 때문에 네가 넋을 잃고 시무룩해 있을 때 아마도 어머니는 너의 건강을 근심할 것이고 심지어 강아지도 네 표정을 살필 것이다. 이 수없는 거미줄 같은 인연의 끈에서 군은 질식해 본 적이 없는가. 이 감옥에서 탈출하기 위해 이번엔 보이지 않는 또 하나의 너의 무릎을 사용해야 한다. 모든 것이 보이지 않기 때문에 이번의 탈출은 보다 아픈 것이다. 그것은 미지를 향한 너의 야생적 본능이다. 내가 목마른 너에게 물을 떠 준다면 너는 그 물을 마셔서는 안 된다. 그것은 네 갈증의 욕망을 무화시키기 때문이다. 너의 몸을 눕힐 자리를 내가 만들어 준다면 너는 거기서 잘 수가 없으리라. 너는 저 새벽의 광야, 청청한 호수, 태풍 속의 존재이어야만 하기 때문이다. 헛된 소유가 아니라 욕망 자체여야 하기 때문이다. 어떤 소유도 너를 죽이는 것이다. 안일한 나날보다도 비통한 나날을, 죽음 이외의 휴식은 없는 것이다. 참으로 두려운 것은 못다 한 욕망이 죽음 후에도 남지나 않을까에 있을 뿐이다.

K군, 이 욕망이 바로 사랑의 의미이다. 그것은 동정이 아니라 사랑이다. 설사 내가 아홉 개의 교향곡을 짓고, 〈최후의 만찬〉을 그렸고 중성자를 발견했다 할지라도 너는 영원히 나를 비웃을 권리가 있다. 그것은 오직 너만이 가진 순수 욕망 때문인 것이다. 행위의 선악을 판단하기도 전에 행위하는 것, 그것이 바로 열정(passion)이며 아픔인 것이다. 그 아픔이 본능적 욕망의 순수라면 무엇을 주저할 것인가. K군, 보이지 않는 무릎의 상처가 아물기 전에 너는 모든 책을 버리고 떠나야 한다. 너의 골방에서, 거리에서, 도시에서 탈출해 가라.

K군, 여기까지가 너에 있어서의 문학이다. 그것은 영혼의 충격이고 모랄이다. 실상 여기까지는 구약성서에 나오는 「탕아의 귀가」와 R. M. 릴케의 『말테의 수기』와 토마스 만의 『토니오 크뢰거』와 A. 지드의 『지상의 양식』을 읽었을 때 가능한 너의 언어이다. 그런데 이러한 아름다운 언어를 어째서 우리는 서서히 배신하게 되고 말았는가. 어째서 너는 주름살이 늘 때마다 비굴한 몰골과 발맞추어 평범한 사나이가 되고 말았는

가. 어쩌자고 행위의 판단 이전에 행위하던 네가 살얼음판을 걷듯 그렇게 움츠리고 말았는가. 폭풍우 속에 놓였던 그네가 어째서 선량한 아저씨가 되고 복덕방에서 장기나 두면서 백발과 함께 주저앉게 되었는가. 그 감수성과 본능과 감각의 비수는 어디로 갔는가.

이 모든 물음에의 해답을 찾는 것은 이미 너에게는 문학이 아니다. K군, 이 점에 주목하기 바란다. 문학은 그보다 더 위대한 것이라고 적어도 군은 말해야 한다. 아홉 개의 교향곡과 〈최후의 만찬〉과 중성자의 발견에 대해서도 네가 영원히 비웃을 권리를 가졌을 때까지가 문학이라면 그 이상 최고는 없다(non plus ultra). 대체 그것은 무엇이었던가. 바로 너의 젊음인 것이다. 그 아픔인 것이다. 현실의 대치물로서 예술이 놓인다면, 그러한 것이 예술이고 문학이라면, 너는 이미 패배한 것이다. 그리하여 너는 평범한 속물로 주름살을 늘리며 사라져야 한다. 베토벤과 미켈란젤로와 오펜하이머를 수용하고 절을 할 때 너의 의미는 없다.

K군, 여기서부터 우리의 회귀의 의미가 시작된다. 살아 있는 정신(der lebendiger Geist)이 사라질 때 닥치는 추악함을 견디기 위해 우리가 돌아갈 길에는 파우스트적인 악마의 시련과 도스토예프스키의 지옥이 놓여 있다. 그것은 본능적 욕망의 대가로 지급되는 보편적 아픔이다. 이러한 자기회로를 비교적 완벽하게 갖추고 있는 것이 이른바 문화라는 장치이다. 물을 것도 없이 문학도 그러한 장치 중의 하나이다.

K군, 이러한 어리석음과 확실함의 승인 위에서 한국문학이란 무엇인가를 나는 썼다. 따라서 이 책은 단순한 입문서가 아니다. 그 이하이면서 그 이상이다.

물론 군은 아직도 실수할지 모른다. 그러나 그 실수가 어떤 비참의 경지에 이를지라도 군은 우리에게 최소한 다음과 같은 선상에 머물 것으로 믿는다. 그것은 군이 순수했다는 과거적인 사실 자체에서 마침내 달성되리라.

어리고 성긴 가지 너를 믿지 아녔더니

눈雪 기약 능히 지켜 두세 송이 피여세라

촉 잡고 가까이 사랑할 제 암향조차 부동터라. (『가곡원류』)

1973년 10월

재판을 내면서

4개월 만에 재판을 내게 되었다.

'이해'라는 책명 때문에 매우 쉬우리라고 생각한 독자들이 많았던 것 같았다. 저자에게 여러 가지 의문점에 대한 독자들의 문의가 있었던 것은 아마도 그 때문이었으리라.

오늘날 한국 사회의 지적 수준은 쉬운 상식적인 차원을 이미 넘어서고 있다고 저자는 생각한다. 더구나 한국학에 관한 부분의 탐구열은 치열하다고 생각된다. 따라서 『한국근대문학의 이해』라는 이 책도 단순한 입문적 상식 개념의 나열이라는 관점에서 쓴 것이 아니었다. 새로운 세대는 자기 세대에 맞는 지적 모험이 요청되는 것이다. 만일 이 책에서 독자들이 문학에 대한 종래의 고정 관념을 다소라도 깨뜨릴 수 있게 된다면, 그리고 새로운 의문점을 스스로 찾아 낼 수 있다면 이 책의 소임은 끝나는 것이다.

1974년 4월

국화와 칼

루드 베네딕트 지음, 김윤식·오인석 옮김, 을유문화사, 1974

해설

이 책은 루드 베네딕트(Ruth Benedict)의 *The Chrysanthemum and the Sword: Patterns of Japanese Culture*(Boston: Houghton Mifflin Company, 1946)을 번역한 것이다. 원작은 모두 13장으로 되어 있으나, 그중에서 보다 본질적이라고 생각되는 장만을 골라 10장으로 편성한 것이 본 역서이다. 이러한 선택에서 역자가 고려한 것은 순전히 역자의 자의적 판단에 의한 것이다. 특히 이 판단은 이 저서에 대한 일본 학자들의 평가를 재비판한다는 의미가 내포된다. 본서의 일본어판 역자인 하세가와(長谷川松治)는 이 저서에 대해 여러 가지 비판을 가하고, 그중 어느 장이 특히 우수하다는 투로 말하고 있으나, 그것은 어디까지나 일본인으로서의 비판인 것이다. 문제는 우리가 한국인으로서 일본 문화를 어떻게 이해하는가에 있을 것이다. 그러므로 역자는 한국인의 입장에서 이 저서 13장 중 보다 본질적이라고 생각되는 10장만을 선택한 것이다.

이 저서는 '국화'와 '칼'이라는 두 가지 상징의 극단적 형태를 취하고 있다. 그러나 이 저서는 그 부제가 표시하듯 일본 문화형의 탐구인 것이다. 그것은 문화인류학이라는, 미국에서 크게 발달된 학문의 방법론에 의거한 것이며, 따라서 매우 전문적인 것이다. 여기서 '전문적'이라 함은, 단순한 일본 기행문이나 견문기가 아니라 엄밀한 학문적 노작이라는 뜻이다. 저자가 목적으로 삼은 것은 평균적 일본인(average Japanese)의 행동과 사고의 형(pattern)을 탐구한 것이다. 그것은 한마디로 '수치'에의 인식에 놓인 문화다. 원래 이러한 문화인류학적 방법은 역사주의 방법과는 현저히 다른 것이다. 따라서 흔히 우리가 입문적으로 어떤 나라의 문화나 사물을 이해하는 방법론과도 현저히 다른 것이다. 그러한 역사주의 방법은 주관성에서 벗어나지 못한다는 결정적인 한계가 있다. 이에 비하면 이 저서의 방법은 그러한 주관성을 극복했다는 뜻에서 매우 학문적 객관성을 획득하고 있다. 특히 이 저서의 정수는 계층 제도(hierarchy)에 대한 분석에 있다. 그 계층 제도가 근대 사회로 넘어올 때 어떠한 질서와 충동을 일으키는가의 고찰은 제3장 '메이지 유신' 속에 선명히 드러나 있다.

저자인 베네딕트 여사(1887~1969)는 미국 태생이며 컬럼비아 대학에서 박사 학위를 받고 모교에서 인류학과장으로 봉직하였다. 그녀의 대표작은 『문화의 유형(*Patterns of Culture*)』(1934), 『종족(*Race: Science and Politics*)』(1940) 등으로 알려져 있다. 만년의 명작인 이 『국화와 칼』은 1944년 6월 미 국무성 위촉으로 연구하기 시작한 것인데, 저자 자신은 일본을 방문한 적이 단 한 번도 없다. 학문의 연구에서 그 대상을 직접 목격하지 않는 쪽이 오히려 보다 엄밀할 수도 있다는 가능성을 이 저서는 입증하고 있다. 대체적으로 부분적 체험은 전체적인 방법론을 망쳐놓기 쉬운 것이다. 이 저서가 허다한 자기 멋대로의 기행문이나 그것에 준하는 저널리스틱한 일본 인상기와 결정적으로 구분되는 까닭도 여기에 있으리라.

역자가 이 저서를 번역하려 마음먹은 것은 오래 전이었다. 그러나 이에 대한 전문가들이 있을 것으로 예상되어 주저했는데, 우리나라에서는 아직까지도 일본 연구가 황무지인 것으로 판단되어, 이에 무지를 무릅쓰고 감히 번역해 본 것이다. 우리의 입장에서 가장 잘 알아야 할 일본에 대한 탐구가 우리만큼 무관심한 상태에 놓인 풍토는 아마 없을 것이다. 개개인의 일본 인상기나 체험기 따위는 오히려 그 주관성 때문에 해독을 끼칠지도 모른다. 그러므로 가장 좋은 방법은 학문적으로 우리나라 학자들에 의해 일본 연구서가 나오는 일이다. 그러나 그것은 시간을 요하는 문제일 것이다.

1973년 6월

국화와 칼(완역판)

루스 베네딕트 지음, 김윤식·오인석 옮김, 을유문화사, 1991

역자 서문

이 책은 루스 베네딕트(Ruth Benedict)의 *The Chrysanthemum and the Sword: Patterns of Japanese Culture*(Boston: Houghton Mifflin Company, 1946)를 번역한 것이다.

이 저서는 '국화'와 '칼'이라는 두 가지 상징의 극단적 형태를 취하고 있다. 그러나 이 저서는 그 부제가 표시하듯 일본 문화의 틀[型]의 탐구인 것이다. 그것은 문화인류학이라는, 미국에서 크게 발달된 학문의 방법론에 의거한 것이며, 따라서 매우 전문적인 것이다. 여기서 '전문적'이라 함은, 단순한 일본 기행문이나 견문기가 아니라 엄밀한 학문적 노작이라는 뜻이다. 저자가 목적으로 삼은 것은 평균적 일본인(average Japanese)의 행동과 사고의 틀(pattern)을 탐구하는 것이다. 그것은 한마디로 '하지(恥: 수치, 부끄러움)'에의 인식에 놓인 문화다. 원래 이러한 문화인류학적 방법은 역사주의 방법과는 현저히 다른 것이다. 따라서 흔히 우리가 입문적으로 어떤 나라의 문화나 사물을 이해하는 방법론과도 현저히 다른 것이다. 그러한 역사주의 방법은 주관성에서 벗어나지 못한다는 결정적인 한계가 있다. 이에 비하면 이 저서의 방법은 그러한 주관성을 극복했다는 뜻에서 학문적 객관성을 획득하고 있다. 특히 이 저서의 정수는 계층 제도(hierarchy)에 대한 분석에 있다. 그 계층 제도가 근대 사회로 넘어올 때 어떠한 질서와 충동을 일으키는가의 고찰은 제3장 '메이지 유신' 속에 선명히 드러나 있다.

저자인 베네딕트 여사(1887~1948)는 미국 뉴욕에서 태어나 1909년 바사 대학에서 영문학을 전공하고 어학 교사와 시인으로 활동하다 생화학자인 스탠리 베네딕트와 결혼, 1919년 인류학에 접하게 되고 2년 후 컬럼비아 대학에 입학하여 절대적인 스승 프란츠 보아스를 만나게 되면서 본격적인 인류학 연구에 빠져들게 된다. 현지답사하며 아메리칸 인디언 종족들의 민화와 종교를 연구하여 컬럼비아 대학에서 박사 학위를 받은 그녀는 1930년부터 모교에서 인류학 교수로 재직하였다.

베네딕트의 대표작은 『문화의 유형(Patterns of Culture)』(1934), 『종족(Race: Science and Politics)』(1940) 등으로 알려져 있다. 만년의 명작인 이 『국화와 칼』은 1944년 6월 미 국무부의 위촉으로 연구하기 시작한 것인데, 저자 자신은 일본을 방문한 적이 단 한 번도 없다. 학문의 연구에서 그 대상을 직접 목격하지 않는 쪽이 오히려 보다 엄밀할 수도 있다는 가능성을 이 저서는 입증하고 있다. 대체적으로 부분적 체험은 전체적인 방법론을 망쳐 놓기 쉬운 것이다. 이 저서가 허다한 자기 멋대로의 기행문이나 그것에 준하는 저널리스틱한 일본 인상기와 결정적으로 구분되는 까닭도 여기에 있으리라.

역자가 이 저서를 번역하기로 마음먹은 것은 오래 전이었다. 그러나 이에 대한 전문가들이 있을 것으로 예상되어 주저했는데, 우리나라에서는 아직까지도 일본 연구가 황무지인 것으로 판단되어, 이에 무지를 무릅쓰고 감히 번역해 본 것이다. 우리의 입장에서 가장 잘 알아야 할 일본에 대한 탐구가 우리만큼 무관심한 상태에 놓인 풍토는 아마 없을 것이다. 개개인의 일본 인상기나 체험기 따위는 오히려 그 주관성 때문에 해독을 끼칠지도 모른다. 그러므로 가장 좋은 방법은 학문적으로 우리나라 학자들에 의해 일본 연구서가 나오는 일이다.

이 역서가 1974년 '을유문고'로 처음 간행될 때는 원서의 13개 장 중 9~11장을 제외한 나머지 10개 장만을 선택 번역했었다. 한국인의 입장으로서 일본 문화를 이해하는 데 본질적이라고 생각되는 장만을 골라 번역했던 것이다.

그러나 이번에 독자의 요청으로 이를 단행본으로 재편집 간행하면서 기왕이면 전문을 번역·수록하는 것이 좋겠다는 편집자의 의견이 있어 9~10장을 추가로 번역 수록하게 되었다. 따라서 이 책은 『국화와 칼』의 완역본인 셈이다.

아무쪼록 이 역서가, 일본에 대한 이해와 탐구에 조금이라도 도움이 되었으면 하는 마음 간절하다.

1991년

한국근대작가논고

일지사, 1974

머리말

문학에 대한 흥미 중의 하나가 아마도 인간과 그 시대, 즉 주체와 상황의 관계 개념일 것이다. 여기 모은 글들은 다른 졸저에 빠진 것 중, 한국 근대문학의 작가들을 상황과 결부시켜 살펴본 것만을 골라 묶은 것이다. 또한 되도록 학문적 포즈를 취하지 않고, 따라서 엄밀성보다는 하나의 시점을 부각시키려 한 것들이다. 그리고 부록에 「작가론의 방법」을 두었으나 그것은 한 참고적 사항일 따름이지 저자의 방법론에 부합하는 것은 아니다.

한국 근대 작가론 연구에서 부딪히는 고충은 여러 가지가 있을 것이다. 그중의 하나로 기초 자료의 미비를 들 수 있다. 여기서 기초 자료라 함은 작가들이 남긴 내면기록(일기, 편지 등)을 뜻한다. 물론 작품만이 일등 자료임엔 틀림없다. 그러나 그 일등자료가 빛을 발하기 위해서는 내면 기록의 조명이 불가피하다. 이런 관점에서 보면 한국 근대문학 속에서 박용철이 가장 정확히 추구될 수 있을 것이다. 그러나 만일 작품이라는 일등 자료의 높이가 고도의 상상력과 결부되어 있지 못할 경우에는 작가론은 다분히 평면화되거나 픽션이 되고 말 것이다.

이로 인해 작가론은 불가피하게도 문제적 작가(Problematischen Individuum)와 군소 작가로 나뉘게 된다. 그렇다면 문제적 작가와 그렇지 않은 작가의 판별 기준은 무엇인가? 이 물음에의 답변이 비교적 안전하기 위해서는 문학사적 안목이 요청될 것이다. 그것은 역사가 당대인에 의해 다시 쓰여야 한다는 의미와 동질적인 곳에 있다. 어떤 사관으로부터도 자유로울 때 그것은 문학자의 것이지만 또한 현재에 대한 지향점으로서의 작용의 당위성이 요청될 때 그것은 비평가의 사관으로 될 수밖에 없다. 이 두 갈등의 총체성이 평가 기준 자체로 될 수밖에 없으리라. 여기에 위험성이 따름은 필지일 것이다. 즉 비평가의 문학자로서의 측면이 사관을 압도하려는 유혹이 잠재된다.

여기 수록된 글들이 그러한 유혹을 물리친 것이라고 저자 자신이 자부하지도 않으며, 또 사관의 경직성에서 벗어났다고 단정되지 않음도 새삼 말할 것이 없다. 다만 이러한 유혹들을 순간순간 의식한 바 있었다는 점만을 여기서 밝혀 둘 따름이다.

끝으로 번번이 신세를 지게 된 일지사 김성재 사장, 이기웅 부장 및 편집부 제씨께 사의를 표하는 바이다.

1974년 4월

한국문학의 논리

일지사, 1974

머리말

문단 말석에서 배회한지 12년 만에 한 권의 평론집을 펴내게 된 것은 오직 일지사 김성재 사장의 배려에 의한 것, 이에 이 자리에 밝혀, 써, 사의를 표하는 바이다.

생각건대 한 시골 구석에서 태어나, 여기저기 방황하면서 어째서 하필 문학 비슷한 것을 하게 되었는지 나는 아직도 그 이유를 분명히 알지 못하고 있다. 다만 지금 한 단서로 남아 있는 것은 『현대문학』(92호) 추천 완료 소감의 다음 구절일 따름이다.

모든 너에게

이것은 너 때문이었다.

내가 왜 文學을 하게 되었는지는 나도 잘 모르지만, 그러나, 이렇게 X字가 붙은 것을 하게 된 것은 바로 너 때문이었다.

빌려 주지도 않은 돈을 달라고 떼쓰던―그런 心情을 아는가, 너는 그런 心情을.

손톱자국 난 가슴으로 西海바다 소금 긴 바람에 피 묻은 빨래 조각 같은 깃발이 있었다면, 너는 웃으라.

노예선의 벤허처럼 눈에 불을 켜야만 나는 사는 것이었다.

이것을 너는 내게 가르쳤다.

그리하여, 이 모든 것은, 아무 때문도 아니면서 ─ 너 때문이었다.

이와 더불어 생각나는 것이 또한 있다. 환도(還都) 직후였다. 그것은 물들인 군복과 커다란 군화를 끌고, 시커먼 물 흐르는 청계천 둑길, 거기 늘어선 고서점에서 A. 지드의 『지상의 양식』 일역판을 사서 읽던 내 대학 시절의 기억이다. "나타나엘이여, 동정이 아니라 사랑이다. 너에게 열정을 가르쳐 주마. …… 다른 사람이 훌륭히 할 수 있는 일을 네가 해서는 안 된다. 다른 사람이 말할 수 있는 것을 네가 말해서는 안 된다. …… 이 책을 버리고 탈출하라.……" 지금도 또렷이 기억되는 이 병적인 목소리는 내 젊음의 그것이었다. 아마도 나에게 그것은 겨우 세속적인 의미에서의 혼자있음(Einsamkeit)이었을 것이다. 그 혼자있음의 방황은 서해바다 소금 머금은 바람 속에도, 50년대, 60년대, 그리고 지금에도 내 핏속에 맥맥히 흐르고 있는 것 같다. 그 혼자있음의 두려움이 실상 나의 실존적 의미였던 것이다. 어려운 문자를 쓰면 그 혼자있음의 초월(se dé-passer)이 나의 황잡한 문자 행위였던 셈이다. 그리고 그것은 죽음만이 막게 해 줄 따름이리라.

여기 모은 내 문자 행위는 비교적 초월의 고비에서 쓰인 것들이다. 따라서 다분히 개인적인 것에 뜻이 있지 문학적 중요성과는 별로 상관이 없다. 그렇지 않은 것들은 여기서 제외하였다. 따라서 지금 보면 유치하고 틀린 견해도 불소하다.

혹 사람이 있어 이 책을 읽어 줄 기회가 있다면, 한 사나이의 문자 행

위로서의 허무의 초월이 얼마나 추상의 지경에 이르렀는가를 발견하게
되리라. 뜨거운 한 토막의 문자, 담담한 심정 고백적인 문자, 촌철살인적
문자를 단 한마디도 쓰지 않음으로써 나는 역사라는 허깨비에 마주치고
있었다. 그것은 기호 체계이며 추상이다. 문학사에의 관심이 첫 출발점
에 놓여 있는 것은 이 때문이다. 지금도 변함없다.

1974년 4월

한일문학의 관련양상

일지사, 1974

머리말 | 한 일본인 벗에게

안녕하십니까. 『반일(反日)의 풍화(風化)』를 배독(拜讀)하고 느낀 점이 많았습니다. 당신의 조심스럽고도 정확한 역사의 통찰력과 한일 간에 놓인 깊은 상처에 대한 안목이 단순히 당신이나 나 개인의 문제를 초월하는 것이기 때문에 우리의 슬픔은 아득합니다. 더구나, 그것이 논리가 아니라 모럴이기 때문에 보다 섬세한 통찰이 필요할 것입니다. 당신이 「춘향전」을 전공하고 시조를 번역한 바 있음을 알고 있기 때문에 모럴을 들먹이는 것이 아닙니다. 실상은 당신이 지적한 '지배자가 피지배자를 이해한다는 것이 절대로 불가능하다'는 명제에 내 자신이 공감했기 때문입니다. 이 명제를 나는 오래도록 가슴에 지니어 왔고 또 현재도 그러합니다. 이 문제와 관련하여 먼저 다음 사실을 말해 두는 것이 편리할 것 같습니다.

내가 태어난 것은 1936년으로 동북사변(만주사변)이 일어나기 1년 전입니다. 유명한 시안(西安) 사건, 독·일 방공 협정, 프랑코 정부 성립,

그리고 미나미 지로(南次郎) 총독 부임, 베를린 올림픽 마라톤의 손기정과 이에 이어지는 일장기 말소 사건 등이 일어나던 그러한 상황 속이었습니다. 나는 경남 김해군 진영에서 한 가난한 농민의 장남으로 태어났고, 지금도 선명히 기억하는 것은 일본 순사의 칼의 위협과 식량 공출에 전전긍긍하던 부모님들 및 동리 사람들의 초조한 얼굴입니다. 국민학교에 입학한 것은 1943년으로, 진주만 공격 2년 후이며 카이로 선언이 발표된 해에 해당됩니다. 십리가 넘는 읍내 국민학교에서 〈아까이도리 고도리〉, 〈온시노 다바꼬〉, 〈지치요 아나타와 쯔요캇다〉, 〈요카렌노 우타〉 등을 무슨 뜻인지도 모르면서 불렀습니다. 혼자 먼 산을 넘는 통학 길을 매일매일 걸으면서 하늘과 소나무와 산새 틈에 뜻도 모르는 노래를 흥얼거리며 외로움을 달래었던 것입니다.

내가 아는 리듬이란 그것밖에 없었기 때문입니다. 마을에서는 이 무렵 가끔 지원병 입대 장정의 환송회가 눈물 속에 있었고, 아버지의 징용 문제가 거론되는 불안 속에 우리는 이따금 관솔 따기로 수업 대신 산을 헤매었습니다. 동리에서도 할당된 양을 채우기 위해 관솔 기름을 직접 짰던 것입니다. 그리고 놋그릇 공출이 잇따르고……. 이러한 일들은 내 유년 시절의 뜻 모르는 서정성으로 남아 있는 것입니다. 내가 어른이 되어 1년 동안 체일했을 때 야스쿠니(靖國) 신사에 가끔 가서 느낀 것은 의외로 이 나의 유년시절의 뜻 모르는 서정성의 아픔이었습니다. 나는 그곳에서 두 가지 사실에 가슴 아팠습니다. 그 하나는 '병사들의 물―어머니의 물'이었습니다. 죽음을 헤매는 병사들의 갈증을 위해 부모 처자들이, 스며들게 만든 분수대의 그 상징적 물의 의미가 내 가슴을 아프게 하는 것은 무엇 때문이었던가, 지금도 나는 아직 그때의 느낌을 분석하지 못하고 있습니다. 다른 하나는 다이쇼(大正) 때의 병기 공장에서 기증하여 세운 동으로 된 거대한 도리이(鳥居)였습니다. 나는 국민학교(일제 때)에 다닐 때 아침 조회 때마다 일본 국가를 불렀고, 소위 동방요배(東方遙

拜)를 했습니다. 그것은 궁성을 향한 것이라고 했습니다. 그리고 앞에서 적었듯 우리의 조상 대대로 내려오는 밥그릇인 놋그릇을 공출했습니다. '영미귀축(英美鬼畜)을 격멸하기 위한 포탄'으로 쓰인다고 들었습니다. 그런데 어째서 야스쿠니 신사에는 그 엄청난 쇠붙이가 그대로 있는가. 물론 논리적으로 그것을 판단하지 못할 나도 아닙니다. 그러나 중요한 것은 그 도리이를 손으로 만지면서 나는 어릴 때 아버지가 놋그릇을 꺼내 공출하러 가져갈 때의 표정이 그 순간 떠올랐다는 점입니다. 어머니와 누나가 가끔 그 놋그릇을 정성스레 닦던 모습이 떠올랐던 것입니다. 그리고 동리 반장이 그것들을 모아다 가마니 속에 넣을 때 망치로 부숴 가지고 넣던 모습이 떠올랐던 것입니다.

해방이 되고 자라면서 나는 역사를 배웠습니다. 그 역사 속에는 문학이 포함됩니다. 내가 전공한 분야는 한국근대문학으로서, 그 시기적 대상은 대부분 소위 식민지 시대, 이른바 한국민족문학이었습니다. 여기에는 무엇보다도 근대제국주의 국가단위로서의 일본의 조직적 수탈 정책과 이에 대한 한민족의 역사전개로서의 응전력의 함수 관계 파악이 가로 놓였습니다.

그런데 문제는 논리가 아니었습니다. 저항과 창조가 등질성을 띤 한국 민족주의 처녀성의 본질은 마침내 혼(魂, Seele)에 관련된 문제였던 것입니다. 나에게 이 혼과 논리의 갈등 문제가 강박 관념으로 작용해 올 때 내 의식은 한 번도 자유로울 수가 없었습니다.

그 자유 획득의 한 방편으로 나는 일본을 직접 보아야 할 것을 결심했습니다. 마침 하버드대 엔칭 연구소의 도움을 입어 내가 도일한 것은 1970~1971년이었습니다. 일본에서의 내 모습이나 사정은 당신을 내가 만났을 때, 당신이 보고 듣고 한 그러한 정도에 불과한지 모르겠습니다. 특히 당신이 내게 일본을 파헤칠 것을 격려해 주었던 어느 날을 기억합니다. 지금도 그 점에 대해 감사히 생각하고 있습니다. 내가 본 일본은 과연 놀라운 나라였습니다. 더구나 그 놀라움은 문자 행위에의 끊임없는 침전 속에 있어 보였습니다. 그리고 엉뚱하게도 '백제관음상(百濟觀音像)은 혼의 문제인가'라는 아픔을 안고 돌아왔을 뿐입니다. 내 의식의 방황은 더욱 심해지고, 그로부터 나는 무엇부터 먼저 손을 대어야 할지 점점 방향감각의 상실에 직면한 바 있습니다.

여기 몇 편의 글을 묶어 '한일문학의 관련양상'이라 해 보았습니다. 조그마한 한 귀퉁이의 문제나마 내 나름대로 일단 정리해 두고 넘어가고 싶었기 때문입니다. 설사 고의적이 아니라 하더라도 인간이 자기와 남을 속이는 불행만은 없어야 한다는 평소의 내 신념 때문에 오늘은 유달리 불안합니다.

늘 건강하시길 빌며.

1974년 5월

한국근대문학사상

서문당, 1974

머리말

한민족의 역사 전개의 측면을 이념적으로 기술할 때, 그 이념의 방향성의 추상화 작용을 맡은 몫이 사상사의 과제일 수 있을 것이다. 따라서 사상사는 민족사의 이념과 완전히 일치한다. 그렇다면 추상화 작용의 의미가 현재에 놓일 수밖에 없을 터이다. 이 진술은 동시에 역사 지표의 선취성을 뜻하게 한다. 문학사상도 이 범주에서 벗어날 수 없음은 새삼 물을 것도 없는 일이다. 그렇지만 그것이 하나의 특수사적 성격을 띤다는 것에 대해서는 약간의 성찰이 요청된다.

문학은 무엇보다도 '나'와 '타인'과 '조직'의 변증법적 무한화 과정을 맺어 주는 의미망을 구체적으로 갖는다는 점이 지적될 수 있다. 이 구체성은 언어가 본질적으로 갖는 사회성과 역사성이라는 추상화 작용과 충돌함이 일반적이다. 더 분명히 말하면 문학이 갖는 작품이 일차적 현실이라면 그 작품 이전에 놓인 현실과의 이중성에서 고찰될 운명을 띠고 있는 것이다.

이 문제의 해결은 근대로 내려올수록 더 어렵게 되어 가고 있다. 이유는 물론 개별화 내지 전문화 때문인 것이다. 기호체계로서의 언어의 독자적 전개라는 차원, 문학이 고유하게 갖는 장르(Gattung)로서의 독자성 등등의 문제는 사실로서 인정할 수밖에 없다.

　　이 보편성과 특수성의 동시 기술의 가능성이란 무엇일까를 모색한 것이 이 저서의 한 시도라고 할 수가 있다. 이 시도가 가능한 것은 한국 근대사의 파행성에서 그 단서가 찾아진다. 3·1운동 이후에서 을유 해방을 수용하는 한민족의 역사 전개는 저항과 창조가 동질성을 띠고 있었고, 이 동질성을 가장 확실하게 확보할 수 있는 성전이 민족어일 수 있었다.

　　그것은 무명화(無名火)로 표상될 수도 있다. 정신사적으로 보면, 또한 헤겔의 미학으로 번역해 본다면, 이 무명화의 존재는 신의 존재와 완전히 대응된다. 이 신이 우리와 함께 있을 때는 우리가 갈 수 있고, 또 가야만 할 길에 있어 하늘의 성좌가 지도의 몫을 할 수 있었던 것이다. 그러나 이 무명화로서의 신이 성적(聖的) 공간을 거두어 떠나 버렸을 때, 우리는 우리가 갈 수 있고, 또 가야 할 길의 지표가 홀연 아득해져 갈피를 잃는다. 식민지 시대에서 을유 해방으로 넘어오는 혼의 폐쇄와 확산의 문제는 따라서 역사의 시련일 수밖에 없는 일이다. 신을 축출한 것은 물을 것도 없이 한반도를 지배한 국제 역학 변수인 것이다. 민족 개념의 훈련과 국가 개념의 충돌이라든가, 모더니티 지향과 전통 지향성의 충돌이라든가, 개인과 사회의 발견의 문제 등등을 고려하지 않고는 한국 근대문학의 사상사적 측면이 기술될 수 없다는 것을 저자는 암시하려 하였다.

　　끝으로, 여기 수록된 논문은 『서울대 교양과정부 논문집』 4집, 『학술원 논문집』 9집을 주축으로 하고, 새로이 보강하여 앞에 적은 체계 속에 묶었음을 밝힌다.

1974년 6월

한국현대시론비판

일지사, 1975

머리말

시인과 독자 사이에 시가 놓여 있다고 오래도록 생각해 오다가 여러 가지 회의에 빠진 적이 있다. 이번엔 시를 가운데 둔 시인과 독자 사이에 역사가 놓여 있다고 생각하기로 하였다. 그러고 보니 시만이 전부일 수 없고 동시에 언어만이 전부일 수 없다는 생각에 이르기도 하였다.

이러한 혼란을 맞아들이기로 하자니 도그마를 세우고 동시에 그것을 무너뜨리는 행위의 지속에 놓이고야 말았다. 성급한 보편성에의 지향이 사유의 중간과 등질적임을 여러 번 체험한 것은 바로 이 때문이다.

이런 연유로, 나는 내가 세운 이러한 체계 혹은 도그마가 언젠가 내 스스로의 손에 의해 파괴되기를 바랄 따름이다.

1975년 7월

재판 서문

어느 민족이나 국민은 저마다의 창조적 심의(心意) 경향은 물론 비평적 심의 경향(critical turn of mind)을 갖고 있을 것이다. 이러한 것은 보편성의 처지에서 보면 일종의 편견으로 간주될 수밖에 없으리라. 한국의 근대시와 시론도 역시 다른 나라의 시나 시론과는 다른 특질, 즉 편견을 갖고 있을 것이다. 그 가장 두드러진 특질은 시와 민족의식의 결합 혹은 저항과 창조의 등질성의 인식인 것 같다. 이러한 현상의 일단은 한국의 근대시가 식민지 상황 아래서 형성·전개되어 왔음에서 연유된 것으로 보인다. 이러한 심의 경향은 가능한 한도에서 확인될 필요가 있다. 그렇지 않으면, 이 편견을 극복할 방도가 찾아지지 않기 때문이다. 다만 이 책에서는 한국 근대시를 보는 비평적 심의 경향을 확인하려 했을 따름이다. 그것의 극복 문제는 저자의 능력 밖의 것이라 다만 암시에 그쳤을 뿐이다. 성급한 보편성에의 지향이 사유의 중단을 유발하기 쉽겠기 때문이다.

1976년 7월

문학사와 비평

일지사, 1975

머리말

명문을 쓰고 싶다는 생각을 아예 가져본 적이 없다. 다만 문법에서 크게 벗어나지 않는 문장이기를 바랐을 따름이다. 또한 무엇을 평가한다든가 시비 사정을 가려야 한다는 당돌한 사명감 같은 것을 가져본 적도 없다. 다만 내 자신의 부패 방지를 위해 열심히 썼을 뿐이다.

그럴 수밖에 없었다. 순간순간 나를 부식(腐蝕)하게 하는 허무와 마주서야 했던 것이다. 여기서 허무란 어떤 광기, 어두운 공포 같은 것으로서의 현실감인 것이고, 그것에 대항하기 위한 방식이 나에게는 글 쓰는 행위였다. 그것은 이 광기 혹은 공포를 막아내기 위해 현실 세계와의 거리를 측정(vermessen)하는 행위의 일종일 따름이다. 만일 누구나 자기의 허무 방지를 위해 어떤 방식이 선택되는 것이라면 그 각각은 존중되어야 할 것이고, 따라서 나의 이러한 문자 행위도 유별난 것일 수가 없다.

그 문자 행위가 이제 나에게는 운명의 모습으로 보일 뿐이다. 그것은

늘 한갓 발견에서일 따름이다. 신은 끝내 숨어 있는가? 숨은 신을 찾는
행위라면 비극적 세계관이 요청되리라. 이때 그것은 이미 선택이 아니라
결단이리라.

1975년 7월

문학비평용어사전

김윤식 편저, 일지사, 1976

이 사전은 현대 문학 비평 용어 중 편자가 중요하다고 생각되는 113 항목(보기 항목 95, 총 208항목)을 골라 편찬한 것이라 매우 편파적이며, 따라서 규범적이라는 주장을 하기는 어렵다. 뿐만 아니라 지나치게 전문적이라는 비난도 면하기 어렵게 되어 있다. 이러한 사실을 승인한 자리에서라면 편자는 다음과 같은, 이렇게 된 그간의 사정을 말해 볼 수도 있으리라.

편자는 10여 년 동안 교단과 평단의 말석에 있으면서 늘 문학 용어에 대해 곤혹을 느껴 왔다. 논자에 따라 용어의 개념이 다르고, 또 문맥에 따라 서로 중복되거나 상이하게 쓰이는 경우에 부딪친 적이 한두 번이 아니었다. 편자 자신이 쓴 글을 포함한 이러한 혼란을 극복하기 위해 편자는 틈틈이 용어의 내포와 외연을 점검하는 일에 착수하였다. 그러나 이러한 작업은 너무 벅찼고 시간이 걸렸으며 때때로 중단하기도 하였다. 다른 영역의 예술과는 달리 문학과 문학 비평은 같은 언어 매재(媒材)로 되어 있기 때문에 문학과 비평 용어의 관계는 언어에 대한 언어의 관계에 놓이므로 그 난해성이 더욱 심한 것이었다. 편자의 능력은 이 일을 계속할 만하지 못했었다. 그러나 한편으로 돌이켜 보면, 미비하면 그런대로 어떤 중간 단계 같은 것이 있을 수도 있다는 극히 소박한 생각을 해 보기로 했다. 이런 관점에서 편자는 애초에 계획하였던 '한국 문학사 사전'이라는 계획을 일단 보류하고, 그중 비평 용어만을 정리해 보기로 했다.

문학 용어 사전은 많지만 편자가 보기엔 문학 용어의 개념 정리는 Joseph T. Shipley 편 *Dictionary of World Literary Terms*(3판, 1970)가 가장 확실했다. 전문가 260여 명이 동원된 이 사전 외에도, 시학을 전문적으로 다룬 Alex Preminger 편 *Princeton Encyclopedia of Poetry and Poetics*(1965)가 있다. 그런데 이러한 종류의 사전은 과연 표준적·규범적이기는 하나, 편자가 보기엔 정적(靜的) 상태에 놓여 있는 것 같다. 어떤 관점에서 보면, 다소 안정되지 못하더라도 어떤 중요한 문제점들을 노출시키는 역동적인 용어 소개가 요청될 수도 있을 법하다. 특히 현대 비평의 경우는, 비평의 시대라 불릴 정도로 새롭고 다양한 토의들이 전개되고 있기 때문에 일단 그 혼란 속을 헤맬 필요가 있을지도 모른다. 이런 관점에서 편자는 Roger Fowler가 편한 *A Dictionary of Modern Critical Terms*(1973)에 관심을 두게 되었다. 이 사전은 규범적인 것이 아니다. 이 사전은 27명의 전문가들에 의해 생동하는 현대 비평 용어의 소개와 비판이 비록 영미 문학 중심이기는 하나 한 편의 짧은 논문식으로 기술되어 있다.

편자는 주로 이 사전에 의거하여 항목 및 내용을 취사선택하였고, 어떤 항목은 위의 다른 두 사전의 것을 채용하기도 했으며 또한 편자 나름의 여러 항목을 따로 설정, 집필하였다. 용어 선택상의 균형 감각이나 내용 설명의 잘못이 있다면 그것은 물을 것도 없이 편자의 편견과 역량 부족 때문일 것이다. 혹 이 사전을 보시는 분들의 오류 지적과 편달이 있다면 그 이상 다행이 없으리라.

부록으로, '1. 20세기 비평의 주류'와 '2. 문학의 진화' 두 편의 논문을 실은 것은 이 논문들이 본 사전과 깊은 연관성을 가졌기 때문이다. 따라서 단순한 부록이기보다는 본 사전의 연속적 항목이라고 편자는 생각한다.

끝으로 그동안 이 원고 정리에 오래도록 힘을 기울인 장경렬 군과 편집실 제씨의 노고에 감사의 뜻을 표하는 바이다.

1976년 9월

파리 시절의 릴케

E. M. 버틀러 지음, 김윤식 옮김, 서문당, 1976

해설

1975년 12월 4일은 독일어 상용권이 낳은 금세기 최대의 시인 중의 한 사람인 라이너 마리아 릴케(1875~1926)의 탄생 백 돌이 되는 해였다. 한국에 있어 릴케가 언제부터 알려지기 시작했는지는 확실치 않으나, 1930년대 초기 시문학파를 주도한 박용철에 의해 소개된 바 있다.

특히 그의 평론 「시적 변용에 대하여」(『삼천리문학』 창간호, 1937)에서 그는 『말테 라우리드 브리게의 수기』 중의 한 구절인 시적 체험의 의미를 해설함으로써, 그리고 이 평론이 오랫동안 고등학교용 국어 교과서에 실렸기 때문에, 한국에서는 유달리 영향력을 발휘한 것으로 파악된다(이에 대해서는 졸저, 『한국근대문학사상』, 서문당, 1974, 제Ⅲ장을 참조).

그러나 문제의 중요성은 본질적으로는 이에 있지 않다. 실상 릴케 문학 자체가 갖고 있는 매력이 우리로 하여금 지속적으로 그를 읽게 했음에 틀림없다. 그 매력이란 무엇인가? 이 물음에 대한 답변은 물론 간단하지 않을 것이다. 다만 편의상 이렇게 말해질 수도 있을 것이다. 즉 문인

중에는 작품의 가치의 측면에서 매력을 던지는 경우와, 그보다는 그 작가의 인간적 매력에 역점이 놓이는 경우로 나눌 수가 있다면, 릴케는 후자에 더 가까운 것처럼 생각된다.

이는 단지 역자의 무지에서 오는 판단인지는 모르나, 릴케만큼 여행을 많이 하고 수없이 편지를 쓰고, 까다롭고, 여자 관계가 미묘하고, 귀족의 별장을 교묘히 빌려 그들의 빈객이 되는 묘한 재주를 가졌으며, 거의 속물근성으로 보이는 중세적 귀족 취미에 들려[憑] 있었던 문인은 아마도 거의 없으리라. 릴케는 스스로를 그러한 신비 속에 감춤으로써 과연 하나의 절정을 이룬 셈이다. 그 절정은 '노래는 존재(Gesang ist Dasein)'로 표상되며 이 모두가 『두이노의 비가』에 집약되어 있다. 인간적 흥미가 끝내 작품으로 연결되었던 것이다.

역자의 흥미가 릴케 문학의 본질에 관한 것이 아님은 물을 것도 없다. 한 인간의 생애처럼 중요하고도 흥미 있는 것은 없다고 역자는 생각한다. 더구나 스스로를 끊임없이 신비 속에 감춤으로써 문학적 완성에로 나아간 릴케의 경우는 더욱 그러하다. 「제9비가」에서 그는 사물 혹은 대지가 시인의 표현과 찬양에 의해 변용되어 정신화하는 단계, 즉 보이지 않는 것으로 되는 것(unsichtbar machen)에 관해 결정적인 발언을 하고 있는 것이다.

일찍이 이 릴케라는 극히 섬세하고도 묘한 삶을 영위한 인간에 대해 많은 연구가들이 연구서를 내놓고 있다. 살로메, 탁시스 부인 등 릴케의 친지들의 회상록과는 달리, 최초로 그 생애를 정리한 것은 J. F. 안젤로스의 『라이너 마리아 릴케, 시인의 정신적 발전』(1936)이 될 것이다.

이래로 오늘날까지 방대한 분량의 전기·연구서 등이 나오고 있는데, 앞에서 든 프랑스의 안젤로스의 것을 제하고는 거의가 독일어로 쓰인 것들이다. 그러나 거의 유일하게도 영어로 쓰인 릴케 전기로서는 버틀러의 것이 있다. 이 책은 15권의 릴케의 종합적 연구서로 꼽히는 것 중의 하나이다. 이 역서의 원전은 E. M. Butler, *Rainer Maria Rilke*(Cambridge Univ. Press, 1946)이다.

초판은 1941년으로 되어 있으나 1946년도 판과 거의 차이가 없다고 적혀 있다. 저자는 맨체스터 대학교 헨리 시먼 대학의 독문과 교수(Henry Simon Professor of German Language and Literature in University of Manchester)로 되어 있으며, 그에 대한 자세한 것은 역자가 알아낼 수 없었다.

이 책은 437페이지에 달하는 대저로서 모두 6장으로 되어 있으나, 여기에 완역한 것은 제3장 Latin Lessons(라틴 민족 사이에 방랑하면서 인생 수업을 하는 시기)이다. 이 기간은 무엇보다도 조각가 로댕과의 관계로 특징지어진다. 이 파리 시절의 인생 수업과 금세기에 쓰인 가장 우울한 고백서(소설) 『말테의 수기』를 또한 분리시켜 논할 수 없음도 명백하다. 혹 독자 중엔 로댕을 이해하기 위해 이 책을 읽을 수도 있고 『말테의 수기』를 더욱 잘 이해하기 위해 이 책을 읽을 수도 있으리라. 그러나 단 일회만으로 끝나는, 그래서 비극적인 지(知)로서의 한 인간에 대해 갖는 흥미로서 이 책을 읽는 것이 올바른 방법이리라고 역자는 생각한다.

끝으로, 주(註)에 사용된 자료집의 약호를 원문대로 밝혀 그 서지와 연보를 첨부하였다.

1976년 6월

한국현대문학사

일지사, 1976

머리말 | 오늘의 궤적

우리에겐 해방과 광복이라는 두 가지 용어가 통용되고 있다. 후자가 민족사적 의미 관련에서 사용되는 것 같고, 따라서 전자보다 현저히 정신사적 문맥에 이어진다. 빛의 회복이라 표상되는 역사의 의미는 암흑을 전제로 했던 것이고 또한 성스러운 공간이 상정되었던 것이다. 이러한 한민족의 역사 전개의 일익을 담당한 것이 이른바 민족문학이다.

그리고 그것이 정신사적 의미의 진실의 열어 보임이라 할 때 이는 또한 현저히 시적 진실이다. 한편 문학이 갖는 현실 인식의 측면에 역점을 둘 때 우리는 해방이라는 현실적 측면을 문제 삼게 된다. 그것은 모순 기능의 측면이며 따라서 산문적 진실에 대면된다.

이러한 두 가지 진술 속엔 민족의 정통성을 이탈하고 민족 분열을 획책한 공산주의 이데올로기는 처음부터 당연히 제외된다. 여기서 민족 분열 획책이란 해방 직후 좌우익 문학 논쟁에서 선명히 볼 수 있다. 이런 관점에서 보면 당시의 박종화, 이헌구, 김동리, 조지훈 등의 '민족단위'의

문학 전개는 민족문학의 정통성으로서 높이 평가되어 마땅하다. 엄밀히 말해 오늘에 이르기까지 한국문학의 전개는 이 큰 테두리에서 벗어나지 않는다. 나는 종종 해방 30년의 문학사 정리를 계획하면서 망연자실할 때가 있다. 풀밭에 납작 드러누워 지평선을 바라보면 눈앞의 풀잎이 거목으로 보이고 개미 한 마리가 거수(巨獸)처럼 보인다. 이러한 착각은 거리에서 기인한다. 이 환상에서 벗어나려면 일어서야 하고 또한 뒷걸음쳐 멀리 떨어지지 않으면 안 된다. 그러면 앞을 가렸던 산맥들이 점점 얕아지면서 그 너머로 여러 산맥들이 서서히 보이기 시작한다. 물론 어느 시대를 막론하고 한 시대의 분수에 상응하는 문학을 갖게 되면 그것은 또 그것대로 의미를 가질 것이다.

그러나 가능하면 거리에서 오는 착각이 배제되어야 한다. 그럴 때 하나의 기준은 자기의 세계를 이룩한 문인에 관련된다. 한 문인이 자기의 세계를 구축한다는 것은 지속적으로 작품 행위를 감행해야 한다는 전제를 승인할 때 비로소 성립된다. 이 지속성은 문학을 일시적 생활 방편으로 보지 않고 하나의 원칙으로 받아들일 때 마침내 달성될 수 있는 것이다.

30년에 걸치는 문학의 궤적을 훑어본 사람이라면 허다한 문인들이 나타나고 사라진 사실에 대면할 수가 있을 것이다. 1975년 현재 문인 수는 939명이며 아동문학 109명, 수필 52명을 합하면 1,100명이다. 이 중 시가 565명, 소설이 245명, 평론 77명, 희곡 52명이며 그 등단 연도별로 보면 다음과 같다.

등단연도별 문학 인구 조사

( )안은 해방 이전 등단 문인 수, 백분율에서는 미상 제외

구분 / 연도	시	소설	평론	희곡	소계	백분율(%)
45년 이전	(37) 0	(25) 0	(6) 0	(4) 0	(72) 0	
46~50	44	11	4	1	60	7.03
51~55	54	22	5	2	83	9.73
56~60	151	58	20	8	237	27.78
61~65	95	38	15	7	155	18.18
66~70	94	41	14	10	159	18.64
71~75	81	49	12	17	159	18.64
미상	9	1	1	3	14	
계	(37) 528	(25) 220	(6) 71	(4) 48	(72) 867	

— 김형윤, 「문학 인맥 30년」, 『문학사상』 1975년 9월호, 249쪽

개중에는 요성(妖星)처럼 잠깐 빛나다가 사라진 별도 있고, 늘 희미한 빛으로 보이는 별도 있고, 점점 빛의 강도를 더해 가는 별도 있다. 모두가 별은 별이로되 그중에서도 가장 아름다운 별은 지속적으로, 그리고 점점 커 가는 별이 아닐 수 없다. 자기 속에서 빛을 발하는 별만이 참된 별일 것이다.

그것은 한민족의 혼의 문제에 뿌리를 박았을 때 비로소 달성될 수 있는 성질의 것이다. 가장 한국적인 것, 그것이 가장 세계적인 것으로 되는 것, 그것이 예술로서의 문학이다.

이러한 의미에서라면 「신라초」에서 「질마재신화」로 이어지는 서정주, 「프라타나스」에서 「절대고독」의 김현승, 「해바라기」에서 「성북동 비둘기」의 김광섭, 「역사 앞에서」와 「범종」의 조지훈, 「자하산」에서 「경상도 가랑잎」의 박목월, 「해」의 절정에서 「수석열전」의 완결을 보인 박두

진, 「보석」과 「바라춤」의 신석초, 유치환의 우람한 허무의지로서의 수사학, 「풀」로 표상되는 몸이 가벼웠던 모더니스트 김수영, 무의미의 탐구인 「처용」의 김춘수 등은 각각 자기의 완결된 세계를 구축한 시인으로 평가될 수 있다.

한편 소설의 경우로 보면 「민족」에서 「임진왜란」에 이르는 우람한 역사 재현의 세계를 보인 박종화, 기독교적 죄의식을 추구한 박영준의 「종각」, 운명과 인연설의 심화를 보인 김동리의 「역마」, 「까치 소리」, 「사반의 십자가」, 분단의 의미와 민족 정신의 종교적 측면의 가능성을 탐구한 황순원의 「카인의 후예」, 「일월」, 「움직이는 성」, 전쟁으로 인한 성격 분열의 「제3인간형」과 외침에 대한 민족의 응전력을 추구한 「북간도」의 안수길, 지속적으로 한국적 해학을 보여 주는 「명암」의 오영수, 「전장과 시장」에서 「토지」에 걸치는 박경리의 확대와 심화 등을 이의 없이 들 수가 있을 것이다.

이와 더불어 30년 문학 공간의 이해의 지표로서 평론엔 백철의 『신문학사조사』와 조연현의 『한국현대문학사』를 들어야 하리라.

30년이라는 숫자는 단순한 산술적 평가에 그칠 수 없다. 자기를 세우는 연륜이며, 곧 그것은 어른의 세계를 의미한다. 문학은 미성년의 일시적 흥분이나 기분을 푸는 행위일 수가 없다.

그것은 한민족의 역사 전개의 진실을 열어 보이는 문자 행위의 일종이며, 따라서 지속적이며 일종의 자기 완결의 세계를 탐구하는 것으로 보아야 할 것이다. 단순한 흥미나 놀이 혹은 지적 장난이나 오락일 수 없음은 이 때문이다. 이상과 같은 진술 속엔 당연히 민족어의 순화, 즉 한국어가 지닌 잠재적 에너지 충격과 개발의 소명감이 내포된다. 그것은 오직 이 조국이라는 땅에 뿌리를 내리고 있다는 확실한 증거 중의 하나가 되리라.

증보판을 내면서

이 책은 해방 후에서 70년대 중반까지의 문학을 정리한 것이었으나, 여러 가지 미비한 점이 많아 「70년대 작가론」과 「8·15 이후의 비평의 흐름」을 보충하였다.

엄밀히 말해, 70년대란 아직도 문학사적 평가의 단계는 못 된다. 그런 만큼 이 책은 서술 방법에서 객관성을 띠기에는 무리한 점이 많았고, 따라서 미완성에 멈춘 상태라고 말할 수밖에 없다. 세월의 흐름과 더불어 조금씩 수정해 나갈 수가 있다면 다행이라고 생각한다.

1983년 3월

소설의 이론

르네 지라르 지음, 김윤식 옮김, 삼영사, 1977

옮긴이의 말

이 책의 원본은 René Girard, *Mensonge romantique et Vérité romanesque*(Paris, 1969)이며 역자가 사용한 것은 영역본이다. Yvonne Freccero가 영역한 이 책의 제목은 *Deceit, Desire and the Novel*(The Johns Hopkins University Press, 1976)이며, Self and Other in Literary Structure라는 부제가 달려 있다.

르네 지라르는 파리 고전 학교 출신으로 1976년 당시 미국의 뉴욕 주립대학 교수로 되어 있으며, *Violence and the Sacred*의 저자이며 *Proust: A Collection of Critical Essays*를 편집하였다.

'낭만적 허위와 소설적 진실'이라든가 '허위, 욕망 그리고 소설'이라는 원제목이나 영역본 제목이 말해 주듯 이 책이 지향하는 것은 소설 작품의 현상학, 즉 주인공의 욕망의 분석을 정교하게 한 것이다. 인간은 무엇을 욕망하지만 그것을 혼자서 할 수 없고, 욕망의 대상을 지시하는 제3자가 필요하다는 전제에서 분석이 시작되는데, 그 기본틀과 지향점만을 지적하면 이러하다. 주체, 대상, 매개자의 삼각 관계가 기본틀로 구성되는데, 주체와 매개자 사이에는 선망, 경쟁, 증오가 뒤섞인 뜨겁고도 미묘한 관계가 이루어진다. 주체는 끊임없는 신성에의 그리움에 불타오르지만 구체적 욕망 뒤에 숨은 이 형이상학적 욕망이 인간으로부터 그 신성을 끌어내려 타락 현상을 일으킨다. 이러한 존재론적 질병은 역사 진행, 특히 자본주의 사회에로 이행되면서 격화된다. 내면적 중개에서 외면적 중개에로, 주인적 경우에서 노예적 경우에로, 자기 긍정에서 자기 부정에로, 자기 신격화에서 자기 파멸에로 서서히 인류사가 진행해 간다는 것이다.

두루 아는 바와 같이, 소설의 본질을 탐구한 이론서로는 헤겔의 『미학』 제3부와 이에 이어진 루카치의 『소설의 이론』(1916)이 있다. 지라르의 이 책은 루카치로부터 약 40여 년의 간격을 두고 나온 것이다. 이 두 책이 소설의 이론서로서는 거의 독보적이라고 골드만이 주장하는 것은 어떤 문맥에서일까. 이 점에만 국한시켜 간략히 살펴 두기로 한다.

지라르의 이 저서가 유명해진 것은 70년대 우리에게 친근해진 골드만의 문예사회학과 깊은 관련이 있다. 골드만은 소설 형식에 대한 자기의 탐구에서 초기 루카치의 이론과 지라르의 이 책이 큰 영향을 미쳤음을 선명히 드러내었는데, 이 사실은 지라르의 저서에 대한 우리의 호기심을 자극하기에 부족함이 없었다. 다른 말로 하면, 문예사회학을 논의하는 마당에서는 지라르의 이 책이 한쪽 바퀴를 이룬다는 뜻이기도 하다.

소설의 본질이란 무엇인가. 이 물음에 대한 답변은 두 가지로 크게 갈라질 수 있다. 하나는 소설 형식의 외부를 고찰하는 일. 소설 형식의 외부를 관찰하면 배경, 인물, 플롯, 주제 등만 있으며, 그것은 또 장편이나 단편의 구분을 불가능케 할 뿐 아니라, 마침내 전설이나 민화와도 구분되지 않는 별로 쓸모없는 이론에 닿게 되기 쉽다. 러시아의 형식주의, 미국의 뉴크리티시즘 등이 이런 유파에 들 것이다. 이와는 달리, 소설 형식을 '내적 형식'의 측면에서 살피는 일이, 헤겔에서 비롯, 루카치에 의해 그 모습을 드러낸 소설사회학의 과제이다. 내적 형식이란, 대서사 양식이 서사시(희랍 시대)에서 소설(근대)에로 변화되었다는 것, 그 변화가 역사적 사회적 조건에 대응된다는 것에 이론적 기반을 둔 것이다. 따라서 소설 형식은 자본주의 사회(근대)와 가장 잘 대응된 것이다.

지라르의 이론은 자본주의 사회의 속성인 욕망의 형식과 소설의 형식 사이에 어떤 관계가 있는가를 탐구한 것이며, 그가 루카치를 읽은 바도 없지만 그 이론이 루카치의 견해와 일치되고 있음을 골드만은 강조하고 있다(부록II 참조). 루카치에 기대면, 소설은 "그 자체는 훼손된 가치 속(자본주의 사회)에 있지만, 현저히 진전된 수준에서, 그리하여 전혀 다른 방식에 있어, 진정한 가치의 추구에 대한 이야기"(부록II, 264쪽)로 규정되거니와, 지라르의 이론도 이와 대동소이하다. 즉, 자본주의 사회(근대)에서는 주인공을 행동케 하는 욕망(가치관)이 모두 그 주인공의 인간적 자율성(독자성)에 의한 것이 아니라, 거짓된(남에 의해 강요되었거나, 남의 영향에 의한) 욕망에 지나지 못함(욕망의 간접화, 매개화, 중개화)을 소설을 통해 발견해 놓은 것이다. '인간은 자율적 존재다'라는, 종래의 인간관을 뒤엎고, 인간은 한갓 허위를 좇는 무리로 타락하고 말았다는 것, 그 이유가 자본주의 사회 체제와 대응 관계에 있다는 것을 지라르는 욕망의 현상학을 통해 밝혀 놓은 셈인데, 기실 그것은 소설의 내적 형식을 밝히는 일이기도 하였다. 외면적 욕망의 간접화와 내면적 욕망의 간접화에 대한 지라르의 현상학적 분석은 이런 뜻에서 정교하고도 특출한 것이라 할 만하다.

끝으로, 부록I은 역자가 편의를 위해 마련한 것이며, 부록II는 골드만과 지라르의 관련성을 일층 드러내어 이해를 돕고자 한 것이며, 제목을 '소설의 이론'이라 한 것은 포괄적인 의미를 부여하기 위해서이며, 총 12장 중 핵심적인 8장만을 옮겼음도 아울러 밝히는 터이다.

1977년 9월

(속) 한국근대문학사상

서문당, 1978

머리말

1974년 서문문고 제121번으로 졸저 『한국근대문학사상』을 간행한 바 있거니와, 이번의 이 책은 그 속편으로 내게 되었다.

다른 여러 명칭이 가능함에도 불구하고 책의 얼굴인 책 이름을 하필 속편으로 한 이유에 대해서는 약간의 설명이 있어야 될 것 같다. 대체로 문학 사상이라 했을 땐 다음 세 가지 의미로 쓰일 수 있을 것이다.

첫째로, 문학 작품 속에 나타난 사상을 의미하는 경우이다. 보통 어떤 작품을 문제 삼을 때 이 점을 지적하는 경우가 많다. 가령, 춘원의 작품 속에 나타난 종교 사상이라든지 톨스토이의 작품에 나타난 인도주의 등등은 이를 지칭한다.

그런데 이런 의미는 자칫하면 작품과 동떨어진 논의가 되기 쉽다. 작품은 그 자체가 미적 대상이지 사상 전달의 수단이 아니라는 사실을 잊는 경우가 생긴다. 언필칭 반영론을 내세우는 속류 내용 사회학파들의 한계가 이에 있는 터이다.

둘째로, 문학에 관한 사상을 의미하는 경우를 들 수 있다. 고쳐 말해 문학에 관한 일체의 논의를 이에 포함시킬 수 있겠는데, 이 속에는 이른바 문학 비평이 중심을 이룰 것이며, 그것의 역사적 고찰은 비평사의 과제일 것이다. 그런데 이 범주 속에는 많은 변형이 가능할 듯하다.

셋째로, 삶의 방식으로서의 작가의 발상법에 관련되는 부분을 들 수가 있다. 가장 상처받기 쉬운 존재로서의 작가는 그의 작품에서 의도적인 측면을 넘어서는 보이지 않는 부분을 작품 속에 투영함이 일반적이다. 이 정신적 외상으로서의 개인적 측면과 역사적 사회적 삶의 접점에 자리를 잡고 있는 것, 그것이 가장 섬세한 문학 사상일 것이다.

이를 파악하는 방법으로는 서설에서 약간 언급한 바와 같이, 딜타이의 해석학이 비록 낡았다고는 하나 상당히 확실한 것으로 보인다.

딜타이의 체험·표현·이해의 구조 관련은 비록 지·정·의의 정적 상태에서 벗어나지 못한 전세기적 유물인 심리주의적 발상이지만, 표현을 생의 근원적 드러남의 자리에로 끌어들인 점에서 불멸의 업적에 속할 것이다.

이 속편에서는 아직도 세 번째 의미의 문학 사상에까지 선명하게 나아간 것은 아니다. 심리주의적 측면을 일부러 신중히 억제했기 때문이다. 이는 다음 책인 『한국근대문학사상비판』에서 보다 깊이 다루어질 것이다.

1978년 1월 1일

한국근대문학사상비판

일지사, 1978

머리말

사람이 산다는 것은, 자기의 근거를 묻는 행위의 일종인지도 모른다. 그 근거가 생의 충동이기에 보이지 않는 어두운 깊은 곳에 연결되어 있을 것이다. 사고의 힘이 이 근거를 묻는 과정에서 샘솟는 것임을 깨닫기란 결코 쉬운 일이 아니다. 사상의 근원을 묻는 일도 이와 한 치도 다르지 않다.

나에게 있어 그 근거로서의 생의 충동은 두 가지이다. 먼저 들 것은 쪽빛 바다의 이미지이다. 아, 그 쪽빛, 그리고 그 바다, 그것은 실상 어린 내 혼을 전율케 한 것. 누나의 손에 매달려 몇 시간이나 걸려 항구 도시 M시에 갔었던 날짜나 기타의 디테일이 지금 내 기억 속엔 없다. 다만 차창 너머로 멀리 보이던 그 날의 바다가 쪽빛이었고, 이 너무도 강렬한 빛깔에 나는 거의 숨조차 쉴 수 없었다. 따지고 보면 그 쪽빛은 실상 산골에서 자란 나에겐 이른 봄 양지바른 곳에 피는 제비꽃 그것이었다. 그 눈곱만한 제비꽃의 쪽빛과, 바다의 그 엄청난 쪽빛의 비교가 어린 혼을 절

70

망케 했던 것이었으리라. 확 트인 수평선만큼 나를 전율케 하는 것은 없다. 수평선으로 아득히 뻗어나가고 싶었다. 들판의 한 점 제비꽃, 그 바이올렛 빛깔처럼 한 점으로 응축되고 싶었다. 이 아득한 두 개의 생의 충동이 쪽빛으로 표상되는 것, 그 외의 것은 아무래도 나에겐 상관없는 것이다. 내 유토피아는 이 두 충동의 진폭 속에 있었고, 있고, 있어야 한다.

이 쪽빛의 인식 때문에 나는 시인으로 될 필요가 없었다. '미의 목적론적 정지'가 나도 모르는 사이에 이룩되었던 것이다. 내가 역사성(지평선)을 논하면서 동시에 시(응축)를 논해 온 것은 이 때문이다.

이 원체험이 사적인 측면이라면, 시대라는 공적인 삶의 기반이 내 정신에 외상(trauma)을 입혀 온 것은 대략 3단계로 분석된다.

그 첫째는 일본의 식민지 교육이다. 카이로 선언이 발표되던 해에 나는 국민학교에 입학하였고, 십 리가 넘는 읍내 학교에까지 혼자 산길을 넘으며, 〈아까이도리 고도리〉 등 뜻 모르는 노래를 부르며 통학했다. 내가 배운 노래란 그것밖에 없었기 때문이다. 마을에는 지원병 입대 환송회가 열리고, 아버지의 징용 문제가 거론되고, 어머니와 누나가 제사 때나 닦던 놋그릇의 공출이 있었고…….. 내 교육의 시발점으로서의 이 일본과의 관련은 살아갈수록 심한 상처로 되살아났다. 이에 대한 싸움 없이는 정신의 동공화를 극복할 수 없다는 판단이 섰을 때 나는 직접 일본을 체험하지 않으면 안 되었다. 만 1년 동안의 일본 유학(1970~1971)에서 내가 얻어낸 것은 하나의 이로니(Ironie)였다. 유년 시절의 뜻 모르는 서정성의 아픔은 실상 증오이자 애착(유년 시절의 권리)이었던 셈이다(이 점은 졸저,『한일문학의 관련양상』, 일지사 참조).

두 번째 정신적 외상은 6·25 체험이다. 나에게 있어, 그리고 우리(나와 같은 세대)에 있어 6·25는 청춘의 원상(原像)이다. 죽음과 삶, 굶주림과 헐벗음, UN군, 폐허 — 이 엄청난 파괴와 폐허 앞에서 우리는 물론 압도적으로 젊었다. 비록 비탈에 섰지만 공적인 사건에서, 공적으로 젊었기에 상처의 공통성은 확실한 것이었다.

이 두 외상의 치유 방법이 상상력에 전적으로 의존하느냐, 역사적 근거에 의거하느냐로 편의상 나눌 수 있다면 나는 후자에 속한다. 전자의 경우라면 소설을 쓰는 길이었으리라. 물론 후자에 의거한다는 것도 엄밀히는 상상력의 범주에 속하는 일이다. 위의 두 외상이 나에게 가해졌을 때 이를 극복하는 길은 내가 받은 교육의 근거를 묻는 것으로만 가능했다. 그것은 해방 후 처음 나온 가람 이병기 편찬의 중등 국어 교과서와 관련된다. 거기 채택된 작품 및 문장들의 심정적 준거가 나의 정신적 외상을 치유할 수 있는 방법론으로 될 수밖에 없었다. 그것은 1930년대 말기에 은밀히 발현된 『문장』지(誌)의 정신이었다. 난(蘭)과 고전의 불모성으로 발현된 혼의 좁힘으로서의 『문장』지의 정신을 구명하기 위한 논리, 그것이 나에게는 사고의 원류인 셈이다. 그 맥을 찾기 위해서 『인문평론』지의 근대와 반근대, 그리고 또한 가구(假構)의 신을 선택한 프로문학의 논리들을 검토해 본 결과 그것들이 난(『문장』)과 등가임을 발견하고 새로운 절망을 체험하기에 이르렀다. 나에게 있어 한국근대문학사상의 비판은 이 체험의 궤적이다(여기서 문학 사상이란 '문학에 나타난 사상'의 뜻도 아니며 또한 '문학에 관한 사상'의 뜻도 아니고, '작가의 정신구조로서의 발상법'을 지칭한다).

새로운 절망이라 했지만, 따지고 보면 그것은 4·19 체험에서 발단된 것이기도 하다. 사회, 역사과학의 법칙성 없이는, 즉 심정적 차원에 멈추는 한, 외층적인 정신의 외상이 완전히는 치유되지 않는다는 사실을 확인케 해 준 것이 나에게는 4·19 체험이었다. 내가, 분단 의식 때문에 아직도 유효한, 신민족주의(도남의 방법론)를 비판할 수 있는 힘을 얻어 낸 것도 이에서 연유된다. 그것은 칼 만하임 류의 유토피아 개념의 도입을 의미한다.

소설 양식 자체가 훼손된 과도기적 양식의 일종으로 상정될 때는 다음 단계의 도래(유토피아)를 전제로 했을 경우이듯, 한국의 근대문학은 그 전체가 훼손된, 과도기적 문학으로 규정되는 것이며, 이때 비로소 신민족주의는 극복되는 것이다. 이 책에서는 이 문제의 단서만을 겨우 암시함에 그치기로 했거니와, 그 이유가 유토피아와 쪽빛의 관련양상의 미확인에서 연유되었음은 새삼 물을 것도 없다. '유토피아의 목적론적 정지' 과정이 어떤 매개항을 통해 이룩될 것인가가 앞으로의 과제임을 나는 다만 느끼고 있을 뿐이다.

1978년 2월

한국 현대문학 명작 사전

일지사, 1979

머리말

이 사전은 개화기 이인직의 「혈의 누」에서 1970년대 황석영의 「삼포 가는 길」에 이르기까지 명작이라 할 수 있는 작품 100편을 골라 해설 및 비평을 한 것이다.

특히 이 사전은 한국 현대문학의 명작들을 이해하는 안내로서의 구실을 함과 동시에 압축된 한국 현대문학사의 구실도 할 수 있도록 구성, 집필하였다. 이 사전 속에 시(시39, 시조4, 번역시1, 총44편), 소설(단편31, 중편4, 장편11, 총46편)을 위시, 희곡(4), 평론(3), 수필(3) 등 여러 장르를 포함시킨 것은 이 때문이다.

그러나 이 두 가지 일을 동시에 수행하기란 쉬운 일이 아니었다. 단순한 명작 안내서가 되기 위해서는 개개의 작품의 규격화가 불가피해진다. 각 항목의 분량은 물론 작가의 경력, 작품 내용 소개, 작품 감상, 문학사적 평가 등 일정한 해설의 틀 속에 몰아넣는 일이 그것이다. 이 틀이 굳어지면 살아 있는 작품이 도식화로 파악되고 말 위험성이 생긴다. 이를 피하고자 하면 각 작품이 저마다의 세계를 이루고 있다는 사실을 승인해야 된다. 그렇지만 이 점을 무제한으로 승인하면 이번엔 작품 자체를 온통 그대로 제시하는 것으로 되고 말 위험성이 생긴다. 이를 통제하는 질서관이 곧 문학사적 안목일 것이다.

그렇다면 어느 선까지가 안내서의 영역이고, 어디부터가 문학사적 질서관의 영역인가? 이 물음을 매 항목 집필 때마다 염두에 두지 않으면 안 되었다. 이 사전의 특색이 있다면 바로 이 점이라고 저자는 말할 수밖에 없다.

저자는 오래 전부터 '한국문학사 사전'을 기획해 오는 터이며, 그 일환인 『문학비평용어사전』(일지사, 1976)을 낸 바 있거니와, 이번 이 사전도 그것의 일환인 것이다. 그러기에 이 사전의 항목 수나 선택 기준은 잠정적인 것임을 면하지 못한다. 또한 해설에도 지나친 독단이 많음을 두려워하지 않을 수 없다. 독자 제현의 질정이 있으시길 바라 마지않는다.

1979년 5월

우리문학의 넓이와 깊이 — 김윤식 평론집

서래헌, 1979

머리말

최근에 쓴 글 중에서 비교적 짧은 것들을 추렸다. 한자를 거의 없애고 불가피한 것만 괄호 속에 넣었을 뿐 고친 곳은 없다.

책을 낼 적마다 번번이 느끼는 일이거니와 내 글들은 대체로 문학사적 안목이라든가 그런 시각을 염두에 둔 것이다. 어째서 유독 문학사적 관심이었는가, 라고 스스로에게 물을 때가 있고, 그럴 적마다 곤혹을 느끼지만 그것이 과거 지향성과는 구분된다는 점을 지적하고 싶다. 오히려 그것은 유토피아를 전제로 한 것이다. 그것은 칼 만하임 류의 현실파괴력을 내포한 개념이다. 거점으로서의 유토피아는 역사성을 묻지 않을 수 없다는 것, 그런 지평을 떠올리고 싶었다. 헤겔을 조금씩 읽으면서 그런 생각이 점점 굳어진 것 같다.

그렇지만 늘 아득하기는 마찬가지다. 처음부터 이 원고를 정리, 분류, 편집한 김영란 군에 의하면 내 글 속에는 분명하지 못한 곳이 몇 군데 있다는 것이다. 당연한 일이다. 그것이야말로 내 몫이다. 그렇지 않다면 뭣 때문에 글을 쓰겠는가.

1979년 10월

문학과 미술 사이 ― 현장에서 본 예술세계

일지사, 1979

머리말

하이데거의 「들길」을 읽고 나면 그가 몹시 부러워진다. 들길 언저리 여기저기서는 한결같은 외침소리가 들려 온다고 그는 주장한다. 그 소리는 언제나 축복의 형태라는 것이다. 눈에 띄지는 않으나 단순하기만 한 것이야말로 축복 자체라는 것, 그 소리를 들을 줄 아는 사람이야말로 자기네 내력을 가진 사람 축에 든다는 것이다.

그의 이러한 주장이 고향 예찬임을 알아차리기란 어려운 일이 아니다. 이런 고향을 가진 사람은 어떤 세계에서도 노예나 시녀 노릇할 사람이 아니다. 그 고향을 그는 달리 대지(大地, die Erde)라고도 불렀다. 그러기에 들길이 외치는 소리에 순순히 따르지 않는다면 대지를 논의하는 일도 허사이다. 사람의 그 사람다움을 되찾는 일이 오늘날의 역사철학의 과제라면, 그 발판을 자기 고향 들길에서부터 찾을 수 있는 사색가는 행복하다. 그는 뿌리를 박은 축에 든다. 뿌리를 키우는 일이 그에게는 철학이다. 고향은, 따라서 대지이고 또한 세계이기에.

나에게도 들길이 있는 것일까. 이런 물음을 찾아 나는 오래도록 헤매었다. 지도상의 고향 없는 자 그 누구이겠는가. 조상 무덤이 있고 부모가 있었고 유년 시절을 보낸 고향도 있었지만 나에게는 그 모두가 아득한 것. 철들면서 먼 도회지로 끊임없이 떠나고 싶었다. 그것은, 생각건대, 근대적인 것에의 지향성이었으리라. 그 근대적인 것이 노예나 시녀의 길이었음을 깨닫고 황망히 돌아서려 하자 나의 들길은 근대적인 것이 통째로 삼켜 버리고 아무데도 없다. 허무가 앞뒤를 가로막아 나아갈 길은 이제 보이지 않는다.

　　그렇지만 그 허무의 안개 저편에 솟아오르는 선명한 이미지가 있었다. 포플러의 모습이 그것. 내게 있어 들길은 포플러였다. 개울가 하늘 높이 줄지어 선 포플러 속에서 나는 자랐다. 포플러는 줄지어 섰든 혼자 서 있든 있는 모습은 외로움이었다. 그러기에 포플러의 이미지는 내겐 릴케의 용담화(龍膽花)이고 고호의 삼(杉)나무이다.

　　미국 중서부, 아득한 지평선을 연일 달리다가 마주친 언덕 위의 포플러를 나는 잊을 수 없다. 토론토 교외에서 마주친 포플러를 나는 잊을 수 없다. 셰익스피어의 고향 스트래퍼드 어폰 에이번에서 본 포플러를 나는 잊을 수 없다. 그 순간 나는 얼마나 가슴 설레이었던가. 마치 그것은 김교신(金敎臣)의 산문을 읽는 것 같았다.

　　지평선을 깨뜨리는 포플러, 홀로 구름 위에 머리를 두고 미풍과 번갯불에 전신이 진동하며, 책망하는 자 없어도 스스로 통회(痛悔)하고 서 있는 모습—포플러는 고독의 표상이기보다는 고독 자체였다. 예술이나 문학이란 내게는 이와 같은 표상의 추구일 따름이리라.

1979년 1월

한국근대문학양식논고

아세아문화사, 1980

머리말

우리 근대문학 연구가 저자의 관심 분야이다. 그 첫 단계는 사실 자체가 어떠했던가를 실증적 바탕 위에서 정리하는 작업이었고, 졸저 『한국근대문예비평사연구』(1973) 등의 일련의 작업이 이에 해당된다. 두 번째 단계는 사상사적 해명이었다. 문학은 많건 적건, 알게 모르게 사상사적 형태로 작용해 왔기에 이데올로기적 측면, 정신사적 문맥 등 작가의 세계관의 구조 해명을 떠날 수 없다고 파악되었기 때문이며, 졸저 『한국근대문학사상비판』(1978) 등 일련의 작업이 이를 말해 주게 된다.

세 번째 단계의 하나의 실마리로서 이번 저서가 놓일 것이다. 첫째 단계와 둘째 단계가 함께 한국의 근대문학이라는 대상으로서의 한계가 엄격히 주어진 것이었다면, 따라서 다분히 특수적이고 지방적 색깔이 강한 연구였다면, 이번 것은 이런 제약이랄까 한계성에서 약간이라도 벗어나 세계 속의 보편성에로 나아가고자 하는, 그런 지평선 넘보기의 하나이자 그 가능성의 탐색인 셈이다. 따라서 어디까지나 초보적인 걸음걸이에서 벗어나지 못한다. 그러기에 이 속에는 60년대 말에 쓴 것도 있고 최근에 쓴 것도 함께 들어 있다.

장르란 무엇인가, 그것이 3분법으로 족한가 4분법이어야 하는가, 또 기본형과 변종 사이의 관계는 어떠하며, 그런 분류의 근거에는 어떤 철학이 뒷받침하고 있는가를 명쾌하게 해명할 만한 능력을 필자는 갖고 있지 않다. 헤겔은 상징적·고전적·낭만적 등 3개의 예술 형식을 기본 범주로 들고 이에 준거하여 종으로는 예술의 역사적 발전의 3대 시기를 그으며, 횡으로는 예술의 체계적 분류에 있어 예술을 세 덩어리로 구분하였다. 실러는 소박한 문예와 감상적 문예로 기본 범주를 삼았으며, 니체는 아폴론형과 디오니소스형으로써 기본 양식을 삼고 있다. 한편 슈타이거에 의하면 서정시, 서사시, 극 등의 고정된 장르가 있지 않고 서정시적, 서사시적, 극적 등 형용사로 된 것만 있다고 주장된다. 앞의 경우에는 기본 범주 혹은 기본 양식과 장르의 구분 문제가 대두되며 뒤의 경우엔 장르와 양식을 일치시키는 문제가 고려된다. 다시 말해 헤겔이 조각이 고전적 양식 범주에, 음악과 문예가 낭만적 양식 범주에, 또 니체가 그림이란 전체로서의 양식적 성격에서 낭만적 유형에 들고 서정시는 디오니소스적 양식이라 규정하는 것은 의미 있는 특징일 수 있다. 마찬가지로, 희곡에 있어서 서정시적 양식이라 부른다면 장르상은 희곡이나 그 희곡의 표현 성격상 서정시적임을 드러내는 것으로서, 뜻있는 특징일 수 있겠다.

양식이라든가 장르의 문제에서 전자가 외형적 표현의 틀에 관련되고 후자는 내면적 체험에 관련된다고 보통 말해지지만 물론 서로 겹치는 부분이 많아 엄밀히 구분되지 않는다. 다만 여기서 우리가 알아차릴 수 있는 점은 양식이나 장르 개념이 인류사의 역사성과 깊이 관련되어 있음이다. 그것은 주로 루카치의 서사시(소설)에 대한 장르의 본질적 탐구에서 잘 드러난다.

그에 기대면 예술의 기본 범주에서 문예만이 중요 관심사이며 그중

서사 양식이 문제될 따름이다. 대상의 전체성을 객관적 역사적 관점에서 다루는 것은 소설뿐이라고 보았기 때문이다. 개인의 주관적 상태를 그리는 서정시는 전체성에 미칠 수 없다고 보아 단호히 물리친다. 그렇다면 그에 있어 전체성이란 과연 무엇인가. 급히 말하면 클로드 로랭의 그림에 나타나는 그런 인류사의 유토피아이다. 도스토예프스키는 이를 황금시대라 불렀다. 모든 민족은 '이것'이 없으면 산다는 일을 원치 않을뿐더러 죽는 일조차 불가능할 것이라 불리는 황금시대를 목표로 상정했을 적에 비로소 전체성 이론이 의미를 띤다. 서사 양식을 뒷받침하는 철학이 이것이었다. 그렇다면 서정시는, 다시 말해 집단이 아닌 개인이라든가 현실의 전체성 반영이 아니라 부분적 반영은 그런 황금시대에 도달할 수 없거나 혹은 도달되더라도 더딘 것인가. 개개인의 완전한 자각, 그 활짝 핀 꽃송이마다의 완전성의 묶음이 개개인을 나사못으로 한 장대한 서사시를 그리는 것과 맞먹는 것이 아닐까. 이런 의문을 만년의 루카치도 염두에 두었음직하다. 그의 최후 평론 「솔제니친론」(1964)에서 이 점을 약간 암시받을 수 있다.

이렇게 보아 온다면 장르라든가 기본 양식의 문제가 일종의 역사철학적 과제임을 알아차릴 수 있을 것이다. 그렇지만 그런 것을 알아차린다고 해서 우리 근대문학 해석에 당장 도움이 되리라고는 기대하기 어렵다. 연구자의 역사 전망과 실천의 과제가 어느 정도 극복되더라도 연구자 개인의 능력의 벽이 가로놓이기에 그러하다.

끝으로, 보잘것없는 이 책을 출판해주신 아세아문화사 이창세 사장께 감사의 뜻을 표한다.

1980년 7월

한국현대소설비판

일지사, 1981

머리말

저자는 『한국현대시론비판』(1975), 『한국근대문학사상비판』(1978) 등을 저술한 바 있거니와, 이번에 내는 『한국현대소설비판』은 '비판'이라는 표제가 붙은 것으로는 세 번째 저술이 되는 셈이다. 어째서 하필 이런 어색하고 불편한 표제를 달았는가에 대한 약간의 해명을 이 자리에서 해 두고 싶다.

저자의 전공 분야는 우리 근대문학이다. 이렇게 말해 놓으면 썩 명백한 듯하지만 기실은 그렇지가 않다. 무엇이 근대문학이냐라는 물음 앞에서도 늘 망설여 온 것이 그동안의 저자의 처지였다. 저자에 있어 근대문학이란 한국의 근대문학이었던 것이다. 근대시라든가 현대소설의 개념도 '한국'이라는 테두리에서 한 발자국도 벗어나지 못한 상태에서 맴돌았으며, 이를 넘어서고자 이따금 외국 이론을 서투르게 끌어오기도 했지만 그런 일 역시 당초의 의도와는 달리, 오히려 번번이 한국이라는 테두리를 더욱 보강하는 꼴로 되어 버리곤 했음이 사실이었다. 딱한 일이 아닐 수 없었다. 이런 자의식 때문에 글을 쓸 적마다 답답하고, 석연치 않을 적이 한두 번이 아니었다. 민족이나 국가라는 단위 개념을 떠나, 개인·집단의 단위 개념만으로 우리 근대문학을 논할 수는 없는 일일까. 바로 이러한 저자 자신의 딱한 사정을 자각적으로 드러내는 방식은 무엇이겠는가. '비판'이란 말을 책 표제에 사용한 것은 이와 같은, 저자의 내적 갈등을 드러내는 방식 중의 하나인 셈이다.

흔히 우리는 세계사적 안목이라든가 역사철학적 과제라는 말을 쓴다. 그런 안목이나 과제 속에는 발전 사관을 전제로 하는 인식이 내포되어 있다. 문학의 장르적 성격을 인류사의 발전 과정과의 대응 관계에서 파악하고자 하는 헤겔적 체계는, 지나치게 도식적이라는 비판을 면하기 어렵지만, 뚜렷한 관점·형이상학적 열정이라 할 만하다. 특히 대서사 양식으로서의 소설(장편)의 장르적 성격이 인류사의 근대적 성격과 엄밀한 대응 관계에 있다는 관점은 주목되어 마땅하리라.

두루 아는 바와 같이, 문학 연구는 일종의 정신과학이다. 문학 연구에 있어 연구자의 삶의 실천적 행위와 문학 연구라는 행위가 분리되지 않는 근거도 이에서 연유되고 있다. 정신과 방법론의 충돌에서 망설임은 발생하였고, 또 하는 것이었다.

1981년 1월

우리 소설의 표정 — 김윤식 월평집

문학사상사, 1981

머리말 | 월평집의 의미

비평이 무엇인지 분명히는 알지도 못하면서, 평단 말석에 얼굴을 내민 지 지금껏 20여 년의 세월이 흘렀다. 그동안 많이 읽기도 하고, 많이 쓰기도 하였다. 시간이 흐르면 비평의 뜻이 저절로 깨쳐지리라는 막연한 기대는 좀처럼 달성되지 않았다. 그럼에도 세상 사람들은 나를 비평가라 불러주었다. 그런 사람들이나 지면을 제공해준 신문·잡지사, 또 변변치 않은 나의 글들을 읽어준 독자들에게 고마운 마음을 새삼 금하기 어렵다.

이제 생각하건대, 작품이란 이름의, 한 집단 또는 한 사회의 공유물이 있으며, 그것에 대해 어떤 의미를 부여하는 행위를 비평이라 불렀던 것 같다. 작품이 공동체의 소유물임을 전제로 했을 적에 비평 행위가 비로소 성립될 수 있었다는 것은 작가의 개성에 의해 작품이 창작되었다 하더라도 그것이 그 작가가 소속된 세계와 사회의 법칙성에 의거되었다고 보기 때문이다. 그런 작품을 아직 채 접하지 못한 사람에게 접하게 해주고, 의견을 나누고, 나아가 할 수만 있다면 다른 작품과의 관계를 말하는 것이 비평이 아니었을까. 그러기에 비평은 창작 행위보다 일층 공적이라 할 만하다. 가장 날카로운 비평의 맡은 바 몫은 그 작가와 그 작품이 지닌 이상을 묘사해 보이는 일일 것이다.

여기에 모은 글들은 물론 그러한, 비평의 이상적인 것의 근처에도 이르지 못한 것이다. 이는 겸양에서 하는 소리가 결코 아니다. 매달 읽은 낯선, 새로운 작품들에 대한 소박한 인상과 의견을 그때그때 쓴 것이다. 따라서 거칠기가 심하나, 새로운 작품과의 첫 만남에서 오는 생생한 현장성이 다소 배어 있을 것이다. 특히 문단의 움직임, 방향성에 얼마나 민감 혹은 둔감했는가를 엿볼 수가 있을 것이다. 그러기에 여기 모은 글들은 새로 갓 태어난 작품과 자주 변하는 문단 분위기의 흐름에 바쳐진 것이라 해도 되리라. 시대를 살아온 나의 세속적·일상적 이미지들이 다른 어느 저서에서보다 이 글들에서 강하게 느껴짐은 이 때문이다.

내 사진과 글이 실린 신문을 우연히 길에서 사들고, 길모퉁이에 선 채 읽어보거나, 다방 한구석에서 차 식는 줄도 모르고 열중해 읽던 기억을 나는 가끔 가졌다. 언급당한 작가를 잡지사 같은 데서 뜻밖에 만나, 어색하게 웃어 보이는 일도 나에게는 하나의 즐거움이었다. 작품을 잘못 이해했음이 뒤늦게 발견되어 신문사나 잡지사로 달려갔으나 벌써 인쇄 중이어서 낭패했던 일, 무지 및 오류를 지적해준 익명의 독자, 발표된 글에서의 본의 아닌 오자나 탈자의 발견으로 속상했던 일 등등의 기억도 나는 함께 갖고 있다. 마치 이런 일들이 나의 살아 있음의 증거인 듯이. 부제를 '월평집'이라 한 것은 이 때문이다. 그것은 작업복 차림과 같다. 덜 어색하고 덜 불편하다.

끝으로 한마디 보태고 싶다.『문학사상』은 창간 무렵부터 과분할 정도로 나에게 많은 지면을 제공해주었다. 이 자리를 빌려 사의를 표하고 싶다.

1981년 1월

(속) 한국근대작가논고

일지사, 1981

머리말

　박지원, 김팔봉, 최재서, 서정주, 조지훈 등 25명의 우리 근대작가를 다룬 『한국근대작가논고』(일지사, 1974)를 간행한 이래로, 나는 계속 작가론에 관심을 가져왔다.

　작품과 그것을 낳은 인간에의 흥미를 한꺼번에 보여 주는 것이 작가론이라면, 그것은 다른 어떤 문학적 논의보다 인간적이라 할 만하다. 그것은 또한 문학 연구가 엄격한 과학일 수 없음에 대한 내 나름대로의 어떤 불안감의 드러냄이기도 했다. 작품을 이해하는 방편의 하나로 그 작가의 생장 과정이나 시대환경 따위를 살피는 일이 어떤 때는 한 인간에 대한 사소한 특성의 해명에로 치닫기도 하였고, 또 작품을 통해 그 인간을 재구성하는 일에까지 번져갈 듯한 유혹도 이따금 겪곤 했다. 그만큼 작품을 낳은 인간에의 흥미는 물리치기 어려운 바가 있었다. 그 유혹이 위험한 것임을 깨닫는 일이 작가론을 쓴 후에 겪는 고통이었다.

　두루 아는 바와 같이, 작가도 한 인간이지만, 그는 단순한 자연인이 아니다. 작품의 최종적 주체가 개인이냐 집단이냐의 논의가 꼬리를 물고 있는 형편이며, 어느 쪽도 옳다고 단정하기 어려운 처지에 놓여 있음이 오늘날 문학 연구의 실정이기도 하다. 작품의 최종적 주체가 개인이라는 자리에 선 작가론이면, 프로이트적인 개인 심리학에서 크게 벗어나지 않는 논의가 주축을 이룰 것이며, 그 최종적 주체가 집단(그가 속한 작은 집단에서 계층에 이르기까지)이라는 처지에 선 작가론이라면, 그것은 그 작가가 속한 집단의 가능한 최대치의 세계관을 드러내는 예외적 개인을 문제 삼는 논의방식이 주축을 이룰 것이다. 이번 작가론에서 나는 뒤엣것의 관점을 자주 염두에 두면서 내 나름대로의 견해를 덧붙이고자 힘썼다. 따라서 부록으로, 리온 에델의 『문학적 평전』의 마지막 장을 번역해서 실은 것은, 나의 방법론과 직접적인 관련은 없다. 다만, 작가론과 문학적 평전의 거리를 측정하는 데 도움이 되었으면 할 따름이다.

내가 그동안 쓴 작가론은, 이외에도 있다. 즉 소월, 만해, 영랑, 김현승, 노천명, 신석초 등 12명의 시인을 논한 것은 『한국현대시론비판』(일지사, 1975)에, 채만식, 최인훈, 이청준, 전상국 등 소설가 13명을 논한 것은 『한국현대소설비판』(일지사, 1981)에 수록되어 있다. 시사적 및 소설사적 관점에서 각각 논했기 때문에 위의 두 저서는 그 나름의 체계를 이루고 있거니와 이번의 이 책도 이러한 것들과 여러 가지 점에서 연결되었음은 새삼 말할 것도 없다.

끝으로, 내가 쓴 여러 편의 작가론 중에는 같은 작가를 다른 관점에서 논한 것이 있음을 이 자리를 빌려 말해 두고자 한다. 가령 이광수론(3번), 김동인론(2번), 윤동주론(3번), 이상론(2번), 노천명론(2번), 박영희론(2번) 등이 그것이다. 이 사실은 그들이 문제적 작가임을 말해 주는 것이자, 동시에 시대와 문학을 이해하는 나 자신의 변화를 말해 주는 것이기도 하다. 그러기에 지금껏 논해 온 작가들을 다시 논의할 기회가 내게는 조만간 올 것이다.

1981년 9월

일제의 사상통제

리차드 H. 미첼 지음, 김윤식 옮김, 일지사, 1982

옮기고 나서

이 책은 그 제목 *Thought Control in Prewar Japan*에서 드러나듯, 태평양전쟁 전, 이른바 일본 제국주의 시대의 사상통제에 대한 연구서이다. 사상통제란, 어느 나라, 어느 사회에서나 부딪히고 있는 중요 과제이기에 이를 해명하는 일은 일찍부터 많은 지식인들의 관심거리였고, 그 사실의 중요성만큼 그 해명 방법도 여러 각도가 있을 수 있었다. 그중에서도 사상통제를 제도적 측면에서 해명한 것이 이 책이다.

일본 제국주의의 사상통제에 대한 연구는 전쟁 후 대략 다음 세 가지 형태가 있었다. 첫째는 그 피해를 가장 많이 입은 마르크스주의 학자들의 연구이다. 이들은 치안유지법에 대한 적의를 감추지 못했기에, 분노를 동반한 주관적 연구에 시종하는 경우가 많았다. 그 때문에 부분적으로는 매우 날카롭고 또한 문제점을 드러냄에 유효했지만, 주관적이라는 한계를 지닌 것이었다. 야마베 겐타로우(山邊健太郎) 같은 학자가 그 대표적 존재이다.

두 번째 유형은 자유주의적 지식인 계보에 드는 학자의 연구를 들 수 있다. 천황기관설(天皇機關說)을 주창한 미노베 다츠키치(美濃部達吉) 교수의 기소 사건을 계기로 전면적으로 무너지기 시작한 일본의 자유주의적 지식인의 계보를 이은 전쟁 후 마루야마 마사오(丸山眞男) 같은 걸출한 사상가에 의해 일본 제국주의의 사상통제가 혹독히 비판되었다. 막스 베버를 깊이 이해한 마루야마 교수는 이를 서구의 근대국가 개념과 비교하여, 일본의 그것을 초국가주의(ultra-nationalism)라 규정함으로써 가히 전후 일본 사상계를 휩쓴 바가 있었다. 그것은 당대를 살았던 지식인으로서의 마루야마 교수의 체험과 서구적 정치사상과의 묘한 결합의 산물로 보인다. 바로 이 점이 그 한계점일 터이다.

세 번째 유형은, 당시의 내무성과 사법성 관료들의 회고록 비슷한 글들을 들 수 있다. 내무성이나 사법성의 실력자들은 결코 그들의 치부랄까 비밀을 털어놓거나 공개적인 연구를 하지 않았다. 다만, 중요한 검사나 관료 중 특이한 위치에 있었던 사람들은 매우 주관적 형식인 회고록이나 좌담회, 단문 등을 통해 부분적 진실을 드러내었다.

이상의 세 가지 유형과는 달리, 사상통제가 실제로 생겼던 사실과 그 객관적 자료에 기대어, 제도적 측면에서 살피는 유형이 기대되었다. 그 가장 좋은 자격을 갖춘 연구자는 당대를 살지 않은 외국인일 것이다. 제3자의 자리에서 사태를 분석할 수 있기에 그런 연구자는 많은 연구자들이 빠지기 쉬운 주관적 함정, 즉 정서적 반응에서 벗어나기가 쉬웠다. 이 책의 저자는 일본 근대사 전공의 미국인 학자이므로 그런 자격을 갖춘 셈이다. 그는 이 책의 일본역판 머리말에서, 지금까지 사상통제 연구가 국가에 의해 억압된 운동이나 개인을 주로 다루어 왔을 뿐, 억압적인 법률의 고안, 형성, 집행의 책임을 진 관료에 관해서는 매우 소홀히 해 왔음을 지적하고 있다. 이 책은 그러한 종래의 연구를 극복하기 위해 쓰였다. 즉, 주제에의 접근은 선동에로 흐르지 않는 중용의 길을 취하고자 한다. 반

정부적인 반대 세력을 역습하기에 사용된 주요한 수단들이 평가, 분석되고, 그것을 통해 권위주의적 권력의 일층 선명한 모습을 그려 내었다. 이 책은 사상통제 문제를 주로 제도와 그 제도를 받들고 움직인 관료 측에 초점을 둔 연구임이 특징적이다. 사법성의 히라누마(平沼) 파벌을 집요히 추궁한 것은 이 때문이다. 그러나 이런 연구는 저자가 우려한 것처럼, 일본 제국주의가 국민정신 통제의 조직을 창조한 것을 옹호하는 일종의 '수정주의'로 보여질 가능성도 아주 없지 않다. 그 악명 높은 '치안유지법'이지만, 실제로는 그 법 아래서 사형당한 자는 단 한 명, 그것도 조르게(독일인 소련 첩자) 사건에 관련된 자였을 뿐이라는 것. 이를 수백만 명을 죽이고 국외 추방한 히틀러나 스탈린의 사상 탄압과 비교해 보아야 한다고 주장하는 이 책의 저자는, 자기를 수정주의자라고 할지 모르나 "과거에 생긴 사태의 옹호가 아니라 그것을 분명히 그리고자 했을" 뿐이라고 말하고 있다.

역자가 이 책을 접한 것은 도쿄 대학 비교문학 연구실의 외국인 교수로 머물고 있던 1980년 가을이었다. 이 책은 역자에게 다소 흥미로웠다. 일제가 치안유지법을 통해 사상통제를 했지만, 그것이 그들 국가로서는 불가피한 최소한의 생존방식이었다는 점의 주장은 권력자의 처지에 섰을 때는 정당할 것이다. 그렇지만, 늘 그 피해만 입어 온 사람들 쪽에서 보면 비판의 대상이자 비논리적인 것이다. 식민지 시대를 살아 온 역자에게는, 우리의 근대사는 뒤엣것 일변도로 이해되었기에 이 책의 주장은 썩 거북하였다. 그러나 돌이켜 보면, 역자의 생각으로는, 이 양쪽의 견해를 동시에 파악하는 안목이야말로 보다 진실에 가까우리라고 생각되었다. 말하자면 우리도 이젠 어른의 자리에 서야 하는 것이 아닌가 하는 것이 불쾌감 뒤의 느낌이었다. 다른 말로 하면, 실제로 권력을 쥔 곳을 외면할 수가 없다는 생각이었다. 언제나 피해만 입어 온 측에서 역사를 배워 온 역자로서는 이것은 아픈 대목이다. 보고 싶은 것만을 보는 것은 유아기의식이리라. 보이는 것만을 보는 것은 청소년기의 의식이겠지만, 보지 않으면 안 될 것을 보는 것은 어른의식일 터이다.

이를 번역하게 된 동기는 이외에도 역자의 개인적 취향이 잠겨 있다. 그 하나는 사상 전향에 관한 것. 역자의 전공 분야 속엔 우리 근대문학 속의 프롤레타리아 문사들의 전향 문제가 있다. 그것을 분석함에 이 책이 약간 도움을 줄 수 있었다. 다른 하나는 춘원 이광수에 관련된 것. 역자가 두 번째 도일한 목적은 이광수에 관한 자료 수집이었다. 주지하는 바 춘원이 '동우회(同友會)' 사건으로 기소되어 무죄에 이른 기간은 1937년에서 1941년까지이다. 『이광수와 그의 시대』를 집필하면서 필자가 부딪힌 문제는 일제 말기 총독부가 시도한 우리나라의 사상통제 방식에 대한 이해였다. 피해자의 측면과 아울러 통치자 쪽의 문제점, 즉 그들의 정책을 알아야 했던 것이다. 불충분하나마, 이 책은 그런 점에서도 약간의 도움이 되었다. 『이광수와 그의 시대』 집필을 끝내고(1981. 8. 15.) 바로 번역에 착수하였다.

저자 미첼은 세인트루이스에 있는 미주리 대학의 역사학 교수(1980년 8월 현재)이며 일본 근대사 전공의 미국인 학자이다. 위스콘신 대학에서 배우고, 학위도 거기서 받았다. 그는 또한 재일한국교포에 관한 연구서인 *The Korean Minority in Japan*(Berkeley, Calf.: Univ. of California Press, 1967)도 썼다. 그의 부인 겸 조수가 일본인임은 이 책 머리말에도 밝혀져 있다. 번역 대본은 Cornell University Press(1967)판을 사용하였다.

끝으로, 이 책을 옮김에 있어 원저의 끝에 실린 방대한 서지(書誌)는 생략하였고, 모호한 부분은 일역판을 참조하였으며, 법률용어에 관한 의문점은 판사 김영란 군에게 묻곤 했다. 아울러 사의를 표하고 싶다.

1982년 8월

한국 현대문학 비평사

서울대학교출판부, 1982

머리말

　문학사에 비할 때 비평사는 분류사의 하나이므로 일층 전문적이다. 뿐만 아니라 문학에 대한 이론이나 견해란 일정한 사상과 긴밀히 연결되어 있는 것이 보통이어서 그 전문적 성격이 보다 뚜렷한 터이다. 그 나름의 문학사가 쓰인 뒤에야 분류사적 정리가 이루어지는 것은, 이로 보면 당연한 일이다. 또한 문학사와 비평사의 관계는 작품과 비평의 관계와 흡사한 점을 가지고 있다. 즉 비평사가 쓰임으로써 문학사는 일층 정밀해지고 해석의 폭이 깊어지게 되는 것이다. 이런 점에서 비평사의 진전은 문학사의 재정립을 자극하는 하나의 방식이라 해도 되리라 믿는다.

　이러한 전제를 승인하면서도 저자는 다음과 같은 생각을 덧붙여 두고자 한다. 그것은 비평사 자체의 독자성에 관해서이다. 그 독자성이란 학문 자체의 그것과 동일하다. 학문에는 역시 사회의 요구나 시대적 요청에 직접 해답을 주는 것과는 다른, 그 나름의 발전 계열이 있는 법이며, 그것을 추구해 나가는 것은 우리 주변에서 그런 점이 소홀하게 보이는 오늘날과 같은 시대에는, 매우 소중한 일이 아닐 수 없다. 이러한 저자의 어쭙잖은 생각이 입문서에 속하는 이 책 속에서도 약간 살아 있기를 바랄 따름이다.

끝으로, 이 책을 내게 해준 출판부와 원고정리에 애쓴 김이구·이동하 양군의 노고에 사의를 표하고자 한다.

1982년 8월

작가론의 방법 ─ 문학전기란 무엇인가

레온 에델 지음, 김윤식 옮김, 삼영사, 1983

옮기고 나서

이 책의 원제목은 『문학전기(*Literary Biography*)』이며, 이는 전기의 한 갈래이다. 문학자를 주제로 한 전기가 하나의 전문 영역으로 간주될 수 있는가에 대한 실험적인 시도가 이 책의 특징이라 할 수 있다. 역자는 이 책 제목을 '작가론의 방법'이라 했지만, 어디까지나 그것은 방편상의 명칭일 따름이고, 저자가 말하는 '문학전기'는 작가론보다 훨씬 폭이 좁다.

그가 제시한 문학전기의 방법론이 가장 집중적으로 나타난 곳은 이 책 제4장 '정신분석'에서이다. 그것은 거의 일방적으로 프로이트의 개인 심리학에 바탕을 둔 것이어서, 집단 심리학인 게슈탈트 심리학과 대립되는 것이라는 점에서, 일방적이라 말해질 수 있다. 그의 방법론의 폭이 좁다는 것은 이런 뜻에서이다.

그러나 그의 방법론이 매우 쓸모가 있음은 그가 쓴 「헨리 제임스론」 (1953), 「제임스 조이스론」(1947), 「월라 케이터론」(1953) 등의 업적에서 증명된다. 그의 이러한 방법론은 위와 같은 작가론을 쓰는 과정에서 얻어진 산물인 만큼 일층 견고하고도 생생한 현장에서의 느낌을 풍겨 주고 있다. 단순한 학자의 논리적 방법론과 이 책이 다른 것은 이 때문이다. 그 중에서도 제3장 「비평」에서 엘리어트의 시를 전기적 방법으로 분석한 부분은 독자로 하여금 탄성을 올리게 한다. 전기적 연구란 보통의 작가론보다 일층 섬세하고, 깊은 곳에까지 탐구의 저울추가 내려갈 수 있음을 새삼 드러낸 것이기도 하다. 그것은 학문 쪽보다 예술 쪽에 기울어지기 쉬운 일종의 함정이기도 하다. 그러나 『현대심리소설론』(1955)을 쓴 바 있는 저자는, 대학에서 엄격한 학문적 훈련을 받았고, 또 그 훈련을 가르치는 처지에 있음을 우리가 염두에 두지 않으면 이 책의 진가를 놓치기 쉽다. 엄격한 문헌학적 바탕과 방법론의 훈련을 쌓은 자만이 자료 속에 감추어진 삶의 섬세함을 끌어낼 수 있기 때문이다.

역자가 이 책을 접한 것은 대학원에 적을 두고 있던 1962년이었다. 무슨 연유였던지, 이 책을 노트에 군데군데 번역해 두었는데, 그 일부를 『한국근대작가논고』(일지사, 1974)에 요약하여 소개한 바 있고, 그 후에 낸 『(속) 한국근대작가논고』(일지사, 1981)에서도 일부를 초역해 실은 바 있다. 이러한 작가론에의 관심이 역자로 하여금 『이광수와 그의 시대』를 쓰게끔 만드는 데 보탬이 되었는지 모른다. 어떻게 하면, 한 사람의 작가의 생애와 그 창작의 깊은 곳에까지 탐구의 저울추를 내려 볼 수 있는 것일까. 학문적 방법론과 직관적 형식이 맞닿는 곳은 어느 부분이며 어떤 순간일까. 이런 물음의 해답은 제1급의 작가론의 이상이 아닐 수 없다. 그러한 이상에 우리가 쉽게 이를 수는 없지만 끊임없는 관심을 가질 필요는 있을 것이다. 한 사람의 작가를 탐구하는 일은, 직관의 영역일 수 없지만 그렇다고 논리의 몫만도 아닐 터이다. 그것은 어쩌면, 궁극적으로는 연구자 자신의 심혼(心魂)의 탐구인지도 모를 일이다. 이런 점을 생각해 보는 것도 이 책의 한 가지 소임인지 모른다.

저자 레온 에델 교수는 1907년 미국에서 태어났고, 캐나다에서 자랐으며, 학사 및 석사 과정은 맥그릴 대학(캐나다, 몬트리올)에서, 박사 과정은 파리 대학에서 마치고, 1932년에 거기서 학위를 받았다. 1959년 뉴욕 대학의 교수로 있으면서 하버드, 프린스턴 대학에서도 가르쳤다.

이 책은 머리말에서 자세히 드러난 바와 같이 1956년 토론토 대학에서 행한 다섯 개의 강연을 기초로 하여 쓴 것이다. 케임브리지 트리니티 칼리지에서 1927년 E. M. Forster가 행한 『소설의 양상들』(1927), 그것에 이어진 A. Maurois의 『전기의 양상들』(1928) 등과 함께, 에델의 이 책은 3부작을 이루는 강연이라 해도 되리라. 이런 저술들이 모두 대학의 특별 강연으로 쓰인 것일 뿐 아니라, 그 내용상의 성격에서도 매우 깊은 연관성이 있는 터이다. 소설과 전기의 장단점을 높은 의미에서 지양 극복하고자 한 에델의 노력이 이 책의 곳곳에 스며 있음은 이로 보면 결코 우연한 일이 아니다.

번역 대본으로 Leon Edel, *Literary Biography*(Anchor Books, Doubleday and Company Inc., 1959)를 사용하였다. 각주는 때로는 일일이 옮김을 피하고 원문대로 둔 곳도 있으며, 책 이름이나 저자의 이름은 혼란을 피하기 위해 가급적 원문도 실었으며, 각 장의 소제목은 원문엔 없는 것으로 역자가 내용에 알맞게 붙였다.

끝으로, 원고가 이루어질 때까지 이 책을 함께 읽고 검토해 준, 이제는 교수 또는 판사가 된, 장경렬, 김영란, 홍정선 제군에게 사의를 표하는 바이다.

1983년 1월

내적 형식을 찾아서

황홀경의 사상 — 우리 문학을 보는 관점

홍성사, 1984

머리말 | 가슴 설렌 순간에 부쳐

한 권의 책을 읽는 일은 운명의 만남과 흡사하다. 어떤 헝가리의 비평가가 쓴 얄팍한 『소설의 이론』이 내게는 그러하였다. 그는 나를 저 도스토예프스키에로 안내해 주었다. 도스토예프스키는 단 한 편의 소설도 쓰지 않았다고 그는 매우 도전적으로 말했던 것이다. 도스토예프스키는 완전히 새로운 세계에 속하는 만큼, 종래의 소설 개념에 비추어 보면 소설일 수 없다는 뜻이었다. 그렇다면 그 새로운 세계란 과연 무엇인가, 앞으로 인류가 이르러야 될 그 세계란 대체 어떤 것일까. 그 물음을 찾아 헤매노라면 『악령』 속의 '스타브로긴의 고백'을 만날 수 있고, 막막하기 이를 데 없는 '대심문관'(『까라마조프네 형제들』)을 만나게 된다.

이러한 만남이 내게는 고통스러운 것이었지만, 그중에서도 앞엣것은 고통스러움과 함께 형언할 수 없는 안타까움을 안겨 주는 것이었다. 도스토예프스키는 '이것이 없으면 산다는 일을 원치 않을뿐더러 죽는 일조차 불가능할 정도'라는 인류의 저 위대한 망집(妄執)을 클로드 로랭의 그림

〈아시스와 갈라테아〉(드레스덴 미술관 소장)에서 보고 있었던 것이다.

드레스덴 미술관을 찾아갈 방도가 없는 사람에겐 겨우 루브르와 런던으로 향하는 길이 남아 있었다. 한파가 몰아닥친 1979년 한겨울, 푸생과 로랭의 그림 앞에 섰을 때의 그 가슴 설레던 순간을 나는 아직도 잊지 못한다. 1982년 한여름 아프리카 사막을 헤매고 쪽빛 지중해를 넘어 마침내 푸생과 로랭의 그 그림 앞에 섰을 때의 가슴 설레던 순간을 나는 잊지 못한다.

그러한 황홀경의 환각이 어찌 드레스덴이나 루브르에만 있겠는가. 일본의 텐리(天理) 대학 중앙도서관에서 안견의 몽유도원도를 보며 가슴 설레던 1980년 초가을의 어느 날을 나는 아직도 잊지 못한다. 그것은 또 하나의 인류의 위대한 망집이었기에, 그것에 알맞은 가슴 설렘이 나를 가만히 두지 않았던 것이다. 어찌 그것이 한갓 저 도연명의 「도화원기」가 15세기에 와서 잠깐 한반도에서 착색된 그림에 지나지 않은 것이겠는가. 그것은 한갓 그림도 아니고 사상도 아니고 시도 아니고 환각 그 자체였다. 그렇지 않고서야 어째서 그토록 사람을 그 둘레에 안타깝게 맴돌게 하겠는가.

내가 박완서의 「나목」을 좋아하듯 김수근의 〈고목과 여인〉을 기리는 이치도 이와 같으며, 심훈의 「그날이 오면」과 박두진의 「어서 너는 오너라」를 읽는 것도 이와 같다. 이청준이 공들여 쓴 「당신들의 천국」을 심야에야 읽는 것도 이 때문이다. 어찌 이뿐이겠는가. 한용운의 '님'도, 김소월의 '넋'도 강철로 된 이육사의 '무지개'도, 레몬의 향기를 그리며 숨져간 이상의 관념도, 그리고 6·25를 바라보는 전상국과 윤흥길의 시각도 나에게는 가슴 설레는 환각이었다.

인생이 짧은 마당에 예술이 길 이치가 없다. 설사 길더라도 대단치 않을 것이다. 다만 환각이 남을 따름이리라. 황홀경의 환각만이 남을 뿐이리라. 그것을 나는 사랑하였다.

1983년 가을

지상의 빵과 천상의 빵(증보재간)

솔, 1995

재간에 부쳐

『황홀경의 사상』(홍성사)이란 제목으로 책이 나온 것은 1984년이었습니다. 제가 퍽 젊었을 적이지요. 제목이 잘 말해 주듯이 어떤 열정에 매달려 있었습니다. 도스토예프스키, 루카치가 좇던 그 환각이 흡사 그것이 아니었던가. 〈몽유도원도〉가 그러하였고, 「홍길동전」이 그러하였고, 「당신들의 천국」도 그러하였습니다. 이성의 힘으로 세계를 바람직한 방향으로 바꿀 수 있다고 믿었던 모든 혁명가들도 그러하지 않았을까. 그때의 제 열정이 이 책에 크게 반영되어 있습니다. 그로부터 10년의 세월이 속절없이 흘렀지요. 이 책 독자 중에 몇몇 분이 이 책의 재간을 요청해 왔습니다. 지금쯤 재음미해 볼 만하지 않겠느냐고. 망설였으나 만일 인간이 환각과 무관하게 살아갈 수 없을지도 모른다는 생각을 깡그리 떨쳐버릴 수 없다고 믿는 사람이 아직도 있을지 모른다는 생각에 이르자, 조금 용기를 낼 수 있었습니다. 또한 「동경일기I·II」, 「눈고장 삿포로의 기억」, 「아이오와 일기」, 「문학과 미술의 만남」 그리고 「창공에 빛났던

별」을 덧붙였습니다.

이는 제 젊은 시절의 열정의 한 조각이어서 조금은 가슴 설레는 것입니다. 이 책을 읽어 주신 분들과 솔사의 임우기 사장, 전 편집장 정홍수 형, 그리고 편집인 제씨에게 새삼 고마운 말씀 드립니다.

1995년 5월 10일

한국근대문학사상사

한길사, 1984

머리말

사상을 어떤 인간이 놓인 문제적 상황에 대한 해답의 형식으로 제출된 것이라 규정한다면 그 해답의 철저성을 따지는 일이 사상 연구의 우선적 과제일 터이며, 그것의 연속성이라든가 폭이라든가 침투영역을 문제 삼는 일이 곧 사상사의 과제일 것이다. 사상 연구가 사상사 연구와 불가분의 관계에 있으면서도 그에 앞서는 존재라 말해지는 것은 이 때문이다. 매우 상식적인 이 구별을 이제야 문제 삼게 된 것은 우리 근대문학 연구가 오늘날 놓여 있는 수준을 말해 주는 일이기도 하다. 한 사상이 그 자체로 갖추고 있는 체계라든가 수미일관성을 논의하기엔, 우리의 문학 연구 수준은 아직도 퍽 미달된 형편에 있다. 이런 레벨에서 보면 문학 사상이란 저절로 문학 속의 사상에 앞서서 있는, '문학에 관한 사상'을 뜻하게 된다.

문학에 관한 사상으로서의 문학 사상이 가장 강렬히 발현될 수 있는 역사적·사회적 조건과 거기에 부수되는 요소들, 그리고 그로 인해 드러나는 사상을 밝히는 일이 문학사적 과제보다 우선한다는 관점에서 한국

근대문학 사상의 실마리를 찾을 수는 없을까. 분단 상황 아래서, 분류사의 첫 시도인 『한국근대문예비평사연구』(1973)를 쓴 이래, 저자는 이 문제를 오래도록 생각해 왔다. 문제적 상황에 대한 해답의 철저성이 문학사의 울타리를 넘어서는 그 구체적 양상은, 1920년대 중반에서 30년대에 걸쳐 전개된 문학 운동에서 매우 선명히 드러난다고 판단되었다. 그것은 정치와 문학의 관계를 생각하는 정도가 아니라, 정치가 곧 문학이라고 하는, 이른바 등질성의 수준에서의 논의를 가능케 하고 있다. 정치운동이 비합법적인 것으로 되고 예술운동이 합법적인 것으로 열려 있었던 상황(일제 시대)을 깊이 분석해 본다면 저자가 문제 삼는 사상사적 과제의 참모습이 드러날 것이다. 즉, 민족운동으로서의 정치운동이 비합법적일 때 그 정치운동으로서의 이데올로기는 은밀히 내면화되어, 입 밖에도 낼 수 없는 것으로 신성화되며, 이 내면화의 과정과 그것의 밀도 및 내용은 문학예술의 본래적 존재 방식과 완전한 등가를 이룬다. 따라서 그 정치 사상은 문제적 상황에 대한 해답의 철저성을 다른 어떤 것보다 일층 선명히 문학예술운동에서 성취하고자 한 것으로 보아도 될 것이다. 우리 근대문학 사상이 그러한 한 가지 사례로 파악되는 것은, 이런 관점에서다.

1930년대에 접어들면, 정치운동과 예술운동의 대응 관계가 민족문학운동과 리얼리즘론·전향론으로 대응 관계를 이루게 되는데, 이 사실은 주목에 값한다. 즉 이번에는 민족문학운동도 비합법적인 것으로 규정되기에 이르렀으며, 그 결과 그것은 은밀한 내면화의 과정을 겪게 되고, 그로 인해 사상적 밀도를 일층 높이게 되는데, 그것은 곧 문학예술의 본래적 존재 방식과 등가를 이룬 것으로 분석된다. 그 내면화된 문학사상이 논리의 측면에서는 리얼리즘론으로, 모럴의 측면에서는 전향문학으로 전개되었거니와, 저자가, 문학사상사의 과제가 문학사의 과제를 일층 넘어서고 있다고 한 것은 이런 문맥에서이며, 이 책에서 표나게 논의한 것도 이 점에 있음은 새삼 말할 것도 없다. 우리에게 있어서 문제적 상황이란 식민지적 상황이며, 그것에 대한 해답의 철저성은 일제에 대한, 내밀화된 초극의 무기이기에, 우리의 리얼리즘론이나 전향론이 천황제 사상에 중화되고 마는 저 일본 근대문학 속의 그것과 결정적으로 구분되는 것은 극히 당연한 일이다.

정치운동 대 문학운동이라는, 20년대의 한 쌍의 과제와, 그에 대응되는, 문학운동 대 리얼리즘론·전향문학이라는 30년대의 한 쌍의 과제가 문제적 상황에 대한 해답의 철저성에 관련된 심상이라면 그것이 곧바로 사상사의 과제로 연결되기엔, 그 자체로는 미흡한 것이 아니겠느냐라는 비판이 나옴직도 하지만, 그러한 견해는 피상적이기 쉽다. 위의 과제가 분단 시대를 살고 있는 우리 최근세사 속에 여전히 문제적 상황으로 존속하고 있다는 점에서 그것은 여전히 사상의 과제이며 동시에 사상사의 몫이 아닐 수 없는 것이다. 리얼리즘 논의가 70년대에 와서 일층 본격화된 사실이 이 사정을 새삼 증명한 셈이다. 사상 연구가 기실은 사상사 연구이고, 그것이 문학사를 넘어선다는 뜻은, 이런 문맥에서이다.

실상 따지고 보면, 이와 같은 방법론에 대한 모색이나 논의란 우리 근대문학 연구의 수준과 나란히 가는 것이어서, 늘 상대적인 것에 지나지 못함도 명백한 일이다. 문학사란 이름의 통사가 먼저 쓰이고[1] 분류사로서의 시사,[2] 소설사,[3] 비평사,[4] 희곡사,[5] 등이 일단 어느 수준에서 쓰

---

1 임화, 「개설신문학사」(『조선일보』, 1940)
  조윤제, 『국문학사』(동방문화사, 1949)
2 정한모, 『한국현대시문학사』(일지사, 1974)
  김학동, 『한국개화기 시가 연구』(시문학사, 1981)
  김용직, 「한국근대시문학사」(『한국문학』지 연재, 1982)
3 김우종, 『한국현대소설사』(선명문화사, 1968)
  이재선, 『한국현대소설사』(홍성사, 1979)
4 김윤식, 『한국근대문예비평사연구』(한얼문고, 1973)
  신동욱, 『한국현대비평사』(춘추문고, 1975)
5 서연호, 『한국근대희곡사연구』(고대출판부, 1982)
  유민영, 『한국현대희곡사』(홍성사, 1982)

인 것이 최근의 일이거니와, 바로 이 순간부터 이미 나온 분류사는 한갓 된 통사의 수준에로 하강할 형편에 놓이지 않으면 안 되는 것이다. 이때 연구자에게 열려진 길은, 큰 테두리에서 보면, 그리 넓지 못할 것이다. 세련된 문학사에로 향함으로써, 고전문학과 근대문학의 지속성과 변화성을 지양·극복하는 길이 그 하나일 터이며,[6] 그런 것에 논리적 거점을 부여함과 동시에 그것을 넘어서는 사상사에로 나아가는 길이 다른 하나일 터이다. 이 둘은 경쟁 관계에 있으면서 동시에 상보적인 관계를 이룰 터이고, 또 어느 수준에 이르면 그 순간 통사적 운명에 떨어질 것임도 새삼 말할 틈이 없다. 통사와 분류사가 변증법적 관계에 있다고 말해지는 근거가 여기에 있을 것이다. 이러한 여러 문제점을 음미하는 데 이 책이 조금이나마 보탬을 준다면 다행이라고 생각한다.

이 책은, 개화기에서 8·15 해방 전까지, 즉 일제의 식민지시대에 전개된 우리 근대문학만을 대상으로 했으며, 다루어진 과제는 저자의 전공 분야에 속한다는 점을 거듭 밝혀 두고자 한다. 그러니까 매우 편파적인 점도 있을 것이고, 지나치게 전문적인 부분이 불가피하게 드러난 점도 적지 않을 것이다. 저술에 알맞은 방식으로 집필되지 못하고 전공 논문식으로 쓰인 것은, 저자의 지금의 능력으로서는 어쩔 수 없는 한계점이다. 이러한 한계점을 한꺼번에 넘어설 방도는 없겠지만, 얼음덩이를 녹이듯 거칠음이 세련되어 나갈 수 있도록 조금씩 조금씩 노력하는 것이 저자에게 남겨진 일이라 믿는다.

끝으로 초고를 읽고, 또 교정에 애쓴 정호웅, 이동하 제군과 변변치 못한 글들을 책으로 엮어 준 한길사 김언호 사장님 및 여러분께 고마움을 표한다.

1984년 5월

---

6 조동일, 『한국문학사상사시론』(지식산업사, 1978)
   김흥규, 『조선후기의 시경론과 시의식』(고대출판부, 1982)

한국근대문학과 문학교육

을유문화사, 1984

머리말 | 비평가의 몫과 교사의 몫

자기의 직업이 운명처럼 느껴질 때가 종종 있습니다. 운명을 논리적으로 설명하지 못하듯, 어째서 내가 문학을 직업으로 택했는지 해명할 방도를 나는 아직도 알지 못합니다. 딱한 일이 아닐 수 없습니다.

문학을 직업으로 한다고는 하나, 내가 할 수 있는 것은 작품을 읽고 비평하는 일과, 작품 및 그것에 대한 여러 가지 의견들을 일정한 규칙 아래 조직하여 가르치는 일입니다. 한때 나는 비평가의 행위가 내 삶의 방식이고, 교사의 몫은 한갓 소금과 장작을 얻기 위한 수단이라고 여긴 적이 있었습니다. 그러나 비평의 본질에 관해 깊이 생각해보면 그럴수록 그것은 내 힘에 부치는 것이었습니다.

작가에게 문학이란 무엇이냐고 묻는다면 그는 서슴없이 작품 자체를 내보일 것입니다. 그것은 표현적 기능을 가리킵니다. 교사에게 문학을 묻는다면 그는 문학 개론이나 소설론을 펼칠 것입니다. 그것은 인식적 기능을 지칭합니다. 비평가에게 묻는다면 그는 무엇을 내보일까요.

비평의 궁극적 형태가 '표현'과 '인식'의 완전한 일치에 있다고 그는 말할 것입니다. 그것은 치열성과 높이를 속성으로 하는 '정신'에 관한 것입니다.

이러한 정신을 감당할 힘이 내겐 별로 있을 것 같지 않았습니다. 이러한 깨달음에 이르기엔 많은 세월이 걸렸습니다.

여기 모은 글들은 우리 현대문학에 관한 단편적인 생각들을 담은 것이라, 비평가의 몫도 교사의 몫도 제대로 한 것이 못 됩니다. 다만, 어떻게 하면 문학 교육 쪽으로 가까이 갈 수 있는가를 자주 생각해보고자 한 것들입니다. 이러한 것들이 소중하다고 여겨지는 나이에 이른 탓인지도 모르겠습니다. 말하자면, 문학 교사의 자리가 어디인가를 묻는 나 자신의 회의 과정이기도 합니다.

끝으로, 변변치 않은 이 글들을 찍어주고, 또 읽어준 분들께 마음속으로 고맙게 생각합니다.

1983년 8월 15일

한국근대문학사상연구 1 — 도남과 최재서

일지사, 1984

머리말

우리에 있어 근대적 학문의 출발이 1926년에 세워진 경성제국대학과 밀접히 관련되어 있음은 불행한 일이지만 그렇다고 외면할 수도 없는 사실이다. 일본의 제국대학으로서는 여섯 번째에 해당되는, 이 대학을 두고, 초대 법문학부 책임자인 철학 교수 아베 요시시게(安倍能成, 문부 대신 역임)는 동양학 연구 중심의 독자적 대학임을 표나게 내세운 바 있다.

동양학 연구라 했을 때 이 대학이 걸머진 사명의 중점이 '조선 연구'에 있었음은 당연한 일이다. 시가타 히로시(四方博) 중심의 '조선사회경제연구회'라든가 오쿠라 신페이(小倉進平) 중심의 '조선어문연구회', 이마니시 류(今西龍) 중심의 '조선사연구회' 등이 이러한 사실을 새삼 증거하고 있던 셈이다. 물론 이들의 학문적 수준이 한갓된 식민지 사관에 멈추었다든가, 아시아적 침체성 사관에 입각했다든가. 실증주의에서 벗어나지 못했다고 비판될 수는 있지만, 그 속엔 근대적 학문에 관한 기초적 방법론의 훈련이 어느 정도 시도되었음도 부정되지는 않는다.

　이 대학에서 근대적 학문의 훈련을 받은 사람 중, 도남(陶南) 조윤제와 석경우(石耕牛) 최재서는 여러 모에서 뚜렷한 존재이자 대조적인 사상가이다. 한 사람은 조선어문학과의 유일한 첫 입학생이자 첫 졸업생으로, 평생을 걸쳐 국문학의 이념을 찾아 헤매었고 마침내 그 이념의 체계화를 얻었다고 자처한 사상가이며, 다른 한 사람은 영문학과 3회 졸업생으로, 영국 낭만주의를 깊이 연구함으로써 개성과 상상력의 깊이를 탐구하는 한편, 신고전주의에 빠져듦으로써 성격과 일상적 삶의 연결을 시도했기 때문에, 개성과 성격의 길목에서 헤매다가 마침내 그 둘을 초극하는 생리적 예술관에 도달했다고 자처한 사상가이다. 이 두 사상가의 업적을 검토하는 일 자체는 다음 세 가지 관점에서 그것이 사상사적 과제임을 우리는 알아차리게 된다.

　첫째 그들이 이룩한 업적, 즉 도남의 『국문학사』라든가 최재서의 『문학원론』 및 『셰익스피어의 예술』이 우리 문학 이론의 수준에서 차지하는 비중을 검토하는 일. 이 영역은 다시 두 갈래로 갈라 볼 수가 있다. 하나는, 객관적인 평가 기준에서 검토하는 일이다. 이론상의 수준이란 그 이론 자체의 정밀성이나 수미일관성에 일층 중점을 둠으로써, 이론사의 체계에 봉사하는 영역이다. 다른 하나는, 그러한 이론이 한국적인 현실 문제 해결에 얼마나 적절했는가를 검토하는 영역이다. 이 영역은 연구자가 소속된 사회(현실)의 역사적 방향성의 측면에 관련된 것이어서, 주관적이라 할 수도 있으나, 그 역사적 방향성이 인류사의 보편적 이념과 분리될 수 없다는 점에서 보면 역시 객관적이라 할 것이다. 조윤제의 『조선시가사강』이라든가 『국문학사』가 신민족주의의 이념의 구현이라면, 그 이념은 따라서 주관적이나 동시에 엄연히 객관적이기도 하다.

　둘째, 그들 사상의 상대주의적 성격에 관한 일. 사상이란, 자기 속의 결핍한 부분을 메우기 위한 인간 정신 활동의 하나인 만큼 어느 사상이

든 급진적 측면을 갖는 것이며, 따라서 과격성을 어느 경우에도 속성으로 갖고 있음이 그 존재 방식이다. 이 말은, 한 개인이 어떤 사상을 선택하는 것은 그의 필연성에 말미암은 것이어서 그것의 우열이 있을 수 없다는 의미까지를 지시하고 있다. 어떤 사상도 다른 사상과 원칙적으로 등가라고 말해질 때, 우리는 사상 연구의 객관적 연구의 폭과 깊이를 유연성 있게 해낼 수가 있다. 도남의 신민족주의와, 석경우의 낭만주의, 또는 천태산인의 사상은 따라서 각각 등가이지 그 자체의 우열이 없다고 할 때 우리는 사상의 자립적 근거를 묻게 되며, 그런 시각에서 비로소 우리는 우리 근대문학 사상사의 체계를 일층 유연성 있게 세울 수 있을 것이다. 사상사의 독자적 영역을 마련하는 근거가 이 자리에서 겨우 나올 수가 있기 때문이다.

셋째, 그들이 그러한 사상을 형성하게 된 정신적 내면 구조를 살피는 일. 이 분야는 한 인간의 실존적 위기 의식과 은밀히 관련된 것인 만큼 용이하게 그 본질이 파악되기는 어렵다. 한 개인이 온몸으로 살아가는 생존력의 근거를 묻는 일이란 원래 학문적인 영역을 훨씬 웃도는 것이다. 민족 해방 운동의 한 가지 방식으로 국문학 연구를 택했다고 도남은 주장했지만 하필 그 방법이 신민족주의여야 했던 까닭은 무엇인가. 아흐레갈이 과수원에서 고독하게 자란 석경우가 끝내 낭만주의 사상에서 벗어나지 못하고 성격과 개성의 조화에 머뭇거린 이유 역시 논리의 추가 닿지 않는 세계인 것이다.

이와 같은 세 가지 사상사적 과제를 저자가 이 책에서 부분적이나마 적용해 보고자 했는바, 그중에서도 셋째 번 쪽에 일층 많은 관심을 기울이고자 하였다. 사상사는 결국 객관적으로 존재하는 것이기보다는 연구자의 인생 실천과 불가분의 관련하에서 비로소 풍요로운 영역을 열 수가 있다고 믿기 때문이다(자세한 것은 졸저, 『한국근대문학사상사』, 한길사, 1984의 서문 참조). 특히, 이 책에서 다룬 두 사상가에 있어서는 식민지적 상황에서 근대적 학문을 배우고 그것으로 말미암아 훼손된 스스로의 모습을 비추어 보는 거울의 구실을 하는 것이 그들의 업적(사상)일 터이다. 그러므로 그 거울은 벌써 운명적 표정을 짓고 있을 것이다. 거기에다 연구자 자신의 모습을 비추어 보는 일에서 진정한 우리 근대사상사의 실마리가 풀릴 것이며, 따라서 그 거울에 이르려는 연구자의 노력과 거울 사이의 거리 측정이 일층 절실한 문학 사상사의 과제일 것이다.

저자는 이 책을 제1권이라 했거니와, 과연 몇 권째로 완결될지는 저자에게도 아직 미지수이다. 거울이 흐려지거나, 저자의 모습이 거울에 비치지 않으면 전혀 쓸 수 없는 것이 문학사상사의 본질일진댄, 사상사의 지속성은 따라서 오직 그 거울을 밤마다 손바닥과 발바닥으로 닦는 일에 달려 있을 것이다.

1984년 6월 28일

작은생각의 집짓기 — 비평가의 표정

나남, 1985

책머리에 | 물거품과 정신의 운동

작가는 작품으로 말할 뿐이겠지요. 황순원 선생은 고희를 맞는 마당에서 잡문 한 편을 썼더군요. 누구를 위해서가 아니라 다만 그렇게 하고 싶었는지도 모르지요. 작품이 그 작가를 아는 데 일등 자료인 만큼 진짜 작가론은 작품을 통해서만 가능할 것입니다. 그런 작가론을 쓰고 싶은 욕망을 품지 않는 비평가는 아마 없을 것입니다.

그런데 작품만이 작가론의 일등 자료이기 위해서는 한 가지 조건이 승인되어야 될 것입니다. 작품을 둘러싼 여러 겹의 음성들을 벗겨내야 된다는 점 말입니다. 작품엔 그 시대의 잉크 냄새와 작가의 살 냄새, 숨소리가 덕지덕지 붙어 있기 때문이지요. 작가 중에는 시대의 잉크 냄새, 자기의 숨소리가 작품에서 분리되었다고 믿기 쉽지요. 내가 존경하는 작가 이청준 씨의 『작가의 작은 손』(1978)도 혹시 그러한 믿음에서 나온 것일까요. 그것이 오히려 씨의 작품 해독에 화를 입힌 부분은 없었을까요. 작품 「눈길」에 대한 작가의 작품 밖의 목소리가, 서툰 비평가인 내게는 그렇게 보인 적이 있지요. 그렇지만 이청준 씨는 누구를 위해서가 아니라 다만 그렇게 하고 싶었는지 모르지요.

작가의 이러한 자유가 내겐 참으로 부럽군요. 그들은 진짜 예술도 할 수 있고, 그것에 관한 보충 설명조차 할 수 있는 터입니다. 비평가에게도 이러한 일이 일어날 수 있을까. 이런 물음을 던지기 위해서는 비평도 예술일 수 있는가를 먼저 문제 삼아야 될 것입니다. 비평도 시나 소설과 같은 예술이라면 위의 의문은 결코 일어날 수 없을 것입니다. 그렇지만 실상은, 아무도 비평을 시나 소설과 같은 종류의 예술이라고 하지 않습니다. 소설이 무엇인가 하고 묻는다면 염상섭의 『삼대』나 도스토예프스키의 『죄와 벌』을 내보일 수도 있고, 소설의 역사라든가 기법, 또는 효용 등을 들어 설명할 수도 있지요. 어느 쪽이나 대답이 가능합니다. 앞의 것은 '표현'으로 대답한 것이며, 뒤의 것은 '인식'으로 대답한 것입니다. 그런데 비평이란 무엇인가고 할 적엔 사정이 썩 다릅니다. '표현'과 '인식'이 가능한 한 접근하는 곳, 그 둘이 맞닿으면서 자장(磁場)을 일으키는 곳에만 비로소 비평이 있을 뿐이지요. 비평의 마지막 형태는 '표현'과 '인식'의 완전한 일치에 있기 때문입니다. 이것을 정신의 운동이라 부르지 않는다면 달리 무엇이라 부르면 될까요.

정신의 운동이 일어나기 위해서는 바깥의 자극에 대한 유기체의 표정이 먼저 생기지요. 그 표정은 때로는 다만 표정으로 끝나 버릴 수도 있고, 정신의 높이나 깊이에로 이어질 수도 있을 것입니다. 그러니까 표정은 다만 표면에 드러난 물거품과 같은 것 아니겠습니까. 그런 물거품은 미풍에도 흩어지지만, 조금 시간이 지나면 저절로 사라지고 말 것들이지요. 그렇지만 나는 이 거품들을 저절로 없어지기 전에 조금 건져내고 싶었습니다. 정신의 운동이 좀 빨리 치열해질 수 있을지도 모른다는 어리석은 믿음 때문에 그런 것이 아닙니다. 그저 그렇게 해보고 싶었을 따름이었습니다.

부주의하게도, 나는 나의 이러한 심정을 어느 순간 나남사의 조상호 사장께 눈치채이고 말았습니다. 아마도 그것은 어떤 분위기 탓이 아니었을까요. 금년 2월 14일(목) 새벽 5시 30분에 나는 조사장께서 손수 모는 승용차로 고속도로를 달린 적이 있습니다. 평택을 지날 때 겨우 먼동이 트더군요. 휴게실에서 요기를 하고 다시 열심히 달렸지요. 해가 제법 높이 뜨더군요. 차가 멎은 곳엔 작가 서정인 씨와 비평가 천이두 씨가 있었습니다. 영문학 전공의 서 씨는 한복을 입고 있었고, 판소리의 깊은 이해자인 천 씨는 양복을 입고 있었지만, 우리가 함께 『벌판』(서정인 문학선)을 이야기함에는 아무런 지장이 없었습니다.

변변찮은 이 조각글들을 묶어주신 분들, 그리고 읽어주신 분들께 고맙게 생각합니다.

1985년 여름

우리문학의 안과 바깥

성문각, 1986

머리말 | 바깥이란 무엇인가

한국 근대문학이란 무엇인가. 이런 물음 앞에 늘 몸 둘 바를 모르는 자리에 나는 서 있습니다. 내가 그것을 전공하고 있기 때문입니다. 자기가 제일 잘 아는 부분이라고 생각하긴 하지만, 등잔 밑이 어둡다는 옛 속담과 같이, 실상 전공하는 분야가 의외로 자의식에 빠져 혼란을 거듭할 경우가 자주 있습니다. 이 혼란에서 조금 벗어나고자 한 글들을 모아서 한 권의 책을 묶어 보았습니다.

Ⅰ에서는 주로 우리 근대문학의 문학사적 성격을 알아내고자 한 글들을 모았습니다. 특히 우리 민족주의의 성격과 그것을 바탕으로 하여 문학사의 시대 구분을 해본 것이며, 이어서 고전문학과 근대문학의 연속성과 단절성을 문제 삼음으로써, 균형 감각을 얻고자 하였습니다. 그렇지만, 식민지 치하에서의 문학활동을 살피기 위한 전 단계의 하나로, 한국인의 일본관과 일본인의 한국관에 대한 검토는 빠뜨릴 수 없는 것이라 생각되었습니다. 프로문학도, 넓게는 민족문학의 일종이라 보일 정도로,

한국인의 일본관은 이 시대를 살피는 지표의 하나인지 모릅니다. 해방공간(1945~48)의 문학은 혼란의 모습을 띠고 있긴 하지만 우리 근대문학의 지표인 민족문학 틀 속에서 정리될 수 있는 것입니다.

한편, Ⅱ에서 다룬 것은, 주로 내가 외국에 가서 우리 문학을 소개한 논문들을 모은 것입니다. 말하자면 Ⅰ이 우리 문학의 안쪽의 과제에 무게를 둔 것이라면, Ⅱ에서는 바깥을 향한 목소리라 할 수 있겠습니다. 내가 맨 처음 외국인 앞에서 우리 문학을 논의해 본 것은 1970년 일본에서입니다. 나는 그때 일본 유학이랍시고 가 있었는데, '조선문학연구회'에 초청되어, 어떤 교수의 연구실에서 우리 근대문학에 관해 이야기를 한 적이 있지만, 지금 그 원고가 남아 있지 않습니다. 두 번째가 지금 Ⅱ의 2에 실려 있는 논문으로 1978년 아이오와 대학 국제 작가 워크숍에서 발표한 것입니다. 3은 런던과 파리에서(1983), 4는 헐 대학(영국, 1984)에서, 6은 브리감 영 대학(미국, 1985), 8은 지난해 파리 대학에 가서 발표할 예정으로 써 둔 것입니다.

그리고 1은 유네스코에서 내는 잡지에, 5는 이스트웨스트 출판사(런던)에서 낸 『한국현대시선』의 해설에 해당되는 것입니다. 7은 브리감 영 대학의 한국문학 회의에 참가한 느낌을 적은 것입니다.

그리고 보니, 나는 우리 문학을 해외에 소개하기 위한 일에 철없이 뛰어다닌 것처럼 보이기도 하여, 새삼스럽게 두려움과 부끄러움을 한꺼번에 느낍니다. 과연 우리 문학을 외국인에게 바람직하게 소개한 것일까, 오히려 저들에게 환멸을 안겨다 준 것은 아닐까, 또 나는 우리 문학을 그 자체로 바라보고 평가할 안목을 제대로 지니고 있는 것일까. 이러한 생각들이 앞을 가로막곤 합니다. 다만 이를 계기로 좀 더 나 자신을 반성할 수 있었으면 하고 느끼고 있습니다.

Ⅲ에서는 작가론들을 묶어 보았습니다. 이 중 1은 대담이었는데, 전상국 형이 게재를 허락해 주어, 여기 실을 수가 있었습니다. 2에서 5까

지는, 일본 문학과의 관련을 다룬 것입니다. 우리문학의 안과 바깥을 문제 삼을 때, 일본이라는 바깥을 과제로 한 것입니다. 7은 내 자신의 글쓰기의 리듬 감각을 적은 것입니다. 곧 「이광수와 그의 시대」(『문학사상』, 1981~85 연재)를 쓰면서 느낀 점을 그대로 표현해 본 것입니다. 이 속에는 내게 있어 글쓰기란 무엇인가, 그 원점을 소박하게 밝히고자 했습니다.

끝으로 이 책을 내도록 도와주신 문덕수 선생님과 출판을 맡아주신 성문각, 그리고 책을 만들어주신 여러 분들께 이 자리를 빌려 고마움을 표합니다.

1986년 2월

안수길 연구

정음사, 1986

책머리에

이 책은 1985년 2월 중순에 시작하여 1985년 5월 말에 집필을 완료했다. 모 출판사에서, 작가 총서 중의 하나로 안수길 편을 부탁받은 바있었다. 당초 내게 배당된 것은 이광수 편이었으나, 유족과의 계약 관계가 원만치 못했던지 불가능하게 되자 출판사 측은 내게 안수길 편을 권해 왔다. 그 출판사 기획은 작가의 작품(단편)과 그 작가의 평전 및 작품해설을 함께 묶는 것으로 되어 있었다. 책을 많이 읽히기 위한 것인 만큼될수록 쉽게 써 달라는 것이고 집필 분량은 300에서 400매 정도로 한정되어 있었다.

개학을 앞둔 탓에 조금 망설이긴 했으나, 이를 내가 수락한 것은 아주 간단히, 그리고 쉽게 해설하는 것이니까, 그렇게 힘들이지 않아도 될듯이 생각되었던 탓이었다.

그러나 이것은 나의 인식 부족이었다. 막상 작품을 읽기 시작하자, 작가 안수길의 거인다운 모습이 나를 압도해 오는 것이었다. 「북간도」를 피해 가는 것이니까 힘들지 않으리라는 내 생각은 한갓 착각이었다. 안수길의 초기 단편을 논의하는 일은 「북간도」에 반드시 이어지는 것이었고, 또 「북간도」는 「통로」와 「성천강」과도 분리되는 것이 아니었다. 사정은 여기에 멈추지 않았다. 죽기 직전에 쓴 「망명시인」(1976)에까지 그것은 은밀히 연결되는 것이었다.

장편 「북간도」가 이 작가의 한가운데 놓여, 그것을 알맹이로 하여 그 앞단계와 뒷단계가 실상 이 작가의 창작 전체를 형성하고 있었기 때문이다. 그러기에 초기 단편 「벼」, 「새벽」, 「원각촌」, 「목축기」를 논의하는 일은 「북간도」를 논의하는 실마리에 해당되는 것이었다. 「북간도」는 또한 「성천강」, 「통로」를 거치지 않으면 안 되게 되어 있었다.

간단히 쉽게 쓰고자 했던 당초의 계획은 여지없이 무너졌다. 방법은 한 가지, 본격적으로 철저히 검토하는 길뿐이었다. 언제나 도달된 최선의 것을 쓰는 길뿐이라는, 가장 기본적인 글쓰기 자세에 나는 되돌아올 수가 있었다.

이 책을 쓰면서 내가 제일 힘을 기울인 것은 만주 문제였다. 과연 1930년대의 만주란 우리 민족에 있어 무엇이었던가. 망명문학이란 것이 있을 수 있는가. 그리고 지금도 중공의 연변 조선족 자치주의 200만을 헤아리는 한민족이 있음이란 무엇인가. 『만선일보』란 과연 어떤 성격의 언론 기관이었던가. 이러한 물음을 나는 누를 길이 없었다. 그리고 이러한 의문들은 현재의 내가 접하는 자료로써는 만족할 만하게 풀 수가 없었다. 그렇지만 이러한 의문을 던질 수 있었던 것은 나로서는 소중한 것이었다. 만일 중공과의 국교가 트인다면 간도 문학이라든가 만주국 문학의 연구는 새로운 조명과 지평을 열어 보일 것이며, 따라서 안수길 문학의 비중과 문학사적 위치도 재정립될 것임은 의심의 여지가 없다. 다시 말해, 다른 많은 국내 작가와는 달리 안수길 문학은 「북간도」와 「벼」와 더불어, 훨씬 폭넓은 해석을 기다릴 것이다. 그러기에 안수길 문학은 미지에로 향해 열려 있는 형국이라 할 수가 있다. 그것은 미학적인 범주에서가 아니라 역사적 해석의 범주에 드는 것이라 생각된다.

이 책을 씀에 있어, 나는 무엇보다도 자료의 한계에 부딪혔다. 기본 자료라 할 『만선일보』를 나는 볼 수가 없었다. 언젠가 이러한 자료들을 볼 수 있다면 아마도 나는 다시 만주국 문학을 논해야 될지도 모른다. 그렇지만, 매우 다행하게도 김국태 형을 통해 유족 측으로부터, 창작집 『북원』과, 『만선일보』에 연재된 장편 「북향보」의 복사판을 얻게 되었는데, 이것이 없었더라면 이 책은 쓰일 수 없었다 해도 지나친 말은 아니다. 그리고 「싹트는 대지」의 복사판을 급히 우송해 준 외우 와세다 대학 오무라 마쓰오(大村益夫) 교수(씨는 1985년 중공의 연변 대학 조선어과 교환 교수로 다녀온 바 있다)께 이 자리를 빌려 감사의 뜻을 밝혀 두고자 한다.

끝으로, 이 책의 출판을 흔쾌히 맡아 주신 정음사 최동식 사장 및 편집에 애쓴 여러분께 고마움을 표하고자 한다.

1986년 2월

120

우리소설과의 만남

민음사, 1986

책머리에 | 어떤 헤겔주의자의 어설픈 표정

'소설이란 무엇인가'라는 물음을 나는 오래도록 되풀이하여 물어 오고 있습니다. 가끔 두 가지 해답 비슷한 것이 저만큼에서 내게 손짓하곤 했습니다. 소설이란 사람의 말하는 여러 가지 방식 중의 하나가 아니겠느냐, 라는 것이 그 하나이고, 인류사의 진전과 나란히 간다는, 저 대서사 양식의 일종이 아니겠느냐, 라는 것이 그 다른 하나였습니다. 그 어느 쪽이나, 어떤 한 가지 규칙에 따라, 통일적으로 설명한다는 점에서는 서로 일치하는 것처럼 보였습니다.

둘 중, 뒤엣것에 나는 자주 한눈을 팔곤 했습니다. 인류사의 진전과 나란히 간다는 것은, 다른 말로 바꾸면, 역사에의 관심이겠지요. 이른바 유토피아에의 그리움 아니겠습니까. 저 도스토예프스키가 스타브로긴의 입을 빌려 말해 놓은, 클로드 로랭의 그림으로 대표되는 황금시대에 속하는 문제일 터이지요. 이것에 마음이 끌렸던 것은 아마도 내가 살아온 시대 탓이 아니었을까요. 내가 자주 서사시와 소설의 '거리'에 관심을 갖고, 소설의 '내적 형식'을 찾기에 많은 시간을 보내곤 했음도 이 때문이었던 것입니다.

그런데 이 '내적 형식'에 골몰하다 보면 차차 앞의 지평이 좁아져, 저 편 끝이 막혀 있는 것처럼 느껴지기 시작했습니다. 곧 '내적 형식'의 '탐구'란 종국적으로는 '내적 형식'의 '창조'여야 한다는 생각에로 나를 이끌어 가는 것이었습니다. 나는 여기서 당황하지 않으면 안 되었지요. 그것은 문학 논의의 울타리를 넘어서는 일처럼 느껴졌기 때문입니다. 그러한 능력도 용기도 없음을 깨닫게 되자 나는 자주 몸 둘 바를 잃곤 했습니다. 여기 모은 글들은 그러한 망설임의 초라한 흔적이겠지요.

변변치 못한 이 글들을 묶어 주신 민음사와 읽어 주신 여러분께 고맙게 생각합니다.

1986년 봄

이광수와 그의 시대

한길사, 1986

머리말

'이광수와 그의 시대'라는 제목과 '인물을 철저하게 뒤져 근대 한국인의 정신사를 밝히는 지적 모험'이라는 부제로 『문학사상』지에서 연재를 시작한 것은 1981년 4월이었고, 마친 것은 1985년 10월이었습니다. 연재 도중, 오류 및 미비점을 지적해 주신 분들도 적지 않았습니다. 연재물인데다 연재 뒤에도 제가 너무 까다롭게 손을 대었던 탓에 이 책을 만드는 분들이 애를 먹었습니다. 이 자리를 빌려, 모두에게 고마움을 표하고자 합니다.

제가 이 책을 쓰기 위해 자료조사차 일본에 간 것은 1969년에서 1970년에 걸친 시기였고, 두 번째로 간 것은 1980년이었습니다. 10여 년 동안 저는 이광수와 그가 살았던 시대와 장소와 마주하고 있었던 셈이지요. 왜 그랬는지는 모르겠으나, 좌우간 저는 그럴 수밖에 없었습니다.

이 책에서 제가 밝히고자 한 것은 글과 사람의 관계, 사람과 시대의 관계일 따름이고, 그 이하도 이상도 아닙니다. 하나의 의미 있는 구조라는 것을 동우회의 이념과 그 운동 양상에서 찾고, 그것이 한 사람의 삶의 방식으로 어떻게 구조화되어 나타났는가, 동우회 사상이 어떻게 글의 형태로 나타났는가, 그것이 어떻게 문학이라는 간접화를 통해 나타났는가 하는 것이 이 책의 참주제입니다. 이러한 일이 과연 얼마나 이루어졌는지에 대해서는 제가 무어라 말할 처지가 못 됩니다.

이 책을 쓰면서 쉽고 분명하게 하고자 애를 썼으나, 뜻대로 되지 않음을 자주 느꼈습니다. 군데군데 논리가 끊기고, 균형이 깨지곤 하는 일이 자주 일어나 당황하곤 했습니다. 제 자신의 능력 부족이긴 하나, 또 다른 까닭이 있지 않은가 하는 의혹이 생기기도 했습니다. 인물과 시대가 너무 허술하고 수미일관되지 못한 탓이 아니었을까, 훌륭한 평전이 쓰이지 못하는 것은 한 인간이 훌륭히 살지 못한 탓이라는 말을 문득 떠올리곤 했습니다. 만일 이 책을 하나의 작품이라 한다면 이 책의 문장과 논리의 허술함이 주제(대상)와 대응 관계에 있다고 보면 안 될까요.

이 책을 마주하고 있자니 여러 가지 느낌이 스쳐갑니다. 와세다 대학도서관 서고 속의 냄새, 메이지 학원 구관 앞 은행나무, 기쿠닌교(菊人形)가 전시된 유시마(湯島) 신사, 도쿄 대학 소나무 숲의 송장까마귀 떼들, 붓이 막혀 몇 달을 헤매다가 마침내 이광수의 오른팔인 아베 요시이에(阿部充家)와 왼팔인 삼종제 이학수(운허 스님)를 발견했던 일, 자하문 밖 홍지동 산장 춘원의 옛집 근처를 몇 달을 두고 살폈던 일들—이러한 것들은 이 책의 그림자일 터입니다. 그것은 제 몫입니다.

이광수, 그는 고아였습니다. 그가 살았던 시대 역시 고아의식에 충만한 것이었지요. 이 사실을 이 책은 한 번도 잊은 적이 없습니다. 그렇다고 해서 제가 그 점을 즐긴 것은 아닙니다. 저는 고아가 아니며, 고아의식의 시대에 살고 있지 않기 때문입니다.

변변치 못한 이 책을 읽어주신 분들, 만들어주신 분들께 고맙게 생각합니다.

1986년 2월

이광수와 그의 시대(개정·증보)

솔, 1999

『이광수와 그의 시대』(개정·증보)를 내면서

「이광수와 그의 시대」(『문학사상』, 1981.4.~1985.10.)가 단행본(한길사, 1986)으로 나온 지 벌써 10년하고도 세 해가 더 보태어졌다. 『문학사상』은 무제한의 연재를 허락해주었고, 한길사에서는 상자곽에 넣은 호화판 장정의 단행본으로 간행해주었다.

회고컨대, 이 나라 근대문학의 한 선구자에 대한 애착의 드러냄이 아니었을까. 솔 출판사에서 이를 재간하겠다는 것도 같은 이유에서라 할 것이다.

재간에 즈음하여 다음 사실을 밝히는 것이 도리라 생각한다. 초판에서 제일 불확실한 부분은 이광수의 죽음 장면이다. 초판 집필 당시 그것은 풍문밖에 없었다. 초판이 미완성이었던 것은 이 때문이다. 재간에서 이를 분명히 할 수 있었던 것은 역사의 흐름 덕분이다. 다른 하나는 초판과의 다른 시각에서 바라보기가 그것. 초판을 낸 뒤에 나는 이런 종류의 글을 다섯 편 썼다.

①「글쓰기와 리듬감각―'이광수와 그의 시대'를 마치며」(『문학사상』, 1985.11.), ②「고아 의식의 초극과 좌절」(『문학사상』, 1992. 2.), ③「탄생 1백 주년 속의 이광수 문학」(1992. 2.~5.), ④「춘원의 생애와 사상」(춘원 탄생 1백 주년 기념 강연, 1992. 3. 3.), ⑤「동학에 관한 이광수의 기억에 대하여」(PACKS 도쿄대회 발표, 1994. 7.).

이 중 ③과 ⑤를 증보의 뜻으로 여기에 싣고자 한다. ③은 그동안 새로 발견된 자료에 대한 음미이고, ⑤는 『이광수 전집』에 대한 몇 가지 주석이다.

1999년 2월

한국근대소설사연구

을유문화사, 1986

머리말 | '한국 근대 소설사'와 '우리 소설사'의 변증법

우리 근대 문학 연구는 개화기에서 지금까지를 그 시기적 대상으로 하고 있습니다. 이 기간은 보기에 따라서는 잃은 나라의 도로 찾기와, 찾은 나라의 새롭게 만들기에 힘을 기울인 것으로 볼 수가 있을 것입니다. 나라 찾기와 나라 만들기를 역사적인 방향성으로 하고 있음이라는 의식에서 문학 연구도 크게 벗어날 수가 없습니다. 나라 찾기와 나라 만들기에서 무엇보다도 우선하는 것은 우리 것에 관한 인식의 문제일 터입니다. 그렇지만 이 점을 너무 강조하다가 보면, 근대적인 것의 의미가 좁아들거나 미미하게 느껴질 가능성이 커집니다. 근대적인 것이란 과연 무엇인가. 이 물음을 우리는 쉽사리 떨쳐 버릴 수가 없습니다. 나라를 잃었던 때에도, 또 나라를 찾아서 나라다운 나라를 만들어 갈 때에도, 근대적인 것을 머릿속에 두지 않을 수 없는 형편이기 때문입니다.

일찍이 어떤 비평가는 우리 근대 문학을 '이식 문학(화)의 역사'라고 규정하고 그 바탕 위에서 문학사적인 정리를 꾀한 바가 있습니다. 무엇이 근대적인 것인가를 분명히 가려내어 보이기란 쉬운 노릇이 아니긴 하나 근대적이라 할 경우, 우리의 재래적인 것과 구별되는 외래적인 것을 가리킴이 예사가 아니었던가 생각됩니다. 외래적인 것이라면 그 속에는 부정적인 것도, 긍정적인 것도 섞여 있을 것입니다. 그중 긍정적인 것, 다시 말해 보편성을 띤 진보적·합리적인 생각에 관련된 것만이 근대적인 것에 해당되리라고 생각합니다. 다시 말해 그러한 긍정적인 측면은 나라 찾기와 만들기에 도움이 되는 것만을 가리킴인 것입니다. 그러니까, 우리 것에다 이러한 근대적인 것을 어떻게 조화롭게 융합하느냐를 문제 삼을 수 있고, 그러한 것의 제일 난감한 표정의 하나가 우리 근대문학일 것입니다. 우리 근대 문학 연구의 원점은 여기에서 비롯되는 것이라고 나는 믿습니다.

이러한 믿음과 논리에 기대어 내가 『한국근대문예비평사연구』를 쓴 것은 1973년이었습니다. 조금씩 생각이 변하기는 했지만 그로부터 10여 년이 지난 뒤에 내가 『한국근대문학사상비판』(1978), 『한국근대문학사상사』(1984) 등 큰 테두리에서 보면 근대적인 것에 대한 나의 생각의 틀은 그대로라고 해도 좋을 것입니다.

이렇게 보아 오면 내가 근대적인 것에 관해, 문학 비평·문학 사상 등의 포괄적인 개념에 관심을 기울여 왔음이 드러납니다. 이번에 나는 구체적인 문학의 갈래(장르) 중의 하나인 소설 쪽에서 근대적인 것의 의미를 찾아보고자 꾀하였습니다. 이 책이 쓰인 것은 이러한 이유에서입니다. 그런데 문학의 구체적 갈래라고는 하나 어째서 시나 희곡 쪽이 아니고 소설 갈래냐에 관해서는 조금 설명을 해 둘 필요가 있을 것 같습니다. 근대적인 것이 시나 희곡 갈래보다도 소설(장편)에 직접적으로 관련된다는 사실의 발견은 저 늙고 꾀 많은 헤겔의 생각이고, 그 추종자들의 사상입니다. '부르주아 사회의 서사시로서의 소설'이라 규정한 헤겔의 사상은 내가 알기엔, 근대적인 것의 긍정적 측면의 한 가지 뚜렷한 특징입니다. 총체적 개념을 앞세운 헤겔주의자들의 생각의 줄기가 소설에는 비교적 알맞게 적용되나, 시나 희곡 또는 다른 예술적 갈래에서는 덜 알맞은 것으로 알려져 있습니다. 소설 연구에 내가 관심을 오래도록 기울인 것은 이러한 헤겔주의자들의 생각의 줄기에 닿아 있었던 증거이기도 합니다.

그러나 이러한 헤겔주의자들의 사상에 조금씩 의문이 돋아나는 것도 어쩔 수 없었습니다. 이인직이나 김동인 또는 염상섭의 소설을 근대적인 측면에서 살피고자 하면, 무엇보다도 일차적으로는 기호논리학의 시각이 필요했던 것입니다. 근대적인 것의 자리를 매기기 위해서도 새로운 좌표가 마련되어야 했던 탓이지요. 우리 것과 근대적인 것의 자리를 매기기 위해서는, 헤겔주의자들의 생각을 끌어들이기 이전에 일단 기호론적인 점검이 필요했던 탓입니다. 이 책에서 제2장과 제4장은 이러한 자리매김의 눈금에 해당되는 것입니다. 근대적인 것이란 무엇보다도 먼저 그 내용이나 사상에 관련되기 이전에 시각의 문제였던 것입니다. 가령, 언문일치 운동이 있다고 칩시다. 이 경우 이미 있었던 구어체와 문어체의 일치라고 생각되기 쉽지만 이런 생각은 실상은 성립되지 않습니다. 언문일치 운동(사상)이란, 새로운 구어체와 새로운 문어체를 만들어 내어 그 둘을 일치시키는 운동 또는 사상이었던 것입니다. 그러기에, 근대적인 것의 긍정적 측면이란 이러한 시각의 확립 다음 단계에서만 찾아지는 것입니다.

그다음 단계란 무엇인가. 이 물음에 관해 내 나름대로 논의해 본 것이 제7장, 8장, 9장입니다. 그러나 이 단계는 매우 서툴고, 깊이가 모자라는 논의에 멈추고 만 것 같습니다. 그리고 이 단계의 논의는 다른 저서인 『한국근대문학사상사』 속에 진작 흡수되어 있었던 탓이기도 합니다.

내가 품고 있는 근대적인 것에 대한 생각의 줄기도, 제11장에서 대강의 마무리를 했습니다. 이러한 점은, 내가 지금엔 헤겔주의자의 사상에서 제법 벗어나 있다는 사실과 나란히 가는 것이기도 합니다. 헤겔주의자들이 말하는 근대적인 것이란, 단일 언어·절대적인 언어를 추구하는 사상이라 생각됩니다. 소설은 여기에서 벗어나는 인간 행위가 아닐 것인가. 이런 의문이 생기는 것은 당연히도 내가 우리 것에 대해 관심을 일층 많이 기울일 적에 생기기 시작한 의문입니다. '한국 근대 소설'이 아니라 그냥 '우리 소설', '한국 근대 소설사'가 아니라 그냥 '우리 소설사'라는 자리에 내가 서고자 할 때, 저 헤겔주의자들의 생각은 한계에 부딪히게 됩니다. 그렇다면, '우리 소설사'의 자리에 설 때 소설이란 무엇이겠는가. 아직 이에 대한 해답은 잘 모르지만, 요컨대 이러한 것에 대한 관심을 나는 지금부터 게을리하지 말아야 할 것입니다. 아마도 그것은 저 M. 바흐친의 사상에서 어떤 실마리를 얻을지도 모르긴 합니다. 그러나 그러기에는 많은 모색과 방황이 준비되어 있으리라고 예감하고 있습니다. '우리 소설사'냐, '한국 근대 소설사'냐의 통합된 자리는 아직도, 적어도 나에게는, 아득하게 느껴질 따름입니다.

1985년 11월

우리근대소설논집

이우출판사, 1986

머리에 | 근대적인 것과 소설

  내 전공 분야가 우리 근대문학이며, 오래도록 교사 노릇을 해온 탓에 소설도 자주 다루어 보았습니다. 그럴 때마다, 번번이 자의식의 늪 속을 헤매곤 했습니다. 소설이란 과연 무엇이며, 근대란 또 무엇인가라는 물음이 제 뒷덜미를 잡고 있는 듯하여 답답하기 이를 데가 없었고, 지금도 역시 그러한 형편입니다. 그 때문에 오랫동안 저 헤겔 도당들의 소설론에서 어떤 해답을 알아낼 수 없을까 하고 헤매어 보았습니다. 난삽하고, 또 그 나름의 문맥을 가지고 있는 독일 고전철학 쪽의 이론에 따르면, '소설'과 '근대'는 동전의 앞뒤 관계에 있는 것처럼 보였습니다. 그들이 말해 놓은 매력적인 형이상학엔 이런 구절이 있지요. "본질은 탐구되지 않으면 안 된다, 동시에 그 본질을 발견할 도리가 없다, 이것을 소재로 하는 소설 장르에서만 시간은 형식과 나란히 정립된다(Nur im Roman, dessen Stoff das Suchenmüssen und das Nicht-finden-Können des Wesens ausmacht, ist die Zeit mit der Form mitgesetzt)"(Lukaćs, *Die*

Theorie des Romans, Luchterhand, 1971, p. 108). 시간의 발견이야말로 서사시와 소설을 구분 짓는 거멀못이며, 그것은 물을 것도 없이 자본주의가 몰고 온 교환가치의 세계에서 비로소 가능한 것이라 말해지고 있군요. 그러니까 소설은 근대와 나란히 가는 것이며, 근대(자본주의적 세계)와 관련 없는 것은 '소설'이라 부를 수가 없다는 뜻이지요. 그렇다면, 자본주의 이전에 쓰인 많은 이야기들은 무엇인가? 다시 말해 「홍길동전」이나 「춘향전」은 소설인가? 그들의 논법에 따르면, 말할 것도 없이 소설이 아니지요. 그렇다면 과연 무엇인가? 그냥 이야기이거나, 이야기의 소재이거나, 좌우지간 '소설' 범주에 들어올 수가 없다는 것이 그들의 이론인 것처럼 보입니다. 또한 그들의 견해에 따르면, 단편이란 총체성의 개념에 들어올 수 없는 만큼, 역시 소설 범주에 들어오지 못하지요.

우리 근대소설을 문제 삼을 경우, 저 헤겔 도당들의 역사철학적 논의를 한갓 남의 일로 보아도 좋을 것인가. 이런 물음은 계속 유효하리라고 나는 아직도 생각하지만, 그렇다고 무턱대고 흉내 낼 수도 없지요. 「홍길동전」도 소설이며, 김동인의 「감자」도 염상섭의 「삼대」도 소설이라고 나는 생각했고, 또 그렇게 말하고 있습니다. 그러니까 「홍길동전」을 고대소설, 「감자」를 단편소설, 「삼대」를 장편소설이라고 부르는 것이지요. 헤겔도당들의 문맥에 따르면 「삼대」만이 겨우 소설 범주에 들 수 있겠지요. 위의 세 가지 소설 형식을 함께 논의할 수 있는 이론은 무엇인가. 바흐친의 견해가 좀 더 합당한 것처럼 생각되곤 합니다. 하나의 언어의 절대성을 거부하는 언어 의식의 표현, 다시 말해 언어의 원심적, 탈중심적 사고의 체현자가 소설이라는 그의 주장은 좀 더 폭넓은 해석이라 느껴집니다. 그렇지만, 이러한 이론의 그물코는 너무 넓은 것이라서 소설의 시학을 아득하게 하는 것처럼 보이기도 합니다.

머리말이 너무 옆길로 나갔군요. 이 책에서 내가 고민한 것은 앞에서 조금 말한 대로 두 가지입니다. 장편을 문제 삼았다는 점과, 근대적인 것이란 무엇인가를 살피고자 한 것이지요. 단편이란, 그리고 근대적인 것과 관련되지 않는 것은, 소설이 아닐지도 모른다는 생각이 알게 모르게 내 머리 속에 오래 자리를 잡고 있었던 증거지요. 이 사실을 시인하면서, 나는 이것을 어떻게 넘어설 것인가를 찾아 나설 것입니다. 그러기에 이 책은 졸저『한국근대소설사연구』(을유문화사, 1986)의 자매편이라 할 수 있습니다.

변변치 않은 이 책을 내도록 권해주신 분, 찍어주신 분들, 그리고 읽어주신 분들께 고맙게 생각합니다.

1986년 3월

염상섭 연구

서울대학교 출판부, 1987

머리말

이 책의 마지막 원고인 제3부 12장을 끝냈을 때, 책상 옆에 놓인 시계가 1986년 9월 25일 13시 21분 3초를 가리키고 있었습니다. 책상 옆에 부적처럼 핀으로 꽂아 놓은 30여 개의 메모 쪽지 중의 하나에 눈이 갔을 때 거기엔 1985년 1월 16일이라는 날짜가 보입니다. 이 날짜는 『김동인 연구』가 끝난 날짜이자 이 책을 쓰기 시작한 날짜이기도 합니다. 그러니까 1년 9개월이 흘러갔습니다. 이러한 엄연한 사실에도 불구하고 수년간이나 흘러간 것처럼 느껴졌음은 웬 까닭이었을까. 좀 더 정확히 말하면 흡사 이 책을 쓰기 위해 살아 온 듯한 착각을 저는 가졌던 것입니다. 그러니까 날짜나 시간 개념이란 거의 없었던 셈이지요. 이 책을 쓰기 위해 수년간 존재해 왔던 만큼 그것이 언제 시작되었는지, 또 언제 끝났는지 아무런 구별이 되지 않았습니다. 총 4,372매의 원고지 번호란 실상 무의미한 것이며, 그 이하여도 그 이상이어도 상관없는 일이었습니다. 시작도 끝도 없는 듯한 이러한 기묘한 체험은 저에겐 처음 있는 일이었습니다.

이 책은 제가 10여 년간에 걸쳐 해 오고 있는 연구 중의 한 부분임을 밝혀 두고 싶습니다. 『이광수와 그의 시대』를 쓰기 위해 자료 조사차 일본에 들른 것이 1969년이었고, 이 연구가 완결된 것은 1981년이었습니다. 이광수 연구는 시간도 많이 걸렸지만 이 연구가 불러온 어떤 운명적 필연성이 『김동인 연구』(1987)를 낳게끔 만들었습니다. 말하자면 이광수라는 주제가 김동인 연구를 결정케 하였던 셈이지요. 이광수 연구와 김동인 연구가 분리될 수 없는 이유가 여기서 말미암았습니다. 이와 비슷한 대응 관계가 『안수길 연구』(1986)와 『염상섭 연구』 사이에도 이루어지고 있습니다. 안수길 연구에서 제가 밝히고자 한 것은 이른바 만주국 문학이란 무엇인가에 있었습니다. 일본 관동군이 세운 만주 제국(1932~1945)이란 무엇이며, 5개 민족 협화를 이념으로 내세운 만주국의 문학이란 있는 것일까, 있다면 어떤 것일까, 조선족이 전개한 한글 문학이 만주국에서 차지하는 의의는 무엇인가, 또는 그것이 우리 문학에 들어올 수 있는가 등등의 의문을 온몸으로 받고 있는 것이 안수길의 존재처럼 보였습니다. 그런데 이 과제를 수행하다 보니, 염상섭 문학이 큰 산맥처럼 다가오는 것이 아니겠습니까. 뒷날 생각해 보니 당연한 일인데도, 그 당시엔 큰 충격을 받았던 것입니다. 이 체험은 염상섭 연구에 빠뜨릴 수 없는 요인으로 남아 있습니다.

그러나 염상섭 연구는, 만주국에 관련이 있긴 하나, 그것은 한갓 계기에 지나지 않습니다. 제 일기의 한 토막이 이 사실을 조금 증명할 수 있겠지요. 1980년 10월 21일 저는 도쿄 미타(三田)에 있는 게이오(慶應) 대학에 들렀습니다. 염상섭의 자료를 찾기 위해서였지요. 이 무렵 저는 이광수가 다닌 중학교인 메이지 학원 대학 자료실에 나가고 있었습니다. 그러니까 염상섭 연구는 이광수 연구 바로 다음에 이어진 것이지요.

이로써 저는 이광수·김동인·안수길·염상섭 등 네 분의 작가에 대한 논의를 일단 완결지은 셈입니다. 이러한 연구에서 특징적인 것은 일본과의 관련성에 있습니다. 여기서 말하는 일본이란 일본 제국주의를 가리키며, 그것은 또 근대적 성격과 직접 간접으로 연결되고 있습니다. 근대적 성격이란 과연 무엇인가? 이 물음은 위의 네 작가에 골고루 연결되지만 그중에서도 염상섭이 제일 확실하게 이 성격을 띠고 있습니다. 염상섭의 작가적 활동의 긴장력은 일본과 관련되어 있을 적에 증대되며, 그 관련이 소멸되면 작가적 의미도 감소되는 것이었습니다. 「표본실의 청개구리」(1921)에서부터 『만선일보』 편집국장을 거쳐, 만주 탈출, 38선 넘기 등도 한결같이 일본과 관련된 과제였던 것입니다.

이렇게 보아 온다면, 우리에게 있어 '근대소설'이란 무엇인가를 묻는 일은 이광수나 김동인으로서는 부족하고, 염상섭에 와서야 비로소 가능한 것입니다. 저는 지금 '한국문학사'를 문제 삼는 것이 아니고 '한국근대문학사' 또는 '한국현대문학사'를 문제 삼고 있는 것입니다.

끝으로 제 개인적인 말도 하나 해 두면 안 될까요. 수년 전에 우리 대학 출판부에서 조그만 책을 한 권 낸 적이 있었는데 불행히도 서점에 꽂히지 못하는 처지에 놓여, 여러분께 큰 부담을 드리고야 말았습니다. 그 미안함이 이 책으로 조금이라도 덜게 된다면 다행이겠습니다. 거듭 우리 대학 출판부에 고맙다는 말씀과, 또한 김종철·정호웅 양군이 원고 정리에 애썼다는 점도 이 자리에다 기록해 두고 싶습니다.

1986년 10월

한국문학의 근대성과 이데올로기 비판

서울대학교출판부, 1987

머리말 | 해답보다도 잘 묻기 위하여

저는 문학을 가르치는 교사입니다. 제 전공 분야는 우리 근대문학입니다. 이 분야는 분명한 것 같으면서도 그렇지 못한 곳이 많습니다. 한국문학과 한국근대문학, 한국문학사와 한국근대문학사라는 두 쌍의 존재 분별도 그러한 것 중의 하나입니다. 형식논리상으로 보면 썩 단순명쾌한 개념들인데도 잘 살펴보면 의외로 마음 어지럽게 만들곤 하여 아득해질 경우가 한두 번이 아니었습니다. 그 원인 중의 하나는 우리 근대문학이 '나라 찾기'와 깊은 관련이 있었던 탓이 아니었을까. '나라 만들기'에 앞서 '나라 찾기'가 문제될 때 근대적 성격은 애매모호해졌던 것이 아니었을까. 근대적 성격이 알게 모르게 자본주의(증기 기관차)와 관련된 것이라면, '나라 찾기'와 이것은 양립하기 어려웠던 것이 아니었을까. 이것이 교사 노릇하는 제게 놓인 자의식의 늪입니다.

그런데 한편으로는 행인지 불행인지 저는 비평가이기도 합니다. 교사로서 제가 비중을 두는 곳이 '나라 찾기'였다면, 비평가로서 제 관심은

'나라 만들기'에 일층 많이 기울어져 있습니다. '나라 만들기'에서 좀 더 문제되는 것은 이데올로기 비판일 터입니다. 문학과 이데올로기의 관계라든가, 문학 자체가 일종의 이데올로기라는 점을 비롯하여, 이에 관한 여러 가지 논의들은 교사보다 조금 자유로운 처지에 서는 비평가의 몫일 터입니다.

그러고 보니 교사의 몫과 비평가의 몫을 따로따로 떼어 내어 논의하기보다는 한자리에서 마주앉아 이야기해 보는 일이 불가피해진 것입니다. 조금 서먹서먹하고, 삐꺽거리는 소리도 나지만 제 딴에는 보람 있는 자리가 아닌가 생각되곤 했습니다. 그러나 자리 자체가 보람 있다는 것과, 논의의 깊이 또는 밀도의 그것과는 별개라는 점도 적어 두고 싶군요. 과연 여기 모인 글들이 어떤 몫을 할는지 당연히도 제 자신은 아무 할 말이 없습니다.

1987년 2월

김동인 연구

민음사, 1987

책머리에

제 전공 분야가 우리 근대문학인 만큼, 우리 근대 작가들의 삶과 문학에 깊은 관심을 가져왔음은 당연한 일이겠지요. 그런데 '우리 문학'과 '우리 근대문학'이란 상당히 다른 개념이라는 점에 생각이 미치면 아주 기운이 빠질 때가 많았습니다. 우리 고전문학과 근대문학이 연속성으로 놓여 있음은 의심의 여지가 없지만, '근대적 성격'을 어떻게 파악하느냐 하는 과제는 결코 간단치가 않았습니다. 우리 근대문학사를 이식문학의 역사라고 보는 관점이 여전히 살아 있는 명제임은 떨치기 어려운 터입니다. 이를 넘어서기 위하여는, 구체적인 삶과 문학의 있음의 방식을 좀 더 깊이 살피지 않을 수가 없었습니다. 제가 『이광수와 그의 시대』를 쓴 것도 이러한 것의 해답을 찾기 위한 방식의 하나였습니다.

제가 마음먹고 있었던 것은 이광수 연구, 김동인 연구, 염상섭 연구 그리고 안수길 연구였습니다. 이 중 이광수, 김동인, 염상섭은 각각 다른 개성과 작품 세계를 이루었지만, 소년기부터 일본 유학에 나아가, 거기서 문학과 삶의 중요한 체험을 쌓았다는 점에서 공통점을 갖고 있습니다. 그들의 문학을 우리 근대문학이라 한다면, 그때 말하는 근대적 성격이란 과연 무엇인가? 제가 밝히고자 한 것은 바로 이 점입니다.

이 경우, 제일 문제되는 것이 염상섭입니다. 이광수는 한일합방 (1910) 전에 어른이 된 경우이지만, 김동인과 염상섭은 그 후에 철이 난 세대입니다. 염상섭의 중요성은 그가 일본어와 일본문학을 어느 누구보다 깊이 있게 배웠다는 점입니다. 김동인은 이 점에서 수등 뒤진다고 볼 수 있습니다. 그렇지만 김동인은 근대적 소설 기법에서 특이한 재능을 뿜고 있다는 점에서 주목되는 작자임엔 틀림없습니다. 한편 안수길은 어떠한가. 그는 이른바, 일본 유학생 계층의 현해탄 콤플렉스가 없습니다. 북만주의 작가 안수길은 우리 근대소설에서는 이 점에서 이광수, 김동인, 염상섭과는 썩 다른 계보를 이루고 있습니다. 안수길에 있어 근대성이란 무엇인가? 이 물음은 큰 울림을 안고 있어, 현해탄의 울림과 맞서고 있는 것이 아니겠는가.

제 계획은 이광수 연구, 김동인 연구, 염상섭 연구의 순서로 되어 있고, 이 한 묶음의 연구가 끝나면, 안수길 연구로 나설 참이었습니다. 이광수 연구는 1981년에 끝났고, 김동인 연구는 1983년에 완결되었으며, 염상섭 연구가 거의 마무리 단계에 이르렀던 1984년에, 제 붓은 더 나아가지 않았습니다. 염상섭이 『만선일보』 편집국장으로 옮겨 간 사건(1937) 때문이었습니다. 제가 안수길 연구에 나아간 것은 이를 보면 불가피한 일이었습니다. 『만선일보』 편집실에서는 고문 최남선, 국장 염상섭 아래 기자 안수길이 앉아 있었습니다. 과연 만주국문학과 조선문학이 어떤 관련을 가질 수 있었던가, 이 물음 때문에 안수길 연구는 염상섭 연구의 앞 단계를 이룰 수 있었습니다.

그런데 어떻게 하다 보니 『안수길 연구』가 먼저 간행되었고, 『이광수와 그의 시대』가 뒤에 나오고 말았습니다. 김동인 연구는 이보다 더 늦게, 이제야 간행될 수 있게 되었습니다.

이 책은, 조정래 주간의 호의로 『한국문학』(1985. 1.~1986. 6.)에 연재된 것을 바탕으로 하여, 제10-13장을 따로 보충한 것입니다. 김동인 문학이 이광수 문학과 염상섭 문학의 중간에 놓여, 그 두 문학을 비판하고, 검정하고, 평가할 수 있는 여러 가지 요소를 갖추고 있다는 점에서도 이책은 읽힐 수 있지만, 김동인 문학의 특이성이 과연 근대적인가를 알아보기 위해 이 책이 읽힌다면 하는 것이 제 생각입니다. '집안의 귀공자'이며 스스로 신이 되고자 하다가 실패한 이 서도인 천재에 대한 저자의애착이 조금 감상적이 아니었던가 하는 느낌도, 더불어 적어 두고 싶습니다. 그렇다면 이 책이 제일 늦게 나오는 것이 순서상 마땅한 일이 아니겠습니까.

이 책을 읽어 주신 분께 또한 만들어 주신 분께 고맙게 생각합니다.

1987년 8월

김동인 연구(개정증보판)

민음사, 2000

증보판에 부쳐

금년은 작가 김동인(1900~1951) 탄생 백 주년이다. 육당(1890~1957), 춘원(1892~1950), 횡보(1897~1963)에 이어 탄생 백 주년을 맞는 김동인은 이 나라 근대문학의 주춧돌의 하나에 해당된다. 그는 그의 선배 및 동료 문인들과 마찬가지로 '님이 침묵하던 시대'에 주된 문학 활동을 했고, 광복의 빛 속에서 잠시 문학 활동을 한 뛰어난 작가이다. 흔히 탐미주의자로 규정되는 이 '집안의 귀공자'는 스스로 신(神)이라 믿었는데, 이 신념이 잡스러운 소설을 예술의 경지에로 인식하게 하는 계기를 마련했던 것이다. 평전 『김동인 연구』가 겨냥한 것은, 이를 문학사적 의미로 규정하고자 한 곳에 있다.

이 평전이 간행된 것은 1987년이었다. 그 뒤 세월이 많이 흘렀다. 이 책도 절판되었는데, 자주 내게 이 책을 구할 수 없는가를 문의하는 연구자들이 많았다. 각 대학 국문과의 근대문학 연구자들이 불어남에 따라 일어나는 현상이 아닌가 한다. 탄생 백 주년을 맞아 이를 재간하게 된 것

142

은 이러한 사정에서 말미암았다.

이 증보판 간행에 즈음하여 초판의 오자 바로잡기, 그 후의 연구 서지 및 찾아보기를 마련했고, 다음 두 편의 글을 덧붙임으로써 저자의 관심을 내보이고자 했다. 「김동인·도스토예프스키·바흐친」(『현대문학』, 1993.1.)이며, 다른 하나는 재간을 위해 집필한 것으로 「소설사적 과제로서의 관념성과 동시성」이 그것이다. 김동인의 초기작 「약한 자의 슬픔」과 그 연장선상에 있는 「마음이 옅은 자여」에 대한 소설사적 문맥을 검토한 것이 후자인데, 이는 탄신 백 주년을 위한 헌사의 의의도 깃들어 있다.

민음사에 새삼 고맙게 생각한다.

2000년 1월

이상 연구

문학사상사, 1987

머리말 | 수심을 몰랐던 나비 한 마리

전후세대를 기억하시는지요. 흔히 50년대라 불리는 이 세대는 6·25로 강렬히 드러나는 파괴 이미지와 분리되지 않습니다. 여기서 파괴 이미지란, 썩 복잡합니다. 전쟁 이미지의 복잡성을 생각하는 것만으로는 부족하지요. 오늘날의 처지에서 보면, 6·25란 분단 문제에 직접·간접으로 관련된 것이고, 이데올로기의 충돌이기도 하며, 세 번째 분단개념인 휴전선을 낳았던 것으로, 요약컨대 우리 민족사에서 내면화된 정신사의 의미 쪽으로 기울어져 있지 않겠습니까. 이를 두고 넓게는 리얼리즘이라 불러도 큰 망발은 아니겠지요.

한편, 그 당대를 체험한 사람들 쪽에서 보면, 다시 말해 근시안적인 시각에서 볼 때는 사정이 조금 다를 것입니다. 거기에는 전쟁이라는 것, 그것도 세계적인 전쟁의 표정들이 골고루 갖추어져 있었지요. 죽음과 유엔군, 서양의 최신 문물과 그것에 연결된 피난민과 기지촌—이런 것들은 일종의 불연속성이라 파악될 것이지요. 말하자면, 아무런 필연성도 연관도 없이 우리의 삶 속에 침입해 들어온 것들 아닙니까. 이를 두고 모더니즘이라 부르는 것이 썩 실감날 터입니다.

전후 세대의 현실적 감각은 위의 둘 중에서, 뒤의 것에 관련되어 있음은 새삼 말할 것도 없습니다. 그것은 장용학의 「요한시집」, 오상원의 「백지의 기록」, 서기원의 「암사지도」가 잘 보여 주듯, 전대의 소금장수 이야기와는 단절된 새로운 씨앗이고, 따라서 불연속성의 개념이 지배한 것입니다. 이러한 사실을 문학상에서 증명한 것이 1937년 동경서 죽은 이상입니다. 전후 세대가 자기 증명을 불연속성 속에서 세웠다고는 하나, 결국 자기 증명을 하는 방법은 연속성에 최소한의 근거를 두어야 했던 것입니다. 이상이 그들 앞에 파수꾼으로 서 있었습니다. 그들은 이상 문학 앞을 통과함으로써 비로소 50년대 문학을 할 수 있었습니다.

전후 세대를 이은 60년대는 4·19와 5·16으로, 또 그것을 이은 70년대는 근대화와 분단의 과제로 말미암아 리얼리즘에로 크게 기울어, 눈부신 성장을 이루었음은 다 아는 일 아닙니까. 『창비』라든가 『문지』로 대표되는 이념도 크게는 이 지평 속에 함께 들어오는 것이지요. 이런 판에는, 이상은 부끄러워 얼굴도 드러내지 못한 형국이 아니었던가요. 그렇지만 『난장이가 쏘아올린 작은 공』(1978) 이래 우리 사회는 벌써 산업사회 속으로 깊숙이 들어와 버렸지요. 바야흐로 정보사회를 향해 돌진하고 있지 않습니까. 생산 과잉에는 그것을 탕진하는 지속적인 축제 공간이 설정되며, 그 소용돌이는 저 정신사적인 내면화의 기조를 여지없이 흔들어 놓고 마는 것 아닙니까. 이 시점에까지 생각이 미칠 때 이상 문학이 새롭게 빛나 보이는 것입니다.

이상 문학이란 무엇인가. 그것은, 수심을 몰랐던 나비 한 마리가 현해탄을 건넜다는 것 아닙니까. 거기서 그 나비는 말라비틀어져 번데기가 되고 말았는데, 그 과정을 캐 보는 일은 일변으로는 정신사에 관련되지만 일변으로는 근대라는 이름의 모더니즘에 관련되는 까닭에 실로 의

미 깊은 것입니다. 번데기로 되지 않을 수 없는 30년대판 변신담이 이상 문학의 본질이라면 그것은 저 불세출의 프라하 태생 유태계 작가 카프카의 변신담보다 결코 늦은 것도, 밀도 얕은 것도 아닐 터이지요. 다만 카프카의 비극이 당대 사회와 문학 예술의 관계 쪽에 선 것이라면, 이상이 선 곳은 당대 사회 내에 선 것이라 할 것입니다. 이상이 선 곳은 당대 사회 내에서의 현상인 기술·기법 속일 터입니다. 아무도 그에게 수심을 가르쳐 주지 않았기 때문에 그는 도무지 당대 사회가 무섭지 않았던 것 아닙니까. 식민지에 세워진 직업학교용 유클리드 기하학을 만능의 도깨비방망인 줄 착각한 것에서 그의 비극은 잉태되었던 것이지요. 그는 그 산술 놀음의 환각에서 깨어나지 말아야 했던 것입니다. 그의 앞에 늘 가로놓인 거울이 사라지면 그는 길을 잃게 되어 있지요. 대칭점이 형성되지 않기 때문입니다. 이 사실을 아무도 가르쳐 주지 않았던 것입니다.

수심을 모르는 한 마리 나비가 현해탄을 건너갔습니다. 이 나비는 동경바닥에서 번데기로 변모하지 않으면 안 되었습니다. 이 변신담의 수준에서만 보면 카프카를 닮은 것 아닙니까. 그렇지만 정상적인 수준에서 벗어난 이 13의 아이는 공포에 질려 질주만 할 수 없었지요. 그는 현해탄 건너, 종주국의 수도 한복판에서 말라비틀어져 번데기가 되었지만, 당연히도 추악한 한 마리 독충으로 죽은 것은 아니었지요. 그는 거기서, 현해탄의 수심을 스스로 알아차렸기 때문에, 그의 말라비틀어진 번데기의 표정은, 목격자의 기록에 따르면, 피디아스의 제우스신상이었고, 마침내 골고다의 예수상이기도 했던 것입니다.

그 번데기는 부화할 것인가. 이런 물음은 현해탄 콤플렉스와 더불어 던져질 성질의 것입니다. 특히 수심을 익히 알고 있는 사람들에게 주어진 피할 수 없는 물음일 것입니다.

오늘의 문학과 비평

문예출판사, 1988

동시대인이 말하는 방식에 관하여

왜 소설을 읽는가, 이런 물음을 제 자신에게 던져 보는 경우가 자주 있습니다. 그럴 때마다 표현은 달라도 대개 같은 해답을 끌어내곤 합니다. 소설이란 사람에 의해 창작된 것이라는 사실이 그것입니다. 사람에 의해 창작되었다는 것은 바로 사람만이 사용하는 말로 창작되었다는 뜻이 아니겠습니까. 그러기에 가장 인간의 본질적인 것에 닿아 있을 것입니다. 말이 없으면 이야기란 없습니다. 그러나 말은 사람이 만들어 낸 가장 사람다운 것이어서, 단순한 의사 전달의 도구가 아닙니다. 이야깃거리가 있어, 또한 할 말이 있어, 말을 하는 것이기보다는 말이 먼저 있고, 그것이 이야기도 할 말도 만들어 내는 형국이 아니겠습니까. 생각이나 사상이 먼저 있고 그것에 옷을 입히는 것이 글쓰기라고 우리가 믿지 않는 것도 이 때문이지요. 말이 먼저 있고, 그 말하는 방식에 따라 생각이나 사상이 태어나는 것이지요.

제가 소설 읽기를 좋아하는 것은 말하는 방식 중 소설 형식이 다른 것에 비해 좀 더 구체적으로 보이기 때문입니다. 동시대 사람들이 어떤 생각이나 사상을 가졌는가를 소설을 통해 알아보는 일도 중요하지만, 그것은 또한 동시대 사람들의 말하는 방식을 알아보는 일이기도 합니다. 그러한 말하는 방식이란 무엇인가. 바로 이 비평집의 중심 과제는 여기에 있습니다.

동시대 사람들의 생각이나 사상 중에서 분단문제만큼 크고 지속적인 것은 많지 않을 것입니다. 1천만 이산 가족이 엄연히 우리 시대 밑층에 놓여 있으며, 6·25에 대한 이야기들은 아직도 건드리기만 하면 피가 흐를 수 있는 상처입니다. 제 흥미는 그러한 주제보다도 그것을 동시대인이 말하는 방식의 변화 속에 있습니다. 소설의 흥미란 같은 생각이나 주제라도 그것을 어떤 방식으로 말하는가에 있으며, 그것이야말로 가장 인간적 현상입니다. 분단과제를 체험한 세대는 어떻게 보았고, 유년기 체험 세대와 미체험 세대는 또 각각 어떻게 보고 있는가. 그러한 시각이 곧 세대끼리의 말하는 방식의 차이 때문이 아니겠는가. 80년대는 미체험 세대들의 몫입니다. 이들 세대가 분단과제를 보는 시각이야말로 이 시대를 감당하는 소설의 새로운 측면일 터입니다. 여기 모은 글들은 80년대 중반 이후에 쓰여진 것입니다. 잡지에 실린 것들이라 체계적인 점이 빈약한 대신에 현장감이 스며 있을지 모르겠습니다. 변변치 않은 이 책을 흔쾌히 만들어 주신 문예출판사 전병석 사장님께, 또한 읽어 주신 분들께 고맙게 생각합니다.

1987년 10월

낯선 신을 찾아서 — 김윤식 예술기행

일지사, 1988

머리말 | 가슴 설레게 하는 것을 위하여

'현장에서 본 예술세계'라는 부제로『문학과 미술 사이』(일지사, 1979)를 낸 지 꼭 아홉 해가 됩니다. 그 책을 쓰기 시작한 것이 1978년도 제가 미국 중서부에 있는 아이오와 대학 국제 작가 워크숍에 한 학기 동안 참가한 때부터이니까, 꼭 10년의 세월이 흘러갔습니다. 그 세월 속에 저는 거의 매년 김포 공항을 한두 번 통과하곤 했습니다. 혹은 한국문학 심포지엄에 참가하기 위해, 혹은 학술대회에 참가하느라고, 혹은 별다른 공무로, 때로는 단순한 여행으로 뛰어다닌 셈입니다. 일이 있어도였고, 일이 없어서도였습니다. 일이 생기기도 했지만 일을 만들기도 했습니다. 강의를 마치고 잠시 연구실 창 너머로 눈을 돌리면 관악산 상공으로 떠가는 거대한 B-747의 느린 모양이 보입니다. 그 순간 문득 피로감이 씻은 듯 사라지며 새로운 삶에의 힘이 솟구치곤 했습니다. 대체 이런 버릇은 어디서 말미암은 것이며 어째서인지 저로서는 알 도리가 없습니다. 아마도 이러한 버릇은 산골에서 자라, 바다가 보이는 중학교에 들던 그

때부터인지도 모를 일입니다. 잠깬 새벽이면, 문득 꿈인 듯 생시인 듯, 낯선 거리, 낯선 풍경이 꽃밭처럼, 쪽빛 지중해 물결처럼, 전설처럼 출렁이어 몸 둘 곳을 잊곤 했습니다. 그런 날 아침이면 어김없이 다락 속에 올라가, 거기 숨겨져 있는 때 묻고 군데군데 찢긴 여행 가방을 쓰다듬어 보곤 합니다.

리비아 해안에서 본 지중해의 쪽빛 바다를 잊을 수 없습니다. 타지마할을 멀리서 바라본 순간을 잊지 못합니다. 하루종일 달리던 미 대륙 끝에서 만난 포플러, 아이오와 강냉이밭 너머로 떠오른 초저녁의 금성, 북극 하늘의 금빛 테두리, 리스본 도심 거리의 자줏빛 난초꽃, 파티마의 하늘, 황량한 스페인의 들판, 아일랜드 클리프덴의 바람과 오두막, 리비아 반도 상공 위의 비행, 백만불짜리로 알려진 하코다테의 야경, 삿포로의 눈 속 헤매기, 동경의 동백울타리, 겨울 몽수리 공원의 나무들, 태국의 고행보살상, 이산(梨山, 대만)의 여름 국화의 표정, 황량할 만큼 드러난 폭풍의 언덕 위의 하늘의 크기, 멋없이 크기만 한 나이아가라의 말굽형 폭포, 거울처럼 반사하던 몬트리아 호수의 아득함, 알래스카의 빙하, 로마의 청청한 소나무, 더블린 부둣가의 저녁 하늘을 덮은 제비갈매기 떼들, 라이덴 새벽하늘에 보이던 별, 런던 힐튼 호텔에서 본 새벽하늘의 비행운…… 이 모든 것을 잊을 수 없습니다. 어찌 이뿐이겠습니까.

한파가 몰아닥친 한 겨울 푸생과 로랭의 그림 앞에 섰을 때의 가슴 설레던 순간을 아직도 잊지 못합니다. 고흐의 과수원을 본 순간의 그 가슴 설렘, 천리대 중앙도서관에 전시된 안견의 〈몽유도원도〉를 보던 순간의 가슴 설렘을 잊지 못합니다. 대영박물관 북문 입구의 두 폭의 사천왕상, 라이덴 박물관 소장의 기산의 풍속도를 잊지 못합니다. 프라도 박물관의 고야의 광란에 찬 그림을 잊지 못합니다. 별관 공간 전체를 가득 채우고도 남는 〈게르니카〉 앞에 숨도 제대로 못 쉬던 순간을 잊지 못합니다. 런던 테이트 미술관의 터너의 황색천지를 잊지 못합니다.

이 모두는 일부러 현해탄을 건너 죽으러 간 이상의 자화상에로, 한발에 고사한 박수근의 나목에로 이어진 길이며, 종로구 구기동 산골짜기의 사상에로 이어진 길이기도 합니다. 그리고 무엇보다도, 은행나무의 회상에로 이어지는 길이었던 것입니다.

1989년 3월 24일

너 어디 있느냐 — 해금 시인 99선

나남, 1988

해금시 99편 선집을 펴내면서

네 번째 조치에까지 이르기

우리 대한민국 정부수립(1948. 8. 15.) 이래 문학상에서의 이념 문제에 관한 정부 차원의 태도 표명은 그동안은 다음 네 차례에 이른 것이다. 제1차 조치는 1976년 3·13 조치로 월북·재북 작가를 문학사적 차원에서 논의할 수 있다는 것이었는데, 순문학적인 것에 한정해야 되고, 해방 전의 것이어야 하고, 북쪽에서 이미 사망한 문인일 것 등의 제약을 둔 것이긴 하나, 이 조치의 의의는 큰 것이었다. 제2차 조치는 1987년 10·19 조치로서, 월북·재북 작가의 논의가 거의 제한 없이 가능하다는 것, 다시 말해 상업 출판도 허용된다는 것이어서 학술 연구 수준에 머물렀던 3·13 조치보다 진일보한 것으로 평가된다. 제3차 조치는 1988년 3·31 조치로서, 정지용·김기림 두 문인에 국한된 것이기는 하나, 이번엔 작가 논의가 아니라 작품 자체의 전면 해금조치였다는 점에서 특별한 의의가 인정되었다. 제4차 조치는 1988년 7·19조치로서, 한설야·이기영·조영출·백인준·홍명희 등 5명을 뺀 나머지 전원의 해방 전까지의 모든 작품 해금이어서 우리 정부수립 40년 이래 가장 폭 넓고 또 획기적인 조치였다고 평가될 수 있다. 이러한 조치의 과정에서 느껴지는 것은 점진적인 변화였다는 사실인데, 이를 다르게 말하면 조만간 위의 5명을 포함 그리고 적어도 해방공간(1945. 8. 15.~1948. 8. 15. 또는 9. 9.)까지 해금 영역의 확대 조치가 뒤따를 것으로 추측된다 할 것이다. 이른바 해방공간이란 엄밀히 말해서 우리 국가나, 북한의 국가적 이념과는 직접적인 관련이 없다고 할 수 있는 성격을 띠고 있다고 판단되기 때문에 뚜렷한 금지 조항의 의의를 내세우기 어려운 처지이다.

7·19 조치의 의의가 통일민족국가의 수립을 전제로 한 민족문화의 풍요로운 계승 발전에 있음은 새삼 말할 것도 없는데, 이 때문에 이 조치에 부응하는 적극적인 수용이 뒤따라야 할 것이라고 우리는 믿는다.

적극적인 수용 자세란 구체적으로 무엇인가. 이 물음에는 다음 두 가지가 응당 포함될 것이겠는데, 그 하나는 해금된 문인에 관한 정확하고 풍부한 자료를 발굴 정리하여 체계화하는 일이고, 이를 오늘날의 시각에서 해석하는 일이 그 다른 하나이다. 이 책에서 겨냥한 것도 물론 이 두 가지 측면이거니와, 그중 특히 무게중심을 둔 것은 작품 해석의 적극성 쪽이다. 곧 어째서 99편을 골랐으며, 그 고른 준거가 무엇이냐를 묻는 일이 그것인데, 이에 관해서는 조금의 설명이 없을 수 없겠다.

우리 근대시의 두 가지 성격

우리 근대시를 문제 삼을 때, 전문가들 수준에서는 이미 아는 사실이지만, 근대적 성격에 관한 논의가 거의 불모 지대였다고 보아도 큰 잘못은 없을 것이다. 황매천·한용운·이육사·윤동주 그리고 소월 시를 언필칭 우리 근대시의 중심으로 보고 논의를 펴고 있지만, 조금 따져 보면 그런 것은 초근대적이거나 민족적인 것일 수는 있어도 근대적인 것과는 상당한 거리가 있는 것이다. 시인이 역사 속에 참여함으로써 스스로 비극적 존재가 되고, 그로써 자기 실존적 과제를 시로 표현하는 일은 시인과 시의 비분리 원칙에 입각한 것이어서 이것이 막바로 근대적 성격에 연결된다고는 보기 어렵다. 근대성이란 여러 측면이 고려될 수 있겠지만 그 중심에는 자본주의가 놓여 있는 것이며 또 그것은 제도적 장치로서의 물질적 기초와 깊은 관련을 맺고 있다고 일반적으로 말해진다.

우리의 근대가 일제 강점기와 표리의 관계에 있음은 사실이겠는데 민족적 주체성의 확충을 위한 저항 내셔널리즘의 측면과 동시에 제도적 장치로서의 근대적인 측면, 곧 창조의 측면을 동시에 수행하지 않을 수 없었다. 이 중 어느 한쪽만 선택하는 일은 유아적 사고의 틀이거나 심정적인 사고의 틀이지, 현실적 과학적인 사고의 틀이라 하기 어렵다. 심정적이거나 유아적 사고의 틀은 위기에 부딪히면 쉽사리 공중분해되는데, 이런 현상을 우리는 그동안 자주 겪어 왔던 바이다. 시의 경우도 사정은 같다. 보통 우리가 시라고 하면 짤막한 서정시 나부랭이를 연상하고 그것만을 정통적인 것처럼 인식하고 있는 경우가 있는데, 이러한 것도 비과학적인 바탕 위에 선 것이라 할 수 있다. 소설의 경우도 마찬가지겠지만 시라든가 소설이라는 개념은 장르 이론에서 논의되는 것이며, 그 이론은 다분히 관습적인 것이어서 엄격한 고정된 관념과는 거리가 멀다. 소설을 논의할 때, 내적 형식(inner form)을 문제 삼듯 시의 경우도 사정은 같다. 시라는 개념 속에는 「해에서 소년에게」 같은 배역시도 있고, 소월 시 같은 혼의 시, 육사의 시 같은 정신의 시도 있으며, 노래라고 고집하는 주요한의 시, 시가(詩歌)라고 우기는 임화의 시도 있는 터이며, 대설(大說)이라 주장하는 김지하의 「남(南)」 같은 것도 포함된 것이어서 도사 같은 표정이나 목소리를 내는 손바닥만 한 서정시만을 가리킴이 아니다. 뿐만 아니라 교묘하게 만들어진 유골 항아리 같은 정교함에서 옛이야기나 민담 같은 서사적인 요소까지 개입되어 있어서 어느 한쪽만을 고집하는 것은 개인의 취향, 자기 계층 옹호라는 이데올로기에서 말미암는 것이어서 그 자체를 절대시할 수는 없는 노릇이다.

임화 · 백석 · 이용악 그리고 안용만

지금까지 우리가 살펴 온 것은 우리 시의 근대적 성격과 시의 내적 형식에 관한 것이었다. 근대적 성격을 문제 삼을 때 카프 시인들의 시에 대한 인식을 크게 부각시키지 않을 수 없게 됨은 당연한 일이다. 일제 강점기에 있어 이에 대한 시적 응전은 자본주의의 대외적 형태인 제국주의적 성격으로 말미암아 이중적인 성격을 띠지 않을 수 없었는데, 노동자 자신의 해방을 위해서는 우선 그가 속한 민족의 해방이 요청되었던 까닭이다. 그러한 일이 얼마나 자각적으로 시의 형식을 규정하였느냐를 따지는 것은 그다음의 과제일 터이다. 그런데 임화의 시가에서 나타나듯 노동자의 삶의 방식의 어떠함과 행동의 의지가 시가의 형식을 규정하여 단편 서사시에의 길을 열고 있음도 주목되는 현상이지만, 또한 현해탄 콤플렉스라 할 수 있는 측면도 큰 과제로 제기되어 있어 주목된다. 임화가 말하는 근대란 자본주의와의 관련뿐만 아니라 일본이라는 구체적 현실적 과제였으니, 제도적 장치로서의 이식 문화에 관한 그의 편향성은 간단히 부정될 성질이 아니다. 현해탄이란 그 자체가 낭만적 과제이자 초월적인 것으로 비쳤는데, 이 모순을 시가 속에 그대로 보여 주고 있는 것은 인상적이라 할 만하다. 한편, 언어의 세련성과 한국적인 삶이 소멸되어감을 최대한도로 확인한 백석의 시적 운용 방식이 돋보이는 것은 한국인의 원초적인 고향 개념의 환기에서 말미암았는데, 언어를 표현의 수단으로 삼지 않고 언어 자체를 주체 속으로 흡수시킨 특출한 사례라 할 것이다. 그러나 이에 못지 않게 우리가 관심을 갖는 곳은 이용악으로 대표되는 유랑민으로서의 민족사의 시적 운용 방식이다. 백석에서도 이 점이 문제되긴 하지만 일제 강점기에 있어 우리 민족의 삶의 방식은 지식인의 소시민화 쪽 못지않게 큰 흐름과 감동을 던져 주는 것이라 할 만하다. 북쪽 곧 만주·중국에는 열려진 공간에 백석·이용악 등의 시가 닿아 있다면 남쪽 곧 일본과의 관련은 안용만의 시에서 잘 드러난다. 특히 안용만의 작품은 유랑민으로서의 한국인 노동자의 과제를 동시에 안고 있어 주목되는 현상이라 할 것이다.

해방공간과 설정식의 열정의 형식

여기서 잠깐 이들 시인들이 활동할 무렵의 우리 시단의 시인 성향이랄까 분포 사항을 조금 살펴 둘 필요가 있을 것 같다. 정밀하지는 않으나 1937년 현재에 정리된 시인 분포는 다음과 같다(이해문, 「중견시인론」, 『시인춘추』 제2집, 59-60쪽).

- 선구파: 김안서, 김파인, 주요한, 박팔양, 이동원, 변수주, 오상순, 박월탄, 황석우, 김석송, 이은상, 정인보, 이병기, 양주동, 이상화 (15명)
- 카프계 및 동반자파: 김해강, 임화, 김창술, 권환, 유적구, 손풍산, 김병호, 박세영, 양우정(9명)
- 선구, 아류 및 잡파: 오천원, 김화산, 조운, 정노풍, 유도순, 정지용, 김동명, 신석정, 장정심, 유순익, 노춘성, 유엽, 장기제, 이하윤, 배춘강 김달진, 김상용, 김광섭, 늘샘(탁상주), 유운경, 김일엽, 김탄실, 권구현(21명)
- 현역 중견파: 김기림, 조벽암, 이흡, 유치환, 이응수, 박아지, 김오남, 모윤숙, 임인, 진우촌, 유창선, 김조규, 김광균, 민병균, 마명, 윤곤강, 이찬, 안용만, 오장환, 한흑구, 이정구, 을파소, 조영출, 백석, 이고려, 박노춘, 임학수, 정내동, 김광주, 윤석중(31명)
- 기타 중견 및 신진파: 이계원, 이대용, 김대봉, 김봉제, 김북원, 이

해월, 양상은, 박귀송, 이서해, 황순원, 김우철, 김남인, 김태오, 양운한, 서정주, 이병각, 노천명, 이용악, 황백영, 김광섭, 목신일, 오일도, 민태규, 김동리, 이원우, 고영민, 이설희, 김희규, 고마부, 장기방, 박재륜, 박승걸, 이무극, 염주용, 허윤석, 박남수, 유병우, 장만영, 이혜숙(37명)

여기 거론된 시인은 모두 113명인데, 이러한 분류의 근거가 과연 어디 있는지 간단히 말하기는 어려우나, 요컨대 카프계가 겨우 9명밖에 안 된다는 지적은 음미될 사항이라 할 만하다. 어째서 해방공간에서 카프계 아닌 시인들 상당수가 문학가동맹에 가담했는가를 묻는 일이 우리의 한 가지 관심사인 까닭이다. 물론 고향이 북한인 시인은 그냥 그대로 머물러 오늘에 이른 것인 만큼 별다른 논의를 끌어내기 어려우나 월북한 시인의 경우는 사상 전환의 과제가 등장하게 되는 바, 이 점을 밝히는 일은 해방공간의 정신사를 묻는 일과 한 치도 다르지 않다. 순문학을 지향했던 정지용, 김기림, 이태준 등이 어떤 사상적 변혁을 해방공간에서 겪었느냐에 관한 논의를 지금 여기서 할 처지는 아니다(김윤식, 「해방공간의 시적 현실」, 『한국문학』, 1988. 9.~10. 참조). 이 문제는 우선 설정식의 혁명적 로맨티시즘과 관련을 짓는 일이 필요한테, 그가 바로 해방공간의 가장 문제적 개인인 까닭이다. 그는 문학가동맹의 시분과의 중요한 지위에 있는 인물이자 동시 미 군정청의 한국인 고급 관리였으며, 또한 그는 만주·중국 체험, 미국 체험, 국내 체험 등을 동시에 감행한 지식인이기도 하였다. 그의 본격적인 문학 활동은 해방과 더불어서였는데, 무엇보다도 그의 시의 특질을 이루는 것은 청춘의 열정이었다. 이 열정이 이상한 강렬도를 뿜으면서 정치적 행위에로도 시적인 행위에로도 유감없이 드러났는데, 따라서 거기에는 냉철한 지적인 회의가 깡그리 제거되어 있었다.

『종』, 『포도』, 『제신의 분노』 등의 시집에 담긴 작품들의 시 형식은 종래 우리 시의 어느 것에도 낯선 부분이라 할 수 있다. 이 낯설음은 열정이 지적 통제를 벗어남에서도 왔지만 또한 행동이 언어를 위압함에서 말미암았다. 적어도 그의 시는 종래의 우리 시의 인식 방식에는 썩 낯선 것이었다. 거기에는 예언자적 목소리도 끼어들고 있는데, 이것 역시 우리의 토속적 전통과는 이질적인 부분이다. 그렇지만 이 낯설음이야말로 해방공간 자체의 낯설음이 아닐 것인가. 이 열정이야말로 해방공간 자체의 참모습이 아닐 것인가. 이 희망과, 실망과, 절망이야말로 해방공간 그 자체의 표정이 아닐 것인가. 이 역사에의 무방향성, 역사에의 죄의식이야말로 해방공간의 운명이 아니었던가.

역사에의 변명

이처럼 임화의 현해탄에서의 열정의 형식에서, 설정식의 역사에의 열정의 형식에로 이어지는 시적 운용 방식은 그 나름의 정신사적 흐름을 이루고 있다. 우리가 그다음 단계를 검토하는 일은 곧 해방공간의 시적 현실이겠는데, 이 작업은 지금쯤 진행시켜도 좋으리라 믿는다.

끝으로 이 책을 엮는 데 있어, 한 가지 고충은 수록 시인들의 허락을 받을 수 없었던 점인데, 그럼에도 이런 일을 한다는 것은 다만 민족 유산의 재평가를 위함이라는 명분 때문임을 밝혀 두고자 한다.

1988년 8월 13일

이상 소설 연구

문학과비평사, 1988

회색의 세계를 향해 달리기

이상의 「오감도」를 아시는지요. 일본문으로 쓰인 건축 전문지 『조선
과 건축』(1931.8.)에 실려 있습니다. 물론 일본말로 쓴 것이지요. 이보다
한 달 먼저 그는 같은 곳에 「이상한 가역 반응」 등을 역시 일본어로 썼지
요. 이른바 시라는 것을 쓰는 마당에 모국어 아닌 일본어로 썼다는 것은
무엇을 뜻하는 것일까요. 우리 근대문학사에서 이보다 충격적인 것은 많
지 않습니다. 그러나 잘 따져보면 결코 이상만이 그런 해괴한 짓을 한 것
은 아닙니다.

"日淸戰爭의 총쇼리는 平壤一境이 써늬가는 흐더니 ……"로 시작되는
이인직의 「혈의 누」(『만세보』, 1906. 7. 22.~10. 10.)야말로 일본 문체로 쓰
인 것이지요. 어디 이뿐이겠습니까. 김동인의 「약한 자의 슬픔」(『창조』,
1919. 2.~3.), 염상섭의 「표본실의 청개구리」(『개벽』, 1921. 8.~10.) 역시,
일본 문체의 체계 속에 막바로 이어져 있었던 것입니다. "彼가 처음 監視
의 非常線을 쓸코나올際는……"이라고 거침없이 쓰인 「표본실의 청개구

리」란 누가 보아도 우리말이라 하기 어려울 것입니다. 그러나 위의 경우는 그래도 토씨만은 우리말을 사용했기에 우리말처럼 보이게끔 하는 겉모양이나마 갖추었지만, 이상의 「오감도」에 오면 토씨조차 일본어로 완전히 바뀌었지요.

그런데 이러한 문인들이 우리 근대문학사에서 제일 큰 존재라는 점은 아무도 부인하지 못하는 일 아닙니까. 어째서 이러한 일이 벌어졌으며, 이러한 일이 근대문학의 성격과 어떤 관계를 갖는 것인가를 밝히고자 마음먹는다면, 무엇보다도 이상 문학을 분석해보는 일이 지름길이 아닐까요. 말을 바꾸면, 이상은 모국어로 시를 쓰지 않았지만 그렇다고 일본어로도 시를 쓴 것은 아닙니다. 그는 다만 그가 당면하고 있던 세계 인식을 기호라는 일반적인 형식을 통해 했을 뿐이 아니었을까요. 1930년대 이상이 당면한 세계는 유클리드 기하학이라는 유리창 저쪽에 있었던 것인데, 그 유클리드 기하학을 점검하는 기호는, 때로는 아라비아 숫자로, 때로는 도표로, 때로는 일본문으로, 때로는 한자나 한글로 표정을 바꾼 것에 지나지 않았던 것이지요. 그 기호 때문에 이상 문학은 비로소 관념이랄까 이념, 곧 저 헤겔이 말하는 회색의 세계를 처음으로 조금 엿볼 수가 있었던 것입니다. 우리 문학이 이 순간 비로소 근대적 성격을 조금 갖추었던 것이지요. 모든 문학이 생명의 황금나무인 녹색을 향해 달려가고 있는 판에 거기서 역행하여 달려가고 있는 존재, 그것이 이상 문학인 것입니다. 그만이 회색의 세계를 나아가고 있었지요. 어찌 공포에 질리지 않겠습니까. 이상 문학은 그 때문에, 우리 근대문학 속에 형이상학의 지평을 연 최초의 행위였던 것입니다.

이 사실을 이상의 소설 쪽에서 조금 밝혀보고자 한 것이 이 책입니다. 저는 『이상 연구』(1987)를 간행한 바 있는데, 그 책을 먼저 읽고 이 책을 읽는다면 제 논의가 좀 더 분명해지리라 믿습니다.

끝으로, 이 책을 흔쾌히 간행해주신 김시태 교수와 김병희 사장님,

그리고 책을 만드는 데 애써주신 문학과비평사의 여러분들, 읽어주신 분들께 고맙게 생각합니다.

1988년 9월

한국 현대문학사론

한샘, 1988

머리말 | 우리 근대문학사의 시작

1987년에서 1988년에 일어난 우리 사회의 민주화 과정이란 참으로 가슴 벅찬 것이어서 저같이 서재에나 파묻혀 있는 사람에게도 변혁을 감행하게끔 만들었습니다. 이 책은 그러한 변혁과 알게 모르게 관련이 있습니다.

제가 전공으로 하는 것은 우리 근대문학사, 좀 더 좁히면, 비평사 영역입니다. 두루 아는 바와 같이 이 영역에는 근대적 성격 규정이 제일 시급하고 중요한 과제인데, 불행하게도 우리에게 그것이 자명한 개념으로 되어 있지 못한 탓입니다.

근대란 자본주의와 관련된 것이며, 자본주의를 승인하든 비판하든 그것을 중심부에 놓지 않고는 근대문학사 연구란 불가능한 것이었지요. 근대 사회와 관련된 문학과 그 의식이란 상부구조의 이데올로기에 해당되는 것이며, 이를 해명하는 일은 토대구조와의 변증법적 관련을 떠날 수 없는 것이지요. 무산계급 사상 및 문학이 20년대에 우리 문학사의 중심

162

부에 놓여 있으며, 카프가 해산된 30년대 문학 속에서도 그것이 내면화된 채 여전히 중심부에 놓여 있었던 것입니다. 해방공간(1945~1948)에서 그 토록 큰 세력으로 남로당 및 좌우합작노선의 문학 이데올로기, 다른 말로 하면 '인민성'에 기반을 둔 민족문학론이 조직적으로 분출해 올라온 사실 이야말로 이러한 점에서 설명될 수 있을 것이다. 이 해방공간의 민족문학 의 성격을 정확히 파악하지 않으면 그 이전의 민족문학과 그 이후의 민족 문학의 성격 규정도 올바로 이루어지기가 어려울 터입니다.

　이러한 우리 근대문학사의 민족문학사 성격을 분석하고 체계적으로 설명하는 문학사 연구가 우리의 정치적 현실로 말미암아 제대로 이루어 질 수 없었는데, 그것이 가져온 제약이랄까, 안타까움 중의 하나는 저 자 신을 포함한 연구자 자신의 학문적 게으름을 몰고 왔다는 점에 있습니 다. 이 게으름으로 말미암아 벌어진 공백은 결코 갑자기 채워질 수 없는 것 아닙니까. 민주화가 가져다준 이데올로기의 속박에서의 해방은 실상 연구자에게는 더할 수 없는 한 가지 가혹한 형벌일 수도 있을 것입니다. 이 형벌에 제 자신이 얼마나 견디어 나갈지 지금 말하기는 어렵습니다. 다만 조금씩 힘써 볼 수밖에 무슨 도리가 있겠습니까.

　여기 모은 글들은 지난해와 금년, 그러니까 10·19조치와 3·13조치 및 7·19 조치 이후에 쓴 것들이 대부분이나 그렇지 않은 것도 있습니다. 「북한의 문예 이론」과 「북한의 문학관」은 1978년에 쓴 것들입니다. 발표 는 꿈에도 생각지 않은 것인데 이제 그것을, 비록 시대에 뒤떨어졌지만 이 책에 끼워 넣어 지난날의 제 열정의 한 표정을 짓기로 합니다. 또 하 나 '부록'으로 수록한 것에 대해서는 권영민 교수가 쾌히 승낙해주었음 을 이 자리에서 밝혀 두고 싶습니다.

　끝으로, 변변치 못한 글을 책으로 만들어주신 서용웅 사장님, 신상철 상무님, 그리고 편집부 여러분께 고마운 뜻을 적어두고자 합니다.

1988년 12월

애수의 미, 퇴폐의 미 — 해금 수필 61편 선집

나남, 1989

머리말 | 수필·명문·산문

해금의 문학사적 위상

당신은 어째서 재북·월북 문인에 관해 지속적으로 논의하고 있는가. 이런 물음을 자주 듣습니다. 그럴 때면 입을 다물고 있기도 하고 조금 입을 열다가도 주춤해버릴 때도 있고, 그냥 빙긋 웃고 말곤 했습니다. 그러면 대개는 알았다는 듯이 지나가버립니다. 무엇을 알았다는 것이겠습니까. 아마도 사람은 누구나 자기 관심 분야가 있고, 그러한 관심 분야의 선택은, 운명과도 같은 표정을 짓고 있는 것인데, 그 '운명적 표정'을 알았다는 뜻이 아니었을까.

제 전공은 우리 근대문학사이며, 그 대상은 주로 일제 강점기 이후의 문학입니다. 이를 두고 보통 한국근대문학이라 부르지 않습니까? 근대란 무엇인가, 라는 문제를 떠나면 성립되지 않는 개념이지요. 근대란 곧 근대성을 가리킴이 아니겠는가. 저는 어리석은 탓에 오래도록 이 문제와 씨름했고 지금도 사정은 마찬가집니다. 황매천(黃梅泉)을 비롯, 소월, 육사, 만해, 윤동주의 시를 두고 우리 시의 주류라든가, 한국 시의 최고 수준이라고 누군가가 주장한다면 저는 주저없이 이에 동의합니다. 그러나 그것이 한국의 '근대시'의 주류라든가 최고 수준이라고 한다면 저는 물을 것도 없이 동의할 수 없습니다. 그들 시의 어떤 점이 '근대성'인가를 증명해놓지 않는다면 무의미한 일이지요. 그런데 제가 보기엔 그런 것을 지적해놓을 준거랄까 기준이 없습니다. 이들 시인은 스스로가 역사에 참여함으로써 비극적 주인공이 된 시인이고, 그 비극적 체험(비극적 황홀이라고 지적한 분도 있지만)을 시로써 나타낸 것이 아니었던가. 이때의 준거는 '시와 시인의 비분리 현상'이 아니겠는가. 지절이라든가 선비적 기질이라 할 경우도 사정은 마찬가집니다. 이런 현상은 근대성과는 아무 관련이 없는 것 아닙니까. 근대 이전에도 이후에도 그런 것은 있을 수 있기 때문입니다. 그렇다면 그 잘난 '근대성'이란 어떤 것인가. 사회과학에 물어야 할 것입니다. 그들은 친절히 가르쳐줍니다. 근대성이란 자본주의적 성격이고, 거기서 비로소 발단되는 사항이라고 말입니다. 그러니까 자본주의적인 것을 떠나 근대성을 논의할 수 없다면 한국근대문학사도 자본주의의 본질을 공부하지 않고는 생심도 낼 수 없는 것이 아니겠는가. 제가 『한국근대문예비평사연구』(1973)에서 프롤레타리아 문학을 제1장으로 삼았음은 순전히 이 때문입니다. 근대적 성격을 문제 삼는 길이 거기에 있다고 믿었던 탓이지요. 지금도 이 생각엔 변함이 없습니다. 그러니까 월북·재북 작가 연구를 떠나면 제 전공을 포기하는 일이 되고 말지요. 전공을 바꾸기엔 제 나이가 너무 많지 않습니까.

우리 정부가 월북·재북 작가에 관해 의견을 표명한 첫 번째 조치는 1976년 3월 13일 조치입니다. 통일원이 국회에 제출한 자료에 따르면 월북 문인으로 문학사적 연구에 한해서, 순수문학만을 다루되, 연구용으로 해야 한다는 것이었습니다. 그러니까 상업출판은 불가능하다는 것이었지요. 두 번째 조치는 10·19조치(1987. 10. 19.)입니다. 6·29 항복 선언이 낳은 결과였지요. 이 조치는 제법 대단한 것이었는데, 월북·재북 작가에 관한 논의를 상업출판 수준에도 가능하다는 것입니다. 정지용론, 김기림론이 출판되어도 좋다는 것입니다. 세 번째 조치는 3·31조치(1988.3.31.)입니다. 정지용, 김기림 두 문인의 작품 자체를 상업 출판해도 좋다는 조치였지요. 어째 하필 그 두 사람에 국한해야 하느냐는 물음이 뒤따랐음은 자연스런 일이 아니었던가. 네 번째 조치가 나오지 않을 수 없었는데, 그것을 두고 7·19조치(1988.7.19.)라 합니다. 한설야, 이기영, 홍명희, 백인준, 조영출을 제한 월북·재북 작가의 해방 전의 작품을 해금한다는 것이 그 요지였지요. 그러니까 조만간 다섯 번째의 조치가 나올 것으로 예측될 수 있겠습니다. 곧 위의 5명은 물론, 이들 모두의 해방공간(1945~1948)의 것까지 전면 해금되는 일이 그것이지요. 이러한 추적이랄까, 이러한 생각이 정치적 감각일 터입니다.

예도(藝道)와 구인회

제 전공이 우리 근대문학이라 했고 그것이 자본주의와 직접 간접으로 연결된 것이라고 했는데, 그러니까 프롤레타리아 문학에 관련된 것이고, 그들의 상당수, 가령 임화, 김남천, 안함광 등 카프계열 문인을 검토하지 않을 수 없는 노릇 아닙니까? 그런데 기묘하게도 이들 리얼리즘계열에 맞선 모더니즘 쪽 계보와 그와 친근 관계에 있는 고전파들의 상당수도 월북·재북 문인으로 되어 있다는 점입니다. 말을 바꾸면, 제 흥미가 카프계의 문학 이데올로기의 해명에 있었는데, 그렇게 하는 과정에서 구인회의 모더니즘적 성격에 마주치지 않을 수 없었던 것입니다. 카프란 민족주의라든가 모더니즘의 대타의식에서 일층 날카로워지는 것이기 때문이지요. 모더니즘이라면 조금 오해가 있을 것 같아 구인회파라 부르는 편이 좋을 것 같네요. 구인회(1933)란 흔히 순수문학자들의 친목 단체로 소문나 있지만 그야 어쨌든, 이 단체만큼 정치적 성격이 강한 것은 많지 않을 것입니다. 퇴조하는 카프 문학에 뒷발길질을 함으로써 문학 주도 권에 도전한 그룹이 구인회인 까닭이지요. 초기의 구인회 구성원을 보면 모두 신문사 학예면 담당 기자들 아닙니까. 저널리즘을 장악한 패거리들의 친목 단체란 대체 무엇이겠는가. 그런데 이 구인회의 이데올로기는 참으로 묘한 것입니다. 아까 제가 모더니즘적 성격이라 하면 조금 오해가 생길 것 같다고 했지 않습니까. 만일 구인회를 두고 모더니즘적 성격이라 규정하고 그것의 최고 수준을 말하고, 그것이 이른바 카프계의 리얼리즘과 어떻게 대립됨으로써 서로를 빛내며, 그 때문에 우리 근대문학사를 풍요롭게 했는가를 문제 삼는다면, 그 대상은 구인회 중의 이상, 박태원, 김기림밖에는 해당되지 않을 것입니다. 나머지 이태준, 정지용, 김유정 등은 모더니즘과는 거의 무관한 패들이라 저는 생각합니다(졸저, 『이상 연구』, 문학사상사, 1987 참조). 그럼에도 이들을 한꺼번에 묶어 구인회라 부르고 또 그들 스스로도 서로 묶게끔 한 이데올로기란 과연 무엇일까. 이 점이야말로 제가 오늘 이 자리에서 밝혀보고자 하는 참주제입니다.

구인회의 기관지랄까, 겨우 한 권밖에 낸 바 없는, 시인 이상이 직접 편집, 교정까지 한 무크지 『시와 소설』(1936)에는 이런 대목이 있습니다.

지용(芝溶) 대인(大仁)에게서 편지가 왔다.
"가람 선생께서 난초가 꽃이 피었다고 22일 저녁에 우리를 오라십니다. 모든 일 제쳐 놓고 오시오. 청향복욱한 망년회가 될 듯하니 즐겁지 않으리까."
과연 즐거운 편지였다. 동지 섣달 꽃 본 듯이 하는 노래도 있거니와 이 영하 20도라는 엄설한(嚴雪寒) 속에 꽃이 피었으니 오라는 소식이다.
이 날 저녁 나는 가람댁에 제일 먼저 들어섰다. 미닫이를 열어 주시기도 전인데 어느덧 호흡 속에 훅 끼쳐드는 것이 향기였다. (6쪽)

이것은 구인회 중 두목 격인 이태준의 「설중방란기(雪中訪蘭記)」의 일절입니다. 정지용, 이태준 등이 가람 문전에 드나들었음이 눈에 잡힐 듯하지 않습니까. 진짜 난초를 기르는 대가와, 겉멋 들린 제자들, 초심자들(난초 같은 것에 관한 초심자란 뜻)이 선배 흉내를 내는 표정이 그 멋진 문체 때문에 속일 수 없게 드러나 있지요. 난초 앞에 옷깃을 여미고 엷은 어둠 속 벽에 비치는 난초잎 그림자에 넋을 잃고 있는 이 초심자들 앞에 주인 가람은 구수한 이야기를 분위기에 알맞게 늘어놓았을 것입니다. 곧 양란법이란 어떤 것인지 자네들이 감히 알겠는가, 라는 이야기가 그 속에 꼭 끼어 있었을 것입니다. 이 밤을 두고 이태준은, "다만 한됨은 옛 선비들을 따르지 못 하야 如此良夜를 有感而無時로 돌아온 것"이라 했습니다.

그렇다면 선비란 무엇인가. 난초나 기르고 또 즐기며 시나 짓는 것이 선비일까. 바로 이 물음 속에 가람을 정점으로 하는 세칭 『문장(文章)』(1939~1941)파의 본질이 깃들어 있다고 저는 믿습니다. 선비의 선비다움이란 무엇인가. 두 가지를 생각해볼 수 있습니다. 한유(韓愈)의 『원도(原道)』를 표준으로 할 경우에도 사정은 마찬가지일 터이지요. 곧 지절을 숭상하고 삶을 대수롭게 여기지 않는 쪽과, 생리적 수준에서 시문을 즐기며 일상적 삶에 민감한 감응을 드러내는 쪽을 갈라 볼 수 있다면 가람은 후자일 것입니다. 소시민적 귀족 취향이겠지요. 생활형 선비라고 부를 것입니다. 이와는 달리 오상고절을 지향하는 초월적 황홀형 선비 계보도 있겠지요[적절한 비유는 아니나, 이산운(李山雲)의 동국무진란(東國無眞蘭)이란 대목을 두고 위당과 가람이 보이지 않는 대립 관계에 있었음도 지적될 필요가 있다].

문제의 핵심은 과연 어디 있는가. 중요한 것은 생활형 선비의 최고 수준을 점검하는 지표가 무엇인가에 있습니다. 이를 저는 가람이 말해 놓은 오도(悟道)에 힘입어 예도(藝道)라고 말하고 싶습니다. 양란법에서 가람은 그것이 오도의 경지라 했고 막바로 그것이 시조에 드러날 때 예도라 불렀던 것이지요. 문제의 핵심에 이제 조금 접근된 셈입니다. 곧 도(道) 그것입니다. 도란 무엇인가. 노자의 사상을 떠날 수 없지 않겠습니까. 그 것이 어떤 형이상항적 해석의 영역에 속한다는 것을 제가 여기서 말씀 드릴 필요는 없겠지요. 다만 그것이 아무리 대단한 것일지라도 가람 같 은 생활형 선비와 그 초심자에 국한시킨다면, 일상사 속의 어떤 '부분'에 대한 '최고 경지에 이르기'라고 규정될 것입니다. 어떤 부분의 최고 경지 이르기의 길, 그것이 도일진대 오직 그 '부분'이란 일상적인 것이라야 합 니다. 곧 일제 강점기 속에서 삶의 안정을 구하는 범위 내에서 글쓰기 부 분의 최고 경지 이르기가 그것입니다.

예도를 이런 식으로 파악할 때 비로소 구인회의 이데올로기적 성격 이 분명해집니다. 곧 이상, 박태원, 김기림의 모더니티 지향성과 이태준, 정지용, 김유정의 전통 지향성을 그 내면에서 묶게끔 하는 원리란 바로 예도였던 것입니다. '일상적 삶 속의 소재를 가지고 글쓰기의 최고 경지 이르기'가 그것입니다. 전무후무한 천재 모더니스트 이상이 이 사실을 다음처럼 적어놓고 있어 인상적입니다.

누구든지 속지 마라. 이 시인 가운데 쌍벽(김기림, 정지용―인용자)과 소 설가 중 쌍벽(박태원, 김유정―인용자)은 약속하고 분만된 듯이 교만하다. 이들이 무슨 경우에 어떤 얼굴을 했댔자 기실은 그 교만에서 산출된 표정 의 떼풀매이션 외의 아무 것도 아니니까 참 위험하기 짝이 없는 분들이라 는 것이다. 이 분들을 설복할 아무런 학설도 이 천하에는 없다. 이렇게들 또 고집이 세다(『이상소설전작집(1)』, 갑인출판사, 223쪽).

일상적 삶을 소재로 하고 그것에 글쓰기의 최고 경지에 나아가기란 무엇인가. 이상의 「오감도」이고 박태원의 「천변풍경」이고, 정지용의 「장수산」이고 김기림의 「태양의 풍속」이며, 그리고 가람의 「난초」라고 저는 생각합니다. 그러니까 「오감도」와 「난초」는 등가(等價)이며 「천변풍경」과 「기상도」는 상동성(homologie)이지요. 그들이 구인회라는 패거리를 만들고 서로 기대며 스스로 기운 나게 하게끔 한 동질성의 근거는 이것이었던 것입니다.

명문의 이데올로기적 성격

구인회의 꼭짓점에 가람이 도사리고 있었다는 점을 지금껏 제가 말해온 것 아닙니까. 곧 이것은 가람이 해방 직후 미 군정청 문교부 국어과 초대 편수관이었음을 말하기 위한 방편이기도 한 것입니다. 구인회가 무너지는 것은 이상의 죽음(1937)에서 말미암습니다. 구인회 자체가 두 가지 이질적 분자들의 모임이었던 만큼 설사 '예도(藝道)'라는 매개항으로 묶여 조금의 지속성을 지녔으나 그것이 계속될 수가 없었던 것입니다.

앞에서 조금 말해본 난초를 즐기고자 하는 얼치기들의 표정을 다시 조금 볼까요. 그들은 역사적 유물이나 고전 쪽으로 될 수 있는 한 퇴행함으로 손재주만을 갈고 닦는 데 주력합니다. 두 가지 사례를 들어 볼까요.

(A) 골동이란 중국말인 것은 물론 고동이라고 하는데,……고(古)자는 추사 같은 이도 즐기어 쓴 여운 그윽한 글자임에 반해 골(骨)자란 얼마나 화장장에서나 추릴 수 있을 것 같은 앙상한 죽음의 글자인가!……비인 접시요 비인 병이다. 담긴 것은 떡이나 물이 아니라 정적과 허무다. 그것은 이미 그릇이라기보다 한 천지요 우주다(『무서록』, 박문서관, 243, 246쪽).

(B) 토리(土利)는 사람을 위하여 그다지 후한 것으로 생각되지 않았사오며, 제주도는 마침내……네 골을 이루도록 한 것이랍니다. 그리하여……생활과 근로가 이와 같이 명쾌히 분망히 의롭게 영위되는 곳이 다시 있으오이까? 거리와 저자에 넘치는 노유와 남녀가 지리(地利)와 인화

로 생동하는 천민(天民)들이 아니고 무엇이오이까(『문학독본』, 박문출판사, 123쪽).

(A)는 『문장강화』의 저자이자 『문장』을 주재한 이태준의 것이며 (B)는 역시 『문장』파의 시분야 책임 추천자인 정지용의 글입니다. 이런 글이 명문일까. 아마 그러리라 생각됩니다. 그러나 이를 두고 명문이라 함은 『문장강화』의 기준에 따를 때만 그러할 뿐입니다. 다른 기준에 따르면 어림도 없는 헛소리이겠지요. 『문장강화』의 기준은 다음 대목에서 분명히 드러나지요.

말을 그대로 적은 것, 말하듯 쓴 것, 그것은 언어의 녹음이다. 문장(文章)은 문장(文章)이기 때문에 따로 필요한 것이다.……말을 뽑으면 아무 것도 남는 것이 없다면 그것은 문장의 허무다. 말을 뽑아내어도 문장이기 때문에 맛있는, 아름다운, 매력이 있는 무슨 요소가 남아야 문장으로서의 본질, 문장으로서의 생명, 문장으로서의 발달이 아닐까(『문장강화』, 박문서관, 336쪽).

말(뜻)과는 관계없이 문장을 만들어내어야, 가공해야 한다는 것, 그러니까 현실과는 아무 관계없이, 문장 자체의 법칙, 아름다움, 만들어냄, 꾸밈이 있어야 된다는 것입니다. 골동품을 두고 그 글자에 반해서 글을 쓰는 것이지요. 제주도민을 아예 인간으로 보지 않고 '풍물'로 보고, 다만 '있으오이까', '무엇이오이까'라는 조선소 내간체의 문체 그 자체에 반해서 글을 써놓고 있지 않습니까. 이들 눈에는 다만 '글자'와 '고전 문체'만 보이는 것입니다. 이런 것을 두고 명문이라면 명문 자체를 경멸할 사람이 많을 것입니다.

가령 신라나 고려쩍 사람들이 밥상에다 콩나물도 좀 담고 또 장조림도 담고 또 약주도 좀 많고 해서 조석으로 올려놓고 쓰던 식기 나부랭이가 분묘 등지에서 발굴되었다고 해서 떠들썩하나 대체 어쨌다는 일인지 알 수 없다. 그게 무엇이 그리 큰 일이며 그 사금파리 조각이 무엇이 그리 가치 높이 평가되어야 할 것이냐는 말이다. 항차 그렇지도 못한 이조 항아리 나부랭이를 가지고 어쩌니 저쩌니 하는 것들을 보면 알 수 없는 심사이다(『이상수필전작집』, 50쪽).

이렇게 생각하는 사람의 시각에서 보면 명문에 대한 사정이 썩 다르겠지요. 항차 카프계 리얼리즘 쪽에서야 새삼 말할 필요가 없을 것입니다.

산문의 형식 – 자기 분석에로

제 결론만 제시코자 합니다. 곧 그것은 두 개의 물음으로 제출됩니다. 하나는 이들 명문 제작자들이 해방공간에 닥쳐서는 한결같이 좌경(저는 이를 좌우합작노선이라 부릅니다만)에로 치달았다는 점인데, 그 이유는 과연 무엇일까, 라는 점. 다른 하나는, 이들 명문 제작자들의 두목격인 가람이 초대 국어과 편수관이었다는 점. 문교부 국정교과서의 저 엄청난 교육작용력을 머릿속에 두지 않고도 명문이 무엇이라고 말할 수 있을 것인가라는 점.

제가 이 두 물음에의 해답을 명쾌히 할 수 있다면 얼마나 좋겠습니까. 그렇기는 하나, 다음과 같은 것에 대해서는 조금 말해볼 수는 있습니다. 곧 명문이란 없다는 점. 설사 그런 것이 있더라도 대수로운 것일 수 없다는 점입니다. 이 사실을 임화의 「수필론」과 서인식의 「애수와 퇴폐의 미」가 조금 말해놓고 있지 않습니까. 뜻을 전달하기 위해서 말이 있다는 점에 보다 많은 관심을 갖는 일이 그것이지요. 말을 바꾸면, 되지도 않은 자기 감정을 질펀하게 노출시켜 남을 감동시키고자 덤비거나 대단치 않은 스스로의 주제를 돌보지 않고 흡사 무슨 도사의 표정을 짓는 짓 따위에서 벗어나, 자기 분석을 겨냥하는 일이 그것이지요. 자기 성찰과 자기 도취의 형식이 얼마나 다른 것인가를 알아보기 위해서도 수필이라는 이름의 산문 형식이 필요하다고 저는 믿습니다. 이 책의 표제를 '애수의 미 퇴폐의 미'라 한 것은 순전히 이 때문입니다.

1988년 10월 10일

80년대 우리 문학의 이해

서울대학교출판부, 1989

머리말

한 나라 문학의 흐름을 조금 알아보는 일은 귀찮고 까다롭습니다. 다른 예술 영역도 마찬가지겠지만 유독 문학이 그러함은 그것이 다른 영역보다 일층 이데올로기적이기 때문이 아닐까 생각됩니다. 문학의 본질 규정을 둘러싼 여러 형태의 논의들도 이 이데올로기적 성격에서 말미암고 있으며 그것은 당연히도 그 나라의 역사·사회사적 조건에 크게 좌우됩니다.

오늘의 우리 문학이란 일제 강점기를 거치고 해방공간, 6·25, 4·19, 5·16 그리고 70년대를 거쳐 마침내 도달한 곳입니다. 그러니까 '문학 자체의 이해 수준'이란 사실상 있지 않고, '그 나라의 문학사의 이해 수준'이 구체적으로 있는 것이 아니겠습니까. 80년대 문학 이해란 70년대 문학 이해에서가 아니라 그보다 거슬러 올라간 세대와의 연결을 떠날 수 없는 것도 이 까닭이 아니겠습니까. 문학사를 두고 역사적으로 보면 사적 유물론의 일부이며 현실적으로 보면 유물 변증법의 일부라고 말해지

174

는 것도 결코 우연이 아닙니다. 요컨대 문학사적 시각이란 오늘의 문학 이해의 한 가지 지표임엔 틀림없을 것입니다. 제1부를 '문학사적 시각'으로 묶은 것은 이 때문입니다.

문학 일반이 있는 것이 아니고 구체적인 문학사가 있다는 명제의 이해 아래 비로소 오늘날의 문학 현상을 좀 더 잘 바라볼 수 있을 것입니다. 이런 시각에 설 때 우리 앞에 놓여 있는 오늘날의 문학은 낯선 표정을 짓고 있지요. 낯선 표정이란 항시 동시대의 감각적 현상과 관련되기 때문입니다. 이 낯선 부분이 과연 낯익은 것으로 흡수될 것인지 저절로 소멸해버릴 것인지는 쉽사리 알아낼 수 없지요. 바로 이 점이 동시대 문학 이해의 어려움이자 또한 모험적인 곳이어서 흥미의 초점이 아니겠습니까.

제2부 '우리 문학의 과제들'에 들어 있는 내용들은 전에 없던 표정들을 짓고 있습니다. 이 중 어느 표정이 낯익은 것으로 되어 문학사 속에 자기 자리를 차지할지 지금으로서는 알 수 없습니다.

1989년 2월

80년대 우리 소설의 흐름 I·II

서울대학교출판부, 1989

머리말

"신은 디테일 속에 있다"라는 유명한 명제를 아십니까. 아무리 대단한 사상이랄까 관념이랄까 이념이 있더라도 그것의 드러남은 세부적인 묘사를 떠날 수 없을 것입니다. 이 '세부'를 다른 말로 하면, 그러니까 문학의 경우에서 말한다면, 창작의 '현장성'을 엿보고 또 점검하는 일이 아닐 수 없지요. 우리 문학상의 통념으로는 그것을 '월평'이라 부릅니다. 저는, 실로 우둔하게도 비평가로서는 누구도 달가워하지 않는 현장 속에 뛰어들어 수년 동안을 헤매고 있었지요. 공장에 가 보신 분은 아시겠지만 물건 만드는 곳, 그러니까 창작의 '현장'이란 이루 말할 수 없이 지저분한 곳 아닙니까. 먼지투성이에다 부속품이 형편없이 무질서하게 너절하게 던져져 있는 곳 아닙니까. 숨이 막힐 지경의 그 무질서함 속에서 창작이 가능해지고 마침내 말끔하고 날씬한 물건(상품)이 나오지 않습니까. 문학 작품이란 것도 이와 한 치도 다르지 않습니다.

80년대 문학이란 무엇인가. 이런 물음에 대해 아주 날씬하고도 멋있는, 그러니까 매우 세련된 그럴듯한 이론이라든가 설명 따위를 매끈하게 해낼 수도 있겠지요. 곧 시간이 지나고 그 시간의 위력에 마멸된 세련된 목소리를 지르는 것은 멋쟁이 비평가의 몫일 테지요. 그러나 그러한 목소리란 지저분하기 이를 데 없는 '현장'을 엿보지 않은 사람에게는 실감을 동반하기 어려울 터입니다. 누구는 바보라서 현장 속에 뛰어들어 먼지와 똥오줌을 뒤집어쓰고 있는 줄 아십니까. 천만의 말씀입니다. 현장의 먼지 바닥 속을 헤매지 않고는 진짜 '실감'을 얻어 낼 수 없습니다. 일찍이 늙고 꾀 많은 헤겔이라는 철학자는 유명한 『법의 철학』 서문에서 이런 말을 뱉어 놓지 않았습니까. "미네르바의 부엉이는 황혼이 되어야 날기 시작한다"라고.

지혜의 상징 미네르바 부엉이란 무엇인가. 어떤 사태가 끝장이 났을 때 비로소 그것을 분석·해명할 수 있다는 뜻이 아니었겠는가. 어떤 사태가 진행 중일 때는 그것을 분석·해명할 수 없지 않은가. 그러니까, 객관적인 파악은 모든 것이 끝난 다음에야 가능하다는 뜻 아닙니까.

저는 헤겔이 아닙니다. 헤겔주의자는 더욱 아닙니다. 우둔한 한국의 비평가의 하나이지요. 그러니까, 실로 어리석기 짝이 없게도, '현장' 속에 지저분하게 뛰어들어 '현장'을 묘사하고 있을 따름입니다. 이 지저분한 80년대 우리 현실을 다룬 소설의 '현장'을 발바닥으로 뛰어다니며 그려 놓았습니다. 괴발개발로 말입니다.

이 중 과연 어떤 부분이 남을 것인가는, 다만 미래 속에 던져두고자 합니다. 읽어 주신 여러분께 고맙게 생각합니다.

1989년 2월

한국 근대문학과 문인들의 독립운동

한국독립운동사연구소, 1989

머리말

우리 문학이 민족독립운동에 얼마나 기여했는가를 따진다든가, 또한 어떤 형태로 기여했는가를 문제 삼는 일은 이미 우리 문학 논의에서는 상당한 수준에서 행해졌던 것으로 보아도 좋을 것이다. 보통 우리 근대문학을 민족문학이라고 성격 규정을 해 온 점에도 위의 사실이 확인된다. 민족문학이라는 개념으로 우리 근대문학의 성격을 규정함이란 저항민족주의를 알게 모르게 전제한 것이고 동시에 국가 회복이라는 성스러운 임무를 은밀히 감춘 것인 만큼, 이 범주에서 우리 근대문학은 어느 시기의 문학 못지않게 문학사에서 빛나고 있는 터이다. 나라 만들기에 앞서, 나라 찾기에 기여한 문학을 논의하는 일은 그 목표가 횃불처럼 뚜렷한 것이 아닐 수 없었다.

이 책에서 다룬 것은 문학 속에 형상화된 국가 회복에의 염원이나 의지를 분석 평가한 것이 아니고, 문인 자신이 역사에 참여함으로써 스스로 비극적 주인공이 된 사례와 그 비극적 주인공의 삶의 방식을 분석 평가함에 놓여 있다. 이러한 연구는 문학 연구의 범주에 들기는 하되, 어쩌면 그보다 앞서는 것으로, 좀 더 인간적인 영역이라 할 수도 있을 것이다. 3·1운동을 앞뒤로 하여, 이광수, 김동인, 주요한 등이 상해 임시 정부 기관지와 어떤 관련을 맺었는가를 알아보는 일을 비롯, 염상섭의 독립 선언문을 비롯한 새로운 자료를 첨가한 것도 이러한 시각에서이고 단재의 삶의 방식과 역사 저술 및 문학에의 활동을 분석해 보는 일도 꼭 같은 시각에서이다. 이육사의 절대적 세계를 그의 삶의 방식으로서의 무정부주의적 성격에서 고찰할 수 있으며, 윤동주의 구리로 된 거울의 심상도 그의 삶의 방식에서 제일 잘 설명될 수 있다고 믿는다. 한편, 태항산을 중심으로 항일민족해방투쟁에 참여하고, 그러한 빨치산 투쟁이라는 삶의 방식을 선택한 작가 김학철을 분석 평가하는 일은 위와 꼭 같은 시각에 따른 것이지만, 이 책에서 처음으로 밝혀지는 부분이 아닐까 한다.

이 조그만 책이 나라 찾기에 신명을 바쳤던 우리 문인들의 초상화를 그리는 데에 작은 보탬이라도 될 수 있다면 저자로서는 더없는 영광이겠다. 이 책의 내용은 저자의 아주 좁은 혼자만의 생각에 지나지 않기에 여러 가지 모자라고 잘못된 점도 있으리라 생각된다. 독자 제현께서 널리 비판해 주시고 가르쳐 주시길 바라 마지않는다. 끝으로, 이 책 집필 동기의 하나에는 신용하 소장의 격려가 포함된다는 점도 이 자리에 적어 두고 싶다.

박영희 연구

열음사, 1989

머리말

책 제목을 '박영희 연구'라고 붙이긴 했으나 '박영희와 나'라 붙이고 싶었음이 제 솔직한 심정입니다. 그 까닭을 이 자리에서 조금 말하면 안 될까요.

제가 대학원에 진학하여 우리 근대 문예 비평사를 공부하기 시작한 것은 1960년이니까 거의 30여 년 전입니다. 왜 하필 문예 비평사를 전공하기로 작정했는가를 잘 말하기 어려우나, 아마도 이 방면이 조금 학문적인 냄새를 풍길 수 있다는 점과, 아직도 완전히 황무지였다는 두 가지 이유가 겹치지 않았을까. 자료를 모으고자 서대문에 있는 한국연구원 도서실, 국립도서관, 연세·고려대학 도서관 등을 헤매었고, 뜻밖에도 백순제 씨의 호의를 입어, 당시로서는 상당한 분량의 자료를 섭렵할 수 있었지요. 그때나 저때나 제 관심의 중심부에는 '근대성'이 놓여 있었던 만큼 비평사의 중심점은 도리 없이 카프 문학 비평이었던 것입니다. 그것이 곧 박영희, 김팔봉, 임화, 김남천, 윤기정, 한설야, 이기영 등에로 집중될 수밖에 없었던 것입니다. 그러나 상황이 상황인 만큼 그래도 자유롭게 논의할 수 있는 대상은 제한되지 않을 수 없었는데, 박영희와 기타 몇 분은 그러한 제약에서 벗어나 있었던 것입니다. 카프의 초창기 중심 인물이자 유명한 전향 선언문을 쓴 회월 박영희에 대해 최초의 집중적인 연구를 했고, 그 결실이 「회월 박영희 연구」(『학술원논문집』 제7집, 1968)입니다.

이 논문은 제가 학문에 뜻을 두고 자료를 찾기 시작한 때로부터 8년 반만의 결실인 셈인데, 또한 여기에는 회월의 장남 박기원 씨와의 만남도 포함되어 있습니다. 1966년 저는 박기원 씨를 만났는데, 그때 박 씨는, 미국 이민 수속 중이니까 부친의 장서를 처분하겠으니 인수할 수 없겠느냐고 제의했던 것이나 무일푼인 저로서는 어쩔 도리가 없었습니다. 그로부터 몇 달 뒤에 청계천 어느 고서점에 회월 장서가 나와 있었는데, 제가 모은 것은 영어로 된 장서들입니다. 지금도 Bosom Moon's English Library라고 적힌 O. Wilde의 *Selected Poem*을 비롯, 여러 권의 책이 제 서재 한 구석에 장식되어 있습니다.

저와 회월 선생과의 관계는 이로써 끝난 것은 아니었습니다. 1977년 12월 24일 저의 연구실에서 낯선 사람의 전화를 받았지요. 회월 선생의 사랑 노의형 씨였습니다. 시내 어느 다방에서 노 씨는 저에게 커다란 가방을 내미는 것이었습니다. 회월 선생의 육필 원고였습니다. 가방째로 들고 와 자료를 상세히 검토해 본 결과, 거의 발표된 것들이고 오직 「조선현대문학사」의 후반부만이 아직 미발표였습니다. 또한 이 저술의 자료 초교도 함께 들어 있었습니다. 당시 제 판단으로는 이 두 가지 원고가 제일 소중한 것으로 보였습니다. 저는 이 자료를 복사한 뒤에 가방째로 노 씨에게 돌려주었는데, 그때 만난 노 씨의 아들(회월의 외손)은 일족이 모두 미국으로 이민 간다는 것이었습니다. 제가 「문학사 기술의 한 양태─회월 문학사에 대하여」(1978)에서 이에 관한 분석과 평가를 나름대로 한 바도 있습니다.

제가 지금 안타까워하는 것은 그때 그 가방 속의 자료의 행방에 대해서입니다. 『김팔봉문학전집』(1988)이 나온 오늘날에 있어 회월 전집도 응당 나왔어야 할 것이라고 저는 생각합니다. 만일 제 보잘것없는 이 저서가 회월 전집이 나올 수 있는 계기로 될 수 있다면 저로서는 참으로 다행이겠습니다. 그리고 그러한 계기가 하루속히 오기를 바랄 따름입니다. 부록으로 미발표 「현대조선문학사」를 실은 것도 이 때문입니다.

1989년 1월 30일

해방공간의 문학사론

서울대학교출판부, 1989

머리말

우리 문학사에서 해방공간(1945~1948)이 차지하는 비중은 점점 커져 가고 있습니다. 그렇지만 문학사적 단위로 다루기엔 이 기간이 너무 짧습니다. 이 책에서 제가 문제적 개인들의 내면풍경 탐구에로 나아간 것은 이와 같은 관련이 있습니다. 문학사적 단위의 지나친 짧음이란 무엇인가. 해방의 충격을 소화해서 작품 수준으로 승화시키기에 필요한 시간의 부족으로 말미암아 벌어진 현상이 좌담회 형식의 발견을 비롯, 문학 운동의 복잡하고도 격렬한 형식이 아니었을까. 쓰인 문학이 아니라 쓰이고자 하는 싹을 무성히 보여 준, 부재하는 문학에 많은 의미가 고여 있는 형국이 아니었을까. 이 책에서 내면풍경의 탐구에로 나아간 것은 불가피한 일이었습니다. 문제적 개인으로 임화, 김남천, 이태준, 이기영, 한설야, 정지용, 김기림, 설정식 등을 선택한 것은 문학사적 연속성을 머릿속에 두었기 때문입니다. 책을 내 준 서울대학교출판부와 읽고 비판해 주신 독자 여러분께 사의를 표합니다.

1989년 11월

임화 연구

문학사상사, 1989

머리말 | '운명'과 논리에 관하여

「현해탄」(1938)의 시인 임화를 문제 삼을 땐 운명이라는 말에서 쉽사리 자유로울 수 있을까. 저는 이런 생각을 오랫동안 품어 왔습니다. 「인민항쟁가」를 들으며 중학시대를 보낸 세대에게는 특히 그러할 것입니다.

서울 낙산 밑에서 나고, 보성중학 중퇴의 가출아이자 모던 보이 임화가 두 편의 활동사진 주연 배우 노릇을 했다든가 카프 서기장을 역임했다든가 「우리 오빠와 화로」, 「네 거리의 순이」 계열의 시가로 당대 시단을 울렸다든가 이북만의 조직훈련을 받고 그 누이와 혼인하여 조직운동에 뛰어난 능력을 나타냈다든가 총독부 소속 총력연맹 문화부장과의 대담에로 나아갔다든가, 등등의 일을 두고 임화 스스로 운명의 표정을 짓고 있었음은 인상적이라 할 것입니다. 그는 "벗이여 나는 이즈음 자꾸만 하나의 운명이란 것을 생각하고 있다"(「자고 새면」, 1939)라고 읊었던 것입니다. 살려고 무사하려던 생각이 믿기 어려워 한이 되었다는 것, 그 때

184

문에 몸과 마음이 상할 자리를 비워주는 '운명'이 애인처럼 그리웠던 것이지요.

임화가 만난 운명의 표정이 저러하다면 제가 만난 그것은 어떠한 것이었을까. 저는 이 물음 앞에 오래도록 헤맨 바 있습니다. 저의 두 번째 저서인 『한국근대문예비평사연구』(1973)의 부록으로 논문 「임화 연구」를 수록한 것은 실상 임화의 그림자가 하도 커서 우리 근대문학사 및 비평사에 걸리고 있었을 뿐만 아니라 동시에 우리 현대문학 및 사상사에도 거멀못으로 보였기 때문입니다.

임화, 그는 해방과 더불어, 남로당 외곽 단체인 문학가동맹의 중심 인물이자 민주주의민족전선 기획부 차장이었으며 『노력인민』의 중요 인물이었고, 1947년 가을에 월북하였으며, 6·25 땐 서울에 왔고, "사랑하는 나의 아이야 / 너는 지금 이 / 바람찬 눈보라 속에 / 무엇을 생각하며 / 어느 곳에 있느냐"(「사랑하는 딸 혜란에게」)라고 읊었으며, 1953년 8월 6일 반역 음모 및 미 제국주의 스파이라는 죄목으로 조선민주주의인민공화국 최고재판소 군사재판부에서 형법 제78조, 제65조 1항, 제76조 2항, 제68조에 의거 각각 사형에 처해졌던 것입니다. 이를 두고 운명이라 부르지 않는다면 어떤 말이 적당하겠습니까.

저는 이 두 가지의 운명의 표정이 '논리'의 모습으로 바뀌어야 한다고 생각하며, 그 한 가지 작은 노력으로 이 책을 썼습니다. 운명을 회피한다든가 운명을 초극한다는 뜻이 결코 아닙니다. 저는 한갓 문학사 연구 학도에 지나지 않으며, 역사라든가 운명에는 생소할 뿐 아니라 그 큰 얼굴을 감당할 능력도 없기 때문입니다. 운명의 표정을 논리의 모습으로 바꾸는 일이란 과연 어떤 것인가. 이 물음에 관해서도 제가 무슨 묘수를 지니고 있지 못합니다. 다만, 제가 L.골드만의 유명한 '두 사람이 함께 책상 들기'의 방법론을 자주 염두에 두었음을 말해두고 싶을 뿐입니다. 임화와 김남천, 또 임화와 누구라는 방식으로 각 장을 편성했는데, 과연 이로써 임화 그 개인의 사사로운 운명의 표정이 조금 논리화되었을까요.
이에 대해서는 제가 감히 말할 처지가 못 됩니다.

　이 책을 읽어주신 분들, 만들어주신 분들께 고맙게 생각합니다.

1989년 11월

우리 소설을 위한 변명

고려원, 1990

머리말 | 90년대를 향하면서

'내게 있어서 80년대란 무엇이었던가', 이런 물음이 쉴 새 없이 제 주변을 맴돌았습니다. 제 자신 속에서도 들려왔지만 바깥에서도 들려왔습니다. 바깥에서 들려오는 목소리를 향해서 대답을 한다면 여지없는 변명에 해당되지 않겠습니까. 그런 변명이라면 얼마든지 해볼 수가 있었던 것. 80년대의 그 굉장한 정치적 감각에 따라 그 감각이 골라주는 언어를 사용하기만 하면, 또는 거기다 조금 목소리만 높이면 멋지기까지 한 변명이 될 수 있을 것입니다. 그 순간 저는 정치가로 변모되어 걷는 발자국마다엔 티끌만이 소복소복 쌓일 것입니다. 문제는 그 물음이 제 속에서 들려왔던 것에 있었지요. 제 속에서 들려오는 이 물음에는 어떻게 대답해야 하는 것이었을까.

두 가지 길을 찾아보았습니다. 우리 작가들이 공들여 써낸 소설을 골똘히 읽고 거기에 응답하는 길이 그 하나였습니다. 소설이란 작가가 창조한 세계이며 절대적인 것도 상대적인 것도 아니라고 믿는 까닭에 그 세계와 마주하여 말을 걸어보는 일이야말로 정신과 정신의 순수한 만남의 장소였던 것. 어떤 작품에는 그 순수함의 밀도가 높았고 또 어떤 것은 낮거나 둔했는데, 이러한 등차란, 제 자신의 기질이랄까 자질에 관련된 것에 지나지 않았습니다.

다르게 말하면 제 속에 있는 불순물 때문에 작품의 아름다움에 미치지 못했을 따름이지요. 백태가 긴 눈 때문이 아니었을까. 그럼에도 불구하고 이 만남 속에 제가 반응하는 일체의 목소리란 '내게 있어 80년대란 무엇인가'에 대한 해답의 일종이었습니다.

다른 하나의 길은 고백체에 그 반응을 싣고자 했던 것. '습니다'체의 도입이 그것입니다. 정확히 말하면 고백체가 저절로 태어났던 것입니다. 내면을 엿보고 그와 마주할 땐 누구나 저절로 고백체의 목소리가 되고 마는 것 아니겠습니까. 고백체란 그러니까 갈라진 목소리가 아닐 수 없었던 것. 내면 속에서의 작품과의 대화였기에 고백체란 일종의 대화체가 아닐 수 없었던 것입니다. 대화체로서의 이 고백체를 제가 어떻게 완성해 나갈 것인가는 저도 물론 알 수 없습니다. 아마도 그것은, 80년대가 제게 그러했듯 '90년대란 내(네)게 무엇인가'라는 물음의 절실함에 좌우될 과제가 아니겠습니까.

이 책을 만들어주신 분들, 읽어주신 분들께 감사합니다.

1990년 10월

한국 현대 현실주의 소설 연구

문학과지성사, 1990

머리말

우리 현대 현실주의 소설을 논의하는 일이 저에게 유별난 것일 수 없습니다. 『한국근대소설사연구』(을유문화사, 1986)를 낸 이후 조금씩 그 영역을 확대하여 왔을 뿐이며 그 한 가지 결실이 이 책입니다. '내게 있어 80년대란 무엇인가'라는 물음에 관한 답변에서 저는 이 점을 조금 경박스럽게 다음처럼 쓴 바 있습니다.

> 나는 발표될 수 없는 재북 작가들에 관해 연구랍시고 원고를 썼다. 거듭 말하지만 내가 연구한 것은 우리 근대문학이지 재북·월북 작가가 아니었다(『문학과 사회』1989년 겨울호).

제 전공은 우리 근(현)대 문학이며, 그것은 두 가지 연속성 위에 놓여 있었던 것. 제 출발점은, 이 두 가지 연속성을 지속적으로 확인하는 작업이었다고나 할까요.

첫 번째 연속성 회복의 과제는, 모두가 아는 바와 같이 일제 강점기와 해방공간과 국가 건설 사이에 놓여 있었던 것. 해방공간(1945. 8. 15. ~ 1948. 8. 15. 또는 9. 9.)을 가운데 두고, 그 앞과 뒤의 역사성의 단절 현상이야말로 먼저 고찰해야 될 과제였던 것입니다. 제가 이 과제를 본격적으로 검토한 것은 80년대 중반 이후였으며, 그것은 『해방공간의 문학사론』(서울대학교출판부, 1989)으로 일단 마무리 지었습니다.

두 번째 연속성 회복의 과제란, 통일 문학사에 놓여 있었던 것. 이 과제를 위한 제 나름의 한 조그마한 시도로 쓰인 것이 이 책의 내용입니다. 따라서 이 책은 다만 첫걸음 같은 표정을 짓고 있을 따름입니다.

연속성 회복이란 무엇인가. 이 물음에 제가 설정할 수 있는 가능성의 중심이란, 이기영에서 황건까지에 걸치는 구세대에 놓여 있었는데, 그들의 궤적 추적(저는 자주 이를 내면풍경이라 불렀거니와)이 뚜렷한 까닭입니다. 적어도 그들은 해방 전의 거점을 갖고 있었던 것입니다. 이와 꼭 같은 의미에서 저는 박태원·최명익으로 대표되는 모더니즘과 리얼리즘의 관련양상에 깊은 흥미를 가질 수 있었습니다. 모더니즘과 리얼리즘이 어떤 점에서 상승작용을 하는가 하는 물음은 구체적인 역사적·사회적 조건에서 해답이 주어질 성질의 것이 아니겠는가. 이기영의 「농막선생」을 분석하면서도 저는 이 점에 관심을 두었습니다.

맨 끝에 「문학 이론가로서의 레닌」을 실은 것은 제가 이 논문에 무슨 영향을 받았다는 뜻이 아닙니다. 다만, 현실주의 문학론이 작품 내부의 문제일 수도 있다는 점을 조금 상기시킬 수 있었으면 하는 바람에 지나지 않습니다.

끝으로 이 책을 나올 수 있도록 도와준 김병익·김치수 형과 문학과 지성사 여러분께, 그리고 이 책을 읽어주신 여러분께 고마운 마음을 적어두고자 합니다.

1990년 9월 17일

김윤식 평론 문학선 —제1회 김환태평론문학상수상기념

문학사상사, 1991

머리말 | 글쓰기란 무엇인가

당신은 뭣 때문에 글을 쓰는가. 이런 물음을 종종 던지면서도 뚜렷한 자각 없이 나는 그동안 많은 글을 써왔다. 다만 나는 내가 갈 수 있고 가야만 할 길이란 이것뿐이라 믿었기 때문이다. 이러한 믿음이 어디에서 연유했는가는 잘 알지 못하나, 이제 새삼 그것을 밝혀낸다 한들 무슨 짝에다 쓸 수 있겠는가.

중학 시절 교지에 쓴 것을 떠나 활자화된 맨 처음의 글은 어느 종합지였는데 제목도 지금은 기억에 없다. 서울이 수복되어 대학에 들어와서 처음 쓴 글은 대학 일학년 여름에 쓴 「밤바다」(1955. 9. 26.)였다. 『대학신문』에 발표된 수필이다. 당시 『대학신문』은 전시 연합 대학의 기관지였는데, 이것이 서울대학교 신문으로 바뀐 것은 그 후로 기억된다. 최근에 우연히 『대학신문』을 들추다가 이를 발견하였다. 유치하기 짝이 없는 글이지만 거기에는 젊은 내 모습이 남아 있었다. 이를 이 책에 수록하는 일은 조그마한 기쁨이 아닐 수 없다.

글쓰기란 무엇인가. 혼자 하는 작업이다. 한밤중 원고지 앞에 앉아 있노라면, 그것이 우주만큼 넓고 아득하여 절망한다. 그렇다고 어디로 도망칠 곳도 없다. 우주가 나를 가두었던 것. 이 속에서의 작업은 일종의 게임인데, 상대는 누구이겠는가. 운명이란 이름의 나 자신이었던 것. 이 게임에서 가장 피하기 어려운 고통이 있다면 그것은 무엇이었던가. 과격 함이었다. 조급함이었다. 초조함이었다. 30여 년간 글을 써오면서도 이 고통에서 자유로울 수 없었다.

김환태 평론문학상(1989)을 제정한 문학사상사는 그 제1회 수상자 로 나를 뽑아주었다. 분에 넘치는 일이었다. 이 자리를 빌려 그동안 내 글 을 읽어준 분들과 문학사상사에 고마움을 전한다.

1991년 1월 30일

작가와 내면풍경 — 김윤식 소설론집

동서문학사, 1991

머리말

90년대가 시작되었습니다. 그 첫 번째 해에 쓴 글들을 모아 한 권의 평론집을 만들었습니다.

제가 관심을 두고 공부한 곳이 소설 쪽이라 자연 이쪽의 글이 중심부를 이루고 있습니다. 소설이란 무엇인가, 라는 물음이 아무 쓸모없음을 알면서도 저는 이 물음을 지금도 계속해오고 있습니다. 작품이 고유하게 안고 있는 외로움, 혼자있음, 바로 그것 때문에 저는 작품을 떠날 수 없었던 것입니다. 작품의 외로움이란 무엇이겠는가. 증거도 없고, 아무런 소용도 없는 것. 증명되어질 수 있는 성질이 아닌 까닭입니다. 소용되어질 수 있는 성질이 아닌 까닭입니다. 그러니까 작품은 완성도 미완성도 아닌 것, 제가 이 나이에 깨달은 것이 있다면 바로 이런 부분이 아니었던가. 작품의 저 형언할 수 없는 외로움(혼자있음), 그것은 작품이 전달 불가능하다는 것. 이는 그것을 읽는 독자가 없음을 뜻하는 것은 아닙니다. 작품이 이 외로움의 위험성에 놓여 있는 것처럼 그것을 읽는 독자도 그 외로움의 위험성 속에 들어간다는 것입니다. 이 외로움의 뿌리랄까 근거란 무엇인가. 저는 그것을 아직도 알아차리지 못하고 있습니다. 다만 작가가 작품을 썼을 때, 그는 그것을 읽지 못하리란 것은 알아차릴 수 있습니다. 작가는 자기 작품을 읽을 수 없다는 것. 그를 작품에서 쫓아내고 단절시키는 결단 바로 그 자체가 작품이 아니겠는가. 절망하지 않고 그 누가 글을 쓰겠는가로 저는 이런 상황을 요약해봅니다. 그러니까 절망하지 않고 그 누가 작품을 읽겠는가. 이 점에서 비평가란 이중의 절망 속에 빠진 인종이 아닐 것인가. 절망과 절망의 마주치는 장소가 있을 뿐이었던 것. 이를 두고 비평이라 부르는 것입니다.

책 장정을 해준 김화영 형, 후기를 써준 정현기 형, 동서문학 여러분, 그리고 읽어주신 분들, 고맙습니다.

1991년 1월

현대소설과의 대화 —김윤식 평론집

현대소설사, 1992

머리말 | 조용한 물음, 지속적 물음의 시대를 위하여

소설이란 무엇인가. 이런 물음은 전에도 있었고 또 앞으로도 있을 것입니다. 그러나 이 물음이 90년대에 들어와서만큼 조용한 물음으로, 그렇기 때문에 내면화되어 전면적인 물음으로 던져진 시대란 별로 없지 않았을까. 민주화와 그것을 가능케 한 산업사회의 도래가 등가 교환으로 말해지는 리얼리즘이란 이름의 창작방법론을 해체하거나 적어도 재편성하기에 이르렀음은 삼척동자도 아는 일이 아닙니까. 자유(사르트르)라는 개념이 이젠 욕망(푸코)이란 이름으로 자연스럽게 불리는 장면 속에 우리가 서 있기 때문입니다.

이를 일층 현실 감각으로 드러낸 것이 냉전체제의 종식이라 할 것입니다. 우리 현대소설은, 알게 모르게 냉전체제와 그 논리를 구축한 이항 대립이란 이름의 고전적 형이상학에 바탕을 둔 것이 아니었던가. 일제 강점기의 "아비는 종이었다"의 명제가 그러하였고, 해방공간에서부터 80년대 전 기간을 은밀히 울렸던 "아비는 남로당이었다"의 명제가 소설의 혼을 이루었을 뿐 아니라 소설과 역사를 결합시킬 수조차 있었던 것이지요. 우리 소설을 지탱했던 이 이항대립으로서의 형이상학이 해체되거나 적어도 재편성될 때, 그다음 장면은 어떠해야 하는가. 많건 적건, 알게 모르게 이런 장면에 알몸으로 드러나지 않은 작가란 거의 없다고 하면 조금 과장일까.

사람들은 말할 것입니다. 소설이란 무엇인가 묻고 이 물음에 작품으로 대답하는 사람만이 작가가 아닌가 하고. 작품이란 자기 작품을 포함해서 전에 있었던 작품의 비판이며 또한 작가란 "보바리 부인은 나다"의 명제를 떠날 수 없음이 원칙이 아닌가 하고. 그렇다면, 소설에의 물음은 작가 고유의 운명적 현상이지 90년대라고 별스러운 것이랴 하고. 저는 이런 목소리가 진정한 작가의 것이라 믿지만 동시에 욕망으로서의 소설이라든가 이항대립의 해체로 말미암아 벌어지는 소설의 지각변동 역시 진정한 작가의 고유한 영역이라 믿고 있습니다. 이 둘은 별개일 수 없는데, 우리 소설에서 그것이 확인되는 까닭입니다.

원론적 수준에서 소설이란 무엇인가 묻고 이에 대한 해답을 찾아 율리시스적 모험에 나아간 작가가 바로 「달궁」, 「봄꽃 가을열매」의 작가 서정인이 아닐까. 그는 소설이 '시민사회의 서사시'라는 헤겔주의의 산물임을 자각한 최초의 한국인이 아닐 수 없는데, 「달궁」이 그 해답이었던 것. '시민사회의 서사시'라 할 때 그 전 단계가 '서사시'였음을 문제 삼지 않을 수 없었던 것이지요. 우리에 있어 소설 이전의 단계란 무엇인가 하는 근본적 물음을 몰각하고도 계속 소설을 쓸 수 있을까. 그가 물은 곳이 바로 여기입니다. 우리에 있어 소설의 전단계란 '판소리'가 아닐까 그는 생각한 것이지요. 요컨대, 그는 소설 장르를 근본적으로 신뢰할 수 있느냐 없느냐에까지 나아갔던 것이지요. 소설과 '이야기'가 근본적으로 다르다는 것, 이 자의식에서 자유로운 자는 진정한 작가일 수 없겠지요.

소설과 이야기의 범주를 구별한 것이 헤겔주의이며, 이것이 이항대립의 형이상학에 알게 모르게 바탕을 둔 것이라면 그것의 붕괴 및 해체의 과정에 놓인 오늘에 있어 소설이란 무엇인가. 소설을 이야기와 동일시하는 바흐친주의가 이에 대한 한 가지 돌파구인지도 모를 일입니다. 『황제를 위하여』(이문열)를 중심으로 한 '가짜역사'의 분출 현상도 이 점에 관련된 것이겠지요. 한편 가치 중립성으로 말해지는 컴퓨터의 묘사방법(구효서)이라든가 기호(이미지)와 현실의 등가현상을 기하고자 하는 작가(박상우)라든가 의미와 무의미의 분기점에까지 내려가 의미의 탄생 장면을 엿보고자 하는 작가(이인성)의 경우란 어떠할까. 소설이 해체되어 그것이 이야기도 소설도 아닌, 오직 글쓰기의 한 가지 특수형태에 해당되는 것인지도 모를 일입니다.

소설이라는 이 잡스러운, 위대한 형식을 두고, 헤겔주의냐 바흐친주의냐 또는 다만 글쓰기의 한 가지 특수형태이냐고 묻고 이를 1991년 들어 제 나름대로 살펴본 것이 이 책의 내용입니다. 한 해 동안 저는 다만 이 물음에 골몰했지만 그 해답은 아직도 오리무중일 따름입니다. 그러기에 이 책은 후설이 말했듯, 다음과 같은 사람에게는 아무런 참고도 되지 않을 것입니다. 곧 이미 자기의 문학이나 자기의 문학적 방법에 대한 확신을 가진 자, 그러니까 문학에 마음을 송두리째 빼앗겨 버리는 그러한 불행에 부딪힌 자의 불행한 인간의 절망감을 한 번도 맛보지 않은 자, 그리하여 문학을 배우기 시작한 무렵, 이미 여러 가지 문학의 난립된 양상을 보고 그 어느 것을 택하면 좋은가를 생각하게 되어도 결국 거기에 선택 따위란 본래 당초부터 문제될 수 없다는 것을 조금도 느껴본 바 없는 그러한 자.

문학비평이란 현상학과 흡사해서 세계의 이미지, 거기에 있는 모순이나 문제의 윤곽이 분명할 경우엔 별로 도움 되는 것이 아닌 까닭입니다.

1992년 3월

환각을 찾아서 — 김윤식 문학기행

세계사, 1992

머리말 | 환각을 찾아서

작품 읽기란 작품과의 만남입니다. 만남이되 매우 기묘한 만남인 것. 작품 속에는 한 사람의 인격체만 있는 것이 아닌 까닭입니다. 작품 속에는 두 종류의 인격체가 있는데, 작품 속에 살아 움직이는 인물들이 그 하나. 이 인물들이 숨 쉬는 공간은 물을 것도 없이 현실적입니다. 어떤 특정 시대와 특정 공간 속에서 어떤 욕망의 충족을 향해 움직이고 있기에 그 실체를 의심할 수 없습니다. 말을 바꾸면 이런 인물군의 서식 조건의 선명함, 풍요로움 혹은 각박함이란 현실적이자 이상적인 것이어서 조작해 낼 수 없는 것입니다.

작품 속에 들어 있는 또 다른 인격체란 무엇이겠는가. 작가라는 이름의 인물입니다. 표면에 드러나 있지도 않고, 도무지 그 얼굴이나 형체를 내비치지 않는 이 인물을 만나지 않고는 작품과의 만남이 완성되지 않는 만큼 작품 읽기의 난관이 이 인물 만나기에 달려 있는 형국입니다. 우리가 작품을 읽는다 함은 이 두 인격체와의 대화에 해당되는데, 곤란은 이 두 인격체와의 대화가 앞뒤 순서 없이 동시에 진행됨에 있습니다. 어떤 장면에서는 작품 인물이 내게 말을 걸고 있고, 또 어떤 경우엔 작가가 말을 걸어오지 않겠는가.

그뿐인가. 가만히 귀 기울여 엿듣노라면, 작중인물과 작가의 말다툼 소리도 들려오지 않겠는가. 작가의 목소리, 작중인물의 목소리, 그리고 그들의 대화하는 목소리가 뒤섞여 있어, 정작 나와 대화할 수 있는 목소리란 종잡을 수 없을 경우가 대부분입니다.

이러한 혼란을 경험한 사람이 취할 수 있는 한 가지 방식이 있는데, 그것은 일단 작품을 떠나는 일입니다. 작품을 떠나, 작품과의 거리를 두는 방식이 그것. 여기에 문학기행의 근원이 놓여 있습니다. 문학기행이란 그러니까 제4의 목소리 듣기인 것입니다. 작중인물의 것도 작가의 것도, 그리고 작가와 작중인물의 공동의 목소리도 아닌 제4의 목소리란 구체적으로 무엇인가.

저는 이 물음을 찾아 오래토록 헤매어왔습니다. 그러한 헤맴의 한 보고서가 여기 모인 글들입니다.

제4의 목소리, 그것은 땅울림과 흡사한 것. 아무 소리도 들리지 않지만 가장 확실한 울림 같은 것. 이는 작품을 완성시키는 기준이기보다는 작품을 미적인 것으로 끌어올리는 일에 해당되는 것입니다. 저는 이를 두고 환각 찾기라고 부릅니다. 왜냐하면, 제4의 목소리란 내가 찾아 낸 것이며 따라서 내 몫인 까닭입니다. 남이 창작해놓은 작품을 온전히 내 것으로 만드는 방식으로 고안해낸 장치가 내게 있어 문학기행이기에 이는 나만의 영역이며 따라서 가슴 설레는 일이 아닐 수 없습니다. 작품의 에로스화 현상으로 그것이 변형되는 이유도 이로써 조금 설명되지 않았을까. 언젠가 저는 이를 두고 '고적 위에 내리는 정복(the Bliss of Solitude)'이라 불렀거니와, 작품에 촉발되어 그것을 꿰뚫고, 마침내 그것을 초월하는 방식이었던 것이지요. '나는 내 영혼을 만나기 위해 떠난다(I go to prove my soul)'라고 말해지는 명제가 그것. 내가 내 영혼을 검증하기 위해 떠나는 여로를 두고 황홀경이라 부르지 않는다면 문학이나 예술이 대체 내게 무슨 소용이 있을 것이랴. 문학기행이 초월과 내재의 변증법이 아니라면 저 스타브로긴의 유토피아에의 환각을 무엇으로 설명한단 말인가. 도스토예프스키, 니체, 루카치가 이 점을 일찍이 통찰하고 있었던 것입니다. 그것은 인류의 위대한 망집(妄執)인 것. 그것은 위대한 환각인 것. 저는 이 환각을 사랑하였고 또 사랑할 것입니다.

작품을 읽는 최종적 이유가 그것의 초월에 있기에 이 환각 찾기란 열정적이자 지속적이지 않을 수 없었습니다. 이 책은 그러므로『문학과 미술 사이』(일지사, 1979),『황홀경의 사상』(홍성사, 1984),『작은생각의 집짓기』(나남, 1985),『낯선 신을 찾아서』(일지사, 1988)의 다음 차례에 놓이는 것입니다.

1991년 11월

한국현대문학사상사론

일지사, 1992

머리말

졸저 『한국근대문학사상연구 1』(1984)가 세상에 나온 지 어느덧 여덟 해가 속절없이 흘러갔다. 이러한 표현에는 두 가지 뜻이 들어 있는데, 내가 쓴 몇 권의 책 중 이 책만큼 공들인 것이 많지 않다는 것이 그 하나이고, 모든 문학이란 사상의 형식이라는 생각이 그 다른 하나이다. 여덟 해 동안 나는 이 두 가지 생각 속에서 살아왔고 때로는 그 생각의 진전이랄까 생각의 정밀도를 높이고자 노력도 했지만, 안타깝게도 아직 (2)라고 제목을 붙일 만한 수준에 이르지 못하고 있다. 그렇다고 (1)에서 내가 생각했던 기본틀이 크게 흔들렸던 것도 아니었다.

사상이란 무엇인가. 사상이란 자기 속의 결핍 부분을 메우기 위한 인간 정신활동의 하나가 아니겠는가. 그러기에 어떤 사상이든 급진적 측면을 갖는 것이며, 그 때문에 과격성을 어느 경우에도 속성으로 갖고 있음이 그 존재방식이 아니겠는가. 이러한 사상에 대한 생각 속에는, 한 개인이 어떤 사상을 선택하는 것은 그의 필연성에서 말미암는 것이어서 그것의 우열이 원칙적으로 있을 수 없다는 의미까지도 포함되어 있다. 어떤 사상도 다른 사상과 원칙적으로 등가라고 말해질 때, 우리는 사상 연구의 객관성과 나아가 그 폭과 깊이를 유연성 있게 획득할 수 있을 것이다. 말을 바꾸면 사상의 자립적 근거를 문제 삼는 일이야말로 문학과 사상 연구의 독자성 획득에 나아갈 수 있는 길이라는 것이다. 지금도 나의 이러한 생각은 변화가 없다. 이를 두고 가치중립성이라 부르기도 했거니와, 이것이 상대주의라든가 상대적 허무주의일 수 없는 것은 사상의 존립방식의 독자성, 그러니까 궁극적으로는 사상가의 운명에 관련되기 때문이다. 사상이란 바로 운명의 형식의 일종이며 문학의 경우 이점이 종교나 철학보다 한층 감각적으로 섬세하다고 볼 수는 없을까.

그동안 나는 사상과 운명의 관계를 밝혀보고자 했는데, 우리 근대문학사에서 그것은 근대성과 관련된 것이었다. 그러니까 한 인간이 자기 속의 가장 결핍된 부분을 메우기 위한 정신활동을 검증하기 위한 대상으로 삼은 것은 이른바 근대랄까 근대성 또는 근대주의에 대한 것이었다. 당초 이 근대주의란 세계를 수식으로 개량화하는 갈릴레이적 사고로 요약되는 것인 만큼 과학이랄까 학문의 기반을 이루는 것이었고, 이것이 서양을 근대적이게끔 한 기본 원리였다. 그러나 이 과학주의 원리가 그 자체의 논리적 모순을 안고 있었음도 문제이지만, 그러한 모순인식을 발견하기까지에는 많은 우여곡절이 있었다. 이러한 우여곡절을 우리 근대 문학사에서 알아보는 일이 내가 마주친 과제였던 것이다. 우리에게 있어 이 근대주의란 먼저 제도의 일종으로 인식되었음이 판명되는데, 이것의 가시적 형태 속에 문학도 포함된다. 과학이란 이름의 근대주의가 제도와 더불어 확립될 때, 그 제도의 변천이 그대로 사상의 변천에 대응될 수 있었다. 마르크스주의와 이를 초극하기 위한 어떤 종류의 논리도, 사상도 등가일 수 있었던 것은 이 때문이다. 이러한 근대주의에 맞서는 반근대주의 역시 근대주의에 대한 자의식의 소산인 까닭이다.

여기 수록된 논문들은 근대와 반근대의 갈등을 참주제로 한 것이다. 그것은 서유럽이 지어낸 오리엔탈리즘의 허상을 엿보는 일의 하나이기도 하며, 또한 그것은 헤겔이 말하는 주인과 노예의 목숨을 건 싸움으로 요약될 수 있다. 이 점에 주목하여 이 논문들은 근대의 초극을 문제 삼았지만, 그 초극은 완성된 것일 수 없다. 주인과 노예의 목숨을 건 싸움이란 변증법의 범주에 속하는 만큼 종말이 없는 것으로 보이기 때문이다. 근대에 맞서기 위한 사상이란 반근대가 아니라 '비근대'여야 했는데, 불행히도 비근대란 사유의 형식을 갖추지 않은 것이었다. 나를 더 나아갈 수 없게끔 가로막는 벽이 이 부근에 있었던 것이다. 그렇지만 '근대의 초극'에 대한 실마리랄까 방향성이 무엇인가를 밝히는 일과, 또 이 과제의 중요성에 대한 확인만큼은 이 논문들로써 어느 정도 이루어진 셈이 아닐까. (2)라고 붙이지 않은 채 이 책을 내는 이유가 여기에 있다. 저자의 이러한 어리석은 점과 어두운 구석을 이끌어 비판해주고 또 깨우쳐줄 분들이 있기를 기다리는 것도 이 책을 내는 이유의 하나이다.

1992년 7월 20일

운명과 형식

솔, 1992

책머리에

　지난 해 '입장총서'를 기획하는 정과리 씨가 내게 여기에 당신도 포함시킬 생각인데 어떠냐고 물어왔다. '입장총서'가 겨냥한 것이 무엇인지 정확히 알기 어려우나, 어떤 일이나 현상에 관해 자기의 뚜렷한 사고의 근거가 되는 것을 가리켜 입장이라 하고, 그러한 논자들의 묶음을 두고 하는 기획이라면 나는 이에 적합지 않다. 그러한 뜻을 전하자 정 씨가 이렇게 말하는 것이었다. "우리가 제시하는 '입장'들은 자신의 선명한 내세움 속에서 자신의 긴박한 위기를 동시에 보여준, 그러니까 입장 속에서 입장의 해체를 적극적으로 감행한 입장들이다"라고. 아직도 이 말의 뜻을 정확히 헤아리지 못하나, 드러난 문맥대로라면, 그러니까 내 나름대로 드러난 문맥을 읽는다면, 굳이 나도 입장이 없었다고는 할 수 없는 것처럼 느껴졌다. 이것이 옳다고 믿고 밀고 나가다 보니 수습할 수 없는 대목에 다다른 적이 한두 번이 아니었다. 이런 미로 헤매기에서 벗어나고자 애쓰다 보니, 처음의 출발점의 처지와는 정반대의 자리에 놓이는 경우가 한두 번이 아니었다. 말하자면 갈팡질팡하면서 30여 년을 넘게 글쓰기에 골몰해온 셈이다. 만일 내게 일관된 입장이 있다면 중단 없는 글쓰기가 아닐 것인가.

그 중단 없는 글쓰기에서 몇 알의 열매가 맺혔는지는 잘 알지 못하나, 90년대에 들어와 그 열매들이 실상은 쭉정이라든가 벌레 먹은 것이라든가 등등 씨앗의 부실함을 분석, 적발하는 젊은 층의 글들이 여러 편 나타남을 나는 보았다. 그런 글들이 나를 조금은 씁쓸하게 했는데, "내 입장 속에서 입장의 해체를 적극적으로 감행"한다고 했으나 그렇게 안 보는 측도 있구나 하는 자책감 때문이었다. 나는 나를 뒤돌아볼 여유가 없었다. 앞으로 나아가기에 항시 골몰했을 뿐이다. W. 벤야민이 말하는 P. 끌레의 그림 〈새로운 천사〉가 마음에 들었던 것은 이런 사정에 관련된다.

이 선집은 신진 평론가 한기 군이 없었더라면 이루어지기 어려웠을 것이다. 모 계간지의 원고청탁으로 내가 만든 열매의 부실함을 밝히는 글을 쓰게 된 한 군이 내 연구실로 찾아왔는데, 이런 일은 조금 낯선 것이다. 한 군이 굳이 나를 만나야 할 이유란 무엇이었을까. 다른 사람들 모양 그냥 자기 생각대로 쓰면 되는 것이 아니었을까. 이러한 표정을 짓고 있는 나에게 한 군은 이렇게 말하는 것이었다. "열매가 쭉정이냐 아니냐 따위의 적발에는 흥미가 없다. 중요한 것은 당신의 인간 자체에 대한 흥미에 있을 뿐이다. 한 인간이 어째서 글쓰기에 골몰하여 지금껏 이르렀는가를 알고 싶다"라고. 그러면서 대뜸 어디서 언제 태어났고 어떤 집안에서 자랐으며 어째서 문학적 글쓰기에 나아가게 되었는가를 자세히 말해줄 수 없느냐고 묻는 것이었다. 어안이 벙벙하였으나 나는 이 제안을 거절할 수도 수용할 수도 없었는데, 한 군이 내 글과 그것의 발표연도를 정밀히 검토한 노트를 갖고 있었기 때문이다. 그로부터 꽤 시간이 지났는데도 어쩐 일인지 한 군의 나에 대한 글은 아직 쓰이지 않은 모양인데, 그가 내 글쓰기에 너무 접근했거나 너무 멀어졌기 때문은 아니었을까.

그 대신 그는 이 책의 내용을 구성해놓게 되었다. 내가 이 책의 내용 구성에 전혀 무관심했던 것은 다름이 아니었다. 한 군의 안목을 믿었기 때문도 아니었고, 글이란 한번 발표되면 작가의 몫이 아니라는 어떤 범주의 통념 때문은 더구나 아니었다. 매우 무책임하게 들릴지 모르나 내가 쓴 글이란 내 입장 속에서 그 입장의 해체를 적극적으로 감행하지 않은 경우란 없다고 믿기 때문이었다. 참으로 딱한 일은, 이 믿음을 내가 잘 설명할 수 없다는 사실이다. 운명의 표정과 그것이 흡사한 까닭이 아니겠는가.

1992년 8월

근대시와 인식 —김윤식 평론집

시와시학사, 1992

머리말 | 표현과 인식의 일치를 향하여

　비평이란 무엇인가. 이런 물음을 저 자신에게 던지는 때가 자주 있습니다. 그럴 때마다 그 물음의 아득함에 당황하곤 했는데, 비평을 시작한지 30년이 지난 지금에도 사정은 마찬가집니다. 시나 소설이 무엇인가를물을 때, 「님의 침묵」이나 「죄와 벌」을 내보이면 됩니다. 이 경우 그것은표현에 의한 대답일 터이며, 시나 소설의 역사, 기법, 효용 따위를 제시하면 인식에 의한 대답일 터입니다. 비평이란 무엇인가 하는 물음에는 그내용이 어떤 것이든 표현으로도 인식으로도 불가능한 것, 그 둘을 될 수있는 한 접근시키고자 하는 방향성 위에서 해답을 찾을 수밖에 없는 것이 아니겠는가. 비평의 구경적 형태가 표현과 인식의 완전한 일치에 있는 까닭입니다. 비평의 이러한 이상형에 도달하고자 애쓰면 애쓸수록 손안에 잡히는 것은 표현 쪽도 인식 쪽도 아닌, 썩 엉거주춤한 것이어서 혼자 당황하곤 했습니다. 이는 결국 자질의 문제가 아니겠는가? 안타까운일이 아닐 수 없습니다.

이 책을 묶음에 제 개인적 사정을 조금 말하면 안 될까요. 김재홍 교수가 계간지『시와 시학』을 창간하면서, 시론집을 계획, 그 제1번으로 제 저술을 요청해 왔던 것입니다. 시에 대한 비평을 쓴 제 글들로『한국현대시론비판』(1975)이 있고,『한국근대작가논고』(1974) 및『(속) 한국근대작가논고』(1981)에도 여러 편의 시인론이 포함되어 있거니와, 김 교수의 안목에 따른다면 이와는 별개로 제가 그 후에 쓴 것과 여기저기 흩어져 있는 시론들이 상당수 있다는 것, 그것을 체계화하면 안 되겠느냐는 것이었습니다. 그러고 보니 김 교수는 이미 그 나름의 체계화를 겨냥하고 있었던 것이 아니고 무엇이겠습니까. 김 교수를 포함한 몇 사람이 제 글을 읽어 주었다는 것은 고마운 일이 아닐 수 없습니다.

끝으로 책을 만들어 준 시와시학사 여러분, 읽어 주신 여러분께 고마운 마음을 적어 두고자 합니다.

1992년 2월

근대성의 구축과 해체

한국문학의 근대성 비판

문예출판사, 1993

머리말 | 근대와 그 초극

전공이 한국 근대문학인 까닭에 우리 문학이 지향해온 근대적 성격만큼 나를 괴롭힌 것은 없다. 근대문학을 추상적으로 개념 규정하기란 결코 어려운 일은 아니다. 자본제사회제도를 지향하면서 민족국가(nation-state)를 세워나가는 과정의 일을 두고 근대라 부른다면, 그러한 이념에 부합하는 문학을 두고 근대문학이라 하면 그만일 터이다. 그러나 이러한 설명모델이 정작 우리의 근대사 전개 속에서는 참으로 난처한 두 가지 장애에 부딪히지 않으면 안 되었는데, 이 설명모델을 방해하는 두 개의 명제의 도전 탓이었다. 제국주의 침략이 그 하나이고, 자체 내부의 봉건적 잔재가 그 다른 하나이다. 넓은 뜻의 근대주의가 이러한 형국이었던 까닭에 어느 한쪽만을 편들거나 비판하기란 여간 까다롭고 어려운 과제가 아니었다. 얼핏 보기엔 카프 문학이 자본제제도 비판이라든가 반제투쟁이란 측면에서 뚜렷하지만, 그것은 근본적으로는 앞에서 말한 근대의 설명모델 자체의 부인에 해당되는 것이 아니었겠는가. 이러하매,

근대의 설명모델로서의 자본제사회제도 확립과 민족국가 건설이라는 한 쌍과 반제, 반봉건이라는 한 쌍의 또 다른 설명모델을, 한국 근대사의 보편성과 특수성으로 파악하는 일이 불가피해진다. 원근법의 도입이 불가피한 것은 이 대목에서이다. 곧 어느 특정 시기와 상황에 따라 보편성과 특수성의 자리와 그 순서를 결정하는 일이 그것.

이러한 원근법 속에서 오래도록 헤매다 보면, 스스로 독아론(獨我論)에 빠졌음을 깨닫는 때가 오게 마련이다. 이 원근법이 가져오는 독아론이란 혹시 서구 형이상학이 던져놓은 덫이 아닐까. 세계(사회)를 변혁시킬 수 있다는 식의 사고 형태란 어쩌면 인간이 지닌 환각의 한 가지인지도 모르지 않겠는가. 헤겔의 『정신현상학』의 덫에서 벗어나는 길은 과연 없는 것일까. 주인과 노예의 변증법의 고리를 끊는다면 새로운 세계인식이 열릴 수도 있지 않겠는가. 이러한 생각이 내 속에서 조금씩 자라기 시작한 것은 90년대에 접어들어서였다. 주인과 노예의 변증법, 독아론, 원근법 등의 은유로 말해지는 근대를 비판할 수 있는 초월론적인 시각을 찾아내기만 한다면, 얼마나 넓은 시야가 펼쳐질 것인가를 나는 자주 꿈꾸곤 했다. 이러한 꿈꾸기에서 제일 큰 가능성으로 다가오는 것이 김동리의 존재였다. 대담하게도 그는 근대의 총파산을 선언하였는데 이점에서 그는 이 땅의 니체라 할 만했다. 그가 내세운 대안으로서의 '구경적 삶의 형식'의 타당성 여부를 떠나, 적어도 그는 주인·노예의 변증법의 고리를 끊고자 했기 때문이다. 근대의 초극사상이 그것. 그것은 반근대가 아니라 몰근대, 비근대라 불릴 성질의 것이었다.

이 책에 묶인 글들은 모두 1992년도에 쓴 것들이고 표면상 비체계적이나, 김동리의 존재를 의식하고 쓰였음에서 어느 경우와 같이 체계적이라 할 것이다. 어려운 출판계에서 이런 책을 선뜻 내어주신 전병석 사장님과 문예출판사 여러분께 감사의 말씀을 드리고자 한다.

1993년 1월

90년대 한국소설의 표정

서울대학교출판부, 1994

머리말 | 주인과 노예의 사상

소설만큼 매력적인 것이 따로 있을까. 저는 자주 스스로에게 이렇게 묻곤 합니다. 어떤 방식으로도 규정하기 어려운 까닭에 얽어낼 어떤 통발도 없거나 적어도 불충분한 것처럼 보이기 때문입니다. 그는 그 자신을 항시 새로이 만들어 가는 것이기에, 그 누구도 그와 친근할 재간이 없지요. 그렇지만 바로 그 때문에 그 누구도 그와 친근하고자 노력하지 않고는 배겨 낼 재간 또한 없습니다. 그와 계속 친근하고자 함이란, 누구나 갖고 있는 본능과 같은 것. 그 때문에 그 누구도 이 욕망을 중단할 수 없습니다. 누가 이 기묘한 소설이란 종자를 발견하였는가. 이렇게 묻는 사람도 많았고, 이에 대한 그럴듯한 해답들이 이미 나와 있지 않습니까. 그러나 그 어느 해답도 저를 만족시키지 못하였습니다. 생각건대, 소설이란 우리의 본능 그것과 같아서 설명이나 논증의 대상이 아닐 터이지요. 그렇다고 설명이나 논증에 대한 노력 또한 포기할 수 없음도 엄연한 사실인데 그 또한 본능에 관련된 까닭입니다.

소설이 지닌 매력이란 그러니까 논리적으로 포착할 수 있다고 믿는 바로 그 순간에 유령처럼 사라져 버리는 것에 있지 않겠는가. 그 논리란 저에게는 시민 사회의 욕망의 체계화로 규정한 헤겔주의가 제일 그럴듯하게 보였던 것이나, 워낙 시민 사회의 욕망의 다양·복잡성으로 말미암아, 논리가 욕망의 노예로 전락되는 형국이었던 것이지요. 다르게 말하면 주인과 노예의 변증법이 끊임없이 벌어지는 장면이 바로 소설 자체가 아니었던가요. 소설이 제게 던지는 영원한 매력이란 작가가 바로 독자인 제 자신이라는 사실, 뿐만 아니라 소설 주인공 역시 제 자신이라는 이 기묘한 이중의 동질성에 있었던 것임이 분명해집니다. 때로는 작가가 제 주인일 경우도 있었지요. 그것이 헤겔적인 의미에서 역전극이 벌어지지 않겠는가. 한갓 독자인 제가 주인이 되고 작가가 노예로 전락되는 정신 현상학이 벌어지는 장소를 두고 소설이라 불렀던 것이지요. 더욱 놀랍고도 신나는 일은, 소설 주인공의 노예에 지나지 않는 독자인 제가 어느 순간 주인공으로 전화되어 그 주인공 위에 군림하는 역전극이 벌어지지 않겠는가. 어떤 철학서에서도 또는 서정시에도 이런 극적 장면이란 일어나지 않습니다. 오직 소설에서만 이런 일이 벌어지는 것입니다.

원래 '나'란 무엇인가. 타인이 있기에 '나'였던 것. 그런데 그 타인이란 기실은 '나' 자신이었던 것이기에 이런 역전극이 벌어지는 것이지요. 거기엔 '나'와 타인의 목숨을 건 싸움이 있었던 것. 죽음이 두려워, 그 싸움에서 물러섬이 바로 노예의 길이었던 것. 주인이 주인으로 되는 순간 '나'는 그 자격을 즐기기 마련이며, 그 즐김이란 노예의 노동에 의거한 것이지요. 노예는 노동을 통해 스스로를 극복, 그 노동의 단계에서 그는 주인으로 변신하는 것. '소설은 노예의 것이다'라고 헤겔은 그의 미학에서 말하지 않았던가. 죽음을 담보로 하여 벌어지는 이 주인·노예의 변증법이 지닌 영원한 매력에 그 누가 매료되지 않을 수 있겠는가.

소설 주인공이 어째서 어느 순간에 '나'의 주인으로 군림하며, 또

한 어떤 곡절을 겪어 마침내 '나'의 노예로 전락하는가. 작가는 어떤 경우 '나'의 주인공이 되었다가 또한 어떤 곡절을 겪으면 '나'의 노예로 전락하는가. 그리고 이러한 '나'는 또 어떤 장면에서 다시 노예로 전락하여 노동이라는 형벌과 구원 속에 몸을 던져야 하는가. 이런 정신적 드라마의 연출 장면이 소설 읽기가 아니겠는가. 그러기에 이러한 소설 읽기란 낮은 목소리로밖에 할 수 없는 것입니다. 원래 생사를 건 싸움에는 소리가 없는 법. 죽음을 두려워하지 않는 자만이 주인인 까닭에 그것은 그러합니다. 어떤 주인공도 독자인 '나' 앞에 주인 행세를 지속할 수 없다는 것. 다만 '나'가 노동하지 않는 한 그가 주인일 터이지요. 독자인 '나'의 노동으로 향락(Genuß)을 즐기는 주인의 운명은 참으로 잠정적일 수밖에 없지요. '나'의 가열성이 '나'를 해방시킬 때가 조만간 닥쳐오기 때문이지요. 주인과 노예의 변증법 속에 놓인 이 소설의 매력만큼 그럴법한 것이 달리 있을까요. '나'의 노동으로 그를 정복할 수 있는 것으로 우리 주변에 제일 가까운 것이 소설인 것입니다.

제게 있어 소설 읽기란 '나'가 노예인가 주인인가를 묻고 답하는 가장 확실한 방법인 것입니다.

1993년 8월 10일

한국근대문학사상연구 2 ─문협정통파의 사상구조

아세아문화사, 1994

머리말 | 사상사의 내력

문협(文協)이란 무엇인가. 한국문학가협회의 준말이라 하여 이 물음
의 해답을 삼으려는 것은 불충분할 뿐 아니라 위험하기까지 하다. 문협
을 창설하고 운영해 온 그 중심 인물 중의 한 사람인 김동리가 이 기구를
설명함에 있어 이렇게 말해 놓았음은 위의 사실을 새삼 일깨우는 것이
라 할 만하다. "한국문학가협회는 대한민국 정식정부의 수립과 함께 이
루어졌다. 이것은 그 이루어진 시기의 동일성을 말함이 아니다. 그 정신
적 내지 역사적 성격을 가리키는 것이다."(『해방문학 20년』, 정음사, 1971,
145쪽)라고. 대한민국 정식정부의 '정신적 내지 역사적 성격'의 문학적인
측면이 곧바로 문협의 그것임을 김동리는 망설임도 없이 선언해 놓고 있
기 때문이다. 이 망설임 없음의 근거란 어디에서 말미암았던 것일까. 김
동리는 그 근거를 8·15 해방 이후 문단이 좌우로 갈라져 '사투'를 해 왔
다는 사실에다 두고 있지 않겠는가. 문학(비평)이란 이래도 좋고 저래도
좋은 그러한 것이 아니라 온몸으로 하는 몸부림이라 규정하고 다음처럼

말한 조연현의 비평관도 이러한 사정에 관련되어 있다. 그는 "상대방을 극복하기 위한 필사적인 자신의 역량의 발휘"(『조연현문학전집(4)』, 어문각, 1977, 17쪽)에다 비평의 근거를 두고 있었다. 김동리·조연현이 여기서 주장하고 있는 핵심 요소가 '사투'라든가 '필사적인 것'에 있음은 새삼 말할 것도 없다. 대한민국정식정부도 그러하며, 그러한 정부의 성격의 문학적 발현이 바로 문협의 이념이란 것으로 이 사정이 요약된다.

문협이 조직된 것은 1949년 12월 9일이다. 자유진영의 문학단체인 문필가협회와 청년문학가협회가 발전적 해소를 거쳐 창립된 문협은 보도연맹에 가입된 문인들이나 중간 노선의 문인들을 포함한 이른바 대한민국 이념에 부응하는 단일문학단체라 할 것이다. 이를 보면 문협은 문필가협회, 청년문학가협회, 그리고 중간노선의 문인 등 세 가지 구성원으로 이루어졌음이 드러난다. 그러나 이러한 문협의 중심 세력은 물을 것도 없이 청년문학가협회의 구성원들에 있었다. 회장에 김동리, 시분과 위원장에 서정주, 소설분과 위원장에 최태응, 비평분과 위원장에 조연현, 고전문학분과 위원장에 조지훈, 그리고 박두진, 박목월 등으로 구성된 청년문학가협회가 창립된 것은 1946년 4월 4일이었다. 이 청년문학가협회가 주도권을 쥐고 문협을 구성하고 이끌어 나갔다 함은 곧 이들이 '문협정통파'에 해당된다는 뜻이자, 국가적인 차원에서 이루어진 이념의 정통파라는 명분과 의의가 포함되었음을 가리킴이기도 하였다. 그러기에 문협정통파의 이념이란 무엇인가 하는 물음은, 대한민국의 '정신적 내지 역사적 성격'과 결코 분리시켜 논의할 수 없을 터이다. 대한민국이 '사투' 또는 '필사적'인 행위로 쟁취한 국가이듯 문협정통파의 문학 이념 또한 이러하지 않을 수 없다. 그 이념이 이른바 '구경적 삶의 형식'이란 명제로 김동리에 의해 정립되었고, 조연현에 의해 복창되어 일층 세련화되었으며, 서정주·유치환·조지훈 등에 의해 창작으로 실현되기에 이른 것이었다.

이 거대하고도 견고한 문학사상인 '구경적 삶의 형식'란 무엇인가를 다각적으로 분석·검토하고자 함이 이 책이 겨냥한 곳이다. I에서는 '구경적 삶의 형식'이 한국근대문학사상 전체에 놓이는 위치를 점검하였고, II는 그것의 형성 과정을 추적한 것이며, III에서 비로소 그 이념의 철학적·미학적 근거를 해명하고자 하였다. IV에서는 '구경적 삶의 형식'이 6·25에 어떻게 대응하고 또 초극해 갔는가를 김동리·서정주·조연현 등의 실천을 통해 살펴본 것이며, V는 김동리의 이른 곳인 「을화」의 세계와, 조연현·김동리에 대한 간략한 개괄을 보인 것이다.

끝으로, 부록 세 조각을 달았다. 이는 저자 자신이 사상사에 관심을 가지게 된 동기를 보인 것이어서 이 저서와는 직접적 관련이 없지만 전혀 무관한 것이라 하기도 어렵다. 저자에게는 더없이 조심스럽지만 솔직한 부분이기도 하다.

이제 이 책의 부제에 대한 해명을 할 차례에 이른 것 같다. 저자는 일찍이 『한국근대문학사상연구 1』(일지사, 1984)을 낸 바 있다. 경성제대가 낳은 특출한 두 사상가 도남 조윤제와 최재서를 택해 그들의 사상형성과정과 그 구조를 해명한 것이어서, 부제를 '도남과 최재서'라 하였다. '김태준과 임화', '육당·위당·가람', '김동리·서정주·유치환' 등이 그다음 저술로 구상되었던 것이다. 불행히도 저자는 이러한 구상을 실천할 능력도 시간도 모자랐고 무엇보다 세속에 눈멀어 세월을 허송하고야 말았다. 이제 겨우, 10여 년 만에 『한국근대문학사상연구 2』를 내게 되어 감개가 없지 않지만 그보다는 앞길의 아득함에 몸 둘 바를 잃고 있다. 그렇지만 이 아득함도 13년 전에 낸 『한국근대문학양식논고』(아세아문화사, 1980)를 옆에 놓고 어루만지고 있노라면 마음이 조금씩 가라앉는다. 이창세 사장님께 새삼 고마움을 표하며 아울러 독자 제현의 질정을 바라 마지않는다.

1993년 8월 15일

설렘과 황홀의 순간 —김윤식 예술기행

솔, 1994

머리말 | 환각 좇기, 환각에 쫓기기

'현장에서 본 예술세계'라는 부제를 단『문학과 미술 사이』(1979)를
묶어낸 이래로 나는 매년 김포 공항을 드나들었다. 떠날 때는 언제나 가슴
설레었고 돌아올 땐 한결같이 피로하였다. 이 가슴 설렘도 내 몫이지만 피
로함도 내 것이었다. 설렘이 피로를 낳고 그 피로가 또 설렘을 낳았다. 나
는 이 순환의 고리에 매달려 지금껏 노예처럼 살아온 것인가. 아마 그런
것 같다. 그 순환의 고리 끊는 방법을 아직도 터득하지 못한 까닭이다.

그렇지만 한편 곰곰이 생각하면 이 가슴 설렘이란 내 것이 아닌지도
모른다. 누구나 갖고 있는 그리움이랄까 에로스적인 것이라 할 수 없을
까. 일찍이 니체는 이를 두고 목가적 황금시대의 그리움이라 불렀고 도
스토예프스키는 스타브로긴(『악령』의 한 인물)의 입을 빌려 이것이야말
로 원래 이 지상에 존재한 공상 중에서 가장 황당무계한 것이지만 전 인
류는 그 때문에 평생 온 정력을 다 바쳐왔고, 그 때문에 모든 희생을 해
왔다고 외쳤다. 그 때문에 예언자로 십자가 위에서 죽거나 죽임을 당하

거나 했다는 것이다. 모든 민족은 이것이 없으면 산다는 일을 원치 않을 뿐더러 죽는 일조차 불가능할 정도라고 말해지는 이것이기에 나라고 이 장면에서 예외일 수 없지 않겠는가. 다만 나는 그 인류로 하여금 미치고 환장케 하는 고약스런 본능에 좇아 여기저기를 헤매었다고나 할까.

그러한 황당무계함이 제일 많이 또 철저히, 실로 염치도 없이 펼쳐진 곳이 박물관이고 미술관이고 오페라좌이고 책방이었다.

누가 이 장대한 황당무계한 환각 앞에 감히 알몸으로 맞설 수 있으랴. 내 피로함은 이 환각의 너무나 큰 압력에서 왔다. 나는 그 환각 속에 빨려 들어가지 않기 위해 필사적이어야 했다. 그럴수록 붙잡을 지푸라기 하나 내 주변엔 없었다. 그런 위기 의식에 빠질 적마다 나는 주문처럼 외치지 않으면 안 되었다. 저건 환각이야, 황당무계한 꿈에 지나지 않아, 라고. 왜 냐면 환각이 현실로 살아서 내게 육박해왔기 때문이다.

이 싸움이 내겐 글쓰기 행위인지도 모른다. 그러기에 그것은 모순이 아닐 수 없다. 환각을 끊임없이 좇으면서도 그것에서 벗어나고자 필사적으로 도망치고 있기에 그것은 그러하다.

가슴 설레지만 피로한 마음의 자리, 그것을 조금 펼쳐놓으면 어떻겠느냐. 혹시 가슴 설레는 사람도 피로한 사람도 이 세상엔 조금은 있지 않겠느냐. 그 두 가지를 다 갖고 있는 사람도 있을지 모르지 않겠느냐. 솔출판사 편집장 정홍수 씨가 어느 날 내게 이렇게 제안해왔다. 정 씨와 이 책의 독자들께 마음으로 고마움을 표하고 싶다.

1994년 5월

소설과 현장비평

새미, 1994

머리말 | 비평을 위한 한 가지 변명 ─ 형식 속에서 운명적인 것을 보는 자를 위하여

　문단이라는 제도 속에 제가 선 자리란 비평가라는 것밖에 더 있겠습니까. 그렇다면 비평가도 문인이라 할 수 있는가. 이 물음이란, 왠지는 알수 없으나 시간이 지날수록 매우 곤혹스런 과제로 제겐 육박해 오는 것입니다. 작품에 대한 상식적인 해설을 써 놓고도 비평가라 할 수 있을까. 없지요. 그는 응당 해설가일 터이니까. 작품이나 작가에 대한 자료 검증을 일삼는 축을 두고 비평가라 할 수 있을까. 없지요. 그는 응당 학자일 터이니까.

　작품을 정밀하게 읽고 거기에다 이런 저런 분석하기, 검증하기란 학자의 임무 아니겠는가. 학자의 임무란 그 나름 훌륭한 면이 있을 것입니다. 문학을 과학으로 다루는 일이 그들의 소관이겠지요. 문학에 대한 이런저런 학문적 논의(literary study)가 아무리 잘해 보아야, 엄밀히 말해 과학이 될 수 없고 기껏해야 사이비 과학 곧 학습(learning) 또는 지식(knowledge)의 일종이라 보는 사람도 있습니다.

문학의 과학화에는 크게 두 갈래가 있음은 모두가 아는 일 아닙니까. 언어의 특수한 용법이라 보는 시각이 그 하나. 언어의 특수한 용법으로서의 이런저런 논의가 과학적 근거를 획득하는 것이 언어학의 도움으로 겨우 가능하기에 그것은 응당 언어학이라는 견고한 과학의 셋방살이라할 수 없을까. 다른 하나는 이른바 문학사회학이라 부르는 것. 반영론이라든가 리얼리즘이라 말해지는 이 영역에서 과학성의 보장은 사회과학의 이론(총체성 이론, 주관·객관 동일성 이론, 등가론 이론 등등)에 있지 않겠는가. 그러기에 이를 원용한 과학 역시 곁방살이 신세를 면치 못하는것 아니겠는가. 프로이트나 융의 심리학의 경우도 사정이 같다고 할 수없을까.

문학의 과학화의 한계가 여기에 멈추지 않을 듯하기에 그 양상은 좀더 한심하다고 할 수 없을까. 어떤 입빠른 친구는 이렇게 빈정대기를 마지않습니다. 문학의 과학화란 기껏해야 묘지기의 일종이라고. 그의 여편네는 그를 제대로 알아주지 않으며, 자식 놈들은 아비 덕을 몰라보며, 매달 그는 궁색하다고. 그렇지만 그는 다행스럽게도 항상 서재에 들어갈수 있다고. 서재에는 죽은 자들의 저술들이 시체 냄새를 풍기며 선반 가득 있지 않겠는가. 죽은 자들에게 자기의 육체 빌려 주기를 일삼는 무리들이 학자가 아닐 것인가라고. 혹시 이런 사태를 두고 어떤 늙고 꾀 많은자가 미네르바의 부엉이를 들먹거리지 않았을까. 황혼이 되어서야 겨우난다고. 모든 것이 끝장난 장면에서 비로소 객관화가 가능하다고.

무슨 소리냐고 이에 대해 누군가가 외칠 법도 하지 않겠는가. 콧수염을 기른, 런던 어느 공동묘지에 묻힌 자가 이렇게 외칠 수도 있었던 것. 중요한 것은 세계에 대한 이런저런 해석이 아니라 그것을 어떻게 바꿀것인가에 있다고.

여기까지 이르면 곧 제가 서 있는 혹은 서고자 하는 자리에 대한 점검이 어느 수준에서 이루어졌음 직하지 않겠습니까. 비평가란 무엇인가.

그는 작가도 시인도 아니지요. 물론 공동묘지 묘지기인 학자도 세계를 바꾸고자 하는 몽상가도 아닙니다. 그렇다면 그는 무엇인가. 이 물음 하나에 천금의 무게가 걸려 있지 않겠는가.

작가에게 소설이란 무엇인가 하고 물어보십시오.『무정』이라든가 『삼대』또는『죄와 벌』을 손에 들고 내보일 것입니다. 이는 표현으로써 대답하는 경우가 아니겠는가. 다른 방법도 없지 않지요. 소설의 역사, 기법, 효용 따위를 논의하는 일, 그러니까 이른바 소설론으로써 대답할 수도 있겠지요.『무정』이라는 실물(표현)로써도 소설론이라는 이론(인식)으로써도 대답할 수 있고 그 어느 것이나 훌륭한 답변일 터입니다. 소설의 표현으로 대답하기, 소설의 인식으로 대답하기의 두 길이 각각 열려 있는 것입니다. 이 둘이 각각 독립되어 있음이란 얼마나 부러운 일일까. 열려 있는 세계인 까닭.

그러나 비평이란 무엇인가 하고 물을 경우엔 사정이 썩 다릅니다. 그것은 표현으로도, 인식으로도 대답되기 어려운 법. 다시 말해 표현의 측면과 인식의 측면 중 어느 한쪽을 철저히 추구해도 도달하기 어렵다는 뜻이 아닌가. 비평의 구경적 형태란 어느 한쪽을 선택할 여지가 없는 것. 둘의 완전한 합일에 있기 때문이지요.

어째서 그러한가. 여기까지 이르면 창작과도 학문과도 다른 비평 고유의 영역에 대한 검토가 불가피하게 요청됩니다. 표현을, 표현 속에 잠겨 있는 진리 내용을 통해 포착하고자 하는 지향, 다시 말해 말이나 그림 또는 음악의 소리 등에 의해 형상화된, 그러니까 눈에 보이게 된 것으로서의 표현 속에서 '보이지 않는 것'으로서의 표현의 진리 내용을 읽어 내고자 하는 지향에 그 핵심이 있다는 것입니다.

오해가 없기를 바라는데, 이는 구체적인 표현 형태를 표현과 표현 내용으로 분리하여 이해하는, 이원론의 수준에서 흔히 저지르는, 표현 내용의 우위성과는 질적으로 다른 차원입니다. 표현의 피안(깊은 곳)에 있는 개념적 본질로서의 그것이 아니라, 표현의 구체적인 세부(디테일) 그 자체 속에 잠겨 있는 어떤 종류의 '개념적 징후'로서 포착하는 것을 가리키는 것. 학자들이 일삼는, 개념의 수미일관된 명시적 논리성, 그것에 의해 확증된 표현의, 눈에 뵈는 동일성으로서의 진리에 대신하여, 표현의 개개 세부의 불연속성 속에 찢긴 조각으로서만 존재하는, 그러니까 완전하게 일어 내지 않는 한 가지 징후로서만 존재하는 그 무엇(그것은 보이지 않는 것인데)을 진리 내용으로 탐구하는 것.

이를 다음처럼 요약한 사람도 일찍이 있었지요. 곧 비평가란 형식 속에서 운명적인 것을 보는 사람이라고. 형식의 간접성 또는 무의식 속에서 자기 속에 감추어진 혼의 내실(內實)을, 형언할 수 없는 강렬한 체험으로 맛보고자 하는 자라고. 어떤 것으로도 표현될 수 없는데, 그럼에도 표현하지 않을 수 없는 것이란 결국 절대 모순이라 할 수 없겠는가. 그러니까 사물이 형식으로 되는 순간이야말로 비평가의 운명적 순간인 것. 형식이란 다름이 아니지요, 영혼의 내용이 바로 형식이었던 것이지요. 외부와 내부, 영혼과 형식이 합일되는 신비적 순간에 비로소 비평이 탄생하는 것. 이를 두고 신비적 순간이라 부르지 않는다면 뭐라 해야 적당할까.

제 설명이 부적절한 탓으로 조금 난해해졌다면 저로서는 참으로 답답하고 또 부끄러운 일입니다. 이렇게 비유하면 어떠할까. 소설을 두고 우연과 우주적 필연성이, 서정시를 두고 영혼과 배경이 서로 만나 과거에도 미래에도 분리될 수 없는 하나의 통일체로 함께 어우러져 성장하는 신비적 순간이라 한다면, 비평은 형식의 이쪽과 저쪽에 있던 모든 감정과 체험이 하나의 형식을 얻고, 형식으로 용해되고 압축되는 순간을 가리키는 것. 그러니까 형식 속에서 운명적인 것을 보는 사람을 두고 비평가라 불러야 하는 것. 비평이란 그러니까 몸 가벼워야 하는 것.

이 경우 우리는 학문이라든가 철학을 먼저 염두에 두어야 할 터이지요. 학문 또는 철학에서는 사람에 따라서는 갑옷 입고 투구 쓴, 이른바 완전무장한 모습을 떠올릴 수 있겠지요. 이를 정형화된 사유 형식이라 부를 수 없을까. 비평이란 이러한 정형화된 갑옷과 투구를 거부하는 몸짓이 아니었겠는가. 정형화된 것을 거부함이란, 가장 내적인 사고의 운동·리듬의 징후로 번역하여 읽어 낼 수 없겠는가에 관련되는 것. 종래의 학문적 방식인 굳고 체계화된 사유를, 경험적 감각으로 변용시키는 일, 그러한 글쓰기를 두고 비평이라 불렀던 것.

이처럼 비평이 경직화를 거부하는 속성을 본질로 한다면, 앞서서 이미 암시했듯 비체계성을 지향하는 것이 아닐 수 없지요. 이를 두고 단편성 또는 불연속성이라 부를 수 없을까. 표현과 그 표현 내용(진리 내용)이 일 대 일로 딱 맞아떨어지는 것과는 거리가 있는 것이 아닐 수 없지요. 표현과 진리 내용이 일 대 일로 맞아떨어지지 않음이란, 그 사이에 '틈'이 생겼음을 가리킴이 아니겠는가. 그 틈을 표 나게 내세우면 그것이 의미하는 의미야말로 문제로 부각되는 것이 아닐까. 이 틈을 두고 비평이라 불러야 되는 것이 아닐까.

조금 단순화시켜 볼까요. 표현과 표현의 진리 내용이 항시 상극하는 장면이 그것. 표현과 표현의 진리 내용이 결코 완전한 형태가 되지 못하는 현상이 벌어지는 곳. 그렇다면 비평이란 결코 도달할 수 없는, 인간 정신의 아득한 그리움이라 할 수 없을까. 비평이란 지상 어디서나 성립될 수 없는 한갓 희망 사항이라 할 수 없을까.

그럼에도 순간마다 스스로 묻고, 나는 비평가다, 라고 말해야 하는 것. 요컨대, 소설가도 시인도 흉내 낼 수 없는 자리를 얻어 내는 일이야말로 비평가의 영토입니다. 학자의 갑옷과 투구를 비웃고 이를 넘어서야 하는 것. 자기 상처로서의 틈의 드러냄 없이는, 그 어느 것도 이루어 낼 수 없는 천형의 인간 족속이라 스스로 말할 때 비로소 그는 비평가의 자리에 턱걸이를 할 터입니다.

이를 두고 자기 상처 드러내기라든가 위기의식이라 부르지 않는다

면 어떤 표현이 적당할까. 위기란 그러니까 항시 일회성이자 단편적이
아닐 수 없지요. 이 점에서 그것은 나나니벌의 독침을 닮지 않았을까. 어
떤 리듬이나 감각도 한 대상에 대한 또 한 번의 반응에 지나지 않는 것.
그 대상에 순사(殉死)하는 것이지 두고두고 써먹는 도구일 수 없는 것. 그
러니까 비평이란 단 일회성의 글쓰기인 것. 이 일회성의 글쓰기, 바로 이
점에 비평의 비참과 영광이 있을 터이지요.

이 책은 정현기 교수가 기획하고 정찬용 사장께서 후원하는 '비평 칼
럼 시리즈'의 첫째 권으로 출간하게 되었습니다. 아무쪼록 두 분의 사업
이 성과 있으시길, 그리고 우리 비평계에 조금이라도 보탬이 있기를 바
라 마지않습니다.

1994년 5월

현대문학과의 대화

서울대학교출판부, 1994

머리말 | 현대문학과의 대화

이 책은 다음 두 가지 특징을 갖습니다. 1994년도에 쓴 것이라는 점이 그 하나. 최근에 발표된 글들이라는 의미도 들어 있지만, 급격히 변화된 시대에 어떻게 대응하느냐에 대한 나름대로의 사색도 포함되어 있습니다.

다른 하나는, 이 점이 강조되어야 하겠거니와, 두 편만 빼면 전부 대화체 내지는 '~습니다'체로 쓰였다는 점입니다. 대화체(광의)란 무엇인가. 이런 물음을 제 스스로 던져본 적이 한두 번이 아닙니다. 어째서, 논술체로 쓰지 않았는가 하고 누군가가 묻는다면 이렇게 대답할 수밖에 없습니다. '논술체로 쓸 수가 없었기 때문이다'라고. 무엇이 논술체로 쓰는 것을 방해했을까. 곰곰이 생각해 보니 글의 내용이 아니었겠는가. 여기에는 설명이 없을 수 없습니다.

제가 글을 쓰기 시작한 때부터 근자에 이르기까지 어떤 전제로 놓인 것이 있었습니다. 이성의 힘으로 세계를 바람직한 쪽으로 바꿀 수 있다는 믿음이 그것이지요. 이러한 전제에서 비로소 논술체의 글쓰기가 가능했던 것이 아니었을까. 베를린 장벽의 무너짐과 구소련 해체 이후에도 그 전제가 그대로 유효할까. 이 물음 앞에 제가 마주치지 않으면 안 되었던 것입니다. 논술체로서는 더 이상 쓰일 수 없는 부분들이 여기저기서 출몰하는 것이었습니다. 그런 부분들을 어떻게 수용해야 하는 것일까. 이 물음에 그럴싸한 해답을 제가 아직 찾아내지는 못했지요. 그러한 해답 찾기의 한 가지 방편으로 고안해 낸 것이 이른바 대화체 또는 문답체입니다. 이로써 숨구멍 하나가 뚫렸다고나 할까요.

이 책은 전부 IV부로 되어 있습니다. I부에서는 20년 만에 쓴 1960년대의 작가 최인훈의 『화두』와 신문소설로 쓰인 홍상화의 『거품 시대』, 그리고 1994년도 상반기 소설에 대한 검토입니다. 최근의 우리 소설의 폭과 흐름이 이로써 조금은 포착될 수 있지 않겠는가.

II부에서는 문학사적인 과제를 사상의 측면에서 분석한 것입니다. 1930년대의 중요 작가 김유정의 본질은 무엇이며 시인 김광균의 본질은 무엇인가. 들병이의 존재확인이라든가 서정시의 존재방식의 사상의 문학화라 볼 수 없겠는가. 기억이 묘사를 가져오지 않을 수 없다는 명제를 이광수의 동학에 대한 기억의 분석을 통해서 살펴볼 수 없겠는가.

III부에서는 제가 주관하는 대학원 문학 연구 세미나의 내면풍경이 다루어져 있습니다. 인문과학의 범주 속에 놓인 문학연구가 구소련 해체 이후는 어떤 모습을 띠고 있는가를 드러내 본 것입니다.

IV부는 저와 한기 군과의 대화입니다. 부록에 지나지 않지만 시대적 증언의 의미도 조금은 있을지 모릅니다.

1994년 7월

풍경과 계시 —김윤식 예술기행

동아출판사, 1995

책을 펴내면서 | 두 개의 계시에 부쳐

유독 뜨거웠던 지난여름, K형 어떻게 지냈습니까. 무소와는 달리 땀구멍을 가진 동물인지라 그럭저럭 견딜 수 있었다고 형은 형의 소설에서 대답하고 있군요. 그렇다면 우리 영혼이나 정신에도 땀구멍이 있지 않을까요. 아무리 뜨거운 열기가 몰아닥쳐도 견딜 수 있을 뿐 아니라 오히려 그럴수록 단련되는 것이 영혼이나 정신이 아닙니까. 형께서도 정작 그런 말을 하고 싶었으리라 짐작합니다. 단지 형은 그것을 소설 문법으로 말했을 터입니다. 영혼이나 정신이란 소설 문법에는 없는 낱말이기에 그러합니다. 다행히도 제(弟)는 소설가가 아니기에, 함부로 영혼이나 정신이란 말을 사용하고 있습니다.

형. 이런 말들을 사용함에는 제가 겪은 사소한 체험에서 말미암습니다. 금년 1월 제는 여기저기 눈이 쌓여 있는 옛 당나라 수도 시안(西安)에 있었습니다. 시안 교외에 있는 홍교사에 가 보았지요. 거기 한 거대하고도 질긴 정신이라 부를 수밖에 없는 것이 탑으로 굳어 있지 않겠습니까.

신라 승 원측(圓測, 631~696)의 탑이 그것. 현장 법사와 더불어 여기 옆디어 있는 이 정신은 새삼 무엇인가. 신라 경주에서 여기까지 이어지는 질긴 이 일직선은 새삼 무엇이라 불러야 할까. 천하 자체에 속하는 당 제국의 변방 한 구석에 지나지 않던 신라인에게 저 당나라 문화란 그 자체가 하나의 계시가 아니었을까. 그것은 이승과 저승 사이에 걸린 연꽃이거나 등불이 아니고 새삼 무엇이었을까. 이 신선한 감동의 강렬성, 순수성이야말로 영혼의 땀 흘림이 아니었겠는가.

형. 작년 7월 땡볕 아래 제는 나니와(難波)라 불리던 오사카(大阪), 사천왕사의 오층탑 아래 서 있었습니다. 형도 잘 아시는 바와 같이 원래 사천왕사란 경주에 있지 않았습니까. 신라 문무왕 19년(679)에 경주 배반리에 세워진 이 절이 어째서 바다 건너 오사카로 옮겨 갔을까요. 경주 배반리에 있던 사천왕사 하나는 도리천 아래로 옮아갔다고 『삼국유사』는 전합니다. 다른 하나는 오사카로 옮겨 갔지요. 지금 배반리엔 빈 터만 남아 있지 않습니까. 거대한 사천왕사가 어느 날 날개 돋아 하나는 하늘로, 하나는 바다 건너 이곳으로 날아오는 장대한 장면과 그 웅장한 날개 소리를 제는 보고 또 들었습니다.

이 섬나라에 있어 신라 경주란, 혹은 백제 부여란, 하나의 계시가 아니었을까. 이승과 저승 사이에 걸린 연꽃이거나 등불이 아니었을까. 하늘로 솟은 오층탑이란, 신선한 감동의 강렬성이자 순수성이며 그 때문에 그것은 정치이거나 종교 이전에 질긴 미학이 아니겠는가.

이 두 개의 환각을 두고 계시라 우기는 제 어리석음에 형은 아마도 쓴웃음을 지으리라 믿습니다. 비평 문법에 어디 환각이라든가 계시 따위가 끼어들까 보냐, 라고 말입니다. 과연 그러할 것입니다. 잠깐 제가 제 자리를 떠난 탓입니다. 제 정신의 높이를 회복하면 다시 연락 드리겠습니다.

늘 건강하시길.

1995년 1월 소제 김윤식 올림

김동리와 그의 시대

민음사, 1995

『김동리와 그의 시대』에 부쳐

한국 근대문학은 내 전공 분야이다. 이 한국 근대문학의 근대성을 문제 삼을 때 맨 먼저 부딪힌 것이 내게는 카프 문학이었다. 물론 일반적으로 근대성이란 시민 계급이 이룩한 시민 혁명의 이념에 기초를 둔 것이며 따라서 시민 계급의 욕망의 체계가 근대문학의 앞자리에 놓이겠지만, 그 시민성의 발로가 빈틈없는 제국주의 형태로 치달아 그 수레바퀴 밑에 치여 있던 식민지 시대의 한국문학을 들여다보고 있노라면, 그것의 극복을 지향했던 계급성에 먼저 눈을 돌리지 않을 수 없었던 까닭이다. 이른바 근대성을 극복하기 위한 또 다른 근대성으로 계급성에 입각한 카프 문학이 보였던 것이다. 내 첫 번째 저술인 『한국근대문예비평사연구』(1973)가 카프 문학 비평을 중심으로 전개되었음은 이 때문이었다. 이러한 내 생각이 조금씩 달라지기 시작한 것은 1980년대 초반이었다. 인류사의 진보에 대한 확신이 흔들리기 시작한 것은 아니지만, 세계에 대한 전망이랄까 인식이란 일종의 방법론적 시각에 크게 좌우된다는 사실에 나는 조금씩 눈을 뜨기 시작한 것이다. 루카치의 시선을 비켜서자 칼 포퍼가 보였고 푸코도, 후기의 소쉬르도, 비트겐슈타인도 보이는 것이었다. 인식(지식)의 체계란 일종의 고고학과도 같은 것이 아닐까. 나는 고고학자처럼 땅을 조금씩 파 보기 시작했다. 거기 우리의 민화가 있었고 민요가 있었다. 원근법이 없는 그림, 5음으로 된 음정이 있었다. 원근법의 도입, 7음계의 도입이 근대성의 층이라면 민화나 5음계는 근대 이전(pre-modern)이라 할 수 없겠는가. 그렇다면 시민성의 문학이나 이를 넘어서고자 한 카프 문학 다음 단계로는 근대 이후(postmodern)라 할 수 없겠는가. 이러한 시각이 나로 하여금 이인직, 김동인, 염상섭의 문학을 정밀하게 검토하게끔 이끌어 왔다. 『염상섭 연구』(1987)가 그러한 생각의 한 결과였다. 그러나 근대 이전·근대 이후라는 지식 체계의 고고학이 아무리 과학적이라 할지라도, 결국 근대성의 변형이며 근대성 안의 논의임을 내게 암시해주는 계기가 있었다. 1989년 동구, 구소련의 해체와 더불어 불어닥친 '역사의 종말관'이었다. 근대 논의란 결국 헤겔주의자들의 사상 놀이였는지도 모른다는 생각에서 나는 쉽사리 벗어날 수 없었다. 내가 김동리 문학에 매달리게 된 것은 이 때문이었다. 김동리 문학, 그것은 물론 근대가 아니지만 근대 이전도 근대 이후도 아니었다. 근대의 초극도 물론 아니었다. 그것은 근대성의 논의 자체를 무화시키는 늪과 같은 것이었다. 어떠한 근대성 논의도 김동리 문학에 부딪히면 무(無)로 변해버리는 것 같았다. 제로에 어떤 자연수를 곱해도 제로가 되듯 그것은 그러한 것처럼 내게 보이기 시작하였다. 근대성 해명을 위해서라면 나는 그 이유를 알아보고 싶었다. 『한국근대문학사상연구 2』(아세아문화사, 1994)가 그 한 가지 결실이었다. 『김동리와 그의 시대』는 그 부산물의 하나라 할 것인데, 만 1년 반 만에 이제 겨우 그 제1부에 다다랐다. 전 3부(제2부는 해방공간에서 6·25까지, 제3부는 수복 후에서 만년까지)로 구상되어 있지만 언제 완성할지 나 자신도 알기 어렵다. 다만 이 제1부가 김동리 문학의 이해에 조금이라도 이바지할 수 있다면 하고 바랄 따름이다.
끝으로 이 글을 읽어주실 분들, 그리고 이 책을 내주신 민음사에 이 자리
를 빌려 감사의 뜻을 표하고자 한다.

1995년 1월 27일 제주 중문 대포리에서

김윤식의 소설 읽기 — 90년대 중반에 빛난 작품들

열림원, 1995

머리말 | 소설읽기 — 고통과 즐거움의 뿌리

어떤 경우에도 인류는 소설을 쓸 것이다. 이유는 간단명료하다. 고통과 즐거움이 동시에 거기 있기에 그러하다. 소설은 역사일 수 없지만, 어떤 역사보다도 역동적이다. 상상력이 작동하기에 그것은 그러하다. 소설은 어떤 문학이나 예술의 갈래보다도 자유롭다. 제일 잡스럽기에 그것은 그러하다.

그러나 무엇보다도 소설은 깊다. 또한 무엇보다도 소설은 넓다. 소설은 표현에 관련되지 않으면 안 된다. 표현(express)이란 그 어원대로 포도주를 짤 때, 찌꺼기까지 나오도록 즙을 짜내는 것이다. 이 점에서 그것은 인간 영혼에 관련되었음이 판명된다. 또한 소설은 묘사에 관련되지 않으면 안 된다. 묘사란 무엇이겠는가. 사물을 현장에서 보는 것처럼, 듣는 것처럼, 만지는 것처럼 그리는 것을 두고 묘사라 하기에 그것은 인간의 관찰력(이지력)에 관련되었음이 판명된다. 인간 영혼이 우리를 전율케 할 수 있다면 관찰력은 우리를 아득하게 할 것이다.

이러한 역동성과 잡스러움, 이러한 혼의 전율과 아득함이 모두 소설의 본령이기에 이들이 풍겨내는 매력에 이끌린 사람이라면 소설의 영토에서 벗어나기 어렵다.

　어쩐 이유에서인지 잘 설명할 수 없으나 나는 언제부턴가 이 소설 영토의 주민 되기에 나아갔고, 아직도 그 마법권 내에서 벗어나지 못하고 오늘에 이르고 있다. 다만 조금 별나다면 소설 영토의 내면풍경이랄까 소설의 현장을 분석하는 일에 종사하게 되었다는 점이라고나 할까. '분석'함이라 했거니와, 이에는 설명이 없을 수 없다. 작품은 발표될 때 감각이 따로 있는 법이다. 이를 현장감이라 한다. 이 현장감이야말로 모든 비평의 원점인 만큼, 이를 떠난 어떤 논의도 제한적임을 면치 못한다. 이러한 사실을 전제로 했기에 이 평론집은 그 생명이 짧지만 제일 길 것이라고 나는 믿는다. 당대의 비평에서 살아남은 것을 대상으로 하는 것이 문학 교사 및 문학사가의 몫이라면 현장비평은 그 원점이라 하지 않을 수 없다.

　여기 수록된 비평은 거의 모두 1994~1995년에 쓰인 소설 중심의 것들이다. 두 해 동안 활동한 한국 소설가의 초상화랄까 그 내면풍경이 손에 잡힐 듯이 그려져 있기를 소망하며 나는 이 글들을 썼다. 이러한 내 소망이 과연 이루어진 것인지 나로서는 알 길이 없다.

　끝으로 이 글들을 읽어주신 분께, 그리고 이런 글들을 책으로 만들어준 열림원의 여러분께 고마움을 표하고자 한다.

1995년 10월

북한문학사론

새미, 1996

머리말 | 문학사의 연속성을 위하여

제 전공은 한국근대문학, 그중에도 비평사 및 소설사 쪽입니다. 제가 공부에 뜻을 세우고 첫 번째로 낸 책이 『한국근대문예비평사연구』(1973) 였지요. 그로부터 오늘에 이르기까지 몇 권의 책을 내었지만, '북한문학사'라는 제목의 책을 낸 바는 없습니다. 이렇게 말하면 "당신이 쓴 『한국현대 현실주의 소설 연구』(문학과지성사, 1990)는 무엇인가"라고 물을 분이 있을지도 모르겠습니다. 그도 그럴 것이 이기영의 「땅」 분석을 비롯, 한설야의 「대동강」, 최명익의 「서산대사」, 박태원의 「갑오농민전쟁」, 황건의 「개마고원」을 거쳐, 주체문학론 분석에 이르기까지 온통 북한문학으로 채워져 있기 때문이지요. 북한문학을 거의 전면적으로 논의하면서도 북한문학 연구가 아니라고 제가 주장한 까닭은 무엇인가. 다음 두 가지가 그 이유입니다.

하나는, 제가 북한문학에 대한 전문가가 아니라는 점. 이 경우 전문가란, 그것에 대한 열정과 무관하지 않습니다. 문화정책의 측면이라면 사정이 다르겠으나 공부란, 제 생각엔, 대상에 대한 열정(애와 증) 없이는 성립되지 않는다고 믿기 때문입니다. 제가 이 책에서 주목한 점은 카프 문학의 전통입니다. 최근의 북한문학이 그동안 주체 문학론에 가려 있던 카프 문학에 큰 관심을 보여주고 있다는 사실도 눈여겨볼 대목이 아니겠는가. 한국 근대문학사의 연속성의 회복이란 이 점에서 그 실마리를 찾을 수 없겠는가. 분단문학의 극복도 이 연속성의 회복에서 찾아야 되지 않겠는가. 권두 논문격인 「남북한 현대문학사 서술방향에 대한 예비고찰」은 이에 대한 제 견해를 표명한 것입니다.

다른 하나는, 이 점이 중요하거니와, 한국근대문학사의 연속성에서만 북한문학이 보였던 점. 제 전공이 그것이니까 그 지평에서 바라보이는 북한문학만이 분석의 대상일 뿐, 이기영을 비롯, 황건에 이르기까지 이들 모두가, 해방 전부터 문학을 해온 작가들이기에, 다만 이들이 북한에서 어떻게 활동했느냐를 추적하는 일은 우리 근대문학사의 연속성을 전제한 위에서만 가능했던 까닭이지요. 그들 작품에 대한 평가도, 제 열정(공부)의 근거이기도 한 우리 근대문학사의 기준으로 할 수가 있었지요. 회고컨대, 제가 특별 신분증을 내어 통일원 자료실을 드나들며 북한문학의 자료를 조금씩 검토하고 그것에 대한 글을 써본 것은 다음 네 차례입니다.

(1) 「북한의 문학이론─북한문학예술정책에 대한 이해를 위하여」
   (1978)
(2) 「북한의 민족관─주체사상과 관련하여」(1978)
(3) 「주체사상에 기초한 사회주의적 문예이론 비판」(1982)
(4) 「80년대 북한소설 읽기」(1989)

반공이 여전히 국시로 엄존하던 시절이었지요. 다만 (4)만은 주민등

록증으로 북한 원간들을 읽을 수 있었습니다.

　이 책에는 특별히 세 가지 자료를 첨부했습니다. 1978년의 월북작가 연구에 대한 해금 조치(3.13.)에 관련된 당시 학계의 반응에 관한 것이 그 하나. 백철, 김동리, 선우휘, 필자(사회) 등이 참여했던 「월북작가들의 문학사적 재조명」(『신동아』, 1978. 5.)과 전광용, 조연현, 필자 등이 참가한 「한국 근대 문학사와 월북작가문제」(『대학신문』, 1978. 9. 10.) 등인데, 이 중 제가 대표집필한 후자의 것을 수록했습니다. 두 번째 자료는 유럽지역 한국학 모임(AKSE)에서 발표한 북한문학 연구가들의 발표문의 요지들이며, 세 번째 자료는 북한 현대문학사에서 다룬 작품 목록 일람표입니다. 이 방면 연구자들에게 조금이나마 도움이 된다면 다행이겠습니다.

1995년 가을

작가와의 대화 ─최인훈에서 윤대녕까지

문학동네, 1996

머리말

작품이란 어떤 경우에도 그 자체로 매력적이다. 언제나 자족적이기 때문에 그것은 그러하다. 아무도 읽지 않더라도 작품은 작품이기에 작품으로 존재할 수조차 있는 것이다. 이와 마찬가지로 작가 역시 그 자체로 매력적이라고 나는 생각한다. 작가는 인간이자 동시에 신이기에 그것은 그러하다.

어떤 비평가는 작가란 절대로 신의 자리에 설 수 없다는 주장을 정밀하게 분석해 보였으며, 어떤 이론가는 독자 역시 인간이자 동시에 신의 자리에 서 있음을 설득력 있게 논증한 바 있다. 지난날을 회고하면서 후회할 때, 우리는 신의 시점에 서 있지 않았던가. 이만하면 내가 왜 작품과 그 작가에 그토록 매료되어왔는가의 해명으로 되지 않을까 싶다.

작가는 미련한 인간과 전지전능한 신 사이에서 오락가락하는 그 무엇이었다. 이 '사이'만큼 매력적인 지대가 달리 있을까. 인간이 되고 싶어 견디지 못한 자, 그가 작가다. 신이 되고 싶어 견디지 못한 자, 그가 작가다. 적어도 그러한 장면을 연출하는 곳이 소설이다. 그러기에 작품은 이 작가에 비하면 항시 이차적이다. 사후적인 현상에 지나지 않는 까닭이다.

최인훈 씨를 보면 즐겁다. 우둔한 인간인 까닭이다. 「광장」의 작가를 보면 두렵다. 그는 신인 까닭이다. 이청준 씨도 박완서 씨도 마찬가지다. 신경숙 씨도 윤대녕 씨도 마찬가지다. 또 태어날 미지의 작가들의 경우도 사정은 마찬가지리라.

사후적인 현상에 지나지 않는 작품을 읽고 있노라면 신과 인간의 시선이 크게 작게 혹은 옅게 짙게 스며 있어 가슴 설레게 했다. 인간이 무엇인지 모르는 나는 그 순간 인간의 시선을 본다. 신이 무엇인지 모르는 나는 그 순간 신의 시선을 본다. 내가 인간이 되고 또 신이 되는 순간이 거기 있었다. 그러한 내 개인적 경험을 바탕으로 하여 90년에서 95년까지 만 5년 동안에 쓴 글 중에서 20편을 골랐다. 어떤 이유인지는 잘 설명하기 어려우나 나는 이승우론을 3편이나 썼다. 신의 시선이 거기 너무 많이 노출되어 있었던 까닭이었을까. 부록으로 「전혜린 재론」을 실은 것은 60년대의 글쓰기의 한 전형을 보이기 때문인데, 이는 내 개인적인 취향과 무관하지 않다. 수록을 허락해주신 신경숙 씨와 윤대녕 씨 두 분과의 대담 및 이를 정리한 신석호 씨에게 이 자리를 빌려 고마움을 표하고자 한다.

끝으로 이 책을 묶어주신 문학동네 여러분께, 그리고 읽어주신 분들께 고마운 마음을 전하고 싶다.

1996년 4월

글쓰기의 모순에 빠진 작가들에게

강, 1996

머리말

문학의 시대가 지났다는 소문이 파다합니다. 구소련 해체 이후엔 이 소문이 사실 자체의 모습을 띠고 제 주변까지 에워싸는 듯한 착각에 빠지곤 합니다. 그럼에도 콜레라처럼 창궐하는 이러한 소설류의 범람이란 새삼 무엇인가. 소설이 문학 범주에 들지 않는 어떤 별종이거나 아니면 위의 소문이 거짓이거나 이도 저도 아니라면 또 다른 까닭이 있지 않겠는가. 90년대 소설을 열심히 읽으면서 저는 그 까닭을 알아보고자 애썼습니다. 불행히도 저는 그 까닭이나 곡절을 알지 못한 채 오늘에 이르고 있습니다. 노력 부족이거나 천성의 어둠이거나 또 다른 까닭들이 필시 잠복해 있었겠지요. 그렇다고 그 까닭이 전혀 오리무중이라 하는 것은 아닙니다. 다만 그럴싸하게 설명하지 못하고 있을 따름이지요.

제가 겨우 알아냈지만 다만 그럴싸하게 설명하지 못하는 것 중의 하나엔 현실이란 것이 들어 있습니다. 소설이 다루는 것이 현실이라 할 때, 이 경우 현실이란 과연 무엇일까. 현실이란 인간 의식에서의 현실에 지나지 않는 것. 따라서 언어의 일종이라 할 수 없겠는가. 언어로 표현된, 또는 언어와 언어 사이를 왕래하는 것을 떠난 현실이 따로 있다고 할 수 있겠는가. 역사라 부르는 것도 마찬가지가 아니겠는가. 왜냐면 그것이 '나'를 송두리째 먹어치우고자 덤비고 있으니까. 이 공포에 질려 필사적으로 도주하는 방식의 하나로 발명된 것이 소설 쓰기가 아니었겠는가. 그 도주 방식이란 현실에 손톱자국 내기, 아주 미세한 흔적이라도 남기기로 요약되는 것. 왜냐면 도주이긴 하나, 언어 속에서의 도주이니까. 이 도주의 궤적 탐구를 소설 읽기로 볼 수 없겠는가. 언어 속에서의 이 도주의 속도, 이 도주의 강도, 이 도주의 철저성이 소설 쓰기의 표준이라면, 소설 읽기의 척도 역시 절대적일 수밖에 없지 않겠습니까. 그 속도, 강도, 격렬성의 궤적이 절대적이니까.

여기서 말하는 '절대성'이란 또 무엇이겠습니까. 역설적이게도 그것은 적극적인 주체성(아이덴티티)의 확보, 곧 세계를 이성의 힘으로 변혁시킬 수 있음만을 가리킴이 아니라는 사실에 관여됩니다. 부정적인 주체성이라 할까. 단편화된 주체성이라 할까. 주체성의 이 복수화야말로 소설만이 지닌 고유 영역이 아닐 것인가. 위장된 수법을 통해 변장된, 본래의 자기와 다른 인격(주체)을 창출하는 것이니까. 소설의 흥미로움이란, 이 아이덴티티의 복수화에서 오는 것이 아닐까. 그렇다면 문제는 무엇인가. 일목요연한 해답이 주어지지 않겠는가. 복수화된 주체성을 창출하는데 작동된 그 속도, 그 강도, 그 철저성에 쓰기와 읽기의 절대성이 놓여있지 않겠는가.

여기 모은 글들은 최근의 소설 읽기, 그러니까 소설 쓰기의 궤적을 보인 것들입니다. 변명이 있을 수 있다면 소설 쓰기 쪽의 강도, 속도, 철저성에 읽기 쪽의 궤적이 비례한다는 점이라고나 할까.

1996년 4월

해방공간 문단의 내면풍경 — 김동리의 그의 시대 2

민음사, 1996

문제적 시대와 개인의 재능

일본 천황의 항복 방송을 듣고 집으로 달려온 사천읍 양곡 배급소의 한 서기가 있었다. 그는 노모에게 이렇게 보고했다. "왜놈들이 졌심더"라고. 노모는 눈을 감고 기도를 했고 툇마루에 걸터앉은 그는 고개를 수그린 채 눈을 감았다. 그의 두 눈에선 눈물이 흘러내렸다. 만 32세의 이 청년 김동리는 다음 날부터 사천읍 청년회 준비에 몰두했고, 이틀 뒤 사천 청년회 회장으로 추대되었다. 정치적 테러 사건으로 목숨을 잃을 뻔하기까지 그는 이 자리에 있었다. 솔가하여 상경하기까지 반년 동안 그는 왜 한 줄의 문학도 쓰지 않고 정치에 몸을 담고 있었을까.

이 물음을 큰 줄기로 하여 나는 『김동리와 그의 시대』 제2부를 구성하였다. 이 물음의 줄기를 따라갈수록 문학 행위는 곧 정치 행위요 정치 행위는 곧 문학 행위라는 사실에 나는 당황하여 마지않았다. 문학이란 이래도 좋고 저래도 괜찮은 지식이나 모럴이 아니라 온몸으로 하는 결사적 행위라는 것, 취미를 기반으로 하는 경험주의도, 특정 사상이나 시대성에 좌우되는 상대주의도 아니라는 것, 그러니까 절대주의적일 수밖에 없다는 사실이 해방공간 속에서 전개되고 있었다. 개인의 재능에 앞서 시대가 그러한 교훈을 가르쳐 주고 있었다. 이 점이 나로 하여금 해방에서 대한민국 정식정부(김동리의 용어) 수립까지 한국문학사의 내면풍경을 탐구하도록 이끌었다. 해방공간의 한국문단사 및 문학사란 무엇인가. 한국현대문학사 속에서도 가장 문제적인 대목이 아니었겠는가. 나라 찾기로 수렴되던 문학이 나라 만들기의 문학에로 몸부림치는 거대한 소용돌이였기에 해방공간의 문학사는 정치적일 수밖에 없었는데, 내가 깨달은 것은 이 속에서 비로소 한국문학의 특질이 한층 뚜렷해지기 시작한다는 점이었다.

그것은 네 가지 모순 개념을 극복하기로 요약되는 것. 임화에 있어 그것은 '민족과 계급'의 모순 관계였고, 김동리에 있어 그것은 '문학과 종교'의 모순 관계였고, 조연현에 있어 그것은 '문학과 사상'의 모순 관계였고, 김동석에 있어 그것은 '문학과 생활'의 모순 관계였다. 이 책에서 내가 제일 공들인 곳이 바로 이 대목임을 새삼 말할 것도 없다. 책 제목을 '해방공간 문단의 내면풍경'이라 붙인 것은 이런 이유에서이다.

이 사실은 아마도 내가 탈이데올로기의 시점에서 해방공간을 바라보았음과 무관하지 않을 것이다. 그렇다면 나는 이들 역사의 주역들에 비해 너무도 유리한 위치에 서 있지 않았겠는가. 이는 페어플레이가 아니다. 『김동리와 그의 시대』 제3부를 작품 중심으로 구성하고자 하는 것은, 그 길이 비평가인 나의 페어플레이인 까닭이다.

1996년 2월 16일, 한강을 바라보는 서빙고 우거에서

한국문학사

김현 공저, 개정판, 민음사, 1996

개정판을 내면서

이 책의 초판 간행이 1973년이니까 그동안 두 번씩이나 강산이 변할 만큼 세월이 흘렀습니다. 고치어 바로 잡을 시기도 넘칠 만큼 흘렀다고 하겠지요. 그럼에도 불구하고 이 책은 초판 그대로 오늘에 이르고 있습니다. 더욱 난처한 것은 앞으로도 그러하리라는 점입니다. 고치어 바로 잡을 주체의 한쪽이 결여된 까닭입니다. 이 책이 지닌 운명이라고나 할 까요. 운명을 초극하고자 하는, 그래서 운명을 사랑할 수밖에 없는 사람 이라면 이 책을 계속 사랑하리라고 감히 저는 믿습니다. 사람이 있어 한 자 사용을 줄인다든가 작고 문인들이 늘어남에 따라 그것을 밝힌다든가, 구두점 사용 및 표기의 수정 등을 두고 초판 훼손이라 부를까 저어합니다. 부록을 생략한 것은 초판 당시와는 달리 지금은 이 방면의 참고서적 들이 많이 나왔기에 몸을 가볍게 하기 위함입니다.

1996년 8월 김윤식 혼자 씀

김윤식의 현대문학사 탐구

문학사상사, 1997

머리말 | 한국현대문학사의 재정립을 위하여

1996년은 문체부가 정한 문학의 해. 이에 발맞추어 문학에 관한 여러 가지 기획들이 이곳저곳에서 벌어진 바 있었습니다. 이 글은 일간지 한국일보사의 기획으로 마련된 '김윤식의 신문학사 탐구'라는 제목으로 쓰인 것입니다.

일반 교양인을 대상으로 하는 글이기에 무엇보다도 쉽고 흥미로워야 한다는 것이 한국일보사측의 요청이었습니다. 참으로 당연한 지적이 아닐 수 없지요. 문학의 해를 맞이하여 조직위원회측이 내세운 구호에서도 이 점이 뚜렷했던 터. '문학의 기쁨을 국민과 함께'가 그것. 이 글이 과연 쉽고도 흥미로웠는가에 대해 제가 감히 말할 처지는 아닙니다. 다만 제가 말할 수 있는 것은 제 나름대로 그렇게 되게끔 노력만은 했다는 점입니다.

원래 이 글은 격주의 금요일에 연재하기로 기획되었던 것. 격주로 계산된 이 해의 금요일이 도합 26개. 그러니까 26회분이 쓰였지요. 그러나 어떤 사정으로 말미암아 23회로 끝나게 되었습니다. 이 책에서는 나머지 미발표된 24, 25, 26회분이 포함되어 있습니다. 제게 주어진 책무의 하나가 이로써 조금은 가벼워진 것입니다. 제4부 '문학 세계화의 길'은 별도로 다른 곳에서 발표된 것이긴 하나 같은 맥락에서 쓰인 것입니다. 또 사람이 있어 북한문학사에 대해서도 관심이 있다면 졸저 『북한문학사론』 (새미, 1996)을 참조하시면 어떨까 합니다. 이로써 나름대로의 체계가 갖추어졌다고 저는 생각합니다.

이런 기획을 마련해주신 한국일보사와 연재 도중 오자 및 착오 부분을 지적해주신 분들께 이 자리를 빌려 고마움을 표합니다. 그리고 이것의 단행본 출판을 맡아준 문학사상사에도 감사를 드립니다.

1997년 봄

동양정신과의 감각적 만남

고려대학교출판부, 1997

머리말

조선 전기 작품인 안견의 〈몽유도원도〉가 소장되어 있는 곳은 일본 나라(奈良)에 있는 텐리(天理) 대학이다. 대체 이 〈몽유도원도〉란 무엇일까. 그림이니까 일단 예술품이라 불러도 될 것이다. 그러나 그뿐일 것인가. 그것으로 끝나는 것일까. 도잠의 「도화원기」와 분리시켜 논의할 수 있으며, 곽희의 화풍과 따로 떼어 말할 수 있겠는가. 그리고 또 안평대군과 신숙주를 떠나서 논의할 수 있겠는가. 그림이되 사상이며 역사라 할 수 없겠는가.

오사카(大阪)에 있는 사천왕사(四天王寺)의 경우도 사정은 이와 마찬가지. 신라 선덕여왕의 유언에 따라 경주 배반리에 세워둔 사천왕사가 몸집 그대로 현해탄을 건너 그곳으로 갔던 것이 아니었겠는가. 절 사천왕사가 오층탑까지 포함하여 송두리째, 비행선모양 하늘에 솟아올라 오사카로 향해 날아가는 그 장대한 모습을 당시의 일본인이 넋을 잃고 쳐다보고 있지 않았을까. 그러기에 그 사천왕사가 절은 절이되 어찌 한갓 사찰에 멈추었겠는가. 사상이요 종교이며 또한 역사의 울림 그것이 아니었을까.

북경 시내 한곳에 루쉰(魯迅)의 옛집이 있었다. 중국 근대문학의 문을 연 루쉰의 책상 앞에는 사진이 세 장 걸려 있었는데, 그중 하나가 유학중인 루쉰을 보살펴 준 일본인 선생 후지노(藤野) 씨였다. 글을 쓸 때마다 루쉰의 머릿속을 스쳐간 환각은 어떠했을까.

이러한 것은 감각에 의해서 비로소 촉발되는 비전이다. 환각의 일종이라 부르는 것은 이 때문이다. 원리적으로 감각은 사변과 무관하며, 따라서 가장 신체적이며 온몸의 행위에 속하는 것. 원초적이기에 거짓이 없다. 오관으로 느끼는 그런 세계라 할 것이다. 동양정신이라 말해지는 추상적 사변적 세계의 한 모서리를 온몸으로 부딪쳐 보는 행위. 비로소 대륙과 섬 사이에 내가 선 한반도가 뚜렷하였다.

1997년 3월

사반과의 대화—김동리와 그의 시대 3

민음사, 1997

『사반과의 대화』에 부쳐

'김동리와 그의 시대'라는 제목으로 그 제1부를 탈고한 것은 1995년 1월 27일이었고, 제주도 서귀포 대포리에서였다. 동백꽃은 피어 있었으나 아직 매화는 피지 않았고 바람이 매우 차갑고도 맹렬하였다. 1993년 12월부터 쓰기 시작했으니까 일 년이 조금 지난 세월이었다. 가능하면 작가 김동리의 출발점의 내면풍경을 묘사하기에 노력하였다. 떼를 지어 우는 개구리 울음소리의 묘사로 첫 장을 열었음은 순전히 이 때문이었다. 이 개구리 울음소리의 울림이 일제 강점기 전 기간에 걸쳐 있었다. 사람들이 있어 이 제1부를 두고 '소설을 썼군' 하였다. 내가 바라던 바였다. 그러나 나는 기록에 근거하지 않은 단 한 줄도 거기에서 시도한 바 없다.

제2부가 탈고된 것은 1996년 2월 16일. 한강을 바라보는 서빙고 내 서재에서였다. 제목을 '해방공간 문단의 내면풍경'이라 했고, '김동리와 그의 시대 제2부'라는 표시는 아주 작게 부제로 삼았다. 「황토기」의 주인공 억쇠가 바야흐로 여의주를 얻어 붕새처럼 해방공간을 훨훨 나는 장

면의 묘사에 주력했기 때문이다. 이 경우 중요한 것은 김동리 단독의 행위란 무의미하다는 사실이었다. 비로소 관계의 개념이 빛을 발하기 시작하는 공간, 그것의 이름이 해방공간이었다. 더욱 중요한 것은 그 관계항이 모순성으로 성립된다는 사실, 곧 민족과 계급의 모순 관계(임화·안함광), 문학과 종교의 모순 관계(김동리), 문학과 생활의 모순 관계(김동석), 그리고 문학과 사상의 모순 관계(조연현)가 그것들이다. 뿐만 아니라, 이러한 모순 관계의 극복을 위한 몸부림이 상호 침투하면서 뒤엉키고 있었다는 사실이야말로 해방공간이란 이름을 가능케 한 시대적 위대성이었다. 스티코프 중장의 「제5성명」에 대한 정확한 독법이 오직 김동리에 의해 가능했다는 점이라든가, 우익 문필가의 총집결체인 전조선문필가협회 발기인 400여 명의 명단 제1번이 그의 맏형 범보(凡父) 김정설이었다는 점도 그가 주도적으로 결성한 청년문학가협회의 정신 구조를 이해하는 기초항이라는 것도 이 관계 개념에서 이해될 성질의 것이다. 이른바 문협 정통파로 자처하며 그것이 '대한민국 정식정부'(김동리의 용어)의 정신적 성격에 해당된다고 주장된 것도 이런 문맥에서이다.

제3부는 작품론으로 일관하였다. '사반과의 대화'라 표제를 삼은 것은 장편 「사반의 십자가」가 그가 제일 공들인 작품이자 전 생애에 걸친 문제점의 제시로 본 까닭이다. 과연 대가답게 그는 많은 작품을 남겼으며 또 작가 생활도 길고 기름졌다. 시는 물론 평론도 수필도 언제나 정상급을 유지할 정도로 높고 깊고 게다가 치열하였다. 이러한 문학적 업적 중에서도 원점에 해당되는 것이 「황토기」(1939)와 「무녀도」(1936)이다. '구경적 생의 형식'이 「황토기」에서 비로소 그 첫 모습을 드러내었으며, 그 철저성도 여기서 완벽하게 드러났다. 극복되거나 타개될 정도의 운명이란 그게 어찌 구경적이라 할 수 있었겠는가. 실로 주인공 억쇠는 다름 아닌 작가 김동리였던 것이다. 이 억쇠가 사반의 원형이다. 유대인의 메시아 사상이란 실은, 억쇠의 어깨의 혈도를 낫으로 끊게끔 한 장

수설화에 다름 아니었다.「사반의 십자가」란 그러니까 억쇠로 하여금 이천 년 전 갈릴리 호숫가를 헤매게 한 것에 지나지 않는다. 서라벌예대 제7대 학장 김동리가 어느 한겨울 눈 쌓인 송추 골짜기에서 사반의 혼령을 불러내어 흉금을 터놓고 대화한 것이 어찌 우연이겠는가. 여의주를 잃은 점에서 억쇠도 사반도 같은 운명이었다. 둘은 결국 신이 될 수 없었다. 억쇠·사반의 이러한 의지를 문학이 되게끔 한 것이「무녀도」의 모화이고 그 연장선상에 있는「을화」의 을화라고 나는 생각한다. 이를 미의식 또는 미학이라 부르면 어떠할까. 소녀 취향으로도 표출된 이 지독한 탐미주의가 아니었던들 그의 문학은 여지없이 가혹한 종교 쪽으로, 혹은 허망한 신의 추구로 치닫고 말지 않았을까. 여의주 찾기와 탐미주의라는 두 기둥을 세워 두고 나는 작가 김동리가 무수히 개작을 시도한 작품들을 원작과 비교하면서 만 일 년을 보냈다. 붓을 놓고 달력을 보자 1997년 2월 22일이었고 옆에 놓인 시계가 11시 20분 30초를 가리키고 있었다.

서빙고 우거에서

천지 가는 길 — 김윤식 학술기행

솔, 1997

머리에 부쳐 | 사막의 사상

유독 천지(天池)를 보러 사막을 가로질러 우룸치로 간 것은 아니었
다. 우룸치에 가니 천지가 거기 있었다. 천지를 보러 장백산으로 달려가
는 경우와는 전혀 다른 방식이었다. 두 개의 천지 사이에 끼여 나는 숨이
가빴지만 또 한편으로는 그럴 수 없이 마음 편안하였다. 두 천지가 서로
비긴 것처럼 내게 느껴졌기 때문이다. 이 양면성이 내겐 중국이었다.

이러한 양면성은 상해에도 그대로 있었다. 김구 선생이 근무하던 임
시 정부 청사와 윤봉길 의사의 거사가 있었던 홍구 공원이 있는 곳, 그곳
이 내겐 상해였다. 이른바 성소(聖所) 공간의 상해. 이와는 정반대의 공간
이 있는 곳. 이른바 측소(厠所) 공간이라고나 할까. 홍종우가 김옥균을 살
해한 동화양행(東和洋行)이 있던 곳도 상해였다. 나는 이 두 공간 속에서
숨이 가빴지만 한편으로는 마음이 놓이기도 하였다. 둘 다 역사였던 까
닭이다.

그러나 이러한 숨가쁨과는 아무 관련 없이 나를 고양시키는 것이 내

겐 참된 중국이었다. 그것은 세계의 경험이었는데, 이를 나는 문화 속의 경험이라 부를 것이다. 두시와 「서유기」와 화염산과 석류와 포도와 이태백이 놀던 달과, 그리하여 마침내 저 장대한 불교 철학이 실크로드를 향해 펼쳐진 곳. 그것이 내겐 중국이었다. 혜초가 인도를 헤매고, 돈황 막고굴에 앉고 서고 혹은 누워 있는 불상, 벽에 붙어 버린 무수한 부처들이 그럴 수 없이 다정한 목소리로 내게 속삭이는 것이었다. "아가야 사막으로 가 보아라. 거기 석류가 있단다. 그게 너의 신라 천 년이란다"라고.

1997년 7월

김윤식의 소설 현장비평

문학사상사, 1997

저자의 글 | 무엇이 작품의 질을 결정하는가

나는 언어의 밀도가 작품의 질을 평가하는 기준이라고 생각한다.

인간만이 갖고 있는 언어란 '의식' 자체에 해당되는 것. 이 의식의 드러나는 방식이란 생리적 경험주의라든가 역사적 상대주의가 감히 미치지 못하는 영역이며, 일급 작품이란 이 임계지대에 육박한 것이다.

나는 왜 현장비평을 하는가

어떻게 하면 좋은 소설을 쓸 수 있는가. 이런 물음을 내게 던져오는 사람은 극히 드물었다. 내가 평론가로 알려져 있으며 또한 실제로 소설을 쓴 바 없었던 까닭이 아닌가 한다. 어떤 것이 좋은 소설인가. 이런 물음을 던져오는 사람도 썩 드물었는데, 그도 그럴 것이 뾰족한 대답을 듣지 못하리라고 지레짐작한 때문이 아닐까 한다.

문학 작품을 포도주나 생선회에 비유할 수야 없겠지만, 일급품과 이삼급품을 알아차릴 수 있는 방법 중의 하나는 많이 마셔보고 또 먹어보

254

는 길이다. 이를 생리적 경험주의라 부를 것이다. 그렇다고 이 길이 장땡일 수는 없다. 혓바닥의 민감성이랄까 섬세함은 얻어질지 모르나, 그것에서 헤어나지 못한다면 육체나 정신을 지탱할 수 있는 영양소의 균형을 확보할 수 없다. 생리적 경험주의가 도락주의(퇴폐주의)에 함몰하게 되는 것은 시간문제일 것이다.

문학 작품을 이번엔 사회 개혁의 칼이나 총에 비유한다면 어떠할까. 일찍이 사람들은 칼이나 총에 깊은 관심을 가져왔다. 이성의 힘으로 세계를 바람직한 방향으로 바꿀 수 있다는 명제의 신봉이 그것이다. 이를 이데올로기라 할 것이다. 문학 작품의 우열이란, 이 경우로 보면 무기의 강도, 성능, 돌파력에 있지 않겠는가. 무기 자체의 성능이란 그러니까 그 자체로도 문제되지만 중요한 것은 돌파력에 있을 것이다. 그런데 만일 싸울 대상이 달라진다면 어떻게 될까. 이번에는 특정 이데올로기를 버리고 다른 이데올로기를 받아들이는 방식이 고안되지 않을 수 없다. 이를 상대주의라 부를 것이다. 시대마다 달라지는 이 이데올로기에 작품 평가의 기준을 두어도 되는 것일까. 확실하다고 믿었던 평가 기준이 이리저리 변하는 것이라면 그것은 기껏해야 역사적 허무주의에 함몰되는 것이 아닐 수 없으리라.

생리적 경험주의도, 역사적 상대주의도 바람직한 것이 못 된다면 작품 비평은 그때그때의 임시변통에 지나지 않는 것일까. 여기까지 묻는 사람이 있다면 내 대답은 별로 망설임이 없다. '그렇지 않다'가 그것. 절대적 평가여야 한다는 것. 그렇다면 그 절대적 평가 기준이란 무엇인가. '언어'가 그 정답이다. 언어의 밀도가 작품의 질을 평가하는 기준이라고 나는 생각한다. 인간만이 갖고 있는 언어란 그러니까 '의식' 자체에 해당되는 것. 이 의식의 드러나는 방식이란 생리적 경험주의라든가 역사적 상대주의가 감히 미치지 못하는 영역이라고 나는 생각했다. 이를 두고 인간의 한계 영역 또는 임계지대(臨界地帶)라 부를 것이다. 일급 작품이란 이 임계지대에 육박한 것이며, 이를 점검하는 것이 비평이기에 절대 적일 수밖에 없다.

사람들은 가끔 내게 말하곤 했다. '아직까지도 월평 나부랭이를 하고 있는가'라고. 빈정댐이 아니라 실로 딱하다는 표정을 지으며. 나는 속으로 생각한다. '월평이 아니라 현장비평이다'라고 '나부랭이가 아니라 알 맹이다'라고. 어째서 그러한가. 이미 위에서 그 해답이 주어져 있다고 나는 생각한다.

내 스승이 되어준 우리나라 현장의 작품들

80년대 중반에 들어서면서 나는 점점 불안해졌다. 자유의 발현이 역사의 자기 법칙이라는 이 헤겔주의에 내가 오랫동안 기대고 있었던 것인데, 그 역사가 이젠 끝장났는지도 모른다는 생각이 든 까닭이었다. 나폴레옹이 예나를 침공했을 때 역사의 끝장을 본 것은 정작 헤겔이었고, 그 직계 A. 코제브는 제2차 대전 직후에 그것을 보았으며, 그 후배인 F. 후쿠야마는 구소련 붕괴에서 그것을 보아버렸다. 역사가 끝장난 세계 속의 인간이란 어떠할까. 승인 욕망이 사라진 세계 속의 인간이란 동물이 아닐까. 혹은 제3의 새로운 종자일까. 내가 제일 알고 싶은 것은 바로 이 물음이다.

수많은 잘난 외국 사상가들의 저술들이 물밀듯이 들어와 내 책상 위에 쌓이곤 했다. 그러나 그것은 한갓 회색이었다. 회색에다 회색을 칠해도 삶의 녹색은 되살아나지 않는 법. 내 힘으로 이 문제를 해결할 수 없었다. 혹시 그동안 내게 제일 익숙한 이 나라 작품의 도움을 받으면 어떠할까. 살아 있는 이 나라 현장의 작품들 속에 이 해답이 있을지도 모르지 않겠는가. 대체 최일남은 이 과제에 어떻게 반응하고 있을까. '기억만이 임계성이다'라고 말하는 것일까. 윤대녕은 어떠할까. 물고기나 되새나 메뚜기가 되어야 한다고 그는 말하는 것일까. '무성생식(無性生殖) 인간 또

256

는 동성애뿐이다'라고 조경란은 말하는 것일까. 어느새 그들은 스승이 되어 이 방황하는 나를 열심히 가르쳐주고 있었다. 내가 굳이 '~습니다' 체를 사용한 사실이 이를 증거하는 징표의 하나이다.

『문학사상』은 내게 과분할 정도로 많은 지면을 할애해주었다. 이 자리를 빌려 고마움을 표하고자 한다.

1997년 1월

발견으로서의 한국현대문학사

서울대학교출판부, 1997

머리말 | 발견의 기법과 문체

문학 연구를 뚜렷한 방법론에 따라 대상을 분석하고 해석하는 것으로 훈련받아 온 세대의 시선에서 보면 90년대 이후의 그것은 썩 곤혹스럽지 않았을까. 그것은 방법론의 다양성으로 말미암아 방법론의 소멸 과정과 흡사하게 보였던 까닭입니다.

공들여 쌓아올린 정밀한 방법론들의 해체랄까 무너져 내림이랄까, 혹은 흔들림이란 대체 무슨 까닭일까. 많은 사람들이 이에 대한 이런저런 진단을 내렸습니다. 그들의 공통된 특징은 그러한 거대하고도 견고한 체계랄까 방법론이 실상은 일종의 이데올로기였다는 사실의 확인에 있었습니다. 주창자의 이해 관계에 의해 구축되었기에 그러하다는 것입니다. 곧 그 이데올로기에 의해 억압된, 혹은 은폐된 이런저런 것들이 이데올로기를 형성한 세력권의 쇠약에 따라 분출해 올라와, 이데올로기를 조금씩 해체하는 장면이 벌어졌다는 것입니다. 발견의 천재 갈릴레이는 동시에 은폐의 천재이기도 했다고 후설이 갈파한 바 있거니와, 이른바 저

258

헤겔의 '역사의 끝장'론과 이것이 맞물리자 은폐된 요소의 게릴라 전법은 맹렬한 것처럼 보이기조차 했던 것입니다. 비유컨대 그것은 기생충이 몸주의 영양분을 흡수함으로써 자기 생존을 도모할 뿐 아니라 나아가 몸주를 살해하고자 하는 기세라고나 할까요.

은폐된 요소의 자기 목소리 내기로서의 이러한 게릴라 전법을 두고 기법이라 부르면 어떠할까. 기법은 언제나 발견으로서의 기법이며, 따라서 그 자체 일회성이며 비체계적입니다. 사태 해결을 위해 그때그때 출현하는 이러한 기법의 존재 방식은 어떠할까. 발견과 이를 표상하는 문체로서 비로소 존재한다고 볼 수 없을까요. 문체란 위기의식과 밀접히 관련되어 있기에 단순한 글쓰기와 구분될 것입니다. 사상을 형성하는 힘. 그것이 문체이기에 사상이 기법으로 전환되는 형국이라고나 할까. 기법과 문체의 관계 정립이 종래의 연구라는 개념을 부분적으로나마 갱신할 수 없을까. 이 저술의 목적이 여기에 있습니다.

제 전공이 한국 현대문학 분야이기에 당연히도 기법과 문체 역시 이 분야에 국한되어 있습니다. I 부는 역사의 종언 이후의 문학 연구의 운명을 점검한 것입니다. 국민국가의 운명과 소설의 운명, 사상과 문체 사이에 걸쳐 있는 위기의식 등을 두고 서론격이라 한다면, II 부는 90년대 한국 근대문학 연구 동향을 점검한 것이며, III 부는 한국 현대문학사의 특수성에 대한 재음미이며, IV 부는 발견으로서의 기법과 그 주변을 검토한 것이며, V 부는 문학 연구 및 비평의 위상을 새로이 조명한 것입니다.

이러한 글들은 최근 대학원에서 제가 강의한 것의 일부입니다. 이 나라 현대문학 분야 구세대 연구진의 하나였던 제 자신의 자기반성 및 전망으로서의 몸부림이라 할까요. 대화체, 연설체를 서슴지 않은 것도 이 때문입니다.

1997년 8월

바깥에서 본 한국문학의 현장

집문당, 1998

머리말 | 바깥의 현장체험

제 전공은 한국 근대문학입니다. 처음부터 그러하였고 중간에도 그러하였고 지금도 그러합니다. 그 곡절을 저도 잘 설명할 수 없습니다. 자랑스러움도 후회스러움도 없었고, 또 없습니다. 다만 그러했을 따름이었는데, 먼저 외국인들이 제게 말을 걸어왔습니다. 정확히는 그들이 '한국문학'에 대해 말을 걸어왔는데, 제가 우연히도 그 사이에 끼여 있었습니다.

1970년 12월이었습니다. 그 무렵 하버드 옌칭의 장학금으로 일본 도쿄 대학 동양문화연구소에 가 있었는데, 일본인으로 구성된 '조선문학연구 모임'의 초청으로 발표를 한 것이 그 첫 번째입니다.

두 번째로는, 미국 아이오와 대학의 International Writing Program에 한 학기 동안 참가했을 때 「한국 근대시의 이해」를 발표한 바 있습니다.

세 번째로는, 주로 유럽과 미국에서 열린 한국문학 세미나에 참가한 것으로 런던과 파리(1983), 영국의 헐 대학(1985), 미국 브리감 영 대학(1985), 네덜란드의 라이덴 대학(1986), 파리 7대학(1990), 체코의 찰스 대학(1992), 독일의 훔볼트 대학(1993), 파리 7대학(1994), 미국 버클리 대학(1993), 중국 연변 민족학원 준공 기념(1993), 호주 시드니의 한·호 포럼(1989), 인도네시아 발리에서의 아시아의 종교와 예술(CARA) 세미 나(1990) 등입니다. 여기서는 주로 한국문학 번역이 중심 과제였습니다.

네 번째로는, 이른바 AKSE(Association for Korean Studies in Europe)에 참가한 것입니다. 제가 이 대회에 참가한 것은 제12차(라이덴 대학, 1988)부터입니다. 그로부터 제13차(런던, 1989), 제14차(바르샤바, 1990), 제15차(프랑스 두르당, 1991), 제16차(베를린, 1993 — 이때부터 격년 제로 바뀜), 제17차(체코 프라하, 1995), 제18차(스톡홀름, 1997) 등에 빠짐 없이 참가하여 발표를 했습니다. AKSE의 매력은 무엇이었을까. 수준 높 은 한국학의 다양한 전개 못지않게 북한 학자들의 참가라 할 것입니다. 북한문학의 최고 수뇌부인 사회과학원 학자들(김하명·정홍교·류만·정성 무 등)을 만날 수 있었던 것은 이 통로뿐이었지요.

다섯째는, 이른바 PACKS(Pacific and Asia Conference on Korean Studies)에 참가한 것입니다. 격년으로 열리는 이 대회는 AKSE와 쌍벽을 이루는 것이나, 후자에 비해 그 역사가 짧다고 할 것입니다. 제가 여기에 참가한 것은 제2차 대회(도쿄, 1994)에서부터입니다. 제3차 대회(시드니, 1996)에도 참가했지요.

끝으로 자문 위원으로 한국 문인 13인과 동행, 파리와 지방에서 벌 어진 프랑스 정부 초청 한국문학 세미나(1995.11.~12.)에 참가한 바 있습 니다.

돌이켜 보건대 많은 세월이 속절없이 흘렀습니다. 모든 것이 속절없 더라도 한국문학만은 영원하리라 믿습니다. 그동안 제가 만난 학자들과 의 우정 또한 제 마음속에 영원할 것입니다. 그 학자들의 이름을 여기 적 는 것은 이 때문입니다.

부세·오랑주(파리 학술진흥재단)·파르브(파리 동양어학교)·이옥(파리 7대학)·발라벤(라이덴 대학)·쟈세(함부르크 대학)·부체크(프라하 찰스 대학)·클뢰슬로바(프라하 사회과학원)·오가레트 최(바르샤바 대학)·스킬랜드·박영숙(런던 대학)·피히트·렌트너·소니아(훔볼트 대학)·조브티스(카자흐스탄 알마아타 사범대학)·이학수(미국 UCLA)·멕켄(하버드 대학)·피터슨(브리감 영 대학).

이러한 여러 세미나에 참가하여 발표한 논문들의 일부를 *Understanding Modern Korean Literature*라는 제목으로 영역판을 낼 수 있었던 것은, 오로지 세미나 참석 때마다 영역을 준비해 온 장경렬 교수의 덕분입니다. 여기에 적어 장 교수의 빈틈없는 노력과 한국문학에 대한 열의에 경의를 표합니다. 아울러 영역판과 이 책을 동시에 내게 해 주신 집문당 임경환 사장께도 고마움을 표합니다.

1998년 1월

이상 문학 텍스트 연구

서울대학교출판부, 1998

머리말

책 표제를 '이상 문학 텍스트 연구'라 하였다. 어째서 그냥 이상 문학 연구라 하지 않고 '텍스트'라 덧붙였는가. 우선 이에 대한 설명이 없을 수 없다. 그것은 이 나라 근대 문학 공부에 대한 내 개인적 사정과 알게 모르게 관련되어 일종의 고백적 성격을 띤 것이기도 하다.

6·25 전쟁의 총성이 멎은 지 얼마 되지 않아 갓 수복된 서울에서 대학생활을 한 나는 안암동 쪽에서는 임종국 씨가, 동숭동 쪽에서는 이어령 씨가 각각 이상 문학 연구에 열을 올리고 있음을 보았다. 이 현상은 반역을 기본항으로 한 전후 세대의 특권의 하나처럼 보이기도 했다. 일체의 기성 문학 및 문단의 비판용으로 그것이 유력해 보였지만 나는 다만 바라보고 있었을 뿐인데, 회고컨대 내겐 거부할 어떤 기성 문학이나 문단도 없었던 까닭이었다. 내가 겨냥한 것은 이 나라 근대 문예 비평사였고 그것은 다만 잡초 무성한 황무지였다. 잡초만 걷어 낸다 해도 대단한 일로 내게는 보였다. 이를 역사적 연구 범주라 할 것이다. 사회학적

상상력이 하도 우람하여 문학이 고유하게 처리하는 해석학적 범주나 수사학적 범주로는 어림도 없는 것처럼 보여 마지않았다. 그것은 근대성에 대한 탐구였고, 그 한가운데에 카프 문학이 놓여 있었다. 이러한 생각이 80년대 중반에 접어들자 서서히 퇴색되기 시작했는데, 왜냐하면 역사적 범주가 하나의 거부되어야 할 기성 문학 및 문학 연구로 작동한 까닭이다. 이러한 문학 연구의 타성에 대한 거부의 지표로 이상 문학이 저만큼 떠오르는 것이었다. 해석학적 범주·수사학적 범주의 연구 지평에서 바라보면, 이상 문학은 그 대상으로 삼기에 모자람이 없어 보였다. 졸저 『이상 연구』(문학사상사, 1987), 『이상 소설 연구』(문학과 비평사, 1988)는 이러한 사정을 반영한 것이었다.

이 두 저서를 집필하는 과정에서 나를 아득하게 하는 사실에 자주 부딪혔는데, 이상 문학 텍스트(본문)에 대한 미확정성이 그것이었다. 임종국 씨의 『이상전집』(태성사, 1956), 이어령 씨의 『이상전작집』(갑인출판사, 1977) 등의 선구적이며 공들인 텍스트가 있었음에도 불구하고 아직도 미확정의 영역이 많아 보였다. 졸편 『이상문학전집(2), (3)』(문학사상사, 1991)은 이에 대한 한두 가지의 보충 작업이었다. 그런데 뜻밖에도 이 보충 작업이 90년대 중반에 접어들면서 하나의 덫으로 나를 옥죄어 오는 것이었다. 대학원 근대문학 연구진들이 수사학적 범주로 기울면서 이상 문학 연구에 매달리게 되자, 이상 문학의 텍스트 비판은 이제 새로운 국면을 맞이하기에 이른 것이다.

이 장면에서 내가 할 수 있는 것은 과연 무엇인가. 다음 세 가지가 우선 고려될 수밖에 없었다.

(1) 졸편 『이상문학전집(2), (3)』에서 잘못된 주석 바로잡기

(2) 글쓰기의 층위 분석

(3) 일어로 된 원텍스트 검토

실증주의적 연구 범주인 (1), (3)에서는 약간의 성과를 얻을 수 있었

다면, (2)는 수사학 및 해석학이 뒤섞인 범주여서 한 가지 가설의 수준이라 할 것이다. 만일 이 책이 이상 문학 연구에 나아가는 학도들에게 일종의 학습장(學習帳)으로 활용될 수 있다면 그보다 큰 보람은 없을 것이다.

1998년 1월28일

농경사회 상상력과 유랑민의 상상력

문학동네, 1999

책머리에 | 두 종류의 상상력

훌륭한 글을 써 보겠다는 생각을 품은 적도, 오래 남을 책을 쓰겠다는 욕심을 가진 적도 있었지요. 잘 되지 않더군요. 그때그때 마음속에서 오고 가는 절실한 문제에 제 몸이 달았기 때문이었을까요. 그것을 적어보고자 했고, 그런 심정으로 오늘에 이르고 있습니다. 서글픔도 아니지만 한스러움도 아니었지요. 굳이 말한다면 어쩔 수 없음이라고나 할까. 그런 사람이 한둘 있다고 해서 지구의 궤도에 이상이 생길 턱이 없지 않겠습니까. 슬픔도 기쁨도 아니고, 부끄러움도 자랑도 아닌 곳. 오만함도 편견도 아닌 그런 곳이 이 지구라는 혹성에는 있지 않겠는가. 그런 심정으로 살았고, 살고 있습니다.

그런 곳이란 이런저런 곡절을 겪어 마침내 이르고 보면 언어라는 이름의 지구만한 크기의 또 다른 혹성이었던 것. 세계란 이 언어라는 기묘한 실체로 이루어진 것. 이 사실을 제게 절실하게(확실하게가 아닙니다) 깨우쳐준 두 사람의 작가가 있습니다. 『외딴 방』의 작가와 『서편제』의 작가가 그들. 쇠스랑으로 발등을 찍지 않고도 글을 쓸 수가 있을까. 두 눈을 찔러 장님이 되지 않고도 글을 쓸 수 있을까. 그들이 제게 가르치고자 한 것은 이것이었지요, 앞엣것이 농경사회 상상력이라면 뒤엣것은 유랑민의 상상력인 것. 상상력이란 대체 무엇이겠는가. 죽을 수밖에 없는 운명을 타고난 인간이 할 수 있는 마지막 몸부림 같은 것. 저는 이 몸부림을 사랑했고 지금도 그러합니다.

제게 지면 사용의 관용을 베풀어준 계간『문학동네』와 제 글을 보아준 분들께 감사합니다.

1999년 1월

체험으로서의 한국근대문학연구

아세아문화사, 1999

머리말 | 저술의 현장성에 관하여

「문학사방법론서설」(『현대문학』, 1962. 1.)로 문단 말석에 얼굴을 내민 이래 이런저런 곡절을 겪으면서 오늘에 이르고 있습니다. 모 일본 서지학자의 조사에 의하면 제가 그동안 쓰고 또 편집한 저술이, 최근의『이상문학 텍스트 연구』(1998)까지 넣는다면 세 자리 숫자에 이른다고 하는군요. 어쩌다 이 지경에까지 이르렀던가. '불멸의 한 줄'도 쓸 줄 모르는 멍청이라 해도, 발바닥으로 쓴 것들이라 해도 이미 돌이킬 수 없는 현실, 그저 그렇게 되고 말았습니다.

그 누가 저로 하여금 이런 지경에로 몰아넣었을까요. 혹시 저 노예선의 벤허였을까. 유년기에 마주친 산골짜기 제비꽃이거나 마산 앞마다에 온통 펼쳐져 있었던 그 쪽빛이었을까. 누나의 교과서에서 엿본 낯선 세계의 그림이었을까. 헤아릴 방도가 없지만 설사 있다 한들 이제 새삼 무엇하리. 다만 헤아릴 것이 있다면, 또 그것이 나름대로의 의의를 가져야 한다면 반세기에 걸쳐 제가 몰두해온 이 나라 근대 문학 연구의 현장성이 아닐까요.

현장성이 깡그리 감추어진 것이 간행된 저술이고 보면, 저술이란 비평서이든 학술서이든 곱게 차린 형국이라 하지 않을 수 없습니다. 그 작업 현장을 엿본다면 얼마나 요란하고, 지저분하고, 딱하고, 혼란스럽고, 또 땀과 먼지의 더미 속 헤매기의 장면들일까. 이를 두고 체험이라 부를 수 있겠지요.

20세기 말을 맞는 마당에 이 체험의 현장성에 약간의 의의를 감지한 모 계간지가 있었습니다. 민족문학작가회의 기관지 『작가』가 그것. 제가 쓴 저술들이 모두 20세기 중반 이후의 산물이자 20세기식 글쓰기였다고 본 까닭이 아니었을까. 21세기엔 21세기식 글쓰기가 따로 있는 것일까. 혹은 21세기란 간교한 인간들이 날조한 일종의 트릭인지도 모르지 않겠는가. 이런 물음에 대한 모종의 비판이 혹시 그 현장성 속에 들어 있을지 모른다고 『작가』 편집자가 판단한 것일까. 이렇게 혼자 생각하면서 4회에 걸쳐 제 글쓰기의 현장성을 드러내 보았습니다.

일찍이 제 글쓰기의 현장성을 드러낸 글로는 「글쓰기의 리듬 감각」(1985)이 있습니다. 「이광수와 그의 시대」(1981~1985)의 연재를 마친 직후에 쓴 것이지요. 「민족문학사론과 이식문학사론 틈에 낀 어떤 역사적 감각」(『실천문학』 1998년 가을호)과 「소설구성의 원리와 중심적 인물 설정으로서의 여성」(여성문학연구회 강연, 1998. 12. 5.) 및 「어째서 비평이 근대 비평일 수밖에 없는가」(민족문학작가회의 · 『작가』 공동주최 비평세미나 발제논문)를 첨가한 것도 위의 문맥에 해당됩니다. 이렇게 되고 보니, 제가 글쓰기에 관심을 두게 된 시대적 가능성과 그 한계도 이 자리에다 가지런히 놓아두어야 앞뒤가 이어질 것 같아 보이지 않겠습니까. 군복을 입었던 대학 시절에서 80년대의 살아남기에 관한 부록 세 편을 덧붙인 것은 이 때문입니다.

끝으로 다음 사실도 적어두고 싶군요. 제가 젊었던 시절 아세아문화사 초대 사장 이창세 님의 지우를 얻어, 신소설 전집(영인본) 편찬에 참가한 바 있고, 이어서 『한국근대문학양식논고』(1980)와 『한국근대문학사상연구 2』(1994)를 낸 바 있습니다. 이제 제2대 사장 이영빈 님의 호의로 이 책을 내게 되었다는 사실. 2대에 걸친 이 인연을 기리고자 합니다.

1999년 3월 2일

한국근대문학연구방법입문

서울대학교출판부, 1999

머리말 | 현장성으로서의 방법

『발견으로서의 한국현대문학사』(서울대학교출판부, 1997)는 90년도 이래 제가 대학원에서 강의한 내용을 나름대로 정리한 것입니다. '역사의 끝장'을 보아 버린 장면에서 재정립해야 하는 마당이기에 무엇보다 제 자신이 불안하고도 허황해진 느낌을 감추기 어려웠지요. 토대 환원주의(마르크스주의 방법론)를 비롯, 무수한 환원주의식 방법론이 세계 인식의 기초로 되어 있던 상황에 그동안 익숙해졌던 제 자신의 굳은 체질이 더 이상 감당할 수 없는 지경에 이르렀던 만큼 이 사실을 나름대로 드러낼 필요가 있었던 것입니다. '발견'이라는 말이 지닌 특별한 의미가 주어진 것은 이러한 사정에서 말미암았던 것입니다.

그렇지만 '발견'만 해 놓으면 그만인가 하는 강한 울림이 이번엔 제 내면에서 움트기 시작하지 않겠습니까. 이 울림은 제가 감당하기엔 한층 아득한 것이었지요. 외부에서 주어진 것으로서의 '역사의 끝장' 의식을 대면하고 당황하긴 했지만 거기에는 나름대로 대응할 수 있었는데 '외부에는 외부의 것으로'의 방법이 그것입니다. 그러나 이번의 당황함은 이와 성격이 다른 것이었습니다. 내부의 목소리에 대응해야 함이란 실로 아득했는데, 왜냐하면 내부의 목소리란 그에 대응되는 외부가 없기 때문이지요. 문자를 쓰자면 '비대칭성'의 상황이었던 것. 내부란 그러니까 내부로 돌파할 수밖에 없는 것. 화두일 수밖에 없는 이유가 이로써 말미암습니다.

90년도 이래 제가 그동안 감당해 온 이런저런 '발견'이란, 다시 말해 '발견으로서의 한국현대문학사'란, 실상은 '방법으로서의 한국현대문학사'였던 것입니다. 여기서 제가 말하는 '방법'이란 내면에서 움트는 그 무엇이지요. 제가 인간≠언어의 도식을 내세우기도 하고, 작품론 → 작가론 → 문학사 → 작품론 → 작가론 → 문학사의 원환 운동을 문제 삼기도 했던 것은 방법의 모색에 다름 아니었습니다. 이 내면의 과제를 방법이라 했을 때 이번엔 이를 조금 구체화시킬 필요가 있었습니다. 화두 속의 과제로 처리해 버린다면 방법 자체가 무의미해지기에 기를 쓰고 여기에서 한 발자국 물러서지 않으면 안 되었던 것.

연구자인 저로는 이 대목이 절체절명의 경지라고나 할까요. 방법이 그냥 방법일 수 없고, 뭔가 토가 달린 방법이어야 했던 것이지요. 방법론이 아니라 그냥 방법이라 한 것은 이와 무관하지 않습니다. 곧 방법이란 '현장성'의 다른 이름입니다. 내면에서 움트는 것이기에 '현장성'이자 '사건성'이었던 것. 굳이 이를 현장성 (1)·(2)·(3)으로 나눈 것은 내면에 함몰되기 직전에서 몸을 건져 올리기 위한 몸부림의 일종이었지요.

작품론/작가론/문학사에 각각 현장성을 대응시키는 일의 무의미함을 부추기는 것도 내면의 목소리였고, 거기서 탈출하라고 외치는 것도 내면의 목소리였던 것. 화두이되 화두일 수 없음, 이를 방법이라 부르겠습니다. 표현자의 화두와 연구자의 화두가 각각 다르면서도 불이(不二)라는 인식의 장(場)의 모색, 바로 여기에 제가 가까스로 이르고 있습니다.

1999년 1월 1일

청춘의 감각, 조국의 사상 — 교토 문학기행

솔, 1999

머리말 | 경이로움을 드러내는 방식

내 전공은 우리 근대 문학이다. 이러한 공부를 감히 학문이라 부를 수 있는지에 대해서는 잘 알지 못하나, 이것이 예술과는 썩 다르다는 점만은 알고 있다. 학문은, 막스 베버의 지적대로, 반드시 능가당하게 될 운명에 있다. 어떤 학문의 업적도 단지 문제 제기의 일종일 뿐, 결코 완성에 이를 수 없다. 이런 운명에 복종하고 헌신함이란 실상 학문 스스로 원하고 있는 것이다.

예술에 있어서는 이러한 '진보'의 개념이 없다. 일정한 완성도에 이르기만 한다면 예술은 후인들에 의해 능가당하지 않는다. 그 자체로 자족적 세계를 갖기 때문이다.

우리 근대 문학에서 염상섭·이양하·정지용·윤동주 등의 예술이 높은 완성도에 이르렀다는 것은 모두가 아는 일이다. 누구에 의해서도 능가당하지 않을 존재이기에 그 자체가 경이로움이 아닐 수 없다. 이 경이로움 속에는 "나의 청춘은 나의 조국! / 다음날 항구의 개인 날세여!"(정지용, 「해협」)의 감각이 숨 쉬고 있지 않았을까.

다만 이 경이로움을 드러내는 방식만은 시대에 따라 곳에 따라 각양
각색일 터이다. 같은 논자의 경우에도 자기의 지적 성숙도에 따라 상당
히 다를 수도 있을 터이다.

이 책에 실린 글들은, 1998년에서 1999년까지에 걸쳐 쓰인 것들이
다. 경이로움을 드러내는 방식의 다양함이 도를 지나쳐 어지럽지 않을까
저어한다. 이는 문학 공부 스스로가 원하는 바가 아니었을까. 여기서 발
생하는 긴장감이 문학 공부의 양식이 아닐까. 이 긴장감이 나를 또 한 번
더 교토(京都)로 향하게 만들지도 모를 일이다. 책을 읽어주신 분께, 또
펴내주신 '솔'사에 감사한다.

1999년 8월 31일

한국현대문학비평사론

서울대학교출판부, 2000

머리말 | 여벌의 목숨을 못 가진 연구자의 숨결

황무지에 가까웠던 이 나라 비평의 체계적 정리를 겨냥한 것이 내 학문적 출발점이었고, 그 결실이 『한국근대문예비평사연구』(1973)였으며, 이 분야 신제(新制) 학위 논문 제1호이기도 했다. 이 책은 해방 직전까지를 대상으로 한 것이기에, 그 이후에 전개된 비평사의 체계적 정리가 예견되어 있었다. 그러나 이러한 예견은 실현되기 어려웠는데, 상황적 이유가 그 하나라면, 연구자인 내 자신이 너무 그 대상에 휩쓸려 있었음이 그 다른 이유였다. 분류사의 일종인 비평사를 제쳐 두고 문학사 쪽으로 나아가는 한편, 개별 작가론에도 관심을 기울여 오늘에 이르렀다. 연구자의 처지와 표현자의 처지에 번갈아 옮겨 다니면서, 이 나라 문학을 문학이게끔 조건 짓고 있는 감각과 사상을 알아보고자 노력해 오면서도 무의식의 저편에서는 출발점이던 비평사에 대한 모닥불이 가물거리고 있음에 가끔 놀라곤 했다. 하나의 부채와도 같은 그 무엇이라고나 할까. 좌우간 그런 느낌을 떨치기 어려웠다. 이 책은 그러한 느낌의 산물이다.

모두 5장으로 구성된 이 책에서 내가 제일 공들인 것은 1장이다. 이 나라 비평의 체계화에서 벗어나 그 체계를 해체할 수도 있는 비평의 '자립적 근거'를 탐구하는 과제가 이 논의의 중심 사상이다. 체계화에의 지향성과 이를 해체하고자 하는 지향성을 동시에 파악함이야말로 비평이 지닌 그 기능의 본령이 아니었던가. 이 물음을 밀고 나가는 곳에서 비로소 나는 네 가지 자기 모순성의 유형을 선명히 볼 수 있었다. 50년대와 60년대 비평의 체계화를 시도하는 대신 그 해체에 관한 논의를 조금 점검해 본 것이 2장이다. 체계화 다음에 해체론이 따라야 함에 비추어 볼 때, 이 2장은 따라서 단편적임을 면하기 어렵다.

　작품과 사회 역사의 균형 감각에 의존하는 문학사적 시선과 작품을 구심점으로 함으로써 문학사적 균형 감각을 끊임없이 위협하는 비평사적 시선 속에서 논의를 펼쳐 본 것이 3장이라면, 4장은, 적어도 나에게는 '타자성(他者性)'으로 저만치 놓여 있는 북한문학에 대한 것이다. '타자성'이란 무엇인가. 이 물음에 엄밀한 답변이 쉽사리 주어지기는 어려우나 그것이 '나'를 해체함에 알게 모르게 작동된다는 점은 분명하다. 그 해체 과정에까지 나아가지 못했지만, 요컨대 4장은 그런 가능성으로 열려 있는 대상이다.

　끝에 놓인 5장은, 내 공부하는 태도의 어떤 표현이다. 문학사가로서, 또 비평가로서 내가 서 있는 자리, 곧 '현장성'의 내면풍경이라고나 할까. 역설적이게도 표현자의 사상과 연구자의 감각이 교차되는 지점에서 나는 소멸되고 싶었다. 여벌이 있을 수 없는 내 목숨의 숨결 소리를 내 스스로 엿듣기라고나 할까.

2000년 3월

초록빛 거짓말, 우리 소설의 정체

문학사상사, 2000

저자 서문 | 내가 소설을 읽는 까닭

20세기에 태어나 20세기를 살면서 나는 소설 읽기에 많은 시간과 열정을 기울여 왔고, 21세기에 접어든 지금에도 그러한 처지에 있다. 대체 소설이 무엇이기에 그토록 나를 매료시켰던 것일까. 지금도 나는 이 물음에 잘 대답할 수 없다. 현실과 썩 거리가 있어 보이는 사물이나 현상에 대해 사람들은 흔히 말한다. 그것은 소설이야, 라든가, 소설 쓰고 있네, 라고. 현실과 허구로서의 소설이 별개라는 것, 현실의 인간과 소설 속의 인간이 다르다는 것은 삼척동자라도 아는 일이라고. 과연 그러할까.

인간을 안다는 것은 그에 대해 말하는 것이다. 말해진 인간이란 무엇인가. 언어로 짜인 직조물 곧 텍스트가 아닐 것인가. 허구로 변한 인간이 아닐 것인가. 현실의 경우도 사정은 마찬가지다. 어떤 현실도 언어로 직조된 텍스트로서의 현실이다. 인간도 현실도 언어에 의해 묘사된 것에 지나지 않는다. 환자의 자기 고백에다 분석의 기틀을 놓은 프로이트도, 작가는 죽었다고 떠든 구조주의자들도 이 사실을 직시하고 있지 않았던가.

현실을 나는 알고 싶었다. 인간을 나는 알고 싶었다. 세계를 나는 알고 싶었다. 언어밖에 가진 것이 없는 내 앞에 소설이 있었다.

어째서 하필 소설이어야 했던가에 대해서는 이 책의 앞단계인 『김윤식의 소설 현장비평』의 머리말에서 밝힌 바 있어 중복을 피하거니와, 여기서는 다음 한 가지만 덧붙이고 싶다. 아무리 소설을 열심히 읽어도 나는 현실을 잘 알 수 없었다. 인간을 잘 알 수 없었다. 세계를 잘 알 수 없었다. 그 알 수 없음의 밀도만이 더 높아갈 뿐이었다.

그래도, 그러기에 나는 소설을 계속 읽을 것이다. 이유는 간단명료하다. 언어밖에 가진 것이 없는 내 앞에 소설이 있었고, 있고, 있을 터이니까.

읽어주신 독자께, 지면을 무제한으로 주시고 책까지 만들어주신 문학사상사에 감사한다.

2000년 7월

머나먼 울림, 선연한 헛것 ─김윤식 문학기행

문학사상사, 2001

머리말 | 3박자 글쓰기의 균형 감각

울림은 들리지 않는다. 시원에서 나온 울림이 몸에 닿고 몸 주변을
에워싸면서 몸을 울린다. 울림이란 그러기에 함께 울림이되 온몸으로 느
끼는 그 무엇이다. 울림에 온몸이 함께 울 때의 그 진동의 폭과 시간을
어떻게 하면 잴 수 있을까. 요컨대 보여줄 수 있을 것인가.

헛것은 눈으로 보이지 않는다. 헛것이 시원의 땅을 지나 몸에 닿고 몸
주변을 에워싸면서 몸을 환하게 한다. 헛것이란 그러기에 함께 환하게 하
되 온몸으로 환하게 하는 그 무엇이다. 헛것에 온몸이 환하게 될 때의 그
밝기와 그 시간을 어떻게 하면 잴 수 있을까. 요컨대 들리게 할 수 있을까.

보여주기, 들리게 하기란 무엇이겠는가. 나는 이런 경지를 오랫동안
꿈꾸어왔다. 순수감각의 길이 그것. 오랫동안 내가 살아온 '연구자의 논
리'에 대한 생명적 몸부림이 아니었을까. 생명적이라 했거니와 이는 '연
구자의 논리'가 내게 가한 숨 막힘을 가리킴인 것. 이에 대한 필사적 도
주의 길이 모색되었다 해서 괴이한 일이겠는가. 그 첫 번째 숨통 트기가
이른바 현장비평이었다. 연구자가 피해야 할 늪인 현장비평이란 대체 무

엇이었던가. 내겐 먼저 그것은 '비평가의 사상'을 향한 길이었다. 현장비평에 줄기차게 나아감으로써 '연구자의 논리'와 균형감각 모색을 꿈꾸어 마지않았다.

유감스럽게도 그런 경지란 지속되지 않았다. 번번이 한쪽으로 무게 중심이 옮겨져 파탄으로 몰아가곤 하는 일들이 벌어졌다. 나는 그 원인을 시대적 탓으로 돌린 적이 있었다. '역사의 끝장'(헤겔) 의식에의 시달림이 그것. 균형감각 파탄의 틈이 점점 커지자 이번엔 현장비평이 '연구자의 논리'의 자리에 군림하는 형국을 빚어내지 않겠는가. 숨이 가빠왔다. 필사적 도주가 다시 시작될 수밖에.

자료더미에서 벗어나기, 살아 숨 쉬는 작품의 늪에서 벗어나기가 그것. 자료의 시체들에 덜미를 잡히지 않기, 작품이 쳐 놓은 그물에서 슬기롭게 벗어나기, 그 길이 내겐 길떠나기였다. 이 숨통 트기에서 몇 개의 붉은 열매가 맺어졌을까. 나는 그 숨통 트기를 야성의 회복 혹은 순수감각의 부름 소리라고 여기곤 했다. '표현자의 감각'이 그것이다.

사람이 있어 이렇게 물을지도 모를 일이긴 하다. 그대가 살아온 '연구자의 논리', '표현자의 사상' 및 '표현자의 감각'이 어떤 균형감각을 이루었는가 하고. 근대문학 연구, 현장비평, 그리고 학술·예술·문학기행의 3박자 글쓰기엔 과연 어떤 리듬감각이 작동되고 있으며 그것은 얼마나한 값어치가 있는 것일까 하고. 이런 물음에 대해 나는 민첩하지 못하다. 나는 가까스로 『한국근대문예비평사연구』(1973), 『이광수와 그의 시대』(1986)와 『우리 소설의 표정』(1981), 『초록빛 거짓말, 우리 소설의 정체』(2000) 그리고 『문학과 미술 사이』(1979), 『청춘의 감각, 조국의 사상』(1999) 등을 내세울 수밖에 없다. 이 3박자 글쓰기가 오늘의 내 표정이라 할밖에 없다.

책을 만들어주신 분들, 읽어주신 분들께 마음속으로 고맙게 생각한다.

2001년 1월

김윤식 서문집

사회평론, 2001

머리말 | 말하지 않아도 되는 말들을 모으면서

문학평론가로 제가 문단에 나온 것은 1962년이었습니다. 아주 젊고 앞뒤를 잘 분간하지 못한 탓에 문단을 향해 도무지 저 자신조차 무슨 뜻인지도 모를 이런 목소리를 거침없이 내고 있었지요.

모든 너에게

이것은 너 때문이었다.

내가 왜 文學을 하게 되었는지는 나도 잘 모르지만, 그러나, 이렇게 X字가 붙은 것을 하게 된 것은 바로 너 때문이었다.

빌려 주지도 않은 돈을 달라고 떼쓰던─그런 心情을 아는가, 너는 그런 心情을.

손톱자국 난 가슴으로 西海바다 소금 낀 바람에 피 묻은 빨래 조각 같은 깃발이 있었다면, 너는 웃으라.

노예선의 벤허처럼 눈에 불을 켜야만 나는 사는 것이었다.

이것을 너는 내게 가르쳤다.

그리하여, 이 모든 것은, 아무 때문도 아니면서―너 때문이었다.

―『현대문학』 1962년 8월호, 101쪽 鷹了所感 전문

이 목소리가 저를 옥죄고, 또 옥죄기를 바라고, 그것들이 겹치며 더욱 옥죄어져 오늘에 이른 것인지도 모르겠습니다. 사람의 일생이란 그 출발점에서 이미 그 본질이 남김없이 드러나는 것은 아닐까. 회고컨대 이런 의문을 줄곧 떨치기 어려웠습니다. 희랍 신화나 구약성서 속의 신전의 무녀들이나 예언자들이 한 인물의 운명에 대해 예언하는 장면들을 대했을 때 형언할 수 없는 모종의 충격을 받은 적이 있었습니다. 사람이 자기의 고유한 죽음(삶)을 받아들일 수 있는 것도 이 때문이 아니었을까요.

이런 목소리가 빚어낸 이런저런 빛깔들을 모아 본 것이 이 '서문집'입니다.

이 목소리의 빛깔들을 두고 어떤 시인이 저도 모르는 사이에 이런 말을 해 놓았더군요. 조금 따 오면 안 될까요.

"노예선의 벤허처럼 눈에 불을 켜야만 나는 사는 것이었다."
그것을 김윤식은 내게 가르쳤다.
1936년 8월 10일생.
경남 진영 깡촌에서 태어난,
지방 상업고등학교를 나온,
입이 약간 돌아가 있는,
한국문학이 그에게 빚지고 있는 것은
그 수많은 저서가 아니다.
눈에 불을 켜야 한다는 것,
빌려 주지도 않는 돈을 달라고 떼쓰던 그런 심정으로, 그런 심정으로

글을 써온······

— 이승하, 「문학평론가 金允植」,『시와 사상』1997년 가을호

제 목소리를 들어 주신 분들, 발문을 스스럼없이 써 주신 최일남 선생, 그리고 이 책을 묶어 준 사회평론사, 두루 고맙습니다.

2001년 2월

종언 이후의 글쓰기

한 · 일 근대문학의 관련양상 신론

서울대학교출판부, 2001

머리말 | 세기를 넘기면서

국민국가와 자본제 생산양식을 보편성으로, 반제투쟁과 반봉건투쟁을 특수성으로 상정하면서 이들 관계항의 맞물림을 헤아리는 과제를 근대사가 안고 있다는 시선에서 본다면, 지난 세기는 이 나라 근대사에 형언하기 어려운 굴절과 상처를 남긴 것으로 인식됩니다. 연구자들의 시선이 이 거대담론에 이어진 이데올로기적 과제로 기울어졌음이 이 사실을 잘 말해 주었지요. 문학 연구자들의 경우도 큰 테두리에서 보면 이러한 흐름에서 결코 자유로울 수 없었습니다. 카프에 대한 민감한 반응, 반제투쟁에 관한 줄기찬 관심, 모더니즘적 성향에 대한 지속적 비판 등등이 이 사실을 증거하고 있습니다.

이제 새로운 세기를 맞이한 이 마당에 이 나라 근대문학사의 연구자에게는 어떤 자세가 요망되는 것일까. 이런 물음 속엔 한 · 일 근대문학사의 관련양상에 대한 검토도 포함될 터입니다. 이 점에 국한시켜 그동안의 제 생각을 정리해 본 것이 이 책의 내용입니다. 여기에는 설명이 조금 없을 수 없습니다.

일찍이 제가 이 과제에 나아가 나름대로의 생각을 정리한 것이 『한일 문학의 관련양상』(1974)이었습니다. 20세기적 연구 풍토, 특히 1970년대적 시대성을 반영한 저술이었지요.

그로부터 세기를 넘어서는 과정에서 제가 얼마나 변했는가, 또는 원점 맴돌기인가에 대해 스스로 뭐라 말할 처지는 못 되겠지요. 다만 이번의 책 제목에다 '신론(新論)'이라 토를 달아 놓음으로써 나름대로의 의미 부여를 해 보았을 따름입니다. 서툰 점, 미진한 점, 잘못된 점들을 지적, 비판해 주신다면 더 없는 보람이겠습니다.

2001년 5월

우리 소설과의 대화

문학동네, 2001

책머리에

어째서 그대는 다른 일 제쳐두고 유독 소설 읽기에 몰두해왔고 또 하고 있는가. 이렇게 묻는 분들이 제 주변에 더러 있습니다. 그럴 때마다 저는 다만 쓸쓸한 표정으로 대하곤 합니다. 그럴 법한 대답을 할 수 없었는데, 저 자신도 잘 설명할 수 없기 때문입니다. 제가 쓴 글 속에 그 해답이 들어 있다고 말해보고 싶긴 하나 그럴 용기도 제겐 여전히 모자랍니다. 한 번 더 이 모자람을 스스로에게 다짐하기 위해 여기 한 묶음의 글을 모았습니다. '우리 소설과의 대화'라 이름한 것도 이 사실과 무관하지 않습니다.

소설과의 대화이되, 그냥 소설이 아니라 '우리' 소설입니다. 제 머릿속엔 늘 그냥 소설과 우리 소설이 마주하고 있습니다. 인류가 창안해낸 근대적 산물로서의 소설이 있고, 그와 마주하여 우리 소설이 있습니다. 둘은 그러니까 대화 상태에 놓여 있지 않겠는가. 목소리가 겹치기도 하고 불협화음을 일으키기도 하면서 인류사와 더불어 나아가고 있지 않겠는가. 대화이기에 서로 닮으면서도 변하고 있지 않겠는가. 그러니까 본질이 규정되어 있지 않고 만들어져가고 있지 않겠는가. 이때 대화란 소설 고유의 것입니다. 독백으로 일관된 시와 무대를 전제로 한 희곡과 구별되는 것. 이와 같은 현황이 우리 소설 쪽에서도 그대로 일어나고 있다고 저는 믿고 있습니다.

'우리' 소설이란 무엇이겠는가. 여기에도 대화성이 깃들여 있지 않겠는가. 『무정』(1917) 혹은 「날개」(1936) 이래 무수한 우리 소설들이 쓰였고 또 쓰이고 있습니다. 새로운 소설이 나올 때마다 그것은 그 앞의 소설에 대한 비판, 그러니까 자의식의 산물이 아니었던가. 대화 관계 속에 놓여 있었던 것이지요. 혹은 서로 닮기도 불협화음을 일으키기도 하면서 진행되었던 것. 소설 읽기란 그러니까 이 대화 속의 목소리 듣기에 다름 아닙니다.

소설이란 무엇이겠는가. 작가가 있고 독자가 있습니다. 대화성의 도식이 여기에도 잠복해 있습니다. 둘의 목소리의 울림이 함께 소설을 발명해가고 있지 않겠는가.

그런데 그 목소리란 또 무엇이겠는가. 다음성이라 주장하고 그것을 읽어내는 일이 큰 의미를 갖고 있다고 보는 견해도 있긴 하나, 제 생각은 이와 조금 다릅니다. 다음성이란 무엇이겠는가. 목소리의 여러 갈래와 그 겹침과 또 그 불협화음 속에서 모종의 의미 판독도 소중하지만 그 의의는 일회적일 터입니다. 판독되는 순간 의미는 없어지는 법. 대화도 소멸되지 않겠는가. 의미가 판독되어도 여전히 남는 것, 그런 목소리란 무엇인가. 의미를 떠난 목소리와의 만남, 의미를 넘어선 대화란 무엇일까. 아마도 그것은 울림끼리의 마주침이 아니겠는가. 이 울림에 귀 기울이기, 그것은 먼 시원(始原)의 부름이 아니겠는가.

이 시원의 부름이란, 당초에 원리적으로 있었던 것이 아니라는 사실. 소설과 우리 소설에서 새로이 만들어진다는 사실. 전대의 소설과 끊임없는 대화 속에서 새로이 창출된다는 사실. 시원의 부름에 귀 기울이기란, 그러기에 소설의 본질 형성에 동참하기라는 사실. 소설 읽기를 통해 '소설이란 무엇인가'의 물음에 동참함이라는 사실. 작가는 씀으로써, 독자는 읽음을 통해 함께 궁극적으로는 이 물음 속에 수렴된다는 사실. 제가 소설 읽는 궁극적인 이유가 여기에 놓여 있습니다.

　　제가 너무 많은 말을 했지요? 읽어주신 분들, 이런 자리를 베풀어준 문학동네, 고맙습니다.

2001년 8월

한국근대문학사와의 대화

새미, 2002

머리말

한국근대문학사를 공부하기 위해 제가 대학원에 들어간 것이 1962년이었으니까 39년의 세월이 흘러갔습니다. 이런저런 곡절을 겪으면서 남들처럼 저도 몇 권의 책도 썼고, 전공과 관련된 직장생활을 하면서 가까스로 오늘에 이르렀습니다. 많은 선학, 동료, 후학들의 비판 및 보살핌의 덕분이었지요. 참으로 다행스러웠고 또 고맙게 생각하여 마지않습니다만, 한편으로는 마음 공허하게 느껴짐도 이겨내기 어려웠습니다. 대체이 모순은 어디서 오는 것일까. 잠 안 오는 밤이면 멍하니 어둠 속에서 눈뜨고 혼자 되뇌어 보곤 합니다.

어째서 하필 이 나라 근대문학사여야 했을까. 이 물음이 으뜸항목으로 작동되어 제 삶을 버티어 온 것으로 회고됩니다. 문학이되, 하필 근대문학이어야 한다는 것, 그것이 저절로 근대문학사여야 했던 곡절은 또 어떠했던가. 이 물음에 지금은 뚝 부러지게 대답할 수 없겠으나, 다만 그것에 대한 모종의 이미지 한 가지만은 뚜렷하게 떠오릅니다. 근대문학이란 뭔가 대단하다는 것이 그것. 오늘의 어법으로 바꾸면 이데올로기, 곧 거대담론이 그것.

어째서 그것이 우리 세대 의식의 지평 위에 무지개로 떠올랐던가.

거기까지는 알기 어려우나, 중요한 것은 그것이 무지개로 인식되었다는 사실에 있습니다. 무지개를 보고 가슴 뛰지 않는 청소년도 있을 수 있었겠는가. 이것만큼 확실한 그 무엇이 따로 있을 수 있으랴. 소년의 꿈을 실현하기, 그것이 어른의 삶, 인생의 삶이 아니라면 대체 삶이란 무엇이겠는가.

잠깐, 그 무지개가 선연한 헛것이었다면 어떠할까. 이런 질문에 제가 민첩하지 못함도 감출 수 없는 사실입니다. 그렇기는 하나, 하늘의 별이 우리가 갈 수 있고 가야할 길의 지도 몫을 하던 시대를 꿈꾼다는 것 자체를 비난하거나 우습게 여길 수도 있을까. 황금시대의 그리움이 아니라 그것이 생물학적 상상력에로 향한다고 해서 이상할 것이 있을까. 역사의 끝장의식과 그 이후의 시대가 생물학적 상상력에로 향한다고 할 때, 이는 또 다른 거대담론이라 할 수 없겠는가. 그것이 또 다른 무지개로 어떤 세대의 의식의 지평 위에 떠오른다고 해서 무엇이 괴이하랴.

이 책의 제목을 '한국근대문학사와의 대화'로 한 것은 제가 산 세대의 무지개의 색깔에 대한 겸허한 표현을 가리킴입니다. 국민국가와 자본제 생산양식을 두 바퀴로 한 이른바 근대라는 이름의 무지개를 분광(分光)해 본 것이기에 선명함을 피하기 어려웠고, 따라서 단순함을 특징으로 하고 있습니다. 이 단순함이 강점이자 취약점임은 새삼 말할 것이 없습니다. 체계적이고 정밀한 논집에 앞서 '대화'라는 표찰을 단 이유도 이와 무관하지 않습니다.

나라와 겨레가 함께 가난했던 시절, 대학 연구실을 찾아다니며 국문학 자료 공급에 기여한 몇 분들을 저는 기억합니다. 오늘의 국학자료원 정찬용 씨도 그중의 한 분입니다. 이 자리를 빌려 고마움을 표합니다.

2002년 1월

292

미당의 어법과 김동리의 문법

서울대학교출판부, 2002

머리말 | '근대'의 시선에서 바라본 어떤 어법과 논리

　시인론 및 작가론으로서의 미당론, 김동리론은 많이 쓰였고 또 쓰일 것이다. 시사 및 소설사의 시선에서 쓰인 미당론, 김동리론도 그러할 것임에 틀림없다. 이 모두를 뛰어넘은 자리가 있을 수 있다면 그것은 과연 무엇일까. 이 책은 이러한 물음의 근거와 그 이유를 밝혀보기 위한 시도로 쓰였다. 이러한 시도가 나름대로 가능했던 것은, 물을 것도 없이, 그동안 여러 논자들에 비해 방대한 분량의 미당론, 김동리론이 쓰인 덕분이다. 일일이 그런 업적들을 굳이 여기에서 밝히지 않는 것은 단지 번거로움을 피하기 위함이다. 이러한 업적들이 지닌 의의나 그 성과가 아무리 대단하더라도 그 나름의 범주가 있는 만큼 이런 범주에서 해방시켜 조금 다른 범주랄까, 차원에로 옮겨 놓는다면 어떻게 될까. 이런 물음에 응해 오는 것이 문학사적 시선이다.

　문학사적 시선이란 무엇인가. 이 물음은 적어도 나에게는 구체적일 뿐만 아니라 경험적이다. 내게 있어 문학사란 '한국 근대 문학사'의 더도

덜도 아닌 까닭이다.

'한국'과 '문학'의 한가운데 놓인 것이 이른바 '근대'이다. 근대란 무엇인가. 이 물음에 제일 먼저 부딪치게 되어 있던 세대가 있었다. 도남 조윤제, 임화 임인식 등의 선배들도 그러했지만, 나 역시 그러한 물음의 끝자락에 서 있었다. 이 범주에서 바라보던 미당도 김동리도 저 도남이나 임화와 똑같은 범주에 놓여 있었던 것으로 내게 느껴졌다. 그런데 도남, 임화가 이 '근대'에 접근하기 위해 필사적으로 힘을 모았다면, 미당과 김동리도 동시에 필사적으로 '근대'와 맞서고자 한 형국으로 내겐 보였다. 이른바 '근대'에 대한 두 가지 대응방식이었기에 이들은 샴쌍둥이라고나 할까.

미당만큼 '근대'를 투철히 인식하고 고민한 문사도 드물다. 김동리만큼 '근대'를 투철히 인식하고 이를 넘어서고자 고민한 논자는 거의 없었다. 그렇지만 그들의 '근대' 인식의 방법론은 매우 달랐다. 미당이 직관적이었다면 김동리는 논리적이었음이 그것. 전자를 나는 '어법(語法)'이라 규정했고, 후자를 '문법(文法)'이라 불렀다. 어법과 문법은 각각 어떻게 다른가. 이 물음이 실상 이 책의 핵심이다. 둘은 같은 말의 본(本), 그러니까 글쓰기의 규칙을 가리킴이지만 전자는 글 쓰는 이의 '태도'가 개입되어 있다면 후자는 그런 태도조차 규칙 속에 스며 있는 형국이다. 둘 다 '근대'가 들어오기 이전의 이 나라 사람들의 말하기의 태도를 문제삼음으로써 '근대'를 한층 선명히 드러내어 상대화할 수 있었다. '구경적 생의 형식'이 '문법'(김동리)이라면 '눈썹으로 절짓기'는 '어법'(미당)이다. 이들에 있어 시나 소설 또는 평론 따위의 분류만큼 무의미한 것도 없다. 미당만큼 뛰어난 산문을 쓴 문인이 드물고 김동리만 한 특출한 평론가가 드물다고 내가 우기는 것도 이런 문맥에서이다. '근대'를 화두로 삼은 이러한 이해방식이 내겐 구체적이자 경험적이기에 일반론이랄까, 보편성을 띠기 어려운지도 모를 일이다. 이런 논의가 미당이나 김동리의 업적에 누가 될까 저어함도 이 때문이다. 강호제현의 가르침이 있길 바란다.

2002년 3월

평론가 김윤식이 주목한 오늘의 작가 오늘의 작품

문학사상사, 2002

책머리에 | '위해서'와 '자동사'의 글쓰기에 대한 찬가

작가들에게 "그대는 왜 소설을 쓰는가"라고 물으면 어떤 대답이 나올까요. '인간은 벌레가 아니다'를 내세우기 위해 혹은 흥미 유발을 통한 사회의 윤활유 몫을 하기 위해 혹은 장작과 소금을 얻기 위해 쓴다는 대답도 나올 수 있겠지요. 어느 쪽이든 이런 대답을 하는 작가를 저는 존경합니다. 무엇을 '위하여' 쓰는 유형이겠지요. 그런데 그렇지 않은 작가들도 있을 터입니다. 왜 쓰는가 물으면 얼굴부터 붉힌다든가 안절부절못한다든가 씩씩거린다든가 아예 눈을 딱 감아버리는 작가도 있겠지요. 무엇을 위해서가 아니라 그냥 쓴다는 유형이겠지요. 굳이 말해본다면 '자동사(自動詞)'로서의 글쓰기라고나 할까요. 이런 대답 못하는 작가를 저는 존경합니다.

이런 두 가지 유형의 작가들을 제가 함께 존경한다는 것은 새삼 무엇을 가리킴일까요. 이번엔 제가 이 물음에 대답할 차례입니다.

행인지 불행인지 알기 어려우나 제가 종사해온 분야는 문학사가 쪽이 먼저이고, 그 뒤에 혹은 나란히 하여 비평가의 삶이 이어졌습니다. 두루 아는 바와 같이, 문학사가의 자리란 매우 제한적입니다. 역사 그것처럼 공적인 자리이자 시대정신이라는 초개인적 고압선이 작동되는 그런 영역 아닙니까. 문학사가로서의 제가 관여하는 부분이란 이 역사적 초개인적 고압선에 스스로를 소멸시킴에서 찾아질 성질의 것이지요. 사람은 벌레가 아니라는 혹은 장작이나 소금을 위한다는 그런 명분, 그런 목적에 기여하는 문학에 익숙해지기가 아닐 수 없지요. 반제 투쟁 문학에서 비롯, 이를 이은 분단 문학, 노사 문학, 후일담 문학 등 '위하여'의 형식에 민감히 반응하기란 문학사가로서의 명분 몫이 아닐 수 없지요. 제가 '위하여'의 작가 유형을 존경하는 까닭이 여기에 있습니다.

앞에서 벌써 말했지만, 행인지 불행인지 저는 비평가이기도 했습니다. 비평가란 비평하는 족속 아닙니까. 대체 비평이란 무엇인가. 가령 소설이란 무엇인가라고 작가에게 물으면 『무정』이나 『토지』를 내보이면 되겠지요. '이거다'라고 말입니다. 또는 소설의 역사, 본질, 효용 등을 설명할 수도 있겠지요. 전자는 소설에 대한 표현에 의한 대답이며 후자는 인식에 의한 대답일 터이지요. 문학사라면 어떠할까. 그 역시 역사의식이라는 고압선을 내세울 수 있겠지요. 비평이란 무엇인가에 대해서는 이런 방식의 답변은 거의 무의미합니다. 표현으로 하는 대답과 인식으로 하는 대답이 가능한 한 접근되는 쪽으로 향합니다. 표현과 인식의 일치점에 이르기를 궁극적으로 지향하는 것이지요. 번번이 실패하지만 좌우간 원리적으로 비평의 존재 방식은 여기에 있을 터입니다.

비평가 그는 비평이란 무엇인가에 대해 어떻게 답변할까. 이런 장면을 상상해 보십시오. 얼굴을 붉히거나 우물쭈물하거나 씩씩거리거나 좌우간 안절부절못하는 그런 장면 말입니다. '자동사'로 소설 쓰는 작가를 제가 존경하는 것은 이런 연유에서입니다.

여기 실린 글들은 20세기에서 21세기로 넘어서는 대목에서 이 나라 작가들이 혼신의 힘을 기울여 쓴 작품들에 대한 제 존경의 결과물입니다. '위하여'와 '자동사'가 함께 그러합니다. 만일 이 글들이 신통치 못하다면 응당 그것은 제 존경의 강도나 밀도의 부족 탓입니다. 만일 이 글들이 한 군데라도 신통한 데가 있다면 응당 그것은 제 존경의 강도나 밀도의 드러남일 것입니다.

끝으로 이 글들을 실어준 문학사상사에 감사하며 작가별, 주제별로 재분류하여 새로운 책 모양을 만들어낸 신승철 씨, 윤혜준 씨에게도 고마움을 표하고자 합니다. 그러나 무엇보다도 고마운 쪽은 이 글을 읽어주신 분들입니다.

2002년 9월 18일

아! 우리 소설 우리 작가들 —김윤식의 한국문학 읽기

현대문학, 2003

머리말 | 아, 라고밖에 말할 수 없음에 대하여

사람은 저마다 하는 일이 있다. 좋아해서도 그렇지만 싫어해서도 그러하다. 죽음이 그것을 중단시키기까지 그러하다고 나는 믿는다. 내가 하는 일은 남들이 쓴 글을 읽는 일이다. 공들인 글이라 믿기에 공들여 읽고자 애쓴다. 글쓴이들 쪽에서 보면 아주 유치하거나 조잡스럽게 보이기도 하고 자주는 무성의하거나 폭력으로 보일 수도 있을 터인데, 그런 이들은 근본적으로는 내 재능의 부족이거나 자질의 모자람에서 왔을 터이라 공들인다고 해도 어쩔 수 없어 안타깝다. 어떤 작가는 나를 두고 이렇게 비꼰 바도 있다. "작가 쪽에서 볼 때 그리고 어찌 오독이 없었겠는가. 작가 자신이 지적한 오독도 그는 막무가내 자기가 옳다고 우길 것만 같다"(박완서, 『두부』)라고. 얼마나 우직했으면 이런 소리를 들었겠는가.

내가 문단이란 데를 나와 남의 글 읽기에 종사하기 시작한 것이 1962년도이니까 만 41년의 세월이 갔다. '그동안 어째서 너는 네 글을 한 줄도 쓰지 않았는가?' 또는 '그동안 어째서 너는 네 글을 한 줄도 쓰지 못했는가?'라고 스스로에 물어본 바도 없다. 어째서? 일목요연한 해답이 비석처럼 버티고 있으니까. '그럴 틈이 없었다'가 그 비석의 명문(銘文)이다.

남들이 공들여 쓴 글이란 내게도 글 쓴 그 작가에 있어서도 실존적인 인간에 다름 아니다. 그는 '세계내존재'이다. 허무 속에 던져진 존재, 이른바 던져졌음(Geworfenheit)의 존재이며 따라서 혼자 있음과 불안과 무서움 속에 놓여 있다. 허허한 곳에 던져져 불안과 공포 속에서 혼자 오돌오돌 떨고 있는 존재, 그것이 내겐 남들이 애쓴 작품들이다. 이를 송두리째 받아들이기, 그것이 내게 또는 인간 누구에게나 주어진 조건이 아니었겠는가. 이를 두고 의무라 부를 것이다. 이런 의무 수행이란 앙탈할 수도 없는 것. 왜냐면 의무 수행자만이 권리 하나를 얻을 수 있는 자격이 생기니까. 그 권리의 이름이 바로 자유(Freiheit)이다. 자기가 자기의 운명을 만들어가기(Entwurf)가 그것이다. 내게 있어 글쓰기가 정히 이에 해당된다. 이는 들어온 것을 내보내는 것과는 비슷해도 같지 않다. 어째서? 거기엔 자유(관용)가 뒷받침하고 있으니까. 말을 바꾸면 죽음, 허무, 심연으로 말해지는 인간 운명의 넘어서기가 펼쳐져 있으니까. "붓을 들지 않는 날은 하루도 없다(Nulla dies sine linea)"(사르트르, 『말』)라는 관습이 생긴 것도 이런 사정에 관여된 것이 아니었겠는가.

이것이 내가 아, 라고밖에 말할 수 없는 이유이다. 만일 내가 저 기독교 문화권에 있었더라면 아, 대신 성(聖, saint)이라 했을지도 모른다. 만일 내게도 재능이 조금 있었더라면 이렇게 감히 말해볼 수도 있었을 터이다. "훌륭한 비평작품 속에는 비평당한 작가에 대한 많은 교시와, 비평가 자신에 대한 약간의 교시 따위가 발견되고 말 터이다"(사르트르, 『성(聖) 주네』)라고.

끝으로 이 글을 실어주신 『문예중앙』과 책을 격조 높게 만들어주신 『현대문학』, 그리고 읽어주신 분들께 마음속으로 감사한다.

2003년 2월

300

아득한 회색, 선연한 초록─김윤식 학술기행

문학동네, 2003

머리말 | 학술기행이란 무엇인가

아득한 회색, 선연(鮮姸)한 초록의 틈새

학문을 하겠다고 대학을 찾아온 시골 학생에게 이렇게 말한 사람이 있었다. "나의 친애하는 벗이여, 일체의 이론은 회색이라네. / 생명의 황금나무만이 초록인 것을(Grau, teurer Freund, ist alle Theorie. / Und grün des Lebens goldner Baum)"이라고. 괴테의 대작 『파우스트』의 제1부 '서재의 장'에 나오는 말이다.

시골서 갓 올라와 토끼눈을 하고 강의실 한구석에 앉아 있던 군을 향해 망설임도 없이 나는 이 말을 복창하곤 했다. 그러다 언제부터였던가. 이 말을 복창하긴 하되 망설임을 동반하기 시작한 것은. 어째서 『파우스트』의 작가는 이 말을 하필 악마 메피스토펠레스의 입을 빌려서 했을까. 이에 대한 의문이 점점 생겨나 서서히 내 목을 조르지 않겠는가. 지금도 나는 그 까닭을 잘 설명하지 못한다. 학문이란 악마 아닌 인간 파우스트의 영역일까. 그렇다면 그것은 생명의 황금나무와는 담을 쌓은 그런 물

건일까. 초록이 악마의 영역이라면, 생명의 황금나무란 그만큼 악마스런
것에 관여된 것이란 뜻일까. 만일 그렇다면, 악마스러움이 어떤 것인지
잘 모르긴 해도 거기에서 벗어나는 길은 학문 쪽으로 향하기가 아닐 것
인가. 만일 그렇다면, 학문이란 생명의 황금나무와는 담을 쌓은 그런 영
역에 놓인 물건이 아닐 것인가. 회색이 그만큼 안전한지도 모를 일이긴
하나 그것은 초록이 없는 죽은 세계라 할 수 없겠는가. 한편 만일 초록이
생명의 황금나무라 해도, 그것이 악마가 관여하는 영역이라면 그 악마스
러움은 대체 무엇일까. 과연 그것은 악마 메피스토펠레스가 대학생 손
에 적어준 그대로일까. "너희가 신들과 같이 되어 선악을 가리게 되리라
(eritis sicut deus, scientes bonum et malum)."

　악마 편에 서서 신과 같이 되느냐, 신에게 순종하는 착한 무리로 되
느냐의 갈림길에 놓여 있는 군의 눈초리가 망설임의 수준을 지나 나를
숨 가쁘게 하기 시작한 것은 언제부터였을까. 군들이 몸에 기름을 붓고
불붙여 꽃잎으로 떨어지던 그런 계절 속에서 그럴 용기는 없지만 그렇다
고 가만히 있을 수도 없는 그런 틈새도 있는 법. 그런 틈새에 끼여 책가
방과 신발을 가지런히 벗어놓고 한강에 몸을 던진 83학번의 한 여대생을
옆에서 지켜보았기 때문이었을까. 그런 뒤로 모르는 사이에 나는 회색이
라든가 초록에 대한 언급을 삼가왔다.

　삼가왔다고 하나, 강의실에서 그랬을 뿐, 이에 대한 회의를 나는 잠
시도 멈춘 것은 아니었다. 이러한 멈춤 없음이란 새삼 무엇인가. 감히 말
하건대, 군과 같은 대학생들도 비슷한 회의와 망설임을 거쳐 나와 비슷
한 회색의 길에 접어들었음을 견줄 수 없는 안타까움으로 내가 지켜보
았음과 결코 무관하지 않다. 한 번 더 감히 나는 헤겔의 입을 빌려 이렇
게 말해본다. "회색을 색칠하는 데 회색을 가지고 바르더라도 삶의 모습
은 젊어지지 않으며 오로지 인식될 뿐"이라고. "미네르바의 부엉이는 황
혼이 짙어져야 비로소 날기 시작한다"라고. "세계의 사상으로서의 학문

이란 현실이 그 형성과정을 완료하고, 스스로를 완성한 후에 비로소 나타난다"라고. 이런 주장에 대해, 중요한 것은 완료형에 대한 해석이 아니라 '세계의 변혁'(마르크스)에 있다고 외쳤던 대학생들의 세월을 군과 더불어 내가 어찌 모르겠는가. 세계의 형성과정의 완료란 한갓 비유이며 그 자체가 변혁임을 깨치기까지 군과 더불어 내게도 깊은 세월이 거쳐갔다.

이제 가까스로, 그리고 운명적으로 나는 내가 갈 수 있고, 가야만 할 길, 그리고 가버린 길목에 서 있다. 군에게 이 길목의 풍경을 보여주고 싶은 난데없는 충동이 이 책을 만들게끔 나를 이끌어갔다. 회색의 세계에 빠져 지내던 어느 세월, 문득 정신을 수습해보니 나는 한 마리의 두더지가 되어 있지 않았겠는가. 눈먼 땅두더지 말이다. 그런데 기묘하게도 이 두더지는 저가 눈멀었음을 깨닫지 못하고 있지 않았겠는가. 이유인즉 단순명쾌한 데 있지 않았겠는가. 망막엔 저 초록색 생명의 황금나무가 선연했기 때문이다. 그런 환각에 빠져 있었던 까닭이다.

아득한 회색이었다. 선연한 초록이었다. 이 둘이 동시에 있었다. 회색이 내게 현실이라면 이를 둘러싼 무지갯빛 환각이 초록이었다. 신과 같이 되어 '선악을 가리게 되기' 따위란 안중에도 없었다.

2003년 3월

거리재기의 시학 — 김윤식 시론집

시학, 2003

책머리말 │ 근대와의 거리재기

의식적이든 아니든 누구에게나 편향성이랄까 화두 같은 것이 있는 법. 내게 있어 그것은 이른바 '근대'이다. 그대는 어째서 거의 한평생동안 이것에 매달렸는가, 이렇게 누군가 묻는다면 나는 이에 잘 대답할 수 없다. 좌우간 그렇게 되어 버렸다.

이 '근대'를 찾아 헤매면서 동시에 나는 그것이 이 나라 문학 및 사상에 어떤 작용을 하는가를 분석 검토하고, 이를 체계화하기에 애써 왔다. 내 학위논문이자 첫 저서인 『한국근대문예비평사연구』(1973)가 그러한 사례의 첫머리에 온다. 그로부터 이런저런 곡절을 겪으며, 혹은 생각을 바꾸기도 하고, 혹은 계속 유지하기도 하면서 오늘에 이르고 있다.

여기에 담긴 글들은 그 '근대'에 맞섬으로써 자기의 자리를 지키고자 했던 이 나라 문인들 중, 시인들에만 국한시켜 논의해 본 것들이다. 그들이 한결같이 '근대'에 대한 날카로운 공부를 하지 않았더라면 이런 경지에 이르지 못했을 것이다.

거리재기의 시학이란 그러니까 '근대'와의 거리재기를 가리킴이다. 이들의 시학을 통해 내가 배울 수 있었던 것은 물론 '근대'인 것이다. 아직도 나는 그것이 지나간 20세기 저쪽의 일이자 동시에 21세기에도 계속 유효한 개념이라고 믿고 있다. 이런 생각이 얼마나 뜻있는 것인지, 혹은 부질없는 짓인지에 대해 뜻있는 분들의 지적과 가르침이 있다면 큰 보람으로 여겨마지 않겠다.

2003년 봄

일제 말기 한국 작가의 일본어 글쓰기론

서울대학교출판부, 2003

머리말 | 『친일문학론』의 저자 임종국 형께

10년 하고도 벌써 몇 년이 지난 1989년 순천향병원 영안실에서 형을 떠나보낸 이후, 세상은 참으로 많이 변했습니다. 우리가 살았던 굴곡 많은 20세기도 저만치 뒤꼭지를 보이며 가물가물해지고 있지 않겠습니까. 새로 시작된 21세기란 대체 어떤 세상일까, 또는 어떤 세상이 되어야 할까. 이런 생각에 잠기노라면 제일 먼저 떠오르는 것이 우리가 살았던 저 지랄 같은 20세기입니다. 아무리 그렇더라도 우리가 살았고, 또 살 수밖에 없었던 것이 20세기였기에 우리는 또 얼마나 답답해하며 몸부림치며 또는 숨을 죽이며 속삭였던가. 그러한 답답함, 그러한 몸부림, 또 그러한 속삭임의 조직화·개념화로 우뚝한 명저의 하나가 형의 고명한 저술인 『친일문학론』(평화출판사, 1966)이 아니겠습니까.

시방 제 책상 위엔 이 책이 제일 가까이 놓여 있습니다. 김경(金耕) 화백의 커버 그림 〈판도〉를 열면 빈칸에 꾹꾹 눌러 쓰신 '金允植學兄惠存' 글씨와 또 형의 도장까지 찍혀 있어 감회에 젖습니다. 이 저술이 기념비적인 저술이자 이 방면 연구의 고전으로 군림하고 있는 까닭은 과연 무엇일까. 제가 이런 문제에 대해 감히 뭐라 말할 능력이 모자라지만, 한 가지 사실만은 조금 말해 볼 수 있습니다. 형의 열정의 산물이라는 사실이 그것입니다.

1962년 평단에 겨우 데뷔한 제가 학문을 해 보겠다고, 그것도 거창한 『한국근대문예비평사연구』(1973)에 뜻을 세워 자료 모으기에 들어간 것은 1963년이었습니다. 조선호텔이 엿보이는 국립도서관, 서대문 옆 한국연구원 등을 비롯하여 고려대학교 도서관 그리고 뜻밖에도 백순제 씨의 도움까지 입으며 자료 모으기에 두 해 동안 헤매어 마지않았습니다. 자료를 판독하기, 이를 일일이 카드 및 노트에 옮기기엔 긴 시간과 인내심이 요망되었지요. 고려대학교 도서관에서만도 반 년 동안 머물렀는데 그때 자료실에서 저와 거의 비슷한 자료를 찾고 있는 형과 마주쳤고, 형이 바로 시인이자 『이상전집』(3권, 1956)의 편자임을 알게 되었지요.

> 처음에 그는 고읍다란
> 花蠻이었다. 아니
> 아무도 들은 적 없는
> 향긋한 소리의 망울이었다
>
> 오늘 나는
> 그의 이름을
> 퇴색한 悔悟가 우물처럼 고이고
> 알지 못한다. 다만
> 모습이라고 생각할 따름
>
> ―「碑」서두, 『문학예술』1956년 11월호

정치과를 나온 사람이 어째서 「碑」의 시인이 되었을까. 어째서 『이상 전집』으로 나아가지 않으면 안 되었을까. 제겐 실로 궁금하고도 신비롭기까지 했지만, 이를 묻지 않았고 형 또한 말해 주지 않았는데, 그럴 성질의 것이 아니었던 까닭이었지요. 앞서거니 뒤서거니 우리는 도서관을 드나들었고, 손이 닳도록 베끼기에 골몰했고, 어둠이 내리면 돌로 된 계단을 걸었고, 5월이면 장미 넝쿨로 담을 쌓은 운동장을 가로질러 안암동 골목 대포집으로 가 목을 축이곤 했지요. 형이 한 말이 지금도 생생히 기억납니다. "이봐, 윤식이! 이번 연구의 책이 나오면 틀림없이 베스트셀러일 터. 네게 매일 소주를 사 줄거야"라고. 참으로 유감스럽게도 책이 나왔을 땐 거의 외면당하지 않았던가. 모 당국에서 일곱 부 사갔다고 했으나, 그만이라고 형께서 씁쓸해하던 표정이 지금도 선합니다. 그때가 바로 월남 파병으로 요란한 시점이었고, 또한 대통령 선거를 앞둔 시점이기도 했지요. 형께선 잠시 좌절했으나 곧 힘을 회복하여 시 쓰기도 이상 연구도 제쳐 놓고, 친일문학론의 후속 연구에 생을 걸었지요. 체계적 연구를 위한 큰 구상이 이루어져 그리로 매진해 갔지요. 그 끝을 다 보여 주기 전에 하늘은 형을 데려갔습니다.

대체 무엇이 형으로 하여금 친일 연구를 필생의 사업으로 삼게 만들었을까. 실로 어리석은 물음이긴 하나, 또한 물리치기 어려운 물음이기도 하여 저는 다만 멍하니 하늘 끝에 시선을 던져 봅니다. 물론 형께선 그 이유를 이렇게 밝힌 바 있습니다.

서푼짜리 자만심인지는 모르겠으나 아마 이 책을 제일 흥미 깊게 읽을 사람은 끝까지 붓을 꺾은 작가들이 아닐까 한다. 그들은 그들이 살아온 고난의 세월을 회상하면서 모든 유혹을 물리쳤다는 승리감에 새삼스러운 감격과 희열을 느낄지도 모른다. 이런 것이 철없는 생각이 아니라면 지금은 거의 작고한, 그러나 더러는 생존해 계신 그분들의 노후에 그런 감각이나마 드릴 수 있었다는 것을 필자는 무한한 영광으로 생각하겠다.

　다음 독자들이 제일 궁금하게 생각할 것은 이 책을 쓴 임종국이는 친일을 안 했을까? 이것이 아닐까 한다. 이 의문을 풀어 드리기 위해서 필자는 자화상을 그려야겠다.

　형께선 자화상을 쓰는 말미에다 자기는 천치(天痴)였다는 것, 신라·고구려의 후손임을 모르게 한, 자기를 천치로 만든 '일체의 것'을 증오한다고 적었습니다. '일체의 것'이란 무엇일까. 개인의 힘으로는 어쩔 수 없는 그런 것이 사람의 삶을 알게 모르게 천치로 만들기도, 슬기롭게 만들기도 한다는 것. 또 다르게 말하면 '관계의 절대성' 혹은 '사상의 상대성'이 개인의 주체성에 앞선다는 그런 뜻이 아니었을까요.

　형을 천치로 만들었던 그 '일체의 것'이 이광수를 비롯한 많은 문학자들을 또한 천치로 만들었던 것이 아닐까. 그 '일체의 것'을 알아보고자 제가 서투른 솜씨로 엮어 본 것이 이 저술입니다. '창씨개명', '징병제' 및 '학병문제' 등을 통해 '천치'의 근거의 한 모퉁이나마 살펴보고자 했습니다. 그 과정에서 저도 필시 '천치'가 되어 있을 터입니다. 제가 살았던 20세기가 가져온 '천치스러움'이 그것이겠지요. 저는 여기서 멈추어야 했습니다.

　제가 여기서 멈추는 것은 21세기 또한 갖추고 있을 그 '천치스러움'에 대한 두려움 때문만은 아닙니다. 시도 버리고 이상 연구도 물리치게끔한 형의 열정이 불러일으키는 경외로움이 제 붓을 더 이상 움직이지 못하게 했던 것입니다.

　형이 가꾸던 천안의 과수원엔 꽃도 열매도 풍요로우리라 믿으며.

2003년 7월 小弟 김윤식 拜

샹그리라를 찾아서 — 김윤식 중국기행

강, 2003

머리말 | 아, 마을에 등불이 켜지고 있다

『사기』 열전 속엔 「공자세가(孔子世家)」가 들어 있다. 비천한 가문 출신의 공자가 73세로 죽을 때까지, 공자의 생애를 그린 이 글에서 제일 감동적인 장면은 어디일까. 제자들과 함께 엽관 운동에 온몸을 바쳐 14년간 천하를 맴돌다 아주 궁핍한 지경에 빠졌을 때 취한 그의 태도가 아닐 것인가. 제자 중 제일 연장자인 자로(子路)에게 공자는 이렇게 묻는다. "시(詩)에 '코뿔소도 아니고 호랑이도 아닌데 저 광야를 달리네'라는 구절이 있다. 우리의 도(道)가 잘못된 것인가. 우리가 왜 이 지경이 되었을까." 자로는 이렇게 답했다. "우리에게 인(仁)이 부족했는지도 모릅니다. 사람들이 우리를 믿지 않았으니까요. 또 지혜가 부족한 것이기도 합니다. 우리를 따르지 않으니까요"라고. 제일 젊은 자공(子貢)을 불러 똑같이 물었다. "시에 '코뿔소도 아니고 호랑이도 아닌데 저 광야를 달리네'라는 구절이 있다. 우리의 도가 잘못된 것인가." 자공이 대답했다. "선생님의 도가 너무 큽니다. 조금 낮추심이 어떠신지요"라고. 자공이 나가고 안회

(顔回)가 들어오자 공자는 똑같이 물었다. "시에 '코뿔소도 아니고 호랑이도 아닌데 저 광야를 달리네'라는……" 안회의 대답은 이러했다. "선생님의 도가 너무 커서 천하가 용납하지 못하는 것입니다. 비록 그렇더라도 선생님께선 밀고 나가십시오. 도를 닦지 않은 것이 우리의 수치이지 도를 크게 닦았는데도 채용되지 않은 것은 군주들의 수치입니다. 용납되지 않는 게 무슨 걱정입니까"라고. 공자의 반응은 『논어』에 실린 그대로이다. "옳은 말! 안씨의 아들아, 만약 네가 재산이 많이 생긴다면 나는 네 관리인이 되겠다."(이성규 편역, 『사기』, 서울대학교출판부)

궁지에 몰렸을 때 '시'가 나왔다는 것은 그럴 법한 일인지 모른다. 어째서 하필 제자 3인에게 똑같이 시 구절을 되풀이했는가도 짐작해 볼 수 있다. 진짜 제자란 3인뿐이었으니까. 그러나 시 구절의 내용 "코뿔소도 아니고 호랑이도 아닌데 저 광야를 달리네"는 짐작하기 난감하다. 그럼에도 이 장면이 그럴 수 없이 감동적인 것은 웬 까닭일까. 어쩌면 세 번 반복되는 그 '울림'에서 말미암지 않았을까.

궁지에 몰린 공자 일행은 "상가의 개"(『사기』의 표현) 모양 쫓겨나 밤이면 들판에서 노숙하며 북극성과 그 주변을 에워싸고 도는 성좌를 쳐다보았을 터. 또는 해가 지고 들판에 어둠이 밀려오면 언덕 위에 서서 마을에 등불이 켜지고 있는 장면도 보았을 것이다. "사람은 새와 짐승과 함께 살 수 없다"(『사기』의 표현)는 사실을 온몸으로 느꼈을 터. 등불이 켜지고 있는 동네, 그것이 바로 고향임을 직감했을 터.

벗이여, 여행이란 이런 것이 아니겠는가. 코뿔소도 아니고 호랑이도 아닌 것들의 들판 헤매기를 세 번 반복하기. 바야흐로 등불이 켜지고 있는 마을을 함께 지켜보기. 아득한 울림이자 선연한 헛것 속에 함께 서 있기.

2003년 11월

김윤식의 비평수첩

문학수첩, 2004

머리말 | 그리움[悲]을 향하여

'수첩'이란 무엇인가. 몸에 지니고 다니며 아무 때나 간단히 기록할 수 있도록 만든 조그마한 공책이라 사전에 적혀 있다. 그렇다면 '문학수첩'이란 몸에 지니고 다니며 아무 때나 간단히 기록할 수 있도록 만든 조그마한 '문학의 공책'이겠다. 또 그렇다면 '비평수첩'이란 무엇이겠는가. 잘 모르겠다. 그 으뜸 이유는 비평에서 온다.

「역사와 비평」(『현대문학』, 1962.9.)으로 평단에 얼굴을 내민 이래 오늘에 이르기까지 두 세기에 걸쳐 나는 이러저런 글들을 썼다. 세상도 많이 변했지만, 사람들은 여전히 나를 비평가라 불렀다. 나도 그런가 보다고 믿고 오늘에 이르고 있다. 가끔 비평이란 무엇인가에 대해 스스로 물음을 던진 적이 있긴 했으나, 잡힐 듯하면서도 그 해답이 마음먹은 대로 찾아지지 않았다. 그 사정은 지금도 마찬가지다. 말로는 얼마든지 할 수가 있다. 어떤 대상을 비평함이란 그것을 바르게 평가하는 일이라는 것, 그렇게 하기 위해서는 그 있는 바대로의 성질을 적극적으로 긍정하는 일이며, 그러기 위해서는 다른 것과는 다른 특질을 명료화함이며, 또 그러기 위해서는 분석 혹은 한정하는 수단이 요망된다는 것 등등이 그것이다. 이런 식의 말하기란 정작 비평에는 별 쓸모가 없다. 학문도 그러하지 않겠는가.

학문과도 다르고 동시에 시와 소설 등과도 다른 그 무엇이 비평일 터이리라. 그 무엇을 말로써 잘 드러낼 수 없음이 안타깝다. 그렇기는 하나, 그 무엇을 이렇게 비유해보면 어떠할까. 좋은 비평이란, 그러니까 비평이란, 궁극적으로는, 대상을 칭찬함이라는 것. 대상을 분석한 뒤 그것에 대한 그리움[悲]이 뒤따라야 한다는 것.

그리움이란 새삼 무엇일까. 어째서 그것을 한자 '悲'라고 적고 싶었을까. '나의 독(毒)'이라 제목이 붙은 생트 뵈브의 미발표 수첩엔 이렇게 적혀 있다. "내가 오랫동안 생각해온 일이거니와 내가 비평할 땐 타인을 비평하기에 앞서 또 더 많이 나 자신을 비평한다"라고. 누구나 이런 소리는 할 수 있으리라. 그러나 그것이 '독'이라 자각한 사람은 흔치 않다. 이 독이 치명적이면 그럴수록 자기 자신이 먼저 죽게 된다. 그리움이란 그러니까 타자를 향하기에 앞서 자기 자신에게 향해질 수밖에. 그리움이 커다란 슬픔으로 되는 근거가 이 언저리에 서 있다. 그 치명적 독에서 내가 죽지 않기 위해 할 수 있는 최선의 길은 자명하다. 어떤 처지의 주장도 극도로 억제하기가 그것.

나는 과연 최선을 다했던가. 여기 실린 글들이 그러하다는 것은 결코 아니다. 다만 그렇게 하고자 노력만은 해본 것에 지나지 않는다.

이 글을 모아준 손정수 교수(계명대), 책을 내준 문학수첩사, 그리고 읽어준 분들께 마음속으로 감사한다.

2004년 1월 1일 아침

내가 읽고 만난 파리 — 김윤식 파리기행

현대문학, 2004

머리말 | 몽파르나스 묘지들 속의 한글 두 글자

파리행 KE 901 기내에서 본 『뉴스위크』(2003년 4월 16일)지의 표지는 기관총으로 무장한 한 미군 병사의 엎드린 모습으로 가득 채워져 있었다. 바야흐로 이라크 전쟁 발발 두 주째 접어든 시점. 또 하나 그 표지 상단엔 SARS(급성호흡기증후군)의 공포가 걸려 있지 않겠는가.

여객도 줄고, 더구나 동양에서 오는 여객에 대한 경계심이 세계를 움츠러들게 함에 모자람이 없었다. 마스크를 한 승객의 모습이란 일찍이 보도 듣도 못한 진풍경이었다. 이러한 소란 속에서도 일상은 그대로 지속되는 법. 『뉴스위크』라고 해서 별다를 수 없다. 영화란엔 전설의 사내 '아라비아의 로렌스'를 연출한 또 다른 전설의 사내 피터 오툴(Peter Otoole)의 인터뷰가 실려 있었다. "본인을 만나서도 피터 오툴에 대한 기대가 배신되는 법은 없다"는 〈스턴트 맨〉(1980년 작)에서 공연한 여배우 바바라 하이시이의 말을 머리에 실은 이 인터뷰 기사는 말콤 존스 기자에 의해 쓰였다. 당년 70세였던 그를 런던에서 만났다. 2003년 미국 영화

예술과학 아카데미가 그에게 명예상을 주려 하자 이를 일단 거절했다는 것. (남우 조연상 후보에 일곱 번이나 올랐으나 그는 끝내 수상하지 못했다.) 이유인즉 아직 현역이라 기회가 있다는 것, 그런데 뜻을 굽혀 명예상을 받기로 했다는 것, 오래 전 이혼했다는 것, 아이들을 사랑한다는 것, 혼자 사는 것을 소중히 한다는 것, 친구와 함께 있기도 좋아한다는 것, 혼자 있어서 쓸쓸하지 않다는 것 등을 말하는 대배우의 모습에서 '조용하며 만족한 표정'을 보았다고 기자는 썼다. 만일 이것이 연기라면 일생일대의 명연기일 터이다. 또 기자는 이렇게 그의 말을 옮겨놓았다. "인생은 생각한 것보다 좋은 것이지요. 연기를 해보고 자기에게도 그렇게 된다는 것을 알았소. 영화 따위란 인생의 계획 속엔 없었지요. 오래 살고 싶은 마음뿐이었소. 배우로서 그것을 실현했소. 이 이상 바라는 것은 아무것도 없소." 기자는 끝에다 이렇게 토를 달았다. "이쪽도 같은 기분이다"라고.

이라크 전쟁과 SARS로 표상되는 거대한 세속과 너무나 동떨어진 목소리와 표정이 거기 있었다.

그 장을 넘기면 이른바 '예술'란이 나온다. 표제는 '샤갈의 천국과 지옥(not just Heaven, but Hell)'. 상단엔 쉬르리얼리즘풍의 거대한 숲 위로 군림한 〈흰 칼라의 벨라〉, 가운데엔 팔다리가 뒤엉키고 뿔 달린 소가 그려진 〈나의 피앙세에 바침〉이 있었다. 6월 23일까지 무려 3개월. '샤갈 — 그 알려진 얼굴과 몰랐던 얼굴'. 장소는 그랑 팔레. 지상에다 천국을 창조한 것으로 유명한 샤갈이지만 동시에 지옥을 창조함에도 재능을 보였다는 구소련 태생의 유대인 마르크 샤갈(Marc Chagall, 1887~1985)의 전 생애를 작품으로 보여줄 수 있는 곳이 파리라는 것. 20세기 저쪽 세계의 인류 상상력의 극한을 그림으로 보여준 피카소와는 맞서면서도 확연히 다른 세계가 샤갈의 그림으로 되어 있다. 대체 이 러시아 벽촌 출신 유대인 사내의 꿈과 희망은 무엇이었을까. 하늘을 날아다니는 동네 사람들, 새끼 밴 당나귀가 끄는 달구지, 닭과 염소 등이 사람과 함께 어우러진 세계, 곡마단의 나팔소리가 들리고, 우유 배달 노인이 힘겹게 모퉁이를 돌아나가고 지붕 위에서 바이올린을 켜는 청년이 사는 마을. 이런 것은 세잔에도 그의 친구 피카소에서도 없다. 이 이상하게 친근한 그림들은 대체 무엇인가. 아직 파리에 닿지도 않은 비행기 속에서 내가 조금 피로해진 것은 아마도 이 때문이었으리라.

2003년 4월 4일. 파리 7대학 정문 오동나무의 자줏빛은 아직 볼 수 없었다. 노트르담은 바야흐로 겹벚꽃과 마로니에, 또 이름 모를 나무의 꽃으로 뒤덮여 있었다. 센 강의 수량도 불어 있었다. 샤갈 전시회에 앞서 갈 곳이 따로 있었는데, 몽파르나스 묘지가 그곳. 보를레르, 사르트르와 함께 이곳에 누워 있는 한국인 한 분을 만나기 위함이 그것이다.

장미 한 송이를 손에 들고 몽파르나스 묘지 사무실에 들러 위치가 적힌 지도를 받아 그곳으로 향했다. 분류 12구(중앙) 남쪽 제1행. 남서향. 인가번호 2001.148PA. 이름은 Li Ogg. 사망일자 2001년 7월 28일. 흑색 오석으로 된 비석은 이곳 규격품. 전문을 보이면 이러했다.

Li Ogg
8 Novembere 1928 이옥 28 Juillet 2001
Professeur honoraire de L'Universite de Paris VII
Fondateur des Etudes de Coreennes en France
Chevalier De L'Ordre National du Merite
Commandeur de L'Ordre des Palmes Academiques
Commandeur de L'Ordre National du Merite
de la Republique de Coree

파리 7대학 명예교수, 프랑스에서의 한국학 창설자, 교육명예훈장,

국민공로훈장 그리고 대한민국 국민명예훈장이 새겨진 묘비명엔 오직 한글 '이옥'이 우뚝했다. 그것은 묘비명의 한가운데 놓여 있었다.

20세기 한국 작가론

서울대학교출판부, 2004

머리말 │ 유기체로서의 20세기를 위해

20세기를 보낸 지도 4년째로 접어들었습니다. 보내고 싶어 보낸 것은 아니지만, 또한 저절로 간 것도 아닙니다. 남이 아닌 제가 그 속에서 낳고 숨쉬고 살아왔기에 결코 나와 무관한 것이 아닌 까닭이지요. 내가 보내지 않는다면 아무리 20세기라도 제 맘대로 갈 수 있으랴. 20세기란 새삼 무엇이더뇨. 매우 우람한 것이긴 해도 썩 유연한 유기체가 아니었을까.

20세기가 일구어 놓은 문학이 유기체로 보이기 시작한 것도 이 때문입니다. 그러다 보니 어느새 작품이냐 작가냐의 물음이 애매모호해졌고, 마침내 그 경계가 조금씩 투명해지지 않겠습니까. 작품이라는 형식이 작가라는 생명체, 곧 인간으로 보이기 시작하지 않겠습니까. 이러한 기묘한 체험에 사로잡히면 그럴수록 이상할 정도의 흥분이랄까 생기랄까 좌우간 모종의 활력이 저를 에워싸지 않겠습니까. 이러한 상태에다 몸을 맡기다 보니, 작품은 간 데 없고 인간의 숨소리까지 들리지 않았겠습니까. 임화의 경우 특히 그러했습니다. 인간의 숨소리가 그대로 텍스트로 군림하는 장면에까지 연출되었던 것이지요. 아뿔싸, 하고 정신을 수습해

본 것이 텍스트로서의 임화론입니다. 인간이 그대로 텍스트로 된 형국이어서 그 이상 나아감이 아직은 두려웠습니다.

이데올로기의 문학도 바로 인간으로 환원될 수 있을까. 이 물음에 제일 잘 응해 오는 사례가 이원조였습니다. 민족문학론이란 제3의 논리의 대응물이었는 바, 그것은 실상 과불급의 논리의 훈습(薰習)에서 온 것이 아니었던가.

이중어 글쓰기(bilingual writing)의 경우에도 이런 유기체론이 적용될 수 있을까. 이중어 글쓰기의 제1형식(이효석, 김사량, 유진오), 또 그 제2형식(이광수), 또 제3형식(최재서) 등을 분류하던 논리적 기준(졸저, 『일제 말기 한국 작가의 일본어 글쓰기론』, 서울대학교출판부, 2003)에서는 미처 생각도 못했던 부분, 곧 인간의 숨소리가 크게 들려왔던 것입니다. 한설야의 저 자유분방함, 이기영의 저 땅속으로 스며들 듯한 한숨소리가 그럴 수 없이 투명해지지 않겠습니까.

어째서 6·25를 어떤 작가는 한갓 '소나기'라 보았으며, 또 어떤 작가는 '땅끝의식'으로 체험했을까. 어째서 6·25가 '모란꽃 무늬'거나 '노을'이거나 '광장'이거나 '장마'이거나 '합동위령제'의 의식이어야 했을까. 또 어째서 「당신들의 천국」의 제주도행이 요망되었을까. 무엇이 신이 죽었다고 외친 니체로 하여금 우리의 판소리 열두 마당을 읊게 만들었을까.

이 물음에는 작품 쪽의 논의보다 작가 쪽의 논의에서 한층 직접성으로 응해 오지 않겠습니까. 생각건대 문학이란, 그러니까 생명체의 욕망(신체)에 공통성, 유사성, 관련성이 전제되어 있다는 것, 이 전제가 세계를 공유케 한다는 데서 그것이 오지 않았을까. 그러고 보니, 이전에는 잘 보이지 않던 부분들이 가만 가만 속삭이며 제 앞을 지나가고 있습니다. 말을 걸기만 하면 금시 응해올 듯한 그런 표정들이 거기 있습니다. 이 책은 이러한 시선 변경의 산물입니다.

2004년 4월 1일

비도 눈도 내리지 않는 시나가와역

솔, 2005

머리말 | 일본에 유학 중인 Y군에게

물에도 젖지 않는 아이와 같이, 제국주의에도 놀라지 않는 소년과 같이, 냉전체제에도 주눅 들지 않는 청년과 같이

힘겹지만, 그래서 쉼 없이 애쓰고 있으리라 믿는다. 그게 젊은이의 특권이 아니겠는가. 성과란 있을 수도 없을 수도 있다고 말하기 쉽지만 그런 말은 필시 세속적 표현에 멈추는 것. 특권에는 성과란 없는 법. 특권 그것이 그대로 성과이자 그 이상인 까닭이다.

군도 잘 알겠지만, 이 사직(社稷)과 겨레가 함께 어려웠던 시절, 현해탄 높은 물결 위에 선 한 청년은 이렇게 외쳐 마지않았다.

나의 靑春은 나의 祖國!
다음 날 港口의 개인 날세여! (정지용, 「해협」)

청춘과 조국의 등가사상 및 그 감각이 어떤 곡절을 겪어 이 나라의 시를 삼분하는, 인식으로서의 시라는 거대한 물줄기를 이루어내었는가, 군은 능히 심정적으로나 지적으로 분석·해명할 수 있으리라 믿는다. 조국이라는 관념 형태를 감각적 촉수로 인식하여 창출해낸 문학적 현상이 거기 있었다. 군은 또 잘 알고 있을 것이다. 이 사직과 겨레가 어려웠던 시절, 현해탄 높은 물결 위에 선 한 청년이 이렇게 외쳤음도.

> 예술, 학문, 움직일 수 없는 진리……
> 그의 꿈꾸는 이상이 높다랗게 굽이치는 東京
> 모든 것을 배워 모든 것을 익혀
> 다시 이 바다 물결 위에 올랐을 때
> 나는 슬픈 고향의 한밤,
> 해보다도 밝게 타는 별이 되리라
> 청년의 가슴은 바다보다 더 설레이었다. (임화, 「해협의 로맨티시즘」)

계몽주의를 뛰어넘어 바야흐로 '네 칼로 너를 치리라'의 명제로 치닫고 있는 열정이 아니었던가. 중요한 것은 이러한 열정이 문학이란 이름으로도 불렸다는 역사적 사실이다.

대체 문학이란 무엇인가. 군도 알다시피 문학이란 없다. 문학적인 것이 있을 따름. 더 정확히는 문학적인 것의 '현상'이 있을 터이다. 성패가 거기에 끼어들지 못함은 이런 연유에서다. 현해탄이, 또 그 물결이 그대로 문학적 현상이자 청춘의 복합체인 까닭도 이에서 말미암는다.

Y군, 힘겹지만 쉼 없이 애쓰고 있는 군이기에 굳이 군에게만 해두고 싶은 말이 있어 이 붓을 들었다. 성패를 두려워하지 말라는 것이 그것이다. 성패란 없다고 믿기 때문이다. 군이 '문학적인 것의 현상'에 몸담고 있다는 것이 그 첫째 이유이고, 둘째는 군이 청춘이라는 사실이고, 셋째

는, 이 점이 중요한데, 그것이 현해탄의 물결(한때 나는 이를 두고 '현해탄 콤플렉스'라고 불렀거니와) 위에 실려 있기 때문이다. 이러한 점을 일깨워 주기 위해 나는 이 책을 썼다.

군도 알다시피 나는 조국과 청춘의 등가사상의 세대에도, '네 칼로 너를 치리라'의 세대에도 들지 않는다. 나를 규정한 것은 참으로 딱하게도 도쿄대학 구내에서 판매하고 있는 북한산 벌꿀과 나를 초청한 동양 문화 연구소 도서관의 북한 서적들이었다. 러시아어 사전을 지참하는 것조차 금기 사항인, 반공(反共)을 국시(國是)로 하는 나라의 교육 공무원인 나를 이것들이 규정하고 있었다 함은, 말을 바꾸면, 한반도의 분단 상황이 나를 규정했음을 가리킴이다. 불행히도 나는 시인이 아니기에 이 정황을 그럴싸하게 표현할 방도를 잘 몰랐을 따름. 그렇다고 아주 방도가 없는 것은 아니었다. 이 점이 어째서 내가 『소설의 이론』(루카치)에 그토록 매달렸는가의 진상이다. "별이 빛나는 창공을 보고, 갈 수가 있고 또 가야만 하는 길의 지도를 읽을 수 있던 시대는 얼마나 행복했던가. 그리고 별빛이 그 길을 훤히 밝혀 주던 시대는 얼마나 행복했던가"라는 이 책의 첫 줄만큼 열정적인 목소리가 달리 없었다. 한반도의 분단 상황을 뛰어넘을 수 있는 지평이 거기서 떠올랐으니까. 사직이나 겨레의 문제를 훌쩍 뛰어넘을 수 있는 것, 그것은 다름 아닌 인류사였다. 인류사를 향한 열정이 나를 규정했던 것이다. 그 결과는 과연 어떻게 되었던가. 성패와 관련 없이 그대로 노출시키기가 있을 따름이라면 어떠할까.

여기 실린 글들이 이 점을 조금이라도 상기시킬 수 있다면 하고 속으로 바랄 따름이다. 그것은 제국주의의 공포에서 자유롭고 냉전체제(분단체제)에도 주눅 들지 않는 군의 세대가 직면한 세대적 지향성을, 내가, 또 지난날의 세대들이 몹시 부러워하고 있음에서 온다. 어찌 세대적 우월이나 승패가 있으리오마는, 군은 필시 나의, 또 우리의 기대에 어긋나지 않으리라 나는 굳게 믿는다. 군이 입학했을 때 첫 강의에서 내가 읊었던 시조 한 수를 여기 굳이 인용하고 싶은 심정도 이 믿음에 뿌리가 닿아 있다.

어리고 성긴 柯枝 너를 믿지 아녔더니
눈[雪] 期約 能히 지켜 두세 송이 피여세라
燭 잡고 가까이 사랑할 제 暗香조차 浮動터라. (『歌曲原流』)

2005년 봄

작은 글쓰기, 큰 글쓰기 — 김윤식 비평집

문학수첩, 2005

머리말 │ 바둑판의 사다리화

글쓰기에 어찌 크고 작음이 있으랴. 어떤 글도 당사자에겐 혼신의 힘으로 쓴 것이니까. 작가에겐 어떤 글쓰기도 어깨에 작두를 둘러멘 그런 글쓰기였을 터. 그런 글쓰기를 대하고 있노라면 천길 낭떠러지와 마주친 심정이 되곤 했소. 사닥다리도 날개도 없었기에 그저 멀정게 바라보기만 하는 세월이 속절없이 흘러가지 않았겠소. 날개야 돋아라, 돋아라 하고 염원하면서 자주 겨드랑이를 만지곤 했습니다. 날개는 끝내 돋지 않았소. 아기장수도 아니었으니까. 그렇다고 마냥 주저앉아버릴 수도 없는 노릇. 가까스로 고안해낸 것이 인공날개 만들기. 곧 사다리 만들기가 그것. 쇠파이프와 나뭇조각을 얼기설기 잇대고 묶어 엉성하게 조립한 사닥다리. 저는 이를 두고 문학사(文學史)라 불렀지요.

이 사닥다리 건너서야 가능한 작품과의 만남, 이로써 저는 바둑판 만들기에 나아갈 수 있었소. 이 바둑판의 명칭이 '근대'이며 당연히도 '한국의 근대'이며 그러니까 한국근대문학사의 바둑판이지요.

이 바둑판에다 작두를 둘러멘 글쓰기를 새겨넣는 일이 제가 할 수 있는 사업이었소. 위트와 패러독스도, 비애와 슬픔도, 그리고 위안과 용기도 새겨넣어야 하는 바둑판. 이것이 제 글쓰기였소. 그러기에 여기에는 또 다른 방편이 요망되었소. 작두를 둘러멘 글쓰기에 마주칠 때 입을 수밖에 없는 화상과 상처가 그것. 제가 쓴 현장비평의 실상입니다.

이 미완성의 상처투성이 현장비평을 어떻게 구출할 것인가. 어떻게 하면 엉성함과 열기를 걷어내고 어느 수준의 안정된 형상으로 정리할 수 있을까. 이 물음에서 나온 것이 문학사적 글쓰기였소.

뜨거울 수밖에 없는 현장비평, 이를 작은 글쓰기라 불러보았소. 문학사적 글쓰기, 이를 일러 큰 글쓰기라 했소. 뜨거움과 싸늘함, 엉성함과 세련됨, 미완성과 완성, 이 두 가지 글쓰기 속에 제 바둑판이 설정되어 있었소. 바둑판의 사다리화라 함은 이런 곡절에서 말미암았소.

2005년 4월

내가 살아온 20세기 문학과 사상
─갈 수 있고, 가야 할 길, 가버린 길

문학사상사, 2005

머리말 | 갈 수 있고, 가야 할 길, 가버린 길

한 세기가 속절없이 물러가고 바야흐로 새로운 세기가 열리는 2001년 9월 11일 오후 3시, 관악산에서 나는 군들이 지켜보는 속에서 만 33년 6개월의 배움과 가르침의 삶을 마감하는 이른바 고별강연을 했다. 학과에서 정해놓고 하는 행사에 지나지 않음에도, 그 자리에 나아가보니, 나를 보기 위함만은 아니었겠으나, 3백 석 강당이 가득 메워졌고, 박완서 씨, 현기영 씨, 신경숙 씨 등 여러 작가들과 멀리 일본에서 건너온 오무라 마스오(大村益夫, 와세다대), 세리카와 데쓰요(芹川哲世, 니쇼가쿠샤대), 호테이 도시히로(布袋敏博, 와세다대), 후지이시 다카요(藤石貴代, 니가타대) 교수 등이 앞자리에 앉아 있지 않겠는가. 더욱 놀란 것은 신문사, 방송국 사진기자들의 공세였다. 몇 마디 농담이랄까 헛소리로 이 떠나는 자의 난감한 심사를 얼버무리고자 했던 당초의 생각으로는 이 장면을 돌파할 수 없었다. 밤새 준비해온, 그야말로 무미건조한 원고를 표정 없이 줄줄 읽음으로써 가까스로 시간을 채웠음을 군도 잘 보았으리라, 그리고 군은 또 기억하고 있으리라 믿는다. 끝 대목에서 내 목소리가 조금 표정을 띤 채 다음 구절을 말했음을.

연구자에서도 비평가에서도 벗어나기, '시체 빌어주기', '묘지기 신세'에서 벗어나기란 과연 가능한가. 어떻게 하면 표현자의 반열에 나아갈 수 있을까. 제 스스로 육체를 버리기가 그것일까. '머나먼 울림'과 '선연한 헛것'에서 소멸되기일까. 이것이 제 화두입니다.

그렇지만 모든 화두가 그러하듯이 그것이 '절대 모순성'임을 직감할 수 있습니다. 그렇다면 이 절대 모순성을 그대로, 그러니까 통째로 받아들이기밖에 묘수는 없는 것일까. 이렇게 아직도 뻗대어보며 몸부림이라도 쳐야 인간스러울까. 이 물음을 대하고 한밤중 홀로 앉아 있자니, 서재 한 귀퉁이에서 무슨 기척이 들리지 않겠습니까. 시체들이 즐비한 곳에서 무슨 기척이 들리다니. 정신을 수습하여 귀를 기울이자니, 기척은 다름 아닌 제가 쓴 책들에서 들려오지 않겠습니까. 자세히 보니 저들이 저를 빤히 쳐다보고 있지 않겠습니까. 아주 불쌍한 표정으로 말입니다. 제가 만든 피조물인 그들이 어느새 사물의 세계의 질서 속으로 들어가 언젠가 죽을 운명을 타고난 저를 아주 불쌍한 듯이 바라보고 있지 않겠습니까. 이 기묘한 체험이란 무엇인가. 망연자실하여 멍청히 있자니, 문득 다음 시 한 수가 떠올랐습니다. 제가 오랫동안 해온 '한국 근대문학의 이해' 강의에서 종강 무렵이면 늘 학생들과 함께 읊던 그 시구.

한때 그토록 휘황했던 빛이
영영 내 눈에서 사라졌을지라도
들판의 빛남, 꽃의 영화로움의 한때를
송두리째 되돌릴 수 없다 해도

우리는 슬퍼 말지니라. 그 뒤에 남아 있는

힘을 찾을 수 있기에

What though the radiance which was once so bright

Be now forever taken from my sight,

Though nothing can bring back the hour

Of splendor in the grass, of glory in the flower;

We will grieve not, rather find

Strength in what remains behind;

W. 워즈워드의 「어린시절을 회상하고 영생불멸을 깨닫는 노래(Intima-tions of Immortality from Recollections of Early Childhood)」 부분입니다.

감추어진 힘이란 무엇일까요. 제멋대로 해석해봅니다. 연구자로, 비평가로 제가 매 순간 최선을 다해 성실했다면 그것은 사라져 없어지는 것이 아니라 어딘가에 남아서 힘이 되어 시방 저녁놀 빛, 몽매함에 놓인 제게 되돌아오고 있지 않겠는가. 제가 그토록 갈망하는 표현자의 세계에로 나아가게끔 힘이 되어 밀어주고 있지 않겠는가. 여기까지 이르면 저는 말해야 합니다. 인간으로 태어나서 다행이었다고. 문학을 했기에 그나마 다행이었다고. 예언자가 없더라도 이제는 고유한 죽음을 죽을 수 있을 것도 같다고.

관악산의 무궁한 발전과 여러분의 앞날에 평안이 깃드시길. 고맙습니다.

— 퇴임기념 고별강연, 2001년 9월 11일

어째서 이 끝 대목에 와서 내 목소리가 떨렸는지 잘 설명할 수 없다. 어떻게 하면 이 떨림을 조금이나마 논리적으로 군에게 설명할 수 있을까 해서 붓을 들었을 뿐, 그 이상도 이하도 아니다. 행여 이 에세이가 그 설명에 합당한 것인지 또 다른 떨림을 낳게 되고 말았는지 저어하는 것은 이 때문이다.

군만을 위해 들려준 이 에세이 속에 다음과 같은 세 가지 울림이 은밀히 스며 있음도 이 때문이다.

"So mein Kind, jetzt gehe allein weiter!(자, 내 아가야. 이젠 혼자서 가라!)"

19년 만에 생일이 돌아오는 쥐띠의 오시(午時)에 난 아이에게 '문학적인 것'이 들려준 울림이 그 첫머리에 있었다.

『한국근대문예비평사연구』에 몰두해 있는 '물들인 군복'의 대학원생에게 역사(인류사)가 은밀히 속삭인 것, 그것이 두 번째 울림이었다.

세 번째 울림, 그것은 내가 군에게 하는 작별의 목소리이다. 나타나엘이여, 빌헬름 마이스터여, 선재동자(善財童子)여, 『정신현상학』의 의식이여, 비록 우리가 다시 못 만난다 해도 슬퍼하지 마라. 군은 내 삶에 많고도 많은 기쁨을 가져다주었다. 한 가지에 매달린 초록색 잎이었으니까.

자, 내 아가야. 이젠 혼자서 가라!

작가론의 새 영역 — 김윤식 평론집

강, 2006

머리말 | 존재의 차원과 의미의 차원 — 자유와 규제의 끝없는 순환

작품론과 문학사 사이에 작가론이 놓여 있소. 최종 목표가 문학사라면 그 출발점이 작품론이겠소. 작품이라 했을 땐, 맨 먼저 떠오르는 것이 저작권법에서 규정한 대로 작가의 소유물이라는 사실이오. 작가의 의도를 정확히 알아내는 일이 작가론의 제일 중요한 점인 것은 이 때문이오. 그 속에 들어 있는 것이 이른바 '생산적 정조(Productive Stimmung)'입니다. 어떻게 하면 이 정조를 알아내어 그것이 유기적인 구성을 이루어 미학적 과제로 처리될 수 있을까. 이렇게 사유할 때 직접적으로 봉착되는 것이 작가이오. 작가란 무엇인가. 아주 정확히는 그가 '인간'이라는 사실이오. 그는 뉘 집 자식이며 어디서 나고 배웠고, 또 어떤 골짜기의 물을 마셨고 어떻게 살았으며 또 죽었는가. 이 물음 앞에 서면 너무 아득해지기 마련이오. 그렇지만 동시에 그럴 수 없이 친근함에 빠지지 않을 수 없소. 여벌이 있을 수 없는, 단 일회성의 삶을 가진 '나'와 꼭 같은 인간이기에 그러하오. 부조리와 흡사한 이 아득함과 친근함이 작가론을 형성하

는 원동력이오. 작가론이 빠지기 쉬운 함정이란 이에서 말미암소. 작가
도 비평가도 인간이기에 인간적으로 대면하기만 하면 된다는 신앙이 그
중의 하나이오. 이 함정에 빠지지 않기 위해 상정된 것이 이른바 문학사
론이오. 작가론도 작품론도 이 문학사론과의 거리 재기에서 비로소 주어
진 함정을 어느 수준에서 극복할 수 있을 터이오. 조금 전문적으로 말해
비평가의 주어진 몫은 다음 세 가지. (1) 사실의 확립이 그것. 물적 소재
수집 및 역사적 문맥의 재구성이 이에 해당됩니다. (2) 법칙성에 의한 설
명이 그것. 곧 사회학적 심리적 생물학적 설명이 놓입니다. (1)과 (2) 사
이에 놓이는 것이 (3) 해석(대화)입니다. 비평가와 인문과학자의 몫인 해
석이란 새삼 무엇인가. 그것은 곧 인간 자유의 재발견에 해당됩니다. 존
재의 차원에서 보면 인간의 자유와는 무관한 객체(물체)입니다. 인문과
학이나 비평이 이에 기대는 한 자연과학에 전락될 터입니다. 그러나 인
간을 의미의 차원에서 보면 인간적 자유가 절대적입니다. 사실의 확립과
과학적 설명 사이에 놓이는 것이 해석인 만큼 이는 두 주체 사이의 대화
를 전제로 합니다. 해석이란 그러니까 자유의 행사인 셈입니다. 작가론
이 지닌 유혹만큼 매력적인 것이 따로 없지만 동시에 이것만큼 까다로운
것도 없지요. 그것이 얼마나 어려운지 '공포와 전율'(키에르케고르)이라
할 수도 있을 터이오.

이를 어느 수준에서 규제하는 거시적 장치에 문학사론이 있고 미시
적 장치에 작품론이 있습니다. 이 셋이 순환운동을 함으로써 서로 정밀
해집니다. 작품론 → 작가론 → 문학사론에서 다시 작품론 → 작가론 →
문학사론으로 순환됩니다. 이 순환은 절대성으로 향하지 않습니다. 순환
이란 자유 그것이 그러하듯 무한성인 까닭입니다(졸저, 『한국근대문학연
구방법입문』, 서울대학교출판부, 1999). 작가론이란 그러기에 늘 미래를 향
해 열려 있습니다.

여기 수록된 작가론들은 2004년에서 2005년 사이에 쓰인 것들입니

다. 일찍이 필자에 의해 한두 번 논의된 것들이기도 합니다. '작가론의 새 영역'이라 한 것은 이 때문이지요. 시시각각으로 변하는 문학사와의 거리 재기이기에 어찌 늘 새로 쓰지 않을 수 있으랴. 말을 바꾸면 이 작가론들은 제 자신의 실존적 내면풍경과 결코 무관하지 않습니다. 그 때문에 다시 부정될 운명에 놓여 있는 것입니다.

2006년 3월

해방공간 한국 작가의 민족문학 글쓰기론

서울대학교출판부, 2006

머리말 | 민족문학론을 오고간 최종적 결정인과 지배적 원인

이 책과 『일제 말기 한국 작가의 일본어 글쓰기론』(서울대학교출판부, 2003)은 함께 쓰였기에, 서로 마주 보고 있다. 일제는 조선어학회 사건(1942. 10.) 이전까지는 한국문학을 식민지 통치체제 속에 두지 않았다. 그러기에 이중어 글쓰기 공간(1942. 10.~1945. 8.)이 생길 수밖에 없었다. 이와 마찬가지로 해방공간(1945. 8.~1948. 8.) 역시 한국 근대문학사의 시선에서 보면 한갓 공간의 일종이 아닐 수 없다. 이 공간에서는 과연 어떤 글쓰기 유형이 가능했던가. 이를 검토하기 위해 이 책이 쓰였다. 이로써 저자가 그동안 관심을 가져왔던, 이 나라 근대문학사에 놓인 두 가지 공간에서의 글쓰기론이 일정한 수준에서 정리될 수 있지 않을까 한다.

해방공간은 열려 있는 공간이다. 그 전까지의 근대적 역사전개가 나라 찾기의 과정이었다면, 해방공간은 단연 나라 만들기의 과정으로 요약될 수 있다. 여기에는 다음 세 가지 국가모델이 가능한 지평으로 부상했다. (A) 부르주아 단독 독재형, (B) 프롤레타리아 단독 독재형, (C) 연합 독재형이 그것. 형식 논리상으로 보면 (C)형이 합리적인 것으로 보였다. 이른바 남로당(조선 공산당)이 선택한 것이 (C)였으며, 많은 지식인들이 이쪽으로 기울어졌음도 이 때문이었을 터이다. 그렇지만 현실적으로는 (A) 대한민국과 (B) 조선민주주의 인민공화국이 선택되었다. 무의식의 세계가 중층적으로 결정된 사건의 복합태이듯(프로이트), 사회구조나 역사적 사건도 마찬가지이리라. 하나의 사건을 구성(결정)하는 요인들(원인)은 결코 등질적이 아니다. 각각 원인의 기원, 성격, 방향이 때로는 서로 상반적·적대적이다. 이 경우 복수의 다양한 원인이 있다고 해버릴 수 있으나 이처럼 단순한 다원론으로 모두 설명될 수 있는 것이 아니고, 복수의 원인 사이에는 히에라르키가 있다고 할 수 있다. 어떤 사건이 일어나는 폭, 범위, 궤도를 결정하는 원인이 있는 바, 이를 '최종적 결정인(cause detérminante)'이라 부를 것이다. 해방공간의 경우 한반도를 둘러싼 미·소 양극체제가 이에 해당될 터이다.

그러나 이것만이 전부일 수는 없다. 사건의 역사적 '개성'을 결정하는 특수한 '지배적 원인(cause dominante)'이 있다. 가령 고대의 경우 최종적 결정인은 고대 노예제이며 지배적 원인은 정치였다. 중세는 어떠한가. 최종 결정인은 영토(농노 관계)였고, 지배적 원인은 종교였다. 근대 자본주의 사회는 어떠했던가. 최종 결정인과 지배적 원인이 겹치는 특이한 사회라 할 것이다. 그렇지만 뒤늦은(후진) 자본주의 사회에서는 이 두 가지 사이에 틈이 생기게 마련이다. 주요 모순과 부차적 모순이 논의되는 것은 이 장면에서이다. 어떤 자본주의 사회도 이러한 틈이 있기 마련이며, 따라서 이것은 불순한 것이다. 요컨대 결정인과 지배인의 충돌을 피할 수 없다(알튀세, 『마르크스를 위하여』, 1965).

오늘날의 시점에서 해방공간의 국가형 선택과정과 그 귀결을 바라보면서 나는 저 알튀세의 견해를 떠날 수 없었다. (A), (B), (C)가 각각 민족문학론을 깃발처럼 내세웠음이란 새삼 무엇인가. 각각의 민족문학론을 배태한 것은 과연 무엇인가. '최종적 결정인'과는 무관한 '지배적 원인'을 문제 삼지 않는다면 어디서 그 해답을 찾아낼 수 있으랴. 청량산이 내게 낮은 목소리로 다음과 같이 말하고 있는 것 같았다. "청량산 六六봉은 아는 이, 나와 백구/ 백구야 喧辭하랴. 못 믿을손 桃花로다"라고. 잘못된 점, 미비한 점, 혹은 실수한 점을 지적해주신다면 어느 민족문학론도 한층 정밀해질 것이라 믿는다.

2006년 3월

문학사의 새 영역 — 김윤식 평론집

강, 2007

머리말 | 어둠 속의 가냘픈 등불

한 몸으로 두 세기를 살아가는 처지의 인간으로서는, 먼저 문학의 새 영역에 관한 검토가 논의되어야 했겠으나 거기까지 미치기엔 현재의 제 처지로서는 역부족입니다. 가까스로 제가 할 수 있는 제일 만만한 것이 작가론의 새 영역입니다. 작품론과는 조금 달라서, 작가론은 텍스트로서의 작품과 인간의 결합물인 까닭에 그만큼 접근하기에도 논의하기에도 자유로움이 있어 보였던 까닭입니다.

가령 어떤 특정 작품을 논의할 때 번번이 마주치는 것은 아득함이며 버거움이지만 이를 넘어서서 좀더 접근할 수 있는 길은 열려 있습니다. 논의하는 자의 몸으로 부딪치기가 그것. 아무리 대단한 작품이라도 그것은 우리와 똑같은 피와 살을 가진 사람이 지은 것이 아니었던가. 그것은 매일 매일 겪는 우리 몸과 마음의 변화만큼 새롭게 논의될 성질의 영역입니다. 『작가론의 새 영역』(2006)을 상재할 수 있었던 이유이기도 합니다.

문학사의 새 영역은 어떠할까. 작가론 다음으로 제게 가능하고 낯익은 영역이긴 합니다만, 작가론만큼은 자유롭지 못한 영역입니다. 문학사란 새삼 무엇인가. 이 물음에 제일 먼저 부딪치는 것이 바로 역사라는 개념입니다. 모든 역사의 의미나 기술 방법이 그러하듯 문학사 역시 시대성이 그 존재를 가능하고 해석하며 또 평가하기 마련이지요. 한 몸으로 두 세기를 산다고 했거니와 이런 시선에서 보면 제 전공인 한국 근대문학사의 20세기적 시선은 국민국가의 언어로 하는 단일성의 문학사로 규정됩니다. 이 단일성이 21세기에 오면 탈국민국가적인 언어로 하는 문학사에 가려지기 시작합니다. 뚜렷한 징후가 이중어 글쓰기 공간(1942~1945)과 해방공간(1945~1948)에서 드러납니다. 여기까지는 어느 수준에서 제가 감당할 만했습니다. 곧 이중어 글쓰기와 이중 국가의 글쓰기에 각각 대응되는 모양새였지요. 『일제 말기 한국 작가의 일본어 글쓰기론』(2004), 『해방공간 한국 작가의 민족문학 글쓰기론』(2006), 『일제 말기 한국인 학병세대의 체험적 글쓰기론』(2007) 등이 나름대로의 그 결실입니다.

이 3부작을 진행하는 과정에서 제가 미처 고려하지 못한 것, 또 새롭게 느껴진 것, 그리고 결정 불가능한 영역들을 모은 것이 이 책입니다. 당연히도 이런 문제점들은 시대성의 도전 앞에 놓인 풍전등화 같은 것이기에 한층 소중하리라고 저는 믿습니다. 시대에 대해 제가 느끼는 어둠의 밀도가 깊을수록 가냘픈 등불이 갖는 의의가 소중해지는 법이므로.

이런 글들에 관심을 보여준 분들, 또 강출판사에 제 고마운 뜻을 표합니다.

2007년 3월

비평가의 사계 — 김윤식 산문집

랜덤하우스, 2007

머리말 | 나란히 앉는 글쓰기

대상에 대한 분석을 통해 이를 지배하고자 하는 욕망의 글쓰기를 두고 세상은 논설이라 하오. 학술 논문도 성격상 이 범주에 들 것이오. 비유컨대 이런 행위란 마주 앉는 글쓰기라 하겠소. 현장비평도 범주상 같으나, 각도가 조금 다르오. 정면으로 마주 앉은 글쓰기에서 조금 비껴난 이른바 사선(斜線)의 글쓰기라 하겠소. 텍스트를 지배하고 싶은 욕망이 지배당하고 싶은 욕망과 균형을 이룬 글쓰기라고나 할까요. 어려운 것은 이 균형감각의 유지하기에서 오오. 나란히 앉은 글쓰기란 새삼 무엇인가. 자기를 대상으로 하여 자기를 지배하고자 하는 글쓰기라 할 수 없겠는가. 그것은 침팬지의 부자관계와 흡사하오.

침팬지 부자는 마주 앉는 법이 선험적으로 없다 하오. 인간의 경우도 이런 단계를 거치지 않았을까. 마주 앉기, 사선으로 앉기를 거치면, 거꾸로 나란히 앉기의 지평이 열리는 것일까. 나란히 앉기의 매력이 있다면 혹시 이 동물적 생리에서 오는 것이 아닐까.

338

여기 모은 글들은 3부로 되어 있소. 제1부는 모 신문에 그달 그달 연재한 글들이오. 대상이 나를 이끌기도 내가 대상을 끌어내기도 한 것이어서 그 균형감각 유지에 초점을 둔 글쓰기이오. 제2부는 그 균형감각이 내 쪽으로 조금 기울어진 것이어서 그만큼 볼품이 없소. 제3부는 그 균형감각이 내 쪽으로 너무 기울어져 거의 깨진 경우라고나 할까. 그 때문에 볼품은 물론 추악하기까지 하오. 그렇더라도 이 모두는 나란히 앉은 글쓰기의 범주로 향하는 것. 이른바 생물학적 지평을 향하고 있소. 침팬지가 되자, 라고 낮은 목소리로 세 번씩이나 뇌면서.

일제 말기 한국인 학병세대의 체험적 글쓰기론

서울대학교출판부, 2007

머리말 | 글쓰기론 3부작이 한국 근대문학사에 놓일 자리

제 전공분야는 한국근대문학입니다. 이 분야의 연구대상이나 방법론 및 이들을 지탱하는 열정은 원리적으로는 지난 20세기의 성격과 분리될 수 없는 것입니다. 그렇다면 21세기에 접어든 오늘의 시점에 설 때 그 연구대상이나 방법론 및 이들을 지탱하는 열정은 어떠해야 할까. 이 물음 앞에 한 몸으로 두 세기를 살아가는 세대의 고민이 놓여 있습니다. 한국 근대문학의 단일성 인식을 반성·검토하는 작업이 그중의 으뜸자리에 옵니다. 근대에 대한 단일성 인식과 다의성 인식의 동시적 수용은 어떻게 가능한가.

이 물음을 앞에 놓고 제가 고민해온 나름대로의 첫 번째 노력이 『일제 말기 한국 작가의 일본어 글쓰기론』(서울대학교출판부, 2003)이었습니다. 이 저서에서 제가 문제 삼은 것은 문학이란 개념의 확장입니다. '글쓰기'라 한 것은 그 때문이지요. 문학이 단일성으로서의 근대문학을 가리킴이라면, 글쓰기란 다의성으로서의 근대문학에 대응되는 개념인 까닭입니다. 여기에는 그럴 만한 곡절이 잠복해 있지요. 일제 통치부가 한국 문학을 제도권 밖에 두었다가 이를 통치권 속으로 이끌어 들이고자 획책한 상징적 사건이 저 악명 높은 조선어학회사건(1942.10.1.)입니다. 이로부터 해방을 맞을 때까지 이른바 '이중어 글쓰기 공간'이 설정됩니다. 이 공간에서 벌어진 갖가지 문학적 현상들을 싸잡아 표현할 수 있는 개념이 이른바 글쓰기입니다.

한 몸으로 두 세기를 살아가기 위해 나름대로 제가 고민해온 두 번째 노력이 『해방공간 한국 작가의 민족문학 글쓰기론』(서울대학교출판부, 2006)입니다. 단일성의 한국근대문학사 속에 또 하나의 공간개념이 있었는데, 해방공간(1945~1948)이 그것입니다. 나라 만들기 모델 논의는 ① 부르주아 단독 독재형, ② 노동계급 단독 독재형, ③ 연합 독재형으로 정리되거니와, 이에 대한 문학적 현상이 바로 민족문학 글쓰기론입니다. 그 어느 쪽도 내세운 깃발이 '민족문학론'이었기에 그것은 문학에 앞서는 글쓰기 범주라 할 것입니다.

이중어 글쓰기, 민족문학 글쓰기가 각각 이중어 글쓰기 공간과 해방공간에 대응되는 것이라면 이와 매우 유사한 문학적 현상이 이 책에서 시도한 학병세대 글쓰기론입니다. 학병세대란 무엇인가. 일제가 각의에서 조선인 징병을 결정한 것은 1942년 5월 8일이었고, 반도인 학도 특별지원병제를 명목과는 달리 폭력적으로 강행한 것은 1944년 1월 20일이었지요. 조선인 전문·대학생 약 4,500명이 동시에 서울(용산), 평양, 대구 등의 부대에 입대했고, 기초 훈련을 거쳐 중국전선, 일본본토, 태평양전선, 버마전선 등으로 투입되었던 것입니다. 하준수의 경우처럼 학병거부자들도 있었지만, 이 역시 학병세대의 일환이거니와, 학병으로 강제입영한 이들은 현지에서 탈출한 부류도 적지 않았으며, 박태영처럼 전사한 경우도 허다했고, 요행히 해방을 맞아 생환한 경우도 포로수용소를 거쳐야 귀국할 수 있었습니다.

일본이 패전할 때까지 징병 및 징용으로 끌려간 한국인이 무려 20여 만 명으로 알려져 있거니와, 그중에서도 유독 학병세대만을 문제 삼는 것은 무슨 까닭인가. 이 물음에 대한 해답으로 쓰인 것이 이 책입니다. 학 병세대란 당시 한국인 가운데 엘리트 계층이라는 점이 먼저 지적될 수 있습니다. 그것은 또 저절로 해방 후 이들의 활동이 얼마나 컸던가에 관 련됩니다. 세대 의식인 만큼 그들이 가지고 있는 입신출세주의의 교육이 념과 아울러 당시 사상계에 군림한 교양주의 사조와 결코 무관하지 않 습니다. 그러나 결정적인 점은 이들 학병세대가 이른바 '체험적 글쓰기' 에 적극적으로 나아갔음에서 옵니다. 그들의 글쓰기의 특징은 논픽션이 든 픽션이든 '체험'에 바탕을 두었다는 점에 있습니다. 인생의 결정적 시 기에 겪은 극단적인 전쟁체험을 두고 그들은 민족적으로도 인류사의 처 지에서도 그 비극성을 고발해야 할 사명감이 주어졌을 터이지만, 동시 에 그들은 이 악몽에서 스스로 해방되어야 했을 터입니다. 전자는 역사 에의 발언이지만, 후자는 단연 심층심리적 과제가 아닐 수 없습니다. 정 신분석에서 말하는 트라우마(trauma)에 관련된 것이어서 경우에 따라서 는 논픽션을 넘어 픽션으로까지 나아갈 수밖에 없었을 터입니다. 『탈출』 (신상초), 『장정』(김준엽), 『돌베개』(장준하), 『탈출기』(김문택), 「모멸의 시 대」(박순동) 등이 역사적 사명감의 글쓰기라면, 따라서 제가 함부로 논의 할 영역이 아니라면, 『관부연락선』(이병주), 『분노의 강』(이가형), 『현해 탄은 알고 있다』(한운사) 등은 개인적인 문제, 곧 자기해방의 글쓰기라 규정될 성질의 것입니다. 굳이 '문학적 현상'을 문제 삼을진댄 이 자기해 방의 글쓰기에 특별히 주목할 것입니다. 명문 사립대학인 와세다대학 불 문과에 다녔던 이병주와, 최고학부인 도쿄제대 불문과에 다녔던 이가형 의 글쓰기가 픽션으로 튕겨져 나간 것은 '문학적 현상'으로서의 글쓰기 의 의의를 새삼 상기시키고 있기 때문입니다.

이 책을 쓰면서 늘 머리에 떠나지 않는 두려움이 있었음을 고백하지 않을 수 없습니다. 과연 자료 수집은 얼마나 철저한가가 그 하나. 이 책을 쓰는 도중 김문택의 수기 『탈출기』, 『광복군』을 유족으로부터 기증받았을 때 잠시 당황한 것은 이 때문입니다. 다른 하나는, 이 점이 중요한데, 민족사의 제물이 되어 청춘을 빼앗긴 이들 학병세대의 내면을 과연 어느 정도나마 살펴냈는가가 그것. 원컨대 잘못된 부분, 미진한 곳, 기타 부족한 것들을 지적해주는 독자가 계신다면 큰 기쁨이겠습니다.

2007년 3월 15일

이광수의 일어 창작 및 산문선

역락, 2007

편역자 머리말

이 나라 근대소설의 선구자인 이광수(1892~1950)의 처녀작이 일본어로 쓰였다는 사실은 근대 한·일 관계의 어떤 관련양상을 새삼 일깨우는 사건성이라 할 만하다. 이것은 「오감도」(1934)의 시인 이상이 「선의 각서」 등을 일본어로 시작했음과 더불어 문제적이다. 이른바 이중어 글쓰기(bilingual creative writing)의 문제가 글쓰기의 출발점에서 제기된 형국인 까닭이다. 이러한 이중어 글쓰기의 과제가 새로운 연구영역으로 부상한 것은 20세기 말이었고 금세기에 들어서자 한층 뚜렷해졌다.

두루 아는 바 근대문학이란 국민국가(nation-state)를 전제로 한 문학을 지칭한다. 국민국가의 언어, 즉 국어로 하는 문학이 근대문학이기에 한국근대문학은 당연히도 국민국가를 전제로 한 것이다. 그 국가가 임시정부였고 이를 언어의 측면에서 대행한 기관이 바로 조선어학회였다. 그러기에 당초부터 한국근대문학은 일제 통치부의 바깥에 있었다. 일제가 한국근대문학까지 통치부 속에 편입시키고자 한 것이 저 악명 높은 조선어학회사건(1942. 10. 1.)이다. 33인을 문제 삼아 총독부 시정일(始政日)인 10월 1일(공휴일)을 기하여 일으킨 이 사건은 따라서 상징적이 아닐 수 없다. 이로부터 8·15 해방까지는 이른바 암흑기라고도 불리지만 그러나 글쓰기의 차원에서 보면 이중어 글쓰기 공간이라 할 수도 있다. 일어로 쓰든 한국어로 쓰든 좌우간 글쓰기의 공간이 주어졌고, 그 성과는 상당한 분량에 이르고 있다(졸저, 『일제 말기 한국작가의 일본어 글쓰기론』, 서울대학교출판부, 2003). 이 공간이 지닌 의의는 이미 적었듯 21세기에 접어들면서 현저해졌다. 근대 곧 국민국가론이 관심 밖으로 밀려나고 세계화의 도도한 물결 앞에 전면적으로 노출되었다. 이 출구 막힌 인문학적 상황에서 최소한의 영역 확보를 위해 몸부림치며 나아간 곳의 하나가 모두가 아는 바 동북아 연구 공간(영역)이었다. 한·중·일 등 동양 삼국의 문학을 문제 삼는 일도 불가피해졌고, 이때 문학에서 문제적인 것이 국적 따지기에 못지않게 국적 무시하기의 모순적 현상이었다. (1) 조선인이 (2) 일어로 (3) 중국을 무대로 하여 쓴 작품인 김사량의 「향수」(1941)의 경우가 이 점을 비유적으로 가리켜 보여준다.

이러한 이중어 글쓰기의 문제계에서 바라볼 때 이광수의 글쓰기는 어떠할까? 이 물음은 부정적이든 긍정적이든 음미될 만한 사항이라 할 것이다. 이 책을 편역한 이유도 여기에서 왔다.

이광수의 이중어 글쓰기의 문제성은 실로 단순치 않았다. 「萬영감의 죽음」과 같은 순수한 일어 창작이 있는가 하면 「加川校長」(1943)과 같은 내선일체 이데올로기의 선전용도 있다. 산문의 경우에도 사정은 같다. 「행자」 같이 심도 있는 것도 있지만 「동포에게 보낸다」 같은 거칠기 짝이 없는 것도 있다. 이때 주목되는 것은 '香山光郎의 글쓰기'와 '이광수의 글쓰기'를 의식적으로 내세운 점이라 할 것이다. 여기 수록한 글들은 '香山光郎의 글쓰기'와 '이광수의 글쓰기'를 가운데 놓고 「무정」(1917)의 작가로서 그가 얼마나 순수하고자 했고 또 얼마나 불순하고자 했는가를 어느 수준에서 가늠할 수 있는지, 그 가능성을 읽어낼 만하다고 생각되는 글들을 뽑은 것이다.

이중 I부의 창작 3편은 『문학사상』(1981. 2.)에 실린 것들을 해설까지 표기법·구두점 등 외에는 손보지 않고 그대로 실었다. 특히 수록된 내용이 창작인만큼 작품해설은 가급적 짧게 했다. 「無佛翁의 추억」은 『한국문학』(1987. 6.)에 실린 것인 바 이 역시 해설까지 손보지 않고 그대로 실었다. 당시의 감각을 그대로 드러냄도 의미 있다고 믿기 때문이다. 나머지 글들은 모두 근자에 번역한 것들이다. 각 글에 대해서는 나름대로 해설을 달았는데 이는 편역자의 근자 생각을 드러냄이라 할 것이다. IV부 「동경대담」은 육당과 춘원의 대담이긴 해도, 그리고 학병권유 행각에 해당되는 것이긴 해도, 그 후반부에 비중을 둔다면 근대문학 초창기의 증언으로 문헌적 가치를 둘 만한 것이다. 이광수, 그는 이 대담에서 이렇게 실토한 바 있다.

"사투리란 둘째 셋째 문제이고 무엇보다 국어(일본어)로 소설을 쓰고자 하는 것 자체가 도대체 무모하니까요."

"대체로 조선인이 쓸 수 있는 것은 수필이겠지요. 소설을 쓰고자 한다면 그것은 일본인 아내를 얻든가 일본에 와서 몇 십년간 살아야 하는 것이니까."

"금년에 들어 저도 국어(일본어) 작품을 4, 5편 썼지만 이런 것은 쓸 것이 아니라고 생각했다……."

2007년 10월

현장에서 읽은 우리 소설

강, 2007

책머리에 | '글쓰기의 새 들판'을 꿈꾸며

여기 실린 글들은 이 나라 작가들이 혼신의 힘을 기울여 쓴 작품들에 대한 제 존경의 결과물입니다. 만일 이 글들 속에 한 군데라도 신통한 데가 있다면 응당 그것은 제 존경의 강도나 밀도의 드러남일 것입니다.

이 책은 2005년 4월에서 2007년 6월까지『문학사상』에 실렸던 현장비평(월평)을 재구성함으로써 또 하나의 글쓰기의 들판을 모색해본 것입니다.

현장비평이란 대체 무엇인가. 저는 이 물음을 한 번도 멈추어본 적이 없습니다. 그달 그달 발표된 작품 읽기란, 제게 참으로 난감한 모험의 연속이었던 까닭입니다. 금방 나온 작품을 대하는 순간 그것이 뿜어내는 빛이 하도 눈부셔 눈멀 수밖에 없었습니다. 또 그것은 천둥과 같아서 귀먹을 수밖에 없었습니다. 또 그것은 갓 삶아낸 감자거나 옥수수와 같아서 손에 화상을 입을 수밖에 없었던 것입니다. 사정을 모르는 사람들은 이렇게 말합니다. 미리 색안경을 쓰면 되지 않겠냐고, 귀마개를 사용하면 되었을 텐데, 라고. 또 말합니다. 장갑을 끼면 되었을 텐데, 라고.

필시 이는 작품이라는 것의 정체를 잘 모르는 분들의 조언일 것입니다. 작품이란 무엇이뇨. 정답은 단 하나. '유령 같다'가 그것입니다. 수시로 모양을 바꾸는 존재가 작품이기에 이쪽에서 장갑을 끼면 대번에 그 모습을 바꿉니다. 이쪽에서 색안경을 쓰면 대번에 그 표정을 바꾸어버립니다. 이쪽에서 귀마개를 하면 대번에 그 목소리를 바꾸어버립니다. 방법은 하나뿐. 정면 돌파가 그것.

그 결과를 보십시오. 화상 입은 제 손이 여기 있습니다. 소경이 된 제 눈이 여기 있습니다. 귀머거리가 된 제 귀가 여기 있습니다. 귀먹고 눈멀고 화상 입은 손발로 쓴 글이 제 현장비평이었습니다. 눈멀고 귀먹은 채 화상 입은 손으로 쓴 글이지만 그렇다고 나름대로의 빛이나 온도가 없다고 할 수 있을까. 심봉사 모양 개천에 자주 빠지긴 했어도 그는 딸 청이의 아비였던 것. 그 때문에 그는 구원받지 않았던가. 목소리만 남은 심봉사의 글이지만 누군가 화상이라도 입는다면 어찌할까. 이런 우려에서 고안해낸 아주 하찮은 방도가 이런 식의 현장비평의 재구성입니다.

이런 식의 재구성이란 새삼 무엇인가. 작품을 현장비평이라는 시간·공간의 제약에서 해방시키는 일과 관련된 것이라 하면 어떠할까. 그렇기에 주제별 묶기도 아니지만 기법별 묶음도, 연륜별 묶음도 아닙니다. 그렇다고 해서 기분 내키는 대로 묶은 것은 더욱 아니지요. 굳이 말해 현장성에서 작품을 구출하기 위한 묶음이라고나 할까요. 작품과 현장비평이 함께 힘 모아 구축해낸 기묘한 장면이라 하면 어떠할까요.

이런 시도는 어쩌면 주제넘은 짓인지도 모릅니다. 만일 이러한 시도가 제3의 창작적 반열에 들 수 있다면, 그것은 이 글을 읽은 독자가 약간이라도 작품적 감수성에 닿았을 때일 겁니다.

끝으로 무엇보다 쉼 없이 작품 창작에 나아간 이 나라 작가들에게 제 경의를 바칩니다.

2007년 겨울

348

백철 연구

소명, 2008

책머리에 | 남의 글 앨써 읽고 그것에 대한 글쓰기와 가르치기에 생을 탕진한
모든 너에게

1. 문학평론가 되기의 길

1920년대 중반 한반도 국경도시 신의주에 세워진 신의주고보를, 소
지주의 차남이자 천도교에 심취한 형을 가진 한 소년이 수석으로 졸업했
다. 당시의 민족지 『동아일보』(1927. 3. 8.)는 사진과 더불어 이 사실을 보
도했다. 그도 그럴 것이 동경고사(東京高師)에 합격하였기 때문이었다. 당
연히도 대일본제국의 최고 교사양성기관인 동경고사 합격이 이 소년의
운명을 가름하였다. 그렇기는 하나 소년은 이 대단한 학교의 이념에 순종
하는 대신 줄기차게 저항의 몸부림을 쳤다. 학업을 팽개치다시피 하면서
문학운동판을 헤매었고, 그 방면에서 제법 명성을 얻었다. 그 방면이란
당시의 거센 시대사조인 프롤레타리아문학운동이었다. 식민지 출신의 열
정을 단련키 위해 이 운동만큼 보람된 것이 달리 없다고 굳게 믿은 그는,
가문의 때묻은 이름을 버리고 스스로 '단단한 쇠붙이', 백철(白鐵)이라 자

처했다. 이로써 그의 전 생애에 걸친 긴 글쓰기의 도정이 시작되었다.

그 도정엔 갖가지 도표들이 서 있었다. 그 첫 번째 도표는 일본어 글쓰기였다. 식민지 출신인 그는, 아무리 만국의 노동자 이념이라 할지라도 역부족의 한계에 부딪힐 수밖에 없었다. 프롤레타리아문학도 문학인지라 표현의 일종이었던 것. 가까스로 졸업을 한 그의 귀국 앞에는 두 번째 도표가 서 있었다. 모국어 글쓰기가 그것. 여기에는 또 다른 역부족의 한계가 입을 벌리고 있었던 바, 그 한계는 개인의 자질이나 능력을 훨씬 웃도는 것이어서 그 절망의 밀도는 비교할 수 없을 만큼 높았다. 이른바 식민지적 조건을 결정한 근대가 바로 그것이다. 근대라 이름하는 이 괴물은 표변을 일삼는 거의 절대적인 것이어서 어떠한 대처 방법도 사실상 불가능할 뿐 아니라 무의미했다. 이에 대응하는 태도가 겨우 있을 수 있었던 바, 무방비·무대책이 그것이다. 바로 이 태도로서의, 방법론 아닌 방법론에 그만큼 민첩하고도 철저한 경우는 달리 없었던 바, 저 악명 높은 백철 식 '웰컴!주의' 글쓰기가 이를 가리킨다.

어떤 이데올로기나 사조나 사상도 일말의 망설임 없이 그때그때 받아들이기가 그것. 어떤 이데올로기나 사조나 사상도 일말의 망설임 없이 그때그때 내팽개쳐 버리기가 그것. 어떤 이데올로기나 사조나 사상도 괴물 근대가 빚어낸 일시적 환각에 지나지 않는다는 사실의 인식이 이런 태도를 가능케 했다. 저널리즘의 생리와 명분과 논리도 이에서 말미암은 것임을 직감적으로 그는 파악했다. 남들이 애써 쓴 글을 읽고 그것에 대한 글쓰기를 저널리즘의 생리에 따라 감행하기에 그는 철저히 매달릴 수밖에 없었다. 이 참담한 자기부재(自己不在), 죄 없는 자기기만. 이 철없는 겸허. 갈 데 없는 공허함. 이런 글쓰기가 외형상 일시 정지된 것은 그 자신이 저널리즘에 온몸을 실었을 때, 곧 총독부 기관지 『매일신보』 학예부장(베이징 특파원 및 지사장)에 나아갔을 적이었다. 이 기자직이 곧바로 글쓰기와 등가였으니까. 학업을 마치고 귀국한 후 무려 5년간 영생고보

교사직에 있었던 사실을 송두리째, 감쪽같이, 공개적으로 묵살한 것도 비로소 설명된다. 문학평론가 되기의 글쓰기에 그가 얼마나 몰두했는가를 이 사실만큼 직접적으로, 또는 상징적으로 말해주는 것은 달리 찾을 수 없다. 그의 생애 전반부가 문학평론가 되기로 요약되고 있는 것은 이런 곡절에서 왔다.

2. 문학교수 되기의 길

해방공간과 더불어 비롯되는 백철의 후반부 생은 어떠했을까. 무엇보다 근대에 대한 인식의 변화를 들지 않을 수 없다. 괴물 근대가 바로 눈앞에 와 있었기에 그는 이제 이것을 피할 수 없었다. 세 가지 나라 만들기 모델의 선택에 직면하지 않으면 안 되었다. 부르주아 단독 독재냐, 노동계급 단독 독재냐, 혹은 연합 독재냐가 그것. 괴물 근대는 이젠 갈 데 없이 세 가지 모습으로 고정되었던 것. 이 장면에서 제일 낭패를 본 것은 '웰컴!주의'였다. 세 가지 근대 중에 하나를 선택하지 않으면 안 되었기에 무턱대고 '웰컴!주의'에 임할 수가 없었다. 그중 하나를 선택하거나 셋 모두를 포기해도 사정은 마찬가지였다. 이 신을 섬기면 저쪽 신을 모독하는 논리가 거기에 은밀히 작동하고 있었다. 이를 알아차린 마당이기에 문학평론가로서의 글쓰기는 종을 칠 수밖에 없었다. 다만 습관적인 글쓰기에 나아갈 따름이었기에 그런 글은 글쓰기 축에 이미 들 수 없었다. 무의미한 평론적 글쓰기가 아닌, 또 다른 글쓰기의 영토 모색이 운명적 과제로 주어졌다.

새 영토의 발견이란 새삼 무엇인가. 이 물음에 결정적인 열쇠는 해방공간이 쥐고 있었다. 풍문으로만 알던 근대를 직접 체험하기가 그것. 무엇보다 근대란 국민국가의 건설(실현)이라는 것. 그것은 정확히는 제도적 이념과 실천이라는 것. 이 큰 제도 속에 놓인 작은 것의 하나로 대학이 있었다. 동경고사 출신인 그에 있어 대학제도는 현실적 실천의 장으로 육박해왔다. 그 대학제도 속의 작은 단위가 문과대학이고, 그 속의 또 다른 단위에 국어국문학과가 있었다.

서울여자사대, 동국대 문과 그리고 중앙대 문과대학 백철 교수의 글쓰기는 과연 어떠했던가. 다음 세 가지 유형이 이루어졌다. ① 문학개론의 글쓰기, ② 신문학사의 글쓰기, ③ 문학이론의 글쓰기가 그것. 백철의 최초 저술인 『문학개론』(1947), 이어서 나온 『조선신문학사조사』(1948~1949)는 황무지에 진배없는 문과대학 국어국문학과 이념의 유일한 버팀목이자 실천의 장이었다. 오늘날의 국어국문학과 삼분법적 제도(국어학, 고전문학, 현대문학)의 근거를 따질 땐, 아무리 인색하고 회의적인 논자라도 백철의 이 선구적 업적에 닿지 않을 수 없게 되어 있다. 또 이런 논자가 ③에까지 생각이 미치면 어떠할까. 뉴크리티시즘의 도입 및 『문학의 이론』(워렌·월렉, 김병철·백철 역, 1969)에 직면하면 헉 하니 숨을 멈추지 않을까. 이는 논자가 제도의 이념이자 실천의 근거를 알아차리는 체험을 한 증거이리라. 그렇다면 저 『문학개론』, 저 『조선신문학사조사』 그리고 『문학의 이론』이란 새삼 또 무엇인가. 물론 글쓰기의 하나이리라. 글쓰기의 하나이되, 이번엔 인류가 공들여 간추려놓은 거대한 생각에 대한 글쓰기가 아니겠는가. 시류에 즉각적으로 대응하던 현장비평의 글쓰기와 너무나 닮지 않았던가. 이 참담한 자기부재, 순진무구한 자기기만, 형언할 수 없는 겸허함.

3. 한없이 긴 호흡, 참을 수 없이 짧은 호흡

'한없이 지루한 글쓰기, 참을 수 없이 조급한 글쓰기'란 제목의 이 책이 겨냥한 곳은 두 가지 글쓰기의 형태론에 있다. '문학평론가 되기의 글쓰기'와 '문학교수(사) 되기의 글쓰기'가 그것. 문학평론가 백철의 글쓰기의 깊이와 밀도·영향력, 교수 백철의 글쓰기의 깊이나 영향력 등, 이른바 가치평가에 관해서는 아주 부분적으로만 다룬 것은 이 때문이다.

중요한 것은 따로 있다고 저자가 믿기에 그러하다.

'한국근대문학'이란 새삼 무엇인가. '한국'과 '문학'의 한가운데 놓인 것이 '근대'이다. 근대를 단지 풍문으로 체험한 시기가 국권상실기였다면 이에 상응하는 전형적인 글쓰기가 백철 평론이었을 터이다. 나라 만들기로 규정되는 해방공간에서는 어떤 형태의 글쓰기가 요망되었을까. 최소한, 근대를 이념과 그 실천의 장으로 인식하는 만큼 이에 상응된 글쓰기가 요망되었다. 대학, 문과대학, 국어국문학과라는 제도적 이념과 그 실천적 글쓰기의 전형적 형태로 백철의 글쓰기가 있었다.

풍문의 글쓰기란 참을 수 없이 조급한 것이 아니면 안 되었다. 순간 순간이 '웰컴!'의 조급성으로 이루어지기에 그러했다. 제도에 뿌리를 둔 글쓰기란 어떠했던가. 한없이 지루한 글쓰기가 아니면 안 되었다. 한번 성립된 제도란 시멘트 모양 삽시간에 굳어지는 만큼 한없이 지루한 글쓰기가 이에 상응될 수밖에 없었다. 현장비평의 저 조급한 쇄말주의 및 현미경적 시선과, 지루하기 짝이 없는 문학사적·거시적 시선의 동시적 수용 속에 백철 식 글쓰기가 놓여 있었다. 세월이 지날수록, 이 한없이 지루한 글쓰기, 저 참을 수 없이 조급한 글쓰기, 이 참담한 자기부정, 이 무구한 겸허함이 저자는 부러워지기 시작했다. 이 한없이 긴 호흡과 저 참을 수 없이 짧은 호흡이 삶의 율동으로 감지되기 시작한 것은 언제부터였던가. 이 책을 완성함에 10년이 넘게 세월이 걸린 것은 어인 까닭이었을까. 마침내 이 물음에 대답해야 할 책무에 저자는 피할 수 없이 직면했다. 그것은 저자의 글쓰기의 출발점에 놓인 모종의 자의식과 무관하지 않다. 문학이란 삶에 앞선다는 명제, 그러기에 자기만의 개성적·주체적 글쓰기에 임해야 한다는 것. 이 오만한 자의식을 제압하기에 저자는 10여 년의 세월을 필요로 했다. 그렇다고 해서 그 자의식이 제압되었을까. 또 다른 자기기만, 보잘것없는 위선이라 비판당하기를 저자는 이 책과 더불어 바랄 따름이다.

2007년 12월

임화 — 그들의 문학과 생애

한길사, 2008

머리말

이 나라 현대문학사를 통틀어 헤겔적 의미에서 임화만큼 문제적인 인물은 많지 않다. 그는 제일급의 시인이자 비평가였고, 또한 실천가였다. 그보다 뛰어난 시인도 비평가도 실천가도 있었다고 볼 수 있을지 모르나, 이 셋을 아울러 임화만큼 뜨겁게 온몸으로 살아간 사람은 따로 없다.

선천적 감수성이 그로 하여금 시인으로 치닫게 했고 타고난 용모가 활동사진 배우로 나아가게 했지만, 그로 하여금 비평가로 치닫게 한 것은 그가 살았던 시대였다. 그것은 계급혁명이라는, 20세기가 빚어낸 위대하고도 가장 비극적인 조건 한복판에 그가 섰음을 가리킴이다.

당초에 그 조건은 중학 중퇴생인 이 식민지 청소년에게 전위(前衛)운동의 형태로 다가왔다. 아나키즘도 계급사상도 현실부정 위에 구축된 점에서 문학과 흡사하게 그에게 육박해 왔다. 「네거리의 순이」(1929)의 시인 임화가 동시에 최신식 예술형식인 활동사진의 주역배우로 나아간 것도 이를 새삼 말해준다.

그로 하여금 이러한 전위 운동에서 벗어나게 한 계기는 1930년을 전후한 일본체험에서 주어졌다. 그는 식민지 종주국인 일본제국의 수도 도쿄에서 다음 두 가지를 통렬히 깨달았다. 전위이긴 해도 혁명이란 계급혁명이라는 점. 그는 거기서 아나키즘과 마르크스주의가 알몸으로 솟아오름을 온몸으로 목격했다. 이 깨달음이 그로 하여금 조직훈련으로 향하게 만들었다. 카프 도쿄지부(1927~30) 이북만의 조직 속에서 남다른 조직훈련을 겪었는바, 이것이 전위운동에서 벗어난 중기의 임화를 가능케 했다. 거창한 카프 서기장 임화의 탄생과 군림이 그것이다. 전위운동의 자리에 계급혁명이 군림하기 위해서는 조직훈련이 절대적 조건임을 임화만큼 투철히 깨달은 문인은 거의 없다. 백철의 남다른 열정도, 김남천의 통렬한 옥중체험도 임화의 이 조직훈련 앞에서는 무력했다. 백철과의 우정유지에도 김남천과의 거리조정에도 그는 이 조직훈련이라는 잣대를 댈 수조차 있었다.

　　그의 비평이 잠정적이지만 관념적이고 또 힘찼음은 이 조직훈련의 표현에서 왔다. 감정적이지만 그의 시가(詩歌)의 우렁참도 이 조직훈련의 표현에서 왔다. 감정적이지만 그의 행동의 민첩함도 이 조직훈련의 실천에서 왔다. 이 힘참과 우렁참과 민첩함이 마침내 해방공간(1945~48)의 하늘에 불꽃처럼 폭발했고, 또 6·25(1950~53)는 그의 힘참과 우렁참과 민첩함을 동시에 불꽃처럼 사라지게 했다. 이 불꽃이 아름다운 것은 그것이 우리의 생명처럼 명멸함에서 온다.

2007년 12월 31일

내가 살아온 한국 현대문학사

문학과지성사, 2009

머리말 | 한 몸으로 두 세기 살아가기의 문법과 어법

때는 병자년(1936). 경남 진영에서 한 소년이 태어났소. 다른 또래의 아이들처럼 일제 말기에 초등교육을 받았소. 이른바 '대동아전쟁' 막바지인지라 우리말이 금지된 학교에서 배운 노래란 군가뿐이었소. 복화술사 모양 일본어와 모국어의 엉킴 속에서 해방을 맞았소. 제법 날쌔게 우리 글자를 익혔고 또 미국식 교육에 젖어갈 무렵 6·25에 직면했소.

산하를 피로 물들이던 포화가 멎자 소년은 강변 버드나무 숲의 까마귀와 붕어와 메뚜기를 속이고 등에 몇 권의 책을 짊어지고 서울로 왔소. 남대문에서 바라보자 청계천까지 훤히 드러난 폐허. 그 속에 대학이란 것이 있었소. 딱하게도 소년은 대학이 마음에 들지 않았소. 시(글쓰기) 공부를 겨냥한 소년 앞에 놓인 대학이란 학문하는 곳이었으니까. 흥미를 잃은 소년에게 도피처는 있었던가. 있었소. 그것도 넘칠 만큼. 군복 입기가 그것. 주먹이 그려진, 제주도에서 창설된 마지막 육군 현역 29사단 마크를 달고 최전방 수색대에서 소년은 난생 처음으로 허무와 마주쳤소.

356

복학을 할 수밖에. 다시 학문 앞에 설 수밖에. 서되 이번엔 정면 돌파의 길뿐이었소.

대체 정면 돌파란 무엇인가. 일목요연한 해답이 주어졌소. 학문하기가 그것. 그렇다면 학문이란 또 무엇인가. 몸집만 커진 소년은 또 한 번 길을 잃을 수밖에. 이번엔 다행히도 그 헤맴이 길지 않았소. 대학보다 더 큰 힘이 우리가 갈 수 있고 가야만 할 길을 저만치 가리키고 있었기 때문. 거창하게도 민족적·국가적 요청이 학문(인문학)에게 단호히 명령했으니까. 왈, "여기가 로도스다, 여기서 춤춰라." 시대정신으로서의 '식민지사관 극복'이 그것.

담 크고 순정한 소년들이여, 들을지어다. 그동안 너희 아비들은 이 '나라 찾기'에 인문학의 사명감을 놓았었다. 너희들의 사명감은 자명하도다. '나라 만들기'가 그것. 대체 어떤 나라를 만들 것인가. 봐라, 소년들이여. 나라 모델은 태양처럼 셋이 떠올랐다. 부르주아 단독 독재형, 노동계급 단독 독재형, 연합 독재형이 그것들. 6·25는 이 세 가지 나라 모델 중 선택을 위한 실험무대였다. 여기에서 배운 교훈은 참으로 소중했다.

담 크고 총명한 소년들이기에 이미 알아차렸으리라 믿는다. '나라 찾기'와 '나라 만들기'가 동전의 앞뒤라는 교훈이 그것. 이 둘이 몸에 한데 붙은 샴쌍둥이라는 교훈이 그것. 총명한 소년들이여 생각해보라. 거기 일관해 있는 명제란 식민지사관 여부에 수렴되는 것. 이를 시렁 위에 얹어놓은 채 새 나라를 만들면 뭐 하겠는가. 말짱 헛일이 아닐 수 없다. 어째서? 만들어봤자 금방 식민지로 전락할 테니까. 국가와 민족 그리고 시대가 그대 소년들에게 명한다. 선진 제국주의 학자들이 말하는 식민지사관이 과연 과학적·학문적으로 성립되는가 아닌가를 증명하라. 만일 성립된다면 도리 없다. 새 나라를 만들 필요도 없고, 전처럼 남의 종살이를 열심히 하면 된다. 만일 안 그렇다면? 만일 그것이 제국주의자들의 지배욕에서 나온 한갓 이데올로기라면 사정은 결정적이다.

소년들이여, 이 사실을 학문적으로 밝혀내라. 이것이 담 크고 순정한 너희에게 주어진 성스런 사명이다! 이 위대한 사명감에 소년들은 일제히 내달았소. 북쪽도 남쪽도.

대체 식민사관이란 무엇인가. 그 핵심은 소년이 혼신으로 알아낸 바에 의하면, '근대'라는 개념 속에 잠복해 있지 않겠는가. 한 사회가 안고 있는 구조적 모순을 자체 내의 힘으로 극복할 수 있는 역사·사회학적 힘의 형태, 그것의 이름이 근대였던 것. 소년은 글쓰기(문학) 따위란 안중에도 없었소. 이 근대에 혼신의 힘으로 매달릴 수밖에. 아무도 소년에게 수심(水深)을 가르쳐주지 않았기에 그는 겁도 없이 혼자서 돌파해갈 수밖에. 시간이 걸릴 수밖에.

맨 먼저 근대가 소년 앞에 (A) 국민국가(nation-state)의 형태로 다가왔소. 이를 공부하는 데 4년이 걸렸소. 두 번째 마주친 것은 (B) 자본제 생산양식(mode of capitalist production). 이를 배우는 데 다시 4년. 8년의 세월이 지난 뒤에야 저만치 문학이 보이지 않겠는가. 사랑이란, 자의식이란 신라인에게도 고려시대에도 있었고, 설사 그보다 더 대단한 것을 다룬 문학이 있었다손 치더라도 그것은 근대문학과는 상관없는 것. (A)와 (B)로 말미암아 고무되거나 뒤틀린 문학만이 근대문학일 수밖에. 이를 보편성이라 하오.

또 소년에게 다가온 벽이 있었소. (C) 반제 투쟁과 (D) 반자본제 투쟁이 그것이오. 식민지 상태에 빠진 한국적 특수성이 그것. 또다시 소년에게 (C)의 공부에 4년, (D)의 공부에 4년이 요망되었소. 8년의 세월이 또 갔소. 16년 만에 비로소 '한국의 근대문학'이 어렴풋이 그 좌표를 드러냈소. 보편성으로서의 (A)·(B), 특수성으로서의 (C)·(D)와 관련된 것만이 한국 근대문학이라는 것. 그 이상도 이하도 아니라는 것.

그런데 이번엔 난감한 장면에 또 부딪혔소. 참으로 딱하게도 (A)·

(B)와 (C)·(D)가 거의 절대모순으로 인식되었다는 점. (A)·(B)를 하자니 (C)·(D)가 불가능해지고, (C)·(D)를 하자니 (A)·(B) 따위란 생심도 낼 수 없다는 모순이 그것. 이 모순을 모순 그대로 인식하기 위해 또 다른 세월이 속절없이 흘러갔소. 『한국근대문예비평사연구』(1973)를 비롯 『이광수와 그의 시대』(1986), 『염상섭 연구』(1987), 『임화 연구』(1989), 『이상 문학 텍스트 연구』(1998), 『한국현대문학비평사론』(2000) 등이 그 헤맴의 산물이었소.

백 년 전 거인 육당의 꾐에 빠져 바다로 향한 소년은 갈팡질팡 가까스로 그 지랄 같은 20세기를 헐떡이며 넘겼소. 아무도 그에게 수심을 가르쳐주지 않았기에 그럴 수밖에. 이제 보시라. 소년은 날개 젖은 나비처럼 지쳐서 여기에 있소. 머리엔 서리가 앉고, 손은 떨리오. 목소리는 쉬었고, 다리는 휘청거리는도다. 앉지도 서지도 못하는 엉거주춤한 몰골을 하고 '탈근대'의 거센 고함 소리에 에워싸여 있도다.

경제력 세계 12위권의 중진국 자본주의 속에 놓인 이 나라, 이 민족에게 식민지사관 따위란 안중에도 없소. 그 따위란 개나 물어 가면 되는 것. 이 고함 속에 귀먹고 눈멀어 엉거주춤 섰노라면 이런 느낌을 물리치기 어렵소. 대체 그동안의 우리 소년 모두는 한갓 허깨비였던가. 우리에게 그토록 큰 울림을 주었던 W. W. 로스토우 교수의 『경제성장의 제단계』(이상구·강명규 옮김, 법문사, 1960)에 따른다면, 이 허깨비 소년들만이 오늘의 GDP 2만 불을 가져왔던 것.

참으로 다행히도 아무도 거들떠보지 않는 이 늙고 초라한 허깨비 소년을 격려하고 또 위로해주는 것이 둘씩이나 있었소. 『열린사회와 그 적들(Open Society and Its Enemies)』의 칼 포퍼(1902~1994)가 전하는 진리에 대한 정의가 그 하나. 진리가 진리일 수 있는 것은 그 진리 속에 거짓이 될 가능성(falsifiability)이 깃들어 있는 동안이라는 것. 다른 하나는 M. 베버(1864~1920)의 조언. 학문이란 무엇이뇨. 예술과는 달리 시간이 지나면 능가당한다는 사실이 그것. 이것이 학문의 운명이자 의의라는 것. 이 운명에 복종하고 헌신하기, 이것을 스스로 원하고 있다는 것.

이 책은 2006년을 전후해서 몇몇 학술단체의 초청을 받아 쓴 논문들을 중심으로 묶은 것이오. 갈 데 없는 문법과 어법이 뒤섞인 글쓰기라오. 초청해준 유럽한국학회(AKSE)를 비롯, 시카고 대학교 동아시아 언어문명학과, 와세다 대학교 국제교양학부, 한국어문학회, 한국시가학회, 국제한국문학회, 한국평론가협회, 우리문학회, 만해학회 등에 경의를 표하오. 신세지기란 어찌 이에 멈추었겠는가. 20세기의 '근대론'에만 살아온 제가 21세기에도 살아남기 위해 '근대의 초극론'(탈근대론)에 나아가고자 발버둥치며 괴발개발 그려낸『일제 말기 한국 작가의 일본어 글쓰기론』(2003),『해방공간 한국 작가의 민족문학 글쓰기론』(2006)에 대해 남송우 교수께서는 토씨까지 따지며 비판해주었소. 이에 그치지 않고 근작『일제 말기 한국인 학병세대의 체험적 글쓰기론』(2007),『백철 연구』(2008)에까지 깊은 눈길을 멈추지 않았소. 이런 학연이란 전공의 비슷함에서 연유되었다고 치부하기엔 모자람이 크오.

이러한 일들은 제 개인의 몫이겠지만, 이를 세상에 드러내게끔 도와준 문학과지성사에 감사하오.

2009년 1월

박경리와 토지

강, 2009

책머리에 │ 『토지』에서 바라본 '우리 소설'의 세 가지 범주

'소설이란 무엇인가'라는 물음이 추상적 수준에 그치지 않고 구체성을 조금 가지려면, 이 물음은 '내게 또는 우리에게 소설이란 무엇인가'로 고쳐져야 하지 않을까. 이런 소박한 생각은 강단에서 또 평단에서 오랫동안 소설을 공부하고 가르쳐온 내 경험에서 저절로 나온 것인 만큼 매우 제한적이자 사적인 것에 지나지 않는다. 그동안 내가 자주 공부하고 가르쳐온 소설은 다음 두 종류였다.

(A)계: 「해방전후」(이태준, 1946), 「역마」(김동리, 1948), 「목넘이 마을의 개」(황순원, 1948), 「무진기행」(김승옥, 1964), 「하늘의 다리」(최인훈, 1970), 「삼포 가는 길」(황석영, 1973), 「눈길」(이청준, 1977), 「순이 삼촌」(현기영, 1978), 「중국인 거리」(오정희, 1979), 「은어낚시통신」(윤대녕, 1994)

(B)계: 『취우』(염상섭, 1953), 『카인의 후예』(황순원, 1954), 『광장』(최

인훈, 1960), 『시장과 전장』(박경리, 1964), 『나목』(박완서, 1970), 『관촌수필』(이문구, 1977), 『당신들의 천국』(이청준, 1975), 『을화』(김동리, 1978), 『노을』(김원일, 1978), 『난장이가 쏘아올린 작은 공』(조세희, 1978)

보다시피 (A)계는 단편 열 편이며 (B)계는 열 편의 장편이거니와 또 한 편의상 해방 이후의 작품에 국한시켰다. 광복 이전의 작품, 가령 「감자」(김동인, 1925), 「메밀꽃 필 무렵」(이효석, 1936), 「날개」(이상, 1936)라든가, 『무정』(이광수, 1917), 『삼대』(염상섭, 1931), 『고향』(이기영, 1934) 등에 비해 한층 직접적이고 현대적이라는 점, 또 각각 열 편에 국한시킨 점은 내 개인적 취향과 학생들을 염두에 둔 하나의 방편에서 말미암았다.

개인적 취향이라 했거니와 여기에 대해서는 설명이 없을 수 없다. 보다시피 (A)계는 단편들이며 (B)계는 이른바 장편이다. 어느 쪽도 현실반영의 소설적 미학 위에 선 것이긴 하나, 전자는 미적 평가 기준에 좀 더 기울어진 것이다. 가령 「무진기행」에서 「삼포 가는 길」에 이르기까지의 시간적 거리는 10년에 조금 못 미치지만, 그 사이에는 60년대의 허무의식과 근대화에 이르는 궤적이 있고, 리얼리즘이라 불린 문학사회학적 과제에 닿아 있기에 현실반영의 미학이자 동시에 역사적 감각의 문체를 보여준다고 판단되었기 때문이다. 이에 비해 (B)계는 문체의 미학 쪽보다 문학사회학적 과제에 한층 깊이 관여된 것이라 평가되었던 까닭이다.

이처럼 (A)계도 (B)계도 합리적 설명과 분류에 근거하여 삶이나 역사를 정리하고자 하는 이성 중심적 시대의 산물이기에 그것에 상응하는 독법이 요망되었다. 이를 또 심리적 차원에서 볼 땐 다음과 같다. 오락(entertainment)과는 달리 작품이란 흥미(interest)에서 출발, 이를 중심으로 하여 완료된 경험인 만큼, 독자는 그것을 재경험하여 그로써 행동을 잉태하고 또 그 행동을 규제하는 심리적 태도를 형성한다. 그러기에 그것은 이성과 지식만이 아니라 감각이나 감정을 포함한 전면적으로 충실한 인생을 보여준다. 그러나 이성 중심적 시대의 산물임에 다시 주목한다면 압도적인 역사 감각의 민감성을, 곧 역사의 나아갈 방향성을 염두에 두지 않으면 안 되었다. 작가도 독자도 함께 미래의 지평을 바라보는 광학(光學)의 일종으로 소설을 바라보고 있었다고 할 수 있다. 이 점에서 (B)계는 작가도 독자도 다분히 좀더 자각적이었다고 할 것이다.

여기까지 오면 세상은 다음 한 가지 의문을 떠올리고, 그것이 던지는 소설적 의문을 물리치기 어렵지 않을까 싶다. 곧 '21세기에 남을 한국의 고전'을 문제 삼을 때 그 첫 번째 자리에 박경리의 『토지』(1969~1994)가 오고, 또 한국소설의 외국번역 제1순위에 역시 『토지』가 선정됨은 웬 까닭일까 하는 의문이 그것. 20세기가 저물어가는 시점에서 21세기에도 남을 한국소설에 대한 설문이 있었는바, 당대의 시인(29명), 소설가(29명), 그리고 평론가 (42명)들은 아래와 같은 결과를 내놓았다(『한국일보』, 1999년 1월 5일).

(1) 『토지』, (2) 『광장』, (3) 『난장이가 쏘아올린 작은 공』, (4) 『삼대』, (5) 『임꺽정』, (6) 「날개」, (7) 「무진기행」, (8) 『무정』, (9) 『태백산맥』, (10) 「무녀도」, 『당신들의 천국』.

과연 이들 열 편이 21세기에도 남을 한국소설의 고전일지는 장담하기 어렵다 해도, 분명한 것은 당시의 문단적 감각이 『토지』를 첫 번째 자리에 놓았다는 사실이다.

대체 『토지』란 어떤 소설일까. 완결판(솔출판사)에서 내건 제목은 '대하소설'이었다. 16권(나남판은 21권)으로 된 이 소설을 읽으려면 아무리 날랜 독자라도 보름쯤 걸리게 되어 있다. 한두 시간으로 독파할 수 있는 (A)계나, 하루나 이틀 정도로 완독할 수 있는 (B)계에 비한다면 어떠할까. 『토지』를 안방에서 텔레비전으로 관람한 것이 아니고 소설로 읽는다면, 적어도 이는 (A)계나 (B)계와는 별개의 독법이 요망된다고 보는 것이 자연스럽다. 이 점을 승인한다면 우리는 다음과 같은 아주 궁색한 장면에 마주치지 않을 수 없게 된다. 곧 『토지』의 독법에는 (A)계나 (B)계와는 다른, 유별난 미학적 또는 문학사회학적 척도가 따로 있는가의 여부가 그것.

이를 알아보고자 하는 사람은 아마도 한발 물러서야 할지도 모를 일이다. '대하실록소설'이라 불린 『지리산』(이병주, 1978), '대하소설'이라 표기된 『태백산맥』(조정래, 1989), 그리고 장편(1981)으로 발표되었다가 10권으로 개작된 『혼불』(최명희, 1996) 등으로 한발 물러서면 이들이 (C)계를 이루고 있었음과 함께, 그 첫머리에 우람하게 『토지』가 놓여 있음을 알아차릴 수 있다.

여기까지 왔을 때 우리는 또 다음 물음에 직면한다. 대체 우리에게 있어, '우리 소설'이란 무엇인가가 그것. '소설이란 무엇인가'에서 '우리 소설이란 무엇인가'라는 물음으로의 전환을 촉진케 한 계기를 마련해준 곳에 『토지』가 지닌 문학사적 의의가 있을지도 모른다는 이런 기묘한 생각을 품고 나는 오랫동안 머뭇거렸다.

『토지』를 세 번째로 꼼꼼히 읽기 시작한 것은 2007년 겨울이었다. 이번 독법은 당연히도 의도적이자 제약적이었다. 『토지』를 있는 그대로 읽는 독법이란 사실상 내게 불가능했기 때문이다. 내게 있어 『토지』 읽기란 (A)계와 『토지』의 거리 재기이자 동시에 (B)계와 『토지』의 거리 재기에 다름 아니었던 까닭이다. 말을 바꾸면 (A)계의 시선에서 『토지』를 읽었고 동시에 (B)계의 시선에서 『토지』를 읽었다. (A)계의 시선에 비친 『토지』는 이야기로서의 소설로 넘어가고 있었고, (B)계의 시선에서 본 『토지』는 역사사회학적 상상력의 밀도가 매우 낮아 보였다. 그러나 『토지』에는 (A)계나 (B)계에는 없거나 결여된 커다란 울림이 따로 울리고 있었다.

섭진강, 지리산을 먼 천둥처럼 울리는 어둠 속의 뻐꾸기 울음이 그 것. 그것은 독립운동차 고향 하동을 떠나면서 선비 이동진이 말한 명제 에 직결된 것이었다. 최참판댁 당주 최치수가 누구를 위한 독립운동인가 따졌을 때 이동진의 대답은 이러했다. 왈 "백성이라 말하기도 어렵고 군 왕이라 말하기도 어렵네. (……) 굳이 말한다면 이 산천을 위해서, 그렇게 말할까."(솔출판사판 제1부 2권, 153쪽)

『토지』는 그러니까 영락없이 육안으로 지리산을 바라보는『혼불』과 남부군의 집단지인『지리산』의 한가운데 위치한 형국. 이 울림의 미학으로 잴 때, (A)계는 어떠하며 또 (B)계는 어떠할까. 이러한 독법이 마침내 '우리 소설이란 무엇인가'로 향하게 했다. (A)계에 있어서의 '우리 소설', (B)계에 있어서의 '우리 소설', (C)계에 있어서의 '우리 소설'이 각각 있 고 또 이들이 어울려 있다고 할 때 비로소 '우리 소설'은 한층 투명해질 수 있을 것이다.

탄생 백주년 속의 한국문학 지적도

서정시학, 2009

머리말 | 탄생 백주년 문인의 지적도(地籍圖)에 부쳐

탄생 백주년이라는 커다란 깃발을 걸고 이 나라에서 기념 강연회를 한 첫 번째 작가는 춘원 이광수가 아니었을까. 1992년 3월 조선일보사 미술실에서 강연회가 열렸을 때의 열기가 새삼 회고되오. 문인보다 일반인이 더 많았다는 점도 인상적이었지만, 잊기 어려운 것은 회장 밖에서 벌어진 소란이었소. 친일 문인에 대한 비판의 목소리가 장내까지 들려왔소. 그 뒤로 백주년 행사가 잇따랐고 동갑내기가 여럿으로 늘어나기 시작, 근자에 와서는 그 숫자가 한꺼번에 8, 9명을 헤아리게 됐소. 금후 더욱 불어날 형편이고 보면 이에 어떻게 대처해야 적절할까.

이 물음 앞에 모종의 방편이 2008년도에 조심스럽게 시도되었소. 각 문인 출생 지역 쪽으로 기념 행사를 옮겨가기가 그것. 그런 뚜렷한 사례가 요산 김정한의 부산, 월하 김달진의 진해이오. 서울도 상대화된 지역이고 보면 임화도 한갓 지역 문인일 수밖에요. 그렇다면 김기림(함경북도 학성군), 최재서(황해도 해주군), 백철(평안북도 의주군)은 어떠할까. 이 점에 대한 한계 의식의 음미도 남은 과제라 하겠지요.

탄생 백주년을 둘러싼 이러한 지적도를 기리면서도 동시에 넘어설 훌륭한 방도는 없을까. 이런 의문이 근자에 올수록 절실해지기 시작했소. 그것은 『토지』(박경리)를 염두에 두면서 한층 가파르게 다가오오. 『토지』가 끝난 곳에 『지리산』(이병주)이 솟아 있었음을 볼 때 더욱 그러했소. 지리산을 육안으로 볼 수 있는 『혼불』(최명희)을 대할 때 더더구나 그러했소. "智異山이라 쓰고 지리산이라 읽는다"는 이 지리산은 특정 지역의 산을 일컬음일까. 이 물음은 박경리가 통영 지역 작가인가의 여부를 묻는 것에로 향하지 않겠는가.

수도 서울도 한갓 지역성인 것. 저마다의 지역이 세계의 중심임을 심도 있게 말하기, 그것의 이름이 문학이 아니었던가. 최재서도 한갓 지역성의 문인이지만, 그 때문에 그는 보편성에로 향하고자 발버둥치지 않았을까. 당대 최강국의 문학인 영문학으로 치닫기가 그것.

이 책의 글들은 이러한 시선에서 묶인 것이오. 지역성과 그 넘어서기를 위한 이정표로 지리산 천왕봉이 저 멀리에서 가물거리오. 자료도 사정은 마찬가지. 중심부의 서정성이 마산이라는 지역성을 향하기, 그것이 자료 (1)이 놓인 자리라면 지역성의 국민국가 임시 정부가 세계성에 닿고자 몸부림 친 것이 자료 (2)가 아니었던가. 그렇다면 자료 (3)의 자리는 어디일까. 남한 최고의 시인과 북한 최고 화가의 동시적 만남이 아니었던가.

2009년 1월

최재서의 『국민문학』과 사토 기요시 교수

역락, 2009

이중어 글쓰기 공간의 '한복판'을 향하여

내 전공은 한국근대문학이오. 여기에는 설명이 없을 수 없소. 먼저 근대문학이란 무엇인가를 말해야 하오. 근대문학이란 근대국가(국민국가)의 언어로 하는 문학을 가리킴인 것. 이 사실을 맨 처음 학문적 수준에서 깨닫고 한국문학사를 체계화한 사람이 도남 조윤제(1904~1976)이오. "국문학은 국어로써 한민족의 생활을 표현한 문학이다. 그러니까 국문학의 국문학됨의 필수 조건은 국어로 표현될 것이다. 이것은 아마 움직일 수 없는 사실일 것이다"(『국문학 개설』, 동국문화사, 1955, 33쪽)라는 학문적 명제를 도남이 배운 곳이 식민지에 세워진, 일본의 여섯 번째 제국대학인 경성제국대학(1926년 설립)이었소. 대체 이 경성제국대학은 무엇을 가르쳤던가. 수석 입학생인 조선인 유진오는 문학부 교수로 철학 쪽의 아베 요시시게(安倍能成), 미야모토 와키치(宮本和吉), 하야미 히로시(速水滉), 우에노 나오테루(上野直昭), 영문학 쪽의 사토 기요시(佐藤淸), 조선어문학의 오쿠라 신페이(小倉眞平), 다카하시 도오루(高橋亨), 사학 쪽

의 오다 쇼고(小田省吾), 다나카 신지(田中眞治) 등을, 법학부의 교수로는
후나다 교지(船田享二, 로마법), 도자와 데쓰히코(戶澤鐵彦, 정치학), 미야케
시카노스케(三宅鹿之助, 재정학) 등을 꼽았고, 또 그는 초대 예과부장 오다
쇼고가 일본어 상용학생, 조선어 상용학생이라 불러 국적을 구별하지 않
았다고 회고했소(「편편야화」, 『동아일보』, 1924. 3. 20., 23.). 요컨대 경성제
대는 근대적 학문을 공부하는 곳이었고, 조선어문학과에 혼자 입학해서
혼자 졸업한 조윤제는 여기서 문학의 학문적 성격과 그것이 개별 국가의
문학으로 성립될 수 있는 학문적 방법을 배웠을 터이오.

　　그가 공부한 것은, 그러니까 근대국가를 전제로 하여 비로소 개별성
으로서의 자국문학이 성립된다는 것. 국가어(국어)로 쓴 문학의 명제로
이 사정이 정리되오. 이런 방법론에 따르면 그는 그렇게 할 여유가 없었던
까닭에 예상만 한 것에 그쳤지만, 한국근대문학의 성립조건은 한국의 근
대국가를 전제로 함이었소. 당연히도 그것은 상해 임시정부(1919. 4. 11.,
공화제 국가)이오. 임시정부가 암묵리에 전제한 언어(한국어)로 하는 문
학 그것이 한국근대문학인 것. 당연히도 일제 통치부는 이 사실을 암묵
리에 승인하고 있었소. 교육·행정·금융·철도 등등의 제도를 통치부 속
에 넣어 지배했지만 문학제도만은 제외했음이 그 증거이오. 한국근대문
학의 성립근거는 여기에서 오오.

　　그런데 매우 딱하게도 일제 통치부가 이 문학제도마저도 통치부 속
에 포섭하고자 했는 바, 조선어학회 사건(1942.10.1.)이 그것이오. 3·1운
동에 준하는 33인을 검거하고, 총독부 시정일(施政日, 공휴일)을 겨냥한
이 사건(조선어학회 사건의 중심분자인 이인의 표현. 이인, 『반세기의 증언』,
명지대출판부, 1974, 134쪽)은 물을 것도 없이 임시정부에 대한 정면도전
이 아닐 수 없소. 임시정부 언어정책 대행기관의 국내 창구가 바로 조선
어학회였던 까닭이오. 당연히도 한국근대문학의 시선에서 보면 이로부
터 해방 때까지는 암흑기라 부를 수밖에요. 한층 내면화되었다는 뜻에서

그러하오.

　그러나 암흑기를 근대문학의 시선에서 한발 물러서서 바라보면 어떻게 될까. 다시 말해 근대문학에서 내려와 '문학'(글쓰기)의 차원에서 살핀다면 어떠할까. 국어로서의 한국어도 국어로서의 일본어도 아닌, 단지 언어만 있는 공간. 이 물음을 쉽사리 물리칠 수 없는 것은 어떤 근대문학도 '문학'을 전제로 하고 있기 때문이오. 실제로 이 암흑기(1942. 10. 1. ~ 1945. 8. 15.)까지의 공간에서는 많은 분량의 문학(글쓰기)이 엄연히 쓰였소. 주로 일어, 한국어 등으로 쓴 이들 글쓰기(문학)란 새삼 무엇인가. 문학 축에 못 드는 그냥 글쓰기에 지나지 않는 것인가. 한국인이 일어로 쓴 문학은 일본문학일까. 한국어로 썼으되 '내선일체'의 글쓰기라면 그 국적은 대체 어디일까. 일본문학도 한국문학도 아니라면 대체 이를 어떻게 규정해야 적절할까. 이를 두고 이중어 글쓰기(bilingual creative writing)라 한다면(졸저, 『일제 말기 한국 작가의 일본어 글쓰기론』, 서울대학교출판부, 2003), 이는 또 하나의 문제계가 놓인 영역이 아닐 수 없소. 한국인도 일본인도 없는 공간, 오직 인간만의 문제계 말이외다. 21세기가 꿈꾸는 세계 말이외다. 경성제대, 그것은 한 가지 고등교육기관인 것. 일본 것도 아니지만 조선 것도 아닌 것. 그 자체로 존재하는 지(知)의 한 가지 영역인 것. 이런 자리란 벌써 근대에 의한 초월(overcome by modernity)이 아니겠는가.

　이러한 이중어 글쓰기 공간의 '한복판'에 놓인 것이 최재서 주간의 『국민문학』(1941. 11. ~ 1945. 5.)이오. 여기에서 '한복판'이라 한 점에 주목할 것이오. 근대와 학문적 문학을 한국인 학생 조윤제에게 가르쳤던 경성제국대학은 유진오, 이강국, 박문규, 최용달 등에게 근대 정치사상 및 경제학을 가르쳤듯, 경성제대 영문학도 최재서에게 근대적 학문으로서의 문학을 또한 가르쳤던 까닭이오. 『국민문학』이라는, 이 고민에 가득 찬 기묘하고 복잡하기 짝이 없는 순문학 월간지를 한갓 책상물림인 문예

370

비평가 최재서 한 사람이 도모하고 이루어낸 것일 수 없음은 너무도 자명한 사실이 아닐 수 없소. 대체 겉으로 드러난 최재서의 저 거인적 초인적 힘은 어디에서 온 것인가. 경성제대 법문학부의 막강한 학문적 힘이 거기 은밀히 작동하고 있지 않았다면, 그 막강한 문화자본이 아니었다면 무슨 수로 이를 해명할 수 있으랴 함은 이를 가리킴이오.

이 공간에서의 『국민문학』이 갖추고 있는 집요한 논리 추구의 열정, 그것이 근대 국민국가의 해체의 징후가 곳곳에서 벌어지고 있는 21세기 오늘에 있어 물리치기 어려운 괴물의 형상을 하고 우리들 인문학도 앞에 버티고 있소. 이러한 문제계 앞에서 나는 오랫동안 헤매었고 지금도 그러하오. 이 책이 그러한 증거이오.

저자의 경성제대에 대한 오랜 관심이 초기 저작으로 나타난 바 있소. 『한국근대문학사상연구 1— 도남과 최재서』(일지사, 1984)가 그것임을 적음으로써 이 머리말을 마치기로 하오.

2009년 3월

신 앞에서의 곡예 — 황순원 소설의 창작방법론

문학수첩, 2009

책머리에 | 식별의 문맥과 도박의 문맥

"이 태양 아래 가장 행복한 작가라는 정평을 받는 황순원 씨"(심연섭, 「황순원 인터뷰」, 『신동아』 1966년 4월호, 172쪽. 이하 「황순원 신동아 인터뷰」)라고 소개된 바 있는 작가 황순원(1915~2000)의 문학적 경력은 매우 길다. 약관 고등학교 시절에 시집 『방가』(1934)를, 대학 1학년 때 제2시집 『골동품』(1936)을 냈는가 하면, 대학 졸업 이듬해엔 『황순원 단편집』(1940)을 냈으며 해방 이듬해 월남하여 교편을 잡는 일변, 「술이야기」(1947), 「아버지」(1947), 「목넘이 마을의 개」(1948) 등 주옥같은 단편을 쉼 없이 발표했고, 『카인의 후예』(1954), 『인간접목』(1955), 『나무들 비탈에 서다』(1960) 등 7편의 장편을 썼다. 작품의 경력상으로 보나 또 그 분량상으로 보나, 더욱 중요한 것은 그 작품의 성과상에서 단연 대가급이라 하지 않을 수 없다. 그것은 「무녀도」(1936), 『사반의 십자가』(1957), 『을화』(1978) 등의 작가 김동리를 두고 대가급 작가라고 부르는 것에 대응된다.

이 대작가 황순원 문학을 일찍이 평가하고 그 의의를 가늠한 것에는 다음 두 가지가 지적되어 고전적 평가 몫을 했다. "순원이 이렇게, 이때까지 우리 주변에 없던 노인과 건강한 소년을 보여줄 수 있은 것은 그가 오로지 작가로서 역사 앞에 성실함으로써 비로소 풍부한 공감을 받아들일 수 있는 작가정신이다"(강형구, 「발문」, 『목넘이 마을의 개』, 육문사, 1948)가 그 하나이고, 다른 하나는 평생의 지우 원응서의 「그의 인간과 단편집 『기러기』」(『황순원 전집』, 삼중당판, 1973)이다. "언어감각에서 천재적 자질을 타고나 있으면서도 그렇게도 깨를 볶듯이 문장을 고소하고 함축 있게 담는 노력"의 결과라고 원응서는 요약했다. 역사 앞에서의 작가정신, 언어감각의 천재성, 그리고 각고노력, 이 세 박자를 기본 항으로 한 것이 황순원 문학이라 할 수 있다.

그러나 정작 작가 황순원 자신은 자주 또 힘주어 곡예사로 비유했다. "무용이 인간의 육체로 나타내 보이는 가장 순수한 아름다움이라면 곡예는 인간이 육체로 나타내 보이는 가장 순수한 슬픔"(1986)이라 보았고, "내 공중 곡예를 보고 당신네들은 박수를 보내지만 실은 내가 실수해 공중에서 떨어지는 장면을 보고 싶어 한 건 아니냐"라고도 비유했다. 그는 외줄 타는 아슬아슬한 곡예사로 자처했는지도 모른다. 그것은 목숨과 진배없는 균형감각의 확보가 아니면 안 되었다. 「오감도」(1934)의 이상과 더불어 『3·4문학』 후기 동인인 황순원의 모더니즘적 세련성이 바로 이 균형감각이 아니었을까.

이 균형감각이 강요하는 긴장력(미학)을 인간은 과연 얼마나 지속할 수 있으며 또 견뎌낼 수 있을까. 이 물음은 곧 아도르노가 베토벤을 두고 논의한 "만년의 사상과 양식"에로 향하게 된다. 여섯 번째 장편 『움직이는 성』(1973)에서 그는 균형감각적 긴장력의 수압을 어느 수준에서 견디고 있었다. 교조주의적 기독교와 기회주의적 삶의 방식인 샤머니즘이 마주치는 『움직이는 성』이 균형감각을 유지하고 이를 여유롭게 견딜 수 있었던 것은 도스토예프스키 덕분이었는지 모른다. 샤머니즘(송민구) 쪽도 기독교(윤성호) 쪽도 아닌 함준태(무종교, 신 없는 성자) 쪽을 보장한 것은 진리를 따르기보다 그리스도를 따르겠다는 도스토예프스키의 노선 바로 그것이었다. 그러나 마지막 장면 『신들의 주사위』(1978~1982)에 오면 사정은 일변한다. 도스토예프스키의 도움 없이 홀로 서야 했던 것이다. 이 절체절명의 경지, 그것은 베이트슨이 말하는 '이중구속'의 장면을 연상시킨다. '식별의 문맥'이냐 '도박의 문맥'이냐의 장면이 그것이다. 아도르노가 말한 '만년의 사상과 양식'이 거기 있었다. 아슬아슬한 줄타기의 세련된 균형감각은 간 데 없고, 거칠고도 유형적인 억셈의 등장이 그것이다. 어쩌면 작가 황순원의 만년은 베토벤의 만년과 나란히 가고 있었는지도 모를 일이다.

오랜 동안 저자는 이 대작가의 주변을 서성거리며 때로는 조금 가까이, 때로는 좀 더 멀리서 지켜보곤 했다. 그럴 적마다 번번이 저만치 아득해지는 것이었다. 그러한 아득해짐의 과정이 이 책을 이루었으며 또 그것은 저절로 이 나라 문학사에 대한 것이기도 했다. 이러한 저자의 느낌을 드러내게끔 도와준 문학수첩사의 김종철 씨, 원고를 정리해준 이성천 씨께 감사를 드린다.

이병주와 지리산

국학자료원, 2010

머리말 | 학병세대를 위한 변명

2009년 2월 1일에서 5일에 걸쳐 저자는, '이병주의 족적을 찾아서'라는 탐방단(단장 김종회)에 끼어 중국어 쑤저우(蘇州)와 상하이(上海)를 편력했다. 이유는 단 하나, 『관부연락선』, 「소설·알렉산드리아」의 작가 이병주의 족적을 되돌아보기 위함이 그것. 그가 쑤저우 주둔 일본군(중지 방면군) 제60사단 치중대(수송대)에 복무한 것은 1944년 2월 5일에서 1945년 8월말까지였고, 그해 9월 1일부터 귀국한 1946년 3월 3일까지 현지 제대하여 상하이에 머물렀던 까닭이다. 그의 작품을 잘 이해하려면 이 쑤저우와 상하이 체험은 건너뛸 수 없을 만큼 거의 절대적이기에 이병주 문학을 연구하거나 기리는 이라면 아무래도 한 번 이 현지 체험이 불가피했던 것이다.

경남 하동군 북천면에서 1921년에 태어난 이병주가 진주농림학교에서 배우고 도일하여 들어간 학교는 사립 메이지(明治)대학 전문부 문과 문예과 별과(別科)였다. 1941년 4월에 입학했고, 동교를 졸업한 것은

1943년 10월 20일이었고, 동 11월 8일에 징집영장이 송부되었고, 일제 입영한 것은 1944년 1월 20일이었다(사범계, 이공대를 제외한 국내 및 일본 내의 조선인 학병 입영자는 총 4,385명이었다). 이병주도 그 속에 끼어 있었다(1943년 9월 졸업생도 재학생으로 간주된 것은 1943년 11월 12일에 개정된 육군성령에 의거한 것). 인생에 있어 가장 소중한 젊음의 절정기에 그는 일본군 노예 신세로 천년고도 쑤저우 성 위에서 말 시중을 들며 보초를 서곤 했다. 그는 성 위에 허깨비처럼 떠있는 달을 쳐다보며 스스로에 대해 이렇게 뇌곤 했다.

너는 도대체 뭐냐 / 용병을 지원한 사나이 / 제값도 모르고 스스로를 팔아버린 / 노예"라고, 또 외쳐 마지않았다. "먼 훗날 / 살아서 너의 집으로 돌아갈 수 있더라도 / 사람으로서 행세할 생각은 말라 / 돼지를 배워 살을 찌우고 / 개를 배워 개처럼 짖어라.

쑤저우, 상하이 답사란 이 '노예의 사상'을 좀 더 가까이에서 엿보기에 지나지 않았다. 제일 먼저 이렇게 물어볼 것이다. 어째서 학병에 동원된 조선인 학도가 4,385명에 이르는데(물론 탈출한 분들을 빼면) 유독 이병주만 저토록 철저히 '노예의 사상'에 매달려 글쓰기에 순사(殉死)코자 했을까. 물론 『현해탄은 알고 있다』로 고명한 한운사도, 『분노의 강』을 쓴 이가형도 있지만, 이병주만큼 집요히는 '노예의 사상'에 매달리지 않았고, 체험 그 자체의 기록성에 무게 중심을 둔 글쓰기에 가까웠다. 대체 이병주만의 이 유별스러운 '노예사상'의 심화와 그 극복으로서의 글쓰기의 지속적 전개란 어떻게 설명해야 적절할까. 그의 타고난 글쓰기의 총명함을 제쳐놓고 말한다면 맨 먼저 메이지대학 전문부 문과 별과를 들지 않을 수 없다. 이병주, 그는 당초부터 실로 애매모호하면서도 자유롭기 짝이 없는, 비정상적인 '문과 별과'에 들었던 것이다(『관부연락선』엔 A대학 전문부 문과에 대한 자세한 소개가 있다. 요컨대 정규 교육규범에서 벗어난 특이한 무성격적인 자유분방함이었다). 이병주가 이 대학 3년간 이수한 과목에 주목할 필요가 있다. 내외 문학은 물론이고, 철학, 영어, 대화의 원리, 희곡론, 예술사, 수사학, 동양사상사, 무대론, 프랑스어, 시나리오 작법, 윤리학, 자연과학사, 소설비평론 등 실로 다양하여, 단순한 문과와는 비교도 할 수 없다(졸업증 도표 참조). 요컨대 문예창작과를 연상시킴에 모자람이 없을 뿐 아니라, 원리 자체의 공부에 기울어졌음이 엿보인다. 이러한 분위기는 일본의 고등교육 일반을 특징짓게 하는 이른바 교양주의와 분리하여 논할 수 없다. 1940년대의 그 교양주의는 국제적으로는 스페인 인민전선 사상(파시즘에 대항하기 위해 자유민주주의와 공산주의가 일시적으로 화해한 것. '회색의 사상'이라 부른다)이고, 국내적으로는, 마르크스주의가 퇴장한 자리를 메운 것으로, 하나는 미키 기요시(三木淸)의 비판적 철학이며 다른 하나는 문예비평가 고바야시 히데오(小林秀雄)의 감수성에 입각된 수사학이었다. 이 세 가지 교양주의 사상에 민감히 반응한 조선인 학도가 이병주였다(그가 얼마나 독서광이었는가는, 그의 환갑을 맞는 심정을 그린 「세우지 않는 비명」(1980)에, 그가 가진 전 재산은 장서 1만 권뿐이었다는 구절에서 잘 알 수 있다). 그는 부단히 남의 책을 읽고 그것을 앞세워 자기의 노예체험을 그때그때 증폭시키며 삶을 지탱했다. 『지리산』이나 『그해의 5월』, 「쥘부채」, 「마술사」 등이 한결같이 그러한 사상의 증폭에서 돋아난 비석들이라 함은 이런 곡절에서 온다.

광복 이후, 북쪽이나 남쪽이나 이 나라를 세움에 있어 알게 모르게 각 방면에 걸친 노예체험을 공유한 이 엘리트층인 학병세대의 거대한 숨은 힘의 작용을 염두에 두지 않으면 그 역사 전개의 진실을 놓치기 쉽다고 저자는 믿는다. 그중에서도 문학에 제일 뚜렷한 존재가 이병주였다. 그동안 저자가 쓴 이병주론들은 그러므로 학병세대의 문학적 글쓰기의 해명 및 그 해석에 바쳐진 것, 그 이상도 이하도 아니다.

끝으로, 그동안 얼마나 저자가 게으른 인간인가를 드러냄으로써 이 머리말을 마치고 싶다. 『지리산』이 간행됐을 때(1978), 저자는 제법 긴 평론 「지리산의 사상」을 썼다. 거기에서는 『지리산』에 세부적 오류들이 있음을 제법 날카롭게 지적했다. 이에 대해 작가는 아무 말이 없었다. 장편 『비창』(1984)이 간행됐을 때 이번엔 저자는 작가의 면전에서 그 통속성을 지적했다. 그때의 작가 이병주의 표정을 저자는 지금도 잊기 어렵다. 하나는, 『비창』 주인공에 관한 것. 40대 다방 마담이 줏대 없는 무성격의 통속성에 떨어졌다는 저자의 지적에 작가는 이렇게 조용히 뇌는 것이었다. "김 교수, 나이 60이 된 나도 인생에 갈팡질팡하는데 40대 미모의 여인이 그럼 어때야 한단 말이오?"라고. 다른 하나는, 이 점이 중요한데, "김 교수, 정 그렇다면 본격적인 이병주론을 한번 시도해 보시지 그래"라고.

비록 서툴고 또 민첩하지 못할지라도 만일 이 책이 작가 이병주론의 한 구석이라도 채울 수 있었으면 하고 바랄 뿐이다.

2010년 1월

말년의 양식

엉거주춤한 문학의 표정—김윤식 교수의 문학산책

솔, 2010

머리말 | 어떤 엉거주춤함의 표정을 위하여

인연 있어 2004년부터 『한겨레신문』에 '김윤식 교수의 문학산책'이라 이름한 칼럼을 매달 써왔소. 여기 모은 글들은 2006년 8월부터 2009년 12월까지의 것이오. 그 전의 것은 졸저 『비평가의 사계』(랜덤하우스, 2007)에 일부 수록되었거니와 일간지 칼럼이 어떤 글쓰기 형식인지 잘 몰랐기에 독자의 편잔을 산 적도 한두 번이 아니었소. 자기 전공에 너무 기울어졌다는 것이 그 이유였소. 그렇다고 시사적인 것을 다루자니 현장성이랄까, 민첩성이 내겐 매우 난감했소. 붓을 꺾기로 마음먹은 적이 한두 번이 아니었소. 그런데도 여기까지 오고 말았소. 한밤중 일어나 원고지를 대하고 있노라면 이런 소리가 서재 한구석에서 들려오곤 했기 때문이오. "아가야, 시방 너는 앉지도 서지도 못해 엉거주춤 서 있다. 그 엉거주춤함을 그대로 적어라. 왜냐면 우리의 삶이랄까, 인생 그 자체가 서지도 앉지도 못하는 엉거주춤한 것이란다"라고.

여기 모은 글들은, 그러니까 시사성 앞에 오들오들 떨고 있는 전공의 표정이오. 혹은 그 정반대이오. 전공과 시대성이 서로 눈 흘기고 있는 표정이라고나 할까. '하오'라는 문체가 이에 대응되오. '이다'일 수도 없지만, '일 것이다'도 아닌 까닭이오.

혹시 이런 것도 구경거리일 수 있을까. 이런 혼잣말을 몰래 엿들은 솔출판사에서 책을 내게 되었소. 다른 몇 편의 칼럼을 곁들인 것은 같은 표정에 속한 것이라 판단한 까닭이오.

2010년 3월

다국적 시대의 우리 소설 읽기 ─김윤식 평론집

문학동네, 2010

책머리에 | 쓰고 싶어 쓴 글과 쓰인 글

여기 실린 글들은 그 창작 동기에서 두 가지로 구분되어 있다. 쓰고 싶어서 쓴 글이 그 하나이고, 써볼 수 있겠느냐 응해 쓴 것이 그 다른 하나. 앞엣것에 속하는 것이 모두 네 편. 맨 머리에 놓인 「천지로서의 '외부'와 넋으로서의 '내부'의 시학」에서부터 순서대로 말해보고 싶소. 이 글은, 시사랑 문화인협회 주체 '한국문학과 종교적 영성' 세미나(2009. 8. 13.)에서 발표했소. 김동리와 서정주의 연관성과 그 문학적 깊이를 천착해본 것.

「'말의 세계'와 '문자세계' 사이의 거리 재기」는 제14차 벽초 문학제 주제발표로 쓰였소. 소설이냐 이야기이냐를 문제 삼을 때 만일 소설을 근대 시민계급의 산물이라는 시선에서 보면 『임꺽정』은 어떤 모습일까를 검토했소. 그때 드러난 것의 하나가 체제 도전이라는 중대 국면이었소. 좀도둑 꺽정 일당이 좀도둑으로서는 해서는 안 될 금기사항에 닿았음이 그것. 곧 선비 8명 중 5명의 처형이 이에 해당되오. 조선조의 역린 (逆鱗)을 건드린 것. 꺽정 일당의 신세는 풍전등화. 벽초도 속수무책이 아니었을까.

「'물' 논쟁이 놓인 자리」는 계간『대산문화』의 청탁에 응한 것. '가상 대담'이라는 특이한 형식에 공감했기 때문이오.「하근찬 소설의 '준동화' 적 성격」은『본질과 현상』의 청탁에 의거한 것. '준동화'라는, 하근찬 자신이 규정한 용어에 따라 쓴 것.

「언어횡단적 실천과 현실환원적 실천」은 루쉰과 이광수의 관련성을 살핀 것. 근대를 수용하는 두 문인의 유형론에 해당되오. 어째서 이광수는 루쉰과는 달리 표현으로서의 문학을 포기하고 온몸으로 문학을 대신했는가. 이 안타까움이 참주제였소.「이상의 일어 육필원고에 대하여」는 탄생 백 주년을 맞은 이상의 미발표 유고에 대한 소개에 해당되는 것. 방안지 총 64매로 된, 일어로 쓰인 육필이 그간 거의 번역 소개되었으나 그 실물(최상남씨 소장)의 표정을 드러내 보이고 싶었소.

「상하이, 1945년, 조선인 학도병」은 이병주론에 해당되는 것. 쑤저우(蘇州) 일본군 60사단 치중대(수송대)에 배치된 조선인 학병 이병주가 어째서 훗날『지리산』을 쓸 수 있었는가를 탐구하는 과정의 일환으로 쓰인 것. 쑤저우와 상하이를 지난겨울(2009. 2)에 답사한 결과물이기도 하오.「이호철의 '차소월선생 삼수갑산운(次素月先生 三水甲山韻)'」은 소월이 스승 안서에게 보낸 시에 비견하여 쓴 것. 분단문학의 대가 이호철의 면모를 옆에서 지켜본 독자인 나의 그리움[悲]이라고나 할까요.「벽초와 이청준을 잇는 어떤 고리」는 이청준론이오.「한국어로써 한국어 글쓰기의 넘어서기는 어떻게 가능한가」는 작가 김연수론이오. 다국적 시대의 작가의 고민을 모국어와의 관련성에서 검토한 것.

「샤머니즘의 우주화, 우주화된 샤머니즘」은 거작인 박상륭의『잡설품』(2008)의 독후감이오. 외람되게도 이 작품의 머리에는 졸고「자라투스트라 박상륭을 기다리며」가 실려 있었소. 그 때문에『잡설품』은 내겐 너무 무거웠소. 다섯 번을 읽고 썼소. 키 큰 평론가 고(故) 김현이 어째서 박상륭에 그토록 매료됐을까. 이 의문의 해설이라고나 할까요. 당초 한국적 샤머니즘(지방성)에 문학의 뿌리를 둔 스승(김동리) 밑에 두 사람의 특출한 제자가 있었소. 이문구와 박상륭이오. 스승은 이문구를 아끼고 박상륭을 멀리했소. 왜? 그 해답이 『잡설품』 속에 있소. 스승의 지방성을 세계성으로 극복했으니까.

「레이던에 뿌리내린 한국학」은 내가 좋아하는 학술기행. 제24차 AK-SE(유럽한국학학회) 참가기. 내 글쓰기의 숨구멍이라고나 할까요.

여기 실린 글들은 모두 2009년에 쓰인 것이오. 쓰고 싶어서 쓴 글이라고 해서 만족스럽거나 심도 있다고 할 수 있을까. 청탁받아 쓴 것이라 해서 억지스러움이 묻어날까. 이 물음 앞에 나 혼자 아득해하고 있소. 독자의 판단이 두렵기 때문이외다.

2010년 12월

기하학을 위해 죽은 이상의 글쓰기론

역락, 2010

머리말 | **자기의 「종생기」를 제국의 수도 도쿄에서 완결한 사내**

자작 묘지명에서 이상은 이렇게 썼다.

일세의 귀재 이상은 그 통생(通生)의 대작 「종생기」 일 편을 남기고 서
력 기원후 1937년 정축(丁丑) 3월 3일 미시(未時) 여기 백일(白日) 아래서
그 파란만장(?)의 생애를 끝막고 문득 졸(卒)하다. 향년 만 25세와 11개월.
오호라! 상심커다. 허탈이야. 잔존하는 또 하나의 이상 구천을 우러러 호
곡하고 이 한산(寒山) 일편석(一片石)을 세우노라. 애인 정희는 그대의 몰
후 수삼인의 비첩(秘妾)된 바 있고 오히려 장수하니 지하의 이상아! 바라
건대 명목(瞑目)하라.

이를 쓰기 시작한 것은 1936년 「날개」 발표 직후이고, 완성한 것은
1936년 11월 20일 도쿄(東京)에서이다. 도쿄에서 그는 그의 「종생기」를
마무리했다. 이 묘지명을 작성한 지 5개월 후인 1937년 4월 17일 축시

(오전 1~3시)에 레몬을 혹은 멜론을 달라 외치며 제국의 수도 도쿄에서 그는 숨을 거두었다.

이 묘지명은, 느끼는 자에겐 비극이며 보는 자에게는 희극이다. 누구도 살아서는 자기의 「종생기」를 쓸 수 없는데, 왜냐면 죽음이 왔을 때가 그의 종생인 까닭이다. 이 점에서 그것은 비극이다. 죽은 자는 그 누구도 자기의 사후를 근심하지 않는데 왜냐면 죽음이란 본인에겐 무(無)인 까닭이다. 죽음을 가운데 놓고 기호놀이를 한 것에서, 자세히는 제국의 '국어'로 기호놀이를 일삼았음에서 이상 문학의 희비극이 왔다.

이 희비극의 근원이랄까 원천은 과연 무엇일까. 그것은 다음 두 가지 사정과 결코 무관하지 않다고 나는 생각한다. 이상 탄생 백 주년이라는 사실이 그 하나. 탄생 백 주년이라면 웬만한 평가는 가능하다고 믿기 쉽다. 그럼에도 유독 이상의 경우는 썩 예외적이다. 요컨대 탄생 백 주년인 이 시점에서도 「오감도」와 「산촌여정」은 미발표 육필원고 「첫 번째 방황」과 더불어 시퍼런 심연으로 사람들을 위협하고 있음이다.

다른 하나는, 이 점이 또한 심각하거니와, 이상 탄생 백 주년이 동시에 한일합병 백 주기에 해당된다는 사실. 식민지 수탈용으로 세운 경성고등공업학교에서 마음 가난한 서울 토박이 아이 김해경(金海卿)은 유클리드 기하학과 비유클리드 기하학의 동시적 성립을 배우고야 말았다. '평행선은 절대로 교차하지 않는다'와 '평행선은 어느 무한점에서는 교차한다'의 동시적 성립, 이것은 가진 것이라곤 조상의 무덤밖에 없는 이 아이에겐 공포가 아닐 수 없었다. 이 공포에서의 필사적 질주, 그것이 이 아이의 기호놀이였다. 몸에 익힌 것이라곤 기호뿐이었던 까닭이다. 이 기호의 운반체가 제국 일본의 '국어'였음에 주목하지 않는다면 이 아이의 공포의 실체란 어디에서 찾아야 할까. 이상 탄생 백 주년과 한일합병 백 주년의 동시적 음미의 참 의의가 여기에서 온다.

끝으로 저마다의 세대는 저마다의 감각을 갖고 있음을 힘주어 지적하고 싶었다. 한일 100년의 체험 속에서 형성된 각 세대의 감각이, 어떤 저마다의 체험적 감각으로 이상 문학을 대면할 것인가. 장차 이를 새삼 문제 삼는 일이 그것이다.

2010년 9월

한국문학, 연꽃의 길

서정시학, 2011

책머리에 | 연꽃의 길, 감나무의 길 ― K교수에게

K교수 보시오. 보내준 편지, 심봉사마냥 더듬더듬 읽었소. 눈이 침침해졌지만 마음 또한 그러한 탓이오. 핸드폰도 이메일도 없다는 소문이 난 모양이라 앨써 글월을 보냈구려. 전화를 했더라면 좋을 뻔했소. 귀는 아직도 제법 멀쩡하니까. 물론 "희랍에도 이오니아 바닷가에서 본 적도 한 조개껍질"(지용, 「슬픈 우상」)을 닮았다고 할 수는 없다 해도 귀는 귀인지라 소리만큼은 들을 수 있소. 전화 소리도 좀 뭣하지만 소리는 소리니까.

소리라 했거니와 요즘 부쩍 봉사 심학규 씨를 떠올리고 있소. 때는 조선 초기쯤일까, 고려 중기쯤일까. 황해도 황주군 도화동에 사는 심학규 씨는 우연히 장님이 되었다 하오. 『심청전』에 그렇게 적혀 있기에 그대로 믿을 수밖에. 그의 현처 곽 씨는 딸 청을 낳고 이레 만에 죽었다 하오. 15세까지 아비가 동네 젖을 얻어 먹여 키웠다 하오. 딸 또한 효성이 지극했다 하오. 장승상 댁 양녀가기를 거부할 정도였으니까. 그런데, 그러니까 아비 심학규 씨가 큰 실수를 저질렀다고 소설에 적혀 있소. 마침 개천에 빠진 심학규 씨를 구해준 몽은사 주지의 꾐에 빠졌다 하오. 공양미 삼백 석을 부처님께 시주하면 눈을 뜰 수 있다는 것. 이를 알아낸 딸 청은 대번에 몸을 팔 수밖에. 대국 땅 남경으로 가는 장사치 상선의 인당수 해역 제물되기가 그것. 범피중류, 이를 지켜본 상제께서 용왕에 명하여 연꽃으로 환생시켰고 마침 상처하여 슬픔에 찬 지상 천자의 비로 봉해졌고 맹인 잔치 끝에 부녀상봉이 이루어졌고, 아비 심학규 씨는 또 눈조차 떴다 하오.

이를 두고 온갖 해설이 나왔소. 인신공양 모티프란 세계 공통이라든가, 맹인개안 모티프도 그러하다 하오. 총명한 이 나라 작가들이 어찌 이 과제에 무덤덤하리오. 딸을 팔아먹은 파렴치한 아비 심학규 씨는 팔려가는 딸을 태운 배가 수평선 저편으로 사라지자마자, 후처 뺑덕어미와 함께 기다렸다는 듯, 희색만면 춤조차 추었을 법하오(최인훈, 「달아 달아 밝은 달아」).

그 무렵 아편전쟁(1840)이 일어났다면 어떠할까. 심청은 상하이 진장 부근 기루에서 약간의 돈을 벌었을 터. 기생 중 제일 총명했으니까. 전란 속에 심청은 대만으로 갔군요. 거기서도 역시 한 탕. 싱가포르에서도 한 탕. 또 류큐까지 갔소. 또 한 탕. 나가사키까지 또 갔소. 또 한 탕. 러일전쟁판에 마침내 인천에 왔소. 복숭아꽃도 연꽃도 간 데 없는 빈손으로 말이외다(황석영, 「심청」). 이 이야기쟁이는 조금 부끄러웠거나 미안해서인지 70세가 넘은 심청이 마침내 인천 문학산 연화암의 보살이 되었다고 했소.

K교수 보시오. 이 모든 상상력은 어디서 비롯되는가. 이 점을 조금 말해보고 싶소. 맨 먼저 '소리'가 있었다, 라고 나는 생각하오. 심학규 씨의 귀에 들린 소리 말이외다. 공양미 삼백 석 바로 그 소리. 공양미 삼백 석으로 눈을 뜰 수 있다는 것, 이를 심학규 씨가 과연 곧이들었을까. 아니

정확히는 몽은사 주지가 이런 말을 했을 때 그 주지는 과연 이를 믿었을까. 도가 높은 주지인지라 필시 그는 삼백 석의 뜻을 잘 알고 있었을 터이오. 오온(五蘊)은 현장법사의 표현으로 하면 그냥 공(空, sunya)이 아니라 개공(皆空)인 것. 삼백 석이란 수리수리 마하수리, 또는 옴마니반메훔에 다름 아닌 것. 주문이자 소리인 것. 그냥 주문을 외워본 것. 달리 도리가 없으니까.

심학규 씨도 이 사실을 알고 있었을까. 그렇다고 여긴 사람들이 의외로 많아 보이오. 「달아 달아 밝은 달아」의 작가도, 「심청」의 작가도 그래 보이오. 뿐만 아니라 뮌헨 올림픽 대회 축전 개막작품으로 제작된 오페라 〈심청〉(윤이상, 1972)에 오면 무대 전체가 음향으로 채워져 있을 지경이오. 심청도 그 아비도 맹인도 눈뜬 자도 없는 세계. 오직 소리만이 충만한 그런 경지. 그러고 보면 소리야말로 구원 그 자체가 아니겠는가. 우리 심장의 고동, 우주의 리듬 말이외다. 이에 비해 시각이란, 눈이란, 또 글씨란 대체 무엇이리오.

K교수 보시오. 태양의 신 이집트 왕 앞에 테우트가 나타나 아뢰었다 하오. 왕이시여 제가 문자를 발명했노라고. 왕의 비판은 이러했다고 플라톤은 적었소(「파이드로스」). 존경하는 테우트여, 그대는 실로 큰 실수를 저질렀도다. 사람들이 기억하는 능력을 망가뜨려 게으름의 저수지를 만들었다고. 중원(中原)의 경우도 비슷해 보이오. 창힐(蒼頡)이 문자를 만들자 하늘은 좁쌀을 뿌렸고 귀신은 밤에 통곡했다(「회남자」)라고. 그도 그럴 것이 한번 문자로 적히면 속수무책이니까. 말[馬]이란 글자를 보라. 이 글자는 언제나 그 모양 그 표정인 것. 생생한 현장성이 사라졌으니까 말은 말이되 죽은 말일 수밖에.

K교수 보시오. 심봉사도 이 사실을 알고 있지 않았던가. 몽은사 주지가 한 말의 본뜻 말이오. 공양미 삼백 석, 수리수리 마하수리 수수리사바하. 봉사 심학규 씨는 딸 청의 가는 길이 훤히 보였을 터. 그 길이 연꽃의

길이라는 사실을.

K교수 보시오. 그대는 심봉사만큼 웅숭깊지 못하오. 부질없이 '김윤식'이라는 말 한 마리를 그려놓았구료. 그 말대가리가 길다든가 앞다리가 짧다든가 말굽이 닳았다든가 갈기가 엉성하다든가 등등.

이렇게 그대를 향해 눈 흘기고 있자니 하늘에선가 땅에선가 들려오는 소리. 모든 잘못은 너에게서 말미암았다는 것. 너야말로 부질없이 말 그림 그리기에 생애를 송두리째 탕진하지 않았던가. 이광수라는 말, 임화라는 말, 백철이라는 말, 김동리, 미당, 또 무슨 말이거나 또 어쩌면 소도 개도 아닌 형상들. 공양미 삼백 석을 완장처럼 팔에 두르고 팔방 골목 골목 헤매며 너는 염치도 없이 새우젓 장수모양 외쳤도다. 소월의 진달래꽃을 사시오, 춘원의 사랑을 사시오, 이상의 날개도 있소, 횡보의 삼대도, 임화의 현해탄도 싱싱하오, 라고. 사람들은 혹은 너무 짜다고 했고, 또 싱겁다고 했소. 어리석은지라 너는 아랑곳하지 않은 채 굽이 닳아 절뚝거리며 뛰어다녔도다. 긴 말대가리 절뚝대는 행보. 영락없는 돌팔이 새우젓 장수의 자업자득이라, 수원수구리오.

K교수 보시오. 그대는 이 새우젓 장수 선배의 농담에 귀 기울이지는 마시오. 별로 오래된 농담축에 들지 못하니까. 더구나 그대는 희랍에서도 이오니아 바닷가에서 본 듯한 조개껍질스런 귀를 갖고 있으니까. 그렇기에 바로 그렇기에 이오니아 바다를 향해 독백 삼아 한마디만 하고 싶소. 그대도 딸 심청이를 눈 딱 감고 팔아먹으시라, 라고. 그 길이 곧 연꽃의 길인 것을 그대는 직감하고 있지 않았던가. 대문 앞에 한 그루 감나무를 키웠음이 그 증거. 보리수, 무우수(無憂樹), 또 감람나무 그것들 말이외다.

역작 『시어사전』도, 격조 높은 만해 학술연구원도 그 앞에 서 있는 감나무 한 그루에 어찌 비하리오. 그 감나무 앞마당이 바로 인당수(印塘水)인 것을. 그대는 밤마다 칠흑 속에 감나무와 마주하고 있지 않았던가.

범피중류, 인당수 물결 속이 아니었던가. K교수여, 나의 길동무여, 혹시
할 수만 있거든 그 감나무 앞마당이 인당수 될 적마다 나를 생각해주소
(「누가복음」 23장 42행).

2010년 2월 7일, 심야에 쓰다

임화와 신남철

역락, 2011

서론으로서의 앞말 | 『자본론』을 비켜간 파우스트들

「신문학사의 방법」은 어떻게 쓰였던가.

임화의 「신문학사의 방법」은 획기적 사건이다. 그것은 그의 시집 『현해탄』(1938)을 넘어섰을 뿐 아니라 평론집 『문학의 논리』(1940)까지도 저만큼 물리치고도 남는다. 문예학(문학의 과학)이자 문학의 사회학인 까닭이기에 그러하다. 시인이자 비평가인 임화에게 이 영역에 눈뜨게 한 것은 다름 아닌 경성제국대학(1926)이었다. 제국 일본이 여섯 번째로 세운 경성제대는 비록 타이페이(臺北)제대보다 2년 앞서 식민지에 세운 첫 번째 고등 교육기관이지만, 또 민립대학을 잠재우기 위한 정치적 의도가 있기도 했지만, 지(知)의 근대적 제도가 관여하는 영역을 두고 일반적으로 말해 과학(학문)이라 했던 만큼 경성제대의 성립은 이 원칙에서 벗어날 수 없었다고 보는 것이 자연스럽다. 그것은 경성제대가 사라질 때(1945)까지의 19년간의 성취과정에서 여실히 증명된 터이기도 하다.

이 경성제대의 과학이 신문학사에 개입했음도 그 성취과정의 하나가 아닐 수 없다. 구체적으로 그것은 철학과의 신남철에 의해 1935년에 제기되었고, 이에 제일 민감히 반응한 것이 임화였다. 그도 그럴 것이 임화에겐 카프 전주사건(1934~35)의 윤리적 부담 때문에 신문학사에 대한 외부간섭으로 간주했던 까닭이다. 30년에 걸쳐 이룩한 신문학사에 대한 한갓 청소년 수준의 신남철의 무턱댄 개입은 임화의 안목에서는 일종의 내정간섭이 아닐 수 없었다. 그것은 『자본론』 쪽이 아니라 『파우스트』 쪽이었다. 아무도 『자본론』을 과학으로 읽지 않았던 증거이다. 그럼에도 이에 대한 임화의 불만은 참아내기 어려운 그 무엇이기도 했다. 그 무엇이란 바로 신남철로 표상되는 지적 체계가 거기 있다고 믿었던 까닭이다. 단번에 임화는 이를 '속학 서생'이라 매도했지만, 그것은 개인 신남철에 국한된 것일 뿐 그렇다고 해서 지적 체계의 근대적 제도가 무너질 이치가 없었다. 임화의 고민은 그다음에 왔고 뿐만 아니라 그 고민은 지속적으로 유지되었다. 보성중학 중퇴생인 임화의 자존심과 열등감은 그를 한 단계 높은 곳으로 성숙시켰는데 그 증거가 「신문학사의 방법」(1940)이다.

한편으로 그는 『개설 신문학사론』을 집필하면서 방법론이 부재한 자료 검토에 빠졌으나, 거기에서 벗어나야 한다는 자각에 이르지 않으면 안 되었다. 곧, 문예학에로 나아감으로써 방법론의 자각에 이른 것이다. 방법론이란 새삼 무엇인가. 최소한 그것은 지적 체계와 무관한 것이 아니었다. 그 체계란 단연 헤겔적이 아닐 수 없었다. 미네르바의 부엉이로 표상되는 것, 사태가 완료되었을 때 비로소 방법론의 수립이 가능하다는 것. 임화가 도달한 방법론은 이로써 비로소 가능한 것이었다. 문제 발견형인 신남철과 다른 이른바 체계 건설형이 그것. 신문학사, 그것은 40년쯤으로 완결된 것이었다. 이것이 식민지 상황 속에서의 신문학사의 운명이었다. 이는 변증법이기는 해도 관상적(觀想的) 변증법의 소산이었다. 이 사실을 통렬히 임화에게 가르쳐준 것은 해방공간(1945~48)이었다. 변증법은 행위적이어야 한다는 것, 변증법은 절대적이어야 한다는 것, 『자본론』 쪽이 아니라 성급한 『파우스트』 쪽이어야 한다는 것, 그것이 해방공간의 요구 사항이었다.

이 역사 앞에서 임화의 방법론은 실로 무용했다. 경성제대 쪽에 자문을 구하지 않으면 안 될 처지에 놓인 것이다. 박치우, 신남철에게 허리를 굽혀 방향성을 찾고자 몸부림쳤다. 이번엔 법문학부의 법과 쪽의 최용달 노선에 재빨리 앞장섰고, '부르주아 민주주의 노선'을 안은 채 월북(1947)했고, 6·25를 맞았고 처형되었다(1953).

문제는 이 부르주아 민주주의 노선에 있었는지도 모른다. 문제는 또 역사 쪽에 있었는지도 모른다. 문제는 또 다른 곳에 있었는지도 모른다. 그중에서도 우리가 손쉽게 추측할 수 있는 것이 있다면 과연 그것은 무엇인가. 우리에게 그것은 '문학'이 아닐 수 없다. 정확히는 '신문학사'이다. 신문학사 50년의 무게란 아무리 허술해도 경성제대의 무게 19년보다는 월등히 깊고 유연한 것이었다. 임화, 그가 이 사실을 깨달았을 때 그의 죽음이 왔다. 그의 죽음이 문학으로써 비문학적인 어떤 것과도 타협할 수 없었음의 구체적 증거인 이유가 여기에서 온다. 이것이 그가 '너 어느 곳에 있느냐'라고 속삭인 이유, 곧 문학으로써 문학 아닌 것에 통렬한 복수극을 펼친 이유이다.

끝으로 필자는 졸저 『한국근대문학사상연구 1』(일지사, 1984)과 『최재서의 '국민문학'과 사토 기요시 교수』(역락, 2009) 등의 저서를 이 자리에 적어두고 싶다. 전자는 도남 조윤제와 최재서, 후자는 최재서와 사토 기요시 교수의 관련성을 다룬 것이지만 경성제대 법문학부를 그 중심부에 둔 것이었다. 이로써 경성제국대학에 대한 세 번째 시도가 가까스로 이루어진 셈이다.

2011년 1월 24일

한일 학병세대의 빛과 어둠

소명출판, 2012

머리말 | 한 소년이 들은 일본 군가

병자년 윤삼월에 난 소년이 있었소. 마을과 한참 떨어진 강변 포플러 숲속에서 자랐소. 벗이라곤 까마귀와 붕어, 그리고 메뚜기와 까치뿐. 저녁이면 초롱불 아래서 누나의 교과서를 엿보며 잠이 들곤 했소. 십 리 길 읍내에 있는 국민학교에 다니는 누나는 가끔 뜻 모를 노래도 불렀소. 그 속엔 이런 것도 있었소.

아아, 당당한 수송선……. 잘 있거라 조국이여, 번영하시라.

이것이 〈새벽에 기도한다〉라는 일본의 군가임을 안 것은 어른이 된 뒤였소. 누나도 이것이 군가임을 알았을까. 왜냐면 1944년 무렵 학교 교육이란 온통 군국주의 일색이었던 까닭이오. 노래라고는 그것밖에 없었으니까.

머지않아 소년은 까마귀와 붕어를 속이고 그곳을 떠나 동서를 헤매었소. 근대문학사를 찾아서 말이외다. 그러나 근대문학이란 문학 이전에 '근대'가 막아서는 것이었소. 국민국가와 자본제 생산 양식을 양팔로 한 근대에서 부상한 것이 바로 식민지 개념. 해방공간을 거쳐 대한민국(1948. 8. 15.)과 조선민주주의인민공화국(1948. 9. 9.)으로 각각 독립된 국가가 탄생했소. 이 때 문·사·철(인문학)에 주어진 사명의 하나가 식민사관 극복이었소. 일제 36년 우리나라가 식민지가 된 학문적 근거는 민족의 열등성이었다는 것. 이는 식민사관이라 규정되어 있었소. 시방 국가를 세워도 이것이 진실이라면 다시 식민지화되기는 시간 문제.

문제는 무엇인가. 식민사관이 제국주의자들이 지어낸 허구인가, 아니면 과학인가를 증명하는 일이 그 사명감이었소. 이 사명감이 내가 속한 세대에 주어졌다고 믿었고, 이 연장선상에서 근대문학을 논의하지 않으면 안 되었소. 불가피하게도 제국 일본에 대한 공부를 피해갈 수 없었소. 여기에는 두 가지 태도가 있었소. 제국 일본의 죄악상을 송두리째 드러내는 작업이 그 하나. 다른 하나는 세계사 속에서 이를 바라보기.

이 두 가지 영역을 왕복하다 보니 어쩐지 점점 허전함을 감내키 어려웠소. 굳이 말해 '나는 무엇인가'가 그것. 나를 돌볼 시간도 공간도 없지 않았던가. '나'란 결국 포플러 숲과 까마귀와 붕어를 속이고 떠난 그 곳에 있지 않았던가. 거기에서 울리는 노래가 아련히 들려오지 않겠는가. 바로 일본의 군가들. 그 마법에 꼼짝 못한 내 모습이 거기 있었소. 이 마법에서 벗어날 수 있는 방도는 무엇일까.

1957년 7월 20일, 대학 2학년 때 나는 학업을 중단하고 자진 입대했소. 논산으로 향하던 그날 내 손에 쥐어진 것이 『대학신문』이었소. 거기에 평론(이태주) 한 편이 실려 있었소. 선우휘의 「불꽃」(1957. 7.)론이었소. 이 소설이 갖는 의의란 바로 행동주의. 자의식, 내면 묘사 등에서 벗어나 행동으로 세계와 부딪혀 나가는 인간상이 거기 있었소. 주인공 현은 바로 학병. 이병주의 처녀 장편 『내일 없는 그날』(1957~1958)도 이 무렵에 나왔소.

학병이란 무엇인가. 그 세대의 고민은 무엇인가. 장준하, 김준엽의 기록들이 새삼 묻고 있었소. 내 군대 체험(29사단 수색대)이 이 과제를 증폭시켰소. 근대문학을 공부하면서 틈틈이 학병 관련 부분이 나오면 밑줄을 쳤소. 한동안 이것이 독서의 한 버릇이 된 바 있었소. 『일제 말기 한국인 학병세대의 체험적 글쓰기론』(서울대학교출판부, 2007)에까지 나아갔소. 그 연장선상에 『이병주와 지리산』(국학자료원, 2010)이 놓여 있소.

이렇게 본다면 식민사관 극복을 위한 근대문학 연구에서 크게 벗어나지 않았다고 하겠소. 그렇기는 하나, 이 학병세대가 남북한의 나라 건설에 주춧돌 몫을 했음을 부정하기 어렵소. 바로 이런 연고로 학병세대 연구란 비록 분단 상태이긴 하나 새나라 건설에 알게 모르게 이어졌다고 볼 것이오. 『태백산맥』(조정래)을 보시오. 중요인물 삼인, 곧 김범우, 심재모, 박두병 등이 학병 출신이었던 것. 어찌 이것이 우연이랴. 리얼리즘의 기반이었음을 모르는 사이에 증거한 것이 아니었을까. 문학사의 공백기를 메우고자 혼신의 힘을 기울인 『관부연락선』(이병주)의 포부도 이와 관련된 시각에서 논의되어야 했을 터이오. 정신대(종군위안부) 문제를 이 학병의 시선에서 부각시킨 것도 이와 무관하지 않소. 이러한 일들은 문학을 넘어선 역사 저쪽의 일이긴 해도 문학은 응당 이를 울림으로나마 수용하지 않을 수 없었소. 문학 나름의 사명감이니까.

너무 앞말이 많아 송구하오나, 이 모두는 따지고 보면 까마귀와 붕어를 속이고 등에 몇 점의 책을 짊어지고 동표서류하던 소년의 외로움의 한 가지 표현이라 하면 안 될까. 빌헬름 마이스터도 선재동자도 아니면서 다시 찾아간 강변 포플러 숲은 이제 흔적도 없었소. 반야바라밀다가 아니기에 반야바라밀다일까. 문수보살도 없이 여기까지 오고 말았소.

2012년 1월 8일

내가 읽고 만난 일본

그린비, 2012

머리말 | **나를 길 잃게 한 다섯 장의 그림 — 문수보살 없는 선재동자의 편력담**

　빈 바랑을 메고 길 떠나는 군에게 나는 아무 말도 하지 않았다. 군이 조언을 구하지도 않았거니와 설사 구했더라도 사정은 마찬가지였을 터. 무엇을 들으며 무엇을 말하랴. 모든 것은 진작 다 틀렸고 또 남김없이 말해졌지 않았던가. 도처에 문은 열려 있었던 것. 그렇지만 이렇게 붓을 든 것은 손오공도 들어 있지 않은 그림 다섯 폭을 군에게 보이고자 함이다. 그림이란 말도 아니지만 소리도 아니다. 그렇다면 눈으로 보는 것인가. 맨 눈으로 볼 수도 있고 심안으로 볼 수도 있다. 후자는 고도의 내공을 쌓은 도사들에게나 가능한 것. 군이나 나는 그 근처에도 이른 바 없는 보통 사람이 아니겠는가. 그러기에 맨 눈으로 그냥 보면 되는 것. 유치원급 아이들이 크레용으로 꽃밭을 그리듯 그린 그림이라네.

　인연 있어 나는 이웃 일본에 두 번 머물렀다. 한 번은 하버드 옌칭의 도움(1970~1971)으로 도쿄대학 동양문화연구소의 외국인 연구원으로, 두 번째는 일본 국제교류기금(1980)의 도움으로 도쿄대학 교양학부 비교문화연구소의 외국인 연구원으로. 첫 번째 머물 땐, 나는 국립대학의 젊은 조교수였고, 두 번째는 중년의 정교수였다. 10년을 가운데 두고, 두 번씩이나 머물면서 나는 상당한 분량의 일어로 된 책을 읽었고, 지금도 그러한데, 그럴 수밖에 없는 것이 의미의 또는 개념의 감응력이란, 군처럼 영어도 아닌, 서구어 번역으로 소화해 낸 일본어로 훈련되었으니까. 그렇다고 해도 뭣 때문에 두 번씩이나 머물며 바자니었던가.

이유는 단 하나. 일본에서 공부한 구한말 혹은 망국의 조선인 유학생들의 외면 조건을 알아보기 위함이었다. 가능만 하다면 그 내면조건까지 알아볼 참이었다. 내가 할 수 있는 일이란 이들 유학생들이 무엇을 보았고, 들었고 또 느꼈는가를 알아보는 것이었다. 요컨대 그들은 일본에서 무엇을 공부했을까. 무엇을 배웠으며 그 때문에 또 무엇을 잃었을까. 이러한 거창한 목표를 내세웠기에 그에 상응하는 노력을 기울이지 않으면 안 되었다.

군이 주목해 주었으면 하는 대목. 곧, 노력을 하면 할수록 나는 길을 잃게 되었음이다. 곧, 문수보살도 없이 바랑만 메고 헤매는 선재동자. 군이 시방 빈 바랑을 메고 집을 떠나고 있다. 바랑에 뭣을 채우려 함이리라. 그 노력이 크고 집요할수록 군은 필시 길을 잃을 것이다. 내가 바로 그 꼴이었다. 문수보살은 어디로 갔는가. 그런 것은 당초에 없지 않았던가.

여기 유학생 이광수들이 있다고 치자. 그들이 읽고 만난 일본을 알아보기 위해 나는 혼신의 힘을 기울였던가. 아니었다. 그럴 수 없었다. 이광수들이 읽은 책을 모조리 살피고 나도 그것들을 읽어야 했다. 그가 만난 일본을 나도 체험해야 했다. 이 작업이란 너무 허황된 것이어서 길을 잃고 만 것이다. 정작 이광수는 흔적도 없이 사라지고 내 앞에 나타난 것은 만년설을 머리에 인 거대한 산맥들이었다. 내가 군을 위해 그린 그림이란 이 산맥들, 그중에서 다섯 편만 그려 보이고자 한다.

Ⓐ 고바야시 히데오(小林秀雄, 1902~1983). 비평이란 무엇인가, 라고

그는 내게 물었다. 나는 그의 전집을 독파했다. 이 그림 속에는, 고바야시도 들어 있지만 한때 선재동자 모습을 한 내 모습도 들어 있을 터이다.

Ⓑ 에토 준(江藤淳, 1933~1999). 그는 내게 『소세키(漱石)와 그의 시대』를 보여 주면서 말했다. 왈, 글쓰기이다, 라고. 소세키도 그의 시대도 없다. 있는 것이라곤 글쓰기뿐이다, 라고 그는 내게 가르쳤다. 또 그는 가르쳤다. 진짜 글이란 목숨을 건 글쓰기이다, 라고. 그것이 불가능할 땐 어째야 할까. 자결할 수밖에 없다는 것. 그는 이를 전범적으로 실천해 보여 주었다.

Ⓒ 모리 아리마사(森有正, 1911~1976). 그는 내게 물었다. 그대는 노틀담을 아시는가, 라고. 그는 스스로 대답했다. 그것은 돌멩이다, 라고. 글쓰기란 무엇이뇨. 인간에 대해 그 누구도 쓸 수 없다. 쓸 수 있는 것은 무기질의 돌멩이(건축 조각)뿐이라는 것. 이를 체험과 구별하여 경험이라 했것다. 도쿄대학 불문학 조교수인 이 명문가 출신의 데카르트 전공자는 처자도 교수직도 버리고 노틀담만 쳐다보며 파리에 주저앉았고 거기서 죽었다. 『바빌론의 흐름의 기슭에서』를 통해 전개한 경험론이란, 바로 글쓰기였던 것. 글쓰기란 과연 무엇이뇨. 왈, 수사학이다, 라고 그는 슬프도록 아프게 결론짓고 있었다.

Ⓓ 루스 베네딕트(Ruth Benedict, 1887~1948). 『국화와 칼』을 군도 읽었다. 생각나는가. 군이 내게 이에 대한 질문을 한 바 있지 않았던가. 또 군은 기억할 것이다. 내가 아무 대답도 하지 못했음을. 첫 번째 일본 체류에서 나는 오인석 교수(서양사)와 귀국하자마자 겁도 없이 번역했다. 큰 실수였음을 훗날 나는 통감하지 않으면 안 되었다. 자기 전공도 아닌 인류학을 멋대로 번역한 대가를 지금도 치르고 있는 중이니까. 그 대가 속에서 루스 베네딕트의 감동적인 여성으로서의 고뇌에 접할 수 있었다.

Ⓔ 리처드 H. 미첼(Richard H. Mitchel). 두 번째 체일에서 나는 『일제하의 사상통제』(*Thought Control in Prewar Japan*, 1976)라는 책이 도

쿄대 법과대학 대학원 세미나 교재로 사용되고 있음을 보았고, 귀국하자마자 이를 번역했다. 『국화와 칼』의 경우와는 달리 바로 내 전공에 관련된 것. 이른바 카프(KAPF) 문학과 사상전향의 관련양상이 그것. 전향과 법체계의 관련양상이란 무엇인가를 나는 여기서 배울 수 있었다. 내 처녀작이자 학위논문인 『한국근대문예비평사연구』(1973)에서는 미처 몰랐던 지평이 거기 열려 있었다. 일종의 수정주의라고나 할까, 전후 악명높은 일제의 사상통제의 연구방향은 야마베 겐타로(山邊健太朗) 같은 옥살이를 한 학자들의 견해와 서구 자유주의에 입각한 마루야마 마사오(丸山眞男)의 경우와 같이 서구와는 다른 일본식 천황제 비판(초국가이론)이 주류였다. 미첼의 연구는 이른바 제3의 영역 곧, 사법성, 내무성 쪽(국가경영자)의 입장에서 본 것이었다. 나는 『한국근대문학사상사』(1984)에서 이 문제를 극복했어야 했다. 그 과정에 한동안 나를 매료케 한 저 불세출의 헝가리 비평가 루카치의 '동화적 황금시대'의 세계관을 비로소 비판할 힘이 생겼다고 하면 과장일까. 방법은 하나, 정면돌파. 『자본론』 읽기가 그것. '상품'에서 시작(제1부 제1편 제1장) '계급'으로 끝(제3부 제7편 제52장)나는 이 저술이 어째서 고전급에 놓이는가를 조금 짐작할 수 있었다. 상품에서 시작한, 계급적 인간이라는 구체적 인간의 발견이 거기 있었다. 또 말해 "사람은 가슴마다 라파엘을 갖고 있다"(『독일 이데올로기』)로도 요약되는 것.

군에게 보여 주고 싶은 것은 이 다섯 개의 그림뿐이다.

다섯 개씩이나, 라고 군이 귀찮아하지 않으면 하고 바란다. 8천 매에 달하는, 『이광수와 그의 시대』에 대해 나는 가능한 한 말을 아낄 참이다. 그것은 내가 그린 그림의 하나이긴 해도 따지고 보면 내가 그린 것이 아니다. 그것은 '민족'이란 이름의 문수보살의 것이기 때문. 따라서 방황하지 않은 글쓰기였으니까. 그러나 위의 다섯 개의 그림은 이와는 판연히 다른 물건이다. 빈 바랑을 메고 길 떠나는 군에게 군이 이 그림들을 보여

주고자 함은 또한 모종의 희망사항에 관여되어 있음이다. 언젠가 군의 바랑 속에도 군이 고심해서 그린 이러한 그림들이 몇 장은 들어 있으리라는 기대 말이다. 언젠가 군도 기진맥진해서, 귀향할 때 사람들이 혹시 빈 바랑을 열어 보라고 하지 않을까. 군은 거기서 몇 장의 그림을 꺼내 유서를 펼치듯 보여 주면 되지 않겠는가. 기껏 이따위 그림인가, 문수보살도 손오공도 없지 않은가, 라고 핀잔해도 이것밖에 군이나 내가 할 수 있는 것이 과연 있겠는가. 나의 길동무여, 소금기둥이 되기 전에 떠나라. 언젠가 군이 그릴 그림들을 내가 보지 못할지라도 섭섭해 마라. 군의 그림은 군만의 것. 그게 그림의 존재 방식인 것을.

　자 이제 지체 없이 떠나라. 나의 손오공이여, 문수보살이여. So mein Kind, jetzt gehe allein weiter!(그래 내 아이야, 이젠 혼자서 가라, 더 멀리 더 넓게!)

2011년 음력 3월 12일

내가 읽은 박완서

문학동네, 2013

조금은 긴 앞말 | 잘 설명할 수 없는 것들

1. 작품과 작가의 분리주의

잘 설명할 수 없으나, 내가 살아오면서 한 일 중, 제법 잘할 수 있고 또 즐겁기도 괴롭기도 한 것이 있었다면 남들이 쓴 작품 읽기와 그것에 대한 쓰기였던 것으로 회고되오. 어째서 한 줄이라도 자기 글을 쓰지 못하고 오늘에 이르렀는가, 라고 누군가가 짓궂게 묻는다면 이 또한 잘 설명할 수 없소. 자질이 모자랐다든가 게을렀다든가 틈이 없었다든가 등등이 어찌 감히 변명 축에 들 수 있으랴. 좌우간 그렇게 되고 말았소.

남의 글을 읽고 그것에 대한 글쓰기에 생을 탕진했다고는 하나, 거기에는 한 가지 원칙이 있었던 것으로 회고되오. 작품 제일주의가 그것. 다시 말해, 작가란, 작품에 비해 이차적이 되는 것. 작가 따로 작품 따로, 라는 분리주의가 어쭙잖은 내 글쓰기의 한 가지 원칙이었소. 그러니까 실물이란 작품이고 그것을 쓴 사람이란 허상이란 뜻이기도 합니다. '현상으로서의 작가'라고 조금 어렵게 말해볼 수도 있겠소. 작가란 '감각적 대상'에 지나지 않기에 실체로 볼 수 없다는 것. 내가 윤대녕 씨의 「은어낚시통신」(1994)을 월평 및 기타 글에서 그토록 힘주어 평가했지만, 그 작가를 만난 바 없고 만나고 싶은 욕망도 아예 없었소. 심하게 말해, 작가란 인격체가 아니라 일종의 현상이기에 만날 수 있는 성질의 존재일 수 없다는 것. 알게 모르게 나는 이런 원칙을 지켜왔소. 이 원칙 속에는, 작가도 비평가도 작품보다 우위에 설 수 없음이 암시되어 있음은 새삼 말할 것도 없소.

그렇기는 하나, 이러한 나름대로의 원칙에 예외적인 존재가 있었소. 이청준과 박완서가 그들. 작가적 명성이 하늘을 찌르고도 그 힘이 쇠해지지 않는 이 『서편제』의 작가를 존경하는, 사회적으로도 유력한 경제인이자 작가이기도 한 원로 모씨가 이청준 씨에게 자주 저녁을 대접했는데, 어떤 까닭인지 그 자리에 번번이 나를 끼워주었고, 그 모씨가 계간 문예지를 간행했을 때도 함께 편집위원이 되게 해주어 자주 만날 수 있었소. 이 씨는 술과 담배를 즐겼는데, 술만 취하면 나를 향해 대들기를 일삼았소. "저기, 엉터리 평론가가 있다!"라고. 그럴 적마다 나는 함구무언할 수밖에 없었는데, 그럴만한 이유가 분명했기 때문이오.

혹 아는 분도 있으리라 믿습니다만 이청준 씨의 「눈길」(1977)이 나왔을 때 월평에서 다루었고, 내친김에 해설까지 했소(『이청준 문학전집 3』, 홍성사, 1984). 그 해설에서 내가 큰 실수를 저질렀기 때문이오. 못된 형이 재산을 탕진하여 집까지 잃게 되자 노모가 겪는 괴로움을 다룬 「눈길」을 해설하면서 부주의하게도 또는 강조한답시고, 나는 그 형을 '악종'이라 썼소. 만일 그 형의 아들이나 딸들이 이를 읽었다면 어떻게 반응했을까(『축제』에서 보면 아들이 둘, 숨겨진 딸까지 한 명 있었다). 그런 것까지 고려하는 것이 비평가일 텐데 기껏 표면적인 것만 읽어낸 당신 같은 사람은 엉터리 비평가 아니겠는가. 이런 뜻으로 내게 들렸소. 순간 식은땀이 흘렀던 것으로 회고되오. 작가 이청준은, 이 경우 현상으로서의 작가이기에 앞서 인격체로 내게 육박해왔소. 현상으로서의 작가이자 인격체로서의 작가이기에 이청준 씨는 실로 버거운 존재이자 동시에 그럴 수 없이 친근한 존재로 내 앞에 있었소.

박완서 씨의 경우도 사정은 비슷했소. 씨의 맏따님을 매개로 하여 관악산 내 연구실로 찾아온 자줏빛 한복 차림의 중년 여인은 「카메라와 워커」의 작가이기에 앞서 한 기품 있는 가정주부였소. 왜냐면 씨는 내게 아무것도 묻거나 따지지 않았소. 그냥 만남이었소. 그리고 이러한 만남이란 그때나 지금이나 변하지 않았소. 그것은 인격체로서의 존재도 아니지만 그렇다고 현상으로서의 존재도 아니었소. 그렇다고 달리 무엇이라 규정할 수도 없었소. 씨의 지속적인 왕성한 작품활동을 대하고 그 작품을 읽을 땐 물론 현상으로서의 작가 박완서일 따름이지만 매우 딱하게도 인격체(주체성)로서의 박완서가 아니라 가정주부로서의, 여인으로서의 존재가 내 글쓰기를 때때로 방해했소. 이를 물리치고자 하면 작품이 달아나고 작품을 붙잡고자 하면 가정주부가 가만히 있지 않았소. 내가 박완서의 소설을 오래도록 읽고 또 썼다고는 하나, 그 글들이 과연 소설 해설 및 평가에 육박했는지 자신이 없는 이유가 여기에 있소. 그것의 어떠함은, 내가 말할 것이 못 되오. 새삼 사람들의 안목에 맡길 수밖에 없는 성질의 것이 아닐까 싶소.

2. 소설 해체에 대응하는 '의태'

이 책은 4부로 구성되오.

1부는 세칭 월평류이오. 현장비평이란 말을 나는 좋아하는바, 작품이란 훗날에 평가되는 경우도 드물게 있지만 발표될 그때에 평가되는 경우가 사르트르의 주장대로 대부분이오. 후자에 내가 오랫동안 공들여왔기 때문에 이 후자를 나는 매우 소중히 했소. 전자는 내 몫이 아니니까. 박완서 씨의 표현으로 하면 후자를 "따끈따끈할 때 읽으면서 시대의 징후까지를 읽어내는 일"(박완서,『두부』, 창비, 2002, 217쪽, 이후 이 책의 인용 시 쪽수만 밝힘)이라 했소. 아마도 내가 읽은 씨의 작품은 따끈따끈할 때 읽은 것도 있고 그렇지 않은 것도 있소. 따끈따끈할 때 읽은 것들은 1부에서 대충 추렸지만 물론 빠뜨린 것도 있소. 자료를 찾다 보니, 어찌 빠뜨린 것들이 없겠습니까. 또 아무리 따끈따끈할 때 그 현장감을 살리고자 했다고 하나, 작가의 의도를 제대로 파악했다고 감히 주장할 처지는 못 되오. 박 씨는 이를 두고 훗날 이렇게 말한 바 있소.

> 작가 쪽에서 볼 때 그라고 어찌 오독이 없었겠는가. 작가 자신이 지적한 오독도 그는 막무가내 자기가 옳다고 우길 것만 같다(218쪽).

질렸다는 뜻인지 가소롭다는 뜻인지 칭찬으로 한 말인지 판별하기 어려우나, 분명한 것은 씨도 내 현장비평을 그때그때 읽곤 했다는 점이 아닐까 싶소. 아마도 씨는, 이 잘난 척하는 비평가라는 자가 작가의 의도를 제법 알고 덤비는가를 따지고 있지 않았을까. 씨의 이러한 현장비평에 임하는 태도가 지닌 의의는 모르긴 해도 씨만의 것이긴 하나 또한 대부분의 작가들이 지닌 공통의 심정이 아니었을까. 질렸다, 가소롭다를 온몸으로 안고 있음에 따끈따끈함의 본령이 있었다고 내가 우긴다면 어떠할까.

내가 다음 시구절을 외고 있음과 이는 결코 무관하지 않았소.

> 꿈을 아느냐 네게 물으면,
> 플라타너스,
> 너의 머리는 어느덧 파아란 하늘에 젖어 있다.
>
> (……)

이제 너의 뿌리 깊이
나의 영혼을 불어넣고 가도 좋으련만,
플라타너스,
나는 너와 함께 神이 아니다!

— 김현승, 「플라타너스」 1연, 4연, 1953

종교인이나 자주 쓰는 '영혼'이란 말이 어색하기는 하나, 꿈을 아는 플라타너스도 나처럼 신이 아니라는 것. 작가의 의도란 과연 있는 것(실체)일까. 작가란 목적어로 글 쓰는 자라 하지만 실제로는, 자동사의 글쓰기가 아니었을까. 왜냐면 작가 자체가 '현상'인 까닭이다. 궁극적으로는 현실 또한 언어로 구축된 일종의 허구인 만큼 작가란 주체성을 가진 실체가 아니라 감각적 대상으로서의 '현상'의 일종일 수밖에요. 제일급의 작가라면 의식적이든 아니든 이 사실을 알고 있지 않았을까.

잠깐, 그렇다면 분단문제, 노사문제 등을 주축으로 한 현실반영론(리얼리즘)도 일종의 허구였단 말일까. 이런 의문에 대답하기 위해서는 소설사를 내세울 수밖에 없소.

두루 아는바, 소설이란 같은 큰 서사양식이긴 해도 '이야기'와는 크게 차이가 나지요. 이야기란 허구라는 것, 옛날에도 있었고, 지금도 또 장래에도 변함없이 있을 터. 그러나 소설은 국민국가와 자본제 생산양식 이후 이른바 2~3백 년밖에 안 된 시민계급이 만들어낸 예술양식이죠. 국민국가, 자본제 생산양식으로 말미암아 벌어진 갖가지 갈등, 고통, 기쁨 등을 반영한 것만을 가리킴이었던 것. 그 국민국가와 자본제 생산양식이 해체된다면 어떠할까. 당연히도 현실반영의 소설, 곧 근대소설은 종말을 고할 수밖에. 근대의 종언이 소설의 종언과 동시적 현상임은 삼척동자도 아는 일. 근대의 해체징후가 곳곳에서 드러남을 두고 해체론자들이 까마귀떼처럼 외쳐 마지않았소. 소설은 언어로 쓴다는 것. 근대와 탈근대 사이에 걸쳐 있는 것은 '언어'뿐이라는 것. 도표로 보이면 이러하겠소.

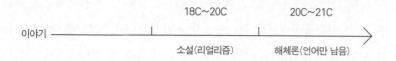

이야기란 인간 본능의 소산이기에 인간이 있는 한 영원한 것. 그러나 소설은 국민국가와 자본제 생산양식이 해체되면 소멸하게 되어 있는 것. 이야기로 환원될 수밖에. 그 과도기를 일러 해체론이라 하는 것. 여기엔 국민국가, 자본제 생산양식의 과제가 '언어'로 대체되었을 뿐. 어차피 근대가 끝나면 소설 따위란 도로 나무아미타불이 될 수밖에. '이야기'에로 환원되는 것은 시간문제일 터. 폭군으로부터 목숨을 지키는 총명한 왕비 셰에라자드의 전유물로 환원되는 것은 시간문제.

그렇다면 반영론은 어떻게 됐을까요. 작가도 언어도 일종의 허구(현상)이지만, 오디세우스의 속임수에 따르기, 곧 안 그런 척하는 것. 세이렌들의 노래 대신 최고의 무기인 침묵을 들고 나왔을 때 신까지도 속이는 영리한 오디세우스는, 흡사 세이렌의 노래에 황홀경에 빠진 시늉으로 세이렌들을 압도했던 것. 이른바 의태(擬態, mimicry)를 연출했던 것. 반영론이란 의태로 존재한다는 것. 제일급의 작가라면 알게 모르게 또 많게 적게 이를 알아차리고 있었을 터.

반영론과 해체론이 교차하는 20세기 후반에 내 월평이 시작되었음은 새삼 말할 것도 없소. 박 씨가 말하는 작가의 의도란 아마도 반영론에서 도출된 주체적 측면의 산물이 아니었을까. 이에 반해 내가 선 쪽은 해체론에 한 발 들여놓은 쪽이 아니었을까. 씨가 틈만 나면, "나만 억울하다!"고 외치는 목소리를 접할 적마다 나는 그 정황을 논리적으로는 이해하지만, 뭔가 빠져 있는 듯한 느낌을 떨쳐내기 어려웠던 것도 이런 소설사적 맥락에서 왔소. 모든 소설이 자전소설("보바리 부인은 나다!")인 만큼 과감히 "나만 억울하다"에서 벗어나, "나는 이렇게 잘났다!"에로 향해도 되지 않았을까. 글쓰기의 자질을 드물게 갖춘 박 씨인지라, '그랬더라면' 하는 아쉬움을 가끔 내가 느꼈다면 어떠할까요. 보다 큰 작가로 나아갈 수도 있지 않았을까. 이런 터무니없는 망상에 빠질 만큼 나는 철없고 또 바보스러웠던 적이 있었소. 이상이 박 씨가 "따끈따끈할 때"라 한 표현에 대한 내 나름의 해체론이오. 그도 그럴 것이 '따끈따끈할 때'란 결코 오래 지속되지 않는 법. 일정한 시간이 지나면 식어빠지며, 종내는, 화석처럼 굳어버리는 것. 이렇게 된 것을 두고, 학문상으로는 '자료'라 부르오. 이 책의 제1부는 그러니까 이른바 자료집이오. 훗날, 누군가에 의해 박완서론이 쓰일 때 이 자료집이 약간의 편의를 준다면, 하고 바랄 따름. 그 이상도 이하도 아님을 강조하고 싶소.

3. 잘난 척한 비평가의 어설픈 표정

2부는 작가 박 씨가 아니라, 작품 바깥에 서 있는 씨에 대한 글인 만큼 제1부와는 성격이 크게 다르오. 뿐만 아니라 여기 실어도 좋을지 망설일 만큼 서투른 글들이올시다. 그러나 한 편만 빼면 이미 씨의 생존 시에 세상에 발표한 것인 만큼 그냥 싣기로 했소. 다만 망설일 만큼 서툰 글이라 한 이유만을 조금 적어두고 싶소.

억지로 생소나무를 태우면, 탁탁 튀는 소리와 함께 코를 찌르는 냄새가 나오. 조금 지나면 얼굴이 새까맣게 되기 마련이지요. 이런 경험을 한 분들은 대번에 알겠지만 작품 바깥에 서 있는 씨를 묘사한 내 글들은, 억지로 생소나무를 태우는 격이었다고나 할까. 냄새도 연기도 진동할 뿐 아니라, 얼굴까지 새까매졌다고나 할까.

어째서 이런 결과에 이르렀을까. 두 가지 곡절로 회고되오. 내 인간적 자질의 결함이 그 하나. 다른 하나는, 이 점을 강조하고 싶은데, 박 씨

쪽에도 그러할 모종의 단초가 있었다는 점. '모종의 단초'라 했거니와, 그 것은 장편 『휘청거리는 오후』(1976) 이후에 찾아왔소. 신인급에 속하는 박 씨에게 동아일보는 연재를 의뢰했고, 그것을 훌륭히 소화해낸 박 씨 의 역량은 끝간 데를 모를 만큼 치솟지 않겠는가. 그때만 해도 내가 철이 덜 든 탓에 이런 대중적 인기놀음이 못마땅했던 것으로 회고되오. 분단 문제, 노사문제로 표상되는, "인간은 벌레가 아니다!"와 "소설가는 구보 씨다!" 사이를 오가던 젊은 교수이자 또 평론가인 나로서는, 이를 수용할 만한 힘이 없었소. 억지로 말해 순수성이랄까 결벽성. 작가는 오직 작가 다워야 한다는 것. 비평가도 비평가다워야 한다는 것. 대중성과는 일정 한 거리가 있어야 한다는 것. 내가 「엄마의 말뚝」(1980) 계를 두고, "천의 무봉이다!"라고 외친 것도 이 때문이었던 것으로 회고되오. 대중적 인기 의 솟아오름에 대한 물 끼얹기라고나 할까.

기묘하게도 박 씨의 그 뒤의 행보는 대중성과 작가적 개성의 동시적 전개를 가감 없이 해내고 있지 않겠는가, 베스트셀러(『그 많던 싱아는 누 가 다 먹었을까』는 백만 부를 돌파한 것이었다) 작가로 군림하고 있었소. 어 쩐 일인지 나는 이런 현상을 소화해낼 만한 힘이 모자랐소. 고백건대 나 는 이런 대형작가의 출현이 불편했소. 내 머릿속에 들어 있는 박완서란 자줏빛 한복 입은 40대의 가정주부, 기품 있고 아름다운 여인이었소. 제 법 권위를 세운답시고 숭산 소림사의 동굴과 비슷한 관악산 연구실, 책 으로 둘러싸인 이 동굴을 찾아온 여인. 천의무봉의 솜씨를 가진 경기도 개풍군 묵송리 박적골의 박 씨 집안에서 나고 자란 여인. 초조 달마까지 는 아니더라도 육조 혜능 쯤으로 멋대로 여기며 『한국근대문예비평사연 구』(1973)를 흡사 『육조단경』인 듯 착각한 이 돈키호테 앞에 자줏빛 한 복 입은 고운 중년의 여인이 어느새, 소설계 최고의 경지에 올라와 있지 않겠는가. 문단 정상에 올라 공작새처럼 화려한 춤을 추고 있음을 보는 일이 내게는 실로 경이로움 그것이었소. 조금 천박한 비유를 하면 여우에게 홀렸다고나 할까. 더 천박하게는, 내 문학적 태도의 오만했음이 여지없이 무너졌음이라고나 할까. 꼭 이 때문은 아니긴 했으나 공중에 나는 새도 보지 못한 눈뜬장님 꼴이 되어 다시 나는 숭산 소림사의 동굴에 칩거, 면벽수행이 불가피해졌다면 불손한 언사가 되겠지요. 사리자(舍利子)조차 미처 몰랐던 '색즉시공 공즉시색'이었으매라. 거듭 말하지만 50대에 든 나는 다시 수행해야만 했소. 문학 혹은 '문학적인 것'이 원래 공(空, sunya)이라는 것, 그것도 개공(皆空)이란 것을. 자성(自性)을 결한 곳이 空일까, 그렇다면 아무것도 없는가. 그렇지 않으리라는 생각이 스물거렸다고 하면 어떠할까요. 사물엔 자성이 결해도 '자성 아닌 것'이 남지 않을까. 이러한 나의 의문은 空을 둘러싼 많은 고명한 선지식들도 마찬가지였음을 알게 되어(티베트불교 겔루크파의 개조 총카파의 견해) 내 앞을 더욱 참담하게 해주지 않겠소. 자성이 결하지만 '자성 아닌 것'은 있다면 어찌 皆空이라 하겠는가.

한갓 속인에 지나지 않는 존재에 감히 사리자까지 들먹이다니 하며 불경스럽다고 할 분도 있으리라 믿소. 모르는 바는 아니오만, 이 과정에서 내가 깨친 바 한 가지를 말하기 위함이라면 어떠할까요. 곧, '문학적인 것'이란 空이긴 하나 皆空은 아니라는 것. 비록 문학이 자성을 결해도 자성 아닌 것은 따로 있다는 것. 3부 말이오. 후기의 스타일을 문제삼은 것 말이외다. 이 사실의 발견은 내가 비평가라는 데서 말미암았소. 그것은 『화엄경』에서 말하는 그리움[悲] 그것이라면 어떠할까. 형언할 수 없는 외로움, 또 말로써는 다 할 수 없는 불타는 홀몸이라고나 할까. 왜냐면 그는 비극을 연출할 수 없다는 것. 다만 남들이 만들어놓은 비극을 해독할 수밖에 어떤 다른 방도가 없다는 것. 비극 연출을 금지당한 저주받은 존재. 그가 할 수 있는 일이란 작가가 연출한 비극(작품)을 짝사랑하기뿐. 이를 에로스적이라 하면 적절할까요[요시모토 다카아키(吉本隆明), 『비극의 해독』, 치쿠마쇼보, 1979, 서문]. 기묘한 것은, 작품이 늘 해독되기를 기다리고 있지만 해독에 착수하면 할수록 멀리 가버린다는 것. 작품이란 여성이 그러하듯 그녀에게 접근하며 그것을 해독하는 순간 저만큼 달아나버리는 연애심리의 메커니즘이 작동하는 것. 흔히 비평도 창작처럼 예술이 될 수 있다고 고바야시 히데오(小林秀雄) 이래 비평가들이 목소리를 내긴 해도 비평이 설명하고 해석하지 않은 채 작품의 그 에로스의 장소를 그려낼 수 있다면 그 순간만은 비평도 작품이 될 수 있겠지만 그러나 그다음 순간에는 작품의 에로스는 감추어져버리지 않겠는가. 이에 대한 고뇌, 이에 대한 초조감이 비평가의 본질적 측면에 도사린 것이라면 어떠할까. 삼각관계로 비유할 수도 있을 법하겠지요. 곧, 작품은 문학과 더불어 있으나 비평은 문학 속에 있긴 해도 문학이 아닌 존재라 할 수 없을까. '작품-비평-문학'의 삼각관계. 물론 작품과 비평에 대해 문학은 상위 개념이겠지만 그럼에도 비평의 소격감(疏隔感)은 문학을 그렇게 규정해버리지 않겠소. 제3부란 이처럼 비평가의 내면이라고나 할까. 내가 매우 공들인 것이외다.

잠깐, 저 사리자까지 들먹인 그 쏟은 어디로 갔는가, 라고 내게 물을 필요가 있을까요. '문학적인 것'이란 쏟이겠지만 작품이라면 자성을 결한 것이라 할지라도 자성 아닌 것은 남아 있지 않겠는가. 이에 대해 비평은 皆空이라 할 수밖에요. 비평이 놓인 이 참담한 자리. 영원히 저주받은 존재. 독신자. 그의 굴뚝에서 생솔가지 태우는 연기와 냄새가 진동할 수밖에요. 모래알처럼 흩어지는 언어로 송홧가루같이 고운 언어를 휘젓기.

4. 샹그릴라를 찾아서

마침내 4부에 이르렀소. 그렇소. '마침내'인 것. 고희를 넘은 2001년에 박 씨는 이렇게 썼소.

1991년이었을 것이다. 동독 훔볼트(Humboldt) 대학에서 동구권의 한국문학 연구자들과 모임을 가진 일이 있다. 우리 쪽에서는 네 사람의 평론가와 소설가 두 사람이 참석했는데 김윤식(金允植) 교수와 나도 그 여섯 사람 중에 포함되어 있었다. 그와 처음 해보는 여행이었다(207쪽).

지금도 잠 안오는 밤이면 꿈엔 듯 생시인 듯 서재에 앉아 『두부』에 실린 「사로잡힌 영혼」을 펼쳐놓고 있소. 살아오면서 나는 많은 실수도 했고, 거만하기도 때로는 뻔뻔하기도 했소. 물구덩이에 빠져 생쥐 꼴이 되기도 어찌 한두 번이었던가. 그런 나를 매도한 글도 수없이 보았소. 불가능한 것을 가능한 것처럼 속이고 있다든가 그의 실증주의는 그것을 숨기기 위한 가면(김현, 『행복한 책 읽기』, 문학과지성사, 1992)이라는 비판도 그런 부류에 드는 것. 그렇지만 박 씨의 「사로잡힌 영혼」만큼 나를 힘껏 추어올린 글은 따로 없었소. 잠깐, 한 가지 이에 버금가는 사례가 아주 없었던 것은 아니오. 만난 바도 없는 어떤 고명한 정신분석가가 나를 두고 이렇게 평했소.

스님이 된 아들을 만났다가 헤어지는 속가(俗家)의 어머니가 있다. 다시 바랑을 메고 깨달음의 험한 길을 떠나는 아들의 등뒤에 어머니는 합장을 하여 '스님, 성불(成佛)하세요' 하고 기원한다.
— 정혜신, 『남자 VS 남자』, 개마고원, 2001, 193쪽

그러나 이런 비유란 정신분석이라는, 문학과는 차원이 다른 곳에서 나온 것이기에 문학 쪽에서의 비유인 「사로잡힌 영혼」과는 구별되는 것. 박 씨는 나를 두고 이렇게 비유했소.

나는 그를 좋아하지만 그건 존경이나 우정, 친근감하고는 다르다. 인간적인 약점이나 고뇌, 시시콜콜한 사람 사는 속내를 서로 한 번도 드러

낸 적이 없기 때문이다. 그를 좋아하는 감정은 내가 역사인물 중 고산자 김정호를 가장 좋아하는 느낌과 비슷하다. 그건 그 시대에 그가 없었으면 어쩔 뻔했나 싶은, 특별한 일에 사로잡힌 영혼에게 느끼는 외경과 연민이다. 김정호가 순전히 발로 뛰고 눈으로 더듬어 최초의 우리나라 지도를 만들었듯이 그도 발로 뛰고 눈으로 더듬어 그와 동시대의 우리 문학의 지도를 만들었다. 훗날 후학들이 그가 그린 지도 위에 그가 미처 못 본 아름다운 섬을 추가할 수도 산맥의 높이가 틀렸다고 정정할 수도 있을 테지만 아무도 이 최초의 지도를 전적으로 깔아뭉갤 수는 없을 것이다(216~217쪽).

이 대목 앞에 나는 소년처럼 무안하고 부끄러워 몇 번이고 숨고 싶은 심사였소. 모르긴 해도 고산자(古山子)께선 모종의 사명감이 그로 하여금 그렇게 치닫게 했지 않았을까. 참으로 딱하게도, 감히 고산자에 비견될 처지는 못 되지만 내겐 어떤 사명감도 없었음이외다. 하다 보니 저절로 그렇게 되었을 뿐이외다.

고쳐 말해볼까요. 내가 작품을 읽고 현장비평에 임할 땐 앞에서 이미 말한 대로 오직 작품만을 홀로 대하고 있었다는 것. 작가가 누구이며 그의 경력의 어떠함엔 오불관언이었다는 것. "인간적 약점이나 시시콜콜한 사람 사는 속내"를 한 번도 의식하지 않았다는 것. 가파르게 비유하자면 '실험실 속의 작업'이었다고나 할까요. 내가 쓴 현장비평이 묵직한 종소리나, 인간 냄새란 아예 없는 양철 조각으로 보였고 또 들렸음은 이런 곡절에서 말미암는 것. 작가나 독자 측에서 보면 진절머리를 칠 만한 일이 아닐 수 없지만 내게는 이것이 최선이었소. 왜냐면 거듭 말하지만 내가 좋아서 하는 일이었으니까. 공자께선 이런 말씀을 남겼다 하오. 아는 것은 좋아하는 것보다 못하고 좋아하는 것은 즐기는 것보다 못하다(知之者 不如好之者, 好之者 不如樂之者)라고. 혹 모종의 사명감이 있었다 치더라도 이 즐김에 어찌 비하리오. 고통 속의 즐김. 그렇지 않고서야 내가 어찌 지금까지 일관되게 뻗대었으랴.

　이 고통스러움과 즐거움 속에는 당연히 박 씨와의 여행도 끼어 있소. 끼어 있되 썩 커다란 무게로 자리잡고 있소. 박 씨로 말해, 훗날 나보다는 여행도 많이 했겠으나 나와의 여로의 시작은 1991년도, 동과 서의 지하철도 채 연결되지 않은 베를린, 장벽이 무너졌다고는 하나 동독 분위기인 그런 곳이었소.

　혹시 오해가 있을까 봐 군이 전제 하나를 잠시 빌려오고 싶소이다. 1981년도 정부 쪽에서 문인 연수를 위해 해외에 연수를 시킨 바 있는데, 이청준이 머뭇거리자 비평가 김현이 이렇게 대들었다 하오.

　"그래? 네놈 안 가면 나도 안 가는 거지 뭐. 난 이미 다녀온 곳이 많지만 이번에 네가 간다길래 함께 따라가보려 했더니!"
　"내가 안 가는데 귀하까지 왜?"
　그의 결연한 말투에 내가 되물으니 위인의 설명이 나로선 더욱 뜻밖이었다.
　"내가 지금까지 네놈 글은 좀 아는 척했지만, 네 본바탕이나 엉큼한 속내는 대강밖에 별로 아는 게 없었잖아. 그래 이번 길을 함께하면서 네놈이 어떤 인간 족속인지 곁에서 좀 살펴볼 참이었지. 그런데 네가 안 간다면 나도 뭐……"
　결국 그렇게 해서 그와 함께 떠난 길이었다.
　— 이청준, 『그와의 한 시대는 그래도 아름다웠다』, 현대문학, 2003, 32쪽

이와는 달리 박 씨 쪽에서 분명히 미리 선을 쳐놓지 않았던가. "인간적인 약점이나 고뇌, 시시콜콜한 사람 사는 속내"를 아예 서로 말하지 않았다는 것. 이 얼마나 마음 편안한 만남인가. 비평가인 나 역시 박 씨를

작가로 치부하지 않았다는 것. 그럼 뭣이었을까. 우리말에 길동무란 말이 이에 알맞지 않았을까. 이렇게 말하면 무슨 도사인 듯해 꼴사납기는 하나, 인생이란 나그네길, 그 여로에 잠시나마 또 몇 번 함께 걷는 사람이란 뜻에 제일 가깝지 않았나 싶소. 이러한 비유가 온몸으로 다가오는 것은 그 여로가 국내 쪽이 아니라 외국행이었음에서 왔소. 난생처음 가보는 외국이기에 경이로움이 전제되어 있을 수밖에. 세상 사는 곳은, 그 본질상 여기나 저기나 비슷한 형국이지만 속인의 처지에서 보면 가슴 울렁이게 함이 아닐 수 없지요. 의식과 무의식 또 거창하게 말해 이승과 저승의 건널목, 굳이 문학적으로 말해 언어 이전과 언어 이후의 경계선을, 두 팔을 펴고, 한 손에 부채까지 들고서 곡예하는 줄타기라고나 할까요. 잠 안 오는 밤이면, 생시인 듯 꿈속인 듯, 길동무의 얼굴들이 판화처럼 떠오르는 것도 이 때문이 아니었을까.

그렇지만 분명한 것이 하나 있소이다. 박 씨와 여러 차례 외국여행을 했지만 또 나는 외국여행기를 책으로 무려 다섯 권씩이나 썼지만, 그 속에 박 씨를 묘사한 바 없다는 사실. 아니, 딱 한 군데가 있소. 그것은 한겨울 교토 기행중 히에이 산 엔랴쿠지(延曆寺) 법당에서 몰래 본 박 씨의 모습이오.

박 씨의 고희 특집으로 모 계간지의 청탁을 받아 쓴 「작품 바깥에서 언뜻 비친 박완서 씨」에 아래 장면을 적었으나, 원고를 보내놓고는 누가 될까 봐 불안해서 돌연 달려가 중지시킨 것으로 '미간(未刊)'에 그쳤소.

한겨울이라 어둡고 높은 낭하는 머리가 띵할 만큼 싸늘했소. 그 중간 지점에 꿇어앉을 수 있는 크기의 전기담요 한 장이 달랑 희미하게 드러나 있지 않겠소. 주변엔 박완서씨와 나밖에 아무도 없었소. 전기를 꽂자 곧 온기가 스며왔소. 꿇어앉은 작은 쪽문으로 내부를 들여다보았소. 어둠에 눈이 익숙해지자 그 속으로 희미하게 드러나는 정경이란! 실로 금빛 은

빛으로 은은히 떠오르는 법계(法界)가 아득히 펼쳐져 있지 않겠소. 얼마나 시간이 지났을까, 정신이 든 것은. 한순간이었던가, 영원이었던가, 도무지 짐작이 되지 않았소.

발길을 옮기다 문득 뒤돌아보았소. 작가 박완서씨가 아직도 그 전기방석에 앉아 두 손 모으고 있지 않겠는가. 몇 발짝 걷다가 다시 뒤돌아보았소. 씨가 쭈뼛쭈뼛 몸을 움직이는 것 같았소. 지전을 꺼내는 것이었소. 시주함에 그것을 넣는 것이 아니겠소. 내가 환각을 본 것인가. 혹은 현실이었던가.

— 「못 가본 그 길이 정말 더 아름다울까」, 『현대문학』 2010년 9월호, 231쪽

나는 이 1999년도의 장면을 이 글 이외에는 한 번도 발설한 바 없소. 물론 박 씨에게도. 모르긴 해도, 박 씨도 내가 뒤돌아본 사실을 기억할 터이 없고 보면 박 씨 또한 세상 누구에게도 발설한 바 없지 않았을까. 내가 이 장면을 여기서 복창하는 이유이기도 하오. 비록 박 씨가 나와 몇 번의 여로의 동행자이긴 해도 워낙 속 깊은 분이라 조심스러웠다고나 할까요. 인기 정상에 있는 박 씨에게 혹시 누가 될까 보아서 그러했다고 보기 쉽지만 그런 뜻과는 거리가 먼 이유이기도 하오. 살다 보면 잘 설명할수가 없는 것이 있거니와 그런 이유라고나 할까요. 혹시 박 씨도 그러하지 않았을까. 불전에 시주함을 씨는 어떻게 설명할 수 있을까. 혹시 그것은 무의식과 의식의 접점 또는 모순성의 행위가 아니었을까. "종교를 가져야겠다는 생각을 진지하게 하기 시작한 것은 시어머님의 장례를 치르고 나서부터였다"라고 첫 줄을 삼은 박 씨의 글이 있소. 26년 5개월 동안 시어머님을 모시고 살았는데 그분의 장례식을 우리네 관습(유교)으로 하다 보니 실로 불합리하고 뜯기는 돈과 절차가 너무 많았는데, 이에 비해 문상 가서 우연히 본 천주교 장례의식이 제일 마음에 들었다고 했소(『호미』, 열림원, 2007, 166쪽). 선비 가문에서 태어난 박 씨에 있어 유교도 홀

룡하나 '신앙'으로는 기독교에 비해 부족하다고 했소. 그 신앙에 이른 계기란 장례식에서 왔다는 것. 그렇다면 장례식이란 또 무엇인가. 다듬어 말해 '표현'(미학)이 아니겠는가. 시주함에 돈 넣기란 유교적, 농경사회적, 불교적인 우리네의 관습적 덕목이 아니었을까. 그것은 무의식에 해당되는 것. 이에 비해 '표현'이란 의식의 차원. 무의식과 의식의 모순성이 거기 있지 않았을까.

5. 내가 억제한 것, 박 씨가 공개한 것

다행이라고나 할까. 함께 비행기를 타고 돌아다닌 여로를 박 씨 쪽에서 이렇게 조목조목 기록해놓았소. 그것을 안내 삼아 지난 여로를 되살려보면 어떠할까요.

1991년 동독 여행. 동구권 한국문학 세미나.

심포지엄이 끝난 후 우리 일행은 체코를 관광하고 돌아오기로 미리 계획을 잡아놓고 있었다. 나는 염불 쪽보다는 잿밥에 마음을 두고 있었기 때문에 회의가 끝나자 생기가 났다. 프라하까지 기차여행이라니. 가슴이 울렁거리지 않을 수 없었다. 동베를린과 주변의 관광지를 대강 구경하고 드레스덴으로 갔다. 나는 드레스덴이라는 유서 깊은 도시에 대해 아는 것이 별로 없었기 때문에 도처에 널린 아름다우나 곧 무너져내릴 듯이 퇴락한 옛 건축물을 보고 사회주의체제에서 제대로 된 보살핌을 못 받아서 저 지경이 되었구나 넘겨짚은 게 고작이었다. 그때 우리가 드레스덴에 들른 참뜻은 르네상스 후기 예술의 걸작품들을 수장하고 있다는 드레스덴 미술관을 관람하기 위해서였다는 것을 안 것은 그후에 나온 그의 책 『지상의 빵과 천상의 빵』(솔, 1995)을 통해서였다(207-208쪽).

"그때 생각을 하면 지금도 웃음이 난다"라는 전제 아래 박 씨는 이렇게 내 존재를 묘사해놓았소.

아무튼 일행 중에서 그가 제일 먼저 보이지 않았다. 그림을 보는 둥 마는 둥 쏜살같이 앞서갔기 때문이다. 나는 아마 속으로 별꼴 다 본다고 생각했을 것이다(208쪽).

그런데 밖에서 기다리는 일행 중에도 '그'가 없었다고 적었소. 먼저 숙소로 돌아갔다는 것. 이유를 박 씨는 이렇게 밝혔소.

그는 아마 얼른 숙소로 돌아가 쉬지 않을 수 없었을 것이다. 그는 황홀경을 경험했을 테고 그러고 나서는 지독하게 피곤했을 테니까. 그의 수많은 저서 도처에서 가장 자주 변주되어 나타나는 게 바로 황홀경 뒤에 또는 동시에 오는 지독한 피로감이라는 걸 내가 아둔한 기억력에도 잊지 않고 있었다(209쪽).

나는 이 장면을 대하고, 식은땀이 흘렀던 것으로 회고되오. 박 씨가 내 하찮은 저서를 읽고 있었다는 것. 자기 글쓰기로도 틈이 없는 박 씨로 알고 있는 내게 이 사실은 놀라움이 아닐 수 없었소. 대단치도 밀도 높지도 않은, 씨의 표현으로 하면 "쓰레기 같은 글"을 읽은 이유는 과연 무엇일까. 지금도 나는 이 수수께끼를 풀기 어렵소. 아마도 교토 히에이 산 엔랴쿠지 속의 법당에서 불전함에 시주하는 박 씨의 형상이 수수께끼이듯, 그 수수께끼를 내게 되돌려주는 것이었을까. "김 교수, 당신은 이 글을 읽지 마시오. 그래야 공평하니까"라고. 그런데도 나는 『두부』를 모조리 읽고 말았소. 클로드 로랭의 〈아키스와 갈라테이아〉라는 그림 때문이며 루카치 때문이라고 한다면 나는 얼마나 속물이겠소.

박 씨가 두 번째로 든 사례는 중국여행이었소. 씨는 첫 줄에 이렇게 썼소.

1996년(1994년 1월의 착오 — 인용자)이던가, 베이징 대학에서 루쉰(魯迅) 문학을 가지고 토론하는 작은 모임이 있었다. 그때 나도 따라갔는데 그때도 잿밥에만 마음이 있어 베이징에서의 일정이 끝나면 시안(西安)·구이린(桂林)·상하이(上海)로 해서 쑤저우(蘇州)·항저우(杭州)를 돌아오는 코스에 마음이 끌렸다. 베이징 대학에서의 토론이 본바닥 베이징 덕이 나오는 만찬으로 해피엔딩을 맺고 그다음 날 일행이 만리장성으로 관광을 떠나는데 나는 그와 함께 빠졌다. 만리장성은 전에 한 번 가본 적이 있었기 때문이다. 날씨가 춥기도 했거니와 한 번 보고 질렸으면 됐지 또 보고 싶은 곳은 아니란 데 합의하자 갑자기 유쾌해졌다. 게다가 우리를 안내해줄 유학생 부부까지 있어 베이징 시내를 마음 내키는 대로 돌아다닐 수 있었다. 지금은 기념관이 되어 있는 루쉰이 살던 집을 보러 갔다. 그는 안내책자와 유학생의 도움으로 방방을 둘러보며 문방구며 침대, 심상치 않은 사연이 깃들었음직한 베개까지 꼼꼼히 확인하고, 나는 내 식으로 휙 한번 훑어보고 나서 마당에 서 있는 정향나무 아래서 그를 기다렸다. 지금까지도 그 집 마당에 정향목(丁香木)이란 팻말을 달고 서 있는 나무가 라일락 맞나? 하는 정도가 그 집에 남아 있는 궁금증의 전부이다. 루쉰의 집을 보고 나서 베이징반점으로 갔다. 구관과 신관이 있는데 구관은 백 년이 넘는다고 했다. 지금은 더 좋은 데도 생겼겠지만 그때만 해도 넓은 홀을 받쳐주고 있는 장대한 붉은 기둥들을 금빛 찬란한 용이 용틀임으로 감아올라간 모습하며, 고풍스럽고도 장중한 집기하며, 문에서 맞이하는 팔등신 미인의 발목부터 엉치 밑까지 찢어진 착 붙는 옷 사이로 드러난 눈부신 각선미하며, 모든 것이 초일류 호텔의 역사 깊은 호사와 품격을 과시하고 있었다. 홀이 내려다보이는 로비 같은 데서 학생 부부와 넷이서 차를 마셨다. 그가 해방되기 전 1940년대의 만주(滿洲) 일대와 베이징반점에서 무슨 일이 있었나 이야기를 하기 시작했다. 그는 달변이 아니다. 지루할 적도 있고, 잘못 알아들을 적도 있다. 그러나 어느 순간 확 빨

려들 적이 있다. 그와 환상을 공유할 수 있을 적에 그러하다. 나는 그 호화 호텔 넓은 홀에서 이향란의 노래를 들으며 친일파와 독립투사와 신문기자와 첩자와 아편장수와 일본 군벌과 어울려 김사량과 백철과 노천명이 나비처럼 춤추는 환각에 빠져들었다. 아아, 그랬었구나, 국내에선 청년들이 징병과 징용에 끌려가고, 소녀들은 정신대에 끌려갈까봐 열다섯도 되기 전에 시집을 가고, 콩깻묵으로 연명할 때 비록 식민지 백성이라 해도 지식인에게는 그래도 그 정도의 별천지가 돌파구로 마련돼 있었구나. 그게 너무도 새롭고 신기해서 사실이라기보다는 환각으로 받아들였는지도 모르겠다. 너무도 감질나는 환각이어서 언젠가 꼭 한번 베이징반점에서 묵어보려고 하룻밤 숙박비를 물어봤더니 100달러 정도라고 했다. 그러나 그후 다시 베이징에 갈 일은 없었다(211-213쪽).

나를 부각시키기 위한 박 씨의 수사학이 눈부시거니와, 내가 감탄하는 것은 씨가 이토록 세심히 나를 관찰했음에 대해서외다. 말을 바꾸면, 어째서 나는 여러 차례 여행하면서 단 한 번도 이런 급수의 글을 쓰지 못했을까. 이유는 실로 간단하오. 내가 박 씨를 세심히 관찰하지 않았기 때문. 왜냐면 그럴 필요가 전혀 없었던 것이 정상적인 누님을 아우가 어찌 관찰의 대상으로 삼았으리오. 설사 관찰했다 해도 수사학을 모르는 내가 또 어찌리오.

세 번째로는 고구려 문화탐방행.

올여름 한겨레여행사에서 모집한 '고구려 문화탐방'이라는 여행을 따라간 적이 있다. 김윤식과 그의 제자들이 주축이 된 팀이었다. 지안(集安)에서 고구려 벽화를 보고 백두산 천지도 보고 버스로 옌지(延吉)로 이동할 때였다. 그때는 이미 여행일정이 끝나갈 무렵이었고, 나는 두 번씩이나 밤기차를 타고 이동한 후유증 때문에 혼미한 반수면 상태였다. 차창 밖에 펼쳐지는 푸르고 풍요한 농촌풍경에 거의 무관심했다. 그쪽이 초행이 아니어서 더 그러했을 것이다. 얼다오바이허(二道白河)를 지날 때 중간자리에 앉았던 그가 앞으로 나오면서 마이크를 잡았다. 누가 시키지도 않았는데 노래를 하려나, 나는 호기심 때문에 정신이 번쩍 들었다. 그가 자청해서 하고 싶은 건 노래가 아니라 옛날이야기였다. 찢어지게 가난한 농부가 행여 살기 좀 나을까 남부여대 서간도까지 흘러들어 중국인 지주 땅을 부치다가 흉년이 들어 소작료를 못 내자 지주는 외동딸을 빼앗아가고 병든 아내는 죽기 전에 딸의 얼굴 한 번만 보기가 소원이었다. 지주에게 찾아가 갖은 수모를 견디며 애원도 해보았으나 끝내 딸의 얼굴을 못보고 아내가 죽자 이 불쌍한 농부가 할 수 있는 일은 과연 무엇이었을까. 눈이 뒤집힌 그는 지주의 집에 불을 지르고 불길을 피해 나온 두 사람 중국인 지주를 도끼로 쳐 죽이고 마침내 딸을 품에 안는다는 이야기였다. 최서해(崔曙海)의 단편 「홍염(紅焰)」의 대강 줄거리이고 그 이야기 무대가 바로 이 얼다오바이허 지방이라는 걸 김윤식은 말하고 싶은 거였다. 엄연히 근대문학에 속하는 최서해의 작품을 나는 왜 옛날이야기처럼 들었을까. 궁핍한 식민지시대에 태어나 가난에 대해서는 속속들이 알고 있다고 믿는 나 같은 사람도 최서해의 너무도 사실적인 가난의 묘사는 지긋지긋했는데 이 넘치게 풍요한 세상에 그런 이야기가 아랑곳이나 한가. 때에 찌든 가난을 그렇게 세세하게 사실적으로 묘사한 것과는 달리 미운 놈 죽이고 딸을 구한 후 그 아비는 어떻게 되었는지에 대해선 전혀 책임질 필요가 없는 이야기 방식도 옛날이야기와 닮았다. 그러나 무엇보다도 마이크 잡은 그의 표정에서 고사(故事)로 현실에 개입해보려는 유식한 할아버지 같은 친절과 순진성을 읽었기 때문일 듯싶다. 하여튼 그의 덕으로 얼다오바이허는 내가 가보았으되 내 마음에 아무런 흔적도 남기지 않아 가나 마나 한 땅이 된 수많은 지명 중에서 확실하게 가본 특별한 땅이 되었다. 우리가 잊을 수 없는, 잊어서도 안 되는 슬픈 이야기의 무대가 된 것이다. 우리가 주목하고 관람하기 위해 무대는 조명받아 마땅하다. 조명받지 못하면 무대가 아니다(213-215쪽).

보다시피 박 씨는, 세 번째 여로까지만 썼소. 물론 함께한 여행은 이뿐이 아니오. 프라하에 두 번씩이나 갔고, 비엔나에도 갔고, 영화 〈제3의 사나이〉 촬영현장에 가서 회전탑에 올라가기도 했고, 〈푸른 다뉴브 강〉의 바이올린 음악이 울리는 크루즈도 했소. 그뿐이 아니오. 샹그릴라를 내려다보는 위룽설산(玉龍雪山) 밑에까지 케이블로 올랐고, 리장(麗江), 다리(大理)를 걸었으며, 앙코르와트 꼭대기까지 올랐고, 킬링필드에서 침묵했고, 매화꽃 가득 핀 샹그릴라(무릉도원)를 지나다 버스를 세우게 하여 먼발치로 넋 잃고 한참이나 머물기도 했소. 쑤저우(蘇州)·항저우(杭州)에서 씨가 산 마오타이주에 취하기도 했고, 모터보트로 랴오닝성의 수도 선양(瀋陽)의 반계 동굴을 함께 섭렵했고, 얼다오바이허(二道白河)를 거쳐 백두산 천지를 굽어보기도 했고, 도시샤(同志社) 대학 윤동주 시비 앞에서 제법 심각하게 묵도를 올리기도 했고, 고명한 니시다 기타로(西田幾多郎)의 '철학의 길'도 함께 걸었고, 기노사키(城の崎)의 온천과 아마노하시다테(天橋立)에 오르기도 했고, 교토행 야간열차를 타기 위해 동화 속의 역처럼 생긴 한촌 역 마당에 세워진 오르간 소리를 함께 듣기도 했소. 상트페테르부르크의 에르미타주 박물관, 모스크바 볼쇼이극장에서의 〈백조의 호수〉, 푸시킨의 동상 아래서의 휴식, 네바 강의 환각 등등에도 함께 걸었소.
물론 박 씨는 나보다 더 많이 외국여행을 했고 깊은 체험을 했겠지만, 글에서는 별로 볼 수 없었소. 또한 많은 사진도 있겠지만 생전에 공개한 바 없소(『모독』의 사진은 민병일 씨가 찍은 것). 내가 무모하게도 이 4부를 설정한 것은 박 씨가 백옥루(白玉樓)의 주민이 된 이 마당이기에 한갓 대용물이라고나 할까요. 그렇지만 나는 이에 대해서는 앞에서 여러 번

말한 대로 어떤 글에서도 박 씨를 등장시키지 않았소. 내가 한 짓은 단지 사진 찍기뿐. 사진기는 속이지 않는다는 그런 생각 따위가 내겐 있을 턱이 없었소. 내가 가진 사진기란 싸구려 '똑딱카메라'(고명한 작가이자 사진의 달인 조세희 씨와 박 씨와 셋이서 원주토지문화관 낙성식에 가는 도중 조씨가 내게 한 말)였소. 그냥 아무렇게나 누르면 되는 것. 그렇게 초점도 안 맞는 사진을 동네 사진관에 가져가 현상을 부탁하면 늙은 사진관 주인은 내게 핀잔을 주곤 했소. 좌우간 사진이 많소. 아무도 좀 보자고 하는 사람도 없었고 묻는 사람도 없었소. 무슨 이유인지 헤아리기 어려우나 박 씨는 카메라를 갖고 있지 않았는지 모르나 사람들 앞에서 찍는 것을 본 바 없소. 가끔은 찍힌 사진을 보내주면 좋겠는데, 하고 말한 적도 있었소. 그러나 그냥 인사일 뿐. 작가란, 기억과 묘사가 전부인 이른바 '표현자'인 줄 박 씨가 잘 알고 있었던 까닭이 아니었을까. 그 몸 자체가 제일 정밀한 사진기였을 테니까.

그렇기는 하나, 시방 아무렇게나 쌓아둔 사진들을 찾아놓고 혼자서 들여다보고 있으니까 어느새 귀와 눈이 함께 먹먹해져 잘 보이지 않는 게 아니겠소. 나는 또 그 이유를 잘 설명할 수 없소. 한참 만에 귀도 눈도 조금은 회복했소이다. 정신을 차리자 한 가지 기묘하지만 당연한 생각이 솟아올랐소. 곧, 이 사진이 비록 내 카메라로 찍은 것이지만 내 소유일 수 없다는 생각이 그것. 그렇다면 이 사진의 최종 소유자는 과연 누구일까. 외람되나마 독자들이라는 생각이 들지 않겠소. 물론 독자들 중의 일부일 터이오. 그것은, 따지고 보면 별로 이상한 것이 아닐 터이오. 박 씨가 쓴 그 많은 빛나는 글들도 따지고 보면 박 씨의 소유이긴 해도 또한 그것을 읽은 독자의 것이 아니었던가.

여기까지 생각이 미치자 나는 덧없고 초라함을 물리치기 어려웠소. 박 씨의 작품들은 분명 박 씨의 소유이자 동시에 독자의 소유일 수도 있겠으나, 내가 찍은 사진은 사진기의 힘이기에 내 것이기 어렵다는 것. 명색이 비평가로 평생을 살아온 내 글쓰기란 작은 사진기의 힘에도 미치지 못한다는 것. 다만 한 가지 위안이 있다면 글쓰기의 윤리적 책임감에서 어느 정도는 벗어날 법하다는 것. 왜냐면 윤리적 책임감을 사진기가 조금은 막아줄 수 있을지도 모른다는 것. 요컨대, 혹 이 사진들이 작가 박완서를 이해함에 조금이나마 도움이 될지도 모른다는 것. 그렇다고 핑계나 찾아 조급한 내 몸뚱이를 감출 수야 없겠지만. 여기 사진들을 몇 점 공개하는 이유치고는 또 한 번 어지러움을 밀어내기 어렵소. 세존께서 지혜 제일이라는 그 잘난 척하는 무식한 사리자에게 말씀하셨다 하오. 색불이공(色不異空) 공불이색(空不異色)인 것을.

전위의 기원과 행로 — 이인성 소설의 앞과 뒤

문학과지성사, 2012

머리말 | '돌부림'에서 멈춰 선 작가

눈도 귀도 어두워져 정확히 기억나지는 않지만 고대 갑골문에 대한 책을 엿본 적이 있소. 그 재질에 알맞게 선으로 된 문자를 쇠끝으로 새긴 것이라 매우 예민하다 하오. 뿐만 아니라 아름다움과 위엄 양쪽을 겸비했는데 그도 그럴 것이 신에게 알리기 위함이랄까, 청동기 시대에 오면 청동기의 옆구리나 바닥에 이런 글자가 내려앉았다 하오. 청동기란 제사용인 만큼 그 제기를 통해 신(神)인 선조에 고하는 의미의 문장이었다 하오. 이 무렵의 정치 방식은 왕과 신하의 관계였고, 왕들은 자신의 선조를, 신하는 군신 관계를 지키며 자기 선조에 제사했다 하오. 제사라는 일종의 공동체 의식을 통해 사회 질서가 이루어졌다 하오. 진(秦), 한(漢) 시대에 오면 이른바 대제국이 성립되고 전국을 행정적으로 통일했기에 정치적 명령의 전달이나 일상적 물자, 납입 등 회계에 전표를 사용치 않으면 안 되었다 하오. 금문자(金文字) 대신 목간(木簡)이 생겨났고 붓을 사용하여 적었던 것이라 하오. 공문서조차 이런 방식이었다 하오. 편지(개인의 글)에서 보듯, 그동안 사람이 신에게, 혹은 사람이 조상이라는 신의 세계를 대상으로 한 것이 목간의 시대에서부터는 인간 세계에 들어왔다 하오. 글쓰기의 존재의 장소가 인간 세계에 내려온 것이라 하오. 편지를 예로 들면 사람과 사람의 관계에 해당되는 것이라 초서(草書) 같은 예술성이 나타났다 하오. 글쓰기란 그 원점이 인간과 인간의 관계에서 비롯되었다고 하오.

눈도 귀도 어두워 정확히 기억나지 않지만 둔황본『육조단경』(혜능의 어록집)을 설하는 어떤 고승의 법문을 접한 바 있소. 숭산 소림사 동굴에서 9년 면벽 수행한 달마가 제1조(석가세존으로부터는 28조)라 하오. 그 법문을 이은 이가 법을 위해 형(形)을 버린 혜가라 하오. 제2조 혜가에 이어 승찬, 도신, 홍인, 혜능까지를 육조라 한다 하오. 5조 홍인이 6조 혜능에게 그 법통을 이을 때는, 극적인 방법이 이루어졌다 하오. 홍인은 아무도 모르게 한밤중 혜능에게 법의를 주면서 야반도주시켰음이 그것. 달마이래 이 의발을 뺏기 위해 달려든 사람(혜명)도 있었다 하오. 혜능은 법의가 말썽을 일으키자 산문에다 잠재웠다 하오.

눈도 귀도 어두웠으나 정확히 기억되는 것이 다음 두 가지이오. 하나는 소설가 박상륭. 그는 스스로 제7조라 칭하며 호동(湖東)의 천지를 흔들고자 했다는 것. 다른 하나는, 김현과 이인성의 관계. 임종이 가까워지자 관악산의 달마 김현은 그의 의발을 이인성에게 전수했소. 하되 대낮에, 그것도 주위에 사람이 있는데도 말이외다. 이인성이 이 사실을 숨기지 않았음도 이와 무관하지 않아 보였소.

이런 내막을 전혀 모른 척한 '의뭉스러운' 사람이 있지 않았을까.「서편제」의 가객 이청준이 혹시 그런 사람의 하나라 할 수 없을까. 달마 김현이 백옥루의 주민이 된 지 8년 만에 이 의뭉스러운 소설쟁이는 열한 명의 문사들을 이끌고, 소리의 고장 남도 기행에 임했다 하오. 이인성도 그 속에 끼여 있었소. 끼여 있되, 실로 놀라움으로 끼여 있었다 하오. 이

인성은 망설임도 없이 '기적'이라 했소. 대연출가이자 배우이기도 한 이청준의 존재가 어째서 '기적'이어야 했을까. 혹시 그것은 달마가 없는 이인성의 허전함에 찾아온 새로운 달마에의 목마름 때문이었을까. 그럼에도 끝내 그는 이청준을 달마로 수용하지 않았소.

이러한 추측의 근거라도 있는 것일까. 『한없이 낮은 숨결』로써 이인성은 달마에 헌정했소. 그렇다면 혹시 어느 정도의 자유, 곧 스스로 달마되기의 길이 저만치 관악산 너머에서 떠오르지 않았을까. 그 증거로 하회탈춤을 다룬 「강 어귀에 섬 하나」와 반구대 암각화를 다룬 「돌부림」을 들 수도 있을 법하오. 여기에서 한 발짝만 나서면 「소리부림」이 쓰일 수도 있지 않았을까. 판소리 말이외다.

그럼에도 이인성은 그쪽으로 나아가지 않았고, 그러자니 『식물성의 저항』에 주저앉을 수밖에 없지 않았을까. 왜냐면 이인성은 한 번도 소설가임을 잊은 적이 없었으니까. 판소리, 그것은 소설 초월이거나 어쩌면 '예(藝)'의 세계에 속하는 것이 아니었을까.

거듭 말하지만 눈도 귀도 어두워 정확하다고 할 수 없으나, 이 책에 표현된 사상이나 또 그와 유사한 사상은 스스로 생각해본 사람만이 이해할 수 있을 터이오. 한 번 더 내가 크게 잘못 이해하지 않았다면, 비트겐슈타인의 말버릇대로 이 책을 이해할 수 있는 한 사람이라도 있다면, 그로써 족한 것. 그 사람이란 다름 아닌 이 나라 소설사의 갑골문 해독자이거나 청동기의 이해자이거나 목간의 해독자일 터이오. 그만큼 오래된 애기이오.

2012년 가을

내가 읽은 우리 소설 2011.4.~2013.2.

강, 2013

책머리에 | 아직도 월평을 쓰고 있는가 — 그대 아직 꿈꾸고 있는가

아직도 월평을 쓰고 있는가, 라고 주변에서 말하오. 내가 생각해도 딱하오. 한 가지 위안이 될 수 있는 것은 서머싯 몸의 충고이오. 그는 '작품(창조) 쓰기가 자기의 할 바가 아니라는 것을 깨닫지 않는 한 위대한 비평가가 될 수 없다'고 했소. 그러니까 그러한 사실을 분명히 알고 나면 작품 구경하기(감상)가 조금은 자유롭다는 것일까. 비평가란 당연히도 해박한 지식을 갖추어야 되거니와 동시에 공감도 그만큼 갖추어야 된다는 것.

문제는 이 '공감'에 있소. 여기서 공감이란, 마음에도 없는 것을 참을 수 있도록 하는 그러한 일반적 무관심이 아니라 각양각색의 것에 대한 활기 있는 기쁨에 근거를 두어야 한다는 것. 철학, 심리학, 자기 나라의 전통 등에 해박해야 하지만 각양각색의 것에 대한 활기 있는 기쁨에도 근거를 두어야 된다고 했을 때 내 머리를 스치는 것은, 비평가란 요컨대 '괜찮은 인간이다'라는 것이외다.

여기까지 생각이 미치자 덜컥 겁이 났소. 그럴 수밖에 없는 것이, 아직도 월평을 쓰고 있음이란 괜찮은 인간이 되려고 노력하는 중이라는 오해를 살 수도 있으니까요. 기를 쓰고 월평 쓰기에 임한 것은 기를 쓰고 위대한 인간이 되려는 욕심 때문이라고 할 수도 있으니까. 귀동냥으로 들건대 석가세존께선 지혜 제일의 사리자(舍利子)에게 넌지시 말씀하셨다 하오. 색불이공이며 공불이색이라고. 진작에 이를 배웠더라면 욕심 따위가 끼어들 틈이 어디 있었으랴.

여기까지 말해놓고 보니 스스로도 거창하게 들려마지 않아 딱하기에 앞서 민망함을 물리치기 어렵소. 그러나 실상 딱할 일도, 민망할 일도 아닌지 모르겠소. 왜냐면 그냥 월평을 썼을 뿐이니까. 쓰다 보니 다음 세 가지 점에 생각이 미쳤소. 첫째, 좋은 물건이냐 아니냐를 아는 가장 손쉬운 방법에 대한 것. 복요리나 포도주 맛이란 많이 먹어본 사람이라야 식별 가능한 법. 그렇지만 이러한 경험주의에는 당연히도 그 한계가 따로 놓여 있소이다. 새로운 맛이 등장하면 속수무책이라는 점이 그것. 이것이 두 번째 생각. 포도주 맛을 송두리째 뒤엎는 경우를 연상해보시라. 「메밀꽃 필 무렵」(1936)의 세계 속에 「날개」(1936)가 등장했을 때 비평가는 어째야 했을까. 겨우 최재서가 이를 수습할 수 있었소. 그렇지만 이런 상대주의 역시 그 한계가 저만치 바라보이오. 그래서 등장한 것이 절대주의라고 부를 만한 것이외다. 말을 바꾸면 비평가의 '자기의식'이 최후로 남는 것. 이는 언어에서 도출된 것이자 동시에 역사에서 도출된 것이 아니었던가. 곧 정신으로 나아가는 길목.

아직도 월평을 쓰고 있는가. 딱하고도 민망하기 짝이 없음을, 딱하고도 민망하게 살펴보았소. 이쯤 되면 나만의 방도도 실토하지 않을 수 없소. 작품과 작가를 구별한다는 원칙이 그것이외다. 이 작가는 누구의 자식이며 어느 골짜기의 물을 마셨는가를 문제 삼지 않기. 남아 있는 것은 오직 작품뿐. 이 속에서 나는 시대의 감수성을 얻고자 했소. 헤겔 투로 말해, 자기의식의 싹이 배양되는 곳. 분명히 말하지만 나는 작품을 쓸 수 있는 재능이 없소. 한 번 더 분명히 말하지만 그저 작품에 가장 가까이 가고자 힘썼을 뿐이오.

어째서 그대는 세상 속으로 나와, 작가·현실·역사와 대면하지 않는가. 그럴 시간이 없었다고 하면 어떠할까. 그러나 작품 속에서 만나는 세계가 현실의 그것보다 한층 순수하다는 믿음은 갖고 있소. 카프카의 표현을 빌리면, 그 순수성이란 이런 것이오. 밤이면 모두 푹신푹신한 침대에서 담요에 싸여 잠들지만, 따지고 보면 원시 시대의 인간들이 그러했듯 들판에서 땅에 머리를 처박고 언제 적이 쳐들어올지 몰라 가까스로 잠이 든 형국이라고.

2013년 7월

문학사의 라이벌 의식

그린비, 2013

서론을 대신하여

1. 위신을 위한 투쟁

문인이란 물론 상상적인 글쓰기를 전문으로 하는 사람이지만, 그도 한 인간인지라 당연히도 인간적 삶의 원칙에서 벗어날 수 없다. 헤겔은 이를 승인욕망 또는 대등욕망이라 규정했다. 한 인간이 자기를 인식하고자 하면 타자와의 비교 없이는 불가능한데, 그 타자로부터 인식되기 위해서는 최종적으로 '위신을 위한 투쟁(Prestigekampf)'이 불가피하다. 곧, 생사를 건 투쟁이 아닐 수 없다. '생사'라는 엄청난 말을 등장시켰지만, 적어도 '의식'상에 있어서는 그러할 터이다. 문인에 있어서도 사정은 같다고 볼 수 있다. 문인에 있어 타자란 기성의 문인들일 경우도 있겠지만, 적어도 '생사' 운운할 만큼 의식을 지배하는 것은 당연히도 동시대의 문인이 아닐 수 없다.

이 책에서 내가 다루고자 하는 것은 바로 이 후자이다. 범속하게 '문학사의 라이벌'이라 한 것은, '문학사'에도 동등한 비중을 두었음에서 붙여진 것이기에 아무래도 설명이 조금은 없을 수 없다.

문학사라 했을 땐 과학적 용어이기에 앞서 하나의 '유기체'라는 통념에서 비껴가기 어렵다. 유기체인 만큼 생명유지를 기본항으로 하면서도 새로운 창조력을 대전제로 하는바, 이 창조력 없이는 생명유지가 사실상 타성에 빠져 조만간 불가능해지기 때문이다. 라이벌이라는 개념은 이 창조력에 관여하는 '문제적 개인'이 아닐 수 없다. 그는 창조적인 것에 관여하는 또 다른 대립적 자아인 만큼 위신을 위한 투쟁을 비껴갈 수 없다.

2. 경성제대 아카데미시즘에 맞선 도남과 무애

이 원칙에 관여하는 계기를 문제 삼을진대, 물론 그것은 시대적 상황에서 벗어날 수 없다. 그 시대성이 거대담론의 수준에서 첨예하게 작동된 경우가 도남 조윤제와 무애 양주동의 경우라 할 것이다. 식민지에 세워진 '경성제국대학'(6번째 제국대학)의 아카데미시즘에 도남은 정신과학(해석학)으로, 무애는 실증주의를 뛰어넘은 시적 직관으로 도전함으로써 창조도식을 세워나갔는데, 그러니까 라이벌의 대상은 당연히도 '경성제국대학'이었다.

3. 『창작과 비평』의 취약점과 강점

이러한 시대성과는 무관한 라이벌의 경우는 어떠했을까. 나는 기독교 가문의 목포 약종상(藥種商) 집안의 김현과, 전남 장흥의 빈곤한 가문의 이청준 사이에 벌어진 다음 장면을 사랑한다.

그런데 그 무렵[1981년 정부 파견 문인 세계연수여행—인용자] 어느 날 내 내심을 들은 김현이 엉뚱한 협박을 해왔다.

"그래? 네놈 안 가면 나도 안 가는 거지 뭐. 난 이미 다녀온 곳이 많지만 이번에 네가 간다길래 함께 따라가보려 했더니!"

"내가 안 가는데 귀하까지 왜?"

그의 결연한 말투에 내가 되물으니 위인의 설명이 나로선 더욱 뜻밖이었다.

"내가 지금까지 네놈 글은 좀 아는 척했지만, 네 본바탕이나 엉큼한 속내는 대강밖에 별로 아는 게 없었잖아. 그래 이번 길을 함께하면서 네놈이 어떤 인간 족속인지 곁에서 좀 살펴볼 참이었지. 그런데 네가 안 간다면 나도 뭐……"

결국 그렇게 해서 그와 함께 떠난 길이었다.

— 이청준, 『그와의 한 시대는 그래도 아름다웠다』, 현대문학, 2003, 32쪽

이것은 작가와 비평가의 관계에서 벗어나, 개인의 이해 자체의 지난함을 보여 주는 사례이기에 시대성과는 별개의 차원이다. 그러나 김현이 가진, 『창작과 비평』의 주간인 백낙청과의 라이벌 의식은 매우 특권적이고도 휘황한 빛을 뿜어내는 것이었다. 이는 시대성과 개인적인 인간 이해의 양쪽에 함께 관련된 곳에서 빚어진 현상이었다. 계간지 『창작과 비평』(1966)이 솟아올랐을 때 이에 제일 민감히 반응한 쪽은 『산문시대』, 『사상계』, 『68문학』 등을 주도한 김현이었다. 김현이 호시탐탐 노려온 것은 『창작과 비평』의 취약점이었다. '비평'만 있고 '창작'이 결여된 이 계간지의 주간은 하버드 대학에서 정식으로 문학을 공부한 인물이었다. 김현으로는 이 초국가인 미국의 세계성을 안마당에서 배운 백낙청에 접근할 수도 없었지만 내면성으로 이를 수용하지 않으면 안 되었다. 그 내면성이 계간지의 취약적 탐색으로 튕겨져 나온 형국이었다. "너희가 세계문학을 아느냐? 이 우물 안 개구리들아 들어라!"라는 무언의 외침에 대해 김현은 "네가 한국문학을 아느냐!"라고 맞받아쳤다. 영문과라든가 프랑스문학 전공이란 이쪽에 오면 '한국문학사' 쟁탈전의 양상을 띠지 않으면 안 되었다. 이로써 어느 정도의 균형 감각이 이루어졌다. 계간 『문

학과 지성』(1970)의 탄생이 그 증거이다. 그러나 "네가 한국문학을 아느냐!"에서 김현은 스스로를 어느 수준에서 억제하지 못하고 말았는데, 그만큼 라이벌 의식의 초조함에서 온 현상이 아니었을까. 곧 '한국문학-한국문학사'의 길이 그것이었다. 여기에 김현의 돌이킬 수 없는 자기모순이 깃들어 있었다. 즉 "나의 조국은 프랑스다"를 한국어로 번역해도 "나의 조국은 프랑스다"였기 때문이다. '실증주의 정신'(김윤식)과 '실존적 정신분석'(김현)의 만남이라 했지만 정작『한국문학사』(1973)가 겉모양만 그러한 형국을 빚은 것은 결코 우연이 아니었다.

이 자기모순이랄까, 자기기만을 극복하기 위해 김현은 온 힘을 쏟았는데, 그것은 사르트르의 '실존적 정신분석'이 아니라 해석학이었다. 김현이 전개한 해석학의 탐구는 당시로서는 유서 격인『행복한 책읽기: 김현의 일기, 1986~1989』에 오면 하나의 장관이자 기적에 가까운 것이었다. "자기의 경험으로 환원되지 않는 어떤 사상도 신용하지 않는다"로 요약되는 김현의 해석학은 이론, 추상, 논리를 지향하는 백낙청 식의 추상적 논리와 더불어 인간의 고유한 두 가지 성향의 드러냄이기에 지금도 그 빛은 조금도 약해짐이 없는 성질의 것이다. 이땐 김현에게『창작과 비평』이나 백낙청이 안중에 없었다고 할 것이다.

4. 하버드 대학과 백낙청의 자기모순의 지속성

이론을 세우고자 하는 지향성 쪽에 깃발을 들고 선 백낙청에 있어 자기모순은 무엇이었을까. 이 모순 없는 어떤 삶도 무가치하다는 전제 위에 선 마당에서라면 백낙청은 두 가지 자기모순성의 극복에 전력하지 않으면 안 되었는데, 이론 탐구의 강렬성에 비례하여 모순도 극대화되기 때문이다. 그 하나는 세계성과 '초근목피(草根木皮)'의 향토 사이의 거리감에서 오는 절망이다. 당초 제비를 잘못 뽑은 이 하버드대 출신 수재는 죄의식·사명감에 밤낮을 시달리지 않으면 안 되었다. 지식인의 자세와 문인의 자세 사이의 거리감 메우기에 진력해야 했다.

다른 하나의 모습은 이론과 실천의 거리감, 그 모순이었는데 그것이 절정에 이른 것이 '5월의 광주'(1980)였다. 이 두 가지 모순 극복의 노력은 당시로서는 장관이자 '기적'이라 표현함에 인색할 수 없다. 마르크스 말대로 지혜란 실천을 가리킴이니까. 그럼에도 그것은 또 그를 괴롭혔을 터이다.

『문학과 지성』은 안중에도 없는 것, 한국사회 자체의 정치·문화에로 향한 것이었는데, 그에겐 그럴싸한 힘이랄까 배경이 있었고 이것이 그를 괴롭혔던 것이다. 가령, 1977년 리영희 교수 필화사건 때의 에피소드 한 대목에서도 그 특권적 자리가 표나게 세계 속에서 드러났던 것.

> 백낙청 교수에게는 하버드 대학 졸업생이라는, 남한사회에서는 특권적인 조건이 있으니까 아마 나하고는 다른 대우를 했겠지. 미국 시사주간지 『뉴스위크』가 나의 필화사건을 상당히 크게 보도했어요. 그런데 나를 중심으로 보도한 것이 아니라 백낙청을 중심으로 했더군. 그것이 백 교수에게는 결정적으로 유리한 증언의 역할을 한 셈이지요. 미국은 물론 세계 도처의 유력한 하버드 동문들의 항의서가 한국 정부에 보내졌고. 그들은 나를 잡으려고 한 거지 백낙청을 잡으려고 한 것이 아니니까.
>
> — 리영희·임헌영, 『대화』, 한길사, 2005, 475쪽

이 특권적 자리야말로 백낙청의 자기모순의 원죄적인 인식에 해당되는 것이 아니었던가. 한동안 그가 제3세계 문학 및 문화를 치세워 미국 중심의 제국주의가 빚어낸 갖가지 죄악상을 폭로하기도 했지만 그래 봤자 위의 특권적 위치에 내속(內屬)될 성질의 것이었다. 이런 의미에서 하버드는 원죄의식이자 업보에 해당되는 것이었다. 그는 이 업보를 자기모순으로 안고 살아가야 했다. 그가 깃발처럼 세계성, 인류사를 내세웠지

만, 그것은 마르크스가 말하는 유적(類的) 인간 및 인간·자연의 관계론과는 전혀 별개였다. 어쩌면 인류사·세계성 따위도 '하버드스러운' 사고의 틀 속에 나온 것이어서 진정한 '초근목피'와는 상응하기 어려운 것이었다. 그를 두고 당대의 한 '장관'이요 '기적'이라 한 것도 이 범주 내에서의 일이었다고 할 것이다. 결과적으로 남는 것은 인간 본성의 가능성이라 할 것이다. "자기의 경험으로 환원되지 않는 어떤 사상도 믿지 않는다"는 김현과 "추상, 이론, 주장, 논리를 내세우는 것"이야말로 인간 본질에 속하는 것이라는 백낙청. 이 인간적 본질을 확실히 보여줬다는 점에 김현·백낙청의 문학사적 라이벌 의식이 생생히 살아 있다고 할 것이다.

5. 말꼬리 잡기 식 논쟁의 대중성

문학사의 라이벌 의식의 직접성을 전형적으로 보여주는 사례로는 김수영·이어령의 논쟁을 들 것이다. 이른바 '불온시 논쟁'이라 말해진 이 참여·순수 문학 논쟁은 말꼬리 잡기 식 수사학 놀음의 겉모습을 띠었다. 말꼬리 잡기의 곡예는 실로 구경거리였지만 이외에도 거기에는 보수지인 『조선일보』 편집국장 선우휘, 논설위원 이어령 등과 진보적 성향의 『사상계』와의 관련성이 잠복해 있긴 했지만. 아마도 다음과 같은 평가가 이 논쟁의 얕음과 그 때문에 가능했던 대중성의 획득을 올바로 지적했다고 볼 것이다.

그러나 그 논쟁의 수준은 별 거 아니었습니다. 두 분 다 당시 젊은 비평가들의 사회과학적 수준에 못 미쳤지요. …… 다만 그런 논의를 일간신문을 통해 정식으로 거론하여 대중화하는 빌미를 줬다는 점에서 중요한 논쟁이었다는 평가입니다. 그 무렵 수입 위주의 서구의 학문, 사상, 예술에 대한 각성에서 '한국학'이라는 말이 유행되기 시작했고, 6·25 이후 금기시되었던 '민족주의'란 단어가 부활했습니다. 아시아, 아프리카, 라틴 아메리카의 제3세계에 대한 연구가 발을 붙이려 할 때였지요.

—『대화』, 394쪽, 임헌영의 발언

이 증언에서 주목되는 데는 바로 일간지를 통한 대중화에 있었다. 순수·참여 논쟁의 논리적 문제를 비껴감으로써 얻은 것은 말꼬리잡기에 상승작용한 대중화였다.

6. 문학사의 라이벌 의식에 가장 접근한 박상륭 · 이문구

지금껏 네 가지 유형의 라이벌 의식을 검토했거니와 어느 것이든 그만한 의의와 성과가 기대 이상이었다. 당대의 '장관' 혹은 '기적'이라 부를 수 있을 만큼, 다소 굴곡은 있지만 사상적 깊이를 갖추었음에서 그런 성과가 온 것이다. 다섯 번째의 라이벌 의식은 이런 사상적 무게랄까 깊이와는 전혀 별개의 유형이라 할 만하다. 나는 이 유형을 '샤머니즘의 세계화'라고 부른 바 있다(김윤식, 『다국적 시대의 우리 소설 읽기』, 문학동네, 2010).

서라벌예대 동급생인 전라도 장수면의 욕심쟁이 박상륭과 충청도 보령 관촌 마을 출신의 '독종' 이문구와의 만남의 기묘함은 소설 쓰기와 술 먹기의 절묘한 균형감각에서 왔다. 이 균형감각의 파탄을 내심으로 바라는 '키 큰 평론가'(박상륭 용어)가 있었다. 『문학과 지성』을 이끌어나간 두목 김현이 그다. 이 계간지의 지향성은 김동리 식 샤머니즘과 참여파의 극복에 두었던 만큼 이 두 가지 심리적 복합물의 병폐를 치유하는 의사의 몫에 놓여 있었다. 김현의 안목에 따르면 박상륭, 이문구야말로 병폐의 치유를 위한 적임자로 보였다. 스승을 '배신' 혹은 극복할 수 있는 싹이 거기 움트고 있었다. 그러나 박상륭의 『칠조어론』(1994)이 나왔을 때 놀란 것은 '키 큰 평론가' 쪽이었다. 28조 달마급으로 그는 새로운 교주로 자임하고 있었다. '6조 단경'을 이은 7조라 자처한 박상륭 앞에 스승 김동리의 샤머니즘은 초라한 꼴로 전락해 있었다. 바로 말해 스승 김동리의 '자기 동네식 샤머니즘'이 박상륭에 의해 '샤머니즘의 세계화'로 나아가고 있었다. 박상륭은 노력이민(부인 간호사)으로 호서(湖西) 밴쿠버의 한 동굴에 면벽하여 9년 수행을 한 뒤에 그의 말투로 하면 '호동(湖東)'의 중생들이 하 불쌍해서 흡사 차라투스트라처럼 한 손엔 뱀, 다른 한 손엔 독수리를 들고 찾아온 것이었다. 물론 니체처럼 그는 실패하기 마련인데 호동의 눈멀고 귀 먼 중생들인 까닭이었다. 할 일 없이 다시 호서로 가서 면벽 9년을 보낼 수밖에. 이번엔 중원(中原)의 어법이 아니라, 인도 자이나교의 어법으로 나올 수밖에. 『잡설품』(2008)에 오면 그 유정물인 인류사적 발전 단계가 일목요연하여 과연 샤머니즘의 세계화가 달성되고도 남은 형국을 빚었다.

한편 스승 김동리의 직계 제자로 자처하던 보령 관촌 마을 출신의 이문구는 어떠했던가. 호동, 호서를 잇는 길목에 그는 서 있었기에 박상륭·이문구는 샴쌍생아의 형국을 빚었는데 그도 그럴 수밖에 없는 것이 스승 김동리를 배반, 극복함이 무의식 속에 자리를 잡고 있었기 때문이다. 여덟 편의 단편집 『관촌수필』(1977)이 그 징후였다. 이건 절대로 소설일 수 없다. '소설미달'이거나 '소설초월'이라고 부를 수밖에 없을 만큼 이문구는 절박했다. 「공산토월(空山吐月)」을 두고 당대의 한 시인은 비장하게 읊었다.

> 부리부리 화경눈으로
> 사람 쏘아보기는커녕 불쌍히 여겨
> 제 것 주고 나서
> 빈 몸이 보름달인 양 무던하다
> 결곡한 양친 난리에 바치고
> 네 형제 또한 난리에 목숨 무너져버리니
>
> — 고은, 「대천 이문구」, 『만인보 8』, 창작과비평사, 1989

대천에 가거든 거기서 잡은 생선을 먹어서는 안 된다고 시인은 비장한 토까지 달았다. 이런 그가 쓰는 글이 어찌 지어낸 소설 나부랭이겠는가.『관촌수필』이『칠조어론』인 곡절이란 이에서 말미암았다. 박상륭과 이문구를 저울에 올려놓고 그 문제를 재본다면 어떤 저울이든 한 치의 어긋남 없는 균형이 이루어졌다. 그러나 그 지향성은 정반대였음에 주목하지 않을 수 없다. 스승 김동리의 '지방성' 샤머니즘을 '세계화'함으로써, 스승을 배신하면서 동시에 스승을 빛낸 야심찬 제자가 박상륭이었다면, 이문구도 꼭 같았지만 다만 그 지향성이 박상륭과 달랐다. 곧, 스승의 '지방성' 샤머니즘을 더욱 '지방성으로 특권화하기'가 그것.

이 샤머니즘은 무엇인가
저 1만년 전 이후
오늘 아침의 나에게 이르기까지
백발 성성히 와 있는
이 샤머니즘은 무엇인가

그토록 배척받았건만
그토록 부정당했건만
그토록 능멸당했건만
땅 밑으로 잠겨
오늘 아침 나에게 이르기까지
이 샤머니즘은 무슨 피인가 무슨 피의 피인가
초사흘 저녁
나 어릴 적 연 날리고 돌아오면
어머니는
안주머니에 부적을 넣어주신다

꼭꼭 간수하라고
몇 번이고 챙겨주신다

......

이런 어머니의 힘으로
나는 한국현대사 험한 고비
죽을 고비
요리조리 넘겨 살아왔다
사형에서 무기
무기에서 20년
그러는 동안
나에게는 늘상 어머니의 부적이 따라다녔다.
늘상 어머니의 기도가
세상 밖을 세상 안으로 바꾸어주었다

— 고은, 「어느 사상범의 주술」, 『만인보 23』, 창비, 2006

여기에 김동리식 샤머니즘은 없다. 천하 욕심쟁이(미당의 표현) 김동리의 샤머니즘이란 한국인의 생사관 탐구였던 것. 기독교와의 싸움 따위란 안중에도 없었으니까. 당연히도 김동리의 샤머니즘은 주체성, 부계(父系)의 레벨에 놓인 것이었다. 그것은 "부적으로써 세상 밖을 세상 안으로 바꾸는 것"과는 비교도 안 되는 것이었다. 이문구는 스승의 이 큰 욕심을 알아차렸지만 그 경사진 면에서 샤머니즘으로 "분단시대의 벌 서기"(박태순의 지적)라는 작은 움막을 짓고자 했다. 스승의 그것(한국인 전체)에 비해 이 움막의 특권화를 겨냥한 것이었다. 정리하자면 삼각형 꼭짓점에 스승 김동리가 있었고, 양쪽 변에 박상륭과 이문구가 마주하고 있었다.

442

박상륭이 샤머니즘의 세계화로 치달았다면 이문구는 「공산토월」에서 보 듯 움막으로서의 샤머니즘화로 향했다. 박상륭이 닿은 곳은 호동의 어법 도 중원의 어법도 넘어선 자이나교의 유정물(有情物) 생성론이었다면 이 문구가 닿은 곳은 '물빛 무늬'였고 그 방법론은 전(伝)의 형식에서 찾고 자 했다. 이로써 서라벌예대의 두 수제자는 스승을 배신하면서 스승을 빛낸 결과를 빚었다. 이 어찌 '기적'이 아니며 '장관'이 아닐 수 있으랴.

7. 문학사란 추상인가 주체성인가

이상에서 내가 시도한 '문학사의 라이벌'의 다섯 가지 의식 유형을 보였거니와, 그렇다면 다시 문제는 원점으로 되돌아온 느낌을 물리치기 어렵다. 문학과 예술의 역사란 오랫동안 작가와 작품의 역사였다. 그렇 다면 제3계급이라 할 독자, 청중, 관객을 은폐한 것으로 보지 않을 수 없 다. 이 제3계급의 관여 없이는 구체적인 역사 곧 문학사(예술사)란 성립 되지 않을 터이다. 이 제3계급이 작품을 수용, 향수, 판단, 거부, 선별하지 않을 수 없다고 야우스(Hans Robert Jauß)의 수용미학 측에서는 주장한 다. 문학사란 구체성을 전제로 한 것인 만큼 이 범주 속에서의 라이벌 관 계가 놓이지 않을 수 없다. 그러나 내가 지금껏 논의해온 '문학사'란 주 체성에서 떠난 것, 곧 추상적인 것이었다. 오직 작가(논자)를 못 견디게 자극하는 그러한 추상적인 것이었다. 작가의 의식을 알게 모르게 짓누르 는 그 무엇의 명칭으로서의 문학사였던 것이다. 도남의 경우 추상으로 서의 국민국가의 양상하나 견고한 골격을 '정신과학'이라고 밀어붙였다 면, 무애의 경우 실증주의의 가면을 쓴 시적 직관으로써 '경성제국대학' 의 아카데미시즘과 맞섰고, 김현에 있어서는 『창작과 비평』이었고 그 결 과는 독자적인 해석학이었다. "자기의 경험으로 환원되지 않는 사상이란 신용하지 않는다"가 그것. 한편 『창작과 비평』의 백낙청은 "추상, 이론, 주장, 논리의 건설"이었다. 경험주의(4·19의식)도 추상의 건설도 인간 고유의 두 영역이기에 어느 쪽도 소중하기는 마찬가지. 다만 후자에서는 보조선이 그어져 있었는데 하버드 대학의 귀족주의와 '초근목피'에 대한 죄의식·사명감의 모순성이 논리적 에너지의 원천으로 지속성을 가져왔다면, 전자에서는 '5월의 광주' 의식을 모르는 4·19의식이 그 모순성으로 작동, 거기서 지속성의 에너지를 얻어내었다. 이러한 혼신의 힘을 기울인 도남, 무애, 김현, 백낙청의 경우에 비해 말꼬리 채기에 함몰된 경우를 김수영, 이어령에서 볼 수 있다. 철학 빈곤의 순수·참여 논쟁이 비록 『조선일보』와 『사상계』의 뿌리를 스치고 갔다 해도 이론 빈약의 비판을 면하기 어렵지만 그 대신 일간지를 통해 대중화에 기여한 한 가지 사례라 할 것이다. 그러나 가장 극적인 문학사의 라이벌 의식은 박상륭·이문구의 경우라 할 것이다. 스승 김동리를 배신함으로써 진짜 스승을 빛낸 박상륭은 『칠조어론』의 교주로 자처했고 이문구 역시 『관촌수필』로 그 명분을 삼았다. 이는 '샤머니즘의 세계화'와 '샤머니즘의 움막 짓기'로 각각 정의된다. 스승 김동리가 문학사의 추상이자 동시에 실체이기도 했기에 문학사의 라이벌 의식의 범주이며, 『칠조어론』과 『관촌수필』이 호서와 호동을 사이에 둔 긴장관계에서 이루어진 것이기에 문학적 라이벌 의식의 성과가 아닐 수 없다.

이상에서 살핀 다섯 가지 라이벌 의식은 이 나라 문학사의 한 가지 높고 귀한 가능성이 아닐 수 없다. 적어도 문학사를 추상으로 보든, 구체성으로 보든, 이 다섯 가지 의식은 단연 일종의 장관이자 기적이라 할 것이다. 왜냐면 우리는 이미 관객이 아니기에 그러하다. 곧 우리 자신이 하나의 '장관'이자 '기적'이니까.

6·25의 소설과 소설의 6·25

푸른사상, 2013

머리말 | 개인의 자유와 해방을 위해

내 전공은 한국 근대문학이오. '한국'은 어느 정도 안다고 믿었지만, 또 문학도 그러했지만, 제일 알기 어려운 것은 '근대'였소. 대체 근대란 무엇인가. 나는 모든 것을 제쳐두고 이를 따로 공부하지 않으면 안 되었소. 가까스로 알아낸 것은 '국민국가(nation-state)'와 '자본제 생산양식(mode of capitalist production)'으로 되어 있음이었소. 많은 노력으로 이 공부에 나아가 시간을 보내지 않으면 안 되었소. 정치 공부에 4년, 경제 공부에 또 4년이 그것. 국민국가, 자본제 생산양식은 이른바 보편성이었소. 이 둘을 바퀴로 하여 매진함이 근대의 속성이었소. 그러나 한국의 근대는 어떠했을까. 일제 식민지로 편입되었기에 반제 투쟁, 반봉건 투쟁이 급선무였소. 이를 특수성이라 부를 것이오. 참으로 딱한 것은 보편성과 특수성이 거의 절대모순이라는 사실이었소. 이 모순의 추구가 한국 근대문학이었소. 내가 쓴 모든 것은 이 추구의 궤적이외다. 이를 두고 나는 문학사라 부르는 것이 적당하다고 믿었소.

그러는 동안 나는 또 많은 사람들의 도움을 받았소. 그중 인상적인 것이 앤더슨의 『상상의 공동체』(1983)이오. 근대란 긴 인류사의 한순간, 기껏해야 200년간에 일어난 일이라는 것. 그러니까 실로 보잘것없는 기간의 사항이라는 것. 이중어 글쓰기(bilingual writing)가 빌미로 스며들었다는 것.

여기 실린 평론에서 내가 공들인 것은 「이중어 글쓰기의 어떤 초극현상」이오. 「이중어 글쓰기의 기원에 대하여」도 이 연장선상의 고민 사항들이오. 외국문학 전공의 학생들이 외국문학을 통해 민족의 '해방과 자유'를 지향했다는 경성제대 영문과 사토 기요시(佐藤淸) 교수의 회고는 감동적이외다. 그렇다면 문학 전공의 나 같은 자의 지향성은 무엇일까. '개인의 해방과 자유'가 아니고 새삼 무엇이리오.

누군가 묻겠지요. 그대는 개인의 해방과 그대의 자유를 찾았는가. 이에 대해 나는 이 평론집에서 조금은 대답을 내놓았다고 믿고 싶소이다. 학병세대인 선우휘의 「불꽃」, 탈출병들(장준하, 김준엽, 박순동)이 가담한 OSS, 종군위안부와 순백의 이미지(박순동, 야스오카 쇼타로) 등등은 근대와 무관한 것이 아닐지라도 이미 그런 것은 안중에도 없었소. 6·25 때문이었소. 소위 역사가 통째로 몸을 드러내고 있었으니까. 그 역사의 실체가 제일 구체적으로 드러난 것이 6·25이오.

이 평론집의 제목을 "6·25의 소설과 소설의 6·25"라 한 것은 이에서 말미암았소. 이 역사 앞에 문학은 어떠했을까. 『태백산맥』(조정래), 『남과 북』(홍성원), 『지리산』(이병주), 『순교자』(이은국), 「장마」(윤흥길), 『흰옷』(이청준), 『노을』(김원일) 등등, 많건 적건 6·25와 무관한 문학은 거의 찾기 어려웠소. 이 숨막히는 막다른 골목에 숨통을 튼 것이 계간 『창작과 비평』(1965)이었고 장편 『분례기』(방영웅)와 『장한몽』(이문구)의, 산맥처럼 거대한 모습이었소. 늦게 나온 또 다른 계간지 『문학과 지성』(1970)의, 4·19 세대 중심의 소설에 맞섰던 것이오.

이 평론집은 잘 되었든 모자랐든 이 사실들을 암시하려 노력한 흔적이외다. 문학의 교육적 과제에 대한 글들을 몇 편 넣었는데, 나는 결코 나만이 옳다고 여기지 않소. 중요한 것은 이런 생각이 2010년에서 지금까지의 것이라는 점이외다. 시간이 지나면 조만간 이런 생각도 변할 것이외다. '나'란 실체가 없고 한갓 '현상'인 것을.

귀동냥으로 듣건대 세존께서는 제행무상이라 하셨다 하오. '개인의 해방과 자유'를 찾기 위해 나름대로나마 내가 문학을 해왔다면 이는 또 무엇일까.

2013년 9월

3대 계간지가 세운 문학의 기틀

역락, 2013

앞의 말

문학사에서는 드물기는 해도 위대한 시대라 불릴만한 시절이 있다. 예컨대 이광수의 『무정』(1917)이 나온 시대가 그러한 사례에 속할 것이다. 국민국가와 자본제 생산양식을 대전제로 한, 근대에 연결된 이 시대의 위대성은 아무리 강조되어도 지나침이 없다. 『무정』이 이 대전제에 속하면서도 일제 식민지로 편입된 한국이기에 국민국가에 대신한 것이 이른바 국민이었고 또 이를 좀 더 감정을 윤색하여 '민족'이라 불렀다. 민족문학 곧 근대문학이란 등식은 여기에서 나온 것이다. 민족주의의 시대, 바로 그것이 위대한 시대의 살아 있는 증표였다. 이 증표는 살아 있기에 그 자체로 강력한 힘을 발휘했던 것이다.

그러나 이 감정적 증표 속에는 일종의 허구가 이루어져 있음이 드러났다. 세계사의 흐름이 그것이다. 세계사라 해도 그것이 서구 중심주의에 다름 아니지만, 거기에는 또 다른 위대한 시대의 흐름이 감지되었던 것이다. 이른바 무산계급사상이 그것이다. 이 프롤레타리아 사상의 흐름은 당시로서는 세계사를 양분하기에 모자람이 없었다. 이광수보다 좀 더 눈치 빠른 염상섭은 『삼대』(1931)를 썼다. 민족주의와 계급주의의 절충 모색이 그것이다. 이른바 심퍼사이즈(sympathize) 사상, 달리 말해 KAPF와 민족주의의 절충이 이에 해당된다.

이러한 흐름을 뚫은 한 천재의 출현을 이 나라 문학사는 보지 않으면 안 되었다. 「오감도」(1934)와 「날개」(1936)의 이상이 그다.

당초 이상은 한국어가 아닌 기호로 문학을 시도했다. 유클리드 기하학과 비유클리드 기하학 사이를 오르내리다가 드디어 그는 위대한 시대에 부딪혔다. 이 땅에서의 문학하기의 거의 불가능에 대한 인식이 그것.

> 이 향토(鄕土)는 鄕土이기 때문인 이유만으로 草根木皮로 목숨을 잇는 너무도 끔찍끔찍한 이 많은 성가신 식구를 가졌다. 또 그 응접실(應接室)에 걸어놓고 싶은 한 장 그림을 사되 한 꿩 맛있는 꼴뚜기를 흠뻑 에누리 끝에야 사듯이 그렇게 점잖을 수 있는 몇 되지도 않는 일가(一家)도 가졌다. 이어 중간에서 그중에도 제일 허름한 공첨(空籤)을 하나 뽑아들고 어름어름 하는 축이 이 鄕土에 태어난 작가(作家)다.
>
> — 이상, 「작가의 호소」, 1936

이러한 천재의 출현이란 극히 예외적인 사건이 아닐 수 없었다. 왜냐하면 민족주의와 계급주의라는 도도한 세계사적 흐름에서 보면 물방울과 같은 것이었으니까. 이를 잘 보여주는 것의 하나에 다음과 같은 노래가 있다.

> 어둠은 괴로워라 밤이 길더니
> 삼천리 이 강산에 먼동이 텄네

동무야 자리차고 일어나거라
산 넘어 바다 넘어 태평양 넘어
아아 자유의, 자유의 종이 울린다

한숨아 너가라 현해탄 건너
설움과 눈물아 너와도 하직
동무야 두 손 들어 만세 부르자
아득한 시베리아 넓은 벌판에
아아, 해방의, 해방의 깃발 날린다

— 박태원 작사 · 김성태 작곡, 〈독립행진곡〉, 1945

미국의 자유의 종, 시베리아의 붉은 깃발, 이 두 가지 상징물이 한반
도를 지배했다. 이 상징은 상징물이자 현실이 아닐 수 없었다. 이광수 이
후 고유의 우리식 민족주의도 카프 이후의 우리식 계급주의도 숨을 죽일
수밖에 없었다.

드디어 그 현실이 6·25로 터져 나왔다. 많은 인명 손실과 재산 탕진
이 이루어졌음은 세계가 다 아는 사실. 이로써 한반도는 세계사 속에 연
결되었고, 결국 고립상태에 떨어질 수밖에 없었다.

그로부터 16년 뒤에 계간지『창작과 비평』(1966년 겨울호)이 탄생했
다. 또 4년 뒤에는 계간지『문학과 지성』(1970년 가을호)이 태어났다. 다
시 그로부터 썩 뒤인 10년 후에 또 하나의 계간지『세계의 문학』(1976년
가을호)이 나왔다.

이 세 개의 계간지의 출현은『무정』이래의 위대한 시대를 이루어내
었다. 1970년대 이래 이 나라 문학사의 기틀은 이로써 이루어졌다.

내가 읽고 쓴 글의 갈피들

푸른사상, 2014

머리말 | 내가 읽고 쓴 글의 갈피들

사람은 누구나 남이 쓴 글을 읽기도 하고 또 자기의 생각을 적어보기도 하지 않을까 싶소. 짐승이 아니기에 저도 그러한 부류에 든다고 믿고 있소이다. 글을 쓰는 사람은 어떤 목적을 향하고, 그 뜻의 전달을 분명히 하기 위해 혼신을 기울이지 않을까 싶소. 그 결과는 어떠할까. 얻는 것도 조금은 있겠지만 그에 못지않게 잃는 것도 많을 것이오. 이유는 글쓴이가 부주의했다기보다는 전달 수단인 언어의 애매모호성에서 왔을 터이오. 진리란 무엇인가를 묻자, '뜰 앞의 잣나무를 보라'라고 했다든가, 논리 형식이 없으면 침묵하라는 지적이 있음도 이런 사정과 관련되어 있을 성싶소. 그러나 현실 없이는 언어도 없는 것이 아닐까 하오. 그렇다면 그 현실이란 과연 어떠할까.

'현실'이란 우리의 일상적 삶, 곧 자기만이 느끼고 감동하는 그런 것이 아닐까 싶소. 글 쓰는 사람도 마찬가지요. 글 속에는 잘 보이지 않지만 그 글 속에 배어 있는, 또는 그 글을 잉태한 당사자만이 감지한 느낌 말이외다.

나의 경우는 어떠할까. 이번 책에서 제가 드러내고자 한 것은 글쓰기의 제 '현실'을 말하고자 함이외다.

제1부를 저는 초기에 쓴 두 권의 책과 후기에 쓴 한 권의 책에만 국한시켰소. 내 최초의 평론집 『한국문학의 논리』에서는 추천작에 대한 저만의 현실을 드러내고자 했소. 또 한갓 부록으로 되어 있지만, 이 평론집에서 힘을 기울인 것은 루카치에 관한 소개 및 비판적 번역이었소. 반공을 국시로 했던 당시, 이 공산주의자의 소개란 아무리 비판이라 해도 입문서적인 몫을 하는 만큼 용기가 필요했소. 이 점을 특히 밝히고 싶었소.

두 번째로 저는 『한국 근대문학의 이해』를 내세웠소. 교과용이라 표지에 박은 이 책은 교양 과목의 교재였소. 아주 소박한 것이지만 문학 지망생에게는 지금도 읽히는 것이오. 그 이유는 어디에서 오는가. 이를 암시해보자 했소이다.

세 번째로는 『백철 연구』. 저는 이 평전에서 '한없이 지루한 글쓰기, 한없이 조급한 글쓰기'를 드러내고자 했소. '남의 글 앨써 읽고 그것을 가르치고 쓰기에 삶을 탕진한 나, 너'를 말이외다. 저는 백철의 뒤를 감히 따르지 못하지만 결과적으로 그의 흉내를 냈음을 고백하고자 했소.

제2부에서는 첫 번째로 1930년대 초반에 박태원이 쓴 「소설가 구보씨의 일일」(1934)을 논의하면서 식민지 서울의 현실적 빈약성과 이미 배워버린 모더니즘 앞에서 줄타기 재주 놀음하는 소설가의 모습을 드러내고자 했소. 두 번째로는 1970년대 소설가 최인훈의 『소설가 구보씨의 일일』(1972). L·S·T(Landing Ship for Tank)의식 또는 피난민의식이 이 나라 문학판에 차지하는 방식을 드러내고자 저는 시도했소이다. 연작소설인 이 작품에서는 창경원을 두 번씩이나 간 것이 쓰여 있소. 공작새의 춤추는 광경을 본 구보는 몹시 감탄합니다. 볼모로 잡혀 왔어도 정해진 시간만 되면 종족의 습속을 따라 춤춘다는 것. 박태원의 것과 최인훈의

것이 어떤 점에서 같고 또 다른가를 드러내고자 했소. 소설사적 맥락이란 이런 곳에서 찾아지는 것이니까.

제3부에서 저는 첫 번째로 『세대』와 『사상계』의 성격과 지향성, 영향력 등을 분석하면서 두 종합 월간지가 얼마나 정치와 관련되었는가를 보이고자 했고, 두 번째 「황용주와 이병주」에서는 제가 근자에 관심을 갖고 있는 이른바 학병세대의 의식을 드러내고자 했소이다.

저는 제가 시도한 이러한 것들의 글을 '갈피'라 했소. 글마다 글쓴이의 지문이 묻어 있는 것, 이를 저는 '갈피'라 한 것이오. 책이란 책마다 각각의 그 지문이 있소. 이를 또 '갈피'라 했소이다. 글(책)의 수명이란, 아니 그 가치란 이 갈피에서 알아낼 때 비로소 반짝이는 것이외다.

끝으로 부록. 「일본에서 한국문학을 연구·번역하는, 내가 아는 일본인 교수들」에서 제가 드러내고자 한 것은 다음 두 가지. 하나는 '내가 아는'에서 보듯이 제가 아는 범위인 만큼 제한적인 것이오. 다른 하나는, 안다는 것 속에 스민 의미. 직접 만나 대화를 같이한 학자들이라는 점. 곧 그 사람들을 안다는 것. 가량 오무라 마즈오(大村益夫, 1933~) 씨는 제가 존경하는 학자, 세리카와 데쓰요(芹川哲世, 1945~) 씨는 제가 신뢰하는 학자, 호테이 토시히로(布袋敏博, 1954~) 씨는 제가 자주 참고하는 서지학 분야의 전문 교수, 그리고 하타노 세츠코(波田野節子, 1950~) 씨는 저와는 동무라고 할 교수. 이런 것의 표명이 '갈피'가 아닐 것인가.

이만 하면 '갈피'의 뜻이 어느 만큼은 드러나지 않았을까요.

2014년 1월

문학을 걷다

그린비, 2014

머리말 | 엉거주춤한 문학의 표정

『한겨레신문』에 '김윤식의 문학 산책'이라는 칼럼을 만 8년 동안 써 왔소. 초기엔 한 달에 여러 번 썼으나 힘에 부쳐 근래에는 한 달에 한 번 씩 쓰고 있소. 대체 칼럼이란 무엇인가. 신문의 '상시 특별 기고'라고 사전에 적혀 있소. 또 '일정한 기고자가 담당하는 시평, 수필 따위'를 가리킴이오. 나는 이에 깊이 생각한 바 있소. 원고지 8매 분량으로 썼을 뿐이오. 어떤 때는 제법 길게 쓴 것을 깎고 다듬어 8매를 채웠소.

내가 제일 염두에 둔 것은 세상이나 남을 칭찬하고 기리는 것이었소. 좋은 글이란 이렇게 남이나 세상을 기리는 것임을 나는 비평에서 배웠소. 나는 비평가이지만, 비평에 대해 깊이 있게 분석하고 가치를 측정하고 한 바 없소. 다만 좋은 글이란 그 작품을 기리고 감동하고 그럼으로써 나와 남을 감동시키는 것이라는 믿음을 갖고 있소. 조금 야한 표현으로 남을 '깐다'는 말이 있소. 비평이란 원래 그래야 한다는 듯이. 그러나 내가 알기엔 그런 글 중에 좋은 글이 없었소. 그렇다고 내가 쓴 칼럼이 명문이란 뜻은 결코 아니외다. 그렇기는 하나 다음과 같은 원칙이랄까 안목을 갖고 썼음을 좀 드러내고 싶소.

첫째 내가 한국 근대문학의 전공자라는 것. 근대란 무엇인가. 이를 알기 위해 상당한 공부를 내 딴엔 했소. 베네딕트 앤더슨의 『상상의 공동체』(1983)에서 이 점이 세계사적 규모로 정리되어 있었소. 인류사에서 기껏해야 200년 남짓한 기간을 근대라 한다는 것. 이 한정된 기간 속에서 한국 근대문학이 형성, 발전되었던 것. 근대의 종언 또는 해체가 진행되는 21세기인 오늘날에서 보면 그 한계가 뚜렷하지 않겠습니까. 그럼에도 나는 근대를 벗어날 수 없다는 것. 그러니까 엉거주춤할 수밖에.

둘째 내가 바라보는 세계란 한·중·일 삼국에 관련된다는 것. 그것도 극히 표층적으로. 한국과 일본의 관계가 이 칼럼에 제일 비중 있게 다루어졌소. 이광수, 염상섭, 김동인 등의 소설이 그 대표적인 사례이오. 또 「오감도」(1934)의 시인이자 작가인 이상이 특히 그러하오. 기호로 문학을 한 최초의 사례. 그러니까 이중어 글쓰기(『상상의 공동체』)로 나선 이상이 일본 문학에 직결되었음이 그러하오. 김소운의 일역 『조선시집(朝鮮詩集)』(1943), 김시종의 일역 『윤동주 시집—하늘과 바람과 별과 시(尹東柱詩集 空と風と星と詩)』(2012)도 그러하며, 교토의 헤이안조(平安朝) 교양과 윤동주의 비석도 그러하오. 이런 것은 이 칼럼집의 특징이라 할 만하오. 루쉰과 김사량, 충칭 임시정부와 『장정』(김준엽, 1987~2001), 『돌베개』(장준하, 1971), 잡지 『등불』과 『제단』, 또 OSS(미국전략첩보대)의 경위도 그러하오.

셋째 세계문학에도 조금 관여되었다는 것. 대체 세계문학이란 있는 것일까. 내가 말하고자 하는 것은 보르헤스와 카프카 정도. 150만의 외국인을 받아들인 우리나라는 바야흐로 다국적 시대가 아닐 것인가. 한국어가 뭐 그리 대단할까 보냐. 보르헤스 말대로 근대 이전에도, 이후에도 이야기는 이어져 있는 것. 카프카의 말대로 푹신푹신한 담요에 싸여 침대에 누워 자지만 실은 원시시대와 다름없이 머리를 땅에 처박고 적이 쳐 들어올까 봐 전전긍긍하면서 자고 있는 것.

넷째 한국 현대의 뜨끈뜨끈한 작품을 대한다는 것. 아는 사람은 알겠지만, 나는 수십 년 동안 한 번도 빠짐없이 소설 월평을 써 왔고, 또 하고 있소이다. 칼럼에 그 월평의 한 부분을 쓰곤 했소. 어떤 때는 한 해 동안의 인상적인 작품을 꼽기도 했소.

끝으로 한 가지 적어 두고 싶은 것이 있소이다. 첫째에서 넷째까지 어느 것이나 엉거주춤하다는 점이외다. 서지도 못하고 앉지도 못하는 그런 상태. 우리 인생도 그러하지 않을까, 라고 나는 여기고 있소. 제 넋두리를 들어 주신 독자께 고개 숙여 감사드립니다.

2014년 1월

내가 읽은 기행문들

서정시학, 2015

프롤로그 | 문인의 흔적, 황홀경의 사상을 찾아서

문인들도 사람이 아니겠습니까. 사람이 앞서느냐, 문인이 앞서느냐를 시비하자는 것이 아니외다. 다만 여기서는 사람 이전에 문인이어야 함을 다루고자 했습니다. 그게 한갓 말장난이 아닐까, 라고 묻는다면 저는 외람되나마 이 글을 보일 수가 있습니다.

문인은 문인이기에 자기의 문인적인 흔적을 남기는 법입니다. 혹시라도 그 누가 왜 일기를 쓰는가, 라고 문인에게 묻는다면 필시 그는 대답을 못 할 것입니다. 그만큼 그는 정직했던 것이겠지요.

이 책에서는 여행기에 대해서 말해보고 싶었소. 일기와 매우 닮은 여행기. 이를 어떻게 말해야 적절할까. 소생은 무려 16권의 여행기 책을 썼거니와 이를 한마디로 줄인다면 '아득한 회색, 선연한 초록' 혹은 '황홀경의 사상'이라 하면 어떨까요.

『왕오천축국전』(혜초)을 비롯해서 『하멜 표류기』(하멜), 「일동장유가」(김인겸), 「연안기행」(김태준), 「노마만리」(김사량)의 저 거대한 모험기.

「화문행각」과 「수수어」(정지용), 「경도기행」(이양하)의 저 날카로운 한국어의 감각.

「소련기행」(앙드레 지드)과, 역시 또 다른 소련 기행기인 「붉은 광장에서」(이태준)의 비교에서 드러나는 정치적 감각의 유무.

그리고 또 다시, 외람되나마 소생의 「천지 가는 길」, 「라이덴에서 열린 한국문학에 관한 성찰」, 「한국문학의 번역에 관한 논의」, 「유럽에서의 한국문학의 표정」을 담았소이다.

벗이여, 이 모든 것은 결국 무엇으로 수렴되겠습니까. 종교도, 사명감도, 정치적 이데올로기도 앞서 있겠지만, 그러나 마지막 남은 것은 '아득한 회색, 선연한 초록'이 아니겠는가.

벗이여, 혹시 소생의 책상 위에 놓인 물건들을 보시라.

중국산 청동 촛대, 울란바토르의 레닌 배지, 오르세 화랑에서 구입한 드가의 무희(자석용), 유리상자 속에 든 〈백조의 호수〉의 발레리나 등등. 석가세존의 말씀대로 제행은 무상인 것. 그러나 벗이여, 꾸짖지 마시라. 죽을 때 모두 두고 갈 터이니까.

2014년 11월

이병주 연구

국학자료원, 2015

머리말 | 연구자로 감히 칭한 곡절에 대하여

저자는 일찍이 『이병주와 지리산』(국학자료원, 2010)을 쓴 바 있습니다. 이 저서에서 저자가 중점적으로 다룬 것은 일제가 강요한 조선인학(도)병 제도 및 그 주변 문제에 대한 검토, 아울러 총 4,385명의 학병(1944년 1월 20일 동시 입대) 중의 한 사람인 이병주였습니다.

이 책에서 저자가 밝혀낸 점은 이병주가 일본의 메이지대학(明治大學) 전문부 문예별과(別科)에 다녔으며 1943년 9월에 졸업했다는 사실입니다. 이는 출세작인 장편 『관부연락선』(『월간중앙』 연재, 1968.4.~1970.3.)의 작가 소개에서 사진과 함께 제시되었던 "와세다 대학 재학 중" 학병으로 나갔다는 사실과 전혀 다릅니다. 이를 토대로 다각적인 관점으로 살펴 나가다보니, 평전 형식의 성격으로 쓰게 되었습니다.

『이병주와 지리산』은 이병주의 처녀작이 「내일 없는 그날」(『부산일보』 1957년 연재)임을 밝히고, 계간 『민족과 문학』에 연재하다가 중단된 장편 『별이 차가운 밤이면』이라는 자료를 발굴(이 작품은 저자와 김종회

교수가 공동 편집으로 문학의 숲 출판사에서 2009년 단행본으로 간행)하는 등의 성과를 내었으나 감히 연구서라고 칭하기에는 부족한 점이 없지 않았습니다. 또한 이병주의 대표작인『지리산』에 대한 문학적 해석 및 연구를 곁들이기는 했으나, 본격적인 '이병주 연구'라 하기에는 어딘가 맞지 않아 보였습니다.

그 후로 저자는 이병주기념사업회 공동대표(정구영 전 검찰총장과 함께)로 있었기에 일 년에 두 차례(봄, 가을) 나림 이병주의 고향에 있는 이병주문학관에 내려가서 기조논문을 발표했고, 또 지금까지 해오고 있습니다. 그러는 동안에 저자는 이병주의 문학세계에 대해 좀 더 깊이, 또 넓게 파악할 수 있었습니다. 가령, 학병과 관련해서는 작가 선우휘의 통렬한 고발소설에 접했고, 또한 조정래의 대작『태백산맥』에 등장하는 학병 출신 주인공들이 가진 반미주의의 근원(OSS 출신인 조정래의 외숙 박순동이 모델)을 살펴볼 수 있었으며, 황병주와 이병주의 관계와 거기서 이른바 이병주 작법의 키워드라 할 수 있는 '가아(假我)의 사상'을 찾아낼 수 있었습니다. 이후에는 어째서 그것이 황병주≠이병주인가, 또 어째서 정몽주≠정도전인가에로 연결시키며 추론할 수조차 있었습니다. 또한 남재희의 회고록과 리영희의『대화』를 통해서 각각 이병주의 통 큰 인물상을 파악할 수 있었으며, 박정희에게로 전향한 곡절도 알아낼 수 있었습니다. 이와 더불어 학병세대와 교양주의의 문제점도 심화하기에 이르렀고,『소설·알렉산드리아』와『세대』지의 관계에 뜻밖에도 이를 수조차 있었습니다. 특히 학병이었던 이병주가 8·15 직전에 일본군 육군 소위로 임명되었음은 저자에게 큰 충격으로 닥쳐왔습니다.

이제 저자는『지리산』은 어떤 소설인가를 어느 수준에서 가늠할 수 있다고 생각했습니다. 이태의『남부군』과『지리산』이 어떻게 같고, 또 어떻게 다른가. 이를『지리산』의 두 주역 이규와 박태영을 통해 비로소 확인할 수 있었습니다.

『지리산』의 참주제는 바로 '허망한 정열'이라는 사실.

이 저서의 표제를 '이병주 연구'라 감히 표현한 것은 이런 곡절에서 말미암았습니다.

끝으로, 책을 내기까지 많은 사람들의 도움을 크게 받았지만, 여기에 꼭 적어두고 싶은 분들은 안경환 교수, 임헌영 선생, 남재희 선생입니다.

내가 읽은 우리 소설 2013.3.~2015.3.

강, 2015

책머리에 | 작가는 쓴다, 비평가는 읽는다

작가는 쓸 수밖에 없다. 비평가는 읽을 수밖에 없다. 그 이외의 것은 아무것도 없다.

쓴다는 것은 무엇인가. 『노인과 바다』의 작가 헤밍웨이는 이렇게 썼다. "이런 일은 받아쓰게 할 수 있지만, 콩트레스카르프 광장은 받아쓰게 할 수 없어. 그곳에서는 꽃장수들이 거리에서 꽃을 염색해 염료가 포도 위를 흘렀고, 버스가 출발했고, 늙은 남자와 여자들은 와인과 질 낮은 마르크에 취해 있었지. 아이들은 추위로 콧물을 질질 흘렀고, 더러운 땀 냄새와 가난과 카페 데 자마퇴르의 술주정과 발 뮈제트의 창녀들이 있었다. 그들은 발 뮈제트 위에 살았다. 파리 헌병대 기병을 자신의 방에 맞아들이고 말털 장식을 한 헬멧은 의자에 두던 여자 관리인. 남편이 자전거 경주 선수였던 복도 맞은편 세입자, 그리고 그날 아침 치즈 가게에서 로토를 펼쳐보고 남편이 처음 출전한 큰 경주인 파리 루트에서 3등을 차지한 것을 알았을 때 그 여자가 느꼈던 기쁨. 그녀는 얼굴을 붉히고 웃음을 터뜨리다, 그 황색 스포츠 신문을 들고 위층으로 올라가며 울었다."(『킬리만자로의 눈』, 정영목 옮김, 문학동네, 2012, 41-42쪽) '받아쓰기 할 수 없음'이야말로 작가의 글쓰기라는 것. '받아쓰기 할 수 없음'이란 '문체'를 가리킴인 것. 그런데 '좋은 문체'란 노력의 흔적이 보여서는 안 된다. 쓰인 것은 운이 좋은 것처럼 보여야 한다. 그런 문체란 따지고 보면 몇 번이나 고쳐야 가능한 법. 그뿐이랴. 어떤 일이 있어도 아는 척하는 태도를 피할 때만 가능한 법.

그러기에 감히 말하지만, 많이 쓰지 않으면 잘 쓸 수 없는 법. 서머싯 몸은 성공이야말로 작가를 타락시킨다고 적었다. 관대, 겸손해지기 때문이다. 반면 실패는 작가 자신을 가혹하게 한다. 다음을 위해 말이다(『서밍업』, 이정기 옮김, 계원출판사, 1975, 131-132쪽). 또 그는 이렇게 말했다.

"우리는 쓰고 싶기 때문에 쓰는 것이 아니라 쓰지 않고는 못 견디기 때문에 쓰는 것이다. 세상에는 더 급히 해야만 될 다른 일들이 있을지도 모른다. 우리는 창조의 무거운 짐으로부터 혼을 해방시켜야만 된다. 로마가 불바다가 된다 해도 우리는 쓰지 않으면 안 되는 것이다. 한 양동이의 끼얹을 물도 도와주지 않는다고 남들이 우리를 경멸할지 모른다. 어쩔 도리가 없다. 우리는 양동이를 다루는 법을 모른다. 게다가 그 큰 화재는 스릴을 주며 마음을 어구로 채워준다."(191쪽)

작가가 쓰는 이유가 이로써 분명해지지 않았을까.

비평가는 어째야 할까. 읽어야 한다. 위의 '이런 것'을 많이 읽지 않으면 안 되지 않겠는가. 이쯤에서 비평가인 내 이야기를 하려 한다.

아직도 월평을 쓰고 있는가, 그대 아직도 꿈꾸고 있는가, 라고 주변에선 말하오. 내가 생각해도 딱하오. 한 가지 위안이 될 수 있는 것은 서머싯 몸의 충고이오. 작품 쓰기(창조)가 자기의 일이 아님을 깨닫지 않는다면 위대한 비평가가 될 수 없다, 라고. 이 점을 분명히 알고 나면 작품 구경하기(감상)가 조금은 자유롭다고나 할까요. 비평가란 당연히도 해박한 지식을 갖추어야 되거니와 동시에 공감도 그만큼 갖추어야 된다는 것.

문제는 이 '공감'에 있소. 그러한 공감이란, 마음에 없는 것을 참을 수 있는 일반적 무관심이 아니라 각양각색의 것에 대한 활기 있는 기쁨에 근거를 두어야 한다는 것. 공감을 끌어내기 위해서는 철학, 심리학, 자기 나라의 전통 등에 해박해야 하지만, 각양각색의 것에 대한 활기 있는 기쁨도 있어야 한다고 했을 때, 내 머리를 스치는 것은 비평이란 요컨대 '위대한 인간이다'로 정리된다는 점이외다. 비평이란 세상의 여러 가지 일 중에서도 문학을 '인간 추구의 가장 중요한 것 중의 하나'라고 생각할 때만 비로소 할 만한 가치 있는 일이 될 수 있다는 것.

여기까지 생각이 미치자 덜컥 겁이 났소. 그럴 수밖에 없는 것이, 아직도 월평을 쓰고 있음이란 괜찮은 인간이 되려고 노력하는 중이라는 오해를 살 수도 있으니까요. 기를 쓰고 월평 쓰기에 임한 것은 기를 쓰고 위대한 인간이 되려는 욕심 때문이 아니냐고 물을 수도 있으니까요. 귀동냥으로 듣건대 석가세존께선 지혜 제일의 사리자(舍利子)에게 넌지시 말씀하셨다 하오. '색불이공 공불이색'이라고. 진작 이를 배웠더라면 욕심 따위가 끼어들 틈이 어디 있었으랴.

여기까지 말해놓고 보니 스스로도 거창하게 들려마지않아 딱하기에 앞서 민망함을 물리치기 어렵소. 실상은 딱할 일도, 민망할 일도 아닌지 모르겠소. 그냥 월평을 썼을 뿐이니까. 쓰다 보니 다음 세 가지 점에 생각이 미쳤소. 좋은 물건이냐 아니냐를 아는 가장 손쉬운 방법이 그 하나. 복요리나 포도주 맛이란 자주 또 많이 먹어본 사람이라야 식별 가능한 법. 그렇지만 이러한 경험주의에는 당연히도 그 한계가 따로 놓여 있소이다. 새로운 맛이 등장하면 속수무책이라는 점이 그것. 포도주 맛을 송두리째 뒤엎는 경우를 연상해보시라. 「메밀꽃 필 무렵」(1936)의 세계 속에 「날개」(1936)가 등장했을 때 비평가는 어째야 했을까. 겨우 최재서가 '리얼리즘의 심화'라 하여 이를 수습할 수 있었소. 그렇지만 이런 상대주의 역시 그 한계가 저만치 바라보이오. 그래서 등장한 것이 절대주의라고 부를 만한 것이외다. 말을 바꾸면 비평가의 '자기의식'이 최후로 남는 것. 이는 언어에서 도출된 것이자 동시에 역사에서 도출된 것이 아니었던가. 곧 정신으로 나아가는 길목.

아직도 월평을 쓰고 있는가. 딱하고도 민망하게 살펴보았소. 이쯤 되면 나만의 방도도 실토하지 않을 수 없소. '작품과 작가의 구별 원칙'이 그것이외다. 이 작가는 누구의 자식이며 어느 골짜기의 물을 마셨는가를 문제 삼지 않기. 있는 것은 오직 작품뿐. 이 속에서 나는 시대의 '감수성'을 얻고자 했고, 또 하고 있는 중이외다. 내 '자기의식'의 싹이 배양되는 곳.

어째서 그대는 세상 속으로 나와, 작가·현실·역사와 대면하지 않는가. 그럴 시간이 없었다고 하면 어떠할까. 그러나 작품 속에서 만나는 세계가 현실의 그것보다 한층 순수하다는 믿음은 갖고 있소. 카프카의 표현을 빌리면, 그 '순수성'이란 이런 것이오. 밤이면 모두 푹신푹신한 침대에서 담요에 싸여 잠들지만, 따지고 보면 원시 시대의 인간들이 그러했듯 들판에서 땅에 머리를 처박고 언제 적이 쳐들어올지 몰라 가까스로 잠이 든 형국이라고.

2015년 10월

아비·어미·그림·음악·바다 그리고 신

역락, 2015

머리말 | 문학, 그 자유의 영토에서

오랫동안 저는 헝가리의 비평가 게오르그 루카치(1885~1971)의 책들을 책상의 한켠에 두고 읽어왔습니다. 특히 그의 명저『소설의 이론』(1916)은 거의 외다시피 읽고, 또 음미했지요. 이른바 주체성을 내세운 『역사와 계급의식』(1923)에서 물상화 이론은 후기 마르크스의 실천론에 대한 비판의 모습으로 알려져 있었지요. 그러나 또 이는 초기 마르크스의『경제철학초고』와 흡사한 것.

여기에서 드러난 문제점은 저 독일 고전 철학의 모순이었던 것입니다. 루카치는 칸트가 말한 제3의 안티노미, 곧 내적 필연성과 외적 필연성의 모순, 의욕론적 주관주의와 결정론적 객관주의의 모순에 직면했던 것입니다. 이것은 바로『순수이성비판』에서 칸트가 '필연성이 세계를 지배하고 있다는 증명'과 '자유가 존재한다는 증명'의 두 가지의 화해를 시도했던 것. 그러나 이 양극을 현실의 두 가지 다른 레벨을 알고 그 해결책을 모색했으나 역시 모순을 그대로 남겼던 것입니다. 엄밀한 결정론은

466

현상(자연과학)에 적용하고, 자유의 본체는 '물자체'(도덕, 윤리학)에 적용하고자 했습니다. 그러나 자유는 개개인의 내면적 도덕 세계에 한정되고 타자와의 상호작용은 필연성에 지배된 자연환경에 있어서 일어나기 때문입니다. 이것은 마르크스가 직면한 모순인 것입니다.

루카치는 역사 속에 의식적 실천의 창조성 여지를 발견하려는 시도를 했습니다. 곧 객관적 과정을 고찰하고 주체적 실천, 즉 '자유'가 그 과정에 들어오게끔 역사적인 힘이 되는 분기점을 찾고자 했던 것입니다. 이것이 '주체성'을 둘러싼 그동안의 논의라고 『유럽 마르크스주의』에 수록된 필자들은 견해를 보입니다. 이런 물음이 나올법하지요. 곧 프롤레타리아가 절대자이며 실천의 계기라는 이론, 이는 일종의 신앙고백이 아닐 것인가. 자본주의가 필연적으로 붕괴한다면 '자유'란 있을 수 없기 때문입니다. 이 모순들을 극복하는 방도의 하나는 특출한 사상가 요시모토 다카아키(吉本隆明)의 '관계의 절대성'이 아닐 것인가요.

요즘에 저는 '문학'이란 무엇인가를 새삼 염두에 두고 있습니다. 곧 문학의 딜레마, 그 '모순'말입니다. 두루 아는바, 문학은 '자유'의 영토에 기울어져 있지요. '현실'에는 없는 것, 상상력 말입니다. 그러나 이 상상력은 공상과 달라서 현실에 기반을 두고 있습니다. 이 사실을 또 한 번 고개 숙여 살펴보고자 했습니다.

이 책에서는 먼저 '아비[父]'를 다루었습니다. 아비란 절대자, 권능, 그 모든 것의 표상입니다. 그것은 남성상이지요. 동서고금의 종교도 이로써 표상되어 있습니다. 어째서 그러했을까, 이를 분석해보았습니다.

두 번째는 '어미[母]'에 관해서입니다. 여성이란 무엇인가. 수많은 예술작품의 소재 및 주제가 된 영원으로서의 여성성.

세 번째는 문학에 있어서의 '미술'. 어째서 문학은 그림(미술)에 관여하기 시작했을까. 저는 이것에 대해 일찍이 『김윤식 선집(6)』(1996)에서 주제넘게 살펴본 바 있습니다.

네 번째는 '음악'. 일찍이 쇼펜하우어는 "모든 예술은 끊임없이 음악의 상태를 지향한다"라고 말했습니다. 그렇다면 동양과 서양에서의 문학은 어떠할까.

다섯 번째는 '바다'. 여기에 대해서 저는 참으로 장황하게 썼습니다. 감히 '머리말'에 적기에 부끄러울 정도입니다. 그러나 두 가지만 지적해도 되지 않을까 싶군요. 하나는 '쪽빛바다'인데, 그것은 제가 시집 간 누나를 따라 맨 처음 만난 '합포만'의 그 바다입니다. 산골짜기에서 자란 제게 그 때의 바다는 '쪽빛'이었습니다. 다른 하나는 제가 서울대학교 일학년 재학 중『대학신문』에 쓴 「밤바다」입니다.

끝으로 문학에서의 '신(神)'. 이청준의 소설 「벌레이야기」(1985). 한 모친이 교회에 다니며 하나님께 구원을 빕니다. 자신의 아들을 유괴하고 살해한 그 살인범을 용서해달라고. 그러나 그 살인범은 이미 교회에 다니며 하나님의 용서를 받았노라고, 그러니 고통 받는 모친도 평안하시라고 교수대에서 외치지 않겠는가. 그 순간 아이의 모친은 '자살'합니다. 신 없는 시대의 인간들, 모두 '벌레들'. 이 나라 문학의 저력은 여기까지 이르고 있습니다.

2015년 8월 15일

문학사의 라이벌 의식 2

그린비, 2016

머리말

2013년 8월 저자는 『문학사의 라이벌 의식 1』을 저술했다. 그 서론에서 이렇게 적었다.

문인이란 물론 상상적인 글쓰기를 전문으로 하는 사람이지만, 그도 한 인간인지라 당연히도 인간적 삶의 원칙에서 벗어날 수 없다. 헤겔은 이를 승인욕망 또는 대등욕망이라 규정했다. 한 인간이 자기를 인식하고자 하면 타자와의 비교 없이는 불가능한데, 그 타자로부터 인식되기 위해서는 최종적으로 '위신을 위한 투쟁(Prestigekampf)'이 불가피하다. 곧, 생사를 건 투쟁이 아닐 수 없다. '생사'라는 엄청난 말을 등장시켰지만, 적어도 '의식'상에 있어서는 그러할 터이다. 문인에 있어서도 사정은 같다고 볼 수 있다. 문인에 있어 타자란 기성의 문인들일 경우도 있겠지만, 적어도 '생사' 운운할 만큼 의식을 지배하는 것은 당연히도 동시대의 문인이 아닐 수 없다.

이 책에서 내가 다루고자 하는 것은 바로 이 후자이다. 범속하게 '문학사의 라이벌'이라 한 것은, '문학사'에도 동등한 비중을 두었음에서 붙여진 것이기에 아무래도 설명이 조금은 없을 수 없다.

문학사라 했을 땐 과학적 용어이기에 앞서 하나의 '유기체'라는 통념에서 비껴가기 어렵다. 유기체인 만큼 생명유지를 기본항으로 하면서도 새로운 창조력을 대전제로 하는바, 이 창조력 없이는 생명유지가 사실상 타성에 빠져 조만간 불가능해지기 때문이다. 라이벌이라는 개념은 이 창조력에 관여하는 '문제적 개인'이 아닐 수 없다. 그는 창조적인 것에 관여하는 또 다른 대립적 자아인 만큼 위신을 위한 투쟁을 비껴갈 수 없다.

　　— 졸저, 「다섯 가지 유형론」, 『문학사의 라이벌 의식 1』, 그린비, 2013, 8–9쪽

저번 저서에서는 무애와 도남을 제외하면 동시대 문인의 라이벌 의식을 중심으로 다루었다. 『창작과 비평』, 『문학과 지성』 등 백낙청과 김현, 김수영과 이어령의 불온시 논쟁, 김현의 『책읽기의 괴로움』과 저자 자신, 박상륭과 이문구 등의 경우가 그러하다. 그러나 이번 책에서는 조금 위로 올라가 일제 강점기에서 시작하여 6·25 전쟁을 거쳐 80년대까지 다소 폭이 넓은 시기를 다루었다. 그 내용은 다음과 같다.

첫째, 이상과 박태원. 대칭성과 비대칭성으로 이들의 문학을 볼 수 있다.

둘째, 상허 이태준(『문장강화』), 정지용(『문학독본』), 이광수(『문장독본』). 각각 시적 글쓰기, 산문적 글쓰기, 실용적 글쓰기를 대표한다.

셋째, 김동리와 조연현. 종교의 자리에 선 김동리와 문학의 자리에 선 조연현을 동시에 초월하는 글쓰기를 김동리의 「산유화」론에서 읽고자 했다.

넷째, 이병주와 선우휘. 학병 체험을 중심으로 선우휘가 스스로 최고작이라 일컬은 「외면」과 이병주의 데뷔작인 『소설·알렉산드리아』를 비

교하고자 했다.

다섯째, 이태와 이병주. 『남부군』과 『지리산』이라는, 지리산을 둘러싼 두 소설의 대결.

여섯째, 박태영과 이규. 이 둘은 모두 이병주의 『지리산』에 나오는 인물. 박태영은 지리산 빨치산 투쟁에서 가장 치열히 싸운 투사이지만 공산당원이기를 거절했다. 시골 천민 출신인 이규는 일본·프랑스 유학생이지만 박태영과 함께 지리산을 바라보며 자랐다.

일곱째, 이병주와 황용주. 이병주는 끊임없이 황용주를 닮고자 했다. 과연 그 이유는 무엇일까.

여덟째. 소설과 희곡. 『광장』과 『화두』의 작가 최인훈이 미국에서 귀국 직후 「옛날 옛적에 훠어이 훠이」를 썼다. 희곡이 글쓰기의 최고 형태라 하였다.

박태영과 이규의 경우는 대하소설 『지리산』이라는 한 작품 속에서의 라이벌 의식을 다루었고, 최인훈의 경우는 한 작가 내부의 장르상의 라이벌 의식을 다뤘다. 기타의 경우는 전작과 같이 인물들 간의 라이벌 의식을 다루었다.

이렇게 보면 이병주가 여러 번 겹쳐 있다. 격동기를 작가로서 온몸으로 살았던 이병주인 만큼 그럴 수밖에 없었다. 그러고 보니 또 많은 문제가 기다리고 있다. 앞으로의 과제가 아닐 수 없다.

2016년 4월

거울로서의 자전과 일기

서정시학, 2016

머리말

문학적 거울이 세 가지 종류가 있다고 치자. 아니 네 가지라고 해도
좋다. 물론 그 이상도 있을 수 있으리라.

첫째는 천재 이상(李箱)의 거울. 자화상을 보여주는 거울, 집집마다
있으며 남대문시장에서 파는 수은 칠한 거울. 거기에 '나'의 얼굴이 좌우
뒤바뀌어 있다.

둘째는 윤동주의 「자화상」. 우물을 들여다보는 사내. 우울한 그 사
내의 얼굴이 미워 돌아섰다가 다시 그 사내 얼굴이 보고 싶어 찾아가는
우물.

셋째는 윤동주의 「참회록」에서 보듯 "운석 밑으로 홀로 걸어가는 슬
픈 사람의 뒷모양이 거울 속에" 나타났다 사라지는, 밤마다 손바닥으로
발바닥으로 닦아 보는 그런 거울.

넷째, 미당의 「상가수의 소리」에서 보듯 오줌을 받아두는 마당 한구
석의 거울. 상가수가 어느 날 자기 얼굴을 이 오줌통에 비추어보지 않겠

소. 이른바 '소망'의 거울. 그러기에 상가수는 상여 앞에 서서 뙤약볕 같은 요령 소리를 내어, 삶을 저승으로 몰고 가지 않겠는가.

이런 '거울'이 이른바 '자전'의 형식들이다.

자전은 회고록과 다르다. 또 자성록과도 다르다. 이 자전의 한 가지 표본으로는 백철의 『자서전』을 들 수 있다. 여기에는 물론 '문학' '자서전'이라고 되어 있다. 신의주고보를 수석으로 나와 도쿄고등사범에 합격한 백세철(白世哲)은 귀국 후 교사와 신문기자로, 또 해방 후에는 대학교수로 살았다.

김동리의 자전도 의미심장하다. 우익의 '두목'이었으며 청년문학가협회의 회장이자 한국문인협회의 회장이었기도 한 그는 자기 집안의 일을 어린 시절부터 소상히 기록했다. 아비는 술꾼, 큰형은 그 유명한 범보(凡父) 김정설, 중형은 장사꾼. 어째서 그가 우익의 두목이 되었는가는 '생리적'이라고 할 수밖에 없다. 미션스쿨(서울 경신중학) 4년 중퇴였고 무학이었으나 그는 어느 신도 경배하지 않았다. 오직 '천지 자연'을 믿었던 까닭이다.

저 유명한 루카치의 『소설의 이론』. 이는 일종의 자전이라 할 수 있다. 첫줄은 누구나 놀라게 되어 있다. "복 되도다 그 시대가……(Selig sind die Zeiten……)." 그 복된 시대란 "하늘의 별이 지도가 되어 그 빛이 우리의 갈 길을 훤히 비추어주는 시대"인 것. 그게 '서사시'의 세계. 그런데 어느덧 세계는 어둠으로 기울어져 별이 사라졌다. 이것이 이른바 '근대(자본주의)'이다. 스스로 길을 찾아 나설 수밖에. 그 길 찾기가 바로 '소설'이다. 요컨대 루카치의 『소설의 이론(Die Theorie Des Romans)』(1916)이다.

가와카미 하지메(河上肇)는 교토제국대학 경제학과 교수였다. 마르크스이론 및 번역의 권위자였던 그의 『자서전』은 지식인의 깊고 복잡한 고뇌를 적은 옥중기록으로 수작이다.

이미륵의 『압록강은 흐른다(*Der Yalu fließt*)』는 독일어로 쓰인 자전. 3·1운동을 전후한 무렵 한 양반집 외아들의 유년기가 서정적 문체로 형상화되어 있다. 독일에서 중학교 교과서에 실린 바 있다.

서머싯 몸은 『달과 6펜스』로 잘 알려진 영국의 극작가. 60세에 쓴 그의 자서전 *Summing Up*은 소설가인 그의 관심 영역이 빛나고 있다. 이른바 인생을 '요약컨대'로 압축한 것.

김윤식의 자전 『내가 살아온 20세기 문학과 사상』. 여기서는 유년기까지 강변 포플러 숲에서 까마귀와 까치, 붕어를 벗하며 외롭게 자란 소년의 이야기를 담았다.

한편 일기란 무엇인가. 물론 여기에도 여러 가지 형태가 있다. 곤충일기, 생활일기 그리고 여행일기, 옥중일기 등등.

이 모두는 또 다른 '거울들'이 아닐 수 없다. '나'를 비추는 거울들.

2016년 봄

사족으로 덧붙이는 말 | 최일남

어찌 어찌 책 한 권을 낼 때마다 제법 점잖을 빼며 얹어야 하는 '작가의 말'이 늘 부담스럽다. 적은 분량에 이런저런 감회를 효과적으로 요약하기 힘든 탓이다. 앞에 앉히면 머리말이요 뒤로 돌리면 발문인데, 아무튼 쉽지 않았다.

저자 나름일 것이다. 어차피 간략하게 적는 것이 상례이므로 긴긴 본문을 완성한 여세를 몰아 앉은 자리에서 단숨에 쓰지 말란 법 없다. 어떤 생각으로 달라붙어 무엇에 중점을 두고 썼는가를 밝히면 그만이니까. 하지만 소설류는 좀 다르다. 사회과학이나 경제서적과는 판이한 사람의 이야기인 까닭에, 삶의 어떤 국면을 헤집어 맞장뜨듯 덤빈 의도를 건조하게 압축 개괄하기보다는 독자의 감성에 닿아야 제격이다. 정 안 되면 내용과는 동떨어지게 엉뚱한 화법으로 딴청을 부릴망정 맞바로 드러내야할 자기 소면(素面)의 시간이 버겁다. 그만큼 많은 생각이 오락가락, 화룡점정도 아닌 것이 고심참담의 자화자찬도 아닌 것이, 어지간히 붓방아를 찧게 만든다. 문학 평론이라고 안 그럴까. 매일반일 터이다. 대동소이하리라 믿는다.

기어코 해냈다는 성취감에, 어렵사리 일을 저질렀다는 막연한 두려움이 겹치는 때문일 게다. 쓰기는 맨 나중에 쓰고 싣기는 맨 앞에 싣는, '독자 필독'을 노린 머리말일수록 만만찮다. 짧은 문장 긴 여운의 두터운 함의(含意)를 암시하기 위해 신경을 쓰다가, 기왕지사 구미가 당기게끔 해야겠다는 가외의 욕심이 생기는 것도 이 때다. 하기야 머리말의 모양

476

새도 여러 가지다. 반드시 자신의 손으로 된 것만을 일컫지 않는다. 남의 손을 빈 타서(他序)마저 흔히 곁들여 자서(自序)와 구별했다. 일석 이희승 선생께서 동료와 후학들의 책에 써 주신 것만도 수십 편에 이른다.

수정·증보판은 물론, 판을 거듭하는 족족 서문을 다시 다는 예 또한 많다. 칼 마르크스의 『자본론』(김수행 역)이 가령 유난스럽다. 면무식이나 할 양으로 구입한 5권짜리 책의 중간 제목을 주마간산 격으로 들추다가 보았다. 하품이 나올 정도로 난해한 진술 과정에서 눈에 띈 저자 및 프리드리히 엥겔스의 서문이 너무 많았다. 불어판 영어판에도 따로 또 썼거늘, 나 같은 까막눈에겐 그 인문적 서술이 오히려 흥미로웠다.

머리말은 어차피 간략하기 마련이지만 사람에 따라서는 그런 관례도 별무소용인 듯하다. 한참 TV의 공자 강의로 화제를 모은 김용옥의 『여자란 무엇인가』의 머리말에 해당하는 '앞 잔소리'(前小言: '나는 어떻게 이 글을 쓰게 되었는가.')는 무려 70쪽에 가깝다. 바로 앞에 놓인 '일러두기'까지 합치면 80쪽이 너끈하다. 행갈이조차 거의 무시한 활자의 숲이 압도적으로 빽빽한데, 한 해 먼저 나온 『동양학 어떻게 할 것인가』에서는 머리말을 또 '이끄는 글'로 바꿔, 여전히 길게 써내려 갔다. 소설가 고종석의 국어에 관한 세 권의 탁월한 산문집은 분량과 형식이 각각 특이하여 재미있다. 『감염된 언어』에서는 '서툰 사랑의 고백'(모국어에 대한)으로 서문을 대신하더니, '서문에 붙이는 군말'을 따로 또 보탰다. 『국어의 풍경』 때는 여섯 줄('책머리에')로 요약하는가 하자, 『언문세설』('책앞에')에서는 딱 2행으로 끝내 버렸다. "모국어는 내 감옥이다. 오래도록 나는 그 감옥 속을 어슬렁거렸다. 행복한 산책이었다. 이 책은 그 산책의 기록이다."……'감옥' 안에서 행복했노라 시치미를 떼었다.

광복 후에 나온 조선어학회의 『우리말 큰사전』 서문은 개인 아닌 단체의 명문으로 꼽는다. 1972년 『신동아』 신년호 부록 『한국 현대 명논설집』에도 수록된 역사적 기록으로 뚜렷하다. 이만하면 '머리말론'이라는 별도의 논저가 나와도 좋을 성부르다.

그동안 낸 책들의 머리말만을 모은 김윤식의 파격은 다시 무엇인가. 대하느니 처음인 발상의 묘가 일단 놀랍고 희한하다. 끊임없이 펴낸 책이 그만큼 방대한 증좌려니와, 훗날의 집대성을 미리 염두에 두었던 것처럼 문맥이 그런 대로 잘 맞아떨어져 이럴 수가 싶다. 그랬을 리는 만무인데도 연대순으로 차례차례 나열한 그때그때의 머리말을 읽노라면 문학평론으로 평생을 묶은 이의 외곬 역정이 한눈에 잡힌다. 평론 본래의 생경한 성깔에 가려 있던 글쟁이의 진솔한 자기 노출과 풍경 묘사에 공감하며, 뼈대 위주 글줄에 알맞게 살을 붙이는 넉넉함을 엿본다. 반대로 젊은 시절의 긴장이 연륜을 쌓아가는 데서 터득한 여유로 다소 풀리는가 하자 자신을 얼른 다잡는 기미를 느끼기도 한다. 경어체나 편지 형식으로 문체의 변화를 꾀하며 책의 성격에 따라 양을 적절히 줄이고 늘이는 솜씨에, 남을 추어올릴 때 곧잘 쓰는 '고수'의 경지를 떠올린다.

이를테면 보자. 한국 근대 문학, 그중에서도 비평사 및 소설사 쪽 공부에 뜻을 세우고 첫 번째로 낸 것이 『한국근대문예비평사연구』(1973)라고 했는데 아니나 다를까, 이 때 쓴 머리말은 상당히 굳어 있다. 대뜸 아라비아 숫자를 앞세워 조목조목 연구 목적을 설명하기 시작한다.

(1) 한국 신문학에 임할 때는 다음과 같은…… (2) 한국 및 그 문학에 대한 터무니없는 애정으로…… (3) 본 연구는…… (4) 비평사라 했을 때 부딪히는 문제는…… 식으로 (5), (6), (7)까지 내리닫이 토막을 쳤다. 참고 삼아 헤아린 당시의 나이 37세. '인생의 처음 40년은 본문이고 다음 30년은 주석'이라고 한 쇼펜하우어의 능청에 견줘 그다지 젊지도 않았다. 또한 이 연구서가 평론으로는 썩 드물게 곧(6개월 후) 재판에 들어간 사정을 감안하면 스타일면에선 웬만큼 멋을 부려도 되련만, 아직 허(虛)를 버리고 실(實)을 취할 셈이었던지 군더더기 없이 깍듯하다.

(표정이) 굳었느니. (자세가) 지나치게 깍듯하니 따위 자의적인 표현을 실지로 목격이라도 한 양 구사하는 건 잘못인 줄 안다. 하나 너무 뜻밖이었던 것도 사실이다. 앞뒤 맥락이 똑떨어져야 좋은 이 분야 글발의 성격에 비추어 어쩔 수 없는 노릇이긴 하지만, 애써 장만한 차림표를 천천히 되돌아보며 후유! 어깨의 힘을 빼는 계제 아닌가. 그런들 어쩌하리 싶어 우정 해 본 소리인데, 갈 길이 먼 그로서는 자기 수식의 겨를이 미처 없었을 것 같다.

짐작한 대로 그 뒤로는 머리말 운행이 다양해진다. 엇비슷한 형태를 접고 기존의 격식 파괴마저 서슴지 않는 시점 변화를 거듭 시도한다. 때문에 자칫 무미건조하기 쉬운 머리말 모음이 지루하지 않다. 그만한 틈새를 뚫고 다가서는 김윤식의 또 다른 체취라든가 문학적 고민 내지 영역 넓히기 노력을 자연스럽게 확인하게 만든 것이다.

환도 직후였다. 그것은 물들인 군복과 커다란 군화를 끌고, 시커먼 물 흐르는 청계천 뚝길, 거기 늘어선 고서점에서 A. 지드의 『지상의 양식』 일역판을 사서 읽던 내 대학 시절의 기억이다. "나타나엘이여, 동정이 아니라 사랑이다. 너에게 열정을 가르쳐 주마. …… 다른 사람이 훌륭히 할 수 있는 일을 네가 해서는 안 된다. 다른 사람이 말할 수 있는 것을 네가 말해서는 안 된다. …… 이 책을 버리고 탈출하라. ……" 지금도 또렷이 기억되는 이 병적인 목소리는 내 젊음의 그것이었다. 아마도 나에게 그것은 겨우 세속적인 의미에서의 혼자있음(Einsamkeit)이었을 것이다. 그 혼자있음의 방황은 서해 바다 소금 머금은 바람 속에도, 50년대, 60년대, 그리고 지금에도 내 핏속에 맥맥히 흐르고 있는 것 같다. 그 혼자있음의 두려움이 실상 나의 실존적 의미였던 것이다.

『한국문학의 논리』(1974) 머리말의 한 대목이다. 무던히 외로움을 탄문학병 앓기의 어떤 시기를 뒤늦게 실토한 폭인데, 말미에 보탠 말 역시 절절하다. "혹 사람이 있어 이 책을 읽어 줄 기회가 있다면, 한 사나이의 문자 행위로서의 허무의 초월이 얼마나 추상의 지경에 이르렀는가를 발견하게 되리라."고 썼다.

'혹 사람이 있어……'가 짠하다. '한 사나이의 문자 행위……'가 사뭇 비장하다. 그에게도 이런 곡절이 있었던가. 애초엔 모두 그랬다는 심정으로 더불어 옛 시절을 되새기는 순간, 독자의 마음에도 잠시 우수가 머문다. 또 있다. 비슷한 정황이 『한국근대문학사상비판』(1978)의 머리말에서 재현된다. 이번에는 고향 돌아보기다.

사람이 산다는 것은 자기의 근거를 묻는 행위의 일종인지도 모른다. …… 나에게 있어 그 근거로서의 생의 충동은 두 가지이다. 먼저 들 것은 쪽빛 바다의 이미지이다. 아, 그 쪽빛, 그리고 그 바다, 그것은 실상 어린 내 혼을 전율케 한 것. 누나의 손에 매달려 몇 시간이나 걸려 항구 도시 M시에 갔었던 날짜나 기타의 디테일이 지금 내 기억 속엔 없다. 다만 차창 너머로 멀리 보이던 그 날의 바다가 쪽빛이었고, 이 너무도 강렬한 빛깔에 나는 거의 숨조차 쉴 수 없었다. 따지고 보면 그 쪽빛은 실상 산골에서 자란 나에겐 이른 봄 양지바른 곳에 피는 제비꽃 그것이었다. 그 눈곱만한 제비꽃의 쪽빛과, 바다의 그 엄청난 쪽빛의 비교가 어린 혼을 절망케 했던 것이었으리라. 확 트인 수평선만큼 나를 전율케 하는 것은 없다.

기회가 좀처럼 마땅찮아서도 자신이 살아온 삶의 자국을 까발리지 않는 것이 문학 평론가 일반의 속성으로 되어 있다. 이에 반해 소설가는 모든 것을 다 소재와 일거리로 삼는다. 현실 세계와 상상의 세계를 마음대로 오가며, 사실도 거짓말처럼 거짓말도 사실인 것처럼, 자기 일도 남의 일처럼 남의 일도 자기 일처럼 그린다. 아니면 그만이고, 수틀리면 픽

선으로 도망가 시치미를 뗀다. 평론가는 어디까지나 그런 대상에 근거를 두고 말을 꾸리기 십상이다. 상상이 끼어 들 여지가 별로 없어 따분하겠구나, 시키지도 않은 걱정을 하기도 하는데, 진짜 진짜 평론은 거짓말쟁이 소설가 이상으로 세상 속내를 전후좌우 자유롭게 꿰야 하지 않을까. 넓고 반듯한 줏대를 세워 문학 행위의 가닥을 잡아 주다가도 창작인 못지 않은 문학적 체질이 행간에 넘나들어야 한다. 그것이 있고 없고에 따라 평필의 웅숭깊음과 변별력이 저절로 갈리고 우러나온다고 믿는다.

익히 알려진 대로 김윤식의 전공은 한국의 근대 문학 연구다. 평론 활동의 본향인 셈이다. 그는 기회 있을 적마다 그걸 일깨우며 강조한다. "저는 문학을 가르치는 교사입니다. 제 전공 분야는 우리 근대문학입니다.……"(『한국문학의 근대성과 이데올로기 비판』), "제 전공 분야가 우리 근대문학인 만큼……"(『김동인 연구』), "한국 근대문학은 내 전공 분야이다.……"(『김동리와 그의 시대』) 등등 번거로울 정도로 잦다. 더구나 머리말의 첫마디에.

왜 그렇게 누누이 전공을 앞세우는가를 살피기 전에 무던히도 겸손한 입지(立地)를 짐작케 한다. "한국 근대문학이란 무엇인가. 이런 물음 앞에 늘 몸 둘 바를 모르는 자리에 나는 서 있습니다. 내가 그것을 전공하고 있기 때문입니다. 자가가 제일 잘 아는 부분이라고 생각하긴 하지만, 등잔 밑이 어둡다는 옛 속담과 같이, 실상 전공하는 분야가 의외로 자의식에 빠져 혼란을 거듭할 경우가 자주 있습니다.……"(『우리문학의 안과 바깥』) 했는데, 그의 이와 같은 고백에 평론 활동의 초심이 놓여 있다고 본다. 만판 활달하게 '타향'을 떠돌다가도 때가 되면 일찍 꿈꾸고 뿌리내린 글쓰기의 고향이 그리워 귀환을 반복하는 나그네를 상상케 한다. 일정 기간을 두고 돌아온 고향에서 옛 발심(發心)에 새로운 숨결을 불어넣으려는 일종의 '각성제' 구실에 다름 아니다. 김윤식의 근대 문학에의 귀의 집착은 따라서 공연한 회고 취미와 무관하다. 현대를 해석하는 데 불가피한 전제로 요긴하게 써먹는 편이다. 어떤 작품의 위상을 세로로 훑어 족보를 매기고, 가로로 뉘여 그전 것과 비교하는 준거로도 삼는 것이다. 일일이 그렇지는 않다. 매번 그렇지는 않되, 김윤식의 평론에는 많은 경우에 그런 분위기가 아슴아슴 배회한다고 느낀다.

다른 각도에서 살핀 그의 근대 문학 연구는 발로 쓴 것이 적지 않다는 점에서 매우 특이하다. 발로 쓴 소설은 흔할망정 '발로 쓴 평론'은 생소하거니와, 세 권짜리 『이광수와 그의 시대』를 맞춤한 예로 들 만하다. 그걸 만들기 위해 판 발품이 여간 끈질기지 않다.

제가 이 책을 쓰기 위해 자료조사차 일본에 간 것은 1969년에서 1970년에 걸친 시기였고, 두 번째로 간 것은 1980년이었습니다. 10여 년 동안 저는 이광수와 그가 살았던 시대와 장소와 마주하고 있었던 셈이지요. 왜 그랬는지 모르겠으나, 좌우간 저는 그럴 수밖에 없었습니다. …… 와세다 대학 도서관 서고 속의 냄새, 메이지 학원 구관 앞 은행나무, 기쿠닌교(菊人形)가 전시된 유시마(湯島) 신사, 도쿄 대학 소나무 숲의 송장까마귀 떼들, 붓이 막혀 몇 달을 헤매다가 마침내 이광수의 오른팔인 아베 요시이에(阿部充家)와 왼팔인 이학수(운허 스님)를 발견했던 일, 자하문 밖 홍지동 산장 춘원의 옛집 근처를 몇 달을 두고 살폈던 일들 — 이러한 것들은 이 책의 그림자일 터입니다. 그것은 제 몫입니다.

그토록 열심히 춘원의 족적을 뒤지고 다녔다. 심지어 메이지 학원 보통부 3년간의 학업 성적까지 찾아낼 정도로 정성을 쏟았다. 3학년 때 석차는 A·B조 60명 중 8등이요, 5학년 때 대수·삼각은 47점으로 낙제를 면치 못했으나 영어와 관련된 학과는 압도적으로 우수했다는 사실마저 파헤쳤다. 대단한 공력이다.

이광수 연구가 불러온 '어떤 운명적 필연성으로' 착수할 수밖에 없었다는 『김동인 연구』이외의 두 저서, 『염상섭 연구』와 『안수길 연구』또한 마찬가지다. 도쿄 미타(三田)에 있는 게이오 대학으로, 일본어와 일본 문학을 누구보다 깊이 배웠다는 염상섭을 찾아나선다. 한중 수교 이전에 출간된 『안수길 연구』(1986) 때는 그런 발걸음이 불가능했다. '만일 중공과의 국교가 트인다면 간도 문학이라든가 만주국 문학 연구는 새로운 조명과 지평을 열 것'이라는 말로 아쉬움을 달랬다. 길만 막히지 않았더라면 득달같이 날아갔을 것이라는 뜻이겠지……격세지감의 감회가 따로 없다.

『김동리와 그의 시대』를 포함한 일련의 원조급 대가 연구 시리즈가 대강 그렇듯이, 김윤식은 그들이 머물렀던 자리를 되도록 자상하게 묘사하기 위해 무진 애를 쓴다. 『김동리와 그의 시대』에서는 작가의 발자취를 좇아 재생시킨 풍경이 뻐근하게 아름답다.

화계협이라 하지만 화개장터에서 쌍계사 앞까지, 또 세이암에서 칠불암까지가 바로 선경이었다. 약 20리에 걸쳐 뻗어 있는 이 계곡이 그 희고 누르께하고 푸르스름한 돌빛깔하며 양쪽 산기슭의 소나무, 대나무, 대추나무들하며, 가위 별세계였다. 더구나 쌍계사 앞에서 지리산 기슭 가까운 세이암까지 가는 길은 갈수록 더 절경이었다.

기를 쓰고 작가의 뒤를 밟은 결과가 딱딱한 평론을 부드럽게 푸는 데 상당 부분 기여하고 있다. 하지만 딴은 그게 다 김윤식의 못 말리도록 부지런한 공부와 노력 덕이다. 지칠 줄 모르는 집필 활동의 바탕이다. 그런 적공을 통해 검증된 근력으로 나라 바깥으로까지 운신의 폭을 넓힌다. 단단한 사전 준비 끝에 예술 기행을 쓰고, 『우리문학의 안과 바깥』(1986) 같은 책을 낸다. 빈손으로 돌아오는 법 없이 밑천을 항상 철저히 뽑는다.

차츰 중국을 다룬 글이 눈에 띈다. 최근에 선보인 「사기(史記) 속의 공자, 소설 속의 공자」(『21세기 문학』 봄호)도 그중 하나다. 불과 나흘 동안의 산동성 주변 견문을 토대로 쓴 장문의 문학기행인데, 부제 '공자와 더불어 태산에 가다'가 무척 한갓지다. 수시로 인용한 이노우에 야스시의 『공자』, 『돈황』, 『누란』, 『풍도』 등이 나에게도 그리 낯설지 않아 재미있게 읽었다. 그러나 김윤식은 소설 『공자』에 이끌려 간 현지에서 『사기』의 세계를 보고 얻은 피로감에 깊숙이 젖는다. 육체의 피로만이 아니었을 게다. 이노우에의 장대하고 출중한 로망과 『사기』의 연면한 역사성이 주는 문학적 멀미 탓이었으려니 여긴다.

이런 유추의 연장선상에서 그가 오래도록 끼고 산 한국 근대 문학 섭렵과 일본, 그리고 중국의 함수관계를 생각해 볼 수는 없을까. 한국의 근대 문학은 불가불 일본어나 일본 문학과 닿아 있고, 이노우에 같은 작가의 중국 경도에 그의 관심이 적잖기 때문이다. 그 전에 짚고 넘어갈 것이 있다. 막 글자를 깨치기 시작하면서 만난 일본에 대한 '김 소년'의 아래와 같은 회상이다.

나는 경남 김해군 진영이라는 한 가난한 농민의 장남으로 태어났고, 지금도 선명히 기억하는 것은 일본 순사의 칼의 위협과 식량 공출에 전전긍긍하던 부모님들 및 동리 사람들의 초조한 얼굴입니다. 국민학교에 입학한 것은 1943년으로, 진주만 공격 2년 후이며 카이로 선언이 발표된 해에 해당됩니다. 십리가 넘는 읍내 국민학교에서 〈아까이도리 고도리〉, 〈온시노 다바꼬〉, 〈지치요 아나타와 쯔요캇다〉, 〈요가렌노 우다〉 등을 무슨 뜻인지도 모르면서 불렀습니다. 혼자 먼 산을 넘는 통학길을 매일매일 걸으면서 하늘과 소나무와 산새 틈에 뜻도 모르는 노래를 흥얼거리며 외로움을 달래었던 것입니다.

— 김윤식, 「한 일본인 벗에게」, 『한일문학의 관련양상』, 일지사, 1974

유년의 일제 시대 체험이 그의 근대 문학 탐구에 어떤 영향을 끼쳤는 가는 분명치 않다. 확실하지 않을지언정 음으로 양으로 접근을 쉽게 했을 공산이 크다. 그렇지 않다 하더라도 연구 대상 작가들의 대부분이 일본 문학을 경유하지 않으면 안 되었던 사정을 고려할 때, 상대적으로 더좀 유리했으리라는 추측이 가능하다. 문제를 근대 문학 연구에 국한시킬 경우, 그들의 문학 성취 과정을 이해하는 데 도움이 되었으면 되었지 짐이 되지는 않았을 것이라는 이야기다. 그런 상황을 딛고 출발한 근대 문학 연구의 실적 위에서 이제는 중국을 바라보는 것이 아닐까. 먼저 일본을 찍고 유무상통의 내력으로 불가피한 동양 문화의 삼자대면을 더욱 포괄적으로 가다듬는 단계라고 넘겨짚는다.

아무려나 우리 연배는 '그만한 사람이 있어' 미덥고, 한 시대를 함께한 증인으로 무섭다. 한낱 단편을 얘기할 때에도 당자조차 기억이 가물가물한 옛날 옛적 작품의 호적까지 들이대어 꼼짝 못하게 만든다. 역사적 내림으로 날줄을 삼고 사회성으로 씨줄을 삼는 안목과 박람강기에 어쩔 도리가 없다. 그 어간에 자주 등장하는 것이 헤겔인데. '저는 헤겔이 아니고. 헤겔주의자는 더욱 아닙니다.'(『80년대 우리 소설의 흐름 I·II』)고 한 발 물러선다. '현장 속에 지저분하게 뛰어들어 현장을 묘사할 따름'이라는 게다. 그러나 『애수의 미, 퇴폐의 미―해금 수필 61편 선집』(1989)에서는 현장에 당도하기 이전에 챙겨야 할 예습의 중요성을 살짝 비친다. "자본주의적인 것을 떠나 근대성을 논의할 수 없다면 한국근대문학사도 자본주의의 본질을 공부하지 않고는 생심도 낼 수 없는 것이 아니겠는가. 제가 『한국근대문예비평사연구』(1973)에서 프롤레타리아 문학을 제1장으로 삼았음은 순전히 이 때문입니다." 쉬지 않고 인접 학문까지 캐어 원용한다는 반증으로 들린다.

어쨌거나 문학은 통틀어 표현이다. 평론인들 여기에서 벗어나기 어려운데, '명문을 쓰고 싶다는 생각을 아예 가져본 적이 없다.'(『문학사와 비평』, 1975)고 그는 일찍이 밝혔다. 다만 문법에서 크게 벗어나지 않는 문장이기를 바랄 따름이라고 했다.『한국문학의 근대성과 이데올로기 비판』(1987) 머리말을 '해답보다도 잘 묻기 위하여' 라는 소제목으로 굳이 부연한 사연도 그 때문이지 싶다. 글쓰기의 기본 자세를 그렇게 시사한 셈이다.

둘 다 힘들기는 매일반이다. 쓰는 이의 개성이나 취향, 또는 장르 따라 다른 솜씨와도 관련되는 일일 밖에 없다. 독자의 입맛 또한 가지가지여서 일률적으로 좋다 나쁘다 재단할 것이 못 되거늘, 김윤식의 평문(評文)은 어디 내놔도 당장 표가 날 만큼 유별나다. 무수한 자문자답이 그의 개별화를 돕는 기호로 끊임없이 이어진다.

스스로 '……란 무엇인가.' 묻고, '……아니겠는가.'로 말꼬리를 올려 반문조로 뒤미처 대답한다. '어떠할까.'로 단정을 유보하는가 하면, 언제적부터인가는 또 '소설이란 무엇이뇨'투 구식 어법으로 천연스럽다. 김 아무개, 박 아무개 작가의 성명 삼자를 제대로 대지 않고 '김 씨', '박 씨'로 막 부르는 건 또 어떤가. 뿐만이 아니다. '……하기 때문.'으로 어미를 사사오입 동강내고, '……이지요.'로 까탈스런 평론 문투를 수더분하게 다듬는다. 처음엔 퍽 생소하고 마음에 들지 않았다. 목에 꺽꺽 걸리듯 야릇했는데 보아 노릇하니 괜찮다. 오히려 구수하게 눈에 익어 친근한 울림으로 다가온다. 그걸 본뜨는 사람까지 더러 생겼으니 그만하면 알아볼수 있는 것, 특이한 글쓰기의 한 보기로 성공한 것 아니겠는가?

남의 글을 숱하게 대하고 천착한 나머지 터를 잡은 산전수전의 한 경지요 결구(結句)일 테다. 장황한 미문의 홍수에 차라리 진력나 일부러 투박하게 나간 '혐의'가 짙다. 텍스트 이상으로 화려한 미사여구에 제물 홀려 핵심을 놓치기도 하는 (일부) 젊은 평론가들의 허를 찌를 셈이었는지 모른다. 김윤식이 아니라도 글자 몇 자 고르자고 몇 시간씩 낑낑거리다

보면 누구나 그만한 유혹에 빠져 묘사의 궁극적인 의미를 되묻기 쉽다. 화장을 지운 소박하고 강건한 문체가 그래서 때때로 그리워진다.

밥 먹고 줄창 한 가지 일에만 매달리는 사람에겐 당해낼 재간이 없다는 경험칙을 마지막으로 상기하며, 일관되게 가지런한 머리말 모음에 쓸데없는 군소리를 덧대지나 않았는지 저어한다.

　이 책은 2001년에 간행한 『김윤식 서문집』의 개정증보판이다. 이 책이 처음 간행될 당시 수록된 서문은 저서·역서·편저를 포함하여 거의 100편에 이르렀는데, 이번에는 거기다가 그 이후에 간행된 50권 남짓한 저서를 추가하였다. 4부인 '종언 이후의 글쓰기'와 5부인 '말년의 양식'에 수록된 서문들이 그것이다.

　이번 서문집은 새로운 서문들이 추가된 것 외에도 몇 가지 변경 사항이 있다. 첫 번째는 시대 순으로 나열하였던 개정판 서문들을 초판 서문 다음에 배치하여 특정한 사안에 대한 생각의 변화나 달라진 사정 등을 알 수 있도록 하였다. 두 번째는 따로 모아서 제시했던 번역서나 편저서의 서문들을 저서 서문들 사이사이에 시대 순으로 배열하였다. 이를 통해 저서와 번역서·편저서의 관계를 알 수 있을 터인데, 예를 들면 『일제의 사상통제』(미첼, 1982)의 번역이 그 전후에 이루어진 전향 연구와, 해금 작가들의 선집이 그 전후에 이루어진 북한 문학 연구와 관련을 맺는 양상들을, 새롭게 배치된 서문들을 통해서 알 수 있을 것이다. 세 번째는 저서에 관한 자세한 서지사항을 말미에 제시하여 김윤식 저술의 전모를 목록의 형태로나마 볼 수 있도록 하였다.

　서문들을 모아 서문집을 낸다는 것을 어떤 의미일까. '서문집'이라는 사전에도 없는, 또 앞으로 등재될 가능성도 없는 책의 형식은 예외적인 존재인 김윤식이기에 가능한 것이고 또 의미를 지닌다. 그 예외성이란 150권을 넘는 저서가 증명하고 있지만, 꼭 그러한 지속적인 글쓰기만을 가리키는 것은 아니다. 물론 "비평가 김윤식에게 '읽다'와 '쓰다'는 타동사가 아니라 자동사이다. 목적어 '무엇을'이 중요한 게 아니라 읽고 쓰는 그 자체가 중요하다"라는 평가가 없는 것은 아니지만, 그보다 더 중요한 것은 그러한 지속적인 글쓰기의 원동력이다.

우리가 진공 상태에서 사는 것이 아닌 이상 습관과 타성에 의한 행위는 반드시 저항에 직면하기 마련이고 그러한 저항을 뚫고 나가기 위해서는 왜 쓰는가를 돌아보지 않으면 안 된다. 서문이란 바로 이 '왜 쓰는가'에 대한 자의식의 표현이고 김윤식의 표현을 빌리면 매번 "노예선의 벤허처럼 눈에 불을 켜"는 행위이다. 그렇기에 그의 예외성은 150권에 이르는 지속적인 글쓰기보다는 150번에 이르는 자성(自省)에 있다. 이 자성이 그의 글쓰기를 타성이 아닌 자성(自性)의 글쓰기로 만들고 있는 것이다. 이 서문집이 단순히 151번째 저서가 아니라 그 앞의 150권의 저서에 맞먹는 또 하나의 장관인 것은 그 때문이다.

이러한 자성(自省)과 자성(自性)은 존재론적이면서 동시에 인식론적이다. 존재론적인 자성은 기원으로 끊임없이 회귀하지만, 인식론적인 자성은 끊임없이 기원을 파괴하고 앞으로 앞으로 나아간다. 왜 쓰는가. 살기 위해 쓰고 또 알기 위해 쓴다. 쓰기란 삶(존재)이면서 동시에 앎(인식)이다.

사람이 산다는 것은, 자기의 근거를 묻는 행위의 일종인지도 모른다. 그 근거가 생의 충동이기에 보이지 않는 어두운 깊은 곳에 연결되어 있을 것이다. 사고의 힘이 이 근거를 묻는 과정에서 샘솟는 것임을 깨닫기란 결코 쉬운 일이 아니다. 사상의 근원을 묻는 일도 이와 한 치도 다르지 않다.

나에게 있어 그 근거로서의 생의 충동은 두 가지이다. 먼저 들 것은 쪽빛 바다의 이미지이다. 아, 그 쪽빛, 그리고 그 바다, 그것은 실상 어린 내 혼을 전율케 한 것. 누나의 손에 매달려 몇 시간이나 걸려 항구 도시 M시에 갔었던 날짜나 기타의 디테일이 지금 내 기억 속엔 없다. 다만 차창 너머로 멀리 보이던 그 날의 바다가 쪽빛이었고, 이 너무도 강렬한 빛깔에 나는 거의 숨조차 쉴 수 없었다. 따지고 보면 그 쪽빛은 실상 산골에서 자란 나에겐 이른 봄 양지바른 곳에 피는 제비꽃 그것이었다. 그 눈곱만한 제비꽃의 쪽빛과, 바다의 그 엄청난 쪽빛의 비교가 어린 혼을 절망케 했던 것이었으리라. 확 트인 수평선만큼 나를 전율케 하는 것은 없다. 수평선으로 아득히 뻗어나가고 싶었다. 들판의 한 점 제비꽃, 그 바이올렛 빛깔처럼 한 점으로 응축되고 싶었다. 이 아득한 두 개의 생의 충동이 쪽빛으로 표상되는 것, 그 외의 것은 아무래도 나에겐 상관없는 것이다. 내 유토피아는 이 두 충동의 진폭 속에 있었고, 있고, 있어야 한다.

　　　　　　　　— 김윤식, 『한국근대문학사상비판』 서문, 일지사, 1978

　수평선 너머로 나아가고 싶은 욕망과 제비꽃 한 점으로 응축되고자 하는 욕망은 각각 인식론적인 자성과 존재론적인 자성을 대표한다. 전자가 역사성을 띤 것이라면 후자는 미적인 것이다. 이 역사성과 미적인 것이 맞부딪쳐 튀기는 불꽃의 "이런저런 빛깔들을 모아 본 것이" 이 서문집인 것이다.

　이 서문집은 시대 순으로 서문을 배열하였는데, 시대 순이라는 것은 역사성을 더 중점에 놓았음을 의미하며, 역사성만이 논의의 대상이 될 수 있다. 역사성을 문제 삼을 때 김윤식 글쓰기의 중심에는 '근대'가 놓이는데, 그의 글쓰기는 시대에 따라 크게 1990년대 이전과 이후로 나눌 수 있다. 그 경계는 베를린 장벽의 해체·독일 통일·소련의 해체로 상징되는 현실 사회주의의 몰락이다. 이는 '근대의 종언'이라고 하는 헤겔적 사고에 기반하고 있는데, 종언 이전의 문학이 민족·국가나 이념이라고 하는 거대담론에 입각하고 있다면 종언 이후는 그러한 거대담론이 해체되고 다양한 소수자의 문학에 주목하는 시기이다. 전자에서 가장 중요한 논제는 역시 카프였고, 김윤식에게 그것은 한국 근대를 문학의 영역에서 대표하는 존재였다. 나아가 해방 이후의 '나라 만들기'를 둘러싼 이데올로기 투쟁인 민족문학 담론도 중요한 논제 가운데 하나였다. 또한 민족이나 국가, 이데올로기를 등에 지고 험한 세상을 헤쳐 갔던 거인의 문학에 대한 탐색은 작가 평전으로 나타나는데, 이들 작가 평전 대부분이 1980년대에 간행되었다는 것은 주목할 만한 일이다.

역사의 종언 이후 거대담론으로 포착되지 않았던 잉여의 문학에 대한 주목이 이루어진다. 그 대표적인 존재가 이상이다. 이상의 문학은 김윤식에 따르면 인공어의 문학이다. 한국어나 일본어와 같은 민족어·국가어가 아니라 그 자체가 하나의 보편적 기호로 이루어진 문학이 이상의 문학이라 할 수 있다. 여기에는 민족이나 이념이라는 이데올로기가 끼어들 틈이 없다. 또한 일제 말기의 이중어 글쓰기도 '국어'를 절대시하는 국문학사에는 포함되지 않았던 것으로서 마찬가지로 인공어의 글쓰기라 할 수 있다.

시대에 따라 전개되는 서문을 따라 읽다 보면 그의 글쓰기 형식이 다양하다는 것을 알게 된다. 시대가 하나의 날줄이라면 형식은 씨줄이라 할 수 있다. 김윤식의 저서는 글의 대상과 서술방식에 따라 크게 네 개의 씨줄로 구성되어 있다. 이 서문집을 읽으면서 그러한 씨줄을 염두에 두면 이해가 편할 터인데, 현장비평, 작가 평전, 문학사·문학사상 연구, 기행문·예술론·자전적 글쓰기가 그에 해당한다. 이 분류는 엄격하게 분리된 것이라기보다는 한 몸에서 나온 여러 갈래의 길로서 서로 겹쳐지기도 한다.

김윤식은 1962년 「문학사방법론서설」, 「역사와 비평」이 조연현의 추천으로 『현대문학』에 게재되면서 비평가로 등단한 이래 지금까지 꾸준히 월평의 형식으로 현장비평을 행해왔다. 이 현장비평은 막 발표된 '따끈따끈한' 작품을 다룬다는 점에서 여타의 글쓰기와는 다르다. 소설이란 현실을 징후적으로 보여 주는 것이고 따라서 그러한 소설을 읽는다는 것은 그 징후를 포착하는 작업이다. 이에 대해 김윤식은 다음과 같이 말하고 있다.

> 잘 설명할 수 없으나, 내가 살아오면서 한 일 중, 제법 잘할 수 있고 또 즐겁기도 괴롭기도 한 것이 있었다면 남들이 쓴 작품 읽기와 그것에 대한 쓰기였던 것으로 회고되오. (중략) 현장비평이란 말을 나는 좋아하는 바, 작품이란 훗날에 평가되는 경우도 드물게 있지만 발표될 그때에 평가되는 경우가 사르트르의 주장대로 대부분이오. (중략) 박완서 씨의 표현으로 하면 "따끈따끈할 때 읽으면서 시대의 징후까지를 읽어내는 일"이라……
>
> — 김윤식, 「조금은 긴 앞말: 잘 설명할 수 없는 것들」, 『내가 읽은 박완서』,
> 문학동네, 2013

대표적인 저서로는 『우리문학의 넓이와 깊이』(서래헌, 1979), 『우리 소설의 표정』(문학사상사, 1981), 『작은생각의 집짓기』(나남, 1985), 『현대소설과의 대화』(현대소설사, 1992), 『소설과 현장비평』(새미, 1994), 『김윤식의 소설 현장비평』(문학사상사, 1997), 『우리 소설과의 대화』(문학동네, 2001), 『현장에서 읽은 우리 소설』(강, 2007), 『혼신의 글쓰기 혼신의 읽기』(강, 2011) 등이 있다.

김윤식의 작가 평전은 독특하다. 그 독특함은 '~와 그의 시대'라는 식으로 작가와 작품을 낳았던 시대에 대한 해명이 한축이고 '내면 살피기'의 방법론을 통한 작가에 대한 내적 접근이 또 다른 한축을 이루고 있다. 그러기에 김윤식의 작가 평전은 한 작가를 주인공으로 한 소설처럼 읽힌다. 소설이 개인의 삶을 다루지만, 그를 통해 보편에 접근하는 것처럼 김윤식의 작가 평전은 주관적이면서도 동시에 객관적인 것이다. 이를 김윤식은 다음과 같이 말하고 있다.

> 어떻게 하면 한 사람의 작가의 생애와 그 창작의 깊은 곳에까지 탐구의 저울추를 내려 볼 수 있는 것일까. 학문적 방법론과 직관적 형식이 맞닿는 곳은 어느 부분이며 어떤 순간일까. 이런 물음의 해답은 제1급 작가론의 이상이 아닐 수 없다. ……한 사람의 작가를 탐구하는 일은 직관의 영역일 수 없지만 그렇다고 논리의 몫만도 아닐 터이다. 그것은 어쩌면 궁극적으로는 연구자 자신의 심혼(心魂)의 탐구인지도 모를 일이다.
> ― 김윤식, 「옮기고 나서」, 레온 에델, 『작가론의 방법』, 삼영사, 1983

대표적인 저서로는 『이광수와 그의 시대 1~3』(한길사, 1986), 『염상섭 연구』(서울대출판부, 1987), 『김동인 연구』(민음사, 1987), 『이상 연구』(문학사상사, 1987), 『임화 연구』(문학사상사, 1989), 『김동리와 그의 시대』(민음사, 1995), 『백철 연구』(소명, 2008) 등이 있다.

다음은 문학사·문학사상 연구로서 학문적 글쓰기가 이에 해당한다. 김윤식은 박사논문인 『한국근대문예비평사연구』(1973)를 출간한 이래 문학을 사적인 측면에서 구명하고자 하는 많은 논문들을 썼다. 이때 사적이라고 하는 것은 문학을 역사에 비추어 해명한다는 뜻이라기보다 '근대'라고 하는 관점에서 '문학'을 해명함을 의미한다. 이때 '근대'는 역사적 개념이라기보다 사상사적 개념이다. 따라서 김윤식의 학문적 글쓰기는 사상사 연구에 가깝다고 할 수 있다. 그 키워드가 '근대'였고 그것은 근대적 양식으로서의 '소설'이라고 하는 보편에 이어져 있으며, '일본'과의 관련성도 이에 포함된다. 이에 대해 김윤식은 다음과 같이 말하고 있다.

> 나는 운명의 등가성에 흥미가 있었다. 사상의 깊이랄까 수준이 문제일 것이 아닌가. 그것에의 오름, 그것에의 도달, 그것에의 운명의 표정이 보

고 싶었던 것이다. 어떤 영역에서의 최고 수준에 이르기, 그런 사람의 내면풍경·전략·고민·외로움·갈등·투지, 요컨대 그 운명을 엿보고 싶었다. 이데올로기란 한갓 이데올로기일 뿐이며, 모든 이데올로기란 허위의식에 지나지 않는 것이 아닐까. 이 도저한 허무주의자 앞에 놓인 것은 과연 무엇이었던가. 내 운명의 표정, 그 외로움뿐이다. 나는 그것을 학문적인 의상을 빌려 '가치 중립성'이라 부르곤 했다. 또 그것을 '근대성'이라고도 불렀다.

— 김윤식, 「'이광수'에서 '임화'까지」, 『우리 소설을 위한 변명』, 고려원, 1990

대표적인 저서로는 『한일문학의 관련양상』(일지사, 1974), 『한국근대문학양식논고』(아세아문화사, 1980), 『한국근대문학사상사』(한길사, 1984), 『한국근대문학사상연구 1』(일지사, 1984), 『한국현대문학사상사론』(일지사, 1992), 『한국문학의 근대성 비판』(문예출판사, 1993), 『한국근대문학사상연구 2』(아세아문화사, 1994), 『한·일 근대문학의 관련양상 신론』(서울대학교출판부, 2001), 『일제 말기 한국 작가의 일본어 글쓰기론』(서울대학교출판부, 2003), 『해방공간 한국 작가의 민족문학 글쓰기론』(서울대학교출판부, 2006), 『일제 말기 한국인 학병세대의 체험적 글쓰기론』(서울대학교출판부, 2007) 등이 있다.

기행문·예술론·자전적 글쓰기는 표현적인 성격을 띤다는 점에서 여타의 글쓰기와 구분된다. 이 부류의 글쓰기는 김윤식에게 '휴식으로서의 글쓰기', 즉 그의 말을 빌면 '산소통으로서의 글쓰기'이다. 논리적이고 객관적인 글쓰기에 지친 정신에 주관적이고 표현적이며 정서적인 글쓰기로 활력을 불어넣는다는 것이다. 논리적인 글쓰기가 회색의 글쓰기라면, 이 종류의 글쓰기는 녹색의 글쓰기, 즉 살아있는 생을 그대로 표현하는 글쓰기이다. 그렇다고 해서 이 종류의 글들이 밀도가 떨어지는 것은 아니고 또 다른 종류의 긴장감이 이들 글을 감싸고 있다. 표현자라는 개넘이 그것으로서 김윤식은 이에 대해 다음과 같이 말하고 있다.

> 연구자의 몫과 비평가의 몫을 조목조목 따져가다 보면 학문으로서의
> 생명인 논리에서 벗어난 부분이 있을 수 있다는 것. 징후 탐색 및 그 보존
> 으로서의 현장비평에서도, 그 징후에서 벗어난 잉여 부분이 있을 수 있다
> 는 것. 이 두 잉여 부분의 발견이야말로 묘지기에서 벗어나는 한 가지 길
> 이 아닐 것인가. 제가 이를 두고 이름 붙인 것이 바로 연구자와 나란히 선
> '표현자'의 개념입니다. 그것은 궁극적으로는 연구 및 비평의 자립적 근
> 거를 묻는 것이지요.
> — 김윤식, 「갈 수 있고, 가야 할 길, 가버린 길」, 『김윤식 선집 7』, 솔, 2005

대표적인 저서로는 『문학과 미술 사이』(일지사, 1979), 『황홀경의 사
상』(홍성사, 1984), 『환각을 찾아서』(세계사, 1992), 『설렘과 황홀의 순간』
(솔, 1994), 『천지 가는 길』(솔, 1997), 『아득한 회색, 선연한 초록』(문학동
네, 2003), 『내가 읽고 만난 파리』(현대문학, 2004), 『비도 눈도 내리지 않
는 시나가와역』(솔, 2005), 『내가 살아온 20세기 문학과 사상』(문학사상
사, 2005), 『내가 읽고 만난 일본』(그린비, 2012) 등이 있다.

김윤식의 글쓰기는 우리의 한국 근대문학 연구의 역사와 함께 진행
되었고, 또 그는 늘 그 앞자리에 서 있었다. 그 전위성과 현장성은 한국
근대문학 연구의 소중한 자산일 뿐만 아니라 연구자라면 누구나 본받아
야 할 자세임은 틀림없다. 그것이 어떻게 가능했는가를 묻는다면 이 서
문집에서 그 해답을 찾는 것도 한 방법이 될 것이다.

김윤식 저서·역서 목록 1973~2016

I. 단독 저서

연번	제목	면수	발행일	출판사
1	近代韓國文學硏究	529쪽	1973.02.10.	一志社
2	韓國近代文藝批評史硏究	673쪽	1973.02.20.	한얼문고
2´	韓國近代文藝批評史硏究(개정신판)	650쪽	1976.12.20.	一志社
3	韓國文學史 論攷	468쪽	1973.09.20.	法文社
4	朴龍喆·李軒求 硏究	164쪽	1973.09.	法文社
5	韓國近代文學의 理解	450쪽	1973.11.30.	一志社
6	韓國近代作家論攷	464쪽	1974.05.01.	一志社
7	韓國文學의 論理	536쪽	1974.05.05.	一志社
8	韓日文學의 關聯樣相	392쪽	1974.05.05.	一志社
8´	傷痕と克服-韓国の文学者と日本(大村益夫譯)	281쪽	1975.07.30.	朝日新聞社
9	韓國近代文學思想(문고)	337쪽	1974.07.05.	서문당
10	韓國現代詩論批判	292쪽	1975.08.30.	一志社
10´	韓國現代詩論批判(증보판)	360쪽	1985.04.05.	一志社
11	文學史와 批評	419쪽	1975.10.15.	一志社
12	韓國現代文學史 1945~1975	324쪽	1976.12.20.	一志社
12´	韓國現代文學史 1945~1980(증보판)	397쪽	1983.04.05.	一志社
13	(속)韓國近代文學思想(문고)	269쪽	1978.01.25.	서문당
14	韓國近代文學思想批判	411쪽	1978.03.10.	一志社
15	한국 현대문학 명작 사전	343쪽	1979.06.20.	일지사
16	우리문학의 넓이와 깊이―김윤식 평론집	344쪽	1979.11.25.	서래헌
17	문학과 미술 사이―현장에서 본 예술세계	249쪽	1979.12.30.	一志社
18	韓國近代文學樣式論攷	329쪽	1980.08.15.	亞細亞文化社
18´	한국근대문학양식논고	329쪽	1990.04.31.	아세아문화사
19	韓國現代小說批判	349쪽	1981.03.15.	一志社
20	우리 소설의 표정-김윤식 월평집	308쪽	1981.06.10.	文學思想社
21	(속)韓國近代作家論攷	440쪽	1981.10.05.	一志社
22	韓國現代文學批評史	311쪽	1982.11.10	서울대출판부

연번	제목	면수	발행일	출판사
23	황홀경의 사상—우리 문학을 보는 관점	381쪽	1984.05.25.	홍성사
23′	지상의 빵과 천상의 빵(증보재간)	422쪽	1995.06.05.	솔
24	韓國近代文學思想史	554쪽	1984.06.05.	한길사
25	韓國近代文學과 文學敎育(문고)	244쪽	1984.06.30.	乙酉文化社
26	한국근대문학사상연구 1—陶南과 崔載瑞	435쪽	1984.09.20.	一志社
27	작은생각의 집짓기-비평가의 표정	299쪽	1985.09.05.	나남
28	우리문학의 안과 바깥	418쪽	1986.03.01.	成文閣
29	안수길 연구	326쪽	1986.04.15.	정음사
30	우리소설과의 만남	375쪽	1986.05.15.	民音社
31	李光洙와 그의 時代(전3권) ① 360쪽 ② 322쪽 ③ 482쪽		1986.06.15.	한길사
31′	이광수와 그의 시대(개정증보)(전2권) ① 737쪽 ② 602쪽		1999.04.26.	솔
32	韓國近代小說史硏究	592쪽	1986.07.25.	乙酉文化社
33	우리근대소설논집	312쪽	1986.09.10.	二友出版社
34	염상섭 연구	945쪽	1987.01.10.	서울대출판부
35	한국문학의 근대성과 이데올로기 비판(문고)	310쪽	1987.04.25.	서울대출판부
36	金東仁硏究	483쪽	1987.09.20.	民音社
36′	김동인 연구(개정증보판)	557쪽	2000.04.10.	민음사
37	李箱硏究	449쪽	1987.12.27.	文學思想社
38	오늘의 文學과 批評	440쪽	1988.03.20.	文藝出版社
39	낯선 신을 찾아서	367쪽	1988.10.10.	一志社
40	이상 소설 연구	275쪽	1988.11.10.	문학과비평사
41	한국 현대문학사론	486쪽	1988.12.20.	한샘
42	80년대 우리 문학의 이해(문고)	245쪽	1989.04.10.	서울대출판부
43	80년대 우리 소설의 흐름(I)(문고)	249쪽	1989.04.25.	서울대출판부
44	80년대 우리 소설의 흐름(II)(문고)	314쪽	1989.04.30.	서울대출판부
45	한국 근대문학과 문인들의 독립운동	218쪽	1989.05.27.	독립기념관
46	박영희 연구	327쪽	1989.07.20.	열음사
47	해방공간의 문학사론(문고)	290쪽	1989.11.30.	서울대출판부
48	林和硏究	723쪽	1989.12.15.	文學思想社
49	우리 소설을 위한 변명	425쪽	1990.11.10.	고려원

II. 공저서

연번	제목	면수	발행일	출판사
12	상상력의 거미줄 —이어령 문학의 길 찾기	611쪽	2001.09.03.	생각의 나무
13	한국현대시사연구	582쪽	2007.05.11.	시학

III. 편저서

연번	제목	면수	발행일	출판사
1	文學批評用語辭典	391쪽	1976.09.20.	一志社
2	廉想涉	234쪽	1977.05.05.	文學과知性社
3	이산·분단문학 대표소설선	520쪽	1983.09.10.	동아일보사
4	蔡萬植	217쪽	1984.07.30.	文學과知性社
5	한국현대시문학대계1	265쪽	1984.07.31.	지식산업사
6	안수길	296쪽	1985.07.20.	지학사
7	한국 리얼리즘 소설연구(정호웅 공편)	221쪽	1987.11.30.	탑출판사
8	한국 근대 리얼리즘 작가연구(정호웅 공편)	377쪽	1988.02.25.	文學과知性社
9	(교재용)한국근대리얼리즘 비평선집	241쪽	1988.03.10.	서울대출판부
10	韓國現代文學年表	453쪽	1988.07.27.	文學思想社
11	너 어디 있느냐 —解禁 詩人 99選	238쪽	1988.10.15.	나남
12	(원본)한국현대현실주의비평선집	481쪽	1989.01.05.	나남
13	한국문학의 리얼리즘과 모더니즘(정호웅 공편)	417쪽	1989.01.15.	민음사
14	애수의 미, 퇴폐의 미 —解禁 수필 61편 選集	229쪽	1989.02.15.	나남
15	해방공간의 민족문학 연구	291쪽	1989.07.20.	열음사
16	(교재용)한국현대모더니즘 비평선집	295쪽	1991.09.05.	서울대출판부
17	이상문학전집 2 —소설	403쪽	1991.10.20.	文學思想社
18	이상문학전집 3 —수필	362쪽	1993.09.10.	文學思想社
19	이상문학전집 4 —연구논문모음	426쪽	1995.03.15.	文學思想社
20	고교생과 함께하는 김윤식 교수의 소설특강(전7권)	①447쪽 ②451쪽 ③423쪽 ④431쪽 ⑤427쪽 ⑥439쪽 ⑦451쪽	1997.06.01.	한국문학사
21	고교생과 함께하는 김윤식 교수의 시특강(전2권)	①427쪽 ②427쪽	1997.11.05.	한국문학사

IV. 역서

V. 편감수